假新聞

解密戰爭暴行捏造與假新聞
如何操盤世界秩序

A. B. Abrams
A．B.艾布斯　著
徐昀融　譯

「亞波汗・艾布斯透過本書提供一項重要功能，就是將有關所謂暴行的『假新聞』，從它主要被討論的事務場域中抽離出來，將其放入一個更廣泛、更深刻，事實上甚至更令人不安的脈絡下進行討論。他洞見觀瞻地追溯了捏造暴行敘事被使用的方式及過程演變，從西方戰爭和殖民擴張之初一直到近期，舉出11件個案研究。令人不寒而慄的是，他記錄下西方列強如何透過暴行敘事來主導資訊領域，從而導致衝突造成的結果，遠比原先所指控的暴行後果更糟糕。學者、記者和其他對了解國際事務抱有濃厚興趣的人都會發現，本作中發人深省、石破天驚的分析，具有相當重要的價值。」

—— 彼得・福特，
前英國駐敘利亞大使

「亞波汗・艾布斯以外科手術式的精準筆觸，震撼揭露了干預主義集團武器化人權議題，意圖造成敵國動盪並荼毒該國人民的行徑。」

—— 馬克斯・布魯門塔爾，
記者、《灰色地帶》編輯、著有《紐時》暢銷書《共和黨的娥摩拉》

前言

「真相是什麼不重要,被視為真相的是什麼才重要。[1]」
——亨利・季辛吉

「如果你能捏造出夠大的謊言並不斷重複它,人們最後就會開始相信這個謊言。[2]」
——約瑟夫・戈貝爾

「任何有力量讓你相信荒誕說法的人,也會擁有讓你犯下不義之罪的力量。[3]」
——伏爾泰

暴行的捏造——在不確定一起暴行究竟有沒有發生過的情況下,報導對手曾經犯下這起暴行——在西方世界權力政治與政治宣傳的核心領域,已有百年歷史,並對西方世界的政治文化帶來深遠影響。尤其當你想對這個對手發起軍事行動或採取帶有敵意的措施時,宣稱對方曾經犯下過極其惡劣的罪行,一直是一個非常有效可以影響大眾和國際輿論,並合理化上述行為的手段。如果施展得宜,暴行的捏造還可以將一場原本應該是某方無端挑起

的戰爭，變成大眾眼中一場為了解放被壓迫者的正義之戰；又或者可以將原本會害對手國家平民老百姓餓死的圍堵封鎖，變成一場施壓當地暴虐政府的人道救援行動。暴行的指控也可以用來抵銷外界批評某個國家對敵國採取軍事行動的聲浪，將這些提出批評的行為者都貼上支持加害者、支持邪惡罪行的標籤。因此，評估暴行的捏造是如何被使用、被使用到何種程度，可以提供我們非常重要的脈絡，去了解歷史上和二十一世紀的國際政治現實。

在很大一部分的現代史範圍內，我們都可以觀察到西方世界在暴行捏造的手法上，呈現出高度的一致性。一個最明顯的例子就是在十九世紀初期，英國政府針對德國在第一次世界大戰爆發的幾個月後占領比利時的回應，就是資助了一個由知名律師和歷史學家組成的「布萊斯委員會」（Bryce Committee），記錄德國的暴行[4]。布萊斯委員會非常聳動地形容德軍如何在光天化日之下強暴並戕害比利時的婦女和少女、描述八名德國軍人用刺刀虐殺一名兩歲孩童，還有其他種種罪行。報告最後做出以下結論：「謀殺、淫亂和搶劫的陰影，籠罩在比利時的大部分領土，這是過去300年來，任何一場爆發在文明國家之間的戰爭當中，都不曾出現過的駭人景象。[5]」德軍的那些行為，雖然也常見於其他歐洲國家的軍隊在從澳洲[6]到美洲[7]等地的殖民戰爭之中，但對交戰雙方都是歐洲國家的戰爭來說，就很不正常，而且也被認為是無法接受的行為，會被歐洲人以非常不一樣的標準看待。

布萊斯委員會提出的指控，強烈影響了輿論走向[i]。布萊斯委員會的主席是前英國駐美大使詹姆斯‧布萊斯子爵，當初成立布萊斯委員會的目的，就是為了「壓倒性地影響美國社會的想法和情緒」，幫忙消除美國社會內部反對出兵援助英國的聲浪[8]。

儘管這份報告乍看之下說服力十足,但報告中所提出的指控其實並沒有太多證據可供佐證。1922年成立的一個比利時真相調查委員會,曾前往報告中宣稱德軍犯下罪行的地點展開調查,卻無法找出可以證明德軍犯下報告中任何一條罪行的證據[9]。講學於桑德赫斯特皇家軍事學院、澳洲參議院和澳洲全國記者俱樂部的知名新聞學及戰爭權威菲利浦・奈特利教授,就這份報告中所提出的指控表示:「布萊斯委員會並未實際訪問過任何一位證人。這份報告提出的指控是來自1,200份的證詞,其中大部分是出自由22名大律師從比利時難民口中取得的描述。沒有任何一名證人在提出證詞時,被要求宣誓所言屬實,證人的名字也都沒有被記錄下來,結果這些道聽塗說而來的證據卻被完全採信。[10]」布萊斯報告絕對不是單一個案,而且反映出當時在報導德軍行徑時的一個廣泛趨勢。舉例來說,《泰晤士報》(The Times)就引用了一名號稱是目擊者的說法表示:「親眼見到德軍士兵斬斷一名小嬰兒緊抓著母親裙襬的手臂。[11]」法國政治宣傳局隨後也提供了一張失去雙手的小嬰兒照片,而法國報紙則開始報導德國士

---

[i] 《紐約時報》(New York Times)隨後就在1915年5月15日,以長篇幅頭條的形式刊出了布萊斯委員會的報告內容,標題寫道:「布萊斯委員會的報告發現,比利時非戰鬥人員遭蓄意屠殺;德軍暴行已獲證實,布萊斯委員會更發現德軍在比利時境內不只犯下零星罪行,也進行預謀屠殺。不分老幼的殘弱女性遇害、幼童遭殘忍殺害,各地出現系統性的縱火與搶劫案。德軍軍官縱容士兵對紅十字和白旗縱火;戰俘遭虐或遭槍擊。平民老百姓被當成盾牌,比利時軍沒有向魯汶的德軍開火—德軍被友善對待。男性、女性和孩童遭殺害和戕害的證詞,可證明德國人制定了屠殺和搶劫計畫。」

兵會吃食小嬰兒的手，但在戰後的調查裡，完全找不出證據證明德軍士兵真的做過類似行為[12]。

就和其他所有被捏造出來的暴行一樣，德軍士兵實際上的作為，或是這些針對他們的指控是否有實際依據都不重要——重要的是，所謂的暴行會在海內外形塑符合英國國家利益的輿論。正如菲利浦・奈特利的結論：「在這些暴行故事被澄清為非之前，它早就已經完成應該完成的使命。捏造出來的暴行不僅凝聚了國內輿論，增強英法兩國將戰爭進行到底的決心，還完成了一項重要任務，就降低美國對這場戰爭的阻力。[13]」報告中所描繪的德軍野蠻行徑，讓任何想要對抗德國的政策看起來都很合理。

在布萊斯委員會提出該份報告的三十年後，冷戰的展開讓西方世界聯合起來對抗數個世紀以來，第一個同屬強國級別的權力挑戰者—蘇聯，並建立起類似的組織和網路來控制資訊場域、捏造詆毀對手的故事。為了應付贏得人心往往比強大火力更具決定性力量的新型態衝突，以美國中央情報局（CIA）為首的西方情報機構發展出了一個非常強大的全球資訊網路，來掌控政治性的敘事論述。中情局的「學舌鳥行動」（Operation Mockingbird）就是最著名的相關行動之一。該行動召募許多美國記者發表由中情局撰寫的文章——這些文章常常是以完全捏造出來的虛假訊息，詆毀蘇聯及其盟友[14]。中情局還基於類似目的資助學生、文化組織及雜誌[15]，並透過這些文宣管道的編輯和記者網路，不遺餘力地詆毀與其論述相悖的資訊來源，甚至將在菲律賓的獨立專欄作家當作其討伐的目標[16]。

美國國會 1970 年代初期的一項調查顯示，中情局的行動不僅影響了美國的媒體報導生態，還影響了全球將近數十種語言媒

體的報導方向。調查報告的結論是:「中情局目前在世界各地仍經營著一個由數百名外國人組成的情報網路。他們會為中情局提供情資,有時還試圖透過祕密宣傳的方式影響輿論。[17]」報告進一步指出,中情局的臥底特務在美國各大媒體擔任重要管理職位,以確保媒體出版的內容符合中情局的設想[18]。前中情局雇員威廉・貝德支持這份報告的結論,並對中情局的運作做出以下說明:「舉例來說,你不需要操控《時代》(Time)雜誌,因為《時代》雜誌的管理階層就有中情局的人。[19]」

中情局形塑全球資訊場域的行動被《華盛頓郵報》(Washington Post)描述為「一項複雜程度令人嘆為觀止的工作,想將全世界都套入美國人的思維模式。」除了數百家新聞機構,中情局還資助並大力影響大眾傳播媒體,包括在全球出版發行的數百部電影和「至少1000本以上的書」[20]。承平時期透過新聞和大眾媒體針對對手的詆毀,通常會比像布萊斯委員會描述德軍正在進行大規模屠殺那樣來的更加不易差絕,但被潛移默化的民眾在暴行指控一旦又被提出時,就很容易相信這些指控為真。不需要一直說某個對手國家正在犯下屠殺罪行,而是描繪出一種屬於這個國家過往歷史紀錄和內在本質的形象,讓大眾相信這個國家是極有可能犯下這種暴行的「那種國家/行為者」[ii]。

《紐約時報》在一份更詳盡的報導中指出,「在堅持不懈引導世界輿論的過程中,中情局能夠動用的是一個各自獨立卻更全面的網路,包括報紙、新聞機構、雜誌、出版社、廣播電台和其他實體;中情局在不同時期對它們都擁有一定程度的掌控。[21]」《紐約時報》聲稱中情局的「傳媒帝國」包含了「超過500家的新聞和公共資訊組織及個人。依照某位中情局官員的說法,

這些組織和個人的重要性不等,『從自由歐洲電台（Radio Free Europe）到遠在厄瓜多首都基多,某個可以在當地報紙發表一些文章的三流小咖』都有,這個網路的正式名稱叫做『政治宣傳資產清單』（Propaganda Assets Inventory）。」《紐約時報》還指出,中情局出於同樣目的,在全球範圍內「與學術、文化和出版機構都保持著相當廣泛的財務聯繫。」光是為了影響古巴媒體,中情局就付出數百萬美元的補貼,中情局還在從肯亞、印度、台灣和南越等世界各地,執行過其他大規模、長期的類似活動[22]。

在企圖全面性形塑全球資訊場域的工作上,中情局絕非孤軍奮戰。美國內部其他情報單位和其他盟國的情報機構,都各自創造了一個平行存在的「傳媒帝國」。最明顯的例子就是英國資訊調查部在穆斯林世界、非洲和亞洲部分地區,致力散布反蘇聯、反中的情緒。儘管英國資訊調查部一直以來都否認這項傳聞,但2022年解密的政府檔案卻證實此事。英國資訊調查部長達數十年的捏造內容,包括偽造蘇聯政府單位的聲明以激起反蘇聯情緒,和創造來自虛構伊斯蘭組織的媒體內容,將莫斯科描繪成

[ii] 影響媒體的手段包括資助既有的出版品,但「在某些情況下,中情局會直接創辦一份報紙或新聞機構,並透過一家空頭公司支付帳單。」《紐約時報》在報導中就舉了「文化自由大會」（Congress of Cultural Freedom）為例。《紐約時報》還舉了另一個例子:「在美國,亞洲基金會發行《亞洲學生報》（The Asian Student）,分發給在美國大學就讀的遠東學生。」亞洲基金會是由前中情局員工成立和經營。（'Worldwide Propaganda Network Built by the C.I.A.,' *The New York Times*, December 26, 1977.）

穆斯林世界的敵人等。該組織的出版品經常批評甚至呼籲讀者攻擊其他第三方團體，例如「猶太人」，以便在有類似思想傾向的同溫層群體中取得正當性，從而更能有效地傳播反蘇聯和反中訊息。例如，他們曾經捏造有些伊斯蘭官員宣稱，唯有反抗莫斯科，阿拉伯民族才能戰勝以色列——在資訊調查部的運作期間，這個主題在阿拉伯世界已經獲得了廣泛傳播[23]。

政府機構建立龐大網路，影響各種資訊場域並宣傳捏造出來的虛假故事，並不只存在於冷戰時期。美國國防部戰略影響辦公室（Office of Strategic Influence）就是一個明顯例子。成立於2000年代初期的美國國防部戰略影響辦公室，曾是美國國防部底下的一個機密單位，被授權利用包括向記者提供虛假報導等植入假新聞的方式，影響全球輿論。儘管五角大廈在戰略影響辦公室的存在曝光後，被迫將其解散，但根據許多高級官員後來所發表的評論，這類行動仍在不同單位裡面被繼續進行著。英國廣播公司（BBC）不斷將這類手法稱為「黑色宣傳」，表示在塑造針對美國對手的國際輿論時，這是一種非常有力的手段[24]。

關於西方情報單位是如何在二十一世紀繼續維持如此龐大的記者網路，以便宣傳有利於西方敘事的相關細節，德國記者烏多．烏爾夫科特在2016年的報導中，對自己在這類網路中的角色如此說道：

> 我最後也開始用我自己的名字，發表中情局探員和其他情報單位，尤其是德國特務單位德國聯邦情報局（BND），寫好再交給我的文章……德國聯邦情報局的人有一天就來到我位於法蘭克福的《法蘭克福報》（Frankfurter

Allgemeine）辦公室，想要我寫一篇關於利比亞和穆安瑪爾·格達費上校的文章⋯⋯他們將所有的祕密情資都交給我，只要求我以該文作者的身分發表這篇文章。那篇文章是關於格達費如何試圖祕密建造一座毒氣工廠。這則故事兩天後就出現在世界各地的媒體版面[25]。

烏爾夫科特進一步詳述了情報組織如何聯繫記者並利用記者栽贓嫁禍，以及與這些情報單位合作的好處，和不聽命行事的風險[26]。他提到關於利比亞毒氣工廠報導的例子，就是這些情報單位試圖影響公眾輿論，將目標國家塑造成一個充滿惡意又危險行為者的眾多案例之一。過去數十年來發布過的大量虛假報導，讓西方世界要對利比亞實施經濟制裁，以及最終發動密集的轟炸並暗殺其領導人之舉，都更容易被國際社會大眾視為合理作為[27]。

早在情報單位接觸烏爾夫科特，要他刊出利比亞毒氣工廠的文章之前，西方情報機構所經營的資訊網路觸手，早已深入了大量有機器人也有真人的線上資源，負責在全球範圍內影響網路言論的走向，支持對西方有利的論調。這一點非常重要，因為網路尤其是社群媒體，在全球資訊場域上扮演著愈來愈重要的角色。這類網路行動在許多情況下都可見端倪，從 2022 年 9 月阿得雷德大學的一項研究，發現一個在線上傳播虛假訊息並藉此詆毀俄羅斯的機器人網路[28]，到一個月前史丹佛大學和資安公司格萊菲卡（Graphika）的一項聯合研究，揭露一個由美國和英國情報人員創建的社群媒體假帳號網路，在數個穆斯林占多數的國家內部傳播詆毀中國、俄羅斯和伊朗的假訊息[29]。除了情報單位，五角大廈也砸下重金研發軟體，以相對較少的人力創造頗具規模的社

群媒體假帳號網路,並透過世界各地的不同語言,影響當地受眾的網路風向。最知名的案例就是 2010 年的「誠摯之聲行動」(Operation Earnest Voice)[30],英國軍隊也採取類似行動[31]。

　　成功捏造敵人暴行的關鍵,往往在於將對手形象建立在更大的一個詆毀性敘事架構之下的能力—也就是針對事件或情境鉅細靡遺的設定或詮釋,讓外界對這個國家建立起一套既定的思考方向或認知結構,讓人們對於有關這個國家的所見所聞產生更多一層的意義。尤其對於那些除了透過媒體內容,閱聽大眾比較少有機會可以第一手接觸到的國家或行為者,只需要有足夠的媒體消息來源不斷重複敘述其所犯下的暴行或其他不當行為,就足以讓大眾對於「這是個怎樣的國家／行為者」的印象,產生強大影響。之後再聽到所有關於這個國家或行為者的消息,大眾就會很自然地透過這個在腦中已經建立起來的既定印象逕行解讀。設定出一個強大的既定印象,不僅可以影響大眾,就連分析師、記者甚至政治決策者也都會受到影響,從而更傾向於透過既有的敘事脈絡,去詮釋與這個國家或行為者有關的任何新資訊[32]。

　　《耶魯國際研究評論》(Yale Review of International Studies)曾發表過一篇文章,探究這類既定敘事在美國媒體中的形成。文章中寫道:

> 　　記者經常忽略他們可能透過有色眼光去看待和詮釋現實的情況。在多數政治性新聞報導中存在的這種既定印象偏差,也就是皮尤研究中心(Pew Research Centre)所謂的「後設敘事」(metanarrative),都是出於新聞界長久以來「一窩蜂報導」(pack journalism)的傳統。華盛頓內部人事

和記者們會在社群平台推特（現已更名為 X）上發布、互相轉發對方的推文，迅速定調要如何去了解事件重大新發展的一個詮釋角度。以此形成的同溫層再透過其中的菁英權威和記者，向其他的美國群眾傳遞政治資訊，直接形成一種共識而非對話討論。這種「團體迷思」（groupthink）就是後設敘事形成的方式。

後設敘事通常都很簡單卻全面，影響新聞報導的方向，使每一則報導出來的新訊息，都緊貼著後設敘事的脈絡被解讀。這就是為什麼總統候選人身上明明很拙劣的特質標籤（例如「拜登論文抄襲」、「柯林頓不值得信任」）一旦被貼上，就很難撕下來。記著們會透過已經形成的後設敘事，解讀任何涉及特定主題的新聞，即使這樣的詮釋方式可能導致事實的扭曲或顯而易見的雙重標準。例如，媒體將歐巴馬在 2012 年大選前夕的同志婚姻立場轉變定調為「進化」，反觀羅姆尼的立場轉變就被稱之為「反覆無常」，因為這樣的報導更貼合羅姆尼身為一位不可靠政客的主流人物設定[33]。

建立在捏造暴行之上的後設敘事，往往會對目標國家的命運產生深遠的影響。最明顯的例子就是波斯灣戰爭。1990 年代末期，鼓吹要對伊拉克採取軍事行動的支持者，捏造出關於伊拉克士兵在科威特屠殺被放置於保溫箱早產兒的說法（詳見第四章）。這項指控和其他許多捏造出來關於伊拉克的暴行，讓美國大眾迅速形成了對伊拉克的主流看法，幾乎左右了後續所有關於伊拉克訊息的詮釋和報導方向。從對伊拉克暴行的指控，我們正好看到「後設敘事會不斷自我強化的本質」，因為媒體已經「培養出一個保溫箱屠殺故事聽起來有可能發生，甚至發生了也不奇

怪的社會和政治環境。[34]」

儘管屠殺保溫箱嬰兒的故事在1992年被證實完全是假新聞，但伊拉克做為有可能做出這種暴行國家的後設敘事，仍然具有強大的影響力。《耶魯國際研究評論》因此指出：「這種既定印象在波斯灣戰爭之後，一直到九一一事件發生之前，依舊不斷影響媒體對於伊拉克總統薩達姆・海珊的報導。在那段時間，美國媒體不再需要政府推動就會自己散布關於「元首海珊」的傳說，美國大眾也不需要其他助力就會自然接受這些訊息。[35]」關於「伊拉克是個怎樣的國家」的印象，很大程度上是建立在之前捏造出來的好幾起伊拉克暴行，所以這樣的既定印象就讓美國人特別傾向於懷疑海珊政權參與了九一一事件[36]，並相信伊拉克正在研發大規模毀滅性武器，打算攻打美國。於是這個情況反過來又成為了促成美國在2003年對伊拉克發動新一輪戰爭的關鍵[37]。

屠殺保溫箱嬰兒的故事，只是眾多被廣為接受，但完全是以子虛烏有的罪名在詆毀伊拉克的案例之一；而伊拉克也絕非唯一被捏造出來的暴行指控，徹底改變命運的國家。西方資訊網路遍布全球，這確保了即使在西方世界之外，大眾對於西方對手國家的認知，也往往被塑造成差不多的狀況。這就便於西方國家實施並創造大眾，對於經濟制裁到入侵和戰爭這類具有敵對性的政策支持。此外，就像伊拉克的情況，一旦一個後設敘事可以塑造關於目標國家「是什麼樣的國家」的輿論，無論最後這些控訴所依據的說法如何被徹底推翻或撤回，都極難消除大眾對該國的既定印象。

要想了解暴行的捏造，不能只看單一事件或一系列事件的事實真相為何，而是要把它當成一個更宏觀現象的一部分去檢視，

這對於理解西方勢力的挑戰者已經或將會持續面臨到哪些情況，至關重要。本書探討了 11 個關於被捏造暴行國家的案例，以及這些案例在暴行捏造方式和目的上的強烈一致性。本書還探討了捏造暴行的後果，以及捏造出來的暴行如何為實質的侵略行為鋪路，導致被誣陷國家的人民在遭遇戰爭和軍事介入時，面臨到的真正暴行；而這些真實暴行的罪惡程度，往往遠超出當初西方勢力透過媒體所捏造出來的虛假暴行。

和記者們會在社群平台推特（現已更名為X）上發布、互相轉發對方的推文，迅速定調要如何去了解事件重大新發展的一個詮釋角度。以此形成的同溫層再透過其中的菁英權威和記者，向其他的美國群眾傳遞政治資訊，直接形成一種共識而非對話討論。這種「團體迷思」（groupthink）就是後設敘事形成的方式。

後設敘事通常都很簡單卻全面，影響新聞報導的方向，使每一則報導出來的新訊息，都緊貼著後設敘事的脈絡被解讀。這就是為什麼總統候選人身上明明很拙劣的特質標籤（例如「拜登論文抄襲」、「柯林頓不值得信任」）一旦被貼上，就很難撕下來。記著們會透過已經形成的後設敘事，解讀任何涉及特定主題的新聞，即使這樣的詮釋方式可能導致事實的扭曲或顯而易見的雙重標準。例如，媒體將歐巴馬在2012年大選前夕的同志婚姻立場轉變定調為「進化」，反觀羅姆尼的立場轉變就被稱之為「反覆無常」，因為這樣的報導更貼合羅姆尼身為一位不可靠政客的主流人物設定[33]。

建立在捏造暴行之上的後設敘事，往往會對目標國家的命運產生深遠的影響。最明顯的例子就是波斯灣戰爭。1990年代末期，鼓吹要對伊拉克採取軍事行動的支持者，捏造出關於伊拉克士兵在科威特屠殺被放置於保溫箱早產兒的說法（詳見第四章）。這項指控和其他許多捏造出來關於伊拉克的暴行，讓美國大眾迅速形成了對伊拉克的主流看法，幾乎左右了後續所有關於伊拉克訊息的詮釋和報導方向。從對伊拉克暴行的指控，我們正好看到「後設敘事會不斷自我強化的本質」，因為媒體已經「培養出一個保溫箱屠殺故事聽起來有可能發生，甚至發生了也不奇

怪的社會和政治環境。[34]」

儘管屠殺保溫箱嬰兒的故事在1992年被證實完全是假新聞，但伊拉克做為有可能做出這種暴行國家的後設敘事，仍然具有強大的影響力。《耶魯國際研究評論》因此指出：「這種既定印象在波斯灣戰爭之後，一直到九一一事件發生之前，依舊不斷影響媒體對於伊拉克總統薩達姆・海珊的報導。在那段時間，美國媒體不再需要政府推動就會自己散布關於「元首海珊」的傳說，美國大眾也不需要其他助力就會自然接受這些訊息。[35]」關於「伊拉克是個怎樣的國家」的印象，很大程度上是建立在之前捏造出來的好幾起伊拉克暴行，所以這樣的既定印象就讓美國人特別傾向於懷疑海珊政權參與了九一一事件[36]，並相信伊拉克正在研發大規模毀滅性武器，打算攻打美國。於是這個情況反過來又成為了促成美國在2003年對伊拉克發動新一輪戰爭的關鍵[37]。

屠殺保溫箱嬰兒的故事，只是眾多被廣為接受，但完全是以子虛烏有的罪名在詆毀伊拉克的案例之一；而伊拉克也絕非唯一被捏造出來的暴行指控，徹底改變命運的國家。西方資訊網路遍布全球，這確保了即使在西方世界之外，大眾對於西方對手國家的認知，也往往被塑造成差不多的狀況。這就便於西方國家實施並創造大眾，對於經濟制裁到入侵和戰爭這類具有敵對性的政策支持。此外，就像伊拉克的情況，一旦一個後設敘事可以塑造關於目標國家「是什麼樣的國家」的輿論，無論最後這些控訴所依據的說法如何被徹底推翻或撤回，都極難消除大眾對該國的既定印象。

要想了解暴行的捏造，不能只看單一事件或一系列事件的事實真相為何，而是要把它當成一個更宏觀現象的一部分去檢視，

目錄

	推薦詞	5
	前言	6
Intro.	人道主義軍事干預的注意事項：捏造暴行最危險的結果	20
第一章	冷戰初期的古巴與越南	28
第二章	韓戰	76
第三章	1989年的北京和天安門廣場	112
第四章	波斯灣戰爭	145
第五章	南斯拉夫內戰	186
第六章	伊拉克戰爭	232
第七章	美國與北韓之間的衝突	279
第八章	北約與利比亞的戰爭	319
第九章	敘利亞叛亂	359
第十章	新疆與中美衝突	389
	註釋	454

Intro

人道主義軍事干預的注意事項：捏造暴行最危險的結果

「『為了全人類的福祉』，是暴君的一貫藉口¹」
——阿爾貝・卡謬

幾個世紀以來，捏造暴行的歷史、動機和後果，一直與人道主義軍事干預的概念緊密聯繫在一起——這個概念在西方政治思想中根深蒂固，認為如果是為了阻止海外正在發生的暴行，發動侵略性的戰爭就可以被看成一種無私奉獻的舉動。在歷史上，為結束敵方暴行而採取的軍事行動可以是正義，甚至是高尚的。這種思想為捏造敵方暴行並以之做為正當化侵略行為的手段，提供其中最強大的動機。

人道主義軍事干預在西方政治思想占據重要地位的歷史，可以追溯到十六世紀的歐洲和宗教改革時期。當時新教和天主教之間的分裂，導致各國經常宣稱他們的海外同宗教徒受到壓迫，並以此做為發動侵略戰爭的藉口。後來的歷史學家基本上都

同意,當時的歐洲國家會捲入宗教戰爭,主要都是出於現實政治（realpolitik）的考量,對宗教少數群體的關切或為了安撫神靈這些理由就算真的曾被考慮過,也只不過是發動戰爭的次要因素[2]。以保護海外同胞為前提的成功海外軍事行動,在鞏固侵略者地位的同時,也會因為發動戰爭時所宣稱的奉獻精神,獲得國內廣泛的支持。在1560年代、1570年代和1580年代,英國對法國宗教戰爭的軍事干預,以及1585年至1604年英國對荷蘭的軍事干預,都是以人道主義合理化其戰爭舉措的著名案例。神聖羅馬帝國和德意志各公國,也是基於類似理由合理化其對法國發動的戰爭。與此同時,西班牙則認為英國以人道主義為藉口,對荷蘭發動的干預有損其利益,於是以英國對其國內天主教少數教徒套上「暴虐無道枷鎖」的迫害為由,試圖多次在1580年代和1590年代侵略英國[3]。這股利用人道主義做為發動軍事干預行動藉口的風潮,在之後的幾個世紀,一直深深地影響著歐洲政治。

早期的人道主義干預在很大程度上,需要干預國將自身描繪成海外少數群體的守護者,強調他們與這些少數群體之間的共同之處——通常是共同的宗教信仰——像天主教國家就會聲稱新教國家裡的天主教徒少數受到壓迫,以此攻擊新教國家,反之亦然。然而隨著歐洲想要征服的目標位置愈來愈遙遠,做為侵略者的他們和目標國家之間的少數群體,也愈來愈難找到宗教或種族背景上的共通點。以人道主義做為干預理由的風潮就逐漸興起,並被更加普遍應用。西方國家將自己的行動描繪成是為了全人類的共同利益,這就意味著即使在目標國家或民族的邊界內,沒有與他們相同的人種或宗教信仰,他們仍然以當地民眾或部分民眾遭受不公正的待遇為理由,正當化其軍事行動。

十六世紀的西班牙和葡萄牙，以保護具有普世性的人道主義價值為由，發動征服南美洲和中美洲的戰爭，就是早期很經典的案例。他們合理化自身行動的很大立論基礎，就是認為歐洲人的統治可以解放當地的原住民人口，且當地文化的歐洲化，也可以讓當地人擺脫所謂比較「落後」和「野蠻」的習俗。美洲原住民原本的生活方式也被描繪成一種暴行，而因為他們的生活方式如此可怕又低劣，所以歐洲人的入侵反而是一種仁慈──這種論述很大程度上建立在強調、誇大，有時甚至完全是透過捏造的方式，不斷強化原住民文化被歐洲人唾棄的一面[4]。當時西班牙著名的哲學家兼國際法學者法蘭西斯科・維多利亞，是眾多以此合理化戰爭行為的人士之一[5]。結果，以人道主義為藉口對美洲大陸展開的征服，很快就變成了世界史上最殘暴的種族滅絕事件之一。值得注意的是，歐洲入侵對三大洲（北美洲、南美洲和大洋洲）人口造成殘酷的種族滅絕，以及對美洲原住民和大洋洲原住民的恣意重新安置，都被透過西化可以解放或提升當地人口的無私奉獻人道主義使命假象給合理化了[6]。由於澳洲或大部分的美洲地區缺乏一個中央集權的統治者，這些歐洲侵略者於是選擇將迫害當地民眾的元兇，從政府改成當地文化，而歐洲人的入侵和歐洲化就被描述成導正這一切弊端的解方。

　　從十六世紀開始，歐洲在世界各地對非西方民族部落和國家的攻擊，也呈現出類似的趨勢。例如，荷蘭最負盛名的法律學者和哲學家雨果・格魯秀斯，極力主張征服荷屬東印度群島，手段甚至包括對當地實施種族滅絕[7]。他的理由是，這是造福當地居民的人道主義使命[8]。英國政治思想史學者理查・塔克針對格魯秀斯的立場做出以下評論：「他的想法是認為，外國來的統治者

可以懲罰當地的暴君、食人族、海盜,和殺害那些殖民者的暴徒(這段話就寫在格魯秀斯1625年出版的著作當中)巧妙地正當化了歐洲人迫害世界各地原住民的大部分行為。[9]」

另一個早期著名的案例,是英國在十九世紀中葉對中國發動的第一次鴉片戰爭。當時的英國媒體報導:「因此,英國的天命就是瓦解當地的政府組織……向他們的子民揭露其政府的空洞與邪惡。[10]」其他報導則表示,為了中國人民的福祉著想,中國政府「神祕又蠻橫的野蠻行徑」只有透過「西方文明積極又具侵入性的力量」才能將之瓦解[11]。這場號稱要解放中國人民的人道主義戰爭,其實是大英帝國為了確保可以繼續擁有向中國出售高成癮麻醉藥物鴉片的權利。而英國取得勝利後的那個世紀,也是中國數千年歷史中最黑暗的時期。

另一個打著普世人道主義發動軍事干預的重要案例,是1898年到1899年間美國對古巴的入侵。做為一個由歐洲殖民者建立的國家,美國繼承了歐洲政治文化的許多面向,並在西半球迅速進行帝國主義擴張的同時,成為打著人道主義大旗的主要侵略者。美國總統威廉・麥金利將對西班牙的侵略,描繪成解放古巴人民,從而促進「文明」和「全人類利益」的計畫――將這次攻擊說成「人性之戰」[12]。美國在這場軍事衝突中,併吞了菲律賓和波多黎各,並在上述兩地犯下嚴重的暴行,還把一大堆人關進死亡率高達20%的集中營。1901年11月,《費城公眾紀錄報》(Philadelphia Ledger)的馬尼拉特派記者寫下,美國入侵當地的部隊「殺光了男人、婦女、兒童、囚犯和俘虜、活躍的叛亂份子,以及十歲以上的嫌犯,他們普遍認為菲律賓人並不比狗好上多少。[13]」有些島嶼甚至被屠殺到「一個活著的當地人都不剩」[14],據估計

當時大約共有140萬名菲律賓人採遭殺害,也有統計認為死亡人數更高[15]。麥金利將這場被多位歷史學家認為是種族滅絕的侵略行動[16],定調為「教育菲律賓人、提升其地位並使其文明化」的人道主義行動[17]。

包括英國知名戰爭史專家大衛‧特里姆教授在內的多位觀察家發現,特別是從十九世紀開始,西方人民愈來愈相信他們的國家,有權利出於道義向海外發動軍事侵略行動。他對他所謂的「人道主義群眾」做出以下描述:「他們對於被壓迫群體的命運具有高度興趣。尤其當這些被壓迫群體是基督徒或猶太教徒,或者是可以皈依基督教的「原始」族群時,更是如此。他們會透過書籍、手冊、雜誌和報紙,消費並協助製作大量關於暴行、大屠殺和殘忍行徑的印刷報導。人道主義群眾會被政治宣傳或論戰所操控。[18]」由於西方大眾對有利於本國或自身宗教利益的人道主義戰爭有著濃厚的興趣,他們可能會將侵略戰爭視為利他主義或人道主義的戰爭。這使得對資訊場域具有影響力的政府和非國家行為者,可以透過捏造暴行來引起大眾在道德上的憤怒,從而號召採取軍事行動。

一直要等到殖民時代結束的1945年,由《聯合國憲章》所規定的國際新秩序才賦予聯合國會員國平等的權利,並讓每個國家(前所未有地包含了西方世界以外的其他國家)獲得內政不受干涉的權利。這非常有效地非法化了西方國家的人道主義軍事干預,並將其視為侵略罪行。只有聯合國安理會的五個常任理事國一致同意,才能正當化這類行動的展開。由於中國和蘇聯這兩個非西方國家擁有具備否決權的安理會常任理事國席次,因此西方國家不再擁有單方面對非西方國家發動無端軍事攻擊的合法手

段。然而冷戰結束後，西方勢力範圍以外的國家在世界上愈來愈少，而且這些國家也愈來愈容易被針對。西方國家開始不斷呼籲要正當化人道主義干預行為，使其凌駕於《聯合國憲章》所保障各國主權不受侵犯的世界秩序。北約（NATO）秘書長哈維爾‧索拉納就曾在 1999 年，北約對南斯拉夫發動非法人道主義軍事行動時表示：「我認為我們正在進入一個國際關係體系；在這個體系中，人權、少數群體的權利變得更加重要，甚至比國家主權更重要。[19]」

2017 年 1 月，葡萄牙裔的聯合國秘書長安東尼歐‧古特瑞斯在上任後的第一個月，就批評了時下的主權概念，並宣揚一套國際關係的「全新思路」；在這種思路下，國際組織可以凌駕於主權之上[20]。在此之前，古特瑞斯前一任的聯合國秘書長科菲‧安南，就曾在修改若未獲聯合國安理會授權，卻仍欲執行人道主義軍事干預的限制時，呼籲主權觀念應該有所改變[21]。另一位知名的主權新觀念倡議者，是美國最有影響力的政策智庫，外交關係協會（Council on Foreign Relations）會長理查‧N‧哈斯。他 2017 年 1 月在《外交事務》（Foreign Affairs）期刊上發表了一篇名為〈世界秩序 2.0〉的文章，內容大致講述同樣概念：「二戰以來，引領著世界運行的規則、政策和體制已經走到底了。光是尊重主權已經無法維護國際秩序。」關於哈斯所呼籲的改革，他說：「一個最適合被當做開頭的改革，就是修改民族自決的觀念；民族自決不再只是實體追求成為一個國家的單方面宣告，一個國家的地位應該是被國際社會賦予，而非自我主張。」哈斯主張，在世界秩序 2.0 之下，被指控違反人道主義的國家可能會被剝奪他國尊重其領土邊界與和平的權利，外國對其進行的軍事干

預也將被正當化[22]。該篇文章其實有非常強烈的針對性，因為文章配圖就是一張北韓領導人的照片，在文章刊出的幾個月前，歐巴馬政府正認真考慮是否要進攻北韓[23]。哈斯表示：

> 當一個政府因能力不足或政策荒腔走板而無法滿足其公民的基本需求時，也可能有必要削弱甚至剝奪該國政府的主權⋯⋯所以我們的主權概念必須是有條件的，甚至是一種契約式，而不是絕對的。如果一個國家不能履行自己的義務⋯⋯那麼它就是放棄了主權所賦予的正常利益，讓自己暴露於被攻打、顛覆或占領的風險。這個時代所面臨的外交挑戰，是如何使國家行為的大方向原則獲得廣泛支持，以及在這些大方向原則遭到破壞時，決定要以何種方式來補救的過程[24]。

要了解哈斯所說的世界秩序2.0的本質，就必須了解捏造出其他國家違反人道主義或暴行，可以如何促進西方國家的地緣政治利益。那些最常被西方世界點名犯下最嚴重的違反人道主義行為和暴行的國家，與那些在國際舞台上最強烈反對西方霸權利益的國家，幾乎完全一樣。最惡劣的施暴者幾乎等同於少數幾個領土上沒有西方國家軍事力量存在的國家代名詞[25]。在這個世界上，任何被貼上人道主義破壞者或暴行實施者標籤的國家，都有可能受到西方世界單方面的攻擊，這是西方國家鎮壓其所主導國際秩序挑戰或抵抗勢力的重要一步，也能有效地將世界帶回殖民時代時，西方列強可以在全球自由使用軍事力量的狀態。

西方大眾對海外國家的憤慨，賦予了他們國家當局在海外屠殺當地人民、推翻當地政府和占領海外土地的權利。這種想法在

歷史上對非西方世界的民眾帶來了災難性的後果，本書後續的章節所介紹的案例都是這樣的情形。西方政治文化和世界觀的這一特點，為侵略者捏造目標國家嚴重踐踏人道主義的故事，提供強大的誘因，而本書針對此類暴行捏造歷史的評估，更凸顯了人道主義干預的極端危險性。

第一章

冷戰初期的
古巴與越南

為入侵古巴鋪路：
從爆炸的火箭太空梭到攻擊牙買加

　　1959 年 1 月，在對與西方結盟的哈瓦那當局發動長期的遊擊戰後，斐代爾・卡斯楚領導的起義軍在群眾抗議的支持下，拿下了古巴的政權。這標誌著古巴與西方世界數十年衝突的開端，美國情報機構不遺餘力地試圖破壞古巴新政府，試圖扭轉美國分析家所謂「無法饒恕的革命」[1]。由於卡斯楚的新政權是利用與蘇聯建立國防合作關係來回應華盛頓的敵意，所以美國對古巴展開了直接開戰以外的攻擊手段，並針對削弱經濟和當地生活水準，施加壓力。而迅速改善了國內從預期壽命到識字率等各項發展指標的哈瓦那發展主義新政府，就因為替其他拉丁美洲國家提供了另一種意識形態和治理體系典範，因此被認為威脅到了華盛頓的利益。於是推翻古巴這個國家，並在此之前扼殺其經濟，就被認為是防止「古巴模式」的政治和經濟發展，獲得更多追隨者

的關鍵[2]。

從 1959 年 10 月甚至更早之前，美國戰鬥機就開始對古巴進行轟炸和燃燒彈投放，主要目標是農田和糖廠。在這些攻擊行動中，至少有 3 名美軍飛行員失蹤，另有 2 名飛行員遭擒[3]。由古巴籍流亡者組成、經常在中情局監督下從美國本土發起的海空突擊，以煉油廠、化工廠、橋樑、農作物、磨坊、倉庫、漁船和商船做為攻擊目標。在哈瓦那呼籲蘇聯提供軍事支援做為回應後，一次對蘇聯營地的襲擊，造成 12 名蘇聯士兵受傷；一間飯店和劇院則是因為身處其內的華沙公約組織人員，遭到來自海上的炮擊[4]。在美國對古巴實施全面禁運的同時，古巴糖的進出口也遭到針對性的破壞。古巴出口的糖，時常在海上遭到中情局污染[5]；而外國商品在運往古巴之前就會遭到破壞，手段包括在潤滑油裡添加其他化學品，造成柴油發動機的磨損，又或者刻意指使西德的一家製造商，生產中心偏離的滾珠軸承，並指使另一家平衡輪的齒輪製造商，動類似的手腳[6]。1964 年出售給古巴的英國公車，在運抵古巴之前就遭到美國和英國情報機構的破壞[7]。這些行動大部分都屬於「貓鼬行動」（Operation Mongoose）的一環，獲得包括美國國務院、國家安全委員會、白宮幕僚、檢察總長辦公室和五角大廈的批准[8]。

下一階段的衝突升級，就進入到了生物戰階段。1962 年，一名加拿大農業技術人員表示，在他擔任古巴政府顧問期間，「一名美國軍事情報人員」付給他 5,000 美元，讓他用一種致命病毒感染古巴火雞，造成當地的「新城病」（Newcastle disease）流行，8,000 隻火雞因此染疫喪命。《華盛頓郵報》報導了這起事件：「根據美國情報部門的報告，古巴人和部分美國

人認為，火雞的死亡是間諜活動導致的結果。[9]」1971年，中情局提供古巴流亡者一種可以引起非洲豬瘟的病毒，讓他們用來對付古巴。六週後，古巴爆發非洲豬瘟，古巴政府不得不屠宰50萬頭豬隻，以防止非洲豬瘟在古巴全境大流行。聯合國糧農組織將此事件稱為當年「最令人擔憂的事件」[10]。美國、加拿大和英國在此之前就曾投入鉅資，研發這類針對牲畜的生化武器[11]。1984年，一名在紐約受審的古巴流亡者作證表示，1980年年底從佛羅里達開往古巴的一艘船隻，也是這一連串生物戰中的一環，船上攜帶了試圖被引進古巴的新病菌[12]。2002年，《紐約時報》記者茱迪絲‧米勒、史蒂芬‧恩格伯格和威廉‧J‧布羅德在一份關於美國生化武器發展的研究報告中指稱，中情局曾預計使用生化藥劑暗殺古巴領導人斐代爾‧卡斯楚和剛果獨立運動領袖帕特里斯‧盧蒙巴，不過這些計畫最後並未付諸實行[13]。

1961年4月，美國中情局試圖讓居住在美國的古巴流亡者入侵古巴。這些流亡者當中的許多人，都與古巴革命前的親美政權有關。儘管中情局的飛行員給予這些流亡者大量援助，但這場被稱為「豬玀灣事件」的入侵行動還是徹底失敗；4名中情局飛行員和100名中情局在當地的代理人喪生，另有1,200人被俘[14]。在窮極所有最顯而易見的攻擊手段後，美國對古巴的攻擊重點轉移到了試圖捏造古巴政府的國際罪行——也就是讓美國政府下轄的各機構犯下這些罪行，再將責任推給哈瓦那——以便為升級成更大規模的入侵行動，尋找藉口。

1962年，美國國防部和參謀長聯席會議（JCS）提議採取讓大眾和世界輿論反對古巴[i]的行動。這樣做的目的是為了合理化對古巴展開敵對行動的升級，並最終讓美國可以入侵古巴，重新

扶植親西方政府上台。採取這項行動的必要性，是因為根據參謀長聯席會議的評估，哈瓦那不會主動採取任何可能導致美國有機會出手干預的挑釁行動[15]。在這次行動中，美國中情局的任務是負責對美國軍事和民用目標故意發動恐怖攻擊。計畫展開的攻擊包括劫持或擊落客機、針對美國城市的重大恐怖攻擊、發動古巴與鄰國之間的戰爭、在美國本土暗殺古巴異議分子，以及將美國太空計畫可能出現的失敗，歸咎於古巴根本沒有實施過的電子攻擊。

參謀長聯席會議起草並批准了「北方森林行動」（Operation Northwood）的提案，這份提案獲得參謀長聯席會議主席李曼·雷姆尼澤的簽核，並獲得每位會議成員的書面批准，以及五角大廈和中情局的大力支持。數十年後公開的參謀長聯席會議祕密文件中強調：「將古巴政府的國際形象塑造成莽撞又不負責任，而且對西半球的和平來說是值得留意又充滿不確定性的威脅，可以有效地拉攏全球輿論和聯合國論壇的風向。」提案中因此建議：

---

[i] 這次行動可以強化古巴內部反對其領導人斐代爾·卡斯楚的輿論。除了政治宣傳的廣播，行動中還計畫在演講前對卡斯楚下藥，讓他變得語無倫次；散布假照片，而照片上的卡斯楚看起來肥胖不堪、身邊美女如雲、眼前的美食佳餚取之不盡，可以敗壞他身為人民公僕的形象（照片標題是「我的口糧與眾不同」）；甚至還計畫要用化學藥劑讓他的鬍子脫落，削弱他的個人魅力。（Blum, William, *Killing Hope: U.S. Military and C.I.A. Interventions Since World War II*, London, Zed Books, 2003 (Chapter 30).）（Boot, Max, 'Operation Mongoose: The Story of America's Efforts to Overthrow Castro,' *The Atlantic*, January 5, 2018.）

「這項計畫執行後的預期結果,是要讓美國處於蒙受魯莽又不負責任的古巴政府諸多委屈的處境,並為古巴建立會威脅到西半球和平的國際形象。」行動計畫建議,要在「邁阿密區域、佛羅里達州的其他城市,甚至是在華盛頓特區推動以共產古巴為名的恐怖活動」,內容包括轟炸平民目標。到時這些恐怖行動都會被歸咎到「不負責任的」古巴政府和斐代爾・卡斯楚的頭上,誤導世界輿論和美國大眾的觀感。

不只軍方和情報單位支持創造對古巴採取行動的藉口,就連美國總統德懷特・D・艾森豪都曾在內閣會議上對雷姆尼澤和其他助手說,只要古巴政府讓他找到理由,他就會採取行動。1960年5月的U-2間諜機事件醜聞歷歷在目,儘管華盛頓多次否認,最終還是證實了蘇聯長久以來對於美國深入其領空進行偵察飛行的指控,而艾森豪在當年大部分時間,都在極力推動入侵古巴的行動。1961年1月3日,艾森豪提議,如果古巴不能為美國的進攻提供「一個很好的藉口」,美國「可以考慮製造大部分人都可以接受的狀況」做為入侵古巴的理由[16]。然而,艾森豪的繼任者約翰・F・甘迺迪對此並不支持,很快就成為了這些計畫的絆腳石。

曾被《紐約時報》稱為「美國國家安全局事務相關報導第一人」的《外交政策》(Foreign Policy)期刊國防專欄作家兼資深記者詹姆斯・班福特,對於美國政府這些古巴行動的觀察是:

> 企圖策動古巴群眾揭竿起義的計畫看來已經無望,且不幸的是,卡斯楚似乎也沒有任何想要針對美國人或其財產發動攻擊的傾向。雷姆尼澤和其他首長知道,要讓美國和古巴

開戰只剩下最後唯一選項。他們必須欺騙美國大眾與世界輿論，讓他們對古巴恨之入骨，這樣一來他們不僅會同意美國進攻古巴，各國及其將領也都會發起對卡斯楚的戰爭[17]。

班福特強調，製造針對美國可以惡意歸咎在古巴頭上以做為入侵藉口的攻擊，「獲得參謀長聯席會議每一位成員的支持，甚至連五角大廈的資深官員保羅・尼采，都支持造假以挑起與古巴之間的戰爭。可見幾乎所有軍種的高級官員和五角大廈有多麼脫離現實，而民主價值的意義也因此被掩埋了40年。」班福特指出：「北方森林行動計畫在美國境內發動一場祕密的恐怖攻擊，以指責卡斯楚並挑起與古巴的戰爭。」至於美國軍方領導階層，他強調：「他們以反共的名義，提議對自己的國家發動一場祕密而血腥的恐怖主義戰爭，以欺騙美國民眾支持他們打算對古巴發動的一場漏洞百出的戰爭。」他對這個計畫的形容是：

要讓無辜人民在美國街頭被槍殺；載著難民逃離古巴的船隻在公海上被擊沉；一波暴力的恐怖主義浪潮在華盛頓特區、邁阿密和美國的其他地方展開。會有人因為自己根本沒有犯下的爆炸案被誣陷；飛機會被挾持。所有這些偽造的證據都會被用來指責卡斯楚，藉此讓雷姆尼澤和他的黨羽找到理由，並獲取他們發動戰爭所需的大眾與國際輿論支持[18]。

其中一個被提議用來怪罪古巴的自導自演攻擊計畫，涉及正處於太空競賽激烈時的美國太空計畫。1962年2月20日，第一位環繞地球飛行的美國太空人約翰・葛倫乘坐太空船從佛羅里達州卡納維拉爾角升空，這趟飛行被吹捧為扛著美國真理、自由和

民主的旗幟飛入太空。參謀長聯席會議向愛德華・G・蘭斯戴爾中校（後來成為中情局針對古巴祕密行動的發起人）建議，可以讓火箭出現一些問題並導致葛倫死亡，「目的是提供無可辯駁的證據，證明——是共產黨或是古巴的錯。」雷姆尼澤認為這件事情不難處理，「可以製造各種證據，證明古巴對火箭進行電子干擾。[19]」

如果發射時出現任何問題，古巴就是罪魁禍首，就可以強化入侵古巴的立場。有別於一般物理上的攻擊，網路或電子攻擊幾乎可以賴到任何人的頭上，甚至完全用捏造的也沒關係——對方發動電子攻擊這個理由在往後的幾十年間，一直被美國和西方國家的策劃者們用來當作指責、誹謗目標，和針對目標實施各種敵對政策的藉口（詳見第七章）。當約翰・葛倫順利升空並成為進入太空的第五人時，參謀長聯席會議迅速起草了針對古巴的造假行動新計畫，這些計畫可以「在未來幾個月的時間內」付諸實行[20]。

後續想要嫁禍古巴犯下各種暴行的計畫變得更加極端。其中一項計畫設計了「一系列精心策劃，將發生在古巴關塔那摩灣美國海軍基地內部和周圍的事件」，包括讓「友美的」古巴人穿上軍裝，讓他們「在基地大門附近掀起暴動」。還有一些人要假裝成基地內的破壞分子。要炸毀基地內的彈藥、在基地裡點火、破壞飛機、向基地發射迫擊砲以造成設施毀損。」這場在參謀長聯席會議指示下，針對美國海軍基地內美軍軍事資產所展開的攻擊，會將幕後真兇的矛頭指向哈瓦那[ii]，並以此做為美國發動軍事行動接管古巴政權的藉口[21]。另一份參謀長聯席會議的提案同樣建議：「我方可以炸毀關塔那摩灣的一艘美國

軍艦,然後將責任歸咎於古巴」,提案中還強調「美國報紙上的傷亡名單將引起全國公憤。[22]」

參謀長聯席會議的其他計畫還規劃:「在邁阿密區域、佛羅里達州的其他城市,甚至是在華盛頓特區推動以共產古巴為名的恐怖活動⋯⋯恐怖活動的矛頭可以指向在美國尋求庇護的古巴難民⋯⋯我們可以擊沉一整艘正搭船要來佛羅里達的古巴人(真實或假裝)⋯⋯我們可以製造美國境內一些古巴難民的命案,並大肆宣傳他們是如何受到傷害。[23]」

其他的行動計畫包括:
- 「在精心挑選的幾個地點引爆幾枚塑膠炸彈,逮捕幾名古巴特務並發布事先準備好關於古巴涉入這起恐怖攻擊的檔案,也有助於建立古巴政府不負責任的形象。」
- 「可以利用多明尼加共和國空軍對領空遭到入侵的敏感性,用『古巴的』B-26 或 C-46 型飛機對其甘蔗田發動燃燒夜襲。現場留下蘇聯集團使用的燃燒彈。還可以再加上由『古巴』向多明尼加共和國地下共產黨組織傳送的訊息,並在海灘上發現或攔截從『古巴』運送到多明尼加的武器。由美國飛行員駕駛的米格戰鬥機可以增加額外的挑釁。」
- 「企圖劫持民用飛機和水面船隻,可以繼續假裝成古巴政府縱容的騷擾措施。」

[ii] 白宮在 50 年後也思考過一次想法非常類似的行動,就是讓美方人員穿上伊朗軍人的制服,並讓他們攻擊美軍的船艦。一旦計畫真的付諸實行,美軍就有藉口可以對伊朗發動戰爭。('Trigger Happy,' CBS News, July 31, 2008)

- 「製造一起事件,從而展示可信證據,證明一架古巴軍機攻擊並擊落一架從美國飛往牙買加、瓜地馬拉、巴拿馬或委內瑞拉的民航專機。飛航目的地的選擇依據,端看飛航路線會不會穿越古巴上空。機上乘客可以是一群去度假的大學生,也可以是任何一群人因為有共同目的才會包下一架非定期的航班。[24]」

美國曾從第三世界購買大量蘇聯製造的現代戰鬥機,其中一些與古巴派遣的戰鬥機屬於同一級別[25]。另一個有機會用上這些資產的計畫是「製造古巴米格戰鬥機在國際水域上空,無端摧毀美國空軍飛機的假象。[26]」

參謀長聯席會議在報告中,詳述了另一項可以被歸咎於哈瓦那的劫機計畫:

> 埃格林空軍基地(位於佛羅里達州西部的空軍基地)的一架飛機將被重新上漆和編號,做為中情局下轄組織在邁阿密地區的民用註冊飛機複製品。這架複製機在指定時間將被替換成真正的民用飛機,並載運被選定的乘客,所有乘客都將使用事前精心準備的化名登機。而實際註冊的那架飛機將被改裝成無人機(一種可以遠端遙控的無人駕駛飛機)。無人機和實際飛機的起飛時間將特別安排,令其在佛羅里達南部的某地點交會。
>
> 兩架飛機抵達交會點後,載有真人的飛機將下降到最低飛行高度,並直接進入埃格林空軍基地的輔助飛行場,在那裡撤離機上乘客,並將該飛機的外觀恢復成原來樣貌。與此同時,無人機將繼續按照原本的飛航計畫飛行。到了古巴上空,無人機將利用國際求救頻率發送求救訊號,宣稱自己正

遭受古巴米格戰鬥機的攻擊。無線電求救訊號會隨著飛機遭到摧毀而中斷。這將使國際民航組織（ICAO）位於西半球的廣播電台向美國解釋，那架飛機遇上什麼情況，而不是美國試圖「說服」其他國家發生這起事件[27]。

1962年3月16日，約翰・F・甘迺迪總統在與雷姆尼澤會面後，否決了上述行動。甘迺迪在遇刺前還否決了好幾項類似的激進行動，不過冷戰期間其他在任的美國總統，可能都更傾向於批准這類行動。1962年9月30日，雷姆尼澤卸任參謀長聯席會議主席一職，隨後轉任北約歐洲盟軍最高司令。而1963年甘迺迪被刺身亡和參謀長聯席會議主席的職位異動，並沒有改變參謀長聯席會議的立場。他們制定新的計畫，試圖透過與美國結盟的第三國在該地區對哈瓦那進行挑釁，或者利用是古巴發動的假攻擊，在古巴和鄰國之間挑起戰爭。這樣的戰爭將讓美國有藉口應盟友要求發動軍事干預，進而為成為美國入侵古巴的理由。檔案中指出：「可以製造『古巴人』攻擊『美洲國家組織』（OAS）成員國的假象，敦促被攻擊的國家採取自衛措施，並請求美國和美洲國家組織提供援助；美國肯定可以在美洲國家組織的成員國中，獲得對古巴採取集體行動所需的三分之二支持。[28]」另一個野心勃勃的計畫，是讓美國去攻擊大英國協的成員國牙買加或千里達及托貝哥。發動攻擊後可以將責任推給哈瓦那，並將英國捲入對古巴的戰爭[29]。

1963年5月，國防部副部長保羅・H・尼采向白宮遞交了一份提案，「有可能讓美國偵察機遭到襲擊，來達到推翻卡斯楚政權的目的。」美國只要繼續派高空飛行的U-2間諜機侵犯古巴

領空，如果有其中一架遭到擊落，五角大廈就派出更多真人駕駛的偵察機去執行低空偵察任務，更容易受到來自古巴的傷害，累積更多損失。就像1962年5月一架U-2因為飛越蘇聯上空被擊落，導致緊張局勢升高，新計畫規定「美國可以採取各種措施，刺激古巴人挑起新的紛爭。」參謀長聯席會議的計畫包括派遣戰鬥機飛越整座古巴島，執行「騷擾性偵察」和「炫耀性」任務，「展現我們的行動自由，希望藉此激起古巴軍方的行動。」「因此，上述行動能否如預想中發展的關鍵，取決於古巴人是否會或能否被激怒，一開始被擊落的偵察機最理想的情況就是能消滅卡斯楚，或許導致蘇聯軍隊和蘇聯在古巴設立的地面檢查站撤離，至少美國可以藉偵察機事件表現堅定的立場。」然而，哈瓦那並沒有上鉤，對隨後低空飛行的偵查機也只是提出正式抗議。

另一項計畫則是設計賄賂古巴軍隊的高階軍官，讓他們襲擊美國軍隊：「唯一可以考慮的方法，就是賄賂卡斯楚麾下的一名指揮官，襲擊關塔那摩的美國海軍基地。」雖然賄賂外國公民襲擊美國軍事設施是嚴重的叛國行為，但在執行這些嫁禍行動的時候，都會拋下這些行為準則。為了促進美國的地緣政治利益，並將具有重要戰略意義的領土強行拉回華盛頓的勢力範圍，即使造成美國軍人和平民的重大傷亡，也都可以被接受[30]。

由於北方森林行動的內容一旦曝光，可能嚴重損害美國形象，而且計畫中的好幾個部分都屬違法，因此所有細節都被高度保密了四十多年。就和許多類似的行動一樣，與北方森林行動相關的檔案都被銷毀，有更多細節仍不為外界所知。例如，參謀長聯席會議主席雷姆尼澤曾命令參謀長聯席會議的古巴項目負責人大衛・W・格雷准將，在豬玀灣事件失敗後銷毀所有與豬玀灣有

關的記錄。豬玀灣事件後,由於古巴民眾對哈瓦那政府的大力支持、蘇聯的保護以及參謀長聯席會議與白宮之間的矛盾等諸多因素,美國最終沒有進一步入侵古巴。然而,捏造古巴挑釁美國,甚至將美方策動的攻擊歸咎於古巴的計畫,高度顯示了美國這個超級強權如果想要詆毀對手,並為針對對手的惡意行動找到藉口,可以做到怎樣的地步。

為攻打越南尋找合理的理由

　　隨著日本在 1945 年的二戰戰敗後,越南迅速成為東亞多個關鍵衝突地點之一;西方帝國試圖在這些地方繼續維持其戰前的殖民霸權,而當地民族主義者則努力爭取獨立。越南獨立同盟會,也就是外界所熟知的「越盟」(Viet Minh)與西方帝國勢力進行了長達 30 年的抗爭,先是對抗法國的殖民戰爭,後來又對抗以美國為首、試圖在越南南部維持影響力的龐大西方聯盟。法國從十九世紀末期透過「大肆燒殺擄掠」[31] 的手段,將越南納為其殖民屬地起,就打算無限期地統治越南,並排除「任何自治的念頭,或任何脫離法蘭西帝國發展的可能。[32]」除了落實在地文化的歐洲化和大力推廣羅馬天主教 [33],巴黎當局的核心殖民政策就是讓越南社會發展不足,刻意使越南的識字率和生活水準急劇下降。當時越南只有接受過基礎初等教育的兒童比例,只占越南總人口不到 10%,是東南亞教育程度最低的國家之一;越南土地被大量徵收——其中大部分被分配給天主教會,使其成為越南最大的地主 [34]。

法國在戰後重新占領越南時，因為遭遇頑強抵抗，所以加強部署了 40 萬名軍力，其中一半是法國人，另一半是當地的協力人員。1946 年 11 月 23 日至 28 日，法軍對越南北部的港口城市，發動了法軍首波的進攻。據非常保守的估計顯示，這次襲擊造成 6,000 人死亡，城市內的大部分區域都在戰鬥機掃射逃難難民時，被夷為平地。法軍刻意使用殘暴手段鎮壓的目的，就是要給越南人「一個沉痛的教訓。[35]」同時法國宣布要對疑似援助越盟的地區實施連坐懲罰，法國軍隊在這些地區大肆掠奪和強暴，與其過去數十年間在當地的統治行為模式，維持高度一致。倖存者多年後回憶：「他們強暴婦女，有時甚至將她們強暴至死。」越盟行動地點附近的村莊被系統性地燒毀，平民在家中被手榴彈炸死。為了恐嚇民眾並使其屈服，法軍還會公開展示被斬首的越南人頭顱，和公開凌虐疑似製造叛亂的嫌疑犯。梟首在法國的殖民戰爭中很常見，有些被砍下來的頭顱還會被送回巴黎，當成戰利品展出[36]。在政治傾向上很可疑的村莊，法國軍隊會專挑懷孕的越南婦女進行強暴，結果往往導致她們死亡[37]。法國殖民軍隊用刺刀刺殺政治傾向可疑孕婦的事件，也被廣泛報導[38]。

　　學者赫爾・瑞德斯特倫在廣泛採訪過倖存者後，於《歐洲婦女研究期刊》（European Journal of Women's Studies）上撰文指出，孕婦「被視為敵人的化身，象徵敵人能夠藉由生育子女培養未來的反抗力量」，這也是法國人將孕婦當成目標的動機，目的是為了「讓當地人處於震撼驚懼之中[39]」。1949 年，與西方結盟的中華民國在國共內戰慘敗後（詳見第三章），因為維護西方在亞洲地區的影響力愈來愈重要，美國愈來愈傾向於支持法國的殖民戰爭。由於美國和西方盟軍在朝鮮半島遭逢意料之外的

兵敗如山倒，在北韓武器匱乏但軍隊人數遠勝盟軍的情況下，被迫展開長達數月的撤軍行動後，美國對法國在越南的支持力度，從 1950 年中開始大幅增加。雖然美國沒有授權出兵支援法國在越南的行動，而且五十多年來一直沒有證實此事，但中情局的民航空運公司（CAT）從 1950 年起，就開始為法國軍隊提供援助飛行任務，並參與傘兵、火炮、彈藥和其他軍事物資的空運工作[40]。駐越南的法軍也及時獲得所需的軍艦和作戰飛機，美國總統艾森豪在 1954 年 5 月，認真考慮要對越盟軍隊發動核武打擊，以支援被圍困在奠邊府的法國駐軍[41]。當時，華盛頓向東京灣（Gulf of Tonkin）派遣了兩艘配備核子武器的航空母艦[42]，只不過因為法軍指揮官指出，法軍部隊與越盟軍的交戰距離很近，所以核武打擊並不可行[43]。在接下來的四年間，美國給予的支援不斷升級。截至 1954 年，華盛頓提供的經費已達法國殖民戰爭總軍費的 78%[44]。

1954 年春天的奠邊府戰役，是殖民戰爭的一個重要轉捩點，法國在損失超過 20,000 名人力和 55,000 名當地協力戰鬥人員後，決定撤軍[45]。隨後簽署的 1954 年《日內瓦協定》[iii]規定，法國殖民軍隊應撤出越南，且越南將劃分為北越和南越兩國，並定於 1956 年 7 月舉行統一大選。由左翼民族主義分子胡志明領導的越盟控制了立足於河內的北越，而南越則由以西貢（現胡志明市）做為據點的殖民時代法語菁英統治。然而隨著冷戰局勢的升級，原本只是一個國家內部爭取獨立的抗爭，卻演變成由美國主導、遍及整個地區，想要鞏固西方勢力範圍與反擊西方勢力挑戰的一部分。由於越南南部親西方的政權預計在統一大選中慘敗，而在越盟領導下獨立的越南，又會對西方在該地區已經岌岌可危

的霸權構成威脅,因此華盛頓在 1955 年支持取消即將舉行的選舉[46]。正如美國總統艾森豪根據當時取得的情報所做的結論:「如果在戰時舉行選舉,可能會有 80% 的越南人把票投給共產主義人士胡志明,支持他成為領導人。[47]」中情局在他們自己的報告中預測:「如果預計舉行的大選辦在 1956 年 7 月,越盟幾乎可以肯定會獲勝。[48]」

在絕大多數都是天主教少數派成員的法語菁英的領導下,南越政府極度歧視南越當地人口多數的佛教徒[49];不但大力提倡天主教信仰[50],政策取向也如法國殖民時期一樣強烈地親西方。由於南越政府在北越和南越都不得民心,由愛德華・G・蘭斯戴爾上校帶領的中情局心理戰專家,就被派去策劃一項重整輿論的計畫。這項計畫特別針對天主教少數群體,計畫結果被證明比蘭斯戴爾之前在菲律賓已經取得過驚人成果的心理戰還要成功。正如

[iii] 西方情報機構透過其廣大的媒體資產網路,不斷捏造訊息的一個顯著案例,就發生在日內瓦會議召開的幾天前。中情局探員喬瑟夫・史密斯在他的回憶錄中回憶,當時他是如何在新加坡召募一名當地新聞記者幫忙散布一則假新聞,因為「很多非常知名的外籍特派員在新加坡挖掘獨家新聞和跑新聞的時候,都會找上他。」假新聞的內容大意是假借一名匿名的英國國防部官員表示,越盟正在接受中國提供的物資和人員協助。這麼做的目的,是支持西方將越盟描繪成國際共產主義陰謀利益的代理人,並破壞他們「純粹是越南本土民族主義愛國者團體」的形象。這麼做被認為可以強化西方國家在日內瓦會議的立場,而中情局的其他分站也接收到明顯警示,「要讓他們的媒體資產準備好報導這則新聞,並確保這則新聞儘可能地被更多報紙採用。」(Chanan, Michael, 'Reporting from El Salvador: A Case Study in Participant Observation,' *The Journal of Intelligence History*, vol. 9, no. 1 and 2, Summer 2010 (pp. 67, 68).)

從1950年代末期到1970年代，一直被派駐在東南亞執行任務的中情局個案官雷夫・麥吉報告：

> 蘭斯戴爾的手下在北越分組行動，煽動北越天主教徒和被法國人遺棄的天主教軍隊往南逃。蘭斯戴爾手下的「西貢軍事任務」（SMM）小組向越南天主教徒承諾，如果他們願意移民南越，就會獲得援助和新的機會。為了幫助他們下定決心，小組還會散發假的越盟傳單，告訴他們在越盟新政府統治下，將面臨怎樣的處境。發放傳單的第二天，想要移民南越的難民登記人數就變成原本的3倍。小組還在散布中共兵團強暴越南少女，並對越南村莊進行報復的恐怖故事。這讓越南人對中國會在越盟統治下占占領越南村莊的恐懼更加落實。小組還散發了其他小手冊，展示如果美國決定使用原子武器，河內和其他北越城市就會處在遭受攻擊的範圍之內。在300天的期限內，中情局提供被誘拐逃離的北越人，免費乘坐中情局旗下民航空運公司飛機和美國海軍軍艦移動的服務。如此一來，不僅說服了北越的天主教徒逃往南方，從而為南越總統吳廷琰提供了可靠的政治和軍事幹部，而且還騙過美國人民，讓他們誤以為北越難民會逃離，是出於大多數越南人對越盟的譴責[51]。

蘭斯戴爾的團隊在暴行的捏造上並不是孤軍奮戰，另一個著名案例是湯姆・杜利中尉在海防與美國海軍合作捏造的敵方暴行。杜利捏造越盟將1,000名孕婦開膛剖肚、用竹棒鞭打裸體牧師的睪丸、將筷子塞進兒童耳朵不讓他們聆聽基督宗教經文等故事[52]。杜利與中情局的關係在1979年遭到披露[53]，一旦讓這些

天主教徒與北越民眾因此產生隔閡,這些天主教徒就可以被用來管理南越的親西方政府。正如麥吉所言:「中情局完成了將原本以佛教徒為主的國家,強制轉交給信仰天主教的總理和天主教軍隊及警察治理的工作。[54]」

儘管上述工作很成功,但南越政府依舊非常不受歡迎。正如雷夫·麥吉指出,美國情報部門似乎自欺欺人地認為,北越並沒有獲得越南廣大群眾的支持。麥吉說:「美國的政策制定者不得不宣稱在南越出現的抗爭,都是由少數共產黨人所發起,是為了反抗當地大多數人支持的民主政府……但我後來就了解到,事實完全相反。」華盛頓支持的是「支持者甚少的寡頭政權,面對的是大部分有組織、有決心並致力於取得共產主義勝利的廣大群眾。[55]」南越的越盟叛亂分子變得更加活躍,並從1959年初夏開始以越共的名義,展開對抗與西方結盟的南越政府及其外國支持者的行動。美國是從1963年11月開始接任美國總統一職的林登·詹森開始,愈來愈積極表現出急於干預的跡象,意圖維護南越做為獨立西方從屬國的地位。

在法國殖民戰爭期間,詹森就曾批評美國當局不願對越南進行更多干預的作法;1954年時,他還曾譴責艾森豪政府未能守住法國對越南的統治[56]。接任總統後,他曾在1964年勸說手下官員,採取更多措施來擊退南越境內的叛亂活動[57]。據國防部長勞勃·S·麥納馬拉表示,他「比甘迺迪總統更確信,失去南越的代價比直接動用美國軍事力量更高。[58]」軍方和文職領導階層普遍支持更極端的軍事行動,海軍作戰部副部長克勞德·瑞克特海軍上將就是其中一例,他在1964年2月,呼籲對整個北越的軍事和工業目標進行空襲。這樣做的目的是讓河內為繼續支持南

方的越共叛亂分子，付出難以承受的代價[59]。1964 年 5 月中旬，與河內結盟的寮國叛亂分子，在越南的鄰國寮國發動攻勢。由於寮國脫離西方勢力範圍的可能性逐漸增加，美國應該採取更強硬軍事手段介入的急迫感也隨之上升[60]。隨著美國從屬國的處境迅速惡化，美國開始制定升級版的軍事干預計畫，只待合適的事件做為藉口，就可以出兵[61]。

1964 年 8 月的第一週，詹森政府就獲得了將越南行動升級為戰爭的藉口[iv]。8 月 2 日，美國海軍驅逐艦馬多克斯號（USS Maddox）在越南海岸附近，遭三艘北越巡邏艇逼近，並開了第一槍。不過事後關於這槍究竟是真的想要造成傷害，還是只是警告，眾說紛紜。據報導，越南船隻發射魚雷進行反擊，但魚雷沒有擊中目標。而在隨後的交火中，兩艘巡邏艇嚴重受損，美軍驅逐艦則在機關槍的掃射中輕微受損。馬多克斯號隨後撤退。美軍雖然描述馬多克斯號那天的行動只是「例行巡邏」，但正如《紐

[iv] 一些分析師宣稱，詹森的動機也是為了贏得即將到來的總統大選。反對黨候選人貝利・高華德主要的競選優勢，就是聲稱詹森在外交政策上軟弱無力—而詹森在採取軍事行動後，他就輸掉了這張牌。曾在 2017 年至 2018 年間擔任總統國家安全事務助理的美國陸軍上校 H・R・麥馬斯特指出，詹森總統和國防部長麥納馬拉「就美國在越南承諾要做的事件和本質，欺騙了美國人民和國會。他們利用一份關於北越襲擊美國海軍艦艇的可疑報告，向選民合理化總統政策，並化解了共和黨參議員、總統候選人貝利・高華德關於林登・詹森在外交政策領域優柔寡斷和『軟弱』的指控。」（McMaster, H. R., *Dereliction of Duty*, New York, Harper Collins, 1997 (p. 129).）

約時報》指出 [v]，「無法解釋為什麼越南巡邏艇會在『無緣無故』的情況下，攻擊強大的第七艦隊。[62]」

48小時後的8月4日，馬多克斯號奉詹森總統的個人命令返回北越海岸，同行的還有第二艘驅逐艦特納喬伊號（USS Turner Joy）。據報導，這兩艘驅逐艦在據稱探測到越南巡邏艇發射的魚雷後，向對方開火。兩艘驅逐艦都沒有受到任何損害。詹森以此為藉口，立即將對越南的行動升級為戰爭，並在驅逐艦反擊巡邏艇事件落幕後的半小時內，推翻了太平洋艦隊總司令的命令，下令對北越進行大規模空襲。這次空襲出動的是附近航空母艦上的戰鬥機，攻擊目標是海軍基地和一座儲油設施。據報導，詹森之所以匆忙下達空襲命令，是為了確保當晚能在電視上宣布美國對北越發動空襲。儘管他的幕僚其實並不確定，是否真的發生了越南巡邏艇攻擊美國驅逐艦的情況 [63]。詹森將對美軍艦艇據稱遭襲的情況，定調為「在公海上對美利堅合眾國的公然侵犯」，因此8月7日參眾兩院匆忙通過了《東京灣決議案》（Tonkin Resolution）[64]，授權總統「採取一切必要措施，擊退對美國軍隊的任何武裝攻擊，並防止敵方進一步進犯。[65]」兩起

---

[v] 《紐約時報》和其他媒體廣泛地將越南巡邏艇稱為「紅色巡邏艇」或「共產主義巡邏艇」——利用近20年的密集反共宣傳，在意識形態上喚起人們對對手的敵意，光是將他們稱為北越並不足以引起大眾憤慨。其他媒體例如《時代》雜誌更是直接將北越與美國民眾在韓戰期間，因為媒體不斷妖魔化所以已經形成強烈負面看法的共產主義對手，中國的形象連結在一起（詳見第三章）。因此，《時代》雜誌就將東京灣的衝突描述為「共產主義中國令人不安的擴張」的一部分。（'Action in Tonkin Gulf,' *Time*, August 14, 1964.）

東京灣事件的報告並沒有經過適當調查，被廣泛解讀為白宮試圖迫使國會簽署決議的做法。國家安全顧問麥喬治・邦迪將推動國會匆忙通過決議的做法形容為「在突發事件和圍繞著該事件高漲的情緒基礎上，倉促決定」——他不贊同這樣的做法[66]。

參議院外交委員會 2010 年 7 月公布的機密稿件顯示，關於當時國會是否被誤導而批准戰爭升級的嚴重問題，很快就浮上檯面。正如委員會成員、參議員法蘭克・丘奇在 1968 年反映了當時普遍瀰漫的情緒表示：「在一個民主國家，如果人民被蒙蔽了真相，你就無法指望這些兒子正遭到殺害，而且自己將來也可能會被殺害的人民，做出正確判斷。」對於這項決議，他強調：「這個情況將使美國軍方、總統聲譽掃地，甚至可能毀掉總統。[67]」美國國家安全局（NSA）歷史學家羅伯特・J・漢約克就委員會的討論指出：「當時是有一些疑慮，但沒有人想化解這些疑慮」，也許是因為「他們覺得已經考慮得很周到了。」他的結論是，國安局官員在事件中故意偽造攔截到的通訊內容，讓人誤以為確實發生所謂 8 月 4 日的北越襲擊美軍軍艦事件[68]。

總部位於華盛頓特區的美國海軍歷史與遺產司令部，於 2017 年出版了羅伯特・J・漢約克的研究報告，該報告根據事件發生 50 年後解密的證據，以及對襲擊當晚的訊號情報記錄進行全面分析後，得出以下結論：

> 新研究出現兩個驚人的發現。首先，不僅僅是對於當晚發生的事件真相，存在兩種不同說法這麼簡單，而是當晚根本就沒有發生所謂的襲擊事件。分析上的錯誤再加上不願思考反證存在的可能性，讓該地區和美國國家安全局總部訊號

情報（SIGINT）人員直接報告，河內計畫襲擊德索托巡邏計畫（DESOTO patrol）中的兩艘美軍船艦。進一步的分析錯誤和對其他資訊的掩蓋，導致更多當時關於所謂攻擊事件的「證據」被公布出來。但事實上，河內當局的海軍當晚除了打撈8月2日受損的兩艘巡邏艇外，什麼也沒做⋯⋯為了維持北越攻擊美國船艦這一說法的一致性，當晚所有的相關訊號情報都無法被提供給白宮和國防及情報官員。而對所有訊號情報證據進行審查後得出的結論是，北越不僅沒有發動攻擊，甚至連美軍船隻的位置在哪都不確定⋯⋯與8月4日事件有關的絕大部分訊號情報，都沒有被寫入襲擊發生後的彙整報告，和1964年10月撰寫的結案報告。被隱瞞的情報占所有可取得訊號情報的將近90%。這些情報顯示北越人在8月4日夜間實際從事的活動，其中包括打撈8月2日受損的兩艘魚雷巡邏艇，以及派遣少量越南民主共和國（DRV，北越）船隻執行海岸巡邏任務[69]。

司令部的報告強調，「如果採納報告中的絕大多數內容，外界得知的情況就會變成根本沒有發生攻擊事件。」報告強調，當時描繪北越侵犯美國的國家安全局總結報告，高度倚賴「從真實情報的上下文之間被擷取出來，再被安插進總結報告中的情報片段，並用這些情報支持北越在8月4日是有預謀發動襲擊的此一論點。總結報告中甚至沒有提及這些情報片段是從哪裡取得⋯⋯情報的呈現方式讓詹森政府該負責的決策者，無法全面客觀地了解1964年8月4日發生的事件真相。[70]」2008年，美國海軍研究所（USNI）的一份報告同樣也指出[vi]，「最近公布了近200份與東京灣事件有關的文件和詹森圖書館的證據副本」，而「這些

新檔案和錄音帶揭露了歷史學家無法證明的真相：1964 年 8 月初，美國海軍船隻在東京灣並沒有遭遇第二次襲擊。此外，證據還顯示了令人不安的情況，那就是國防部長麥納馬拉曾蓄意扭曲證據，誤導國會。[71]」

《東京灣決議案》等於直接放行了好幾輪的局勢升級與戰事迅速擴張措施，包括世界史上規模最大，針對北越、越共、越南鄰國柬埔寨和寮國補給線的轟炸行動。在美國法律的規範下，該決議對這類軍事行動的正當化來說至關重要——詹森總統稱這項決議案「就像老奶奶的長睡衣，把所有該照顧到的地方都包緊緊。[72]」東京灣事件發生後的一個月內，有 93 架美國戰鬥機被派往南越和泰國，且一年內有 20 萬美軍人員駐紮到了南越[73]。當決議案通過並合理化了美軍在整個東南亞的軍事行動後，美軍派駐當地的人數很快就超過了 50 萬[74]。儘管美國回應東京灣事件的態度如此強硬，但根據美國白宮 2002 年公開的錄音帶資料顯示，就連當時因為區域局勢升溫而找到理由出兵並因此得益的總統詹森，都對「北越對美國發動攻擊」的這個說法，抱持高度懷疑。這些錄音帶，以及過去 38 年間的證據都幾乎可以證明，當年並沒有發生所謂的攻擊事件[75]。美國海軍研究院海軍歷史代理院長兼資深海軍歷史學家愛德華・J・馬洛達博士認為，「已經可以確定」北越是清白的[76]。

[vi] 美國海軍研究所報告強調的其中一點，是 8 月 2 日和 8 月 4 日訊號情報攔截器所表現出來的差異，8 月 2 日的攔截器顯示因為進行軍事行動的協調，北越軍部隊之間的通訊更加頻繁。

8月4日的事件發生後，美國總統詹森在午夜發表了一次談話，提及多項站不住腳的說法，包括北越無緣無故就發動了為期兩天的襲擊、美國政府不打算在越南開戰。白宮前首席文膽羅伯特‧勒曼在《國會山報》（The Hill）撰文指出：

> 詹森當晚的演說有任何內容是真的嗎？以歷史學家的角度來看，答案很清楚：沒有。「美國無意尋求更大規模的戰爭？」這正是他在六個月前讓國會通過決議案想看到的結果，只是等著一個事件爆發，來合理化美軍「在公海上」進犯越南的行為。暗示北越無緣無故攻擊美軍？在越南沿岸巡航的馬多克斯號是在幫美國執行祕密和非法情報蒐集任務，任務本身就是為了挑釁北越，使其做出回應。為期兩天的襲擊？連詹森都不相信發生過第二次襲擊。北越進犯美軍？是馬多克斯號先開火。更重要的是，北越人是在他們自己的海岸。那是他們的自家門前。美國軍人反而離家大約8,000英里。真要說起來，我們才是侵略者。此外，詹森不只騙了美國的普通老百姓，他還欺騙了參議院[77]。

雖然馬多克斯號驅逐艦行動的對外說法是例行巡航，但更多關於馬多克斯號在北越海岸活動的細節顯示，其行動內容並不止於此。馬多克斯號的任務是在「定位和識別所有海岸雷達發射器」時，負責模擬進攻北越海岸；它配備了大量訊號情報設備，並為了執行這項任務在7月從台灣配置了17名專家協助[78]。這些任務將消除北越沿岸雷達裝備的作戰能力，對於美軍擴大軍事行動來說，是相當重要的前置作業——美方8月份的時候，認為對北越開戰的可能性很大。愈來愈多聲浪建議美國轟炸北越，但

河內當局卻絲毫沒有察覺,也因此美國軍艦這類具有攻擊性的行動,才會變得特別敏感。美國已經在南越部署了約 16,500 名人員,宣稱他們是軍事顧問,但其實這些人其實已經大幅度地參與了在當地的軍事行動[79];到了 6 月,美軍已經在當地部署空軍部隊,開始打擊叛亂分子和鄰國寮國被共產黨控制的區域。1961 年起,中情局開始派遣突擊隊進入北越執行偵察和破壞行動(這些行動在 1964 年 1 月以後,被移交給五角大廈負責指揮)。據美國太平洋司令部總司令哈利・D・費爾特上將形容,這次行動是針對「發電廠、鐵路、橋樑、重要人士的住宅等」設施,只不過這些行動接連失敗,而且美方也在北越軍的堅實守備下,損失慘重[80]。

另一個讓馬多克斯號的任務感覺極為挑釁的主要原因,是它與南越在海上行動的重大升級互相呼應,這也使得許多人猜測馬多克斯號的出航與開第一槍,是為了激起北越的反擊。7 月時,美國軍事援助越南司令部司令威廉・C・魏摩蘭中將根據作戰計畫 34A,發動一波進攻行動,行動重點是利用南越巡邏的迫擊炮、火箭和無後座力炮進行海岸轟炸。這些攻擊行動是建立在之前更側重於對北越突襲的作戰行動基礎之上[81]。7 月 22 日,南越空軍司令阮高祺向記者證實,南越向北方派遣人員執行破壞任務,已有 3 年之久;且從 7 月 31 日開始,越南海軍也在美國的批准下,在沒有特殊理由的情況下攻擊北越沿海和島嶼設施[82]。美國當時擴大美軍在越南的特種部隊及空軍行動規模,並採取其他措施迅速強化其涉入程度。與此同時,美國還向西貢施壓,要求其配合執行升級行動,包括向北越派遣遊擊隊。7 月 31 日也是美國海軍馬多克斯號驅逐艦開始巡航的日子[vii],看起來更像是

一次協調好的敵對行動。美國國務卿迪安・魯斯克在一份機密電報中承認，8月2日美國海軍馬多克斯號驅逐艦與北越船隻之間的衝突，是因為「馬多克斯號事件與（北越）抵制美軍在其領海的這些活動直接相關」，北越巡邏艇的行動很可能是為了回應美軍正在進行的攻擊。而在盟軍發動攻擊之後，美軍驅逐艦也配合地帶著特殊電子偵察設備穿過戰區，靠近敵方的海岸航行[83]。

「第二次」襲擊事件發生兩天後的8月6日，國防部長勞勃・麥納馬拉在參議院外交委員會和軍事委員會聯席會議上作證時，特別迴避了關於北越是否可能受到挑唆而採取軍事行動的問題[viii]。他的回答是：「我們的海軍絕對沒有參與，與任何南越行動都沒有關係，就算南越有所行動，我們也都不清楚。」他隨後在當天舉辦於五角大廈的記者會上聲稱，他對南越人的海岸襲擊事件並不知情——事實證明這完全是謊言[84]。2005年12月，詹森總統圖書館公布的一捲錄音帶顯示，8月5日，也就是所謂襲擊發生後的第二天早上，麥納馬拉就向詹森承認：

> 您大概已經知道，星期五晚上，我們有4艘由南越或其他國籍人士駕駛的南越魚雷巡邏艇，攻擊了兩座島嶼，而我方對他們發射了大約1,000發的子彈。我們大概打掉了一座雷達站和其他雜七雜八的建築。在之後的24小時，這艘驅逐艦又出現在同一區域，無疑會使他們將這兩起事件聯想在一起[85]。

伴隨著美國同時發動的突襲[86]，南越軍艦於8月3日至4日發動了第二輪更大規模的攻擊[87]。為了協同南越執行的進攻行

動,馬多克斯號奉命接近北越海岸,以便將北越巡邏艇引開南越正在發動進攻的區域[88]。因此,北越海軍採取防禦性軍事行動的理由[ix],不僅是因為美國驅逐艦接近其海岸並率先開火,還因為馬克多斯號正在協助執行南越船艦無故轟炸北越的部分行動任務[89]。事實上,五角大廈提供參議院和新聞媒體有關衝突發生地點的錯誤訊息——謊報的事發地點與北越海岸的距離,是正確地點與北越海岸距離的一倍以上——進一步助長了將北越的行動,扭曲為北越進犯美軍的說法[90]。當時情況基本上和韓戰時的情況差不

[vii] 美國海軍馬多斯號和特納喬伊號的航線都非常接近南越攻擊的每一個目標,而北越宣稱的領海範圍雖然很不明確地訂在 3 到 12 英里之間,但這兩艘船艦都刻意在符合其領海範圍內的區域行動。亞當·羅伯特在英國皇家國際事務研究所的一份刊物中寫道,這兩艘軍艦「無疑是在測試自己的運氣,讓本就已經很微妙的任務,變得更加敏感。」(Roberts, Adam, 'The Fog of Crisis: The 1964 Tonkin Gulf Incidents,' *The World Today*, vol. 26, no. 5, May 1970 (pp. 209–217).)

[viii] 麥納馬拉在 2003 年的影片回憶錄中,對自己當時犯下的欺騙行為毫不懊悔,並炫耀:「我很早就知道永遠不要正面回答別人問你的問題。要回答就回答你希望別人問你的問題。我說老實話,我一直遵守這個原則。這是一個非常好的原則。」(*Fog of War: Eleven Lessons from the Life of Robert S. McNamara* (Documentary), Sony Pictures, 2003.)

[ix] 正如美國歷史學家克里斯·歐沛指出:「詹森當時正想找一個藉口讓他可以去國會要求他們表決出一份決議案,讓他擁有基本上不管他想在越南搞什麼鬼都可以,而且可以避免正式宣戰需要面臨的激烈輿論辯論的權限……更惡劣的欺騙,是灌輸大眾美軍船艦好好地航行在東京灣時,無端遭到攻擊的這種想法。事實上,美國從 1961 年開始,就已經對北越展開一場小規模的祕密戰爭。一直到發生第一起衝突事件的 8 月 2 日的前段時間裡,那些祕密行動還愈演愈烈。」('What really happened in the Gulf of Tonkin in 1964?,' *PRI*, September 14, 2017.)

多，韓戰爆發時，朝鮮半島上大部分的進攻行動其實都是由屬於西方陣營的南韓軍隊所發動[91]，當時越南戰場主要的進攻行動也是由南越軍發起，而北越在發動相對較小規模的報復反擊後，卻因為屬於非西方化的國家陣營，就被斷章取義地描繪成侵略者，進而成為西方國家實施大規模軍事干預敵對政策的藉口。

不僅將東京灣衝突定調為北越方面莫名其妙的侵略行為極具誤導性，就連宣稱北越軍艦發射魚雷，或與衝突時所造成的任何傷亡有關等說法，都非常可疑。在第二次衝突事件發生的幾個小時前，美國海軍馬多克斯號的聲納設備和敵我識別（IFF）裝置發生故障，後來才被修好。當晚，馬多克斯號的聲納裝置曾多次誤傳的魚雷警報，也多是因為馬多克斯號自身的劇烈運動所造成，因為當時馬多克斯號的航速異常高速，而且還是以「之」字形航行[92]。馬多克斯號的 SPS-4 長程對空搜索雷達，和特納喬伊號的 SPG-53 射控雷達當時都已失靈，而雷雨和大雨又大大降低了能見度，並掀起 6 英尺高的巨浪——這些因素加在一起大幅降低了船艦的狀態意識[93]。

8 月 5 日凌晨 1 點 30 分，也就是第二次海上衝突落幕一小時後，艦隊司令約翰・傑洛姆・赫利克上校向太平洋總部報告：「後續調查發現，許多與敵方接觸和敵方發射魚雷的回報都很可疑。許多回報很有可能是受到異常天氣影響，或是聲納員過於激動所導致。馬多克斯號並沒有真的目擊魚雷的蹤影。建議在採取任何進一步行動之前，要進行更全面的評估。[94]」在上午 8 點時，他又傳送了另一條訊息：

「馬多克斯號沒有打中任何目標，也沒有看到任何一艘

船艦被擊中⋯⋯空中支援未能順利定位目標⋯⋯馬多克斯號和特納喬伊號均未發現損毀或人員傷亡⋯⋯特納喬伊號聲稱擊沉一艘船艦並損毀另一艘船艦⋯⋯靠近馬多克斯號的第一艘船艦有可能向馬多克斯號發射魚雷，但只聞其聲，未見魚雷蹤影。馬多克斯號機後續發出的魚雷警報都不可靠，有可能是因為聲納員聽見船艦本身的螺旋槳聲。[95]」

赫利克後來表示，他之所以確定第一枚魚雷有被發射，只是因為他認為馬多克斯號當時的航速比較慢，而聲納設備只有在船速超過25節時，才會將舵聲與魚雷聲的頻率搞混。當他看到筆記和航海日誌都記錄馬多克斯號在遭到所謂攻擊時的航速為30節時，赫利克承認當時很可能並沒有人發射魚雷[96]。

馬多克斯號上的軍官們，也懷疑起北越到底發射了多少枚魚雷的報告，因為他們認為整個北越海軍的所有巡邏艇，最多也只湊得出24枚魚雷。所以他們懷疑，實際上根本沒有任何攻擊行動發生。艦上船醫山謬・E・海爾本回憶，在意識到攻擊是假的以後：「所謂的攻擊警報一解除，艦上的軍官們立刻湧進病房，場面混亂到不行⋯⋯因為所有人笑到東倒西歪。每個人都在瘋狂大笑，然後突然間，我發現我自己也在笑，笑得跟他們一樣瘋，真的大大鬆了一口氣。」在上空飛行的美軍戰鬥機也報告，說他們無法確認該區有任何敵艦的存在，有一架戰鬥機傳回的目擊報告是：「沒有目擊船體晃動、沒有砲彈撞上船隻反彈的動靜、沒有船隻發出的炮火、沒有發射魚雷後的船身晃動──只有一片黑漆漆的海和美軍的砲火。」8月5日上午，馬多克斯號艦長赫伯特・L・歐吉爾司令在艦橋證實，遭到攻擊的回報有誤[97]。

獲獎記者 I·F·史東認為，這場危機「不只涉及危機之中的決策，還涉及──為了支持一開始已經偷偷安排好的決定，而必須製造出來的危機」，顯示美國軍艦在南越發動攻擊的同時採取挑釁行動，是為了吸引敵方砲火，進而用來做為擴大戰爭的藉口[98]。這一觀點廣受分析師們認同，因為美方完全不成比例的過激反應，更是強烈顯示即便真如華盛頓勉強宣稱的那樣，在東京灣發生了輕微的衝突事件，後續也被誇大得太不合理。因此，東京灣事件顯然就是美國用來採取後續一系列行動的藉口。

從2月到6月這段期間，詹森政府一直在起草一份國會決議案草案，只要發生某個事件，無論事件有多微小，都有可能被詹森政府當成提交決議案草案的跳板[99]。事實上，詹森總統在7月26日，也就是第一起事件發生前的一週後和第二起事件發生前的9天，就曾知會參議員 J·威廉·傅爾布萊特，表示他計劃很快會要求國會提出關於越南問題的決議案──代表這些事件發生的時間點剛剛好[100]。歷史學家安德魯·L·強斯在《美國－東亞關係雜誌》（Journal of American-East Asian Relations）的文章中指出：「愛國主義情緒的高漲，確保了該決議案受到壓倒性的歡迎，提供詹森他所需要的一切──兩黨的支持、國內的政治保護（雖然只是暫時），以及透過國會批准，增加美軍在越南的涉入程度。[101]」強斯表示：「顯然，越南局勢在1964年的上半年間逐漸惡化。詹森和他的顧問們意識到，如果不投入大量美軍，越南當地維持的現狀很快就會陷入絕望──事實上，越南這個地方基本上應該已是毫無勝算──因此開始規劃衝突最後的升級。」強斯強調，雖然詹森政府向國會提交越南問題決議案的計畫已經醞釀許久，但東京灣事件為「向國會提交決議案這個舉動

提供了絕佳藉口,避免該決議案陷入究竟是愛國主義,抑或是別有居心的口水戰。[102]」

英國著名國際關係專家亞當・羅伯特教授就對美國在東京灣事件看起來過於激烈的反應,發表了以下看法:「就好像是把東京灣當成了珍珠港。」他強調,許多美國的盟國也這麼認為[103]。國際戰略研究所所長阿拉斯泰爾・巴肯同樣認為,「詹森總統對東京灣兩艘船隻遇襲事件表現出可笑的過度反應。[104]」讓戰事升級不僅嚴重不符合回應該事件的比例原則,就連總統本人也對該事件是否真實發生,深表懷疑。正如副國務卿喬治・鮑爾所說,詹森總統「在事發後根本不相信此事……但他們等著北越來挑釁已經等很久了……我不認為他知道實情,我認為他強烈懷疑是否真的發生了這次的襲擊……但從總統本身和他身邊那些渴望美國採取更強硬立場人士的角度來看,這剛好可以拿來借題發揮。[105]」

愈來愈多關於東京灣事件本身,以及美國在此期間整體行為的資訊,隨著時間過去開始慢慢浮現,詹森政府對一連串事件的說法,也顯得愈來愈站不住腳。前美國國務院分析師兼歷史學家威廉・布倫在1995年指出:「當時人們對襲擊事件的真實性,提出了相當嚴正的質疑,但多年來其他資訊的曝光,才真的粉碎了官方說法的真實性[106]。」詹森總統自己就曾對國務卿喬治・鮑爾說:「見鬼了,那些又呆又笨的水兵只是想要射飛魚而已![107]」他後來在私下評論:「據我所知,我們的海軍當時是在那邊射鯨魚。[108]」國防部長麥納馬拉後來也對於是否發生過任何襲擊表示懷疑[109]。

在8月4日事件期間,在案發地點上空低空飛行了九十多分鐘的美軍飛行員詹姆斯・斯托克戴爾中隊長,於1984年寫下,

他「在事件發生的當下,正好位於最佳旁觀位置,美軍驅逐艦只是對著空氣不知道在射什麼——那裡根本沒有巡邏艇⋯⋯那裡除了漆黑的海水和美軍的炮火,其他什麼都沒有。」他回憶,他的上司指示他對這件事情保持沉默[110]。據報導,馬多克斯號上的軍官們也被禁止發言。斯托克戴爾感嘆:「我怎麼也想不到,在行動現場負責指揮的將領們竟然也有被禁止揭發錯誤或澄清事實的時候。[111]」因此他強調,詹森政府實際上是「以虛假的藉口發動了一場戰爭,完全無視現場軍事指揮官所提出的相反建議。[112]」許多軍方人士都認為,美國發動戰爭的藉口完全不具誠信,其中海軍軍官約翰・懷特在1967年時就說:「我堅持認為詹森總統、麥納馬拉部長和參謀長聯席會議在關於美國驅逐艦於東京灣遭襲的報告中,向國會提供了假訊息。」美國海軍馬多克斯號驅逐艦的艦長赫利克本人也駁斥了關於北越挑釁的報導[113]。

《外交政策》的國安專欄作家、資深記者詹姆斯・班福特就新解密的古巴行動和東京灣事件文件指出:

> 從北方森林行動的檔案來看,欺騙大眾、捏造出戰爭讓美國人去參戰和犧牲,顯然是由五角大廈最高層級領導所批准的標準政策。事實上,東京灣事件感覺上根本就出自北方森林行動的劇本:「我們可以炸毀關塔那摩灣的一艘美軍軍艦,再推到古巴頭上⋯⋯美國國內報紙上的傷亡名單一定會激起一波有利於政府從中操作的憤慨民情。」我們只需要把上面的「關塔那摩灣」換成「東京灣」、把「古巴」換成「北越」。東京灣事件有可能是,也可能不是人為設計好的事件,但如果這起事件真的是人為設計出來的一場騙局,相信當時

五角大廈領導階層也有能力辦到[114]。

《情報與反情報百科全書》（Encyclopaedia of Intelligence and Counterintelligence）一書的作者羅尼・卡萊爾同樣也指出：

> 除了正式的政治宣傳，記者和大眾還被政府透過非正式的管道發送了假訊息。1964年的東京灣事件也許就是最好的例子。當時大多數記者和大眾對林登・詹森總統的說法信以為真。詹森和其他官員將8月份發生在東京灣的事件⋯⋯說成是北越無緣無故發動的明顯侵略行為。第二次襲擊幾乎可以被肯定並沒有發生，雖說當時確實有一些官員以為有發生。然而中情局與美國海軍聯手對北越展開祕密行動的高度機密34A計畫，卻沒有被披露。美國海軍被派往東京灣巡邏是為了收集電子情報的事實，也沒有被揭發。新聞媒體廣為報導的北越「侵略行為」，成為《東京灣決議案》得以通過的墊腳石，也成為美國升級越南戰事的依據[115]。

美國在越南推進的戰爭，高度倚賴捏造出來既能合理化戰事，又能詆毀北越並使其抵抗行動失去正當性的假消息。美方刻意捏造事件以合理化其干預行為的證據比比皆是。前中情局官員菲利浦・利克提在1982年表示，1960年代初期，他曾看過一份書面計畫，內容是在一艘越南船隻上裝載大量蘇聯集團武器，假裝那艘船艦經歷過一場戰役，再將該船沉沒在淺海，然後找西方記者來看從船上繳獲的武器，以此證明共產主義勢力在援助越共。1965年時，真的發生了利克提所說的這起事件。1965年2月底，美國國務院發表了名為《來自北方的侵略》的白皮書，宣

稱一艘「可疑船隻」於1965年2月16日在南越沿海的「淺海處沉沒」，船上載有100噸軍用物資。這些物資「幾乎全都來自共產國家，主要來自中國和捷克斯洛伐克以及北越。」白皮書中指出，「自由媒體的代表參觀了沉沒的北越船隻，並查看了船上的貨物。[116]」雖然紀錄顯示，美國分析師並不相信越盟是莫斯科和北京國際共產主義陰謀代理人的假象，也知道他們是受到當地人愛戴的民族主義者，但將越盟曲解成共產陣營的同路人很重要，因為這樣既能使他們在國際上失去正當性，又能合理化美國對他們採取的軍事行動[117]。

　　利克提還看過涉及一樁精心策劃行動的檔案，內容描述要印製大量五顏六色的郵票，上面要畫越南人把一架美軍陸軍直升機擊落的畫面。他強調，製作這種郵票需要很高的專業水準，目的是為了表明這些郵票是由北越當局製作，因為越共沒有能力做出這種郵票。根據利克提的說法，當時就有用越南語書寫的信件，貼著這些郵票被郵寄到世界各地，「中情局會確保記者們能拿到這些信件」，讓人留下河內與戰事之間勾結很深的印象。1965年2月26日出版的《生活》（Life）雜誌，在封面上刊登了這枚郵票的全彩放大圖，並稱其為「北越郵票」。兩天後，美國國務院就發布了白皮書。《華盛頓郵報》在報導利克提的聲明時指出：「結果白皮書的發表變成一項關鍵事件，記錄了北越和其他共產主義國家對南方戰事的支持，並讓美國輿論為即將發生的大事做好準備：美軍ˣ將大規模投入越戰[118]。」

　　俄亥俄州參議員史蒂芬．楊曾被引述說過他在越南時，曾被中情局告知他們有將局裡的人員偽裝成越共，犯下謀殺和強暴等暴行，目的是為了敗壞越共在當地民眾心目中的名聲[119]。這項說

法雖然未被核實，但這類捏造暴行的行為並不罕見。在菲律賓，中情局就曾用過非常類似的戰術，對付反對美國在菲律賓推動其霸權影響力的「虎克軍」（Hukabulahap）叛亂。為了破壞叛亂分子的對外形象，與美國結盟的菲律賓政府軍被允許偽裝成虎克軍搶劫村莊、大肆破壞。美國空軍退役軍官 L·弗萊契·普洛提說，這種手法「在菲律賓時就已經發展到了極致。」士兵們「以西席·B·地密爾（好萊塢名導）等級製作的盛大場面，出現在掉以輕心的村莊。[120]」中情局在菲律賓的祕密軍事行動負責人愛德華·蘭斯戴爾中校，在菲律賓開創了許多祕密行動手法，並將這些手法同樣應用在越南[121]。

東京灣事件導致現代史上最殘酷戰爭之一的爆發，是 1945 年以來僅次於為期較短但激烈程度更高的韓戰的殘酷戰爭[xi]。羅伯特·勒曼在《國會山報》東京灣事件五十周年的文章中指出，

---

[x] 在美國陸軍 1966 年的訓練影片《鄉村園遊會》（County Fair）中，陰險的越共在叢林空地上加熱汽油和肥皂棒，炮製出一種名為燒夷彈的「邪惡共產主義發明」。諷刺的是，燒夷彈實際上是一種西方使用的武器，被大量投放在日本、朝鮮半島以及後來越南的人口密集區。這個描繪不但具有極強的誤導性，對於「燒夷彈是什麼」和「燒夷彈被用在哪裡」也撒下了一個非常糟糕的謊，因為美軍和聯軍只有在被友軍誤擊的時候，才會被燒夷彈攻擊到。（Covert Action Information Bulletin, no. 10, AugustSeptember 1980 (p. 43).）

[xi] 美軍轟炸造成的慘烈傷亡情況，很快就令人震驚不已。奧地利特派記者伯納德·福爾警告，「越南做為一個文化和歷史實體……正處於生死存亡的關頭」，因為「這個區域在有史以來面臨過最大規模的軍事機器打擊下，越南農村事實上已經死透了。」（Fall, Bernard, Last Reflections on a War, New York, Doubleday, 1967 (pp. 33, 34).）

東京灣事件直接導致「越南人口總共 3,000 萬人，就有 300 萬人死亡！死亡人數等同於連續 30 年、每週 7 天，每天都有一班馬來西亞航空 17 號班機遭到擊落[xii] 所累積下來的罹難人數。像我們這麼大片的罹難者紀念牆，他們總共立了 60 座——這還不包括 50 萬到 100 萬名「橙劑」（Orange Agent）的受害者。」他還強調，越戰結束以後，當地在戰時遺留下來的未爆地雷，後續造成了十多萬名越南人傷亡，其中大部分是平民[122]。除了地雷，五角大廈估計，當時空投到越南的 1,500 萬噸爆炸物中，約有 10% 沒有爆炸。後來美國為了阻止物資進入越南，對其鄰國寮國和柬埔寨發動的轟炸行動，讓空軍拿出所有武器對著底下的平民老百姓無差別轟炸——轟炸「一切會飛、會動的東西」[123]。

除了爆裂物，為了回應東京灣事件，美軍在越戰正式開打之前就已經在越南農田和森林中，到處噴灑有毒化學品。曾在越南服役的前美軍軍醫麥克・黑斯提後來對使用這些化學品的影響進行研究並表示：

> 美國政府向越南人民噴灑了 7,000 萬公升的化學落葉劑橙劑，這是現代戰爭中最糟糕的戰爭罪行之一。這個罪行會跟著當地人的基因代代相傳下去。孩子們死於癌症、出生時就沒有手臂和雙腿、生下來的身體扭曲、患有精神疾病或沒有眼睛，還有其他更多先天缺陷。他們的父母和社會肩負著巨大

[xii] 2014 年 7 月 17 日，從阿姆斯特丹飛往馬來西亞的馬來西亞航空 17 號班機，在飛越烏克蘭東部空域時，遭俄軍第 53 防空飛彈旅擊毀。事件造成機上 283 名乘客和 15 名機組成員全數罹難。

的重擔,只能想盡辦法讓他們的生命至少還有一點意義[124]。

越南人出現的癌症、糖尿病、腦細胞退化、肌肉萎縮和精神問題,很多都是美國化學武器攻擊後所導致的後遺症,而且受害者的這些後遺症又會再遺傳給他們的孩子[125]。根據越南紅十字會統計,有480萬名越南人接觸過橙劑,其中300萬人因此患病[126],而有毒化學物質也被發現已經進入食物鏈,甚至進入了越南婦女的母乳之中[127]。意外接觸橙劑的美軍人員也患上同樣的疾病──甚至家人也受到波及。美國空軍化學武器部門的科學家表示,軍方已經意識到戴奧辛(dioxin)污染可能造成的損害──而且使用廉價大規模製造的戴奧辛,對人體健康造成的危害更大[128]。

美國軍方鼓勵軍人對當地居民進行各種「非人化」(dehumanization)的行為,「殺亞洲鬼無罪原則」(Mere Gook Rule)就是一個最明顯的例子。所謂「殺亞洲鬼無罪原則」就是說,虐待和殺害平民是可以被接受的──因為他們不過是一群「亞洲鬼」(gook)。「gook」原本是當時被廣泛應用在東亞籍人士身上的歧視性詞彙,後來就被越戰美軍用來指稱北越士兵。駐紮在越南的美國士兵被告知:「在越南戰場只需要記住一件事,那就是『殺亞洲鬼無罪原則』─殺死、折磨、搶劫或殘害越南人都不犯法,因為他們就只是『亞洲鬼』。[129]」專門研究戰爭罪的美國著名律師泰爾福特・泰勒,對於這種助長了美國人對越南人犯下戰爭罪的普遍情緒,做出以下評論:「困難的地方就在於,他們眼中並不存在越南人。越南人甚至不被當成人。所以不管你對他們做了什麼,都沒什麼大不了。[130]」曾參加過越戰的史考特・卡密爾,為美軍人員存在強暴和屠殺越南平民的心態

作證:「越南人並沒有被當成人⋯⋯就只是亞洲鬼或共產黨分子,所以對他們做什麼都沒關係。[131]」退伍軍人喬‧班格特同樣也作證:「關於越戰中的婦女,首先,當你在那個環境裡,會有一種感覺,甚至不會想到她們的性別。這真的很噁心。甚至不把她們當人看,她們是『亞洲鬼』。你會覺得她們是物品不是人,就只是物品。[132]」他描述自己曾親眼目睹另一名軍人——不是新兵,而是服役了20年的老兵,將一名越南婦女開膛破肚、剝除人皮的景象[133]。

美國軍方還鼓勵士兵儘可能地多殺一點人,這主要是由於越戰時缺乏具體規範,導致士兵和指揮官都將平民死亡人數充當敵方戰鬥員的死亡人數[134]。據《英國廣播公司》(BBC)報導:

> 無力應付戰鬥時間和地點都操控在敵人手中的美軍,於是開始摧毀一切可以摧毀的東西。美國當時的想法是,如果美軍殺死的敵人(也就是越共)比可以替補上來的越南人還要多,越南人自然就會放棄戰鬥。為了鼓勵部隊將目標放在多多殺敵,美軍部隊之間還辦起了比賽,看誰殺的人最多。在「殺戮板」上殺最多人的冠軍獎勵,包括榮譽假或多一箱啤酒。與此同時,他們的指揮官也能獲得快速晉升的機會。很快就出現這樣一句口號「如果有個死人而且是越南人,那他就是越共」。這句口號成為整個越戰期間的標誌,平民老百姓的屍體經常被當作被擊斃的敵人或越共來統計。包括婦女和兒童在內的平民老百姓,會因為聽見士兵或戰鬥直升機鳴槍示警開始逃竄,或因為身處被懷疑藏匿越共的村莊而慘遭殺害[135]。

美軍士兵內部開始大規模吸食毒品的情況，只讓非人化行為和鼓勵美軍士兵儘可能多殺人的命令所導致的暴行，變得更加慘烈[136]。1971年，有28%的駐越美軍在吸食硬性毒品，也就是海洛因；到了1973年，有70%的駐越美軍在吸食麻醉藥物[137]。在眾多興奮劑之中，安非他命被軍方「像糖果一樣」發放給底下士兵，被指責是害美軍士兵「對平民施行非道義暴力」的罪魁禍首。美國眾議院特別委員會1971年的一份報告顯示，從1966年到1969年間，軍方共用掉了2.25億錠的安非他命[138]。毒品被認為是可以有效幫助士兵應對不斷累積壓力的手段，尤其在1968年越共發動「新春攻勢」（Tet Offensive），導致美軍士氣低落時，更是如此[139]。

第23步兵師的士兵回憶，士兵強暴越南婦女的情況「平均每三天就會發生一次[140]」，第2排的士兵則說，只要連隊經過一座村莊，當地婦女就會被強暴[141]。步兵傑米・亨利把強暴稱為「標準作業程序」（SOP）[142]。越南民眾普遍都記得美軍極為頻繁的強暴暴行，以及在被懷疑援助越共的地區，任意圍捕平民施以酷刑的行為[143]。軍官和教官普遍縱容底下士兵的強暴行為，有時甚至將其做為促進戰場上表現的一種手段，加以推廣[144]。美國研究員伊莉莎白・安德森就說：「幾乎所有我看過的證詞都說，作證士兵的部隊領導要不是直接鼓勵性暴力，就是消極允許性暴力的存在。」這樣造成的結果就是，「性暴力毫無爭議成為越戰的一部分，幾乎所有關於越戰暴行的歷史記錄裡，都看得到性別暴力的影子。[145]」一些士兵還報告，他們的指揮官指示部隊在巡邏時，會為了「娛樂」綁架民女，這些婦女將面臨長達數小時的輪暴，然後死去[146]。有時，上級指揮官甚至認為他們必須在強暴這件事

情上勝過下屬，才能鞏固自己的領導地位[147]。

強暴被認為是美軍官兵的標準做法，許多美軍官兵回憶，教官曾告訴他們：「我們可以強暴婦女」、「分開她們的大腿」、「用尖棍或刺刀插入她們的陰道」。第34排的班長證實：「強暴是每天的家常便飯……幾乎每個人都做過這件事，至少一次。」不只是一種「消遣」，強暴和威脅施暴也被廣泛當成威逼囚犯和平民屈服並獲取資訊的戰略性手段[148]。伊莉莎白·安德森因此指出：「性暴力威脅所產生的獨特恐懼，成為對付平民和被認為躲藏在平民中的北越士兵的有力武器。[149]」正如一位老兵在談到利用強暴恫嚇民眾時說：「這會讓那些看著自己女兒被強暴的人」——那些『亞洲鬼』留下深刻印象。這樣我們就更能讓這些人乖乖聽話。[150]」婦女經常被美軍用瓶子和步槍強暴[151]。

強暴後處決被害人的情況非常普遍。那些先姦後殺越南婦女的男子，被廣泛稱為「雙重老兵」[152]。一名老兵對此類事件做出以下描述：「我們強暴她、奪走她的貞操，朝她的頭部開了一槍以後……開始踩踏她的屍體。每個人都在笑。那個場景就像一群獅子圍著一頭剛被殺死的斑馬。就像你在《野生王國》（Wild Kingdom）這類節目會看到的場景一樣——整個獅群都圍了過來，接著開始大快朵頤[153]。」前美軍大兵約翰·凱特維克想起另一個案例，他說，當三名年輕越南女性被俘時，「所有人都圍了上來，用點燃的香菸折磨這些女子……有一個女孩，他們把她按在地上，把消防車上的水管放在她的兩腿之間，然後打開水龍頭，把她活活撐爆。爆出來的體液濺到我們臉上。」他將之形容為一種「報復行為：因為憎恨越南人、『亞洲鬼』。[154]」

至於在南越這個主要被華盛頓以人道主義藉口所建立及維

護的美國從屬國的生活水準，世界衛生組織（WHO）的研究報告將其描述為「瘧疾、鼠疫、漢生病（痲瘋病）、肺結核、性病，以及 30 萬名妓女氾濫的國度⋯⋯是全球少數幾個漢生病依舊盛行，而鼠疫仍會使人喪命的地方之一。」世衛組織報告稱，南越每年有 50 萬名毒品成癮者、8 萬至 16 萬件漢生病病例，和大約 5000 件鼠疫病例，同時肺結核和性病也大肆流行[155]。北越城市雖然是美軍轟炸的重點目標，但生活情況還是好太多了。這還不包括美國為了鎮壓反對華盛頓計畫的異議人士，在南越製造的恐怖狀態。其中明顯案例就是「鳳凰計畫」（Phoenix Program），美軍透過該計畫在南越跟蹤並暗殺了約 10 萬名異議人士[156]。在南越，平民囚犯被屠殺或遭受拳打、棍棒、水刑和電擊等酷刑，是司空見慣的事[157]，美軍官兵輪暴女性政治犯的報導也時有所聞[158]。

美國在越南部署數十萬名有毒癮、貪婪、被鼓勵殺害平民，並被教導要將當地人視為次等物種的士兵，必然導致災難的發生。上文提及美國對越南的軍事干預為越南人民帶來的恐懼，只是越戰對當地造成慘況的冰山一角。其他後果還包括：為了滿足美國士兵的性慾，隔壁的泰國出現了大規模的人口販運產業[159]；根據「強制徵兵都市化」（Forced Draft Urbanization）政策，越南農村地區的人口重鎮遭到系統性破壞，導致數百萬人一貧如洗，並助長了人口販運[160]。聯合國難民事務高級專員辦事處（UNHCR）的代表證實，強制徵兵都市化政策的目的，是迫使農村人口向美國控制的城市集中，以剝奪越共的支持基礎，卻對越南南部的經濟造成巨大損失，並使數百萬人陷入貧困[161]。這些情況之所以會發生，全都是因為美國政府捏造了北越在東京灣無

緣無故發動襲擊的說法；如果當初這個說法沒有被採信，數百萬條人命原本可以倖免於難。

戰敗後的虛假暴行指控

儘管暴行的捏造在整個美軍越戰期間發揮了許多重要作用，但隨著維持獨立的南越政府這一目標愈來愈明顯地難以為繼，美軍開始逐步採取減少軍事介入的措施；暴行的捏造又開始發揮了另一種層面的重要作用。由於美軍的越戰行動，不只在美國國內開始愈來愈不得民心，連在當地的美軍部隊都開始人心浮動，所以支持繼續軍事干預的美方高層，就必須繼續大肆鼓吹虛假的暴行故事，強化他們的立場。將虛假的暴行都推給越盟，可以創造一個非常重要的立論基礎，也就是美軍如果不採取足夠強硬的立場，就無法避免可怕後果的出現。當時就有人宣稱，美軍一旦撤出就「幾乎肯定」緊接著，「南越曾對抗過共產黨的人就會被屠殺殆盡」，因此華盛頓在道義上有義務堅持作戰下去[162]。

著名案例就是身為吳廷琰總統私下友人兼顧問、前《路透社》（Reuters）外派記者暨《經濟學人》（Economists）前外交編輯，同時也是知名越南事務評論員的專家派翠克・霍尼，非常有自信地預測被越盟統一的越南，將可能出現怎樣的情況：「依照過去共產黨分子的行事作風，再加上南越的人口總數來計算，被屠殺的人數至少會超過100萬人，甚至有可能是這個數字的好幾倍。[163]」

即使在美軍撤出後，暴行宣傳仍被廣泛用來當作刺激南越

抵抗的手段。雖然南越軍隊的人數和火力都是北越軍隊的兩倍以上，但外界普遍認為，南越軍隊不願意戰鬥以及缺乏民眾對美國附庸政府的支持，是導致其真正崩潰的主因[164]。而宣傳北越即將進行大規模屠殺的報導，被認為可能有助於扭轉這種局面。

美國中情局分析師法蘭克・史內普注意到，在北越軍推進的最後幾天，美國駐西貢大使館組織了「一場宣傳近期共產黨在新占占領地區折磨和殘害頑強抵抗平民報導的熱鬧活動。」雖然這麼做可能可以引起國際社會對南越的同情，並幫忙平反之前美國為了維護一個獨立南越政府所做的努力，但卻意外地對「南越當地群眾人口」引發了「恐慌和混亂」。史內普在他的筆記中提到：

這些暴行故事……現在開始被西貢電台、當地媒體和大使館的想像力加油添醋。在大使的指示下，政務參事喬・班尼特依舊努力不懈地捏造大量報導，他假借一位第三方的佛教僧侶之手，將暴行報導從邦美蜀市散布出去。班尼特的一位年輕幕僚今天下午興高采烈地告訴我：「他們說北越人正在拔當地婦女的指甲、砸毀鎮議會。這在應該會在國會引起一些反應。[165]」

關於大使館發布的這一系列暴行故事，史內普強調，大使和中情局首長「顯然認為最新傳出來的故事太有用了，以至於他們不敢冒險去驗證這些消息的真實性」，強調這些故事對於恐懼的傳播非常有效[166]。

儘管美國大使館和中情局的暴行故事通常都會被接受，而且不會有人公開提出質疑，但事情往往沒有絕對。比如說，《基督

科學箴言報》（Christian Science Monitor）就指出，他們的記者丹尼爾‧蘇德蘭從西貢發電報表示：

> 到目前為止，他還無法核實關於北越是否在占領區內處決官員和其他平民的傳聞。蘇德蘭先生確實報導了美國駐西貢大使館，將號稱發生處決的相關消息傳回華盛頓，但他也說，一名處決事件中據稱是目擊者的僧侶卻不知去向。峴港另一名據傳是目擊者的人則告訴蘇德蘭先生，他並沒有目擊這起事件。丹尼爾‧蘇德蘭先生報導，大使館的電報顯然是為了說服國會為增加援助，投下贊成票[167]。

即使在越南於 1975 年 4 月 30 日實現統一後，有關北越暴行的政治宣傳，仍在持續為合理化美國繼續對越南發動經濟戰，以及回過頭來合理化美國當初發動越戰這兩件事情上，發揮關鍵的作用。由於美軍在越南犯下的暴行中，已經有極少部分在國際上曝光，光是這部分醜聞就足以損害美軍的聲譽，因此將越盟描繪成更邪惡的一方（就差沒把人家說成種族滅絕的罪魁禍首），就可以讓美軍看起來是越戰中不那麼邪惡的一方。

美國學者諾姆‧杭士基和愛德華‧S‧赫爾曼撰寫了大量關於美國與戰後越南關係的文章，他們指出，美國主要透過捏造暴行來實現的關鍵目標是「重建近代史，以便用一個更好的形象來展現他們過去所扮演的角色⋯⋯想帶給世界一個為了民族自治而退出自由世界，是一個被統治者最難以承受的糟糕命運的教訓，並從事後藉由描述美國戰敗後的越南當地可怕後果，為美國的干預提供一個合理化的藉口。[168]」他們提到了美國當局「為了消除

《華爾街日報》（Wall Street Journal）將中南半島後續經歷的痛苦，稱之為都是與美國過去 30 年的行為有關的『愚蠢謊言』」所下的各種功夫，不斷宣稱越盟統治下的越南，比當美國的從屬國還要糟糕[169]。

除了捏造暴行，另一個手段則是將原本主要是由美國的毀滅性空襲，和後續戰後制裁所導致的越南惡劣環境，扭曲為越盟政府治理下的結果。杭士基和赫爾曼指出[xiii]，「明明是因為美國干預所帶來的營養不良、造成痛苦和死亡，以及到處蔓延的疾病，將越南社會毀於一旦，但這些情況都被當成美國展示共產主義邪惡本質的證據。[170]」

兩位學者在研究了西方對越南，乃至關於整個中南半島的報導後強調，「在這麼多年的時間裡，看到知識分子有多麼容易受到暴行捏造這個產業的陰謀詭計所影響，實在令人嘆為觀止。[171]」他們特別點出用來詆毀越南和其他對手的明顯手法：

[xiii] 包括這兩位在內的諸多學者，將戰後西方媒體在越南的作為與《布萊斯報告》（見前言）相提並論，只不過西方媒體這麼做不是為了賦予美軍參戰的正當性，而是為了詆毀戰勝的北越，從而在事後證明這場戰爭本身的正當性。他們強調，「美國新聞界所遇到的限制在很大程度上是自找的，反映的是意識形態上的侷限，而不是那種在惡劣條件之下還是必須進行報導的迫切窘境」，導致他們在明明與當地現場人員觀察到的實際情況相違背的情況下，還是寧願大篇幅地轉述這些捏造罪行的報導。（Chomsky, Noam and Herman, Edward S., *After the Cataclysm: Postwar Indochina &The Reconstruction of Imperial Ideology*, Boston, South End Press, 1979 (p. 96).）

隨著情報單位變得愈來愈刁鑽——或者至少,愈來愈有錢——他們學會去左右社會上更有想法的意見領袖的意志,讓他們去相信他們所效忠的國家正在對抗的敵人,就是最糟糕的敵人。其中一種做法就是幫忙出版「學術研究」,例如知名流亡人士黃文志透過敘述北越土地改革期間的血腥神話,而取得巨大成功的那本書籍[172]。

在其他大眾聽起來都差不多荒唐的消息來源之中,美國媒體在 1975 年 4 月以後,最喜歡引用描述越南當地發生了大規模暴行的消息來源,是加拿大的耶穌會會士安德烈・杰利納斯,他曾說:「有 15,000 至 20,000 名越南人自殺,因為他們不願活在共產主義之下。[173]」杰利納斯還以來自西方和其他的外國實地目擊者,都是越南政府敘事的傳聲筒為由,駁斥他們對他的批評。不過在 1977 年 6 月的國會證詞中,他沒有再複述大規模自殺的故事。杰利納斯告訴《蒙特婁星報》(Montreal Star):「如今的南越人都在祈禱戰爭發生⋯⋯就像 1942 年的法國人祈禱戰爭發生一樣。他們想要被入侵。[174]」然而杰利納斯拒絕透露他的消息來源,也說不出故事裡的關鍵地點,因此他的說法引起了尤其是那些專訪他、與他討論一些暴行指控的人士懷疑。專門收容無家可歸越南兒童的「擦鞋男孩基金會」(Shoeshine Boy Foundation)負責人理查・休斯,在「與杰利納斯神父進行了長達 3 小時的深入交談」後得出結論,認為杰利納斯神父的指控正說明了「二手資訊會助長謠言和憤恨偏見」,並強調這些指控對戰後關係的恢復是多麼有害[175]。各大媒體對杰利納斯的指控信以為真,並讓這些指控廣為流傳,被認為因此影響了好幾位國會議員,令他們支持政府對

此採取更強硬的立場[176]。杰利納斯和那些南越流亡人士的指控，讓西方媒體得以宣稱，越南發生的情況證實了詹森總統說過，美國如果不進行干預，越南將遭受更大苦難的預言，從而合理化了美國參戰的決定，並摧毀那些反戰人士的信譽[177]。

杰利納斯無法為自己的指控提出任何證據，而可以提出更多實際證據的可靠消息來源，也廣泛打臉了他的指控[178]。門諾派社工厄・馬丁曾在南越集中營從事救援工作，並在越南統一後，在該國逗留了相當長的時間。他與其他許多人做出的結論一樣，認為「安德烈・杰利納斯嚴重毀損了他做為可信證人的任何基礎。[179]」諾士基和赫爾曼對於杰利納斯的說法從本質上來看就沒有根據，但美國媒體還是大肆宣傳的現象表示：「然而，從新聞自由的角度來說，就是杰利納斯的那種說法才符合『真相』……因為杰利納斯的說法對官方敵人的批評非常尖銳，所以真實性根本不重要，也不需要做進一步分析。[180]」他們還對他在西方媒體中之所以大受歡迎表示：「想像一下，一位神職人員可以在越戰最野蠻那段時間，在越南生活了13年卻從未發出過一聲抗議，接著卻向國際大眾捏造出大規模自殺和北越政變的故事。[181]」他們強調，美國媒體大肆宣傳杰利納斯的報導，是為了暗示美國參戰理由完全合理，並讓那些反對參戰的人失去正當性[182]。

另一個值得留意的消息來源，是《世界報》（Le Monde）的法國特派記者R・P・帕林谷。他提到當地嚴厲的鎮壓措施，還有很高比例的人口被送進集中營。他的說法在美國的廣播、電視和報刊上廣為傳播，但與杰利納斯的說法一樣，這些說法幾乎沒有任何佐證，而且遭到大多數在越南當地的外籍觀察人士強烈反駁[183]。例如多倫多《環球郵報》（Globe and Mail）的約翰・

費雪花了 4 周的時間跑遍越南，得到的結論是：帕林谷的報導嚴重地誇大不實 xiv。雖然費雪對越南政府也抱持著高度批評的態度，但他積極地核實帕林谷的觀察和結論，並解釋為什麼以他自身經驗來看，包括與批評政府的越南人士進行過多次討論，帕林谷的敘述與實情相去甚遠 184。帕林谷經常提到的數字是 800,000 名囚犯，逃到西方定居的南越流亡人士也曾提過這個數字，不過這個數字的算法，是把戰後重新回到農村的 750,000 名城市居民視為戰時俘虜，營造當時曾發生過大規模鎮壓的假象 185。

西方國家對越南當局在戰後實施過大規模鎮壓的說法，一直遭到當地多數外國觀察人士的強烈反駁。事實上，雖然《紐約時報》等西方媒體一直大肆聲稱美國人在戰後完全無法進入越南，但事實遠非如此。但這樣的說法就讓媒體更有理由專注於訪問逃出越南的流亡人士以及維權人士進行報導，而不是訪問真正在越南當地的生活的人士。《紐約時報》曾向美國著名的歷史學家加百列・寇科邀約撰寫越南行的考察報告，但由於他的報告結果與西方的主流說法大相逕庭，因此拒絕予以印刷出刊 186。

瑞典一個由國會議員率領的代表團，在會見了知名的非共產黨反對派人士，並聽完他們嚴正否認外界對統一後越南政府的各種反人權主義指控後做出結論，認為是華盛頓當局「必須捏造出各種故事，摧毀外界對越南政府的信任。187」一位曾在統一後的越南生活過 15 個月的義大利傳教士，在當地與其他基督徒一起

---

xiv 費雪聲稱，他在越南的 4 週時間裡，「比 1975 年以來的任何西方記者，都更有機會和自由在越南各地（7 個省和 2 個主要城市）進行獨立採訪。」

住在西貢郊區的小村莊裡。他對於西方媒體如何不斷散布來自流亡人士愈來愈極端的證詞，並以此創造出與現實嚴重脫節的越南形象，提出嚴厲批評。他強調：「讓這些逃到海外的難民，在收容他們的國家裡面、說出這些收容國家最想聽到的那些話，是非常不道德的一件事情。[188]」

另一個著名案例是商人華萊士・科萊特，他曾率領貴格會的代表團前往越南，專門調查西方世界關於當地鎮壓的指控。他的代表團會見了南越著名的非共產黨政治人物，這些人否認了這些報導，並表示這些指控是假的。曾擔任非共產黨反對派主要發言人的李正中（Ly ChanhTrung，音譯）等人，斷然否認了西方關於越南政府違反人道主義的指控。他說：「如果發生侵犯人權的行為，我們自己就會跳出來講話，不會等外國朋友替我們發聲。」他駁斥了西方關於再教育營是「為了報復或慢慢殺害美國同路人」的說法[189]。這樣的說法就是用來散播關於設施的錯誤資訊，使其成為越南政府大規模鎮壓的核心論述。至於這些集中營內部的條件，門諾派中央委員會的馬克斯・艾迪格的報告中說，他「見了幾位老朋友，他們曾是前南越軍隊的軍官，在再教育營待了九個月。完全沒有提到酷刑和虐待」反而「提到如何學會了一技之長」，並說他們學到「關於越南現在的新經濟和社會制度。一名年輕醫生在完成再教育的課程後，被任命為西貢一家戒毒中心的主任。[190]」然而在西方媒體的眼中，再教育營仍然被比作溫和版的奧斯威辛集中營或比克瑙集中營，且就像20年前美國戰俘在韓戰期間遭到關押的集中營一樣，被各種想像出來的暴行，描述成與實際情況完全不一樣的設施。

第二章

韓戰

朝鮮半島的大屠殺：將盟軍暴行歸咎於敵軍

　　自 1950 年 6 月開始耗時三年的韓戰，在許多方面仍是 1945 年以來最具影響力的軍事衝突，交戰雙方分別是以美國為首、幾乎完全由西方國家軍隊和南韓軍隊所組成的聯合國軍[i]，對上中國和北韓這兩個東亞地區的共產主義國家。這場戰爭不但帶來懸而未決的後續影響，至今仍不斷左右著朝鮮半島的緊張局勢，同時也引發了一系列爭議，從聯合國軍在戰時針對朝鮮半島平民的行為，是否構成種族滅絕，到各方對戰爭的爆發應承擔不一而足的責任。儘管暴行的捏造並非造成韓戰爆發的主要原因，但它卻深刻影響了韓戰最後 18 個月的進程，以及世界各地對中國和北韓的公眾認知。

　　美國從韓戰爆發前 5 年的 1945 年 9 月起，將朝鮮半島的南半部置於美軍統治之下，並在這段過程中，強行解散了剛成立不久的朝鮮人民共和國（People's Republic of Korea）。美國隨後

扶植起來接管當地的政權領導人,是由美軍遠東司令部總司令道格拉斯・麥克亞瑟將軍親自挑選,並遠從居住了 20 年之久[ii]的華盛頓飛回南韓的李承晚。李承晚曾因濫權,遭到大韓民國臨時政府彈劾,雖然他對韓國未來的願景與西方國家的利益高度重合,但他在韓國國內幾乎沒有任何地位[1]。

面對民眾對的強烈反對,李承晚的維安組織在南韓展開了一場大屠殺[2]。美國歷史學家布魯斯・康明斯對於那些準軍方青年團體在疑似反對異議人士聚集的人口重鎮所做出的行為,做出以下描述:「例如,在濟州島涯月邑下貴里的村莊裡,右翼青年抓走了一名據稱丈夫是叛亂分子的 21 歲孕婦阿問(音譯),他

---

[i] 美國前總統德懷特・D・艾森豪在他的回憶錄中做出結論,表示美國領導的聯合國軍的主要目的,是替美國提供一種看起來不那麼單方面武斷的干預手段。他說:「由其他國家象徵性地提供軍隊,就像在朝鮮半島,就可以為原本可能會被看成殘暴帝國主義的行動,披上一件真正具有道德意義的外衣。」而在世界輿論的競技場上,美國已經經由聯合國建立了一個軍事聯盟,有效提升了華盛頓是為了世界利益、抵禦國際社會威脅而戰的形象──而不是一個欺壓剛剛獨立的東亞國家的超級強權。聯合國軍也全都聽命於只需要對華盛頓負責的美軍司令部,而不需要需要對聯合國安理會負責。(Eisenhower, Dwight, *The White House Years: Mandate for Change*, 1953–1956, New York, Doubleday, 1963 (p. 340).)

[ii] 美國中情局對李承晚的人格評估檔案中寫道:「他畢生都在追求控制該國(韓國)的終極目標。在追求這個目標的過程中,李承晚對於可以讓他獲得個人利益的任何手段幾乎是葷腥不忌,只有唯一的一個重要例外,那就是他絕不跟任何共產黨的人打交道⋯⋯李承晚的虛榮心讓他非常容易受到來自美國和南韓內部對他的阿諛奉承,以及他對個人利益的追求所影響。他的智識很淺薄,他的行為常常是非理性甚至是幼稚的。」(CIA, *Prospects for the Survival of the Republic of Korea*, ORE 44–48, October 28, 1948 (Appendix A, 'Personality of Syngman Rhee').)

們將她從家中拖出來,用長矛刺了她13刀,導致她流產,她死的時候胎兒就卡在產道口。其他婦女則遭到輪暴,經常是在村民面前被侵犯,而且在被塞入陰道的手榴彈炸死。[3]」美國反情報軍團指揮官唐納‧尼可斯當時就在軍團裡面,他描述了與這些準軍事人員的密切合作,以及他們所犯下令人髮指的暴行細節,並指出部分暴行他「永遠無法從記憶中抹去。[4]」截至1950年,據保守估計已有2%的南韓人口在這類血腥鎮壓行動中喪生[5],而多年後的官方調查顯示,戰後的前5年的死亡人數介於60萬至120萬人之間[6]。那些被懷疑政治傾向與當局不同的人及其家屬,成為無差別的攻擊目標;那些被懷疑同情北韓執政黨朝鮮勞動黨的人,被對待的手段更是殘忍[7]。李承晚對於他的意圖直言不諱,如果他可以將北韓收回自己的統轄下,他說:「我可以搞定那些共產黨。那些赤匪就算把槍埋起來、把制服燒掉,我還是知道怎麼把他們揪出來。我們會用挖土機挖出巨大的坑道和戰壕,然後把共產黨人丟進這些坑道壕溝塞滿,全部埋起來,讓他們名符其實地待在『地下』。[8]」他不是空口說白話,他的部隊確實如他所說,將南韓數萬名,包含兒童在內的政治傾向「可疑」人士,通通埋進亂葬崗裡[9]。這個血腥屠殺的情況在1950年6月韓戰爆發後,更是急速惡化。至於殺戮行動的規模有多大,路透社(Rruters)在韓戰開打後沒多久,就引用了南韓警察廳長金泰善(音譯)的說法報導:「戰爭爆發至今,南韓警方已處決了1,200名共產黨和疑似共產黨的可疑人士。[10]」

美國政府與媒體都大幅報導了李承晚軍隊在韓國各地[iii]大規模殺害政治嫌疑犯及其家屬的新聞。美國陸軍二等兵唐納‧洛伊德回憶在第3工兵連曾目睹過的事件:「我們聽到了機關槍掃射

的聲音,看到他們(南韓人員)把死者埋在大坑裡,坑裡有抱著嬰兒的婦女。我估計有 100 人。[11]」唐納・尼可斯上校在他的書中回憶了 1950 年 7 月第一週,他在水原市附近看過系統性地屠殺政治犯的情況。他寫下:「我無助地站在一旁,目睹整個事件。兩台大型推土機不停地挖,一台挖出壕溝狀的墓坑。滿載死刑犯的卡車開進來,他們的雙手被綁在背後,被匆忙地推到剛挖好的壕溝邊上,排成長長一排。他們很快就頭上中槍,然後被推進墓坑。[12]」大規模屠殺和婦女抱著嬰兒被埋在亂葬崗裡的場景固然可怕,但也為那些意圖使北韓政府喪失正當性,並對其進行抹黑的宣傳者,提供了絕佳的機會。這些大屠殺因此被故意誤導歸咎成北韓軍隊所為,美國觀察員收集並發布了大量遺骸影像,但卻將之標示為敵軍戰爭罪行的證據。美國知名男星亨佛萊・鮑嘉在五角大廈贊助的電影《朝鮮罪行》(The Crime of Korea)擔任旁白時,就將美國扶植的南韓政府實施暴行的地點,謊稱為北韓屠殺的結果[13]。這部影片在美國媒體廣為流傳,為戰爭行動在公眾眼中賦予了極大的道德正當性。如果北韓人在屠殺婦女和嬰兒,並將成千上萬的死者扔進亂葬崗,那麼批評軍事干預以解放韓國人民就顯得困難重重。這樣的訊息也被在不同形式的媒體

[iii] 在李承晚被推翻的幾十年後,南韓政府的真相與和解委員會對這些事件進行了徹底調查,並透過解密檔案證明,李承晚政府執政期間在美國的全面配合下,曾針對疑似政治異議者及其家屬有計畫地執行滅絕行動。調查中還發現埋有數千具屍體的亂葬崗地點,其中許多罹難者是兒童。(Spencer, Richard, 'More than 100,000 massacred by allies during Korean War,' *The Telegraph*, December 29, 2008.)

上，盡可能廣泛地傳播。甚至還有本名為《暴行故事》（Atrocity Story）的漫畫書，內容凸顯南韓各地的亂葬崗有多恐怖，並將其錯誤地歸咎於北韓軍隊。該漫畫列舉一長串被誤加於北韓的戰爭罪行後，還要讀者想像這些罪行如果發生在美國的內華達州、紐澤西州的大西洋城，或加州的英格爾伍德——不但激發讀者對受害者的同情，又暗示了北韓或其他共產主義國家可能對美國構成的威脅。書中為了提供對照，還描述了納粹德國的罪行，並將北韓人描繪成「新納粹」，形容他們的行為就好像來自「野蠻又殘暴的黑暗時代。[14]」

《時代》雜誌發表了一篇名為為〈野蠻行徑〉的專欄文章，敘述殺害了 5,000 到 7,500 名囚犯的大田大屠殺（保導聯盟事件）。事件受害者都被稱為「反共人士——士兵、官員、商人和專業人士。」美國陸軍對該起事件的報告如下：「大田大屠殺這起野蠻的屠殺事件，將與南京大屠殺、華沙猶太人區大屠殺和其他類似的大規模屠殺一起被載入史冊，那些犯下罪行的兇手必須接受文明法庭的審判。」南韓政府數十年後的調查毫無疑問地證明，李承晚政府的軍隊就是犯下屠殺罪行的兇手，在韓戰爆發後的幾週內，就殺害了幾十萬名南韓老百姓[15]。美國政府參與韓戰，不只維護了這些加害者得以繼續位居高位，還試圖強行將北韓人民置於這些加害者的統治之下，讓類似暴行擴大。1950 年 10 月後，在美軍帶領的攻勢之下，大部分北韓領土被短暫納入李承晚政府統治的期間，到處都發生了類似的大規模屠殺事件。

美國一開始是以解放南韓人和後來是以解放北韓人的名義發動戰爭，隨後愈來愈倚賴捏造暴行來合理化戰爭行為，等於製造聯軍對南北韓人民犯下實際暴行的溫床[iv]。戰地記者、韓戰倖存

者、美國的加害者以及多年後五角大廈的檔案,都證實了美軍人員當時曾被下令在南韓全國上下屠殺當地的平民老百姓[16]。

金東椿教授是韓國政府真相與和解委員會(成立於1993年,是南韓政府一個負責調查歷史事件真相的機構)的主要成員,他在2004年的報告中指出,美軍人員犯下的各種暴行是他們對韓國人抱持「深刻種族偏見」造成的結果。他以老斤里良民虐殺事件為例指出:

> 由於對亞洲一無所知,年輕的美國士兵將韓國人和中國人視為「沒有歷史根源的民族」。他們常將韓國人稱為「亞洲鬼」,這是二戰期間美軍士兵對太平洋島民的稱呼。許多韓國婦女經常在丈夫和父母面前被強暴的這個事實,在經歷過韓戰的倖存者中早已不是祕密。目前已經知道,若干老斤里的婦女在被槍殺前遭到強暴。一些目擊者指出,美國士兵就像小男孩虐待蒼蠅一樣,玩弄那些女子的生命[17]。

來自美國陸軍第7步兵師的吉爾·印珊姆回憶,他的中士曾多次安排進入村莊巡邏,唯一目的就只是為了強暴韓國婦女。

---

iv 英國作家韓素音(伊莉莎白·康柏)在韓戰初期曾隨美軍駐紮在南韓,她在1950年7月14日的日記中寫道:「他們認為每個韓國人都是敵人;他們會向難民開火,有時甚至殺害難民。」她在兩週後寫道:「美國人日復一日地用他們的飛機摧毀城鎮,死亡比例是每一名美軍士兵死去,就有50名韓國平民喪命。」(Han, Suyin (penname of Elizabeth Comber), *Love is a Many Splendored Thing*, London, Jonathan Cape, 1952 (pp. 342, 349).)

他還親眼看到那位中士用手槍抽打村裡老人,因為他拒絕帶他去找村裡的年輕女性,然後就當著他的面,強暴那名老人的妻子。他想起那些美國大兵會折磨受制於他們的北韓人,戳傷患外露的腦袋,然後大笑,或者把他們綁在樹上肢解。他回憶:「我不知道為什麼有些美國士兵會做出那樣的事情,也許這就是他們內心真正的模樣,他們是虐待狂。[18]」戰後返家的南韓士兵,講述了他們姐妹和其他親屬被西方軍人強暴的故事[19],而中國士兵則回憶,他們在死去美國士兵的頭盔裡,發現過韓國強暴受害者的裸照,就跟士兵從家鄉帶來的照片放在一起[20]。《紐約時報》記者喬治・巴瑞特等人強調,由於中國軍隊與西方國家軍隊在行為表現[v]的巨大差異,韓國民眾對中國軍隊的看法與對西方國家軍隊的看法,形成了鮮明對比。他寫道,美國和加拿大軍隊到處犯下的強暴行為「造成非常多韓國民眾深刻的敵意。」韓國人強調,西方士兵對平民犯下包括強暴和殺戮在內的罪行,既不會受到懲罰,也不會被上級長官譴責。反觀之下,巴雷特指出中國軍隊的

---

[v] 想了解韓戰戰場上的具體狀況,一個很著名的參考指標,就是美軍和南韓軍隊在韓戰期間犯下的戰爭罪行,曾被納粹德國戰犯的辯護律師,用來當成德軍將領應該獲得減刑的論證;因為這些德軍將領的罪行,並不比美軍和南韓軍嚴重。韓戰後擔任歐洲盟軍最高司令的聯合國軍總司令馬修・李奇威說,他贊成赦免,因為他本人在朝鮮半島下過的命令,就曾導致嚴重程度並不亞於那些納粹將軍命令的罪行。這很可能包括他在 1951 年進軍期間,下達過屠殺難民、用燃燒彈轟炸兩韓各大平民人口聚集中心,以及「殺死眼前包括婦女和兒童在內所有敵人」的命令。(New York Times, February 24, 1952.)(Large, David Clay, Germans to the Front: *West German Rearmament in the Adenauer Era*, Chapel Hill, University of North Carolina Press, 1996 (p. 117).)

「部隊紀律讓許多韓國人留下深刻印象。許多首爾居民似乎不遺餘力地講述中國人做的好事,還聽說中國人處決了兩名強暴犯的事蹟。[21]」

在這場以解放朝鮮半島做為藉口的韓戰中,美國對南北兩韓人民犯下罄竹難書的戰爭罪行,真要解釋清楚大概需要好幾本書才寫得完。有興趣的讀者可參考本書作者所著的《Immovable Object:North Korea's 70 Years At War with American Power》(暫譯:《難以撼動的鐵幕:北韓與美軍強權交戰的七十年》)一書。基於這些罪行,當時國際上的觀察人士,以及來自南韓和西方的幾位學者後來都做出結論,認為美國對南北兩韓人民的行為,符合1948年《防止及懲治危害種族罪公約》中對滅絕種族罪的定義[22]。儘管美國和盟軍的暴行在數十年後才廣為世人所知,然而將南韓的大規模屠殺故意歸咎於北韓軍隊,卻成為一種有效手段,將犯下此類暴行的統治者,強加於當地人民的軍事行動,偽裝成一場想要保護平民免於遭受大規模屠殺的正義之戰。

捏造美軍戰俘遭屠殺的謊言

南北韓之間多年來頻繁的敵對行動,在1950年6月升級為全面戰爭,美國利用這場戰爭,扭轉冷戰時期處於極為劣勢的強權發展軌跡;既重振了苦苦掙扎的美國經濟,又贏得世界上許多認為需要對共產主義國家採取更強硬立場者的支持。此外,在一些強硬派看來,這場戰爭還有機會讓敵對行動擴大到中國甚至是蘇聯,同時對中國經濟造成巨大壓力,輔助美國在中國其他邊境

地區展開的攻勢（詳見第三章）[23]。相較之下，韓戰就對中國和北韓經濟帶來了難以承受的代價。1950年9月下旬，美軍在與北韓軍隊開戰的3個月後取得進展，開始逼近中國邊境。而此時距離中國打了好幾年的國共內戰落幕也才一年左右的時間，北京當局在多次警告卻不被理睬的情況下，決定採取全面軍事干預。在國共內戰之前，中國與日本才剛打完長達8年的戰爭，而在此之前，又是各地軍閥派系之間數十年的內部衝突，使得中國在1950年崩壞的經濟條件、微乎其微的工業發展，無力支持他們與主要工業強國的聯軍開戰。

美國在冷戰中的地位，不只可從將兩韓內戰升級為全面軍事干預獲益；不僅如此，還通過在有機會結束衝突時選擇延長戰爭，來進一步鞏固自身利益。從1950年10月起，北京和平壤在取得多次重大的軍事勝利後，極力推動停火和終結敵對行動的談判，這些舉動很有可能獲得聯合國多數成員國的支持，因為如果戰爭結束，多數成員國要承擔的損失都比華盛頓少。於是，就在談判即將展開之際，美國於11月8日放寬了轟炸限制，用85,000枚燃燒彈轟炸中韓邊境的新義州市，緊接著又將轟炸目標升級為針對全北韓境內的「所有通訊手段、所有設施、工廠、城市和村莊。[24]」聯軍最高總司令麥克阿瑟將軍強烈支持將戰事擴大到中國領土並推翻中國政府；轟炸行動的升級也被廣泛解讀為是為了確保衝突得以持續進行下去[25]。況且1951年8月，日本又即將召開和平會議，進一步強化了持續敵對行動的必要性。在這次會議上，韓戰成為一個重要藉口，用以合理化美國在結束直接軍事統治後，繼續保持其在日本的軍事存在。[26]

隨著衝突情勢在1951年持續進行，即將於同年10月召開的

聯合國大會被視為一個停戰論壇,如果中國和北韓可以提出合理的終戰條件,世界輿論就可能反對戰爭繼續進行。不過美國駐聯合國安理會副代表恩尼斯特・A・格羅斯 10 月 4 日時,在紐約聯合國記者協會的午餐會上發出警告,表示韓戰停火有可能是蘇聯「包藏禍心」的和平攻勢(peace offensive)。而莫斯科帶有惡意的和平計畫,目的就是要削弱「蘇聯行為[vi]在自由世界造成的急迫感。[27]」會出現這樣的說法,主要是基於韓戰是一起蘇聯陰謀的假設,然而美國軍方消息來源一直以來的結論,都是指向北韓並沒有獲得蘇聯實際援助[28]。在此之前並不是沒有出現過這類,警告每項和平提議背後都隱藏著險惡用心,並暗示主張繼續戰爭的言論。在韓戰爆發前不久,極具影響力的美國圍堵政策分析論文《戰爭與和平》(War and Peace)作者暨當時即將接任美國國務卿一職的約翰・福斯特・杜勒斯,就曾將蘇聯的「和平攻勢」稱為「欺敵的冷戰戰略」並加以駁斥,認為這將對西方世界造成嚴重威脅。杜勒斯以美國相對於蘇聯、中國和北韓在冷戰中的地位,在戰爭爆發和延續遭受的磨難警告:「依照目前的情況來看⋯⋯我們必須發展出更有效的策略⋯⋯(蘇聯)透過冷戰可以贏得在傳統熱戰裡可以獲得的一切。[29]」

在 1950 年 6 月之前,全球強權勢力包括在第三世界的地位

[vi] 把韓戰說成「蘇聯行為的結果」是當時在西方盛行,但沒有太多證據可以佐證的說法。這樣的說法認為韓戰的爆發及平壤和北京的政策,都是蘇聯為了加強在冷戰中的勢力所實施的邪惡大計的其中一環。這樣的說法符合當時普遍拒絕承認西方世界以外行為者的趨勢,同時也將所有反對西方利益的對手,都描繪成莫斯科的傀儡。

和影響力、經濟成長[vii]和軍事現代化等發展軌跡，都對蘇聯有利，美國在此之前曾具備的壓倒性優勢正在迅速衰退。不過這個情況正如美國國務卿迪安・艾奇遜在 1953 年所說，都是韓戰「出現並拯救了我們」[30]。因為動員西方國家參戰，韓戰的衝突讓整個形勢逆轉，所以在 1951 年時，確保戰爭能夠持續打下去，仍具有非常強大的誘因 [31]。

1951 年 10 月，恩尼斯特・A・格羅斯透露，華盛頓正在考慮擴大戰爭，而非結束戰爭。他告訴記者：「如果韓戰會談失敗……聯合國大會將不得不考慮採取更多措施，來對付朝鮮半島上的敵人。」到了 1951 年底，原本已經深入南韓的中國和北韓軍隊，又被聯合國軍逼回北方，雙方的戰線來到略高於戰前南北韓分界的 38 度線。當時推斷北京和平壤的停戰條件，應該會要求重回屬於戰前狀態的 38 度線，將提供美國拒絕停戰的最佳機會。在此基礎上，負責監督聯合國軍作戰的美軍東京總部，在當時被描述為「樂觀的悲觀主義者」。10 月 20 日，東京總部向《紐約時報》透露了重啟和談的可能性：「即使……正式會議再次展開，也沒幾個人相信我們真的這麼快就可以達成停戰協議。」三天後，《紐約時報》的知

[vii] 盟軍最高統帥道格拉斯・麥克阿瑟是眾多美國領導階層人物當中，證實美國在朝鮮半島上「害怕和平」的理由，就是因為美國經濟過度依賴軍工產業的人士之一。他在韓戰爆發的四年後指出：「這是錯誤政策下造成的普遍現象之一，我們的國家在人為誘發的戰爭歇斯底里症候群和不停灌輸恐懼的宣傳孕育之下，已經朝著一個武器經濟體的方向發展。」他警告，這種經濟導向「將使我們的政治領導人，對和平抱持著比戰爭更強烈的 恐懼。」（Imparato, Edward T., General MacArthur Speeches and Reports 1908–1964, Nashville, Turner, 2000 (p. 206).）

名軍事編輯漢森‧鮑德溫強調，除非以美國為首的聯合國軍「願意將前線全部撤回38度線……否則根本不可能停火。[32]」

當10月26日，也就是停戰談判的第二天，中國和北韓表示願意在當前的戰線基礎上停止敵對行動時，許多美國人都感到相當震驚——這個重大讓步將使華盛頓的強硬派和軍方，難以更進一步堅持要讓戰事繼續進行下去。正如獲獎記者I‧F‧史東所言，從試圖維持敵對狀態的美國領導層角度來看：

> 紅軍現在已經準備在38度線低頭。不出意外的話，終戰和平是勢在必行。11月4日，共產陣營「終於願意接受聯合國對於停戰線應以雙方交戰戰線為基礎劃立的堅持」，同意沿著停戰線設置南北各一又四分之一英里寬的中立緩衝地帶，並對於該停戰線應該設置於何處，「取得了大體上的共識」。原本看似絕望的形勢，意外出現了一個轉機[33]。

美方談判代表要求進一步讓步做為回應，表示將不會堅持一定要恢復到戰前狀態，也不會堅持要以目前有利於西方軍隊的交戰線做為停戰線。不過相對地，美方要求中國和北韓放棄位於38度線以南的領土，也就是開城，而以美國為首的聯盟則不作任何讓步。這些極不尋常的條件，成功地擋下了看起來就要有所突破的和平進程，並被廣泛解讀為阻止敵對行動迅速落幕的舉動。《紐約時報》在11月11日針對此一事態發展，做出以下報導：「在華盛頓——尤其是在外交界，很多人都不解，既然雙方已經同意要以交戰線做為停戰線基礎的這項和談原則，為什麼還要再提出一個牽扯到開城的和談條件？甚至也有人指出，開城這座飽

受戰火摧殘的城鎮，就坐落於丘陵圍繞的一座平原之上，根本也沒什麼軍事價值。[34]《紐時》還指出，當時有很多人相信，「共產陣營已經在停戰線上做出了非常大的讓步」，但是是美國「不願意鬆口」。英國媒體指出，美國的行為讓北京和平壤有理由「宣稱盟國（由美國領導的政治聯盟）並不是真的希望停戰。[35]」認為領導層在敵方作出重大讓步的情況下，仍有意迴避和平協議。

　　前線戰場上的美軍士兵也在謠傳，雖然敵方已經做出了重大讓步，但領導層仍有意迴避和平協議。。《紐約時報》強調：「在韓戰戰場的前線，已經有很多地方聽不見槍聲。雖然空戰還在繼續，但地面戰幾乎處於停滯狀態。聯合國軍防線上，士兵們之間的小道消息十分活躍。美國大兵們都希望戰鬥儘快落幕——他們以前也曾抱持過這種希望，只是希望最後卻破滅。」11月11日，中國的北京廣播電台播出聲明，表示「如果美國人放棄對開城的要求，幾個小時內就能達成停戰協議。[36]」

　　中國願意立即停火的提議，讓那些贊成戰爭繼續的人感到不安。美國第8軍團團長符立德（James Van Fleet）將軍向部隊發表演講時澄清，戰爭將「照常進行下去」，直到「共產主義侵略者停止侵犯全人類的自由。」按照西方世界對東亞敵國是如何「侵犯全人類自由」的解釋，這個故意模糊的戰爭目標也就意味著，只要中國和北韓還存在，戰爭就可以無限期地持續下去。東京總部11月14日的一份報告，抨擊了東亞各國對於立即停火的呼籲聲浪，強調「紅軍公開否認他們一直以來有答應過，在簽訂全面停戰協定以前，會停止敵對行動的這項協議。」而I・F・史東也對這類批評諷刺地表示：「結果是對面那些『臭無賴』在想辦法讓戰爭落幕」——想要早點結束敵對行動的人，還要被人抹黑[37]。

在前線的美軍官兵似乎一點也不支持軍事領導階層的立場。《紐約時報》11月12日一篇關於朝鮮半島中部前線的報導強調，整條前線的士兵都在問同樣的問題：「為什麼我們現在還不停火？」報導中還提到，「那些身處戰場上的軍隊人員……顯然有愈來愈多人對目前局勢的看法是，共產陣營已經做出了重大讓步，但從他們的角度來看，聯合國軍的司令部卻繼續提出愈來愈多要求。」《紐時》的前線記者喬治·巴瑞特強調：「聯合國停戰小組給人的印象是，每當共產陣營表示願意接受聯合國軍條件時，聯合國軍總部就又會改變立場，」而最近的事態發展「使一些士兵相信，他們的指揮官出於某些士兵無法理解的原因，正在設法阻撓達成協議。[38]」

美軍士兵因為敵方陣營已經明顯表示願意停戰，於是開始對領導階層的指示失去信心，同時也不太有戰鬥意願。而美國軍方對軍隊士氣低落的回應方式，就被I·F·史東形容為「拿暴行來救火」。他發現：

> 有件該做的事必須儘快完成，這件事就是……第8軍的軍法官詹姆斯·M·漢利上校11月14日在釜山，召集了專門為大型新聞通訊社報導釜山的當地「線人」，發布韓戰期間最聳動的新聞之一。「美國揭露紅軍在朝鮮半島殺害了5,500名美軍俘虜」，這則消息上了第二天的頭條。當估計死亡人數在11月16日提高到6,270人時，美聯社（Associated Press）發出了一份血淋淋的彙編報導，「紅軍屠殺的美國人，比1776年美國獨立戰爭的死亡人數還多」……美軍部隊對上級拖延停戰談判的不滿情緒被突如其來的仇恨抵銷。所謂的暴行也被用來解釋為何遲遲無法安排停火[39]。

這則來得恰逢其時的美軍戰俘遭遇暴行新聞，與隨後出現的新聞解釋，有力地表明了這則新聞本身的目的。據美聯社報導，負責彙整及調查所有戰爭罪行的美軍第 8 軍軍法官詹姆斯・M・漢利上校在 11 月 16 日指出，他「放出紅軍『恣意謀殺』美軍戰俘的消息，因為他覺得前線的美軍士兵理應了解他們所對抗的是怎樣的敵人。」從隔天開始，美軍電台「開始播放這則暴行故事⋯⋯並不時地重播。」報導中進一步指出：「一位身居高職的盟軍軍官今天表示，朝鮮半島上的共產黨人已經謀殺了數千名美軍戰俘的消息一宣布，對於盟軍為什麼遲遲不願與韓國人達成停戰協議的疑惑瞬間煙消雲散。」那位軍官表示：「共產黨不願意被迫針對他們如何對待戰俘的情況做出回答。[40]」

對於這項論述所帶來的天大好處，聯合國軍總司令馬修・李奇威將軍將突如其來的暴行報導，以及它如何迅速改變主流輿論比喻為上天的旨意。他在 11 月 17 日表示：

> 也許我們應該懷著崇敬的心注意到，上帝選擇用祂高深莫測的方式，讓我們的人民和世界的良知認識到，我們在韓戰戰場上所對抗的敵軍領導人，是抱持怎樣的道德原則⋯⋯或許沒有其他任何方法，比將共產陣營領導人為了摧毀自由世界的人民和自由世界所堅持的原則，願意使用、而且實際使用的手段呈現在世人面前，更能消除我國人民心中一直以來揮之不去的疑慮[41]。

關於中國和北韓屠殺其關押戰俘的報導，是建立在自戰爭開打以來捏造出來的多起暴行的基礎之上。被貼上這些捏造暴行標籤的敵人，於是看起來更像是會犯下屠殺戰俘暴行的加害者。前

面提過將李承晚政府犯下的大屠殺都推到北韓的頭上，只是其中一個例子。然而英國有報導指出，漢利上校關於大規模屠殺戰俘的說法「似乎是拙劣的政治宣傳，或蓄意破壞停戰和談的證據。」《紐約時報》駐倫敦特派記者補充：「外界懷疑美國出於某種無法宣之於口的原因，想要延長戰事。[42]」《紐約時報》外交記者詹姆斯・賴斯頓 11 月 15 日在華盛頓發布的報導指出，當時的情況看起來非常古怪：

> 幾天前，就在雙方似乎好不容易終於在停戰線的問題上達成妥協時，國務卿迪安・艾奇遜在巴黎的聯合國會議上，就開口抨擊中國共產黨的行為比「野蠻人」還卑劣。在停戰談判的關鍵時刻，漢利上校又在艾奇遜的言語抨擊之後，公開這份暴行報告，就連這裡的官員也承認，全世界都覺得美國可能是故意想要避免韓戰停火[43]。

　　成功被捏造出來的暴行，迅速凝聚了大眾對於繼續戰爭進行，並懲罰中國和北韓，因為他們被描繪成肆意漠視人道主義規範。這讓美國得以繼續拖延談判，同時提高與中國全面開戰的可能性。因此，暴行捏造對於將戰爭時間得以延長至一倍以上的 20 個月，對東亞對手造成遠大於西方列強所承受的損失，因為前者從一開始就處於弱勢的地位，難維持時間更長的戰事。

　　而美國媒體和政客們進一步誇大暴行的指控，美國參議院韓戰暴行小組委員會主席後來強調，東亞對手國犯下了「野獸般的反文明人類行為」。他舉出的不當行為如下：「一名赤色中國的護理師在沒有麻醉的情況下，用園藝剪剪掉了一名美國大兵的腳

趾,並用報紙包裹他的傷口。」其他被指控的暴行包括美國大兵「雙手反綁在壕溝裡一字排開,然後被冷血射殺」,還有「被關進小鐵籠,像動物一樣被活活餓死,眼窩裡還長蛆。[44]」

關於敵方殘害或屠殺西方戰俘的說法,不僅與戰俘獲釋後的證詞極不一致,彼此之間也有出入。11月14日,漢利上校聲稱有5,500名美國戰俘和290名他國盟軍的戰俘,在戰俘營被中國人和北韓人屠殺。兩天後,他宣布被殺害的戰俘人數實際上是6,270名美國人、7,000名南韓人和130名其他聯合國軍人員,共計13,400人。李奇威在隔天11月17日的正式聲明中,證實漢利的說法,但沒有提供任何數字。再隔三天後的11月20日,李奇威說「有可能」有6,000名在戰場上下落不明的美國士兵被當成俘虜殺害,但有證據證明是死於上述情況的人數只有365人,沒有說明其他盟軍成員國人員的被俘虜狀況[45]。

兩天後的11月22日,包含李奇威從8月16日到31日那兩週,一直到11月12日為止的雙週報告文本檔案,被航空快遞寄到了聯合國的紐約總部。報告中聲稱,有8,000名美國戰俘被殺。所以究竟美軍戰俘被殺害的人數是多少?出現了以下幾種說法:李奇威(11月12日)8,000人、漢利(11月14日)5,500人、漢利(11月16日)6,270人、李奇威(11月20日)「可能有」6,000人但「可以肯定」的有365人。這些統計數字上的差異,李奇威在11月29日表示,這些數字還需要「不斷地重新評估」,但6,000人這個數字是「目前的最新數據」,其中包括除了除南韓人之外的所有聯合國軍人員。他說,8,000人這個數字是比較早以前的估計,因此李奇威修改了在11月20日到11月29日這段期間的估計,將「可能」有6,000名美軍戰俘被殺,改為包括

其他盟軍在內的 6,000 人。除此之外，李奇威在 11 月 20 日的時候，並沒有掩蓋或解釋在 11 月 12 日提過的 8,000 人這個數字，只說「可能」有 8,000 人被殺。

對於這些「詭異的統計數字」，I・F・史東表示：

> 做出不實的虐囚指控，對於那些還在敵人手中的戰俘來說，並沒有任何幫助，那些戰俘的家人也不會比較好過……之後為了替自己的矛盾說詞開脫，還說這些暴行報告需要「不斷地重新評估」，又說 6,000 人這個數字是「目前的最新數據」，等於是承認這些報告和估算非常不可靠；光是一個星期之內，所謂的「不斷重新評估」就可以讓李奇威估計的人數減少 25%、讓漢利公布的數字多 14%。這根本就是統計學上的鬧劇，如果公布這些數據的目的單純只是為了激起仇恨和破壞和談，那情況還可以理解，但如果是認真想要計算到底有多少美國人死於敵軍之手，公布這樣的統計數據簡直不可饒恕[46]。

史東指出，漢利給出的戰俘死亡人數聽起來更像是「戰時從當地居民那裡收集到的謠言，連麥克阿瑟（李奇威的前任）本人聽到都會覺得這些謠言不可信，選擇不將這些數字寫進任何報告裡。」他強調在捏造暴行的需求出現前後，關於戰俘待遇的報導簡直南轅北轍。儘管如此，整個美國新聞界的編輯們卻還是對屠殺戰俘的報導信以為真，各種頭條報導從《紐約先驅論壇報》（New York Herald Tribune）社論寫的「共產主義野蠻人」，到《紐約時報》稱敵人「冷血地屠殺戰俘」都有。《紐約郵報》（New York Post）在批評漢利的同時卻也強調：「千萬不要低估漢利

指控的嚴重性。共產黨是冷酷無情的敵人，他們對人命的漠視惡名昭彰。[47]」不過《華盛頓時報先驅報》（Washington Times-Herald）是個例外，該報在11月17日頭版的一篇東京外電中，插入了一條編按，引述「五角大廈高層官員」的說法，表示「他直截了當地說，陸軍總部沒有確切證據證明中國紅軍在韓戰期間犯下暴行或其他野蠻行徑。[48]

關於美國人在中國和北韓戰俘營遭到屠殺或虐待的說法，最後因為大批戰俘開始獲釋而被推翻。聯軍戰俘在戰爭最初幾個月的經歷十分艱辛，因為戰線不斷變化，補給線吃緊或直接斷鏈，連所謂的戰俘營區都建不起來。俘虜只能跟著敵軍部隊被關押在一直移動的前線，俘虜和士兵的食物匱乏，導致估計有90%的美軍俘虜，死於韓戰的第一年[49]。許多戰俘與抓到他們的敵軍一起死在聯軍的轟炸之中，英國軍事歷史學家馬克斯·黑斯廷斯說，「俘虜的處境往往並沒有比北方軍隊和人民的處境更糟。[50]」北韓先遣司令部下令，嚴禁「在敵方人員可以被俘的情況下，對其進行不必要的屠殺……投降者就視為戰俘。[51]」然而，在戰爭的半遊擊階段，俘虜們經常遭到當地居民的襲擊，或因無力負擔戰俘的隨行而被前線士兵槍殺[52]。當中國軍隊在1950年10月加入韓戰後，韓戰的戰局出現了很大的變化，戰線很快地聚集在38度線附近，安全的戰俘營很快就被建立在前線的後方。美軍和聯軍戰俘的生存條件也迅速獲得改善，他們的戰俘營也向包括西方記者在內的媒體開放。當美國提出大規模屠殺的指控時，戰俘在戰爭初期經歷的惡劣條件，早已不復存在。

關於戰俘遭到虐待的「共產黨暴行」報告，與新聞媒體報導以及照片上看到飲食正常、面帶微笑、被允許活動的戰俘實際生

活情況，完全不一樣這些面帶微笑的戰俘，就是報告中宣稱親眼見到他們同袍被殘殺的人。英國前國防參謀長暨陸軍元帥理察・卡佛勳爵在談到戰俘營的生活條件時說：「中國軍隊手中的聯合國軍戰俘，雖然要接受「再教育訓練」……但各方面都過得比被美軍關押的戰俘好。[53]」再教育課程包括認識「資本主義的罪惡」和西方帝國主義的歷史。這個時候還沒有出現所謂中國與北韓軍隊屠殺戰俘的證據，而被釋放戰俘歸來後的報告，也與軍方宣稱他們所遭受的非人待遇大相逕庭[54]。美國戰俘報告，中國軍隊的守衛邀請他們到自己的宿舍「喝酒聊天」，並在「即興演奏會」上與他們一起演奏音樂[55]。一位名叫希爾頓・法斯的美國戰俘回憶他所受到的待遇時說，他和俘虜他的北韓人一起「下棋、唱美國歌……並談論關於美國和韓國的各種話題。[56]」

一名美國戰俘在獲釋後，回憶中國戰俘營的條件如下：

> 戰俘們早上7點起床，可能健走一小段路，或是做些簡單的健身操。洗完臉、洗完手後，在早上8點，每個班的代表會從廚房依照人數領取口糧。食物由中國人烹煮，與共產黨士兵的飲食基本相同，包括高粱籽、豆腐、大豆粉或碎玉米等單一種類的食物，在耶誕節或陰曆新年這類特殊節日，戰俘們還能吃到少量米飯、水煮五花肉、糖果和花生[57]。

還有其他戰俘回憶，他們可以進入一座藏書「超過一千多本書」的英文圖書館，而那些識字較少的美國人，還可以接受補習提高識字能力[58]。

美國戰俘霍華德・亞當斯不僅回報，中國和北韓給予關押囚

犯的待遇,比西方軍隊關押囚犯的待遇好很多,而且還報告美軍對和談的不當處理,以及在各方面脅迫中國和北韓戰俘囚犯。他在一次採訪中回憶:「和談開始後,美國戰俘內心的希望大增。我們以為很快就能獲得自由。中方也一度這樣認為,還為我們準備了大餐以示慶祝,但因為美方就戰俘和其他問題提出的荒唐要求,和談一拖再拖。[59]」

美聯社在1953年4月12日報導,當美國戰俘最先獲釋,「這些從共產陣營戰俘營歸來的美國士兵,都說他們在戰俘營中受到良好待遇。」

前戰俘肯楊・華格納對自己接受的醫療待遇讚不絕口,說他得到了「全套的治療」。另名叫西奧多・傑克森的下士,同樣稱讚他和他的戰友們所接受到的醫療品質,他說:「就我看來,他們很用心,用的藥幾乎是最好的藥了。」前英國戰俘亞瑟・杭特說,每天都有門診時間,戰俘們的健康獲得良好照顧,對方還替戰俘接種預防各種疾病的疫苗。英國的前戰俘亞伯特・霍金說,他曾上報自己的雙腳感覺有些麻木,結果獲得妥善醫療照顧,醫生還開維生素給他。身為前戰俘的二等兵小威廉・R・布拉克表示,戰俘營內部還不錯,他從來沒有看過任何一位戰俘被不合理對待。戰俘營周圍沒有鐵絲網,每個戰俘還可以領到一床被子和毯子,屋內還設有地暖[60]。這些戰俘回到美國接受檢查時,美國軍方對於戰俘的身體健康狀況良好、死亡人數很少感到驚訝——但他們對於接受過所謂「東方洗腦」的軍人感到擔憂[61]。美國囚犯的陳述顯示,中國和北韓戰俘營的審訊室也不會動用酷刑[62]。

接受《星期六晚郵報》(Saturday Evening Post)採訪的陸戰隊員回憶,在被關押的6個月裡,中國人「從未打過、毆打或

以任何方式虐待過戰俘」，甚至在被押往營地的途中，還保護他們免受試圖襲擊他們的北韓平民暴徒的傷害。在戰俘營中，他們被告知要把自己當成「剛被解放的新朋友」。對他們來說，最難以忍受的是坐在那裡聆聽永無止盡的共產主義演講和灌輸政治宣傳課程內容——很難想像在這樣的戰俘營裡，會有成千上萬的人遭到處決[63]。

大量美國軍人回國後公開發表的聲明，與當時美軍對北韓和中國的描述互相矛盾，這些美國軍人強烈批評以美國為首的盟軍行為，並稱西方聯軍犯下了嚴重的戰爭罪行，所以西方國家才會想出一套「有創意」的政治宣傳辭令試圖掩蓋。因此才會建構出這種論述，試圖剝奪被俘軍人的主動性（agency）和可信度，把他們對美國行為或政策的任何批評，描繪成出於非自願的表現，歸因於某種神秘的亞洲式精神控制。中情局因此在韓戰期間，首度為了這些被俘軍人，創造出「洗腦」一詞和他們都被「洗腦」了的迷思，目的就是為了消除這些軍人個人與他們證詞的正當性。儘管這麼做看似荒謬，但針對東亞人的種族情緒，以及對隨時可能來臨的「黃禍」的恐懼，再加上媒體和情報界德高望重人士都在宣傳，這些戰俘都被洗腦了的說法，於是被廣為接納。正如紐約大學歷史系教授暨知名韓國專家莫妮卡・金所說：「『洗腦』變成一套完美的說詞，將這些美國戰俘的『欲望』，或更確切地說，『政治』渲染成更容易為外界所熟悉的種族化論述，也就是這些不知情、無辜的美國人，是被神祕的『東方人』所誘惑。[64]」「洗腦」讓西方世界確信他們正在做的事情是正義的。不僅可以用來抵銷前美軍人員與官方說法中的矛盾，也可以不必理會那些投靠西方國家對手或與西方國家對手合作者的行為，甚至還

可以解釋那些中國或北韓戰俘為什麼會拒絕投靠「自由世界」，並選擇返回家園。

金教授描述的是「將韓國共產黨戰俘，塑造成一種意識形態人物的過程——或者更具體地說，是塑造成『狂熱分子形象』的過程——『狂熱分子』這個詞彙這個詞彙被美國軍方廣泛用來形容共產主義戰俘，無論是在案件檔案的陳述中，還是高層指揮部傳遞給營地的行政備忘錄中。[65]」西方國家和盟國的大眾確信，這些人的行為並非出於自己的自由意志，並且各種荒誕不經的共產主義亞洲精神控制故事也被廣泛傳播來解釋他們的行為。[66] 因此，那些因親身經歷戰爭而質疑「西方正義對抗亞洲共產邪惡」這一敘事的人，就被剝奪了話語權——因為他們被貼上亞洲共產主義宣導人士的標籤，而不是真正的自己，無論是重返自由世界的美國士兵或東亞戰俘。

屠殺戰俘論述甚至不需要具備任何真實性就可以產生效果，最後不僅讓美國得以在停戰會談中，透過不正常的要求，獲得延長戰爭的支持，還回過頭來強化西方世界將那些在最前線反對西方強權和帝國的國家，形容成邪惡和野蠻的行為者。

與西方戰俘在中國和北韓戰俘營所受待遇形成鮮明對比的，是有消息來源不斷指出，以美國為首的聯合國軍以極其殘忍的方式，對待遭其關押的東亞戰俘。從北京和平壤發出來的政治宣傳，根本無需編造暴行，因為現實已經過於極端和駭人，令大多數媒體無法完全呈現。不斷有記者發現，多名接受他們採訪的美國軍官承認知道或參與屠殺中國和北韓戰俘[67]。美國陸軍第 2 步兵師的羅伯特・威廉・伯爾就記得，他的排中士親自槍殺了十幾名戰俘。他談到當時對殺害東亞士兵的普遍態度：「對當時的我

來說，如果開車不小心輾死別人的狗，會比殺害東亞士兵更讓我感到愧疚。[68]」這種東亞人可以被任意宰殺的輕浮態度，同樣也出現在五年前的太平洋戰爭中，當時投降的日本士兵也遭遇同樣的命運。屠殺東亞人被拿來比做屠殺動物，而這種殺戮行為絕不可能出現在歐洲裔的士兵身上[69]。多項研究強調，美國人在對待投降的歐洲種族敵人與東亞人時，存在巨大的差異，因為東亞人深度地被非人化[70]。

由於朝鮮半島上對於西方占領的抵抗是全面性的，一個家庭的三代人被關押在同一座戰俘營、許多孩子也被囚禁的情況並不罕見[71]。戰俘的死亡率很高，許多人吃不飽，因營養不良[72]而死亡，更多人是在被俘後遭到士兵蓄意殺害。戰俘會因侮辱守衛、絕食甚至唱歌遭到槍殺[73]。曾發生過大約有50名婦女聚集在她們營區的公共區域，開始唱民謠和政治歌曲，結果其他營區很快就開始跟著唱。守衛於是向她們開槍，造成29人死傷[74]。更極端的案例，是有一群連一支步槍都沒有的戰俘在抗議，結果就被美軍傘兵、作戰坦克和火焰噴射器鎮壓。海頓‧柏德諾准將回憶起那次屠殺時說：「那個景象實在太駭人了……不管怎麼看都像戰場一樣。有壕溝、有傷患、死者、燃燒的建築和營帳，還有些人的手、腿、腳散落在各處。[75]」

北韓官員朴尚亨（音譯）在經歷反覆訊問、毒打、挨餓和單獨監禁後，被關在一座6乘3英呎的籠子裡，四周都是帶刺的鐵絲網。他只拿到一條毯子、沒有鞋穿，被留在寒冷的室外度過了3個月。他在獲釋後回憶：「我活得像一頭牲畜。[76]」北韓女戰俘遭到虐待的情況尤為嚴重，與韓戰同年代並獲頒普立茲獎的美國歷史學家約翰‧杜蘭，描述了下列案例：

一位名叫金京淑（音譯）的女孩，講述俘虜她們的人是如何逼一群女戰俘進入一個大房間。她們在房間內被剝光衣服。接著赤身裸體的北韓男戰俘就被推進房間。一個美國人大喊：「聽說你們共產黨的都喜歡跳舞，跳啊！」他們用刺刀和左輪手槍指著戰俘，戰俘於是開始跳舞，於此同時，喝醉酒、抽著雪茄、捧腹大笑的美國軍官，會將雪茄掐滅在女孩們的乳房上，然後猥褻她們[77]。

美軍行為深受種族偏見的影響，一名英國軍官指出，美軍將戰俘「當成牲口」一樣對待。中國和北韓的戰俘只被提供極其惡劣的衛生條件，缺乏乾淨用水或馬桶[78]，從 1950 年 10 月算起的短短 10 個月內，一個戰俘營就有超過 4,000 名戰俘喪命，大部分是死於痢疾。戰俘還被用來進行醫學實驗，違反《日內瓦公約》第 13 條和第 19 條規定。《美國熱帶醫學和衛生學期刊》（American Journal of Tropical Medicine）在報導中指出，戰俘營對患病戰俘的關注重點，往往在於治療方法的實驗而非提供治療。在巨濟島戰俘營的一次傳染病爆發時，病患被採取差異甚大的治療方式，約 1,600 例染上同一種疾病的戰俘，被施以 18 種不同的治療方法和劑量。《美國熱帶醫學和衛生學期刊》指出：「朝鮮半島傳染病的爆發，再次顯示疫情是迅速累積寶貴科學資料的好機會。」收集資料的重要性被看得比戰俘的福祉更重要。疫情最終導致 19,320 人住院，死亡率高達 9%，一共有 1,729 人死亡，傳染病被稱為「150 種流行病毒的合體」[79]。

英國和澳洲記者艾倫‧溫寧頓和威爾佛列德‧貝卻特在採訪被關戰俘營的北韓醫生後，記錄對戰俘進行實驗的相關描述。他

們記錄的 68 件案例包括，向戰俘提供實驗性劑量的磺胺嘧啶片，劑量從 8 片到 48 片不等，目的是「測試攝取高劑量磺胺的效果，結果導致許多受試者死於磺胺中毒。[80]」在釜山戰俘營附近的美軍第 14 野戰醫院和位於巨濟島的美軍第 64 野戰醫院，不時會出於給予年輕外科醫師練習機會或進行實驗為由，對戰俘進行手術[81]。知名記者兼哈佛大學研究生休‧迪恩表示：「美國醫生如果對這樣的做法有疑慮，不妨時時提醒自己，這麼做是為了增加醫學知識，為日後拯救更多人命做好準備，而那些受害者反正是低等生物，在許多人眼中不過是『亞洲鬼』，根本也只是牲畜。[82]」

大量截肢的情況也被廣泛報導，有些戰俘因缺乏運動導致肢體僵硬，或剛從石膏固定中解除，就被截去肢體。[83] 戰俘被關押在高於美國聯邦監獄法定標準密度四倍的擁擠營區，生活在「被認為適合亞洲農民」的環境。馬克斯‧黑斯廷斯指出，「西方國家對待北韓人和中國人的方式，受到根深蒂固的信念所左右，認為這些人不是像他們一樣的『人類』，而是近乎『獸類』。[84]」被美軍關押在巨濟島的戰俘在 1952 年簽署的一封信件中，描述他們被囚禁的狀況：「巨濟島就是一座人間煉獄。沖刷這座島嶼海岸的不是海水，而是我們的眼淚和鮮血。這裡沒有新鮮空氣，刺鼻的血腥味充滿我們的鼻腔，彌漫在島上的每個角落。[85]」

溫寧頓和貝卻特在觀察過最後終於獲釋的戰俘後強調，在中國和北韓戰俘營享受到良好待遇的西方戰俘獲釋後的情況，與從西方戰俘營獲釋的戰俘形成鮮明對比。他們說：

> 這些戰俘憔悴，臉色灰暗濕潤如同屍體；身上帶著實驗性手術所造成的猙獰殘缺，有些人的眼神空洞，有的女孩因

為被強暴未遂而陷入瘋狂……許多救護車上的囚犯有一半的人沒有腿，而且經常是一條腿都不剩。美國人甚至不提供失去雙腿又沒有人工義肢的戰俘擔架，因為被截肢的人實在太多了。在一個小時內，看到6個失去四肢的人被抬出來——他們的身體被肢解得只剩下軀幹。[86]。

如果中國或北韓媒體有任何近似於西方媒體的影響力，那麼他們的戰俘在美國及其盟國監管下所遭受的待遇，很有可能就會做為二十世紀的重大暴行之一，被載入史冊。然而實際情況卻是，這兩個東亞國家因為過於孤立又蒙受誹謗，而且缺乏必要的媒體影響力來宣傳他們的說法或彰顯他們的不滿。反觀美國儘管因為擁有強大得多的媒體機構，但因為缺乏暴行指控的證據，而且戰俘本人在獲釋後的陳述，也嚴重牴觸美國對其戰俘所遭受到的暴行指控，他們所提出的指控可信度遭到嚴重質疑—也令他們在戰爭結束後信譽掃地。

「自由世界」與其戰俘

與韓戰的陸地戰場和空中戰場同時並進的另一個主要戰場，是雙方陣營在世界輿論競技場上的較量。在這段期間，美國與其盟邦不斷試圖去除他們對手的正當性，並將他們自己的形象塑造成不只代表了西方國家各自的利益，同時也代表了普世價值與全人類的利益。當1952年春季開始的韓戰態勢明朗，在確定不可能將中國及北韓軍隊完全擊潰後，美國開始專注運用其中一項重大資產，也就是手中握有的大量敵軍戰俘，去建構道德和精

神勝利的論述。這種論述圍繞在中國及北韓戰俘，宣稱不願意返回位於西方勢力範圍外家鄉的說法，並聲稱如果讓這些戰俘自由選擇，他們全部都會選擇投誠並居住在與西方同陣營的台灣和南韓。華盛頓試圖讓世界相信，北京和平壤政府為人民創造的生活條件，本身就是一種暴行，並安排戰俘叛逃自己的祖國，以此迅速推動美國及其盟國戰略利益的核心位置。

美國的談判專家在1952年1月時，首次提出前所未聞的「志願遣俘」（voluntary repatriation）概念。所謂的志願遣俘倘若真的被施行，意味著選擇留在祖國之外其他地區或國家的戰俘，將不會被遣送回國，這個概念直接牴觸了1949年《日內瓦公約》當中的「戰俘待遇」約定。根據《日內瓦公約》的戰俘待遇規定，所有戰俘都有義務被送回祖國，而美國停戰和談代表路斯文‧利比少將，則將志願遣俘形容為給戰俘「自由選擇的原則」、「個人自覺的權利」和「一份權利法案」[87]。儘管英國外務大臣安東尼‧艾登等人承認，推動這樣的做法「令我們在法律上的立場相當薄弱[88]」，西方聯盟的政策最終還是在2月27日，於華盛頓拍板定案，並堅持採用志願遣俘。因為出現這項完全出乎意料且不合法律的條款，終戰和談又因此被延誤了超過一年[89]。

策劃讓戰俘大規模叛逃自己的祖國，不只能帶給西方盟軍政治宣傳上的勝利，對於西方勢力重塑自身形象至關重要，重新包裝成為無私奉獻而非帝國主義強權。隨著西方世界逐漸將言辭聚焦強調在道德普世主義的主張，並欲以全新視角為干預海外國家的行為合理化，戰俘叛逃自己的祖國投奔西方，就變得別具意義。儘管世界秩序依舊和殖民時期一樣，建構在西方軍事力量居於統御全球主導地位的前提，但這個世界秩序的前提，和西方國

家干預他國事務的理由產生了變化。西方發動的戰爭，現在被宣稱為「全人類的戰爭」，而像中國和北韓這類反抗西方的國家，因此被塑造成不只站在西方利益的對立面——同時也站在全人類、國際社群，甚至是自己人民的對立面。「自由世界」和「國際社群」的意志，以及西方地緣政治的設計，變得密不可分。為了合理化由西方所主宰的全球秩序的延續，西方軍隊鎮壓反對勢力的作為，這套說詞第一次大規模應用，就是用在朝鮮半島。

將主導世界秩序描繪成對所有族群都具有普世性的吸引力，是西方陣營宣稱他們代表全人類利益、正當化其軍事干預，並消滅反對西方霸權勢力正當性的關鍵。中國和北韓在當時處於反對西方主導世界秩序衝突前線的去殖民化國家，策動兩國國民叛逃祖國將可為西方陣營所欲打造的世界秩序，帶來極其珍貴且至關重要的貢獻。莫妮卡・金就對如此做法的效果，做出以下評論：

> 韓戰戰俘的選擇，將進一步被視為美國授權的民主計畫在全球舞台上都具有根本吸引力的證據……於是捍衛全人類的觀念就浮上檯面，並成為發動戰爭的道德驅動力。主權的認可、去殖民化的勢在必行，或國家利益——包括美國的國家利益—這些因素通通都沒有被擺在美國民眾該如何想像美國在海外進行軍事干預的檯面上[90]。

她的結論是：「去殖民化的北韓戰俘和中國戰俘的渴望，讓美國得以在關鍵時刻放棄他們對帝國主義野心的堅持——如果其他人展現出他們想要屬於美國定義的自由秩序陣營的意願，那麼美國就沒有將一套帝國主義規則，強加於全球。然而在審訊室

裡，渴望並不是一個可預測的變數。⁹¹」因此如何確保那些來自抗拒西方世界霸權的東亞國家戰俘，能夠根據西方論述和「自由世界」意識形態預設好的模式行動，就變得非常重要。

與其捏造出一種暴行，美國及其盟邦反而透過對其所關押的戰俘施加極端的脅迫手段，同時創造出西方世界具有普世吸引力，而生活在去殖民化且非西方化東亞國家有多麼不吸引人的形象。這類做法的效果與暴行捏造高度互補，同樣可以將那些不屬於西方勢力範圍的國家，描繪成缺乏基本人性，從而展現出西方領導的國際秩序代表更具人道關懷且仁慈的未來。

成立於 1951 年，在操控戰俘這項議題上扮演中心要角的美國心理戰略局（PSB），認知到戰俘的形象可能成為爭取世界輿論的新方式象徵——哈利・杜魯門總統對於世界輿論具有濃厚的個人興趣，直到韓戰結束之後，都還持續很長一段時間。儘管中國和北韓透過戰場上的勝利，削弱了西方軍隊戰力在過去無人能敵的形象，並獲得相當程度的聲望，心理戰略局的工作卻大幅提升西方陣營在全世界眼中的地位，同時扭轉對手的聲譽⁹²。

心理戰略局負責塑造國際社會對戰爭的公眾觀瞻，將其描述為一場以普世價值之名而非西方利益之名進行的戰爭。，這麼一來，將世界劃分為兩個對立陣營，以西方主導秩序為核心的一方，與不在之中的國家，例如北韓和中國。他們具體所做的案例包括，建議摒棄「圍堵」敵對國家這個用語，改為「解放」他們的人民，並將所有援助計畫中貼有「美國製造」的標籤，都用寫有「自由人類和平夥伴關係」的標籤取代⁹³。知名政治理論家與前法學家卡爾・施密特當時對於這樣的普世道德主義建制的評論是「將導致代表全人類的戰爭的存在——事實上是只允許代表全人類的戰

第二章 韓戰 | 105

爭的存在——在這類的戰爭當中，敵人將失去任何保護，這樣的戰爭必然是全面戰爭。[94]」雖說在 1950 年代早期，心理戰略局工作的核心目的，只是為了處理戰俘遣返的議題，然而心理戰略局從韓國開始的舉措所遺留下來的影響，一直持續在西方辭令中占有相當重要的地位，尤其被用於合理化西方的軍事干預[95]。

當 1952 年 4 月初，美國的談判專家表示將遣返 70,000 名戰俘，比前一次說要遣返約 116,000 名戰俘還少了 40% 的時候，中國與北韓的談判專家就如美國人的預期，感到相當錯愕。休・迪恩報導了需要大量敵軍投誠的美國戰略：

> 縮水的預計遣返人數，反映了戰俘營區野蠻脅迫的結果。杜魯門總統和人數愈來愈多的其他領導高層，想出了一個可以取代美國在戰場上沒能獲勝的勝利替代方案—符合比單純圍堵政策更受歡迎的回推（rollcback）主義之下，一種政治宣傳上的勝利。人數眾多的戰俘要堅定且公開地表示他們拒絕回家、拒絕返回等著他們的共產黨罪惡。
> 為了必須有人首當其衝地進入被挑選出來的營區（巨濟島上就有 32 座，全都過度擁擠）執行這項骯髒工作，美國從台灣護送來了 75 名「說客」，大多數都是中華民國總統蔣介石身邊類似蓋世太保的人物，以及南韓的李承晚政府也派了一大群恐怖主義青年團體的成員來到此處。有些人穿著整齊的美軍制服，其他人則打扮成戰俘……他們持續進行的任務就是找出那些有意被遣送回祖國的戰俘，並運用所有必要的手段打消他們返家的念頭。控制食物供給是非常有效的方法，其他還有威脅、毆打、鞭打，以及把最固執的戰俘殺掉，令數量讓人滿意的戰俘只要被問到關鍵問題，口中只會喃喃唸

道:「台灣、台灣、台灣……」因此很多原本並不想去台灣的中國戰俘,後來還是被送到了台灣。在所有中國戰俘當中,有 6,670 名被遣送回中國,有 14,235 名被送去台灣[96]。

南韓極右派的民兵組織反共青年聯盟(Anti-Communist Youth League),在鎮壓當地美國軍事統治的異議人士,扮演關鍵角色。他們在戰俘營中,也發揮了非常重要的作用。他們常被賦予管理餐食分配、違紀責打、監事及訊問的管轄權,並保留了處決或是懲罰戰俘的權利[97]。在美國內部的報告中,常常會將關押了中國及北韓戰俘的戰俘營,拿來跟納粹集中營做比較[98]。美國駐南韓大使約翰・慕西歐據稱,將台灣參與遣返事件的那些代表,稱為「蔣介石的蓋世太保成員。」他上呈的報告中紀錄,中國戰俘在非常嚴厲的威脅下,被迫以鮮血簽下請願書,並必須接受刺青以證明他們是反共人士,而且想要去台灣。關於這項政策是如何被實行,一位戰俘的報告中陳述:

> 1952 年初,旅長李大安(音譯)想要在第 72 營區的每一位戰俘身上,都刺上反共標語的刺青……他命令戰俘營的衛兵在 5000 名戰俘的面前,毆打那些拒絕刺青的戰俘。有些反抗的人被打到受不了,就放棄抵抗並同意些接受刺青。然而有一名戰俘,林學樸(音譯),一直拒絕刺青。李大安最後把他拉上看台,很大聲問他:「你到底要不要刺青?」流著血而且幾乎站不起來的林學樸,他是一名 19 歲的大學一年級學生,他很大聲回答:「不要!」李大安聽到以後就用他的大刀一刀砍下林學樸的一隻手臂。但痛得大叫的林學樸在李大安繼續問他要不要刺青的時候,還是搖頭。覺得又丟臉又

生氣的李大安,接著就用刀捅了林學樸……李大安對著在場的所有戰俘大吼:「誰敢說不要刺青,下場就跟他一樣。[99]」

美國國務院完全清楚「志願遣俘」和叛逃到「自由世界」的真正意義,大使慕西歐最早在1952年5月寫給國務卿艾奇遜的報告中就指出,在營區裡監視戰俘的台灣人「在整個準備和篩選的階段,利用暴力且有系統的恐怖主義和針對那些沒有選擇前往台灣戰俘的體罰,主導整個程序。包括嚴厲的毆打、折磨,還有一些殺戮。[100]」他在4個月前的1月,就曾向國務親艾奇遜的助手烏拉爾・亞歷克西斯・詹森報告,「為了嚇唬多數中國戰俘,毆打、折磨和威脅處罰,是被頻繁使用的手段」,這是一部分「將戰俘強制轉移到福爾摩莎(台灣)的企圖,這直接違背了聯合國委員會(UNC)在板門店關於志願遣返被俘人員的立場。[101]」他後來又在一份報告中,再次向國務卿艾奇遜強調,「無論是在意願調查之前或調查過程中,肢體上的恐怖行為都被使用,包括有計畫的謀殺、毆打、威脅等手段」,以確保在遣俘議題上出現有利於西方的結果。他的發現被國務院中的其他人士證實[102]。慕西歐後來對於中國及北韓戰俘所遭待遇與脅迫的新聞報導表示,「關於戰俘營中持續瀰漫著恐懼的報導令人相當不安,」他認為美國應該對此負責[103]。

美國國務院情報研究辦公室的一份報告同樣指出,美國在台北的支持下,「在主要關押中國戰俘的營區,建立了警察國家式的統治方式,為強力影響反對遣返者的篩選,提供了基礎和手段。」這包括「強迫戰俘紋身」和「國民黨(台灣)親信在篩選期間,對戰俘進行暴力和恐怖脅迫。」報告認為,這嚴重誇大了

「選擇」投誠的戰俘人數[104]。

美國國務院官員Ａ・沙賓・蔡斯和菲利浦・曼薩德被派往朝鮮半島，查明大量戰俘之所以投誠的原因，在報告中主要原因是「戰俘託管人員在篩選過程之前和期間的暴力手段。」報告指出，戰俘營區中存在「警察國家式的統治方式」，戰俘不僅被「資訊封鎖」，而且在調查前和調查過程中普遍存在組織性的威脅、毆打和謀殺等肢體恐怖行為。雖然調查人員發現了大量脅迫證據，但他們並未發現中國戰俘中，存在任何明顯不支持中國政府或其軍隊的現象[105]。曾被關押在戰俘營的北韓醫生李德基（音譯）也回報，為了確保病人會拒絕被遣返，對病人進行了有損其康復的騷擾。他說：「肺結核病人特別需要休息，但他們被日夜糾纏，這是為了讓他們放棄被遣返回祖國所施行精心安排的虐待。[106]」

美國的內部報告得到了紅十字會的證實，紅十字會的報告指出有關中國和北韓戰俘待遇所發現的「一些非常嚴重的事件」，特別是在遣俘問題上的脅迫。儘管記者不被允許靠近戰俘營，但《多倫多星報》（Toronto Star）的一名記者還是設法隨英國代表團進入了戰俘營。他在報導中證實，由於「經常受到人身威脅」，戰俘選擇不被遣返。在某些情況下，戰俘可以選擇繼續被無限期監禁或前往台灣，因此他們根據錯誤資訊選擇前往台灣[107]。中立國遣返委員會（Neutral Nations Repatriation Commission）最後的報告得出了同樣結論，強調「任何希望遣返的戰俘，都必須在擔心自身生命安全的情況下，暗中返回祖國。[108]」

雖然報告一致指出，暴力和恐嚇大幅增加了「投誠」人數，但美軍軍官向首席談判代表查爾斯・透納・喬伊海軍上將報告，篩選過程並不代表囚犯的真正選擇[109]。海軍上將本人在提及被

台灣人控制的營區時寫道:「篩選結果絕不能說明戰俘的真實選擇,」如果台灣監管人員被撤走,希望被遣返的人數將「從15%上升到85%。」他還指出,有報告稱「在常規篩選之前,92號營區進行了一次模擬篩選。台灣的領導人要求那些希望回國的人站出來。站出來的人要不是被打得鼻青臉腫,就是被打死。」關於目睹遣返過程的陸軍翻譯員喬伊報告說,「目睹中國戰俘被調查的經歷會讓他們相信,大多數戰俘都怕得不敢坦率表達自己的真實選擇。在回答問題時只能一遍又一遍地重複『台灣』。[110]」因此儘管在大多數的西方韓戰史中,韓戰是對西方價值觀和西方秩序優越性的重要肯定,但戰俘遣返問題卻暴露了以美國為首的西方聯盟極端墮落的行為,使其代表「自由世界」的主張受到嚴重質疑。

美國及其合作夥伴捏造的並非暴行,而是強化了後設敘事,將有別於西方霸權的替代選擇——生活在西方勢力範圍以外的國家——描繪得十分可怕,甚至連那些國家的士兵都會拋棄自己的祖國,投奔屬於西方陣營的國家。這種敘事的構建仰賴藉由捏造出來的暴行政治宣傳來詆毀西方國家的對手。美國中情局局長艾倫・杜勒斯並沒有誇大議題的重要性,他將所謂的大規模投誠稱為「截至目前,自由世界對共產主義取得的最大心理勝利之一。」當時的共產主義世界是西方主導秩序的主要挑戰者[111]。

在韓戰中,為了詆毀西方對手而捏造的暴行,以及捏造出來的戰俘虐待事件,對於推進西方陣營的目標來說,都發揮了非常重要的作用。因此,殘酷對待和殺害戰俘的經濟發達西方國家,被成功地塑造成了代表普世價值的人道主義者;而對待戰俘像對待本國士兵一樣有友好的東亞對手,則被塑造成既殘暴對待

在其控制下的戰俘,又殘暴對待本國人民的國家——西方世界還宣稱,就是因為如此,那些東亞國家的戰俘才會投奔西方陣營。雖然西方媒體的宣傳非常成功,但在熟悉當地情況的雙方人士看來,在朝鮮半島創造出來的敘事與現實完全不符。

第三章

1989年的北京和天安門廣場

政權顛覆與中美冷戰

　　1949年10月,中國共產黨上台並宣告成立中華人民共和國(PRC),標誌了中美關係進入新階段。新成立的中華人民共和國幾乎立刻和與蘇聯並列為西方利益的主要對手,並因此成為針對的目標。華盛頓對中國共產主義運動的敵意,早在1949年以前就已經存在,在過去四年積極干預中國的國共內戰,與堅定支持西方的國民黨政府同一陣線對付共產黨軍隊。從1945年8月開始,美國的空中和海上資產就被用來推動40萬到50萬名國民黨人員和美軍陸戰隊隊員,大規模且快速的重新部署,以預防共產黨的中國人民解放軍(PLA)占領全中國的關鍵位置,包括北京[1]、上海[2],和重要的鐵道路線、煤礦場、港口及橋樑[3]。到了1946年,包含5萬名陸戰隊員在內的10萬名美軍人員,都被部署到了中國[4]。根據人民解放軍的報告顯示,他們積極進攻共產黨控制的區域[5]。美軍飛機定期的偵察飛行,提供國民黨重要的情報,有報導指出,美軍飛機

掃射及轟炸人民解放軍的據點,並大規模屠殺受共產黨控制城鎮的人口[6]。由於共產黨軍隊獲得廣泛的支持,尤其是在農村,因此所有人口密集中心都被當成敵人占領區域,並遭遇無差別的攻擊。一名美軍陸戰隊員回憶當時,表示他的部隊在完全不知道「到底有多少無辜人民遭到屠殺」的情況下,「無情地」炸掉一座中國村莊[7]。

為了與國民黨軍隊及自己的陸戰隊軍團並肩作戰,美國從1945年年底前就開始重新武裝在中國投降的日本帝國軍隊。杜魯門總統表示此舉為「利用日本人拖住共產黨。[8]」1947年起,中情局的第一支空中部隊飛虎隊(Flying Tigers),被部署到中國,協助對抗共產黨軍隊[9];截至1949年,美國已經提供將近20億美元的經費,和相當於10億美元的軍事硬體,援助國民黨並訓練國民黨軍隊的39個師[10]。美國為了打敗中國共產主義運動的不遺餘力,充分反映出其背後想要確保中國留在西方勢力範圍內的重視程度。這也導致從國民黨打輸國共內戰、中華人民共和國成立的那一刻起,雙方實際上就處於戰爭狀態的重要性。

關於國民黨之所以會被打敗的原因以及其領導人蔣介石,前國務院職員威廉・布魯姆說,關鍵在於「中國人民普遍對於他(蔣介石)的暴虐無道與肆意的殘酷行徑,以及官僚體系與社會系統的極其腐敗墮落,懷有敵意。[11]」據美國駐華聯合軍事顧問團團長巴大維(WilliamBlum)上將的評估,國民黨居於「世界上最爛領導人」的帶領之下,強調「在整支軍隊裡面普遍存在貪腐與不誠實的情況。」當時美國分析師之間的共識也支持巴大維的觀點,不過就算國民黨領導人的本質人盡皆知,美國還是不遺餘力地想讓國民黨統治全中國[12]。相反地,1944年被派去中國的美國陸軍代表團對於共產黨的報告反而非常正面,代表團團長謝偉思(John Service)

說：「毛澤東（共產黨主席）和其他領導備受尊崇⋯⋯這些人平易近人，不必對他們低聲下氣⋯⋯在延安（共產黨的首都）看起來也沒有警察⋯⋯士氣非常高昂⋯⋯沒有失敗主義，只有自信。」與國民黨的低落士氣、高度貪腐和軍國主義式警察國家的統治，形成強烈對比[13]。

隨著共產黨取得勝利，英國記者兼中國學者費力克斯・格林說：「美國人簡直無法說服自己相信，中國人會不在意領導階層的腐敗，寧願接受共產黨政府上台。[14]」正因為華盛頓一直對中國抱持敵對的態度，採取許多手段都是為了孤立或造成中國內部動亂，目的都是為了讓附屬於西方的政府得以掌權上位。儘管中國外交部長周恩來在1949年以後，不斷向華盛頓放出訊息，試圖改善中美關係，但美國都非常直白地拒絕，甚至還好幾次試圖暗殺周恩來[15]。

隨著韓戰在1950年6月爆發，美軍逐漸逼近中國邊境，威脅到其重要的邊界基礎設施，並攻擊部署朝鮮半島用意是形成緩衝區的中國軍隊。中國軍隊在敵對行動爆發前一個星期已經展開部署的新聞，幾乎沒有被美國媒體報導，以至於當美國軍隊在1950年10月25日與中國軍隊交戰時，看起來就好像敵對行動是由中國軍隊先發起的，結果美國和盟軍慘敗[16]，持續對中國軍隊展開攻擊，讓北京最終決定在12月投入全面的軍事干預，中國和美國在朝鮮半島的區域內展開有限戰爭[17]。美軍領導階層當中有許多人提議，透過戰略轟炸或甚至是核武打擊、封鎖並在中國港口佈雷，最後在逃到台灣的國民黨殘餘勢力的支持下，發動全面入侵將戰事擴大到中國大陸。中國境內的蘇聯軍隊，以及可能與蘇聯開戰的風險，是沒有採取上述行動的主要忌憚原因[18]。

美國在許多戰線上對中國發動戰爭，除了在朝鮮半島的戰場

之外，還採取了範圍廣泛的經濟戰措施、在國際上施壓北京造成孤立、提供保護國民黨殘餘勢力與攻擊性武器，並支援國民黨從台灣攻擊中國大陸[19]。中情局進一步對國民黨在緬甸的殘餘勢力提供武器、訓練、後勤支援，讓他們不斷入侵中國領土，破壞基礎設施並逼迫北京分散資源防禦第三戰線。儘管他們不斷被打敗而且賠上好幾條中情局顧問的性命[20]，行動依舊持續進行，一直到人民解放軍與緬甸的武裝部隊，發動聯合行動將中情局勢力與其武裝分子驅逐出緬甸，才告一段落[21]。中情局將台灣當成執行顛覆中國行動的基地，根據中情局的報告，這些行動包括空降準軍事部隊，「執行國內反政府游擊軍行動。這項任務的完成要仰賴一組中國特務，基本上利用空降的方式深入中國，再與當地游擊軍隊接頭、收集情報，可能會參與破壞和心理戰，並透過無線電回報。[22]」儘管華盛頓不斷宣稱是北京當局太過草木皆兵，並全面否認有關上述行動的所有指控，但後來解密的檔案證明，中國的指控完全正確——確實擊落並捕獲了中情局的飛行員[23]。

意圖顛覆中國的第四條戰線，由中情局在西藏開啟[i]。雖然華盛頓拒絕西藏分裂主義團體尋求在國民黨統治之下獲得獨立的請求，並明確表示他們承認中國在西藏領土的主權[24]，情況在中華人民共和國於1949年10月建國以後迅速改變，在此之後，分裂主義團體就成為華盛頓用來操作製造動亂的資產[ii]。11月1日，杜魯門總統呼籲要將「現代武器與充足的顧問」送給分裂主義團體[25]，1950年6月時，國務卿艾奇遜表示倫敦和華盛頓正在共同研擬「鼓勵西藏反抗勢力對付共產黨控制」的手段[26]。相關工作從1950年代中期開始升級，美國情報單位和西藏分裂主義領導階層在1955年一場為期4天的會議之後，拍定了為期10年的聯合計畫，預計

「巴爾幹化」（balkanise）中國，並讓西藏建國成為與西方利益一致的獨立國家[27]。1956年起，中情局在訓練和武裝分裂主義者游擊部隊上投資甚鉅[28]，這些游擊軍被責成破壞基礎設施、在道路佈雷、切斷通訊線路和伏擊人民解放軍軍隊[29]。

中國與其國內的西藏人少數群體，都在美國的干預下歷經磨難，第十四世達賴喇嘛等人就曾強調，與中情局展開削弱中國的分裂主義合作，「只是讓西藏人遭受更多磨難。[30]」根據他的說法，西方之所以提供支持「不是因為關心西藏的獨立，而是因為那是他們在全世界顛覆所有共產主義政府工作的一部分。[31]」隨

---

[i] 一份1964年的備忘錄顯示，經費的分配如下：500,000美元用於支援駐在尼泊爾的2,100名戰鬥人員、400,000美元用於科羅拉多州一座祕密訓練設施的開銷，185,000美元用於隨後將滲透進中國的科羅拉多訓練人員運往印度的祕密空運。達賴喇嘛每年也被給予180,000美元的個人補貼。（United States of America Department of State, Office of the Historian, Historical Documents, Foreign Relations of the United States, 1964–1968, Volume XXX, China, *337. Memorandum for the Special Group*, Washington DC, January 9, 1964.）

[ii] 在「祕密宣傳行動」（Operation St Bailey）之下，美國也監督在西藏人社群中形成分裂主義思想的政治宣傳工作，根據國務院說法：「目標是透過給予支持的方式，削弱中國政權的影響力和能力，在西藏人和海外國家之中，灌輸在達賴喇嘛領導之下的一個自治西藏概念；讓西藏內部產生一種抵抗可能出現的政治發展的能力，並圍堵中國共產黨的擴張─以追求美國政策的目標。」（'Memorandum for the 303 Committee,' Office of the Historian, Historical Documents, Foreign Relations of the United States, 1964–1968, Volume XXX, China, United States of America Department of State, January 26, 1968.）

著韓戰讓入侵中國的希望破滅，美國接下來 25 年的政策，就如同遠東事務助理國務卿華特・羅賓森的總結：「我們解決中國大陸問題的希望，不是攻擊中國大陸，而是經由推動從內部瓦解中國的行動。[32]」

美國在 1970 年代中期，受到越戰的挫折、國內的經濟停滯，和察覺到蘇聯勢力崛起的影響，轉而追求緩和政策（détente）與中美外交關係的正常化。隨著中蘇之間在 1960 年交惡，北京當局也將蘇聯視為其國防安全的一大威脅，中國與美國的重新靠攏，終結了中國的政治孤立並推動中國與西方世界經濟連繫的擴大。如此一來彌補了中國與蘇聯陣營連繫的衰退，而與蘇聯的連繫在此之前一直是中國飽受戰爭摧殘經濟的關鍵。然而緩和政策並沒有延續太久，當十年後冷戰落幕，相對衰退的蘇聯強權和中蘇關係的改善，意味著中國在美國圍堵莫斯科的目標上，不再被視為重要資產。結果就是美國恢復針對中國、顛覆中國的工作，第一個具體的行動，就發生在 1989 年的夏天。

1989 年 6 月的動亂：西方宣稱北京發生大屠殺

到了 1989 年，中國對於來自海外意圖顛覆政權的耐受力，比 1950 年代和 1960 年代時更弱。在鄧小平執政下對於經濟改革的追求，雖然促進了經濟成長，但也出現貧富不均，甚至駭人聽聞的貪腐跡象。這個情況與兩代中國人在長大過程中所熟知的共產主義理想，以及毛澤東時代對貪腐行為的零容忍，形成鮮明對比。結果就是愈來愈多中國人感到不滿，尤其是那些都會青年，

認為自己父母為建立新中國所付出的犧牲，被一群新階級的貪官剝削，帶領國家走上歪路。

當時剛放寬不久的物價管制，大幅改善了中國農村人口的生活福祉並增加了糧食的收成及產量，隨之而來的代價，就是都會人口面臨主食價格上漲。整個1980年代的通膨震盪，讓情況更加惡化，1988年和1989年平均通膨率幾乎是19%[33]。前中國總理兼中國共產黨總書記趙紫陽被視為政府新貪腐階級中的象徵，他所提出的改革，直接加劇了通膨。趙紫陽是當時人民怒火最初的目標，1989年派送的小傳單上會問：「趙紫陽去打高爾夫花了多少錢？」原本在西方被尊為「中國戈巴契夫」的趙紫陽，在隨後十年因其強烈的親西方傾向和致力西化政治和經濟體系的承諾，又以俄羅斯總統之名被稱之為「中國的葉爾欽」。1988年5月，趙紫陽強勢推動物價加速改革，導致大規模的民怨要求回到經濟管制中央化的訴求。於是一場延續到1989年的論戰因此展開[34]。

1989年4月，中國大學生蜂擁至首都北京天安門廣場靜坐抗議，反對政府貪污和背離1949年共產革命理想。一名來自北京的前學生抗議人士在2019年接受作者訪問時（接受訪問時，他的工作是教師），回憶當時的那場運動表示：

> 從鄧小平時代開始，我們全都看見中國已經開始變得和我們父母當初渴望建立的國家非常不一樣。在毛主席的治理下，就算只是輕微的貪腐都絕不會被容忍，所有人的生活大致平等，而且大家一起建立這個國家。但鄧小平時代出現新的寄生蟲階級，他們不必然遵守規範，也不是特別誠實或努力，卻能獲得人民努力付出打造的國家在成長時帶來的大部

分好處。於是，我們就去抗議——去告訴政府我們不滿意。西方媒體後來都說我們在爭取的是西方民主，那根本是無稽之談，我們忠於 1949 年的共產革命，反對向西方資本主義體系靠攏的舉措——我們才不會要求變得更西化。但中國的敵人錯誤呈現我們的和平抗爭，描繪成呼籲扭轉共產革命的反革命分子。這太讓人難過了，真的很荒唐，西方人竟然是這樣看待我們（前學生抗議人士）[35]。

挪用任何形式的大眾不滿，並描繪成對政治西化的訴求，是西方尤其在冷戰後常見的做法。無論是 2011 年埃及抗議者疾呼的「麵包、自由和行政公正」，或是鄰國蘇丹在 2019 年抗議物價上漲出現的示威、對生活條件或政府失職展開的抗議活動，都都被刻意扭曲為要求西方式自由民主的行動[36]。西方訓練出來的專業運動人士，通常會加入並取得運動領袖的位置，將大眾的不滿轉移到這個方向；呈現出政治以及經濟的西方化既是一種解方，也是一種歷史的必然性。這樣的描繪方式很符合後冷戰西方世界觀中「歷史的終結」的概念，將西方的治理體系呈現為終極真理，代表全世界政治發展不可避免的最終結果。然而，西方對於中國的抗議活動是「汲取自受到西方啟發的理想」[37]，並受到「支持民主的異議人士」[38]帶領這樣的論述，在現實面上並沒有太多真實根據；而且就算 1989 年的天安門廣場事件裡，確實有少數人希望推動西方化改革，但他們並不能反映這場運動的目的。然而深深根植於西方概念之中，對於其政治和經濟體系就是普世追求之體系的想法，讓西方大眾非常容易相信任何民眾的不滿，都是肇因於缺乏西方化的「親民主」改革。

來自斯里蘭卡的獲獎香港記者努雷‧維塔奇，是眾多觀察到西方世界是如何呈現學生抗議的人士之一：

> 不要把學生示威說成是爭取自由。你到處都可以看到這樣的報導，但學者們都同意，學生們是在抱怨他們認為阻礙達成想要目的的廣泛貪腐現象。他們想要的是：一個公平且公正的共產主義社會。學生們極度愛國並以中國及其社會主義立場為榮⋯⋯不要把這場抗議說成是爭取民主。事實上，他們爭取的是共產主義內部的改革。一直到學生們注意到國際記者會爭相拍攝用英文寫下「自由」這類字詞的標語立牌，民主才晉升為運動中的一大主題[39]。

儘管總部位於倫敦的《衛報》（Guardian）是對北京持批評意見的媒體，但他們也承認天安門事件從整體意義上來說「已經被西方人權遊說團體連續且誇張地扭曲了」，他們還批評「有影響力的記者和人權倡議分子的選擇性記憶⋯⋯他們濫用了關於1989年6月的記憶，將其轉變成對於中國人權議程口誅筆伐的武器。[40]」

隨著1989年6月4日在天安門廣場爆發「清場」行動，西方世界迅速出現描述中共當局回應靜坐抗議的方式，是派出軍人對著群眾開火，並在毫無理由的情況下，大肆屠殺抗議的學生。這種論述所反映的，是共產黨和解放軍沒有把中國人民的性命放在眼裡，成為西方世界對於六四天安門事件和關於中國這個國家更廣泛的描繪上言過其實的主題，足以影響後續幾十年關於中國的後設敘事。包含國家廣播公司（NBC）華盛頓分台的台長提姆‧

拉瑟特在內的許多人提到,在天安門廣場上死了「上萬人」[41]。哥倫比亞廣播公司(CBS)特派記者理查・羅斯在關於被逮捕和被驅離現場的報導中提到,「自動化武器被強力擊發,激烈的槍火持續了一分半鐘,變成一場揮之不去的惡夢。[42]」後來成為半島電視台(Al Jazeera)最資深中國特派記者的澳洲記者阿德里安・布朗形容:「有一輛坦克輾過二具躺平的屍體、一台燒得焦黑的陸軍運兵車,裡面有一具焦黑的軍人屍體。」他在好幾十年後宣稱,在中國街道上隨處可見的公安,就是為了用類似結局震懾和嚇唬中國人民[43]。

《華爾街日報》曾報導:「在天安門廣場對支持民主抗議群眾的暴力鎮壓,震驚了全世界電視機前的觀眾,讓中國的最高領導階層成為全世界最不齒的對象。[44]」維塔奇對西方世界對此事件的詮釋,做出以下總結:「你們的政府槍殺了所有在天安門廣場上爭取自由和民主的可憐學生;這些年輕人好勇敢,有一名學生擋在一台坦克前面,但其它上萬名學生都被大屠殺。[45]」基本上,西方推動一種善惡對立的論述——代表善的自然是號召西方化自己國家體系,並被迫害中國停滯不前「殘酷」和「集權」政府鎮壓的中國青年。儘管這種敘事對於西方的公關操作而言,是最令人動容且令人難忘,但現有的證據卻顯示,這種論述強烈地與之矛盾。

真正在 1989 年 6 月北京發生的事情

儘管在北京爆發的抗議，反映的是對於中國政治發展方向真正的憂慮，但這類動盪也為外部對手提供多重寶貴的機會，可以利用這個國家及其人民，進一步擴張自身的利益。大規模屠殺的虛構敘事在醜化中國的過程中發揮了關鍵作用，將中國塑造成當時正在逐漸縮減的少數幾個不在西方勢力範圍內的國家之一。同時對抗議者的錯誤解讀，可以用來強化全世界都在追求政治西方化的說法。同時也是製造中國國內動盪的機會，西方情報單位深度參與了形塑抗議運動和支持符合西方利益人士的工作。包括《溫哥華太陽報》（Vancouver Sun）在內的多家報社，在 1992 年時就引用官員發言報導，在 6 月 4 日天安門清場事件發生前的好幾個月，「中情局就已經在協助反政府運動的學生倡議分子，提供打字機、傳真機和其他有助他們散布訊息的設備。[46]」西方情報機構是否涉入行動，一直受到各方懷疑，因為事後他們可以非常迅速地救出支持西方的關鍵抗議領袖人物，就更表明早就已經和這些抗議領袖建立起一段時間的聯繫。

儘管完全沒有任何影像資料，可以如西方媒體近乎口徑一致的說詞，顯示抗議者確實在天安門廣場被殺害，但在西方報導中還是因為一張在一排解放軍坦克行駛路線前方，站著一位獨自阻擋其去路平民的照片，成為象徵有抗議者在六四天安門事件中遭到鎮壓殺害指控的證據。被認為是「大屠殺最知名、最歷久彌新影像[47]」的這張照片，在西方世界被大肆描繪成一個「支持民主的西方化運動，擋在『專制獨裁主義』道路上」的象徵。不過就像西方對 6 月 4 日當天事件的諸多描述一樣，這一畫面也被證

明與事實相去甚遠。雖然西方媒體只展示了一小段短短的影像片段,但完整影片揭露了武裝車隊是在6月5日離開天安門廣場。影片中還顯示,那名男子不但移動了所在位置,以防止坦克從他身邊駛過,甚至還可以爬上其中一台坦克。然而散布完整影片對西方利益來說,並沒有任何好處,於是乎,從完整影片中擷取出來的一小段影像,就在去脈絡化的情況下被反覆呈現。

根據2016年維基解密(Wikileaks)公布的美國駐北京大使館電報,揭露了關於天安門廣場事件最有價值的深入見解。那些電報是寫給美國政府官員,令他們了解天安門到底發生了什麼情況的報告,電報內容與西方媒體為了寫給閱聽大眾瀏覽的聳動報導,形成強烈對比。根據美國駐北京大使館所述,一名智利外交官及其妻子在解放軍軍隊進入天安門廣場想要驅散抗議者的現場,他們可以數次進出天安門廣場,完全沒有遭到任何刁難。根據那名外交官的說法,美國大使館回報:「他看見軍隊進入廣場,並沒有看到任何對著群眾大規模開槍駁火的情況,不過有聽到零星的槍聲。他說大部分進入廣場的軍隊人員,身上都只有反暴裝備—警棍和木棒,背後有其他武裝軍人提供支援。」與西方指控完全相反的是,該名外交官親眼見到「當時沒有任何對著學生群眾大規模開槍掃射的情況發生。」學生們接著就同意離開廣場,所以現場沒有發生當局動用致命武力鎮壓的情況。電報最後的結論是:「當學生們達成願意撤離的協議後,抗議學生們手拉手排成一列,從廣場上的東南角離開了。」電報中還特別針對西方當時盛行的描述表示,「並沒有發生屠殺的情況。[48]」當時的智利在政治上與美國利益高度重合,因此智利外交官的說法被認為相當可靠。

前《華盛頓郵報》駐北京分社社長傑伊·馬修斯在1998年時同樣承認：「所有經過證實的目擊者說詞都表示，在軍隊抵達廣場時，原本還留在廣場上的學生都被允許和平離場。」他將「天安門大屠殺」稱為一個神話，並強調「幾乎很難找到一個沒有助長這種誤解的記者。[49]」在談及那些宣稱發生屠殺的消息來源，帶有啟人疑竇的可靠性時，馬修斯回憶：

> 關於天安門在清晨時分發生過大屠殺這個牢不可破的故事，源自於好幾個虛假的目擊者證詞⋯⋯或許最被廣為流傳的一套證詞，首見於香港媒體的報導：一名清華大學學生形容有機關槍在廣場正中央的人民英雄紀念碑前掃射學生的情景。《紐約時報》在六四天安門事件發生後一個星期的6月12日，將這套說法放上極為顯眼的版面，但並沒有找到任何證據可以支持這套證詞的真實性，也無法驗證是否有這名所謂目擊證人的存在⋯⋯學生領導人吾爾開希說過，他曾見到200名學生被槍火擊倒，但後來就被證實，他在他所形容的情況疑似發生前的數個小時，就已經離開廣場⋯⋯。一名BBC記者說他當時從北京飯店（Beijing Hotel）的高樓層向下俯視，看到軍人在廣場中央的紀念碑前對著學生開槍。但就如其他多名也想從相對安全的制高點觀察天安門事件的記者所述，從飯店是看不到廣場正中央的[50]。

馬修斯的結論是：「就現有取得的證據來看，那天晚上在天安門廣場上沒有任何人死亡。」他這一聲明凸顯了吾爾開希和BBC記者等人，捏造屠殺的指控，並冒充為目擊者的普遍傾向[51]。

當時在北京的《紐約時報》記者紀思道（Nicholas Kristof）觀察到，大屠殺的說法在許多「關鍵重點」都存在可疑之處。他有效地揭露了香港媒體廣泛流傳，並被英國媒體頻繁引用的匿名清華大學學生的聳動文章，文章中有許多重大矛盾。紀思道在結論時強調：「國家電視台甚至在天亮後不久就放出了學生和平步出廣場的影片，證明那些學生並沒有被殺害。[52]」

隨著宣稱發生大屠殺的消息來源逐漸被揭穿，有愈來愈多的目擊證人證實沒有發生大屠殺。其中最著名的目擊者就是台灣出生的作家侯德健，他當時為了顯示自己與其他學生一條心，正在天安門廣場上進行絕食抗議。他回憶：「有人說廣場上死了 200 人，還有些人甚至說有多達 2000 人死去。還有說法是坦克輾過那些試圖離開廣場的學生。我必須說，我一件都沒有看到。我到早上 6 點 30 分都還待在廣場上。[53]」

6 月 3 日到 4 日的晚上都待在天安門廣場正中央並訪問了多名學生的路透社特派記者葛蘭姆·恩肖，看著軍隊在清晨稍早時分抵達廣場，而且「就站在廣場上看著廣場群眾散去。」恩肖證實，當時大部分的學生都已經和平散場，剩下的幾百名學生也被說服和平離場。沒有發生暴力，更遑論一場大屠殺[54]。

就連當時 BBC 在北京的特派記者，同時也是多年來一直批評中國政府在天安門事件的作為的詹姆斯·邁爾斯，在二十年後也承認：「我是其中一位目睹當天晚上經過的外國記者……在天安門廣場上並沒有發生大屠殺。」他的結論是，西方世界的報導「傳遞了錯誤訊息」，而且「還留在廣場上的抗議者在軍隊抵達時，經過協商後就被允許離開。[55]」

當時派駐在北京的西班牙大使歐亨尼奧·布雷戈拉特在其涉

及該事件的著作中指出，西班牙國家電視台（TVE）人員6月4日就在天安門廣場，倘若當時真的發生屠殺，他們應該會是第一組拍到影像的人。他強調，大多數宣稱發生屠殺的報導，都是由住在距離廣場較遠，且看不到現場的北京飯店中的西方記者撰寫傳出來的。[56]

由於聲稱發生屠殺的說法是從英國殖民地的香港開始傳出來，爾後又獲得英國媒體特別有力的支持，包括前澳洲外交官兼《澳洲人報》（The Australian）東京分社社長桂格理‧克拉克在內的許多人，就將這樣的論述歸類為英國的黑色資訊行動。他發現《國際財經時報》（International Business Times）在一篇天安門事件二十五周年紀念的著名文章標題上寫道：「天安門廣場大屠殺是一個迷思，我們『記得的』全是英國的謊言[iii]」，克拉克於是說：

> 這是其中一個比較引人注目的英國黑色資訊行動—幾乎可以和傳說般的伊拉克大規模毀滅性武器相提並論。原本流傳中國軍隊1989年6月3日至4日晚間在北京極具象徵性的天安門廣場，用機關槍掃射了上百名無辜學生抗議者的故事，自此已經被多名當時人就在現場的目擊者全數推翻——這些目擊者包括一名西班牙國家電視台TVE的員工、一名路透社特派記者，以及抗議學生本人。他們說那天晚上除了一支軍隊進入廣場，要求還留在廣場上的數百名學生離開以外，什麼事都沒有發生。但這一切依舊沒有阻止關於屠殺發生過的謠言，被不斷提起和為人所相信[57]。

儘管目前已知的證據強烈指向當時並沒有發生過「天安門廣場大屠殺」事件，但因為這個論述實在太過強大，以至於它迅速成為了「獨裁中國政府的邪惡」對上「支持民主與西化的善良」的象徵。而1989年6月發生在北京其他地方的動盪，確實鬧出了一些人命；與西方所聲稱的數萬無辜學生在天安門被殺形成對比的是，距離廣場較遠的街頭，軍隊與反政府武裝的衝突導致數百人喪生。不像虛構的學生屠殺完全缺乏照片佐證，已有影像明確證實不明武裝分子襲擊解放軍士兵的報導，其中許多士兵被活活燒死或在街頭遭受折磨。然而，對相關照片的報導和出刊，卻在西方報導中幾乎完全沒有出現，令人費解[58]。

桂格理・克拉克聲稱，解放軍軍人才是被汽油彈攻擊的受害者，許多軍人都被困在巴士中，被吊起來並被燃燒。他質疑激進的反政府分子試圖接近、取得並學習使用這類武器的可疑行徑[59]。相較之下，北京的解放軍隊員根據美國國務院的報告，一直到6月3日之前在面對平民時都沒有攜帶武器，限制了他們應對這類

[iii] 克拉克進一步解釋：「英國黑色資訊當局最喜歡用的一項技巧，就是植入匿名故事，但這還是沒有阻止《紐約時報》在6月12日將這個故事放上頭版，還加上熊熊燃燒的運兵巴士及『坦克人』的照片─也就是據稱試圖想要擋住一整排軍隊坦克進入廣場的孤身一名學生的照片。爆發過一場莫名其妙大屠殺的迷思就因此不脛而走。」他進一步強調：「至於那名『坦克人』，我們現在都從拍下那張照片的攝影師口中得知，這張被廣為流傳的照片事實上是他在動亂發生過後的隔天，從飯店窗戶拍下來的，那些坦克事實上也是要離開，而不是要進入天安門廣場。」（Clark, Gregory, 'Tiananmen Square Massacre is a Myth, All We're "Remembering" are British Lies,' *International Business Times*, June 4, 2014.）

武裝攻擊的能力[60]。關於那些被肢解或被燃燒軍人屍體的攝影證據，克拉克寫道：「讓我們回過頭來看那些燃燒中的巴士照片。主流觀點是認為巴士是在掃射開始後，被憤怒的抗議者點燃。但事實上是在更早之前就被點燃。證據在哪？就是那些焦黑的屍體被吊在天橋下的報導（一張被路透社拍下卻始終未被刊出的照片），以及那些被嚴重燒傷的軍人在附近民宅尋求庇護的照片。[61]」這些細節在西方媒體的報導中幾乎完全看不見，因為會完全削弱西方媒體將反政府人士描繪成代表純粹溫和及和平的非黑即白形象。

學者暨自由作家金培力（Philip J. Cunningham）目睹了暴力青年團體的出現，他們被明確組織和武裝；無論從行為或外表上看起來，他們都與天安門廣場上的學生截然不同。他表示：

> （和平的）五四運動的精神已經消失，取而代之的是陰暗又歹毒的算計。出現了一種我以前未曾認真留意過的組成分子：外表看起來與學生毫不相似的年輕小混混。一般學生頭上綁著頭巾、身上穿著別有大學別針的簽名上衣，這些小混混則穿著廉價、不合身的聚酯纖維衣物和鬆垮垮的風衣。在我們的燈光下，他們的眼神中閃爍著戲謔，他們明目張膽地拿出藏好的土製汽油彈……這些穿著短褲和拖鞋、扛著汽油彈的小混混是誰？汽油都是被嚴格配給的，所以他們不可能是臨時變出這些玩意兒。是誰教他們用玻璃瓶做出炸彈，他們這些具有燃燒性的攻擊物，又是想要針對誰[62]？

另一段證詞也詳細說明了軍人們是如何在6月3日，遭到

數名武裝並且看起來像嗜血激進好戰分子的人士攻擊。關於那輛燒起來的軍事運輸車和針對受困其中軍人的陷阱，金培力的回憶如下：「在朝著武裝車投擲石塊後，暴徒停止動作⋯⋯為什麼這麼多人選擇在裝甲運兵車平安通過的時候，還要繼續追逐？⋯⋯迷彩塗裝的車輛從四面八方被攻擊⋯⋯某人丟出了一顆土製汽油彈，點燃了裝甲運兵車。火焰迅速蔓延到裝甲車的車頂，並延燒到人行道。」陪在金培力身旁的是中央戲劇學院的學生，一名叫做阿猛（音譯）的前絕食和平抗議者，他當時自己也震驚於暴徒們的極端暴力。金培力記得當時阿猛大喊：

他大叫：「讓他出來！快幫幫那個士兵，幫忙他出來！」情緒激動的暴徒們卻絲毫沒有伸出援手。憤怒、令人毛骨悚然的聲音在我們四周響起。有人說：「殺了那個王八蛋！」接著又一個人聲響起，比第一個人的尖叫聲更令人不寒而慄：「他又不是人，他只是個物品。」旁觀者因為情緒過於激動，脫口而出高音頻的尖叫聲：「殺掉，殺掉！」阿猛將我留在原地，試圖向那些動用私刑的分子講道理，他請求：「住手！不要傷害他！住手，他只是一名士兵！」另一個人開口說：「他不是人，殺了他，殺了他！」⋯⋯至少有一名投降的士兵被安全地撤離到一台待命中的救護車，但救護車本身也遭受攻擊，後車門幾乎都被拆下來⋯⋯那些嗜血之徒令我噁心[63]。

金培力強調，少數武裝分子與多數和平抗議者之間的差別，在於少數好戰分子「刻意煽動暴力，與那些真正投入且無意傷害任何人的示威者完全不一樣。[64]」少數暴力武裝分子的目標，看

起來是想要激起軍方對他們以及多數和平抗爭人士的反應,如此一來就可以為詆毀政府找到藉口,並壯大激進的反政府勢力[iv]。混雜在和平抗爭者之中、從人群裡發動攻擊的好戰分子,就被金培力與其他觀察家認為,可能就是鄧小平在 6 月 9 日談話中提到的:「一小撮壞人混雜在那麼多青年學生和圍觀的群眾之中,陣線一時分不清楚,使我們許多應該採取的行動難以出手。[65]」

死亡、被焚燒、被肢解的中國士兵照片,成為這些武裝好戰分子所作所為的證據。《格蘭塔》(Granta)雜誌發布了其中一張照片,但英國其他媒體卻從來不曾發布過這類照片,甚至在西方世界都不太曾出現。一名分析師猜測為何實際發生的殺戮行為照片很少被公開,而被錯誤解讀的「坦克人」照片卻被大肆宣傳時,他說:「或許是因為,這些照片會挑戰到外界誤以為天安門廣場裡發生的,不過是一場和平學生抗議的迷思。[66]」舉例來說,桂格理・克拉克就指出——他宣稱是由英國主導,刻意扭曲大眾對於六四天安門事件看法的案例:「英國的新聞機構路透社,拒

[iv] 這類戰術的使用並不是只出現在中國。當 2014 年烏克蘭政府被推翻以後,歐洲議會議員科爾溫 – 米克即宣稱,中情局在波蘭訓練了一批狙擊手,讓他們在警方所在位置的後方瞄準抗議者。他聲稱,如此一來就激起了一場嚴重的暴動和針對警力的暴力報復行動,回過頭來又激起了另一輪的暴力升溫。在與歐盟外交負責人凱瑟琳・艾希頓談話時,愛沙尼亞外交部長烏爾瑪斯・白艾特在後來宣稱,這些指控已經獲得現場大量實際證據的證實。(MacAskill, Ewen, 'Ukraine crisis: bugged call reveals conspiracy theory about Kiev snipers,' *The Guardian*, March 5, 2014.)('"Maidan snipers trained in Poland": Polish MP alleges special op in Ukraine to provoke riot,' RT, April 22, 2015.)

絕刊登一張有一具焦黑（軍人）屍體被吊在天橋下方的照片——一旦刊登就可以解釋很多實際發生情況的照片。[67]」

《華盛頓郵報》反而是著名的特例，而且確實報導了一些攻擊事件，在6月12日的一篇報導中就寫下：「在北京西邊的大街上，示威者點燃了一整排超過100輛卡車和武裝車的軍用車隊。熊熊大火與整排濃煙的空拍照片，這有力地支持了中國政府的論點，即部隊是受害者，而非施害者。其他畫面顯示士兵的屍體，以及示威者從毫無抵抗的士兵身上拆下自動步槍。[68]」《華爾街日報》也曾簡要提及「部分激進化的抗議者攜帶武器，並在與軍隊的衝突中奪取了車輛」。文章指出：「當坦克車隊和數萬名士兵接近天安門時，許多軍人遭到了憤怒群眾的襲擊……數十名士兵被從卡車上拖下來，遭到嚴重毆打後，被棄置於路邊等死。在廣場西側的一個交叉路口，一名被毆打致死的年輕士兵的遺體被　得全身赤裸，掛在一輛巴士的側邊；另一名士兵的屍首被吊在廣場東邊的一座交叉路口。[69]」這些報導是在早期階段，圍繞著這起動亂的統一論述被完善建立之前就被披露出來的內容。暴動者在事件發生後的三十年間，幾乎都沒有出現在西方世界的報導中，反而引人注目。《衛報》一直到2008年才遲遲地提到這些攻擊事件，但明顯以激進的措辭形容士兵被私刑處死的行為，稱之為對「壓迫者」的「人民的處決」，並且表示這些情況的發生「可以理解，甚至值得欽佩。」報導中指出，「在一個郊區地帶，兩名士兵被吊在一台燒毀的巴士旁。[70]」

有鑑於前面也提到過，美國長期以來向中國滲透游擊隊鬥士及顛覆分子，讓他們攻擊軍隊人員及平民基礎設施的歷史，外界也猜測這些不知道從哪裡冒出來、毫無理由就攻擊士兵的有備而

來叛亂分子,或許就是從台灣或是其他地方滲透進中國的人士。這就可以解釋他們為什麼對解放軍有這麼明顯的恨意,以及為什麼熟悉如何就地取材,克難製作武器。如果這些穿著平民服飾卻配備武器的尋釁滋事者,成功引誘士兵對平民抗議者發動攻擊,就有可能嚴重削弱解放軍與中共政府的地位和正統性。理想上來說,如果考量到西方利益,最後就可以導致中國的潰散,甚至可能可以導致其巴爾幹化,就像當時東歐及蘇聯內部就是讓親西方人士上位掌權,達成區域的巴爾幹化。

儘管有些士兵確實利用真槍實彈回擊了那些攻擊,但發生地點距離天安門廣場非常遙遠,而且是出於自衛防禦性質。正如美國大使館的電報中,提及了那些士兵之所以動用武器的理由:「部分士兵出於自我防衛,或是為了保護自己的同袍,被迫開槍。[71]」桂格理・克拉克針對這個情況在《日本時報》(Japan Times)撰文如下:

> 我們只要看看這些被廣為流傳,關於軍用巴士排成一排被抗議群眾點火燃燒的照片就好。時至今日,全世界似乎都已經認為,這些巴士是在士兵開始開槍射擊之後,才被群眾點燃。然而事實真相卻是相反——是群眾在進入北京的時候先攻擊巴士,燒死了裡面的幾十名軍人,所以士兵在這個時候才開始開槍。說到這裡,我們一樣不需要再去其他地方找證據來佐證——因為從並未被刊載的照片中就可以看出,被嚴重燒傷的士兵在附近的民宅尋求庇護,還有關於燒得焦黑的屍體被吊在天橋下方的報導[72]。

考量到這些攻擊士兵甚至殺害士兵的行為本質，解放軍以及上級指揮官的應對方式，實在太過符合比例原則，表現得也遠比一般人對於軍隊的期待更加保守。這或許要歸功於中國人民解放軍在政治教育上的重視，另或許也和上級指揮官們意識到，如果他們以不成比例的方式回應好戰分子的挑釁，可能會引來更大的危險有關。事實上，從「坦克人」影片的內容來看，光是一個抗議者就有辦法讓一整排的坦克車都停下來，外界就可以輕易將之解讀為解放軍十分自律的跡象。相較之下，其他國家的警方與軍用車輛——包括在西方世界的很多情況下——都以會高速衝向試圖阻擋他們前進的抗議者聞名[73]。克拉克就將解放軍人員以更加自律的方式，對於攻擊行動做出回應，拿來與美軍在伊拉克的費盧傑遭遇攻擊時的回應方式做比較。當時美軍只有幾名人員喪命，但當地更廣大的人口卻因此被迫忍受極端殘暴的報復回擊[74]。

　　關於挑釁那些士兵，試圖讓他們攻擊平民抗議者的意圖何在，立場最激進的 23 歲抗議領袖、認為自己是激進右派「總司令」的柴玲，在六年後的 1995 年表示：「我們事實上希望見到的就是血流成河，想要把政府逼到他們別無選擇，只能毫不遮掩地屠殺他們的人民。只有當天安門廣場被血洗，中國人民才會睜開他們的眼睛。只有等到那個時候，中國人民才會真正團結在一起。但我要怎麼把這些想法解釋給我周遭的抗議學生聽？」她還稱那些反對挑釁政府、認為不該讓政府犯下如此大屠殺行為的抗議者「自私」[75]。而中國人民沒有辦法以她所期望的方式回應這起政治事件的事實，讓她感嘆：「你們這些中國人，你們不值得我奮鬥。你們配不上我的犧牲。[76]」柴玲證實了當時在抗議運

動中，確實出現了非常激烈的領導路線之爭，多數派爭取的是更好的勞工權益和更少的貪腐，而由柴玲自己所領導的好戰少數派，則是希望推翻政府。她尤其看不起路線溫和的北京學生自治聯盟，北京學生自治聯盟在當時代表了抗議運動中更主流的期盼[77]。

柴玲和其他抗議群體中激進右派的領袖，據傳與吉恩·夏普密切合作。吉恩·夏普被認為是美國在利用西方勢力範圍外國家的內部不滿，達成顛覆這些國家目的方面的領袖專家。夏普在1989年5月抵達北京，而那些激進抗議者所使用的戰術，與他在自己著作當中所推薦的這方面戰術，高度相似。著有《物理、生物和社會經濟現象的驅動力》（Driving Forces in Physical, Biological and Socio——economic Phenomena）一書的法國學者貝特朗·M·羅納博士詳細記載了這個情況[78]。許多消息來源，包括多個外國政府，都指出夏普與中情局以及與中情局有關、受到美國政府資助的美國國家民主基金會[79]密切合作，並在當時顛覆華沙公約組織國家與蘇聯歐洲區域國家等類似事務上，扮演一個重要角色。他隨後又在從2011年起，針對接班蘇聯的阿拉伯世界國家，以及在2010年代末期發生在緬甸及委內瑞拉的類似事件中，扮演了重要角色[80]。

抗議群體中的激進右派領袖，時常展現出非常強烈的西方至上主義者情緒，並強烈相信西方化就是中國想要進步的唯一道路。這其中最著名的人士就是劉曉波，劉曉波在西方世界備受讚揚，並在2010年獲頒諾貝爾和平獎。他盛讚香港「受殖民的一百年」，認為香港這塊土地因此獲得改善，並宣稱中國至少需要被西方殖民主義控制三百年，才有辦法進步[81]。他具有強烈的

西方至上主義立場早已不是新鮮事，早在1988年時他就曾說：「選擇西方化就是選擇當人」，而中國本身在他看來比較次等的文化，讓中國人民「畏縮、軟弱、操蛋。[82]」劉曉波同樣也對宣揚「西方文明化與民主化的使命」抱有強烈信仰，例如他在提到美國率領的伊拉克入侵行動時表示：

> 我對倒薩之戰（伊拉克戰爭）的支援決不會動搖。像從一開始就相信美英的倒薩之戰必勝一樣，我仍然對自由聯盟的最後勝利和伊拉克的民主未來充滿信心，即便美英聯軍遭遇到比現在還要棘手的挫折，這種信心也不會改變……一個自由、民主、和平的伊拉克必將誕生[83]。

西方在朝鮮半島和越南發動的戰爭，前者被好幾位西方和南韓學者形容為針對韓國人民的大屠殺[84]，但劉曉波對上述兩場戰事都強烈讚揚[85]。劉曉波的立場在不久後不但讓他贏得國家民主基金會提供的實質金援，還讓他廣獲西方世界的不少支持[86]。他的這番言論絕非只是他個人獨有，很多抗議團體中的激進右派領袖都曾表達過類似的情緒。天安門事件的理想結果，如果從西方利益的角度出發做為考量的話，就是讓中國可以被置於服膺於西方至上主義思想流派的全新領導階級之下。因為他的言論以及親西方激進主義，劉曉波在西方世界被廣泛譽為「中國的納爾遜·曼德拉」，但這個稱號的諷刺之處在於，曼德拉花了好幾十年想要對抗西方至上主義的思想與體系，而劉曉波卻是強烈受到西方至上主義的帶領，並宣揚要讓西方至上主義得以落實。

西方世界對1989年中國動盪的涉入，還擴及到了針對中國

政府、解放軍和一般大眾的資訊戰行動。針對中國人民解放軍，美國之音（VOA）對著他們的衛星放送廣播，並錯誤報導了好幾次軍隊之間兵戎相向，和中國已經潰散陷入內戰的消息。這麼做的目的，似乎就是為了在軍隊和政府當中，埋下困惑和恐慌的種子。當北京出現攻擊士兵事件後不久，美國之音就放出國務院總理李鵬遭到槍擊和鄧小平瀕死的報導。他們還將中文播報的內容時數增加到每天 11 個小時[87]。美國之音對於天安門廣場事件的報導集中猛烈的火力，原本從 5 月 4 日到 5 月 15 日之間只占總比例 20% 的播報內容，在 6 月 4 日過後一口氣突破了 80%[88]。這類戰術絕非獨一無二針對中國的行動。舉例來說，在兩年後的「沙漠風暴行動」（Operation Desert Storm）期間，美國就入侵了伊拉克軍方的通訊管道，傳送互相牴觸的命令以及想要偽裝成伊拉克領導人發出的極度荒唐政治宣傳言論，試圖擾亂並打擊伊拉克軍隊的士氣。當年稍晚，當蘇聯解體時，美國也有辦法進入蘇聯軍方的通訊管道，以確保任何試圖阻止親西方人士掌握權力的行動，都可以被事先預防[89]。

西方在中國的情報行動在 6 月 4 日的抗議活動解散後，仍在持續進行，最著名的就是由美國中情局和英國情報機構共同執行的「黃雀行動」（Operation Yellowbird）。該行動目標主要是將那些領導激進派抗議活動的西方資產從中國撤離。這些人士與西方情報機構早已建立的密切聯繫，在撤離過程中發揮了重要作用。結果 21 名核心目標中，有 15 名被順利接應並帶到了英國殖民地的香港[90]。

黃雀行動也顯示了西方情報機構與犯罪集團的緊密合作，犯罪集團的援助對於行動的成功是一大關鍵，最著名的協力犯罪集

團就是新義安三合會,他們的犯罪業務涉及人口販運、賣淫、走私、勒索、偽造、賭博和毒品。中情局為了行動所需,會提供犯罪組織精密的裝備和武器[91]。香港知名的幫派成員,同時也高度涉入金援資助黃雀行動的計畫[92]。橫跨東亞的這類組織,最早可以追溯到從鴉片戰爭時期,就一直與西方利益有所合作。且在冷戰時期,有部分組織由於害怕在共產主義的統治之下,當局對於犯罪及走私更強硬立場會威脅到他們組織的運營,因此與西方的合作變得更加緊密。

據傳營救小組是從香港被送進中國,配備夜視鏡、紅外線信號器、加密裝置和協助資產偽裝的化妝品。一旦離開中國,這些抗議領袖就會被迅速安置到以美國和法國為主的西方國家。《新聞週刊》(Newsweek)將這些抗議領袖形容為「天安門廣場的媒體寵兒」,而在最早援助他們行動的各國城市,持續進行對抗中國政府的行動,也代表了重大的西方政治宣傳政變。

曾經說過她的目的就是為了激起中國政府對抗議者展開大屠殺、被西方譽於「中國貞德」的柴玲,也是被營救出來的其中一人。因為她的行動和她身為西化鬥士的聲譽,她獲得諾貝爾和平獎的兩次提名,並獲邀進入普林斯頓大學,在伍德羅·威爾遜公共和國際關係學院研讀國際關係。柴玲後來成為一名基本教義派的基督徒,此事在 2009 年被公開,隨後她為數名極右派的美國政治人物主持了募款晚會,而她的美國丈夫羅伯特·麥金則在 2011 年至 2013 年間,擔任麻薩諸塞州的共和黨主席。她在美國眾議院八次作證反對中國政府[93]。關於她對於一個政治西化中國與共產黨統治終結的看法,柴玲表示:「中國在未來一定會擁有民主,但屆時會比一個民主體制國家更棒,會變成像天堂一樣的

地方。我們所有人都將不再流淚。也將不再會有死亡或不幸。」她做過的事,她說,是「無時無刻都受到耶穌基督的教誨所驅策和指引。[94]」

天安門廣場後的中國與西方

面對好戰分子躲在抗議者中對他們發動攻擊,解放軍部隊只以溫和的方式回擊,而且軍方也避免場面陷入混亂,所以西方想讓中國動亂的干預行動就以失敗告終。這樣的結果,也導致中國可以繼續朝著經濟發展的道路前進,執政黨最終也對貪腐祭出更嚴格的打擊,同時大幅提高了人民的生活水準。中國在2014年躍升為世界最大經濟體,到了2020年末,國內生產毛額(GDP)更是比美國多出了六分之一[95]。這個時候的中國產業界在非常多高科技的關鍵領域,從人工智慧(AI)到5G技術,都已經蓄勢待發準備取得主導地位[96]。相較之下,在1989年時曾經在高科技領域和經濟發展上領先中國數十年的蘇聯,卻在1989年的兩年後被成功顛覆,並後續導致蘇聯集團的巴爾幹化;後蘇聯的俄羅斯經濟萎縮了45%、工業基礎大幅流失、平均預期壽命大幅下滑,而貧窮率則是直線上升[97]。結果就造成了1990年代數百萬人的死亡,以及數以萬計的女性被人蛇集團販運到西歐和美國為奴[98]。就在冷戰剛發生不久,西方世界就曾經公開討論過中國被巴爾幹化分裂成若干小國的可能性,因為當時西方國家正在對蘇聯進行類似的巴爾幹化工作[99]。就蘇聯的情況來看,蘇聯瓦解、巴爾幹化的結果就導致這些原本被結合成一個超級強權的前蘇聯

國家之間,在往後的 30 年間都把各自大部分的精力花在互相鬥爭,而無暇挑戰西方霸權[100]。

1989 年的動亂,因此標誌著中國歷史上一個具有決定性的轉捩點,中國得以躲過一段非常黑暗的命運,同時也導致趙紫陽的下台。趙紫陽當時就被指控,公開支持抗議運動中的親西方人士。部分分析師,例如國際關係學者哈爾·布蘭德斯就將 1989 年 6 月,解讀為中國與西方關係一個新階段的開始—一場因為西方對北京辭令劇烈改變,而隨著時間逐漸激化的冷戰。布蘭德斯在 2019 年時聲稱,1989 年標誌了「在今日美中競逐關係的最核心,存在著根本上的政治差異」,而 1989 年的天安門事件,也可以視為一個「早期訊號」,那就是中國的政治體制不會像蘇聯集團的共產國家那樣西方化[101]。事實上,當 30 年後的中國在 GDP 表現[102]、軍事採購的支出[103],和科學研究的發表數量[104]以及數個其他關鍵的國力衡量指標上,都已經可以輕鬆超越美國,像前中情局局長麥克·龐培歐這樣的華盛頓強硬派,都對於西方在 1989 年的自鳴得意唏噓不已。很多人都斷言,西方當時就應該以捏造出來的天安門大屠殺做為理由,對中國採取更具侵略性的措施,在中國國力還相對虛弱很多的時候,就扼殺中國有可能變成西方勢力挑戰者的機會[105]。

天安門事件與多起西方橫跨共產主義世界,針對華沙公約組織和南斯拉夫國家的干預行動高度一致,大多數情況下仰賴的都不是軍事行動,而是新型態的資訊戰能力,以及對於親西方類軍事部隊的扶植和支持。然而當中國國內始終維持得很穩定,西方就要想辦法獲得一場公關上的勝利,宣稱出現一場實際上根本沒有發生過,但號稱是針對學生抗議者的單方面大屠殺,來詆毀

北京——就是目的是為了進行政治宣傳的暴行捏造工作。宣稱發生過的大屠殺會繼續被用來當成一個藉口,去推動針對中國的有限敵對政策,包括經濟制裁、武器禁運、中止世界銀行和亞洲開發銀行對中國的借貸,以及取消多個投資項目。然而北京卻有辦法利用西方私部門的利益借力使力,因為這些民間私部門的利益與西方國家地緣政治利益相反,主要的民間大企業反而希望推動雙邊關係的正常化,儘快恢復雙邊貿易並取消大多數的禁令。進入中國市場所能帶來的巨大商機與中國市場所能提供的眾多勞動力,成為了中國的籌碼。在這個議題上,對中國採取最強硬立場的加拿大在維持了四年的禁令之後,最終還是因為自己變成了西方國家陣營當中的一個異類,被迫放鬆對中國的管制。中國媒體也認為,英國當時之所以會宣稱天安門廣場發生大屠殺,只是想以此做為藉口,毀損中英雙方原本已達成雙邊共識的英國將殖民地香港返還中國的約定[106]。

西方世界到處都在舉辦紀念活動,紀念那些據說在天安門廣場上為西方化奮鬥卻遭到屠殺的受害者——但這不過是一種同時可以用來詆毀中國這個東亞敵國,又可以推崇西方價值和西方政治體制的一套自命清高說詞。就像那些被迫流亡西方陣營國家的韓戰戰俘(詳見第二章),這套說法在西方世界被不斷重複地強調,傳遞出一種中國政府站在中國人民最佳利益對立面的論述——而西方世界則是與中國人民站在同一陣線,代表著他們未來的希望和期待。定期會被提起的 1989 年 6 月衝突事件,在北京的最中心位置創造了惡名昭彰的氛圍,當每年 6 月 4 日西方媒體提及六四天安門事件時,都在巧妙地提醒著全世界,中國「是個怎樣的國家。」一場大屠殺的迷思宣傳,是形塑西方和全球大

眾對於後冷戰世界秩序認知的關鍵，同時也是堅定將中國和其他並未在政治體制上西方化的國家妖魔化、反派化的關鍵。據稱發生過的天安門廣場大屠殺，因此形成了一套在後冷戰關係新時代，圍繞著中國的全新後設敘事核心。

在超過十年以上的時間裡，據傳發生過的天安門大屠殺變成了每當中國因為某事登上媒體頭條版面，外界在討論中國時的都會提及的關鍵事件。舉例來說，在美國總統比爾・柯林頓於1998年訪問北京之前與訪問北京期間，《紐約郵報》就將天安門廣場稱為「學生屠殺事件的發生地點。[107]」《今日美國》（USA Today）和《華爾街日報》則在隔天的報導中，將天安門稱為一個「支持民主的示威者被槍殺」之處，並描述「天安門廣場大屠殺」時，武裝軍隊殺了「數百位甚至更多的人。[108]」《巴爾的摩太陽報》（Baltimore Sun）的頭版頭條則寫下「天安門，中國學生殞命之處」[109]。在2008年的北京夏季奧運期間，國際媒體們聚集在中國首都，而西方記者就將天安門廣場稱為中國的「黑心」——這個被西方媒體廣為採用的說法，或許就象徵著對中國的惡意，意圖使這場被中國近乎完美舉辦的奧林匹克運動會，蒙上一層陰影[110]。

《日本時報》在2008年7月時就觀察到：

> 隨著北京奧運的舉辦在即，我們可以看到愈來愈多人試圖喚醒世界對於1989年6月4日，據傳在北京天安門廣場上爭取民主的學生，採遭大屠殺的事件記憶。當時花了很多功夫，最早開始散布軍隊隨意掃射學生抗議者故事的《紐約時報》，最近又發布了好幾篇文章，譴責這場據稱發生過的

大屠殺，包括其中一篇文章還建議，應該拒絕出賽抵制北京奧運。其他媒體，包括英國立場通常都很中立的《衛報》和《獨立報》（Independent），以及澳洲的《雪梨晨鋒報》（Sydney Morning Herald）都加入了聲討行列。這些媒體都沒興趣發布反面報導。這套做法令人印象深刻，尤其考慮到已經有為數眾多的證據指出，根本沒有發生過所謂的天安門大屠殺事件⋯⋯天安門迷思造成的傷害卻待續至今[111]。

西方新聞機構在不讓這個故事淡出大眾視角，和利用這個故事形塑大眾對中國態度的努力，在2010年代巴拉克・歐巴馬政府提出「重返亞洲」（Pivot to Asia）倡議後，變得更加密集，讓美國與北京之間的緊張關係也變得更加緊繃，對抗中國也成為美國外交政策上的首要之務。舉例來說，《時代》雜誌在天安門事件三十週年之際的2019年時，將天安門事件定調為：「北京對民主制度的血腥攤牌」──並以與後來公開的相關資訊直接牴觸的訊息表示，「天安門的大屠殺導致數百人，甚至可能是數千人喪生。[112]」這在西方報導的主流趨勢當中極具代表性。到了2020年代初期，當中美關係達到1960年代以來的新低，西方世界紀念天安門廣場的藝術作品變得更加普及。光是在紐約市出現的案例，就從2022年開演的同志愛情舞台劇《天安門安魂曲》（Tiananmen Requiem），到隔年首演的百老匯音樂劇《天安門：一部新音樂劇》（Tiananmen: A New Musical）都有。

據傳在天安門廣場上發生過的血腥屠殺，在後續數十年都在西方被用來做為顯示中國政府本質的一個證明，也被認為顯示了中國內部的墮落，幾乎已經到了令人髮指的程度。西方媒體對天安門的詮釋與標籤，與同樣發生在其他和西方利益高度重合國家

內部,執政當局和抗議者或暴動者之間的衝突報導,存在非常強烈的反差。最明顯的案例就是在1960年代,當時美國軍方被部署於鎮壓和平抗議的學生示威者[113],甚至有時還會被下令殺害這些學生[114]。美國學生並沒有私刑絞死軍人、對著軍用汽車投擲汽油彈或點燃公共財產,同時也沒有軍人被殺害或傷害——衝突中的暴力完全是軍方單方面施加於群眾。然而當據傳在天安門廣場上發生過的大屠殺,不斷被拿來與中國這個國家固有的本質畫上等號,真正在美國發生過屠殺學生的行為,卻絲毫沒有被一視同仁地對待。

另一個明顯的案例,是有被確實紀載的1980年5月,南韓政府以軍事行動鎮壓的光州學生起義事件。在這個事件中,美國軍方也高度參與,而最後的死亡人數估計落在1000人到2000人之間[115]。儘管當時並沒有任何針對警察或武裝部隊的嚴重攻擊,導致必須動用致命武力鎮壓,西方媒體和政治領袖對此大多還是視而不見[116]。在委內瑞拉,從1989年2月27日開始為期9天的抗議活動,也有數百名甚至據某些來源統計,是數千名的抗議者遭到殺害。但因為在這起事件背後應該負起責任的是親西方政府,所以西方媒體對此幾乎隻字不提[117]。印度警方在1989年比哈爾邦暴動中的不當處置,造成估計1000人死亡,同樣也不太被西方媒體所報導[118]。西方資訊來源對於發生在友邦的大屠殺事件,選擇低調處理的趨勢,可以往回追溯到好幾十年前,著名的案例是在1961年,法國警方在沒有正當理由的情況下,在巴黎開槍並殺死了估計300名的和平抗議者。下命令的巴黎警察總長後來還被升遷並獲頒法國榮譽軍團勳章,不過警方檔案卻一直到1990年代都還被加密,並拒絕提供給任何想要詳細調查此事

的人士瀏覽[119]。與天安門事件形成強烈對比的，是像《時代》雜誌和《華盛頓郵報》這類西方媒體機構強烈淡化了這場由一個西方國家所犯下的大屠殺[120]。

要是北京的動亂剛好發生在五年前，當中國對西方國家來說，還是對付蘇聯的重要夥伴時，西方或許就比較不會拿這件事情來大做文章，也不會以此煽動中國內部的不穩定並詆毀中國。就算真的發生了大屠殺，只要發生的時間點再早上幾年，或許就會像光州、巴黎或卡拉卡斯等地的衝突一樣，只獲得最小篇幅的報導。都是因為冷戰即將落幕，中國的不和可以用來詆毀中國的捏造論述，才再度與西方利益吻合。

第四章

波斯灣戰爭

伊拉克成為新的對手

　　1990 年 8 月 2 日，伊拉克復興社會黨政權對其南邊的鄰國科威特國，發動了全面入侵，此舉成為現代中東史上影響最深遠的幾場軍事行動之一。巴格達當局做成這項決定的背後，受到諸多因素影響；當時的伊拉克總統是從 1979 年上任的薩達姆・海珊，經過 1980 年的入侵後，伊拉克在過去 11 年中的 8 年，都與東邊鄰國伊朗伊斯蘭共和國，處於戰爭狀態。這場戰爭足足消耗掉了伊拉克的外匯存底將近 1,000 億美元，而且到了 1990 年，伊拉克的經濟又因為石油價格崩盤和伊朗攻擊其基礎設施，導致每年的石油收益從原本的 260 億美元，減少到只剩 100 億美元而變得岌岌可危[1]。因此當科威特不顧伊拉克不斷警告和要求，依舊不斷產出超過石油輸出國組織（OPEC）規定的石油生產配額，導致石油價格持續下跌時，伊拉克就在極其緩慢的戰後復原階段，再次蒙受虧損。每年虧損幅度相當於仰賴石油經濟的伊拉克的全額

財政赤字[2]。儘管巴格達不斷宣稱這是科威特人和美國人針對伊拉克經濟陰謀的一部分[3]，但同時巴格達也指控科威特利用定向鑽孔技術，竊取伊拉克的石油，並藉由控制伊拉克宣稱擁有主權的島嶼，封鎖伊拉克的出海口[4]。而科威特無視伊拉克不斷提出警告，依舊在石油政策和領土爭議上表現出來的不願遷就，就被包含沙烏地阿拉伯國王法赫德在內的其他區域領袖，

科威特的石油存量在中東地區排名第四大，估計有940億桶，而伊拉克一開始的打算是藉由這次入侵，在科威特扶植一個友善的傀儡政府[5]，如同美國先前於1983年在格瑞那達[6]，以及在8個月前的1989年12月在巴拿馬[7]建立了親美政府一樣。而入侵科威特，就和入侵格瑞那達及巴拿馬所代表的國際罪行一模一樣；部分分析師以此爭論，認為是因為美國透過這樣違法且無緣無故的舉動，打破了第二次世界大戰以來侵犯弱小鄰國的禁忌，並開下國際先例，才導致伊拉克有樣學樣[i]。就像華盛頓會認為，在巴拿馬扶植親美的魁儡政權有其必要，可以確保美國得以繼續使用具有戰略重要性的巴拿馬運河，伊拉克也計畫要在科威特扶植一個傀儡政府，預期讓科威特的石油產量降到OPEC的規定配額內，並能在伊拉克投入更多石油收益。科威特也被預期會同意以有利於巴格達的方式，來解決位置具有戰略意義的布比揚島和瓦爾巴島的領土爭端。[ii]。

由於蘇聯在中東地區影響力的衰退持續超過十年以上，伊拉克成為唯一在中東地區不屬於西方勢力範圍的大國。伊拉克與蘇聯和中國緊密的安全聯繫、與親西方的以色列之間的高度緊張，以及領導階層的不可預測性，都讓伊拉克被視為西方利益的潛在挑戰者。因為冷戰結束和伊朗的成功圍堵，擊垮伊拉克的軍事與

經濟,將成為區域秩序的關鍵轉捩點,將中東秩序回歸冷戰以前近乎無人抗衡的霸權狀態。隨著蘇聯實質上已經從圍堵西方勢力的主角之位退下,展示美國及其盟友能在全球範圍內向各國領土投射巨大軍事力量的能力,不僅彰顯了無可匹敵的實力,還可能改變全球秩序的格局。

據美國空軍參謀長麥克・J・杜根上將的說法,喬治・H・W・布希(老布希)總統原本一聽到科威特被入侵的時候,馬上就打算對伊拉克發動戰爭,而且宣布要集中火力,針對伊拉克人口密集中心展開空中行動的計畫[8]。杜根在透露此事的幾天後,就從原本的職位遭到解職[9]。因此當伊拉克在 8 月 5 日宣布打算要從科威特撤

---

[i] 當西方世界開始出現要將伊拉克領導階層以戰爭罪送審的呼聲,伊拉克律師協會大動作地開始組織動員,要讓布希總統因為入侵格瑞那達的罪行也遭到大眾公審,顯見近期美國的攻擊行動,在伊拉克的政治討論中也占有一席之地。巴格達部分也是出於想要獲得阿拉伯世界支持的原因,試圖將其入侵罪拿來跟 1967 年後,以色列併吞阿拉伯領土扯上關係,甚至回過頭來還說,只要以色列也退回聯合國當初承認的領土範圍內,他們就從科威特撤兵。(*Baghdad Domestic Service*, August 16, 1990.)(*Baghdad Voice of the Masses*, September 1, 1990.)(*Iraq News Agency*, September 4 and 24, 1990.)

[ii] 一些分析師假定,伊拉克在針對科威特做出軍事行動之前,有徵詢並獲得華盛頓的首肯,背後原因可能就是華盛頓想要引誘巴格達發動入侵。美國大使艾波爾・格拉斯琵就曾在戰爭開打前不久,告訴海珊總統:「我們對於阿拉伯國家和阿拉伯國家之間的衝突,就像貴國與科威特的領土邊界爭議,都沒有意見。」國務院也向巴格達證實,華盛頓「對科威特並沒有特殊的防衛或安全承諾。」('Confrontation in the Gulf; U.S. Gave Iraq Little Reason Not to Mount Kuwait Assault,' *The New York Times*, September 23, 1990.)

兵的計畫[10]，美國又在8月8日宣布要將美軍部署在伊拉克邊境，部署地點還包括前所未見的伊拉克鄰國沙烏地阿拉伯時，巴格達就改變心意了[11]。於是科威特在8月28日被伊拉克正式併吞[12]，原本屬於科威特的領土，被外界認為是伊拉克用來獲得西方安全保證的籌碼，或是作為伊拉克與海灣地區西方軍事先遣部隊之間的緩衝區，以應對可能的攻擊。[13]

關於科威特問題調解協議的機會，華盛頓不斷回絕；華盛頓的理由是，這可能使伊拉克政府合法化，哪怕巴格達不斷表達撤兵並恢復科威特主權的意願[14]。伊拉克撤兵的關鍵條件，就是獲得撤兵之後不會遭受西方攻擊的承諾。正如伊拉克總統海珊在被要求從科威特撤回伊拉克軍隊時，他告知英國前首相愛德華·希斯：「如果我從科威特撤兵，你們會提供我怎樣的保證？美國人和英國人不會帶著武力，從比現在更有利的位置對我和我的國家實施轟炸嗎？他們會從科威特而不是從沙烏地阿拉伯攻擊我們嗎？[15]」

8月7日提出的一項提議中，伊拉克表示願意在獲得安全保障的條件下將全面撤兵、恢復科威特君主政體，與華盛頓就有關石油的所有事務達成協議，並在之後和伊拉克簽訂互不侵犯公約。但華盛頓的回應表明，沒有什麼值得討論的空間[16]。外界對此的分析認為，華盛頓如此回應的部分原因，是想要讓伊拉克繼續留在科威特，這樣才有發動軍事行動的理由[17]。根據一份美國國家安全檔案館（U.S. National Security Archive）出版，關於蘇聯領導人米哈伊爾·戈巴契夫試圖調解出一份和平協議的資料中就記載：「美國將戈巴契夫想要達成和平解決方案的努力，視為一個問題與麻煩。當時華盛頓擔心海珊可能真的會配合聯合國

的決議,這樣就會削弱發動『沙漠風暴行動』的立場。」簽訂和平協議,並不符合華盛頓的利益[18]。於是美國很快就採取了不妥協的立場,並呼籲要將薩達姆‧海珊從總統之位趕下來,還將伊拉克軍隊的解散做為和平解決爭端的先決條件[19]。巴格達在阿拉伯國家聯盟、蘇聯甚至是美國盟邦法國的協助下,對於協商表達了強烈的意願,不過因為在過去10年間與其他鄰國的疏遠,伊拉克在國際舞台上其實孤立無援。冷戰的結束和蘇聯實際上已經向西方世界投降,都讓美國與其盟邦採取前所未見的強硬立場,展現了從殖民時代以來,在中東地區不曾有過比發動軍事打擊更大程度的自由[20]。

正當巴格達還在堅持如果從科威特撤兵,就要給予安全保證時,美國已經計畫伊拉克就算答應撤兵,也要施壓全面解除戰略性的軍事資產武裝[21]。在遊說華盛頓採取軍事行動上,扮演了重要角色的英國首相瑪格麗特‧柴契爾就堅持,摧毀伊拉克的軍事以及所有工業潛能至關重要。她向蘇聯國家安全委員會(KGB)局長葉夫根尼‧普里馬科夫宣告:「沒有人可以干預這個目標。」當被問及:「所以您認為只有開戰一途嗎?」她明確回答:「沒錯。[22]」美國前國務卿亨利‧季辛吉在11月28日告知美國參議院軍事委員會,「任何解決危機的方案,都必須要能夠同時削弱伊拉克的攻擊能力……如果沒有辦法解決這個根本上的不平衡,那這個方案就只會讓最終解決波斯灣不穩定局勢的努力,遭到拖延甚至可能惡化。」他的觀點雖然沒有老布希總統和老布希的國務卿詹姆斯‧貝克那麼強硬,但也被視為挑明美方思考方向的指標[23]。老布希總統同樣暗示會將確保伊拉克領導人無法「保有他的軍事力量」做為關鍵目標,同時伊拉克的中立化,也逐漸成為

與科威特態勢無關,但是想要被達成的目標[24]。

當時世界上沒有任何地方對於伊拉克的入侵,以及併吞另一個聯合國會員國的行為違反國際法,抱持懷疑;也沒有人懷疑科威特人民的處境在被占領期間,比被占領前更糟糕。然而光是這樣還不足以獲得全世界,甚至在西方世界內部,對於採取對抗伊拉克的軍事行動的支持——尤其考量到巴格達已經以相對有限的條件,提出願意撤兵[25]。而在美國內部,遠在地球另一端的一個國家入侵了它的鄰國,也激不起民眾太多的憤慨——特別是美國在過去十年間,也發動過兩次全面入侵鄰國的行動,包括最近一次是在幾個月前才剛剛發生。

西方媒體在過去數十年間都專注於詆毀共產主義、蘇聯人民,說他們是「亞洲威脅」和「紅色恐怖」,時不時也會將中國人、越南人和北韓人稱為會威脅到西方世界的「亞洲群集」[26]。在此之前,日本是主要被妖魔化的對象——方式從主流科學期刊裡的論文,會檢驗據傳日本人在種族上的低人一等,到用海報描繪日本人就像是昆蟲和老鼠等物種,整體的脈絡是將戰爭描繪成東西方之間的種族與文化衝突[27]。相較之下,阿拉伯世界在西方媒體中,較少以「敵人」的形象受到關注。採用恐怖主義戰術的阿拉伯聖戰士,在很大程度上就符合西方利益,並在他們進行針對屬於蘇聯陣營的阿富汗民主共和國,以及後續直接對抗蘇聯的行動時,獲得西方相當多的支持[28]。到了1980年代,大多數的阿拉伯政府都和西方利益同屬一個陣營,只有利比亞是唯一在西方媒體裡面,獲得可觀負面報導的阿拉伯國家。在1990年前,沒有幾個美國人聽過伊拉克這個國家,而那些政治上知道這個國家的人,主要也只知道伊拉克是站在「好人的陣營」,與「自由世界」共

同合作圍堵「邪惡」的伊朗革命政府。事實上,伊拉克在薩達姆‧海珊自1979年上任,伊拉克與西方的關係顯著改善,因為巴格達逐漸與蘇聯及其支持的敘利亞保持距離。[29]。

為了發動對伊拉克的戰爭,西方努力將該國塑造成重大的威脅,並試圖醜化伊拉克政府及其民眾,特別是將伊拉克軍隊描述為正在犯下大量極端暴行。老布希政權與其夥伴提出的理由是,如果眼睜睜看著科威特就永遠淪陷,伊拉克最後就會對全中東地區發動入侵。與當初發動越戰的關鍵論點雷同,本質上就是「多米諾骨牌理論」在中東的翻版。正如《基督科學箴言報》在2002年時提到,第一任老布希政權這套說法的關鍵部分,「就是放任伊拉克獨大同樣可能威脅到沙烏地阿拉伯。五角大廈官員以最高機密的衛星照片為證,估計到了9月中旬,多達25萬名士兵的伊拉克軍隊和1,500輛坦克,就會聚集在伊阿邊境,威脅到美國的主要石油供應國。[30]」再也沒有比擁有25萬名士兵、經過入侵伊朗的戰役磨練,又擁有重型武器支援的伊拉克軍隊,集結在世界上最大的石油輸出國邊境,聽起來更具威脅性的狀況了。然而就如同政治宣傳活動,這項說法事實上並沒有任何根據。

宣稱伊拉克軍隊集結在沙烏地阿拉伯邊境的說法,成為美軍地面部隊首次大規模部署於波斯灣地區的行動理由──結果回過頭來影響巴格達,讓他們沒有按照原先計畫在扶植完親伊拉克的傀儡政府之後就撤兵,反而讓軍隊繼續留在科威特[iii]。總部位於佛羅裡達州的《聖彼得堡時報》(St. Petersburg Times)記者琴‧海勒,取得沙烏地和科威特邊境的商業衛星照片,拍攝的時間和地點正好與華盛頓聲稱發現大量伊拉克軍隊的情報一致。照片中

卻只是一片空蕩蕩的沙漠，符合薩達姆・海珊個人宣稱，伊拉克軍隊一方面是為了避免產生任何誤會，另一方面是為了保障國防安全，所以都被部署在遠離沙烏地阿拉伯邊境的說法。海勒以「希望提供可以證明《聖彼得堡時報》取得照片有誤的證據，或可以證明有誤的分析，讓本報不出刊這則報導」為由，聯繫了國防部長迪克・錢尼辦公室，但沒有收到任何回應。正如《基督科學箴言報》所寫，說伊拉克軍隊在沙烏地阿拉伯邊境集結「完全就是布希政府為了合理化自己派軍隊過去的藉口，根本是子虛烏有。[31]」連沙烏地阿拉伯的領導階層根本沒有，也對美國的說法有所懷疑，因為他們的軍隊在邊境偵測到任何伊拉克軍隊出現[32]。

其實重點並不是那數以萬計的伊拉克人員到底在哪裡，而是華盛頓和西方媒體聲稱他們在哪裡，這個看起來迫在眉睫的威脅，為美國及其日益壯大的海灣安全盟友聯盟的迅速介入，提供了充分的藉口。當時的說法是，伊拉克一旦掌握了沙烏地阿拉伯和科威特的石油，就可以拒絕供應西方所需的石油，並讓巴格達

[iii] 美軍地面部隊和空中部隊第一次的大規模部署到波斯灣地區，以及後續在該區域擴張的西方軍隊活動，同時被阿拉伯世界的世俗以及伊斯蘭社群強烈反對。關於這個情況，阿爾及利亞總統沙德利・傑迪德就在聲明中，對於美軍的部署將成為區域事務一個轉捩點的嚴重性提出警告：「我們當初為了將帝國主義以及帝國主義份子的勢力趕出這裡，無一不是拋頭顱灑熱血，但現在我們看到過去的努力全都白費，而阿拉伯民族─我在這裡並沒有要特定指涉哪一個特定人士─正在邀請外國人介入。我們並沒有被給予一個用阿拉伯的方式，或是阿拉伯的脈絡，去解決這個問題的機會。」（Heikal, Mohamed, *Illusions of Triumph: An Arab View of the Gulf War*, New York, HarperCollins, 1993 (pp. 292, 296).）

獲得左右國際油價的權力。就跟 50 年前，日本帝國可以用西方的石油禁令做為理由宣戰[33]，美國此刻也將其自身描繪成如果不盡快做出行動，就面臨類似危機所帶來的風險。根據老布希總統所述，捍衛石油的安全供應是一開始美軍會被部署到波斯灣地區的主要原因[34]，貿易代表卡拉‧希爾斯後來也說，重新恢復科威特君主制也是必要舉措，「以確保進口石油的權利。[35]」然而聲稱會威脅到石油供應的說法，本身就是建立在伊拉克在邊境部署軍隊，意圖入侵沙烏地阿拉伯的謊言之上。

既能強化描繪伊拉克所帶來的威脅，又在影響西方與國際輿論上，扮演更加重要角色的是西方媒體、官員以及各個非政府組織，為期數個月密集的政治宣傳活動。他們宣稱伊拉克犯下了可怕的暴行，舉例來說，《華盛頓郵報》報導伊拉克士兵被「科威特平民用斧頭攻擊、強暴婦女，並肢解遭到殺害的平民，將其身體部位懸掛在科威特城的街道上。[36]」只有等到戰爭結束後，才真的看清這類報導一方面缺乏佐證，另一方面又常引用有明顯誘因會導致誇大或完全捏造不實指控的消息來源的情況；這些報導全都嚴重偏離事實。然而這類報導卻都成功地在非常短的時間內，重新打造伊拉克在海外的形象。西方的報導和論述在很多層面上，都與 1942 年針對日本、1950 年針對北韓和中國，以及 1980 年代針對阿富汗和蘇聯的報導及論述雷同。而在西方媒體圈流傳並獲得西方官員驗證的幾項最著名暴行，雖然幫忙醞釀出高漲的反伊拉克情緒，但後來也被證明都是捏造出來的故事。

從英國首相瑪格麗特‧柴契爾[37]到美國參議院外交委員會主席克萊柏恩‧佩爾[38]，薩達姆‧海珊在西方世界被非常廣泛地比喻為新的阿道夫‧希特勒。老布希總統還聲稱他「比希特勒更糟

糕。[39]」美國紙本媒體將海珊比做希特勒的次數更是高達了1,035次[40]。這種幾乎可以說是老套、把任何一位西方認真看待的敵手都比做希特勒的描述，從1950年代被持續使用到二十一世紀，被這樣形容過的對象從埃及總統納瑟[41]、伊朗最高領袖何梅尼[42]和哈米尼[43]，到北韓領導人金正恩[44]和中國國家主席習近平[45]，還有其他十多位人士都有[46]。但是光是入侵科威特，在西方大眾的眼中還遠遠不足以將海珊詆毀到「希特勒等級」的邪惡，還需要配上好幾個月有計畫的報導，描繪出海珊針對科威特人的大量暴行。推動這類論述去妖魔化一個國家，對於伊拉克的人民造成非常深遠的影響。每一位伊拉克的士兵因此變成「薩達姆・海珊的士兵」、伊拉克的工廠都成了「薩達姆・海珊的工廠」，而伊拉克軍隊則成了「薩達姆・海珊的軍隊」[iv]。這種說法不但非人化伊拉克人，同時也有利於使用更加嚴厲的手段對付這個國家，而這樣利用一個遭到詆毀的領導人形象，將國家極端人格化的做法，也在波斯灣戰爭後的幾十年間，成為西方政治宣傳當中愈來愈常見的手段。

[iv] 一個著名的案例就是美國陸軍少將湯瑪斯・雷姆，他在合理化將伊拉克人員活埋在壕溝當中的做法時表示：「一千名死去的薩達姆・海珊的士兵，比不上一名美國士兵的性命。」儘管雷姆斯的理由或許從一個軍事的角度來看非常合理，但稱呼他們為「薩達姆・海珊的士兵」—而非「伊拉克士兵」—顯然更容易讓普羅大眾接受那些人被活埋都是為了救美國大兵，而他們的生命反正也沒有什麼價值的想法。妖魔化伊拉克的領導人，就讓「薩達姆・海珊的士兵」成為一個更加非人化的術語。（'Riding the Storm – how to tell lies and win wars' (Documentary), *Channel* 4, January 1996.）

屠殺保溫箱中嬰兒的故事，為發動戰爭鋪路

在眾多詆毀伊拉克的敘事當中，造成最嚴重的影響，並最獲知名政治人物宣傳的故事，就是宣稱伊拉克軍隊人員會將科威特醫院裡的嬰兒，從保溫箱中取出並棄置在地面，任其死去。這一說法最著名的出處是由一位名叫奈伊拉的15歲科威特女孩，在1990年10月10日美國國會人權核心小組前，提出的高度情緒化的證詞中。當時沒有公布奈伊拉姓氏的理由，是擔心會為她仍在科威特的親戚招致報復。不過奈伊拉事實上是科威特駐美國大使納賽爾‧阿斯瓦德‧薩巴赫的女兒，贊助她參加聽證會的參議員都知道她的真實身分，從伊拉克入侵科威特之後，就沒有回過科威特。這整個故事直到波斯灣戰爭結束之後，才被證實有誤[47]。

奈伊拉的說法獲得西方媒體、人權組織和政治人物的支持與宣傳。這個故事被老布希總統形容為「伊拉克人惡毒的象徵」，他在戰前與戰爭期間不斷重複這個說法——用來提醒西方大眾與廣大世界，誰才是「好人」而誰是「壞人」，以及為什麼對伊拉克採取極端手段可以被合理化[48]。這套證詞在眾多西方媒體的報導當中獲得回響，也被關鍵政治人物以強烈言詞呼應，在西方世界與全球凝聚對伊拉克採取決定性軍事行動的共識上，發揮了重要的核心作用。

奈伊拉證詞也絕非特例，早在這位科威特女孩在國會山莊發表演說前，西方媒體就已引用眾多消息來源提出相似的指控。就在奈伊拉證詞發表35天前的9月5日，總部位於倫敦的《每日電訊報》（Daily Telegraph）引用科威特消息來源報導：「其

中一間醫院早產護理部門的嬰兒被移出保溫箱，以便他們將這些保溫箱也一併帶走，」在戰爭中趁火打劫將之帶回伊拉克[49]。9月7日，總部同樣設在倫敦的路透社的同一則報導，被《洛杉磯時報》（Los Angeles Times）直接轉載，標誌著這個故事首次觸及美國領土。報導中引用了逃出當地的美國人說，那些伊拉克人「拿走醫院的設備，把嬰兒移出保溫箱。生命支援系統被關掉……甚至連紅綠燈都要拆走……伊拉克人會毆打科威特人、虐待他們、用刀劃他們、揍他們，如果他們反抗或跟（科威特的）軍警在一起，就會把他們的耳朵割下來。」他們形容困在科威特的人民都在「哀求」，希望美國軍隊發動軍事干預拯救[50]。不過路透社和《洛杉磯時報》允許消息來源保持匿名，並且在毫無證據支持的情況下採信這些證詞，被部分人士認為非常可疑，還有分析師形容為「嚴重逾越了新聞業中為數不多卻不可撼動的鐵律之一。」[51] 儘管保溫箱嬰兒暴行的捏造源頭看起來是來自英國，但隨後是在美國才被炒作獲得愈來愈多人關注，並成為大眾了解伊拉克的核心印象。

多家媒體的報導本身尚不足以徹底改變外界對伊拉克的看法，因此做為進入下一階段對伊拉克敘事升級的工作，就有必要讓奈伊拉在國會人權小組發表演說。人權小組提供了理想的環境，由於它不算美國國會的正式委員會，遏阻證人在知情狀況下提供虛假證詞的法律規定並不存在。在國會委員會宣誓後還說謊，會是非常嚴重的罪行，但在非正式的人權小組作證，作證者說謊也不會被究責。

促成奈伊拉證詞發表的單位，是總部位於華盛頓特區的公關委員會——公民爭取自由科威特（CFK）。公民爭取自由科威特

是一個受到流亡科威特政府大力資助的組織[52]。公民爭取自由科威特與公關公司偉達公共關係顧問公司（Hill+Knowlton）密切合作，影響全球對伊拉克的輿論；更具體地說，是為美國對伊拉克的軍事行動累積支持。他們的公關工作包括：製作描述科威特人民在伊拉克占領下生活的政治宣傳影片、在大學校園籌辦「科威特資訊日」、讓教會為科威特舉辦全國祈禱日活動，甚至宣布要在美國的 13 個州，將 9 月 24 日定為「科威特解放日」[53]。

偉達公共關係顧問公司在當時是華盛頓最大，被認為最具影響力的公關公司[54]，他們進行了一項耗資 100 萬美元的研究，確立要如何引導大眾輿論支持政府對伊拉克採取行動的最佳方案[55]。這項研究主要是建立在焦點團體的意見回饋，並由業界專門提供這類服務的知名業者威辛頓集團（Withington Groups）負責執行。研究結果發現，特別針對暴行進行大力強調，會是最有效果的做法，再將具體細節放入這些故事當中，就會對大眾輿論造成最強烈的衝擊[56]。後來揭露，偉達公共關係顧問公司進行的公關活動共花費將近 1,200 萬美元——換算成 2022 年的美元價值，等於超過 2,400 萬美元[57]。這間公司指導奈伊拉要如何發表她的證詞，並替她寫好腳本，讓她直接在人權小組照本複誦[58]。

這份在伊拉克入侵行動兩個月後發表的證詞如下：

主席先生、委員會的各位委員好，我的名字叫做奈伊拉，我不久前才從科威特離境。8 月 2 日時，我的母親和我都還在科威特度過平靜的暑假時光。我的姐姐在 7 月 29 日產下一名小嬰兒，所以我們想要陪她在科威特多待一陣子。

我只祈禱不要再有任何一位十年級的同學，擁有和我一

第四章 波斯灣戰爭

樣的暑假。以前我有時候會許願成為一名大人，希望自己可以快點長大。但在我目睹科威特的孩童和我的國家發生的情況以後，我的人生就此已經永遠被改變，所有伊拉克人，無論是年輕或是年老，還只是小朋友或是已經長大，所有人的人生都不再一樣。

我姊姊和我只有 5 天大的外甥橫跨整個沙漠，逃往安全之處。在科威特已經沒有牛奶可以給小嬰兒喝。他們差點因為車子卡在沙漠之中而無法逃離，還好遇上沙烏地阿拉伯人給予協助。

我當時沒有離開，因為我想要為我的國家做點什麼。伊拉克入侵後的第二週，我和另外 12 名也想幫忙的婦女一起到艾達爾醫院（Al Dar Hospital）當志工。我是最年輕的志工，其他幾位女性的年齡介於 20 歲到 30 歲。

我在那裡時，見過伊拉克士兵帶著槍進到醫院。他們將小嬰兒從保溫箱裡面拿出來，帶走保溫箱並將那些孩子們留在冰冷的地板上任其死去。那真的很可怕。我忍不住想起我那早產的外甥，如果當天他也在那，他可能也會死掉。我離開醫院以後，我的一些朋友和我開始發放譴責伊拉克入侵的傳單，但因為有人警告我們，如果被伊拉克人看到可能會被殺掉，所以我們就停止這項工作。

伊拉克人摧毀了科威特的一切。他們從超市搶走食物、從藥局搶走藥品、從工廠搶走醫療物資，將鄰居和朋友的家洗劫一空並虐待他們。

我的一位朋友被伊拉克人折磨並獲釋之後，我去探望他跟他聊天。他才 22 歲，但看起來卻像個老頭。伊拉克人將他的頭按進水中，害他差點溺死。他們拔下他的指甲，接著還用電擊棒電擊他的敏感私密部位。他很幸運可以活下來。

如果我們社區被發現有一名伊拉克士兵死去，他們就會放火將周遭所有房屋夷為平地；他們不會讓消防隊員靠近，直到現場只剩灰燼和殘骸。

伊拉克人取笑布希總統，在我家人和我要離開科威特的路上，口頭上和肢體上騷擾我們。我們之所以離開，真的是因為在科威特繼續生活將令人難以承受。他們逼得我們只能藏好、燒毀或摧毀所有可以代表我們國家及我們政府的事物。

我想要強調，科威特是我們的母親，而埃米爾是我們的父親。我們在科威特家中的屋頂上不斷複誦，直到伊拉克人開始對我們開槍，但我們還是會繼續重複念著這句話。我很高興我已經15歲，我已經夠大，記得住被薩達姆‧海珊摧毀前的科威特；我也夠年輕，還可以重建科威特。

謝謝。

偉達公共關係顧問公司確保了聽證會獲得最大程度的報導，派出自己的團隊，將作證過程拍成影片，並將後製完成的新聞影片檔案，寄給羚邦集團（MediaLink）。羚邦集團服務全美700家電視台，作證的新聞片段當天晚上在美國廣播公司（ABC）新聞時段，觸及3,500萬到5,300萬名美國的視聽人口[59]。奈伊拉所面對的國會專家小組，顯然也沒有要求她提供任何證據，她極富情感的證詞就這樣被美國和海外接受[60]。奈伊拉證詞被證明對大眾輿論的轉變具有關鍵作用，人權小組的聯合主席約翰‧波特眾議員說，在他服務於人權小組的8年間，從未聽過像證詞中敘述伊拉克所犯下的「殘暴、非人道和虐待狂」的暴行[61]。

為了強化暴行捏造的效果，偉達公共關係顧問公司也下了好

第四章 波斯灣戰爭

一番功夫,向國會議員展示科威特的政治體制與西方國家之間的共通性,藉此激起意識形態上對科威特遭到廢棄的半立憲君主制的支持,並支持發動戰爭以便重新恢復這個體制[62]。值得注意的是,眾議員湯姆・蘭托斯和約翰・E・波特和偉達公共關係顧問公司之間往來密切,並曾收受過公民爭取自由科威特以捐獻給他們所創立,並在偉達公共關係顧問公司擁有免費辦公空間的私人團體,國會人權基金會名義的 5 萬美元[63]。以捐贈換取政治協助的做法並非前所未聞,非常多政治人物都曾接受過利用給予與他們有關的慈善或人權基金會的大筆捐贈,換取對這些捐贈者的有利行為。這些做法在 20 年後的巴拉克・歐巴馬執政時期,因為國務卿希拉蕊・柯林頓與柯林頓基金會之間的關係,廣為人知[64]。

當《紐約時報》1992 年在提到特殊利益團體會如何影響美國國會的具體部分時,就舉了奈伊拉一案與眾議員蘭托斯及波特之間的關係為例:

> 眾議院黨團體系存在可疑的財務交易。與負責立法的國會委員會不同,黨團小組將志同道合的議員聚集在一起,共同關注人權侵犯、環境和少數群體問題等議題。現行規定禁止黨團接受私人捐款或政府補助。但黨團往往與可以吸引來自特殊利益團體資金的非營利同伴「基金會」或「研究所」有密切聯繫。黨團領袖往往也在這些基金會中身居要職。

《紐時》進一步提醒讀者注意,參議員接受各種利益集團提供資金從中獲取實質利益的情況頗為明顯,而這些利益集團則藉

此交換某些回報。[65]。其他官員也會被當成類似目標，案例是包括前美國駐巴林大使山姆·H·薩克漢被發現收受了770萬科威特幣，幫忙累積大眾對於美國對伊拉克發動軍事行動的支持。薩克漢和其他人從1990年8月起運作一些前台作業，試圖影響公眾輿論，然而有關他們具體運作方式的進一步細節並未被披露。[66]。

蘭托斯和波特眾議員不但在奈伊拉作證時，幫忙保密她的真實身分，還贊助了國會的伊拉克暴行聽證會[67]。這些聽證會成為對伊拉克展開公關攻勢的核心，表面上則是以關注人權侵犯為名。要是這些聽證會沒有獲得贊助，或者奈伊拉證詞沒有從一開始就對大眾隱瞞，國內外對於伊拉克的輿論肯定會非常不一樣。利用這樣的方式操弄大眾輿論，結果就變成促進對伊拉克實施制裁以及後續發動戰爭的關鍵。就如同獲獎的前《華爾街日報》記者暨《哈潑雜誌》（Harper's Magazine）主席約翰·R·麥克亞瑟的觀察：「這一切不過都是為了將薩達姆·海珊，在大眾的意識裡，變成阿道夫·希特勒的一部分努力。而且當時的感覺就是他們少了將海珊與希特勒畫上等號的步驟，大眾可能就不會接受發動波斯灣戰爭。換句話說，為了贏就必須作弊……如果海珊被描繪成「嬰兒殺手」，那麼理性的群眾或許仍然可以對如何執行國際法、如何防止國家侵略其他國家持有不同的看法，但是「殺害嬰兒」絕對是所有人都無法接受的底線。[68]」

參與戰後科威特調查並拜訪多家科威特醫院的中東觀察（Middle East Watch）執行總監安德魯·惠特利，針對上述關於伊拉克士兵屠殺保溫箱嬰兒的敘事表示：

我認為這個影響是遠大的。我想就是因為那個故事，外界會認為伊拉克沒有什麼墮落的事情做不出來。大多數看起來應該被偷走的保溫箱實際上是被存放起來。當我們到一間婦幼醫院，我們看見一整廂病房的保溫箱都被收起來，全部放進一間儲藏室⋯⋯這是個天大的謊言。事實上，我完全不認為伊拉克人蓄意且有系統地將嬰兒從保溫箱拿出來，只是為了偷走那些保溫箱的這個說法存在任何真實性。但它卻讓外界對這個國家的輿論看法，造成非常重大的衝擊[69]。

　　保溫箱故事作為許多據稱由伊拉克犯下的暴行之一，成為西方媒體、非政府組織和政治人物不斷報導和重複宣傳的核心內容。在新聞節目《60分鐘》（60 Minutes）獲得以下證實：「關於伊拉克暴行的證據比比皆是，但保溫箱故事幾乎成了一個號召的口號。總統證實了這個情況，在奈伊拉作證後發布報告的國際特赦組織（Amnesty International）也證實了這個情況；國際特赦組織的報告還引用奈伊拉的說詞，宣稱有312名嬰兒在伊拉克軍隊從保溫箱裡拉出來時不幸殞命。」據報導，這個極端指控超越了科威特城所有醫院保溫箱加起來的實際數量[70]。

　　知名美國學者湯姆・雷根在為《基督科學箴言報》撰文時，憶及奈伊拉證詞對大眾輿論造成多麼強烈的效果時表示：

　　儘管已經過了超過10年以上，我還是能想起我弟尚恩的表情。他整張臉變成亮紅色，顯然是氣急敗壞。尚恩不是個脾氣暴躁的人，但他還是大動肝火。他是一名父親，他當時剛聽聞伊拉克士兵將科威特城的好幾十名嬰兒，從保溫箱裡拖出來，讓他們自生自滅。伊拉克人還將這些保溫箱運回

巴格達。骨子裡是和平主義者的我弟,那天心中完全不和平。他激動地說:「我們一定要去把薩達姆‧海珊抓起來。立刻!」我完全了解他的心情。儘管我自己當時還沒有成家,但誰接受得了這種野蠻行徑?屠殺嬰兒的新聞就在討論美國是否應該入侵伊拉克的關鍵時刻出現。電視機前看著永無止息辯論的觀眾,都看見許多之前在這個議題上還在搖擺不定的那些人士,都因為這個駭人聽聞的事件紛紛變成戰士[71]。

強化暴行敘事的下一階段,就需要西方人權組織的參與。西方人權組織從 1990 年開始,在暴行捏造中逐漸成為關鍵工具。由於這些組織呈現與任何政府或政治利益沒有掛勾,並且無私地為全人類的利益做出貢獻,被認為具有高度公信力,因此成為進一步強化媒體報導與奈伊拉證詞的主要資產。當時最著名的西方人權組織,就是總部位於倫敦的非政府組織——國際特赦組織,發布了好幾份獨立報告,伊拉克人員確實犯下了類似的殺戮行為[72]。國際特赦組織是世界上最早發行出版品,宣稱已經透過獨立程序驗證過奈伊拉說詞的機構[73]。

國際特赦組織在 12 月 19 日發布了報告,對後續進一步妖魔化伊拉克造成重要影響。報告中指出,伊拉克軍隊「在偷走 300 個早產兒的保溫箱後,任憑這些早產兒死去。」報告中宣稱,經詢問過數名醫師和護理師,他們都「詳細說明 300 名嬰兒被伊拉克軍隊從醫院的保溫箱中移出,並被放置於冰冷地面上死去。」國際特赦組織進一步表示,已經有「關於這類殺戮行為有多嚴重的實質資訊。[74]」這份報告因為將暴行故事「加上了國際特赦組織的認證章,因此獲得了權威性」,也讓宣稱伊拉克士兵屠殺嬰

兒的說法「在公關上取得更大量的曝光。」國際特赦組織的美國執行總監約翰·希利於1月8日前往美國眾議院外交委員會作證，證實這個故事的真實性[75]。

國際特赦組織更宣稱，伊拉克軍隊還實施閹割、強暴、大規模處決和大規模虐待[76]。這個來自英國的非政府組織，在全球人權議題上具有崇高地位，因此替當時正在壯大的反對伊拉克言論，增加了不少公信力，而且透過對伊拉克殘暴行徑的誇張描述，極大地助長了對軍事行動的廣泛公眾和政治支持。國際特赦組織曾和英國及美國的情報機構密切合作[77]，並在戰爭前夕發表了多份報告，引用多方來源達成類似的效果[78]。國際特赦組織經營的形象，讓外界對其主張幾乎毫無疑問，而且這些說法都被全面驗證過。

奈伊拉證詞被參議員們在演說中大肆引用，用來敦促大眾支援美國開戰。老布希總統不斷重複這個故事，在接下來幾週的公開聲明中至少提到10次以上[79]，藉此也證明故事當中伊拉克人宣稱犯下過的暴行，對於美國針對伊拉克戰爭的發動，是多麼重要的一塊基石[80]。他在演說中會使用特別煽情的形容方式，例如「寶寶們從保溫箱被拖出來，像木柴一樣散落在地面。[81]」1991年1月10日，當美國參議院準備表決是否要授權政府向伊拉克採取軍事行動時，7位參議員在演講中引用了奈伊拉證詞，支持美國動用武力，有些人還逐字引用了國際特赦組織關於保溫箱嬰兒的報告內容。授權表決最後僅以五票之差通過（57票贊成，對上42票反對），讓事後當伊拉克暴行的故事被拆穿為假以後，很多人都說這些暴行故事具有決定性作用，並提供老布希政府在當時所需的絕對多數[82]。正如《紐約時報》所述，奈伊拉證詞「創

造了一股狂熱氛圍，有助於說服好幾位參議員投下授權對伊拉克展開軍事行動的贊成票。[83]」

大規模殺嬰行為的指控，是西方世界為了妖魔化伊拉克的大規模媒體活動中的一環，並被置於整個行動中，以人權理由為號召，用來凝聚戰爭共識的中心位置。而會精準選用人權做為突破口，也是因為焦點小組發現這是最能影響大眾輿論的理由，還有非常多關於暴行指控的案例，西方媒體常常毫不遲疑地將出自偉達公共關係顧問公司的說法，直接推送出去，強化了奈伊拉說出來的故事，看起來就像是伊拉克野蠻行徑中的一部分。舉例來說，老布希總統在 1990 年感恩節時，就提到其他包括「大規模絞死」和「小孩因為沒有展示出薩達姆・海珊的照片而遭槍擊」等故事，並將伊拉克人的行為拿來與「奴隸貿易仍盛行的年代」相比。他進一步警告伊拉克的潛在核武威脅，並將不干預巴格達的政策，比作當年對納粹德國的綏靖政策[84]。

中東觀察的阿濟茲・阿布・哈瑪德在 1 月 6 日就美國內部以及和美國同陣營的阿拉伯國家們，對於這起紛爭的報導表示，

> 8 月我還在沙烏地阿拉伯的時候，我向中東觀察回報，當地主流的日報《利雅德日報》（Al-Riyadh）在頭版放上了四個孩子在嘗試穿越科威特邊境時渴死的照片。結果在一個星期後，報社就承認那個故事其實是假的，照片也是假的。沙烏地阿拉伯、科威特和埃及的報紙上充斥著類似的故事。美國的報紙也一樣。很多知名的科威特人在我 10 月中要去沙烏地阿拉伯之前，都被報導已經過世，但我後來卻很驚訝地在科威特人民大會發現他們都活得好好的。例

如，《洛杉磯時報》在10月時曾經報導，紅新月會（Red Crescent）的資深官員阿布杜‧艾蘇馬特遭到殺害，遺體還被肢解棄置在他的住宅之前。艾蘇馬特事實上活得好好的。當他沒有在為科威特的事務進行公關巡迴時，他會跟科威特流亡政府共用辦公室。他同時也是國際特赦組織很多有關保溫箱故事的消息來源[85]。

約翰‧麥克亞瑟指出，在有關伊拉克暴行的多條報導中，科威特嬰兒保溫箱的報導尤其重要：「在針對薩達姆·海珊的大規模宣傳戰，以及推動戰爭選項的過程中，育嬰箱事件的意義不容小覷。要是沒有保溫箱故事，海珊與希特勒的比較就相形失色；為了讓這個比較有意義，就必須證明海珊的徹底墮落。[86]」麥克阿瑟特別回憶，他後來與在美國受教育的公民爭取自由科威特負責人哈珊‧艾爾艾布拉辛的會面，艾爾艾布拉辛與美國的公關公司一起散布指控伊拉克人犯下令人髮指暴行的故事。儘管這些故事的證據不足，甚至完全沒有證據，但卻對美國輿論產生了重大影響。麥克阿瑟強調：

儘管當時波斯灣戰爭已經結束，但艾爾艾布拉辛仍然無法鬆懈，也無法停止到處訴說他的故事。伊拉克在科威特的「暴行」仍讓他耿耿於懷，他說他想給我看一些令人震驚的照片。這些照片一看就令人毛骨悚然。有些是很業餘拍攝的失焦照片，照片人物身上都是血淋淋的傷口。有幾個人的胸口插著金屬棒，還有一些人被捆綁著。另一張照片展示了「虐待」工具。幾分鐘後，我開始對艾爾艾布拉辛博士起疑，經過仔細觀察我才發現，照片上的人物實際上是人體模型。

有人出於公關目的,重建了據傳被伊拉克占領後的場景[87]。

這充分象徵了整場暴行宣傳活動的本質,科威特的政治宣傳單位可以盡其所好地擺弄假人,並隨心所欲地宣稱發生過那些罪行,在華盛頓的協助之下,都會被非政府組織和媒體機構大肆地二手傳播。就如麥克阿瑟的觀察:「這場小鬧劇的重要性不可小覷;模糊不清的照片和身分未明的科威特人證詞,就是偉達公關在整個夏末到秋季宣傳活動的主軸。[88]」

因捏造暴行導致一百萬伊拉克人喪生

波斯灣戰爭爆發在非常剛好的時機,進一步推進了美國的國家利益。在雷根政府任內撒下大筆支出的 10 年後,1990 年時美國軍事實力來到顛峰,與 1980 年伊拉克入侵伊朗的較弱勢軍力,剛好形成對比[89]。要是戰爭在 5 年之後爆發,後冷戰時期的美國大量軍武退役、資產解除動員,以及軍費支出的大幅縮減,都會讓戰爭更難進行。而且在蘇聯和之後的俄羅斯開始提供出口新一代戰力極高的重型戰機和攔截機、長程防空系統,加上伊拉克從 1988 年也開始認真投資國內機隊的現代化工作,都會讓伊拉克空域在 1995 年時變得更加難以突破[90]。由於美國的軍事行動高度仰賴其空軍力量,為美軍行動增加相當高的複雜性。伊拉克的彈道飛彈軍火庫原本光是用 1960 年代的飛毛腿飛彈,就已經被證明很難對付。而在 1990 年代初,隨著採購新型高精度的固體燃料設計,伊拉克的導彈技術預計將實現幾十年的跨越性進步,

這將使美國的軍事資產面臨更大的風險。

而如果科威特危機發生在5年前或10年前，蘇聯很可能會如在冷戰時期針對整個亞洲和阿拉伯世界的西方盟國那樣，干預並保護伊拉克。至少會確保伊拉克軍隊和平撤軍，同時保證伊拉克的安全，使其免受西方國家的攻擊。然而在1990年，伊拉克面對的是在軍事和經濟都處於鼎盛時期的對手，是世界史上最單極的時刻，巴格達比以往任何時候都更加孤立無援。

11月27日，在聯合國預計要就「是否支持軍事行動」進行表決的前兩天，安理會會議廳的牆壁上「貼滿了遍及各年齡層，據傳被伊拉克人殺害或施以酷刑的科威特人的超大彩色照片。[91]」擔任安理會主席國的美國以視聽檔案，簡報了關於伊拉克據稱犯下的廣泛暴行。約翰・R・麥克阿瑟報導，該場簡報：

> 充斥著對伊拉克暴行、混亂和謀殺的匿名指控。其中一名被錄影拍下的「證人」，顯然是按照劇本凸顯「海珊就是希特勒」的主題，這被證明對白宮非常有用⋯⋯海珊似乎無所不在：親自實施懲罰、折磨科威特人，用刺刀刺殺和強暴婦女。錄影帶中穿插了現場目擊者，其中一人複述嬰兒保溫箱的故事。一名自稱是外科醫生的科威特人，在聯合國的臨時記錄中被稱為「伊薩・伊布拉辛」或目擊者3號。他解釋，伊拉克人接管後，「最困難的事情是埋葬嬰兒。在我的監督下，入侵第二週就埋葬了120名新生兒。我親手埋葬了40名被士兵從保溫箱中抱出來的新生兒。」

第二天，各大媒體都沒有提到偉達公關有參與該場聽證會，而新聞報導也把「目擊者」的說法變成了「證詞」。顯然，沒有人想到要指出，發言的科威特人並沒有宣誓⋯⋯如果他

們進行調查，聯合國記者可能會發現，當天在聯合國的 7 名證人中，有 5 名是在勞莉・費茲——佩嘉多主導的偉達公關指導下，使用假名卻沒有告知安理會。

麥克阿瑟發現，這些使用假名的證人並非普通的旁觀者，而是與科威特政府和「自由科威特公民組織」（Citizens for a Free Kuwait）有各種聯繫；伊薩・伊布拉辛是一名牙醫而不是外科醫生。他後來承認自己的故事是假的[92]。

在聯合國安理會上出現的謊言，反映了西方在伊拉克與科威特問題上所形成的更廣泛敘事框架。當天《多倫多星報》就引用了名叫穆罕默德的外科醫師發言，他說他監督了 120 名新生兒的下葬，並親手埋葬了 40 名「被士兵從保溫箱中抱出來的新生兒。」穆罕默德後來被發現根本不是醫師，也對所述事件一無所知[93]。在不久前的 11 月 11 日，科威特醫師阿里・艾哈維才譴責那些質疑嬰兒保溫箱故事的聲浪，並宣稱他和同事親手埋葬了 50 名嬰兒。這些說法和西方國家大肆引用的「目擊者證詞」一樣，事實證明完全是捏造出來的[94]。

11 月 29 日，華盛頓透過第 678 號決議獲得聯合國安理會的支持，可使用一切必要手段將伊拉克軍隊驅逐出科威特。當時剛在冷戰中投降的蘇聯因為愈來愈依賴西方援助，因此投了贊成票[95]。而中國正處於內部動盪之際，為了避免與西方正面交鋒，選擇棄權，西方世界因此獲得了聯合國安理會授權其發動攻擊的正當性。不過在過去 10 年，西方陣營國家曾兩次在未獲得聯合國安理會授權可以對其他目標國家發動攻擊的情況下，依然故我地採取行動；且這個情況在往後幾年也再次出現，顯見西方陣營國家

其實完全可以在未獲安理會授權的情況下，直接違反國際法，對海外發起攻擊性的軍事行動。巴拿馬和格瑞那達，以及隨後的南斯拉夫和第二次伊拉克戰爭（2003年），都只是眾多案例當中的一部分。

在聯合國安理會表決前的118天之中，美國向波斯灣地區重新部署了五十多萬名人員和大量裝備，包括裝有貧鈾彈的作戰坦克、航母戰鬥群到新型的F-117匿蹤戰鬥機。由於集結了如此龐大的兵力，顯見戰爭的勢頭在此階段已經不可逆轉，以至於國會和聯合國安理會的授權，幾乎只是在錦上添花。美國拒絕蘇聯關於建立聯合司令部的提議，從而確保了這場戰役將壓倒性地由西方大國主導[96]。美國首先在沙漠風暴行動的名義之下，以密集的空中轟炸拉起了敵對行動的序幕，自1991年1月17日起，美國和盟國出動超過10萬架次的飛機，向伊拉克的多個目標投擲了8萬8,500噸的彈藥。

2月15日，美國副總統丹・奎爾在德州胡德堡基地發表演說時，藉由強調伊拉克據稱犯下的暴行，從而凸顯出美國帶領這場戰爭的美德。「有些照片海珊不想讓我們看到。比如科威特早產兒被扔出保溫箱自生自滅的照片。[97]」同樣的說法也仍被西方媒體大肆重述。例如第二天，知名歷史學家兼記者保羅・強森在英國《旁觀者》（Spectator）週刊，一個專門詆毀那些「惡劣的」和不負責任的戰爭批評者的專欄中強調，薩達姆・海珊「屠殺了7,000名科威特人──包括被從生命維持機中扯出的嬰兒，而那些機器則被盜走──以及他有計畫地掠奪這個小國的所有公共和私人貴重物品，這些都有據可查。[98]」到戰爭結束後，這些具有高度可疑性質的說法，才開始被允許討論。

2月24日,經過38天的空投轟炸,美軍帶領的地面部隊進入科威特。面對伊拉克重兵把守、包含估計長達70英里防禦性戰壕的陣地,美軍直接使用大型推土機活埋守軍。因此當戰地記者里昂‧丹尼爾隨後問美軍第一步兵師師長「敵軍屍體在哪裡?」時,他回答:「什麼屍體?」都被埋在幾噸重的沙子底下。據美國陸軍上校安東尼‧莫雷諾回憶:「我只看到一堆被填平的戰壕,人的手臂和腿從掩埋的戰壕中露出來。據我所知,可能已經殺死了數千人。」[99]雖然這個行動在有限的報導中遭受批評,但也有人認為這是出於軍事需要,而且比拿著火焰噴射器和刺刀殺進戰壕要「乾淨」得多[100]。然而,如果伊拉克人在進入科威特時採取任何類似行動,保證會被變成該國公眾形象的一部分,並永遠與「復興黨統治下的伊拉克是一個什麼樣的國家」連結在一起。而美軍大規模活埋伊拉克軍隊的行為很快就被遺忘,對絕大多數人來說,這一行逕不會永遠與美軍或波斯灣戰爭的形象連結在一起[101]。

　　許多報導指出,戰壕中的伊拉克士兵遭到燒夷彈的猛烈轟炸。燒夷彈以前在越戰和韓戰的戰場上被廣泛使用,化學物質會沾黏在士兵皮膚上,將他們活活燒死。外界都將燒夷彈的攻擊形容為「難以想像……就像活生生的地獄。」當被發現使用燒夷彈時,美方官員都否認有用燒夷彈對付敵方人員,然而愈來愈多證據指出燒夷彈被澆灑在伊拉克部隊的集結之處,美方官員的否認顯得愈來愈站不住腳[102]。儘管效果駭人,但燒夷彈在波斯灣地區的使用,遠不如之前在東亞衝突中極端。在東亞衝突中,美國飛機投放了大量燒夷彈,從頭到尾地燒毀了平民聚居區[v]。許多人認為,美國的這些攻擊本身就是不人道的暴行,只是由於在戰爭

前利用捏造的暴行詆毀伊拉克，才得以施加這些攻擊。

捏造伊拉克暴行直接導致的另一個著名悲劇，就是美軍在戰場上使用貧鈾彈所造成的後果。在沙漠風暴行動中，估計有340到350噸的貧鈾彈在戰鬥中被投射，釋放出數百萬公克在空氣中懸浮、半衰期超過40億年的放射性微粒——造成根本可以說是無限期的污染[103]。貧鈾彈是由製造核燃料或核彈頭時殘留的低放射性廢料所製成，雖然設計之初並不是為了造成污染，但污染是使用貧鈾彈以後非常顯著的一個副作用。貧鈾做為地球上密度最大的元素之一——其密度是世界上密度最大的元素鋨的84%——既可用於坦克裝甲，也可用於各種反裝甲和反掩體武器。據美國陸軍表示，美軍M1A1艾布蘭坦克發射的貧鈾彈可以提供「賽車以每小時200英里時速撞擊磚牆的力量，但這麼大的衝擊能量可以被壓縮在比高爾夫球還小的彈頭裡。[104]」貧鈾彈後來在南斯拉夫[105]和敘利亞[106]都被美軍廣泛使用，2003年入侵伊拉克後的數年間，也在伊拉克境內被美軍使用[107]。

貧鈾彈在撞擊目標後，會氧化成容易吸入、可從撞擊引爆地點往外擴散至少42公里的粉塵[108]。貧鈾污染的影響包括癌症發病率急劇上升、遺傳異常和兒童出生時產生嚴重畸形[109]。這種元素的半衰期特別長，因此它所造成的污染比中子彈和熱核彈所

---

[v] 有關燒夷彈致死經驗的細節，以及美軍在多次衝突中使用燒夷彈的情況，請見本書作者的《難以撼動的鐵幕：北韓與美軍強權交戰的70年》（暫譯，Immovable Object: North Korea's 70 Years at War with American Power）一書（第5章：絕對毀滅：蹂躪北韓）。

造成的污染更危險。污染所及對伊拉克人和西方人員都造成了影響。英國皇家海軍司令羅伯特・格林在《紐西蘭國際評論》（New Zealand International Review）上發表的一篇論文中，就引用了一系列科學資料：

> 自1991年的波斯灣戰爭以來，伊拉克人民，尤其是在南部靠近戰區的伊拉克人民當中，不明原因的疾病、癌症和先天性遺傳畸形兒的病例都激增。與此同時，美國和英國退伍軍人也回報出現類似的健康和生殖問題，這些病症都統稱為「波斯灣戰爭症候群」（Gulf War Syndrome）。病患的許多症狀，尤其是癌症和先天缺陷，似乎都與輻射的暴露有關。1991年，美國官方公布的傷亡人數不到300人，另有300人受傷或生病。現在，死亡人數已經超過8,000人，其中超過20萬人正在申請傷殘津貼。在英國，有600多名退伍軍人死亡，9,000多人身患多種病症。比例相當於前往波斯灣地區的美軍和英軍中，分別約有30%和17%的人死亡[110]。

格林的結論廣泛獲得一系列資料來源的支持，隨著時間推移，這些資料來源逐漸代表了大多數人對這項議題的共識[111]。1999年5月外流的一份聯合國機密報告就特別針對貧鈾指出：「這種武器採用的彈藥是核廢料，使用上非常危險且有害。[112]」波斯灣戰爭不是美國最後一次以捏造出來的暴行向海外發動的軍事侵犯行動，也不是美國最後一次大規模動用貧鈾彈的海外軍事侵犯行動。

正如所有形式的核污染一樣，美軍大量使用貧鈾彈造成的後果，要隨著時間流逝才變得更加清晰，但在戰爭發生當下，最具

破壞性的直接可見影響,就是西方的空襲行動所帶來的後果,尤其是針對伊拉克人口密集中心發動的空襲。雖然精準導引武器的短缺,限制了美軍打擊戰術目標的能力,但美軍發動的攻擊主要集中在關鍵民用基礎設施目標上,如供水和污水處理設施[113]。英國軍事情報公司詹氏資訊集團(Jane's Information Group)的結論是,西方聯軍的行動「使伊拉克的基礎設施退步到國家誕生之初的水準」——重回1921年,讓伊拉克的持續發展倒退70年[114]。在聯軍出動的12萬6,581架次空襲中,美軍出動了10萬9,390架次,占86%,剩下的空襲架次則以沙烏地阿拉伯和英國出動超過的1萬2,000架次為大宗[115]。根據1991年《華盛頓郵報》的報導指出,美國轟炸的目的是透過摧毀煉油廠、發電廠和交通網絡等關鍵基礎設施,來降低伊拉克人的生活水準。例如,伊拉克80%的發電能力遭到摧毀,污水處理系統也遭到癱瘓[116]。

美國的空襲行動以八座水壩為目標,破壞的不只是水力發電供給設施,也是城市的供水和防洪設施。後果包括出現大量營養不良和併發疾病,以及因為無法儲存疫苗,導致兒童疫苗的接種被迫終止。農牧業遭到破壞,糧食儲存設施被毀。美國主導的空襲行動共摧毀包括676所學校、16家化工和石化廠、七家紡織廠和五家工程廠等目標[117]。結果就是,伊拉克民眾被迫以饑餓水準的卡路里攝取量維生;伊拉克的人均卡路里攝取量,只有最低健康生活標準的一半[118],全國的營養不良率急劇上升[119]。伊拉克的生活水準從中上收入國家迅速下降,再加上隨後長達12年的經濟制裁,加劇了人民的貧困。伊拉克人的生活水準至今未曾恢復到戰前水準,另有超過100萬人因此喪生[120]。事實證明,制裁對於戰後恢復的阻止非常有效,而且根據美國方面的統計,截至1996年,制

裁已造成 50 萬名伊拉克兒童死亡[121]。

得過普立茲獎的美國有線電視新聞網（CNN）戰地記者彼得・阿奈特在波斯灣戰爭期間，曾在巴格達進行報導。他回憶，與美國軍方的關係非常緊張，因為他們不支持他報導空襲行動。他說，雙方關係之所以惡化是因為「隨著轟炸行動的發展，我每天都揭露更多過度轟炸的行為。村莊有 20、30、40 座房屋被炸毀。伊拉克所使用的炸彈，只有約 6% 是導引飛彈，而且主要都被用在巴格達─最引人注目的目標。在伊拉克其他地方，使用的都是這種啞彈，對我們造訪的許多地方造成了嚴重破壞。[122]」

當阿奈特團隊拍攝到一座被炸毀的伊拉克嬰兒牛奶工廠時，美國情報部門聲稱是一座生化武器設施。阿奈特嘲笑了這個說法，他說：

> 如果這是一座生物試驗中心，他們就不會放任我們在裡面到處亂跑；還陪我們到處溜達、讓我們摸東摸西，拿起像這袋東西（嬰兒奶粉）的樣本，用它來煮咖啡──我真的很有自信地知道這是奶粉。美國政府完全有能力在國家的危機時刻，透過謊言達成目的──他們也確實這麼做了。這非常有效，因為在波斯灣戰爭之後的數年內，美國政府最常被問到的問題是：「聽說那座是嬰兒牛奶廠？」而他們總是反問：「你沒被騙吧？」這是我整個職業生涯當中見過最有效的軍事黑色宣傳。而且我在這行已經幹了 35 年了[123]。

阿奈特被斥為「上了薩達姆・海珊的當」，對他的聲譽造成有害的影響，因為當時海珊被塑造成「比希特勒更壞」的人物，基於捏造的暴行指控。圍繞著伊拉克的後設敘事，意味著平民目

標很容易被描繪成威脅性武器計畫的一部分，從而正當化摧毀平民目標的舉動[124]。在接下來的幾年內，美國和盟國利用以平民設施是武器計畫的一部分為藉口，合理化對其發動攻擊的做法，變得愈來愈常見。在被攻擊的行動包括，1998 年在蘇丹，以該處為化學武器設施的不實藉口，用巡弋飛彈攻擊的東非最大製藥廠[125]，還有 2007 年以色列襲擊敘利亞，謊稱受攻擊目標是敘利亞與北韓核武器計畫的一部分[126]。透過捏造目標為敵方武器設施的說法，讓美國可以隨意攻擊平民目標──就像捏造伊拉克暴行的說法，讓美國得以發動戰爭一樣。

美國甚至更進一步透過指責巴格達的方式，將其所涉入造成的重大災害撇得一乾二淨。當時發生的一起石油洩漏「意外」，造成 30 英里長的海面都漂浮著油污，一隻鳥在黑色油水中掙扎的影像，被用來聲稱是伊拉克蓄意製造的災難，「要向大自然宣戰。」《每日鏡報》（Daily Mirror）在頭版將其稱為「薩達姆的黑海」。有權限查閱五角大廈紀錄的前軍事情報官威廉‧阿肯在談到捏造伊拉克環境恐怖主義的指控時指出：

> 我認為波斯灣戰爭中被掩蓋的最大事實之一，就是美國海軍和盟軍的空軍，襲擊了伊拉克的石油設施和油輪，卻不願承認此舉存在巨大爭議。所以他們躲在伊拉克環境恐怖的說法背後，以避免涉入有關這些設施是否屬於合法戰爭目標的爭論……他們襲擊了位於巴克港和艾爾卡巴港的兩座石油平台，同時還襲擊了與石油相關的船隻。在開戰第二天的 1 月 18 日，法國飛機襲擊了科威特海岸艾哈邁迪港的一艘伊拉克油輪。幾天後，他們說是這些油輪將油污排入大海[127]。

當被問及是否有人掩蓋真相時，阿肯回答：「哦，當然。這不需要懷疑。他們當然撒謊了。你有沒有在『任何』報導中讀到過，美國海軍或法國空軍襲擊了伊拉克油輪，並該對流入海灣的大部分油污負責？沒有，那是掩蓋嗎？那是謊言嗎？當然是。[128]」戰爭期間對記者的嚴格管制，意味著許多潛藏在檯面下的醜聞事件，不會被公諸於世[129]。

伊拉克和美國帶領的聯軍之間最重要的軍事差異，就是情報蒐集的能力。美國人將這項優勢運用到極致，並將之轉換為大量戰場上的斬獲。沒有蘇聯支持的伊拉克武裝部隊（蘇聯當時放在太空中的衛星數量，比世界上任何國家都還要多，之前都被認為至少會向伊拉克透露美軍位置或移動的最新消息），跟敵人相比可以說是矇著眼睛、摀著耳朵上戰場[130]。儘管伊拉克空軍中隊從1970年代起就配備了高性能的米格-25攔截機，並以堅實的打擊能力擊落美軍戰鬥機的數量[131]，與他們損失的攔截機數量一樣多，但美軍重型戰鬥機的數量實在多太多。在缺乏空中預警機這類輔助支援的情況下，伊拉克的空中戰場迅速潰敗[132]。對空域的掌握，讓美國的空戰力量不只能夠摧毀伊拉克的人口密集中心，還能摧毀缺乏組織、裝備，以及在持續轟炸下士氣低落的伊拉克地面部隊。科威特戰役在美國陸軍歷史上的常規戰爭中堪稱獨特，因為以往消滅敵方地面部隊的任務，主要是由陸軍負責。但在這場戰事當中，空軍負擔了對付地面部隊的主要火力。伊拉克地面部隊被部署在科威特地勢平坦的區域，在周邊通常只有少量甚至根本沒有掩護的情況下，美國空軍部隊在短短44天內進行的大屠殺，造成超過10萬名伊拉克軍人傷亡[133]。BBC聲稱的傷亡人數甚至高達20萬人[134]，還要再加上數千名平民的死亡。

美軍、法軍、英軍和加拿大軍隊使用集束炸彈困住攔截大批伊拉克車隊後,從空中炸死試圖從六車道的 80 號公路上離開科威特的伊拉克士兵。這條公路後來被稱為「死亡公路」。聯軍針對撤退士兵展開攻擊的做法,引起了很大的爭議,並被認為是嚴重的戰爭罪行。美國記者的報導也顯示,繳械投降的伊拉克士兵遭到美軍重型武器的射擊[135]。美國攝影記者彼得・特恩利報導美軍為受難者挖掘亂葬崗,看到屍體散落在路上,被毀車輛相連的長度超過 1 英里。他強調,西方媒體避免發布掌握的事件相關影像[136]。《大西洋》(Atlantic)雜誌同樣提到了「無人願意發表的戰爭照片」——特別是一張伊拉克士兵試圖翻越卡車儀錶板,卻當場被燒死,深刻展現人性掙扎的照片。文章中指出:

> 他的手和肩膀的顏色及紋理,與周圍燒焦、生鏽的金屬一樣。烈火燒毀了他大部分的五官,只留下一張骷髏臉,定格在生命最後齜牙咧嘴的畫面。他沒有眼珠的雙眼瞪視前方……這張照片及其不知名的拍攝對象,也許才是波斯灣戰爭的真實寫照。然而,這張照片卻沒有在美國被刊出,不是因為軍方阻撓,而是出於編輯上的選擇……這張洗腦又可怕的照片與波斯灣戰爭在流行文化當中,被認為是一場「電子遊戲般的戰爭」——一場通過精確轟炸和夜視設備變得人性化的衝突——的迷思背道而馳。《時代》雜誌和美聯社不發表這張照片的決定,剝奪了大眾正面看待這個未知敵人,並思考他在生命結束前遭遇過怎樣痛苦的機會[137]。

與充滿煽動性的描述形成鮮明對比,例如那些從未被屠殺的科威特嬰兒,或者由「科威特自由運動委員會」(CFK)展示的、

被假扮成受虐證據的假人模特,是關於伊拉克人非常真實且經常是殘酷的死法,都被嚴格的審查以及「精確的軍事攻擊」、「動能戰」等「冷血語言」所淨化。這些描述都與當地往往令人毛骨悚然的現實情況相差甚遠。

美國帶領的聯軍司令諾曼·史瓦茲柯夫將軍特別以伊拉克士兵據傳犯下的暴行,合理化聯軍大規模屠殺撤退中的伊拉克士兵的行為,他說:「這是一群強暴犯、殺人犯和暴徒,他們在科威特市中心姦淫擄掠,現在又試圖在被逮捕之前逃離這個國家。[138]」《紐約時報》同樣強調,大多數觀察這起事件的人士都「認為伊拉克人不過是罪有應得。[139]」即使在戰爭結果塵埃落定之後,以捏造出來的暴行詆毀敵人,已經成為圍繞著戰爭的後設敘事核心的這項事實,使得針對伊拉克採取的幾乎任何措施,包括屠殺成千上萬撤退的士兵,看起來都可以被接受[vi]。

「死亡公路」事件發生在戰爭晚期,在新聞界人士可以進出的少數衝突地區之一。正如獲獎的新聞記者班·H·巴格迪基安教授的報導:「軍方從越戰學到了教訓:戰爭時間要短,從交戰初期就要完全控制新聞媒體。藉由維持對軍事行動最初形象的完全掌控,政府可以創建一個大眾得以適應後續資訊的框架。」媒

[vi] 《紐約時報》指出,美國軍方不遺餘力地形塑大眾對大屠殺的看法,包括「淡化伊拉克軍隊實際上正在離開科威特的證據」(這項證據在當時比比皆是),並做出不可信的指控,宣稱亂成一團的撤退部隊,儘管接到了巴格達的撤退命令,卻威脅要掉頭再次進入科威特。(Coll, Steve and Branigin, William, 'U.S. Scrambled to Shape View of "Highway of Death",' *The New York Times*, March 11, 1991.)

體審查制度被描述為「前所未聞」和「嚴苛」,甚至與韓戰時期開創的極端先例相比也不遑多讓。巴格迪基安進一步闡述:「在波斯灣戰爭剛開始的幾天,美國新聞工作者被隔離,被迫傳播完全受控於軍方版本的資訊。在真正的戰爭結束、重建完所有已知現實後,主流新聞媒體未能收集所有事實,並以連貫的方式進行報導,從而有效地糾正大眾獲得的誤導及不充分資訊。[140]」被認為越權採訪的記者,有時會遭到美國軍方的人身攻擊和逮捕[141]。而在少數新聞界可以自由進出的戰區,景象確實令人毛骨悚然,外界只能猜測,在「死亡公路」前40天當中,究竟還發生過多少暴行[vii]。

1991年美國對伊拉克的軍事干預,為後續超過10年的經濟制裁鋪路,接著在2003年又全面入侵了伊拉克。這不僅進一步對伊拉克帶來更深遠的後果(伊拉克人民再次承受西方國家的數次大屠殺),也對更廣泛的中東地區造成影響[142]。從1990年8月到1991年1月成功捏造出來的暴行,讓西方得以在伊拉克領土上,進行長達數十年的經濟和戰爭,而西方軍隊從那時起就再

[vii] 新聞審查制度在掩蓋美國多項新型「神奇武器」的失敗,也發揮特別重要的作用,描述這些武器的有效性,是美國政治宣傳活動的核心。著名案例包括戰斧巡弋飛彈和愛國者防空系統。戰斧巡弋飛彈據稱展示了前所未見的精準打擊能力,但事實上卻沒有擊中大部分目標,有時還擊中沙烏地阿拉伯和土耳其;而愛國者防空系統後來也被證明,就算在伊拉克飛彈武器庫規模不大的情況下,實際上也沒能發揮什麼作用。(Postol, Theodore A., 'Lessons of the Gulf War Experience with Patriot,' *International Security*, vol. 16, no. 3, Winter, 1991–1992 (pp. 119–171).)(Gellman, Barton, 'Gulf War Workhorses Suffer in Analysis,' *Los Angeles Times*, April 10, 1992.)

也沒有離開過伊拉克領土。等到波斯灣戰爭結束後，奈伊拉證詞的內容才被證實為完全虛假——就和許多原本宣稱是由伊拉克犯下，並在缺乏可供驗證消息來源的情況下，被當成鐵錚錚事實報導的暴行一樣，後來也都被證實為子虛烏有。到了這個階段，伊拉克已然成為一片廢墟，三十多年來都無法復原，無論是在西方世界，伊拉克的「邪惡」形象也已經根深蒂固，至於那些推翻反伊拉克敘事的事實也已於事無補。

正如NBC新聞的約翰・錢瑟勒在戰爭結束後不久寫下：「這場衝突帶來了一連串的迷思和誤解和誇飾⋯⋯關於伊拉克暴行的描述被毫無疑問地接受。

在科威特的一家醫院裡，早產兒被扔出保溫箱，任其自生自滅。但此事從未發生過⋯⋯眼前只有被誤解的事實、扭曲變形的真相，還有迷霧般的迷思和誤解。[143]」1991年3月15日，ABC新聞的約翰・馬丁在科威特城採訪了科威特初級醫療保健系統主任穆罕默德・馬塔醫生，和他的妻子兼婦幼醫院產科主任。馬塔堅決否認伊拉克人從保溫箱裡取出嬰兒。馬丁非常吃驚，又問了一遍：「但是，這個指控非常具體，伊拉克士兵把他們從保溫箱裡抱出來，放在地上等死。」馬塔醫生回答：「我認為這只是出於政治宣傳的說法。[144]」

馬丁隨後詢問了以假名在聯合國安理會作證的該名外科醫生，他實際上是叫做伊布拉辛・貝貝哈尼的牙醫，曾擔任科威特紅新月會的代理主任。當被問及保溫箱暴行，貝貝哈尼承認：「我不能告訴你他們是否從保溫箱中被取出來⋯⋯我並沒有目睹。」他也不再堅持之前聲稱監督安葬120名嬰兒的說法——以他的謊言為前提發動的戰爭已經結束，也已經不值一提[145]。然而，這則

第四章 波斯灣戰爭

敘事卻依然存在。美國參議員約翰・馬侃的妻子是軍事行動的主要倡議者,一直到1991年6月,她都還在質詢中堅稱指控屬實,後來她承認只是道聽塗說[viii]。雖然這個故事已經被推翻,但它所創造的後設敘事,以及改變大眾對伊拉克復興黨論述和想法的方式,對這個國家的形象造成了永久的污點。[146]

在西方的指控中,保溫箱殺嬰事件絕非唯一被證明完全是捏造出來的故事。另一項捏造出來的指控,是伊拉克強行將4萬名科威特人遷移到自己的領土上,而實際數字是1,500到2,000人。另一份來自國際特赦組織的指控是在12月19日的報告中聲稱,「法外處決的人數多達數百人,甚至可能超過1,000人。」據科威特高級官員稱,這一數字只「略高於300人。」伊拉克士兵肆意強暴和搶劫的故事,也遭到強烈質疑。例如,《巴黎競賽》(Paris Match)週刊曾收到一張照片,指控伊拉克人在科威特城射殺被蒙住眼睛的科威特反抗軍。後來發現,照片上是伊拉克軍隊處死在城中犯下搶劫罪行的伊拉克士兵,以示懲戒的畫面——顯示伊拉克軍隊對這類行為的零容忍。雖然這個事實在美國主導的軍事行動開始之前就已經被發現,但法國媒體將證據隱瞞到戰後,避免提升巴格達的形象並削弱西方的主流敘事。編輯們描述他們的動機:「我們有義務放棄發布,避免以獨家新聞的名義,提升薩達姆・海珊的形象。[147]」

[viii] 與其他捏造暴行的案例相比,「保溫箱嬰兒」事件的虛假性更廣為人知,部分原因是伊拉克在相對較短的時間內戰敗,而隨後在科威特進行的調查揭發了這個故事的真相;另一個原因是對伊拉克開戰的運動特別倚重這一個故事,而針對其他戰事的運動則會給予多個故事類似程度的關注。

在伊拉克占領下的科威特，早產兒在保溫箱中相對安全，但與此形成鮮明對比的，是許多在伊拉克的早產兒被美國及其盟國殺害。1991年7月，《紐約時報》的派翠克·泰勒採訪了巴格達薩達姆兒科醫院的院長卡辛姆·伊斯梅爾醫生，他回憶，在西方空襲的第一天晚上，針對民用基礎設施的空襲造成了重大損失。醫院停電了，結果：「母親們把孩子從保溫箱裡抱出來，拔去他們手臂上的靜脈注射管……還有一些嬰兒被移出氧氣帳篷，大家跑到沒有暖氣的地下室。在前12小時的轟炸中，40多名早產兒過世。[148]」戰爭期間，伊拉克人確實曾將嬰兒從保溫箱中取出，不是在科威特醫院中的伊拉克士兵，而是在巴格達試圖從西方襲擊中救出自己孩子的伊拉克父母。

儘管這場衝突結束在伊拉克從科威特撤軍，美國、英國和法國卻推進攻勢，設立了兩個禁止伊拉克在其領空內駕駛飛機的「禁飛區」。禁飛區的設置並未經過聯合國安理會授權，覆蓋超過60％的伊拉克領空[149]。專家們普遍認為，強制執行這些規定違反了國際法——之所以又能夠成功執行，全是因為從1990年起就針對伊拉克進行的詆毀[150]。西方和聯合國的經濟制裁，嚴重阻礙了伊拉克的戰後重建，而聯合國在波斯灣戰爭結束後仍長期維持武器禁運，有效地消除了伊拉克做為中東地區獨立單極、屬於西方勢力範圍之外大國的地位。這種現狀維持了12年，直到2003年，更加衰弱的伊拉克又再次面臨了美國主導的全面入侵。美國在1991年發動的進攻，在捏造違反人道主義指控的推動下，導致長達數十年的人道主義災難，讓伊拉克至少在半個世紀內都不可能完全恢復。據保守估計，兩次波斯灣戰爭的結果導致從1991年至2003年期間，超過70萬名伊拉克人喪生[151]，2003年

至 2008 年間，沙漠風暴行動所導致的第二次戰爭又有超過 100 萬人死亡[152]。這還沒有加上貧鈾造成的兒童死亡和極端畸形、整整一世代人口的發育遲緩，以及 1991 年後生活品質的急劇下降。

　　整個 1990 年代，伊拉克多次遭受西方國家的攻擊，這些攻擊同樣高度仰賴捏造的故事和虛假理由做為合理化的藉口。1998 年 12 月的案例是，由西方國家起草的聯合國安理會決議要求要在伊拉克部署特別委員會，解除該國武裝。但華盛頓和倫敦聲稱巴格達驅逐了該委員會的武器檢查員。所謂的驅逐行為被當成發動「沙漠狐狸行動」（Operation Desert Fox）的藉口；在 7 年前的波斯灣戰爭中，已有數十萬名伊拉克人民喪命，而沙漠狐狸行動下的西方國家襲擊，又額外造成 2,000 名伊拉克人喪生。發動攻擊的藉口被證明是捏造，首席武器檢查員理查·巴特勒多年後披露，實際上是美國大使彼得·伯利奉華盛頓之命，建議將檢查員撤出伊拉克，以保護他們免遭美國和英國計畫執行的空襲誤傷。撤出檢查員就是在為攻擊鋪路，隨後又被用來合理化這些攻擊行動，而撤出檢查員的目的正是為了發動攻擊[153]。2003 年，美國國務卿柯林·鮑爾多次重申伊拉克逼迫檢查員撤離，並聲稱這證明了巴格達的大規模毀滅性武器懷有惡意，合理化了美國當時規劃的非法入侵行動。撤軍行為的本質是在後來才被公諸於世[154]。

　　在波斯灣戰爭中，捏造暴行值得注意的面向是國際特赦組織和其他西方人權非政府組織，在為虛假暴行提供正當性所扮演的角色，標誌了未來西方暴行捏造工作主流趨勢的起點。西方非政府組織打著支持人權的旗號，發布誹謗性、證據不足的內容；在有需要時，將矛頭對準特定的西方對手。雖然在 1990 年之前，

將人權武器化並非前所未見，但隨著國際特赦組織與其他組織的加入，自 1990 年起，利用重要非政府組織來達成這類目的的做法才開始變得普遍。

　　西方人權非政府組織的一貫做法，是將矛頭指向那些政策有損西方世界利益的國家，尤其是那些西方試圖推翻其政府的國家，而批評程度通常與目標國家和西方之間關係上的敵對程度成正比。這麼做不只影響大眾支持敵對政策，無論是軍事行動還是經濟制裁的共識凝聚，還能透過將那些「不夠用力」反對目標對手的人士，描繪成不關心人權的「對手政權辯護人」，使反對這些敵對政策的人失去正當性。針對那些反對向伊拉克採取軍事行動的人，這類反應的出現確實很普遍，而奈伊拉證詞和其他類似的捏造報導，往往也會激起大眾的情緒。波斯灣戰爭使西方暴行捏造的精密手段達到了一個新的高度，在之後的多次衝突中，也可以觀察到非常類似的*趨勢*；而在這些衝突中，類似的捏造也一直在塑造西方對手形象方面，扮演著核心角色。

第五章

南斯拉夫內戰

目標：南斯拉夫

　　隨著蘇聯、華沙公約組織和阿爾巴尼亞共產主義政府的瓦解，南斯拉夫截至 1992 年為止，是歐洲唯一的共產主義國家，也是世界上少數不在西方勢力範圍的主要工業強國之一。南斯拉夫於 1918 年，曾受到奧匈帝國統治的克羅埃西亞人、塞爾維亞人和斯洛維尼亞斯拉夫人組成；他們相信，必須克服歷史上的分歧、謀求統一，以保護國土不受外在帝國主義利益的侵擾。阿爾巴尼亞人和馬其頓人也是聯邦中重要的少數群體，聯邦中還有因為奧圖曼帝國過去統治而遺留下來的 5% 穆斯林少數民族。南斯拉夫自 1941 年起，曾被納粹德國占領了 4 年。約瑟普・布羅茲・狄托帶領的共產主義抵抗軍，於 1945 年 11 月，建立了南斯拉夫社會主義聯邦共和國。

　　南斯拉夫在冷戰之中迅速成為獨立的強權，並與印尼、埃及、印度和迦納，一起成為「不結盟運動」（Non-Aligned

Movement）的創始會員國。與其他四個創始國一樣，南斯拉夫也受到了西方的攻擊，因為西方試圖強行將其納入勢力範圍之中；缺乏對參與不結盟運動國家的寬容，是西方集團在冷戰時的一貫外交政策。對不結盟國家的攻擊，包括美國中情局對當地政變的大力支持（迦納[1]、印尼[2]）、直接發動軍事攻擊（南斯拉夫、埃及、印尼），以及試圖暗殺其領導人（1955年的印度、1950年代和1962年的印尼、1957年的埃及）[3]。由於南斯拉夫在地理位置上最靠近蘇聯，因此在冷戰時期的幾十年來，一直受到華沙公約組織的保護，不受侵擾，成為最後一個遭到西方集團攻擊的不結盟國家，一切針對南斯拉夫的行動也是從1990年代早期，才開始逐步發動。

　　隨著冷戰的結束和「歷史終結論」的出現，全球經濟和政治的西方化被描繪成不可避免的趨勢[4]，對於政治上已經相當統一的歐洲來說，南斯拉夫仍是一個異類。儘管1980年代的南斯拉夫經濟停滯不前，但南斯拉夫的工業水準在國際上仍有其競爭力，而且從教育、預期壽命到就業率等指標來看，南斯拉夫的生活水準都很高，不像前華沙公約組織的大部分國家，看起來非常不可能被美國主導的北約軍事聯盟吸收，而且是當時在歐洲大陸自外於北約的最強大軍事力量。南斯拉夫身為世界上獨立的單極強國、工業經濟相對發達，從汽車、製藥到家用電器和農業等各產業，都與西方品牌在國際間展開競爭──所以如果國家發生動盪、解體和發展倒退，這個競爭就自然會消失。由於南斯拉夫領先產業的分布範圍不集中，不同地區也負責提供不同的初級和次級原料，一個分裂的南斯拉夫將不再具備聯邦制度治理下的工業潛力[5]。如果能將南斯拉夫領土置於西方扶植的傀儡政府管制之

第五章　南斯拉夫內戰　｜　187

下,再透過傀儡政府給予西方國家優惠措施,南斯拉夫的石油、礦產,特別是蘊藏在科索沃的大量礦產資源[6],將是西方國家得以壯大自身實力的主要戰利品。

在實現南斯拉夫分裂的過程中,德國和美國扮演了主要角色[7],還將分裂解決經濟停滯的辦法,同時慷慨地支持不同族裔民族主義者派系。南斯拉夫境內不同地區的西方聯盟,也因此被鼓勵分裂主義的目標。美國政治學家暨耶魯大學博士麥克‧帕蘭提就指出:「西方列強在此之前(1991年至1995年),深度參與了在南斯拉夫(南斯拉夫聯邦共和國)煽動內戰和分裂的活動。西德是最早介入也是最積極的分裂支持者之一,在1991年,在更早之前,西德就鼓吹斯洛維尼亞和克羅埃西亞分離。」帕蘭提說,後來西方列強涉入愈來愈多「金援分裂主義組織、製造政治經濟危機,從而觸發政治紛爭」方面的工作。關於這個過程他強調:「一旦開始流血,復仇和報復的輪迴就會自己轉動起來。而為了加速南斯拉夫的混亂,西方列強對最暴力、最反動立場的人士,提供金錢、組織、政治宣傳、武器、打手,以及來自美國國家安全機構的全力支持。於是巴爾幹地區再次被『巴爾幹化』了。[8]」

在與南斯拉夫內部的各分裂主義派系建立聯繫,並給予慷慨支持後,西方國家便威脅南斯拉夫,若不舉行1990年的臨時選舉,將切斷援助。就要切斷給予的援助。華盛頓還規定,選舉須在各共和國內舉行,而非在聯邦層面進行。美國長期操縱外國選舉,以確保有利於西方利益的候選人獲勝[9],或者在親西方候選人無法獲勝情況下,取消或阻止選舉的行為紀錄[10]。在南斯拉夫,美國國家民主基金會和中情局的各個前線組織提供大量資金,支援有利西方利益分裂政治團體的競選活動。被美國媒體公開描述

為「親西方」和「民主的反對勢力」的政黨，也獲得西方顧問大量競選支持；在競選中以壓倒性優勢戰勝了當地對手，贏得除了塞爾維亞和蒙特內哥羅共和國以外的所有選舉[11]。

斯洛維尼亞是第一個脫離南斯拉夫聯邦的地區，並在1991年關閉邊境，禁止任何反對其分裂行動的抗議活動。克羅埃西亞很快跟進，並迅速開始接受西方國家，尤其是德國所提供的西方軍事顧問和大量武器。德國指導員甚至進一步與分裂主義民兵並肩作戰，參與和南斯拉夫軍隊的交戰。歐洲共同體隨後要求南斯拉夫分裂為「擁有主權且獨立的共和國」，而美國則通過了1991年的《海外行動撥款法案》（Foreign Operations Appropriations Act）向南斯拉夫的各共和國提供援助，但援助對象不包含南斯拉夫中央政府——從而進一步削弱聯邦關係。當克羅埃西亞和斯洛維尼亞在1991年6月的同一天相繼宣布完全獨立，成為兩個獨立國家，德國和梵蒂岡率先承認兩國的民族國家地位。

不像斯洛維尼亞人、克羅埃西亞人或穆斯林的少數群體，很快就被分裂主義派系控制，並順著西方設計走向分裂南斯拉夫的道路，塞爾維亞族裔的少數群體遠沒有如此順從。當初在南斯拉夫成立時，塞爾維亞人是唯一放棄了獨立民族國家並加入統一聯邦的群體，而塞爾維亞和蒙特內哥羅也最堅決支持聯邦制度。塞爾維亞人不僅是南斯拉夫聯邦內最龐大、最有影響力的族群，而且在執政共產黨中的黨員比例，也高於其他任何族群。在1989年的選舉中，塞爾維亞人和蒙特內哥羅人各自支持前共產黨的候選人，塞爾維亞工人還帶頭反對國際貨幣基金組織（IMF）為償還南斯拉夫債務而實施的撙節計畫。塞爾維亞因此拒絕了IMF規定的國有資產私有化提案[12]。一些分析師認為，西方世界與塞

爾維亞人所屬的東正教基督教世界之間，在歷史上根深蒂固的宗教仇恨，也是導致塞爾維亞人成為攻擊目標的另一個因素。

隨著聯邦日益分崩離析，在克羅埃西亞諸如克拉伊納區等分裂主義省份中，塞爾維亞人占多數的地區試圖脫離新分離的國家，重新加入南斯拉夫[13]。在克拉伊納區，克羅埃西亞派出已經組成獨立後武裝部隊的分裂主義民兵，在西方支持下對反對分離者採取軍事行動做為回應，回應方式包括造成數千名塞爾維亞裔平民傷亡，和導致 22.5 萬人成為難民的空襲行動。許多逃亡者隨後遭到空中掃射，到 1999 年，這些行動被稱為「南斯拉夫內戰中規模最大的種族清洗。[14]」《獨立報》在 1995 年 8 月報導：「為了當前的進攻行動，重新武裝和訓練克羅埃西亞部隊以做準備，是典型中情局行動：可能是自越戰結束以來，最野心勃勃的一次行動。[15]」而在自行宣布成立的波士尼亞共和國，境內的穆斯林和克羅埃西亞裔分裂主義勢力，也獲得了更大規模的支援[16]，截至 1997 年，中情局在波士尼亞的外站據說已經成為東歐最大的情報基地之一[17]。

受雇代表克羅埃西亞人、波士尼亞穆斯林以及後來的科索沃阿爾巴尼亞裔分裂主義團體利益的羅德公關公司（Ruder & Finn），在讓世界輿論反對南斯拉夫和塞爾維亞人的運動中，發揮了核心作用。羅德公關總監詹姆斯·哈福強調了駭人聽聞報導的大肆傳播，是如何導致大眾對於美國在波士尼亞進行軍事干預的支持率急劇上升。他在 1993 年 4 月向法國記者賈克·梅立諾表示，他以操弄海外猶太人的輿論風向自豪，因為波士尼亞伊斯蘭與激進伊斯蘭教派之間的密切關係，以及克羅埃西亞人在 1940 年代曾與納粹德國合作並滅絕猶太人的歷史，原本應該會

讓猶太人反對克羅埃西亞和波士尼亞穆斯林獨立為國家。關於猶太人對與西方結盟的極右分裂勢力看法，他說：「我們的挑戰是扭轉這種態度，而且非常成功地做到了這一點」，他的行動重點是將塞爾維亞人描繪成新納粹，並利用美國記者羅伊・古德曼關於「死亡營」的報導（見下文）造勢。克羅埃西亞分裂勢力領導人的意識形態前身在20世紀40年代曾為納粹德國主導的戰爭提供最多的人力支援，而他們過去對猶太人和塞爾維亞人犯下的暴行，就算從納粹的角度來看都很極端[18]。哈福強調這樣的歷史淵源，以及波士尼亞穆斯林領導階層類似的極端主義立場，是如何成為公關工作的困難之處：

> 要設法讓猶太人的輿論站在我們這邊。這是一個敏感的問題，因為從這個角度來看，過往的檔案紀錄都很不利。克羅埃西亞總統弗拉尼奧・圖季曼在他的著作《歷史現實的荒野》（Wastelands of Historical Reality）中絲毫不掩飾；讀過他的著作，你會指責他是反猶太主義。波士尼亞的情況也好不到哪裡去：總統伊茲貝戈維奇在他的《伊斯蘭宣言》（The Islamic Declaration）一書中，強烈支持建立一個基本教義派的伊斯蘭國家。此外，克羅埃西亞和波士尼亞的過去充滿了真實而殘酷的反猶太主義。數以萬計的猶太人在克羅埃西亞集中營中喪生，因此猶太知識分子和猶太組織完全有理由敵視克羅埃西亞人和波士尼亞人。我們面臨的挑戰是要扭轉猶太人的這種態度，而我們巧妙地成功了……
>
> 當猶太組織站出來支持（穆斯林）波士尼亞人，就可以迅速在大眾心目中，將塞爾維亞人與納粹畫上等號。沒有人了解南斯拉夫發生了什麼事。絕大多數美國人可能都在問

自己:「波士尼亞位於哪個非洲國家?」光靠這一步,就把一個簡單區分成好人和壞人陣營的故事講出來,剩下的一切自然會水到渠成⋯⋯幾乎就在一瞬間,新聞界發生了明顯變化,開始使用「種族清洗」和「集中營」等情緒性濃厚的語彙,讓人聯想到納粹德國和奧斯威辛集中營的毒氣室,誰敢反對這樣的說法,就會被指責為修正主義者。我們真的打了完美的一仗[19]。

當梅立諾強調:「當時這樣做的時候,並沒有證據證明你說的內容為真。就只有兩篇《新聞日報》(Newsday)上的文章。」哈夫回答:「我們的工作不是核實資訊⋯⋯是加快有利於我們的資訊被傳播出去⋯⋯我們是專業人士有任務要完成,而且我們就做了。我們不是收錢來跟人家說教的。[20]」西方媒體幾乎接受了任何反對塞爾維亞的報導,而這就是羅德公司取得成功的關鍵。

美國國務院南斯拉夫辦公室副主任喬治・肯尼對西方捏造出來的無中生有指控,發表了更尖銳的評論,他說:「美國政府沒有任何種族滅絕的證據,任何人只要帶著批判性的眼光閱讀新聞報導,就會發現雖然出現重複的說法和令人毛骨悚然的猜測,但缺乏證據。[21]」麥克・帕蘭提同樣指出:「在波士尼亞問題上,種族滅絕的指控被不斷重申,以至於證據變得無關緊要。」他強調,客觀分析顯示,西方的相關描述最終形成了一種的廣泛共識,描述內容與現實相去甚遠[22]。

前美軍歐洲司令部副司令查爾斯・博伊德在《外交事務》上,就民族在西方國家遭受誹謗的方式,與西方支持的克羅埃西亞和穆斯林分裂主義勢力發生衝突,做了以下評論:「這場戰爭的大

眾印象,是塞爾維亞人蠻不講理的向外擴張。克羅埃西亞人所謂的『被侵占領土』,大部分是塞爾維亞人早就已經生活超過三個世紀的土地。塞爾維亞人在波士尼亞的大部分土地也是同樣的情況―也就是西方媒體經常提到,被叛亂塞爾維亞人占領的70%波士尼亞土地。簡而言之,塞爾維亞人並沒有想要征服新的領土,反而只是想要守住本來就已經屬於他們的土地。[23]」博伊德強調,美國政策是暗中批准穆斯林激進組織發動攻擊,去破壞華盛頓聲稱支持的停火協議,從而「刺激戰爭的深化。[24]」克羅埃西亞政府以種族主義之名大規模驅逐境內的賽爾維亞少數民族,也獲得西方的鼓勵和支持[25]。因此,就連史蒂芬・哈潑等其他普遍支持西方立場的分析家都承認,「西方媒體普遍對於南斯拉夫總統斯洛波丹・米洛塞維奇,比波士尼亞或克羅埃西亞總統更傾向於極端民族主義的認知,是建立在政治惡魔學(妖魔化)而非理智的歷史分析之上。[26]」

西方支持的運動,讓賽爾維亞少數民族在波士尼亞擁有土地的比例從65%降至43%,貝爾格勒迫於巨大壓力,不得不同意根據西方斡旋的《岱頓協定》(Dayton Accords),在極為不利的條件下停火。這最終導致了南斯拉夫的解體以及克羅埃西亞和波士尼亞繼承政權成為獨立國家,使兩國中的賽爾維亞少數民族面臨岌岌可危的處境。剩下的南斯拉夫―只剩塞爾維亞和蒙特內哥羅的聯邦―受到西方嚴厲的經濟制裁,加劇了惡性通貨膨脹和民間的營養不良,使該國的醫療保健系統崩潰,並阻礙了對藥品製造至關重要的原材料的取得[27]。正如《外交事務》在1999年5月所指,從經濟制裁可以同時對南斯拉夫和伊拉克所造成的破壞來看,經濟制裁可以被視為世界上最先進的大規模毀滅性武器,

而且經濟制裁「在後冷戰後時代造成的死亡人數，可能超過歷史上所有大規模毀滅性武器造成的死亡人數。[28]」

西方暴行捏造針對塞爾維亞裔少數民族

由於西方列強試圖以更強烈明顯的手段，聯合起來站在現在以塞爾維亞人為主的南斯拉夫政府的對立面，同時對付克羅埃西亞及波士尼亞被占領土上塞爾維亞少數民族的利益，以捏造暴行進行詆毀的運用，變得愈來愈重要。從 1997 年 7 月起擔任南斯拉夫總統的斯洛波丹・米洛塞維奇，強調西方列強非常重視媒體和資訊戰，以之控制全球和南斯拉夫國內政治論述。當西方戰機在 1999 年 4 月，向南斯拉夫全國各地的媒體和電視基礎設施開火時，他指出：

> 你們的政府正在對南斯拉夫發動兩場戰爭；針對我們人民的戰爭。一場是軍事戰爭，另一場是媒體戰爭，或者你也可以稱他為政治宣傳戰。政治宣傳戰早在軍事戰爭開打前就已經展開，它的目的是撒旦化（妖魔化）這個國家、我們的人民、這個國家的領導階層、個人，以及在美國創造，當然也是人為捏造，一切支持他們後來發動侵略的輿論風向[29]。

透過捏造暴行詆毀對手，可以合理化從支持南斯拉夫進一步分裂、武裝和訓練分裂主義民兵，到轟炸貝爾格勒的媒體據點、向塞爾維亞人居住地區投擲集束炸彈等一系列的敵對措施。最著名的虛構暴行就是指控塞爾維亞人大規模強暴其他少數民族的平

民老百姓——這個說法強烈影響了在戰事期間和往後數十年，國際間對南斯拉夫和塞爾維亞人的看法。從 1991 年起，塞爾維亞人就被描繪成是在奉行官方認可的大規模強暴政策，指控在波士尼亞的塞爾維亞少數，強暴了 2 萬到 10 萬名的穆斯林多數婦女。由於在波士尼亞的塞爾維亞部隊人數只有大約 3 萬人或更少，其中許多人還參與高強度的戰鬥，所以這些指控聽起來非常可疑。儘管如此，西方媒體還是對這些說法進行了大肆轉傳，並給予相當大的篇幅或播放時間。《紐約時報》隔了很久才發表一則小小的更正，稱「塞爾維亞人是否存在『系統性的強暴政策』仍有待證實」，但不可避免的是，看到醒目標題報導的讀者人數比後來看到撤稿聲明的讀者人數多得多[30]。

儘管關於塞爾維亞部隊強暴了 2 萬至 10 萬名穆斯林的說法廣為流傳[31]，但歐洲共同體婦女權利委員會於 1993 年 2 月舉行的聽證會上，以缺乏證據為由駁斥這些指控。聯合國戰爭罪委員會和聯合國難民事務高級專員辦事處的代表，在聽證會上做出結論，認為沒有足夠證據支持塞爾維亞人執行大規模強暴的指控」——但這並沒有阻止世界上大部分地區對南斯拉夫局勢的輿論，被這些指控所影響[32]。

一個被廣泛報導的故事描述，一名波士尼亞的塞爾維亞人指揮官命令部隊「前進，去強暴」——不過被這句話的引用來源無從查證，指揮官的名字也從未被公開[33]。西方媒體一再提及有所謂的「強暴營」，宣稱這是「種族繁殖」運動的一部分；強暴營中有成千上萬被俘虜的穆斯林婦女被迫受孕，並被迫生下具有一半塞爾維亞血統的孩子[34]。然而，在敵對行動結束、聯合國部隊占領波士尼亞與赫塞哥維納（波赫）全境後，大規模強暴營存

在的證據卻從未出現過。一波又一波理應在波士尼亞醫院接受治療的懷孕或剛懷孕的強暴營受害者，以及她們相關醫療記錄全都不存在，因強暴導致的新生兒分娩數量非常少。法新社（Agence France Presse）報導，在塞拉耶佛，「波士尼亞調查人員只發現一件婦女在被強暴後生下孩子的個案」，而國際特赦組織的報導則稱，他們「從未成功與任何孕婦交談過。[35]」

儘管有人認為，強暴受害者看起來不多，是因為受害婦女害怕承擔當地文化對性侵受害者的罵名而不願現身，但國際援助機構顯然提供了保密援助，而且從未要求受害者在大眾面前現身——只需接受匿名訪問和醫療照護。而在這樣的情況下，實際統計出來的性侵受害者人數與 2 萬名或有更多強暴受害者的說法，仍舊存在非常明顯的落差。假設說這數以萬計的婦女受害者是真的將她們接受醫療照護的情況保密得如此嚴實——那這就產生了另一個問題：西方記者和與西方站在同一陣線的波士尼亞和克羅埃西亞政府官員，當初又是如何知道這些人受害，或者又是如何估算出這樣一個數字？關於涉及上萬名婦女遭到大規模強暴的實質證據，從未現世。儘管參戰各方陣營裡，都存在一些實施強暴行為的加害者，但根據現有證據顯示，受害人數只有數十人，而非成千上萬人，也不屬於任何一方有組織或有系統的種族滅絕或「種族繁殖」政策的一部分。

值得一提的是，強暴加害者的國籍也並不僅限於當地人。戰爭結束後，在前南斯拉夫的美國軍事人員，就被發現將「絕對未滿 12 歲」的小女孩當成性奴——是引用一名買下女孩，並在當地工作期間將她安置在自家的美國人的說法。曾在南斯拉夫擔任軍事承包商的退伍軍人班‧強森就性奴隸販運問題回憶：「你基

本上可以得到任何你想要的女孩。很多人都說你可以買下一名女子,在家裡養一個性奴有多好。[36]」與西方國家陣營的部隊,尤其是來自西方國家自身人員所犯下的強暴和性侵兒童罪行,不可避免地被媒體忽略。

赫爾辛基觀察組織(Helsinki Watch)的一名代表指出,關於大規模強暴的報導是源自於克羅埃西亞和波士尼亞政府,沒有可信的證據可供支持。倫敦《觀察家報》(Observer)的首席特派記者諾拉・貝洛夫聲稱,她從「一名德國高級官員那裡套出來的消息是,沒有任何直接證據可以證明強暴受害者的人數有誇張到這種地步。」德國外交部負責波士尼亞事務的官員承認,所有報導要不是出自波士尼亞政府的消息來源,就是來自天主教慈善機構明愛會(Caritas),而明愛會的消息來源完全是出自波士尼亞穆斯林和克羅埃西亞,沒有獨立佐證[37]。

隨著塞爾維亞暴行的報導被愈來愈多的西方民眾所接受,歐洲媒體的指控也變得更加駭人聽聞。然而就算是在西方媒體當中,英國媒體捏造出來的說法最極端。例如,BBC就告訴數百萬名閱聽群眾,塞爾維亞狙擊手奉命單挑兒童做為目標下手,每殺死一名兒童就可獲得2,700法郎的報酬[38]。倫敦《每日鏡報》更誇張,他們和德國《星期日圖片報》(Bud am Sonntag)及義大利《共和國報》(La Repubblica)共同報導一波士尼亞婦女「被迫生下一隻狗」——一個獵奇而且在生物學上都令人感到匪夷所思的故事,並捏造出邪惡的塞爾維亞婦科醫生,將幼犬胚胎植入該名婦人子宮的荒唐情節[39]。德國議會議員史特凡・史瓦茲在聯邦議院講述關於塞爾維亞「門格勒(納粹集中營醫師)的繼承人」強行將狗胚胎植入婦女體內的故事,並宣稱有錄影帶可以證實。

一年後,他承認其實沒有這捲錄影帶——但同樣,他的撤回聲明所獲得的關注,遠低於原始指控。史瓦茲透過講述塞爾維亞人將兒童放在烤爐中烘烤、焚燒、閹割、使用毒氣等暴行而一舉成名。這些指控都沒有證據可以佐證,對敵軍暴行的極端描述成為駭人聽聞的媒體頭條,並迅速扭轉大眾輿論,讓他因此成為非常受西方媒體歡迎的消息來源[40]。

除了強暴營、產狗、毒氣和幾乎所有可以想像的恐怖故事外,西方同樣未經證實的塞爾維亞「死亡營」指控,也被廣為流傳。美國記者羅伊·古德曼帶頭將塞爾維亞人描繪成「新納粹」,喚起了人們對納粹德國及其盟國在 1940 年代進行大屠殺的記憶。著名案例是 1992 年 8 月《新聞日報》在頭版上用大大的標題刊載名為「波士尼亞死亡營」的報導,文章開頭寫道:「波士尼亞北部的塞爾維亞征服者建立了兩個集中營,殺死或餓死超過 1000 名平民,還有被關押的數千人等待著死亡的降臨……在其中一個集中營裡,一千多名男子被關在金屬牢籠中。」就如大多數的捏造報導,古德曼報導引用了匿名的消息來源——在這個案例中,一名前囚犯說:「我看到 10 個年輕人躺在壕溝裡。他們的喉嚨被割開、鼻子被割掉、生殖器被扯爛。[41]」

根據這個故事,那些據稱在死亡集中營被處決的受害者在焚化爐中被焚燒,變成動物飼料[42]。英國報紙迅速效仿古德曼的做法,發表類似的報導,隨後又聲稱波士尼亞塞爾維亞人處決了 1 萬 7,000 多名穆斯林和克羅埃西亞囚犯。《太陽報》(The Sun)專欄作家理查·利德強將塞爾維亞人稱為「1990 年代的納粹」,而《每日郵報》(Daily Mail)則將死亡營稱為「塞爾維亞納粹式的『種族淨化』野心。」英國知名左派政治人物肯·

李文斯頓做出了最戲劇化也最具誤導性的描述，他說：「當塞爾維亞人在波士尼亞大開殺戒，歐洲正目睹了繼希特勒屠殺600萬名猶太人後，首次出現的貨真價實種族滅絕企圖。[44]」後來，《獨立報》同樣將塞爾維亞人與納粹相提並論，稱他們是「對整個歐洲大陸集體安全的挑戰。[45]」法國非政府人道主義組織「世界醫生組織」（Medecins du Monde）甚至斥資200萬美元展開宣傳活動，散布將希特勒和米洛塞維奇總統並陳的照片，同時大量使用獨立電視新聞（ITN）拍攝的極具誤導性的鐵絲網照片（見下文）[46]。西方媒體和多位西方官員都在鼓吹將塞爾維亞與納粹德國畫上等號的論述，表示任何不願意轟炸南斯拉夫的行為，都等於是默許納粹死亡營繼續營運下去[47]。

羅伊．古德曼的極端恐怖故事在影響西方及其他地區的公眾輿論方面，發揮了核心作用，其中他那些令人毛骨悚然的下流故事，效果最為拔群[48]。然而當聯合國部隊進入波赫全境，卻未能發現任何證據，證明所謂存在著金屬牢籠、焚化爐、亂葬崗或饑餓殘缺屍體的死亡營的痕跡，而西方報導卻對死亡營的存在言之鑿鑿[49]。古德曼後來在類似抹黑敘利亞政府運動中，扮演了重要角色；敘利亞政府到了2010年代初期，已經取代南斯拉夫和塞爾維亞人，成為西方捏造戰時暴行故事的主要目標。記者和學者指責古德曼粉飾背後受到北約支持的叛亂組織罪行，並指控他放任非常強烈的輿論偏見影響他的著作內容[50]。

古德曼的出版品之所以重要，主要是因為受到西方媒體的歡迎，而且西方媒體一直非常積極地宣傳這些出版品。這促使英國記者瓊．菲利浦斯實地追尋古德曼的腳步，成為代表著西方媒體當中認真核實對塞爾維亞人指控的極少數案例之一。菲利浦斯發

現，古德曼是在將塞爾維亞集中營描述為死亡營的文章發表出去之後，才造訪塞爾維亞的某營區。他所造訪的特爾諾波爾耶營區根據他的說法，是一座被類比為比克瑙集中營的死亡營，但事實上該營連拘留營都稱不上；留置在營區當中的非常多成員，是為了躲避附近村莊戰火而自願進入營區尋求庇護的民眾。與此同時，由民政當局管理的奧馬爾斯卡營，則是一座臨時拘留中心。古德曼關於該營區的故事完全建立在某個人的證詞，而這個人自己也承認他沒有目睹任何殺戮行為[51]。菲利浦斯還認定，古德曼關於布爾奇科營（據說該營區有 1,350 人被屠殺）的文章，也僅僅依賴某位自稱曾被囚禁在該處人士的證詞[52]。以惡名昭彰的波士尼亞政府的消息來源，是古德曼說詞的唯一佐證。波士尼亞總統阿里亞·伊茲貝戈維奇後來承認，塞爾維亞死亡營的故事是捏造出來的，目的是要讓北約發動攻擊，從空中支援分裂主義組織[53]。

菲利浦斯在進一步調查後發現，古德曼確實去過曼尼察拘留營，也就是另一座據傳為塞爾維亞人所控制的種族滅絕設施。他參觀該拘留營，並與營中人士交談。營中人士雖然抱怨伙食不好，但沒有任何跡象表明發生過虐待或處決的情況。事實上，塞爾維亞部隊似乎都有遵守《日內瓦公約》，菲利浦斯就報導，從曼亞恰拘留所成立之初，國際紅十字會就能持續訪問該地，而許多被拘留者是戰俘，關在哪裡準備在未來進行囚犯交換。類似生活起居條件的營區，也出現在穆斯林和克羅埃西亞地區。雖然有時也很擁擠，但從未有過任何實質性證據，顯示營中存在不尋常的行為。儘管如此，西方報導還是將標準的塞爾維亞戰俘營，描繪成新的奧斯威辛集中營，卻幾乎很少提到西方陣營的部隊裡，

其實也存在幾乎相同的戰俘營。

西方媒體在 1992 年廣泛刊登的照片中，指控波士尼亞穆斯林囚犯在塞爾維亞營區受到虐待。這些照片後來被證明是偽造的，例如，在特爾諾波爾耶營區，西方記者和攝影師故意將自己置身於用鐵絲網圍起來的小棚子裡，拍攝棚子外的穆斯林男子，這些照片巧妙地給人這些被攝影者被關在鐵絲網裡面的印象。為了進一步激起人們想要解放納粹死亡集中營的想像，西方媒體從大多數吃飽喝足、身體健康的人當中，挑選出少數憔悴的幾個人，將他們單獨放在鐵絲網後面拍照。其中一張照片被《時代》雜誌和其他幾家西方出版品刊登在封面上。另一個登上《新聞週刊》封面的囚犯，是因搶劫被塞爾維亞部隊而遭逮捕的塞爾維亞人斯洛波丹・康傑維奇，關於他被捕的犯罪背景和他的塞族身份被刻意忽略，以將其虛弱的健康狀況描繪為種族清洗和奧斯威辛式條件的結果。他瘦弱的身軀其實是十多年的肺結核所造成[54]。

1992 年至 1993 年，部署在前南斯拉夫的聯合國部隊第一任指揮官兼特派團團長薩提許・南比阿爾中將，就西方種族滅絕的指控親自指出：「我麾下有 2 萬 8,000 名士兵，並與聯合國難民署和國際紅十字會官員保持聯繫；我們沒有目睹任何種族滅絕行為，只看到在衝突中典型的各方殺戮和屠殺。我相信我的繼任者和他們的部隊，也都沒有看到媒體所聲稱的那種規模的暴行。[55]」雖然塞爾維亞人、克羅埃西亞人、穆斯林和阿爾巴尼亞人都指控，其領土上的對手犯有種族滅絕罪，但事實證明，支持和放大對塞爾維亞人的指控能有效地使大眾輿論支持西方世界的地緣政治利益[56]。

隨著克羅埃西亞和波士尼亞境內種族間的衝突升級，塞爾維

亞民兵犯下了一系列戰爭罪行和屠殺。這些行為常被描繪為完全無端挑起的暴行，但實際上往往是針對克羅地亞和波士尼亞民兵對塞族平民實施類似，甚至更加殘忍的屠殺報復行動。一個大屠殺倖存者組織的主席約翰・蘭茲就注意到了南斯拉夫衝突，並質疑外界在決定哪些戰爭罪行受到關注，和哪些戰爭罪行被輕易忽視時，存在嚴重的雙重標準。他因此質疑，為什麼要祕密起訴整個塞爾維亞克拉伊納政府，並公開指控其領導人米蘭・馬爾蒂奇犯下戰爭罪，而克羅埃西亞在同一地區犯下規模更大的戰爭罪，卻從未被提及？同樣地，當穆斯林民兵在雪布尼查附近屠殺了數百名塞爾維亞人時，西方敘事卻對此絕口不提，只討論塞爾維亞人的暴行。這不是捏造暴行，而是對事件的嚴重歪曲；將事件獨立出來描述，掩蓋其他與西方結盟各方的罪行[57]。在戰爭期間，西方國家一直忽視大量塞爾維亞難民和人口中心出於種族主義動機遭到襲擊的情形，而僅是片面地描述有利於與西方結盟的波士尼亞和克羅埃西亞方面的狀況，但實際上波士尼亞和克羅埃西亞的雙手也沾滿鮮血[58]。

前白宮發言人與外交關係協會（Council on Foreign Relations）主任比爾・莫耶斯，製作一部關於塞爾維亞據說犯下的戰爭罪行特別紀錄片。該紀錄片曾於1999年及隔年，兩度透過公共廣播公司（PBS）播出。在片中提出許多非常引人注目的說法，其中包括塞爾維亞部隊在土茲拉市實施種族滅絕式的大屠殺後，將「一千多具屍體埋在一座礦井裡。」儘管該地區在戰爭結束後非常容易進入，但他卻沒有前往當地找出任何證據來證實。另外，莫耶斯多次指出，塞爾維亞部隊在雪布尼查地區處決了7,414名波士尼亞穆斯林，並聲稱有數千名波士尼亞男子和男孩，與他們

的女性家庭成員被迫分離並遭到槍殺。他是如何得出這個精確的數字，令人十分懷疑，但莫耶斯承認只有找到 70 具屍體。為了解釋這兩個數字之間的巨大差異（一個數字是另一個數字的 100 倍，顯示這已經是種族清洗而非普通的戰爭傷亡），莫耶斯聲稱塞爾維亞人將屍體都重新埋在另一座墓穴做為掩護。但他對於塞爾維亞人如何能夠在進行一場困難重重，且時常混亂不堪的軍事行動當下，又可以在不留痕跡的情況下，找到原先的埋葬地點、將屍體挖出來，再把另外 7,344 具屍體運到另一座墓穴重新掩埋的細節卻隻字不提 —— 也沒有說這項大工程是發生在何時、何地。他沒有解釋為什麼找不到一開始的埋葬地，或者為什麼也找不到遷移後的第二座亂葬崗。正如美國政治學家麥克·帕蘭提，針對莫耶斯有關隱藏得很隱密的第二座亂葬崗這個不切實際的說法反問：「你說，他們藏匿屍體，那第一次是哪個部分沒有做好，所以才要埋第二次？[59]」

雪布尼查公社是戰爭中最廣為人知的大屠殺發生地，也被比爾·莫耶斯用來做為上述紀錄片的片名。不過好幾位熟知當地實際情況的人士都強調，西方對大屠殺的報導，存在著高度誤導性的本質。大屠殺發生在 1995 年 7 月，即簽署基本上結束波士尼亞和克羅埃西亞敵對行動的《岱頓協定》的前五個月。在西方報導中最明顯的疏漏，是在波士尼亞塞爾維亞民兵圍攻和屠殺雪布尼查的穆斯林之前，穆斯林武裝分子曾發動大規模的襲擊，夷平雪布尼查和布拉圖納茨的 50 座塞爾維亞村莊，屠殺超過 1,200 名的塞爾維亞婦女、兒童和老人，造成 3,000 多人受傷[60]。

聯合國駐南斯拉夫維和部隊參謀長暨加拿大少將路易斯·麥肯錫，是批評西方對戰爭主流描述[i]的人士。他指出：「隨著波

士尼亞穆斯林戰士的裝備和訓練日趨精良，他們開始冒險將行動範圍拓展到雪布尼查之外，燒毀塞爾維亞村莊並殺害村民，然後迅速撤回聯合國提供的安全避難所。這些襲擊行為在1994年達到巔峰，並一直持續到1995年初。」麥肯錫強調，塞爾維亞人之所以會對雪布尼查發動攻擊，是因為需要阻止與西方結盟的穆斯林民兵繼續對其發動攻擊；穆斯林民兵對塞爾維亞村莊發動攻擊所殺害的塞爾維亞人，至少與報復行動中被殺害的穆斯林人數

---

i　2022年公布的加拿大維和人員致該國國防總部的情報電報強調，「滿足穆斯林要求」這一「不可逾越」的目標預計「將成為任何和平談判中的主要障礙。」他們強調，和平進程持續受到「外部干涉」，即美國「鼓勵伊茲貝戈維奇堅持住，不要進一步讓步」，以及「美國明確希望解除對穆斯林的武器禁運並轟炸塞爾維亞人」等「讓戰鬥落幕的嚴重障礙。」他們肯定，「塞爾維亞人非常遵守停火條件」，同時強調，穆斯林民兵對北約將給予空襲支援的期望，意味著他們「不願意展開和談，只想一路向前衝」，並不斷違反停火協定，向少數民族所在的地區發動猛烈攻擊。穆斯林部隊試圖「透過挑起事端和指責塞爾維亞來增加西方的同情」，相比之下，「大多數塞爾維亞人的活動都是出於防衛性，或是對穆斯林挑釁的回應。」關於美國支持的穆斯林民兵如何試圖捏造塞爾維亞人發動襲擊和違反停火的情況，加拿大觀察員在電報中表示：「穆斯林不惜向自己的人民或聯合國區域開火，然後聲稱塞爾維亞人是犯下罪行的一方，以進一步贏得西方的同情。穆斯林經常把炮兵陣地設在離聯合國建築和醫院等敏感區域非常靠近的位置，希望塞爾維亞人的反擊炮火能在國際媒體的注視下，擊中這些敏感設施……我們知道，穆斯林過去曾向自己的平民和機場開火，以博得媒體關注……塞拉耶佛以外的穆斯林部隊過去曾在自己的所在位置放置強烈炸藥，然後在媒體的注視下引爆，聲稱是塞爾維亞進行的轟炸。然後穆斯林就以此為藉口進行『反擊』，攻擊塞爾維亞人。」電報內容與西方對衝突的描述形成強烈反差。（'UNPROFORIntelligence Reports,'Canada Declassified<< https://declassified.library.utoronto.ca/exhibits/show/unprofor-intelligence-reports/unprofor-intelligence-reports >>）

一樣多。而且由於塞爾維亞人在展開報復時,並沒有殺害敵方的婦女或兒童,因此不應被認定犯下種族滅絕罪行,只不過西方的說法卻完全相反[61]。事實上,由於雪布尼察的地理位置對於建立獨立的波士尼亞穆斯林國家至關重要,而且該地區只有25%的塞爾維亞裔少數人口、73%的人口是穆斯林,因此一個純粹伊斯蘭國家支持者想要對信仰東正教的賽爾維亞少數民族進行種族清洗,比試圖對人口總數是自己3倍的穆斯林進行種族滅絕的說法,更為可信。

波士尼亞穆斯林部隊中,也有來自外國的聖戰士民兵組織。許多聖戰士民兵組織都是10年前西方為了與阿富汗政府作戰所建立[62],考量到這些聖戰士民兵組織在阿富汗曾犯下過的極端暴行,關於波士尼亞穆斯林部隊從事種族滅絕行為的報導,就變得更加可信[63]。美國的巴爾幹和平談判首席代表理查·郝爾布魯克自己也證實,從阿富汗部署阿拉伯聖戰士是確保與西方結盟的穆斯林民兵在衝突中得以存活的關鍵[64]。英國《旁觀者》週刊指出,1992年阿富汗政府倒台後:

> 按照記者詹姆斯·巴肯的說法,許多阿拉伯人被困在阿富汗,「嘗到了戰鬥的甜頭,卻苦無用武之地。」不久後,其中一些人被賦予了新使命。從1992年到1995年,五角大廈協助數千名聖戰者和其他伊斯蘭分子從中亞進入歐洲,與波士尼亞穆斯林並肩作戰對抗塞爾維亞人。進軍波士尼亞似乎也對聖戰者組織勢力的崛起,以及他們如今不惜從一個國家轉移到另一個國家,試圖輸出他們聖戰使命的跨境伊斯蘭恐怖分子的出現,帶來非常重要的影響。因為轉移陣地到了波士尼亞,這些伊斯蘭戰士就從阿富汗和中東的貧民窟,來

到了歐洲；從冷戰的過時戰場，來到時下世界的主要衝突之地；從被拋棄在昨日的過時之人，變成在巴爾幹衝突中與西方所青睞的一方並肩作戰的鬥士。如果說西方對阿富汗的干預造就了聖戰者組織，那麼西方對波士尼亞的干預，似乎讓聖戰者組織得以全球化……五角大廈與伊斯蘭分子的祕密結盟，讓聖戰士鬥士們得以「空降」波士尼亞，只是他們最初只被當成突擊部隊，專門用來對塞爾維亞部隊，負責執行特別危險的行動[65]。

詆毀國家再替極端分子洗白：
西方對南斯拉夫分裂勢力的報導

隨著波士尼亞、克羅埃西亞和斯洛維尼亞成功分裂，反南斯拉夫運動的重點轉移到了塞爾維亞共和國內部——也就是科索沃南部地區。科索沃解放軍（KLA）分裂主義組織做為反對南斯拉夫和塞爾維亞繼續保有對科索沃主權的叛亂運動核心，從1990年代中後期開始，獲得美國及其盟國（尤其是德國和土耳其）的大力支持。與波士尼亞伊斯蘭組織一樣，科索沃解放軍也獲得大量外籍聖戰士的支持，其中許多人曾在阿富汗的蓋達組織恐怖營，接受過訓練[66]。1996年2月，科索沃解放軍以轟炸克羅埃西亞和波士尼亞戰爭中的塞爾維亞難民營的行動，正式在世人面前亮相。詹氏資訊集團當時將其行為模式描述為不分青紅皂白，而且是一支「不考慮受害者的政治或經濟重要性，根本也沒有能力嚴重傷害其敵人——塞爾維亞警方和軍隊，所以該組織只能挑塞爾維亞警力和平民勢力最薄弱的地方，任意發動攻

擊。[67]」與起源於 1940 年代反納粹遊擊運動的南斯拉夫共和國不同，科索沃解放軍直接承襲自第二次世界大戰期間獲得義大利支持的法西斯民兵[68]。

西方試圖將科索沃從南斯拉夫的剩餘部分以及做為其組成部分的塞爾維亞分割出去，主要手段是迫使南斯拉夫武裝部隊撤出該區領土，同時強化科索沃解放軍的軍力。正如英美安全資訊委員會主任丹‧普萊許指出，南斯拉夫的鄰國阿爾巴尼亞在其共產主義政府被推翻後，已經成為「一個軍事殖民地，與美國的關係就類似過去的一些南美洲國家或菲律賓」；如果科索沃被分割出去，阿爾巴尼亞人占多數的科索沃也將面臨同樣的命運[69]。事實上，到了 1990 年代中後期，南斯拉夫的其他繼承國已經開始接納數萬名北約人員，其中包括波赫的 6 萬名人員和馬其頓的 1 萬 6,500 至 2 萬名人員[70]。外界預測，西方將科索沃從塞爾維亞分離出來以後，預測可能導致出現一個牢牢置於美國與北約影響下的「大阿爾巴尼亞」[71]。

科索沃解放軍試圖建立種族純正的阿爾巴尼亞國家，將塞爾維亞人和其他少數民族當成攻擊目標。一個顯著的案例，是在西方支持的武裝分子的攻擊下，9 萬名羅姆人少數（吉普賽人）被迫逃離科索沃[72]。因此，西方給予科索沃解放軍的支持與其在克羅埃西亞和波士尼亞的做法如出一轍，1999 年《國際期刊》（International Journal）的一篇文章就指出，「西方干預波士尼亞的主要結果，是在克羅埃西亞建立一個不存在少數民族的從屬國，並在波士尼亞建立了一個包含『種族清洗過』小國的北約管理保護國。[73]」科索沃解放軍成員及其分支，在被派去商討該片土地未來的談判代表團中，占據重要的位置；而且儘管科索沃解

放軍過去的紀錄並不光彩,但美國國務院在 1999 年就其欲幫助科索沃解放軍在掌權的意圖表示:「美國正在迅速採取行動,幫助科索沃解放軍從一支由遊擊隊戰士組成的破爛隊伍,轉變為一支政治力量……華盛頓顯然將科索沃視為這個動盪省份未來的主要希望。[74]」事實上,根據美國支持的 1999 年《朗布依埃協議》(Rambouillet Agreement),科索沃解放軍已被設定為科索沃警力的主力[75]。

直到 1999 年西方對南斯拉夫的軍事行動結束前,科索沃解放軍都被描繪成自由鬥士,但西方和國際媒體還是詳細記錄下科索沃解放軍的戰爭罪行。除了與伊斯蘭恐怖組織關連,科索沃解放軍還四處有組織地強暴塞爾維亞、羅姆和親政府的阿爾巴尼亞婦女[76];時不時動用迫擊炮攻擊塞爾維亞文化遺址(包括擁有幾百年歷史的教堂)[77];出於種族主義動機屠殺塞爾維亞人或讓塞爾維亞人「被消失」[78]以及動用兒童兵。曾任瑞士檢察總長的大使兼海牙前斯拉夫國際刑事法庭首席檢察官卡拉·戴蓬特回報,科索沃解放軍依靠販賣器官賺取收入。她援引海牙法庭調查人員獲得的證據報告,具體作為包括以塞爾維亞囚犯為目標強行摘取其器官[79]。歐洲理事會議員大會議員暨瑞士檢察官迪克·馬蒂,引用數據顯示,有 300 名塞爾維亞囚犯因此受害,並將前 K 科索沃解放軍政治領袖、後來成為科索沃總理的哈希姆·塔奇與這些器官摘取行為聯繫起來。[80]。

北約最初並沒有要求科索沃徹底獨立,而是要求創造過渡性的自治保護國,建立由西方軍隊保護的獨立國家結構——這種狀態將為科索沃解放軍隨後宣布的獨立鋪路[81]。國務院前南斯拉夫事務主管官員喬治·肯尼在 1998 年,就針對西方正在努力建立、

由科索沃解放軍管理的保護國的預期本質，發表以下看法：「它將具有泛阿爾巴尼亞和伊斯蘭教的傾向，同時又沉浸在父權大家庭、血債血償和不重視婦女權利的傳統文化中。[82]」北約賦予權力的阿爾巴尼亞民族主義者確保了科索沃的非阿爾巴尼亞裔人口遭到清洗，特別是塞爾維亞人遭到屠殺、被迫逃離，甚至面臨更糟糕的處境。到了1999年年中，有16萬4,000名塞爾維亞人和羅姆人逃離科索沃，外國觀察員認為科索沃解放軍從事殺戮和綁架行為的目的，就是在恐嚇他們，迫使他們離開，以建立一個種族純正的阿爾巴尼亞國家。這也是科索沃解放軍的前身，1940年代的納粹同路人，試圖實現的目標[83]。

　　科索沃解放軍高度依賴毒品貿易和販賣人口奴隸所賺取的資金，資助其打擊南斯拉夫軍隊的行動，但西方媒體直到戰爭結束後，才開始對這個情況進行有意義的報導。歐洲其他國家的警方記錄以及多項獨立調查，都提供了有力證據證明上述情況為真。當時世界上五分之一的性奴隸交易都經過巴爾幹半島，歐洲80%的海洛因也都是由科索沃的阿爾巴尼亞集團進口，因此與科索沃解放軍有關的組織性犯罪，收入十分可觀[84]。西方國家對科索沃脫離塞爾維亞和南斯拉夫的支持，讓這些集團獲益匪淺，他們得以在組建全新且獨立的科索沃領導階層的同時，**繼續肆無忌憚地從事非法活動**[85]。正如《瓊斯母親》（Mother Jones）雜誌在2000年初對科索沃毒品貿易的看法：「沒有了南斯拉夫領導人斯洛波丹・米洛塞維奇，昔日的自由鬥士在無人主政的情況下，正將該省轉變為全球毒品販運的主要渠道⋯⋯自華盛頓在這個南斯拉夫省份建立科索沃解放軍以來的六個月當中，與科索沃解放軍有關連的毒品犯，已經鞏固了他們的影響力⋯⋯在科索沃，

合法與非法的組織結構已經難以區分。[86]」與販毒集團結盟的民兵曾加入科索沃解放軍，共同對南斯拉夫政府作戰[87]。法國的毒品問題地緣政治觀察站（Geopolitical Observatory of Drugs）、德國聯邦刑事局、歐洲刑警組織、《詹氏情報評論》（Jane's Intelligence Review），甚至連美國首席談判代表兼《朗布依埃協議》起草人的克里斯多福·希爾都證明，科索沃解放軍是世界上最主要的毒品走私犯之一[88]。

關於美國領導層對科索沃解放軍及其活動的普遍態度，曾監測毒品貿易的國會專家在敵對行動結束的幾個月後表示：「毫無疑問地，科索沃解放軍是重大販毒組織。但我們與科索沃解放軍有合作關係，政府不想損害科索沃解放軍的名聲。我們是合作夥伴。我們的態度是：反正毒品不會運到這裡來，就讓其他人去處理吧。[89]」1999年後，當讓科索沃解放軍得以掌權的戰爭結束、南斯拉夫也吃下了最後一場敗仗後，西方國家對科索沃解放軍的本質有愈來愈清楚的認知。英國國會議員暨英國樞密院顧問艾倫·克拉克等人，就將科索沃解放軍與「康特拉（Contras）……以及其他由中情局武裝起來的團體」相提並論，強調科索沃解放軍「正是英國軍人絕不應與之並肩作戰的那類人」，因為他們極度濫用毒品[90]。然而，戰場上的英國空降特勤團（SAS）還是為科索沃解放軍提供訓練，並與之並肩作戰[91]。

早在1998年2月，比爾·柯林頓總統的巴爾幹問題特使羅伯特·格爾巴德就根據科索沃解放軍在科索沃的行為，將其描述為「一個毫無疑問的恐怖組織。[92]」他在另一個場合說：「我一眼就能分辨誰是恐怖分子，這些人就是恐怖分子。[93]」便宜行事而忽略了這一現實，讓組成科索沃解放軍的毒品走私販、奴隸販

運集團和聖戰恐怖分子不僅可以被洗白,而且還被當成英雄,合理化西方國家提供大量的物質支援和密切的軍事合作,幫助他們對深受詆毀的南斯拉夫發動戰爭的行徑。

北約北大西洋理事會的一份機密報告指出,科索沃解放軍是科索沃「暴力事件的主要發起者」,「發起看起來似乎是蓄意而為的挑釁運動」,導致與南斯拉夫政府軍爆發敵對行動。這些敵對行動反過來又為北約的軍事干預鋪路[94]。其他西方國家對科索沃解放軍活動的評估,也得出類似的結論[95]。在 1990 年代大部分時間內,都擔任加拿大駐南斯拉夫大使的詹姆斯・畢塞特指出,中情局和英國空降特勤團訓練科索沃解放軍「在科索沃煽動武裝叛亂。」關於支援科索沃解放軍及其行動方式的目標,他強調:「科索沃解放軍恐怖分子被派回科索沃暗殺塞爾維亞市長、伏擊塞爾維亞警察,並盡一切可能煽動謀殺和混亂罪行。他們希望北約能夠隨著科索沃陷入戰火而進行干預。[96]」德國也早在 1996 年就開始訓練後來成為科索沃解放軍的武裝分子[97]。

科索沃解放軍的攻擊在 1998 年到 1999 年間升級,從警察和郵政雇員到塞爾維亞農民,他們殺害與南斯拉夫國家或血統上與塞爾維亞人有關的各種目標,或將他們當成囚犯「被消失」。大約一半的受害者是忠於南斯拉夫國家的阿爾巴尼亞人,其中許多人的村莊被科索沃解放軍燒毀。南斯拉夫對這些裝備精良、訓練有素武裝分子的襲擊進行反擊,導致數百名軍人因此喪生。西方國家不僅將南斯拉夫的行動描述為鎮壓,甚至將其描述為塞爾維亞人對阿爾巴尼亞人口進行的種族滅絕[98]。這種說法沒有什麼現實依據,但對西方取得軍事干預藉口、更直接地支持科索沃解放軍,卻非常有價值。

英國首相東尼・布萊爾或許可以被視為西方對南斯拉夫採取軍事行動的主要支持者，他宣稱塞爾維亞人「正在進行希特勒式的種族滅絕，相當於第二次世界大戰期間對猶太人的滅絕行為」，並將西方發動的戰爭描述為「一場偉大的道德十字軍東征」的一部分[99]。他在1999年5月時聲稱：「將正在發生的情況說成種族滅絕一點也不誇張，是我們曾希望在歐洲永遠不會再經歷的情況。成千上萬的民眾被殺害，10萬人失蹤，數十萬人被迫逃離家園和國家。[100]」美國國務院對這些說法表示贊同，表示南斯拉夫軍隊「正在進行一場自第二次世界大戰以來，歐洲從未見過的人口強制遷徙運動。」國務院和美國新聞署同樣聲稱，數十萬科索沃阿爾巴尼亞人遭到政府軍屠殺[101]。只要有人提出種族滅絕的指控，西方媒體就會對這類說法廣泛地再度報導，而戰爭支持者就可以像布萊爾一樣，根據這些說法為北約的進攻提供藉口：「對米洛塞維奇的暴行不能只做半套應付。在如何對付米洛塞維奇的問題上，我們不能有半點鬆懈。他決心將一支民族從他的國家裡面抹去。北約有決心要阻止他。我們也會這樣做。我們團結一心要糾正這項錯誤，扭轉種族清洗的局面。[102]」

就和在南斯拉夫其他地區詆毀西方對手的指控一樣，科索沃反政府軍的指控也沒有什麼實質內容。正如美國政治分析師、撰寫過多份針對南斯拉夫戰爭評估的作者諾姆・杭士基教授所說：「種族滅絕一詞用於科索沃，是對希特勒受害者的侮辱。事實上，這是極端的修正主義。如果這叫做種族滅絕，那麼全世界都在進行種族滅絕。而比爾・柯林頓也正在果斷地實施大量種族滅絕行為。如果這是種族滅絕，那發生在土耳其東南部的情況要如何解

釋？那裡的難民數量非常龐大。[103]」

指控南斯拉夫政府實施種族滅絕，並不是西方為軍事行動提供藉口所捏造出來的唯一暴行，西方對1999年2月至3月間朗布依埃會談的描述，也定調了西方攻擊有其不可避免之處。會談的失敗，被歸咎為是因為貝爾格勒不願意給予科索沃更大的自治權，而這項要求雖然極度侵犯南斯拉夫和塞爾維亞的主權和自治權，卻成為西方要求的核心。英國外交大臣羅賓·庫克聲稱，「他們（南斯拉夫國家）拒絕同意和平進程的原因，是因為他們不願同意科索沃自治，也不願讓國際間的軍事力量介入，為自治提供保障。[104]」這項描述當中有好幾個極具誤導性之處。到了1999年2月，塞爾維亞已經同意了大部分自治提議，甚至允許聯合國維和部隊被部署到科索沃。

外界並沒有期待南斯拉夫政府會遵守這些具有干涉性的條款，但這樣的和平解決方案確實有可能穩定局勢，削弱與西方結盟的分裂主義派系在科索沃的勢力，並最終使該領土持續成為南斯拉夫國家剩餘部分的一部分。在會談開始前的前幾個月裡[105]，對科索沃進行軍事干預已經普遍被視為比爾·柯林頓政府外交政策的關鍵目標[ii]，因此西方國家必須讓朗布依埃會談失敗，從而將貝爾格勒描繪成拒絕和平的政權為西方國家對其採取軍事行動提供藉口。因此，美國國務卿馬德琳·歐布萊特和英國外交大臣庫克在《朗布依埃協議》中，加入極具挑釁且不可接受的新條款，以確保貝爾格勒會拒絕接受。於是，在協議第七章的附錄B就堅持要由北約部隊占領科索沃，而不是貝爾格勒已經接受的中立聯合國部隊。協議中的條款還進一步要求，讓北約軍用飛機和地面部隊可以「不受限制地」進入南斯拉夫全境——這是幾乎不會有

第五章 南斯拉夫內戰 | 213

國家接受的條款。

正如《法國世界外交論衡月刊》（Le Monde Diplomatique）20 年後在 2019 年的觀察：「態度強硬的未必總是你所期望的那一方：塞爾維亞人已經同意給予建立自治政府、自由選舉和釋放所有政治犯。但西方還要將北約部隊強加於他們。[106]」朗布依埃文件的全文對大眾保密，意味著世界輿論可以被塑造為將南斯拉夫政府而非北約國家，視為反對和平和提出不合理要求的那一方。在軍事行動開始的數週後，西方國家的極端條件才被揭發出來，而此時的南斯拉夫早已成為一片斷垣殘壁[107]。

[ii] 米洛塞維奇總統就會談失敗以及美國據稱留給科索沃解放軍主導的科索沃阿爾巴尼亞代表團的角色表示：「在朗布依埃，正如我對你所說，我們並不是在與阿爾巴尼亞人對談，我們是在與想要為自己以及為北約奪取我們領土的美國人對談—阿爾巴尼亞人只是他們的藉口。他們把阿爾巴尼亞人放在一旁，想當成他們沒有犯下這些你們政府用來對付我們國家和我們人民罪行的不在場證明。」米洛塞維奇認為，西方的目標始終是侵略，而阿爾巴尼亞分裂主義者為侵略提供了好用的藉口。（Interview with President Slobodan Milosevic by Dr Ron Hatchett, transmitted on Houston-KHOU-TV 21.00–22.00 CDT, April 21, 1999.）

北約轟炸南斯拉夫：
為了達成人道主義目的戰爭罪行

1999 年 3 月 24 日，北約以防止據稱發生但實際上並不存在的種族滅絕為藉口，並用貝爾格勒拒絕接受所有和平條件為依據，開始了對南斯拉夫長達 78 天的密集轟炸。由於這些攻擊沒有獲得聯合國或南斯拉夫政府的授權，也沒有任何關於這項行動是出於自我防衛的說法，西方發動的攻擊是對一個主權國家的侵略罪行——也被認為是最高等級的國際罪行[108]。西方聯盟以前曾對南斯拉夫發動過有限空襲，第一次是在 1995 年，目的是支援美國訓練的克羅埃西亞部隊發動攻擊，但這場最新空襲的規模要大得多，而且更加著重摧毀非軍事目標[109]。在 4 萬架次的飛行共投擲了 2 萬噸炸彈，所使用的彈藥大約相當於在廣島或長崎投擲的一枚核彈頭的有效酬載。南斯拉夫是美國在短短幾個月內空襲的四個國家之一，另外三個國家分別是蘇丹、阿富汗和伊拉克。

國務院民主、人權與勞工助理國務卿高洪株會見了數位美國人權團體的領導人，解釋五角大廈和柯林頓總統是如何認為人權問題應成為西方發動轟炸行動背後的動機。他表示，希望人權團體支持這次任務，並承諾如果他們同意支持，國務卿歐布萊特可以在不久的將來親自會見他們。國際特赦組織、人權觀察（Human Rights Watch）和其他組織隨後給予了相當多的支持，並透過他們的報導間接支持轟炸行動並使其正當化，就像八年前針對伊拉克的行動一樣[110]。

一大票的分析師譴責西方「選擇性的人道主義關切」，並利

用指控科索沃的阿爾巴尼亞少數民族遭虐待做為軍事行動的理由，只因為南斯拉夫似乎挑戰到了西方霸權就被針對，而與西方結盟國家內的少數民族明明面臨更為絕望的處境，卻未見西方進行干預[111]。從持續進行中的斯里蘭卡內戰奪走了 10 萬條人命[112]，到被視為「二戰以來世界上死傷最慘重」的剛果內部衝突[113]，再到土耳其對庫德族村莊的種族清洗[114]，在許多人眼中，所謂的人道主義軍事干預只有在能夠促進西方地緣政治利益的情況下，才會被付諸行動[iii]。

以色列外交部長艾里爾·夏隆強調，西方攻擊所開創的先例很荒謬，而且永遠不可能始終如一地適用在各種情況；他特別指出，如果以色列加利利地區的阿拉伯少數像科索沃的科索沃解放軍下轄分裂主義者一樣宣布自治，北約不就需要攻擊以色列了嗎[115]？儘管這次美國攻擊的目標是一個社會主義國家，但美國國內的右派人士同樣指出，發動攻擊的藉口太過荒謬，如果將這個原則拿來平等適用，根本就無法阻止以色列因其國內的阿拉伯少數民族問題，或美國因其自身的少數民族問題，也遭受類似的攻擊[116]。事實上經過 1999 年的轟炸後，南斯拉夫公民就

[iii] 美國負責戰爭罪議題的無任所大使大衛·薛佛舉例強調：「雖然全世界的注意力都集中在上個月於科索沃拉卡克發生的四十五名平民遭屠殺事件，以及隨後發生在法國朗布依埃舉行的和平會談上，但獅子山發生的暴行在數量和程度上都嚴重許多。獅子山屠殺、肢解、虐待、強暴和毀壞平民財產的規模如此龐大，究竟影響層面有多深遠根本就不得而知。（Scheffer, David, 'Deterrence of War Crimes in the 21st Century,' paper delivered at the International Military Operations and Law Conference, Honolulu, Hawaii, February 23, 1999.）

經常爭論說,既然北約對波士尼亞、克羅埃西亞和科索沃的分裂都進行干預,那麼南斯拉夫也可以因為美國德州境內的墨西哥裔少數宣稱他們遭受比科索沃的阿爾巴尼亞人更嚴重的文化歧視和經濟劣勢,有逕行干預的需要,藉此表達他們的不滿。他們還主張,如果北約用來做為進攻藉口的理由可以一體適用,那麼就需要迫切採取海外軍事行動,讓德州成為一個獨立國家,將之轉變為墨裔美國人的避風港。雖然「解放」墨裔美國人的論點乍聽之下很可笑,但卻也凸顯了西方發動戰爭的藉口在許多觀察家眼中有多荒唐[117]。

北約在以人道主義為前提的軍事行動中,犯下多起嚴重的戰爭罪行,其中最引人注目的,就是對平民目標發動的大規模攻擊。貝爾格勒電視台總部一直是西方控制衝突相關敘事的眼中釘,因為他們大肆報導過與西方結盟的各方罪行。外界也早就料到一旦西方展開空襲行動,貝爾格勒電視台就將成為北約優先攻擊的目標。就在轟炸行動開始前不久,北約發言人傑米‧謝伊才以書面形式保證電視台大樓不會遭受攻擊,但這項保證在4月23日北約發動空襲且電視台大樓工作人員喪生後,變得毫無意義。許多正在工作中的電視台工作人員被埋在廢墟中長達數日,倖存者形容這個經歷「就像一場噩夢」[118]。空襲造成16人受傷、16人死亡。

北約沒有像襲擊其他平民目標那樣,否認這次襲擊是蓄意為之,而是以電視台「為政治宣傳戰貢獻良多[119]」為由,合理化轟炸電視台的行為。五角大廈合理化這次攻擊的說法是「塞爾維亞電視台[iv]和米洛塞維奇的軍隊一樣,都是米洛塞維奇殺人機器的一部分。[120]」在空襲發生幾分鐘後,美國駐南斯拉夫特使理

查・郝爾布魯克在海外媒體俱樂部（Overseas Press Club）的週年晚宴上發表演說，形容這次攻擊是「一個非常重要，而且我認為是正向的事態發展」──西方媒體和政治人物普遍都贊同這個觀點[121]。然而對這次襲擊的批評者，在多年後將此次事件拿來與2015年伊斯蘭激進分子在《查理週刊》（Charlie Hebdo）殺害法國新聞界人士的事件做比較，凸顯西方對法國新聞界人士被針對性屠殺的憤怒，與西方軍隊在南斯拉夫採取同樣行動卻獲得廣泛支持之間的雙重標準差異[122]。南斯拉夫外交部形容這次攻擊是「企圖挖出我們的眼睛、割掉我們的耳朵，讓外界從此只能獲得一種面向的資訊，接收出自謊言工廠的訊息。[123]」

西方合理化攻擊的說法，是根據以下的預設條件：如果一家媒體機構的政治言論遭到西方反對，那麼攻擊該媒體並殺害其工作人員就是合理作法。南斯拉夫人，尤其是塞爾維亞人，已經被捏造的暴行詆毀得體無完膚，以至於西方發動這種攻擊似乎也被外界廣泛接受。這次攻擊是西方犯下的幾起嚴重戰爭罪行之一[124]，但唯一被送審的被告是塞爾維亞廣播電視台（RTS）的總經理卓戈留布・米拉諾維奇，他的罪名是在北約下令撤離時，沒有即時撤離電視台大樓內的工作人員，遭到歐洲人

---

iv 在西方的報導中，南斯拉夫及其政府、媒體和軍隊一直被稱為「塞爾維亞人」，這對於傳遞將該國及其機構和軍隊描述為種族民族主義國家，並有能力實施種族清洗行為的形象，至關重要。雖然南斯拉夫這個國家剩下的塞爾維亞和蒙特內哥羅兩省，主要是由塞爾維亞人所組成，但政府和軍隊中的人種族裔卻高度多樣化，包括阿爾巴尼亞人、斯洛維尼亞人、克羅埃西亞人、羅姆人、匈牙利人和土耳其人，反映該國實際是由多元人種所組成。

權法院判處 10 年監禁[125]。米拉諾維奇事實上並沒有義務服從北約命令，但他身為唯一一位受到指控的被告這個事實，提供了重要的觀點，讓我們了解當時西方理解人權的本質。

對貝爾格勒電視台總部的空襲絕非單一事件，因為北約的攻擊專門針對塞爾維亞全境的電視訊號發射台，並切斷了科索沃和北部佛伊弗迪納省的電視訊號接收。還有一個狀況北約是對諾維薩市電視台設施的攻擊，中斷了該市共 40 萬居民的廣播訊號接收。如此看來，摧毀散播與西方相左政治言論的管道，似乎是發動攻擊的重要優先事項[126]。值得注意的是，北約還曾試圖利用轟炸威脅，逼迫南斯拉夫媒體傳播親西方的新聞內容。北約發言人大衛・威爾比空軍准將在 4 月 8 日就曾警告塞爾維亞國營的塞爾維亞廣播電視台，除非大幅改變節目安排和報導方向，在每天的黃金時段播放 6 小時的西方節目，否則就準備接受西方飛機的炮火襲擊。這個訊息很明確—誰不成為西方政治敘事的宣傳工具，北約的飛機就會對其使用致命武力[127]。為了證明南斯拉夫媒體純粹是在傳遞假消息或進行政治宣傳，西方媒體援引了南斯拉夫有所報導，但西方卻矢口否認的大量北約飛機遭擊落的說法[128]。然而在往後的數十年間，陸陸續續有資料顯示，儘管南斯拉夫的軍事力量被嚴重削弱，並且缺乏現代化硬體，但南斯拉夫的防空部隊當時確實擊落了 50 多架飛機，其中大部分是無人機，但也包括兩架美國號稱近乎無懈可擊的匿蹤戰鬥機。不過南斯拉夫聲稱他們的戰鬥機在空對空戰鬥中，擊落美國 F-15 戰鬥機的說法卻從未獲得證實。儘管有許多資訊後來都獲得證實，但南斯拉夫媒體報導的內容還是不被接納，因為他們對戰爭的描述與西方利益相違背[129]。

第五章 南斯拉夫內戰 | 219

光是在 4 月 23 日，也就是電視總部遭襲當天，北約飛機就攻擊了至少三座訊號發射台，以及包括橋樑和發電廠在內的重要民用基礎設施。《紐約時報》承認，「發電廠電力主要供平民使用，橋樑的主要使用者也是平民老百姓」，但這些攻擊仍被執行[130]。事實上，即使是對南斯拉夫政府及其媒體機構持強烈批評態度的記者，也稱北約「已經分不清楚軍事目標和平民目標[131]。」除了被北約炸彈直接擊中的危險，平民還遭受西方空襲造成連帶影響的嚴重危害，包括糧食和燃料短缺、無法獲得藥品、供水及污水和衛生系統遭到破壞，以及醫療保健和醫院運作癱瘓。

北約在以人道主義為藉口的軍事攻擊中，犯下嚴重戰爭罪行的另一個例子是在平民區廣泛使用集束彈藥散布延時爆裂物。最著名的事件是荷蘭皇家空軍於 5 月 7 日至 12 日，襲擊了塞爾維亞城市尼什的一座擁擠市集、一家醫院、一所大學和幾家商店。被攻擊的地點遠離任何軍事目標，居民形容北約對市場的攻擊是「用炸彈亂炸一通[132]」。北約否認對這次攻擊知情，隨後還聲稱這是一場意外，但這次事件並非單一事件[133]。西方軍隊使用集束彈藥的結果，就是大量未爆彈散落在塞爾維亞農村，一直到 2020 年代，都還對當地居民的生活造成威脅——就算戰後政府已經努力清彈，結果還是一樣[134]。2009 年，在北約空襲行動落幕的十年後，挪威的獨立調查估計，塞爾維亞仍有 16 萬人面臨集束彈藥的威脅，許多地區因集束彈藥的使用而成為無限期禁止進入的區域。由於貝爾格勒人民在對集束彈藥使用上的親身慘痛經歷，貝爾格勒成為呼籲全球禁用集束彈藥的世界領袖[135]。美國國務院南斯拉夫問題辦公室副主任喬治‧肯尼本人也承認，北

約對南斯拉夫目標使用集束彈藥的本質是：「在人口高度密集的城市地區投擲集束炸彈不會造成意外死亡。這是有目的的恐怖轟炸。[136]」

西方的戰爭罪行顯然也不僅限於南斯拉夫標的，5月7日，美國毫無徵兆地對中國駐貝爾格勒大使館發動了精準打擊，摧毀其武官辦公室，造成27人傷亡。一架價值20億美元、做為美國軍火庫中最新加入生力軍之一的B-2「幽靈」轟炸機，從美國本土的基地發動此次襲擊；B-2轟炸機使用的是精準度無人能及的高度精確聯合直接攻擊彈藥（JDAM）衛星導引炸彈。儘管美國中情局、美國國務院和英國外交部都聲稱這次攻擊是意外事件，但這個說法就算在西方世界也普遍不被採信。專家和官員們普遍認為，使館沒有被明確標識或北約使用的是過時地圖的說法，非常不可信。正如《國家利益》（National Interests）就指出：「很難想像龐大的美國軍事和情報機構，會把有中國傳統青瓦屋頂的大使館，誤認為軍事後勤中心。[137]」中國政府稱美國對這事件的解釋「毫無說服力[138]」。義大利維辰札北約聯合空中作戰中心一名美國上校的發言，在接近年底時被西方媒體廣泛引用，承認了這次事件是蓄意打擊。他說：「我們的鎖定非常精準……把兩枚JDAM對準武官辦公室，準確地炸毀了目標摧毀的房間……這樣他們（中國人）就不能再以該處進行無線電訊號發送的二次傳播地點，這會讓那個混蛋（塞爾維亞準軍事部隊指揮官）阿爾坎很頭痛。[139]」據報導，這次襲擊的其他動機還包括：向南斯拉夫領導人發出強烈訊號，也就是國際社會，包括做為世界主要非西方大國的中國，都無法在西方的攻擊下拯救南斯拉夫；中國情報部門當時可能正在利用大使館，監視北約巡弋飛彈在戰鬥情況下的

打擊模式,以便擬定反制措施[140]。

《衛報》就這次攻擊指出:「非美國人的工作人員都起了疑心。5月8日,他們打開紀錄北約目標的電腦,檢查是否有中國大使館的衛星座標。座標紀錄就在電腦裡,而且是正確的。當全世界都被告知中情局是使用過時的地圖,但北約官員卻看到了中情局正中設定目標的證據。[141]」正如美國國家圖像測繪局(NIMA,現美國國家地理空間情報局)所指,五角大廈所謂「錯誤地圖」的說法是「該死的謊言[142]」。《觀察家報》援引包括多名現役軍官(從北約上校到情報官員和一名將軍)在內的一系列消息來源,指出中國大使館是遭到蓄意攻擊。一位情報官員告訴該報:「如果那座建築是錯誤標的,為什麼他們(美國)又會使用地球上最精準的武器,擊中那座『錯誤建築』的右端?[143]」中情局長喬治．泰內特後來證實了這次任務的特殊性質,他說,這次任務的執行不但自外於北約,而且也是唯一一次沒有經由軍方,而是由中情局全權組織和指揮的空襲行動[144]。

在大眾共識轉向更堅定支持該次攻擊是蓄意為之的說法以後,西方媒體又試圖合理化這項戰爭罪行,聲稱由於中國大使館據稱被用來為指揮官阿爾坎進行訊號的二次傳播,而根據西方論述,阿爾坎又正在實施種族滅絕,因此該次攻擊有其正當性[145]。又一次地,只要西方媒體、政治領導人和非政府組織能夠透過捏造暴行充分將對手妖魔化,那麼包括轟炸使館在內的任何舉措,都可以利用聲稱這是防止西方對手犯下惡行的人道主義工作的一部分,獲得合理化。

北約空襲行動的其他面向也值得注意,其中包括在彈藥中使用了高達15噸的劇毒貧鈾,在往後數十年間為當地平民帶來嚴

重的健康問題[146]。另一項值得關注的戰爭罪行，是總統米洛塞維奇的住宅也被挑出來當成攻擊目標，目的似乎是試圖奪走他的生命，或者用來恐嚇其他領導階層使其屈服[147]。西方在同一個星期轟炸的另一個著名目標，是貝爾格勒一棟23層的高樓建築，該棟建築也是塞爾維亞社會黨和南斯拉夫左翼聯盟的總部所在地。做為北約所謂摧毀南斯拉夫「國家資產」任務的一部分，多家民用工廠也遭到轟炸，目標從汽車廠、煙草公司到煉油廠都有，看起來是打算摧毀該國經濟的關鍵部門。合理化這些攻擊的藉口，同樣也是指控南斯拉夫正在實施種族滅絕。西方國家聲稱，這些攻擊是出於無私利他的精神，都是出於對可能被南斯拉夫政府消滅的少數民族的人道主義關懷[148]。

《芝加哥論壇報》（Chicago Tribune）以西方媒體中相當少見的方式，報導了這場空襲行動，描述西方轟炸行動的目標清單是一場「針對所有塞爾維亞人的戰爭」，其目標是摧毀「塞爾維亞的主要經濟支柱」：

> 北約擴大目標清單，加上那些被摧毀後會對平民造成最大傷害的設施……鐵道路線被切斷、工業廠房被夷為平地、橋樑被拆除。旁觀者常常發現自己被事後歸類為「附帶損害」。旅行很危險，上班幾乎不可能……很難去合理化這樣一項政策，因為它主要的成就—也可能是主要目的——就是讓那些對在科索沃發生情況毫無控制能力的人們的生活變得悲慘、恐懼和危險……為實現政治目標而虐待或殺害無辜者通常被視為恐怖主義。但在北約看來，蓄意和毫無必要地給塞爾維亞人民造成痛苦，同時創造可能導致疾病和死亡的狀況，卻是一種完全具有正當性的戰略[149]。

澳洲獲獎記者約翰‧皮爾傑在撰寫關於西方空襲行動的文章中提到，平民「在擁擠的客運列車和公共汽車上，在工廠、電視台、圖書館、老人院、學校和18家醫院中被炸死，許多人被英國皇家空軍投下的數千枚『下落不明』的集束炸彈炸成碎片。」他說，西方列強根據西方媒體廣泛又不加批判的報導捏造的暴行並實施屠殺的程度，「讓宣傳者有必要道歉；因為正如北約的策劃者在轟炸後的研討會上不厭其煩地說，如果沒有記者們的『加入』，他們永遠不可能成功。[150]」

與八年前的伊拉克軍隊形成鮮明對比的，是南斯拉夫地面部隊的能力並未因北約的空襲行動而受到嚴重削弱[151]。南斯拉夫部隊能夠有效利用掩護和創新誘敵方法的能力，讓北約在儘管擁有龐大監視能力，並大肆使用集束炸彈和精準導引武器的情況下，依舊難以定位和瞄準南斯拉夫部隊[152]。這導致西方國家愈來愈重視工廠和媒體機構等非軍事戰略目標。柯林頓政府的前國家安全委員會資深助理查爾斯‧凱普臣聲稱，北約「感到愈來愈沮喪，他們想加大力度，攻擊在貝爾格勒更有利可圖的目標。」凱普臣認為，作戰中遭遇的困難，將降低依照原定計畫派遣西方地面部隊的可能性[153]。雖然地面入侵這個選項被排除在外，但北約還是透過向貝爾格勒人民施加巨大成本迫使其屈服；而更進一步的戰略轟炸威脅，則是北約唯一可以打出的一張王牌。然而貝爾格勒政府在進一步攻擊的威脅下就同意屈服，被一些歷史學家和學者後來批評是上了北約的當[154]。

北約軍事委員會主席德國將軍克勞斯‧瑙曼在談到北約保證會讓南斯拉夫為它們繼續蔑視西方要求付出代價時說，南斯拉夫在經濟上已經倒退了十年，如果空襲繼續下去，倒退的幅度可

能會變成半個世紀。他警告,米洛塞維奇總統在西方聯軍徹底整頓完南斯拉夫後,他「最後可能變成一片廢墟的統治者[155]」。正如《芝加哥論壇報》指出:「簡而言之,北約計畫將一個擁有 1000 萬人口的國家,變成一大堆毫無價值的廢墟。[156]」《紐約時報》專欄作家湯馬斯・佛里曼表示,對貝爾格勒的空襲行動向南斯拉夫人民傳達了以下訊息:「無論塞爾維亞情不情願,西方現在就是在對塞爾維亞人開戰,利害關係必須非常清楚。塞爾維亞只要多蹂躪科索沃一個星期,西方的破壞行動就會讓塞爾維亞倒退十年。想回到 1950 年?西方可以把塞爾維亞打回 1950 年。想回到 1398 年?西方也能把塞爾維亞打回 1398 年。[157]」這也反映了越戰時期提出過的「把他們炸回石器時代」的提議,韓戰時期也曾實施過這樣的轟炸行動,但由於蘇聯或中國可能干預的威脅,美國一直不敢對河內全面實施上述轟炸行動。然而,貝爾格勒並沒有中國或蘇聯提供的保護,來遏制西方野心。除了西方本身的公眾輿論外,沒有任何東西可以阻止西方的攻擊行動升級,並讓西方發動的攻擊行動,可以在冷戰後的新世界無限期地持續下去——一切都是拿人道主義當藉口。

《華盛頓郵報》發表了一篇以「北約的最新目標:南斯拉夫的經濟」為標題的文章,用在西方出版品中相當罕見的方式,詳細介紹了轟炸造成的一些影響,還引用資料顯示,僅第一個月的攻擊就造成了超過 1,000 億美元的物質損失。報告指出,這些攻擊:

> 使南斯拉夫倒退了十年甚至二十年⋯⋯摧毀的目標從該國位於潘切沃和諾維薩最大的兩座煉油廠,到位於克拉古耶瓦茨的扎斯塔瓦武器公司工廠,該工廠生產 Yugo 汽車並雇

用大約 1 萬 5,000 名工人。轟炸行動讓橫跨多瑙河的所有橋樑中，只剩一座沒有被炸斷……其他目標包括化工廠、製藥廠、捲煙廠、製鞋廠和輕型飛機製造廠，以及電視訊號發射台、火車站和機場[158]。

《華盛頓郵報》以克魯舍瓦茨市為例指出：

今天，克魯舍瓦茨的狀態令人遺憾。由於最大的工廠被北約炸彈摧毀，失業率不斷攀升，經濟重建的前景似乎十分黯淡。4 月 12 日，北約戰機攻擊了該鎮邊緣的一家供熱廠，把它炸成一堆悶燒的瓦礫和扭曲變形的金屬。北約戰機接著攻擊了該區最大的工廠——生產推土機、挖土機和其他重型機械的 10 月 14 日工廠，不過並未全毀。在三天後的第二波攻擊中，該工廠被摧毀殆盡。工廠副總經理納博伊薩·托斯科維奇在帶領記者參觀廢墟時說：「這曾是巴爾幹地區最大的重型機械廠。沒有這家工廠的機械，塞爾維亞將無法重建被北約摧毀的所有橋樑和其他一切。[159]」

《華盛頓郵報》援引為 5 萬人供暖的燃煤供熱廠廠長拉多斯拉夫·薩維奇的話，報導這次攻擊：「沒有人可以理解我們的工廠為何會遭到攻擊。我們不是軍事目標。工廠內連 1 公克的石油都沒有。唯一的目的就是要讓我們的人民受苦。[160]」

南斯拉夫投降——但沒有發現亂葬崗的跡象

　　正如多項西方對南斯拉夫戰爭研究的結論，南斯拉夫領導人「顯然認為北約既有意圖，也有行動自由，可以在必要時摧毀南斯拉夫的所有基礎設施」這一信念導致南斯拉夫最終投降以避免對平民造成無法承受的苦難。正是對基礎設施的「攻擊和進一步攻擊的威脅」使塞爾維亞人民承受了「每日空襲警報所造成的累積壓力」後，「產生了有意終止戰爭的決定性壓力。」因此「當北約說服米洛舍維奇接受其終止戰爭條件時」，向貝爾格勒轉達這就是對抗西方利益的代價，「為北約帶來巨大裨益。[161]」事實上，有些人聲稱，「在衝突一開始就對貝爾格勒的基礎設施目標進行更猛烈的轟炸」可以讓西方更快取得勝利[162]。顯然南斯拉夫的軍隊並沒有被打敗，但對平民目標和經濟的攻擊卻讓南斯拉夫感到恐懼，不得不低頭。

　　南斯拉夫領導階層隨後被送往荷蘭的北約領土受審，其中有幾人在出庭前不久離奇身亡[163]。米洛塞維奇本人也抱怨在被關押於海牙期間，曾被剝奪治療心臟病的藥物或治療，拘留他的人還採取其他「主動、故意的措施，來妨害我的健康」，他後來在2006年3月死於心臟病發[164]。南斯拉夫軍隊從科索沃撤出，實力大為削弱的南斯拉夫於2003年正式走入歷史[165]。科索沃本身成為北約部隊在該地區內外的行動中心，美軍邦德斯蒂爾營軍事基地是北約在東歐最大的設施。儘管聯合國承認科索沃是塞爾維亞的一部分，但科索沃的分離獲得西方國家承認，並獲得愈來愈多非西方世界的承認，成為一個事實上的獨立國家，且與西方利益高度一致。雖然科索沃沒有聯合國的會員國身分，因此無法正

式加入北約[166]，但斯洛維尼亞、克羅埃西亞和蒙特內哥羅分別於2004年、2009年和2017年加入北約。波士尼亞與赫塞哥維納加入了「成員國行動計畫」（Membership Action Plan），並被視為「有機會加入」北約的國家——只有塞爾維亞沒有加入西方軍事陣營[167]。

在轟炸行動結束、對科索沃種族滅絕指控的調查開始之後，西方的說法在大量證據面前開始分崩離析。美國國務院於1999年4月首次公布一些數字，聲稱有500,000名科索沃阿爾巴尼亞人失蹤——顯然是因為「新納粹」的南斯拉夫人「被消失」，恐怕也是種族滅絕的受害者[168]。一旦北約開始展開轟炸行動，這些被誇大數字的目的就已經完成，所以最終被下修為20萬人，然後是10萬人，再來到8,000人[169]。然而，後來卻發現並沒有發生過屠殺，國際調查員發現的1,400具屍體，都是在北約轟炸行動開始後喪命的受害者，而且死亡時間是在聲稱對數萬或數十萬人進行種族滅絕屠殺的很久以後[170]。

美國科學促進會的戰爭罪專家派翠克・波爾聲稱，南斯拉夫軍隊非常有效地隱藏了受害者的屍體，「不會留下任何屍體做為證據」，根據這樣的假設推算出死亡人數為9,000人加減3,000人。並不是實際去統計屍體的數字，而是根據塞爾維亞人隱藏受害者屍體假設所做出來的估算[171]。英國外交事務國務大臣杰夫・胡恩隨後提到了南斯拉夫軍隊「在一百多場（各自獨立的）大屠殺中[172]」種族清洗了約1萬人的說法，美國官員認為這一數字「保守至極」[173]。統計數字的來源是總部設於科索沃的捍衛人權與自由理事會，該理事會的許多工作人員都是科索沃解放軍成員；雖然消息來源極度片面，但由於其主張符合西方利益，因此並引發

任何疑慮[174]。《新政治家》（New Statesman）雜誌是少數強調這些說法「完全沒有證據」的西方媒體之一——藉由強調人數是如何從數十萬人迅速下降到數萬人，凸顯這些說法是多麼不可靠[175]。

雖然「種族滅絕」一詞被用來當成北約發動軍事行動的藉口，但鑑識小組的實地調查結果顯示，西方說法與現實情況相去甚遠[176]。被派往科索沃的西班牙小組負責人就憤怒地抱怨，他和他的同事成了「鬼打牆的戰爭政治宣傳機器的一部分，因為我們沒有發現任何一個——一個也沒有—亂葬崗。[177]」後來，聯合國法庭於2001年9月裁定南斯拉夫沒有在科索沃實施種族滅絕—這一判決受到西方嚴厲批評，並因為與西方說法相悖，而被認為極具爭議性。考量到西方對聯合國訴訟程序，尤其是在冷戰後的年代，理應存在巨大且幾乎不受質疑的影響，出現這樣的判決結果特別值得留意；而之所以能夠做出這一判決，完全是因為已經出現的大量證據與西方關於種族滅絕的指控互相矛盾[v]。一直忠實支持戰爭的《衛報》，在九年後2008年發表的一篇文章中承認：「科索沃的『種族滅絕』完全是捏造的：但它幫助布萊爾和柯林頓帶起了『人道主義』干預的風向，掩蓋北約軍事干

---

[v] 這些調查結果是在英國官員聲稱北約部隊「每小時⋯⋯都發現塞爾維亞士兵和警察在科索沃對阿爾巴尼亞平民實施野蠻戰爭暴行—大規模屠殺、強暴和虐待—的證據」之後所得出。這也不是這種情況最後一次出現（詳見第六章），英國官員宣稱地面部隊已經發現大規模暴行的證據，但後來卻被證明從未發生過此類暴行，宣稱有證據存在，也完全是子虛烏有的說法。（Milligan, Susan and Leonard, Mary, 'Crisis in Kosovo; Serb Atrocity Evidence Mounting,' *Boston Globe*, June 21, 1999.）

預的真正利益考量和戰略理由。[178]」

《法國世界外交論衡月刊》在二十年後的 2019 年指出:「為了合理化自己的武力動用,西方勢力譴責塞爾維亞立場頑固、誇大當地局勢的嚴重性,稱他們實施『種族滅絕』並發布假新聞,並被大量媒體轉載。[179]」事實上,光在 1999 年 6 月到 8 月的三個月當中,《紐約時報》就刊登了 80 篇文章,幾乎每天一篇,內容都提到科索沃的亂葬崗[180]。然而,正如國際調查的結果顯示,確實發生過的大規模屠殺是科索沃解放軍所為而非南斯拉夫政府所為。《華爾街日報》在 1999 年 12 月進行調查後指出,「一些調查人員以為會出現巨大的刑場……但實際情況卻是零星的殺戮,且(大多)發生在分裂主義科索沃解放軍活躍的地區。」報告結論是,「北約強化了關於塞爾維亞人『殺戮刑場』的指控」,主要是為了轉移人們對北約犯下的殺戮行為的注意力——呼應「疲憊不堪的記者團轉移注意力到完全相反的報導方向:北約炸彈炸死平民。」在談到被大肆渲染的「亂葬崗執著」時,《華爾街日報》強調,這種暴行的政治宣傳主要來自科索沃解放軍,正是應該對大多數屠殺事件負責的組織,而且事實上並沒有發生過種族滅絕[181]。西方媒體很少承認這一點,只有《華爾街日報》承認了這一點。

敵對行動落幕後,前南斯拉夫問題國際刑事法庭於 10 月證實揭密了另一項非常重要的訊息,也就是被西方指控為種族滅絕行為施行核心地點的特雷普察鉛鋅礦場,並沒有發現任何屍體、遺骸甚至牙齒。這與北約和美國官員以及西方媒體一再聲稱,該處隱藏了超過 1,000 具種族滅絕受害者屍體的情況互相矛盾。指控中還說,其中許多受害者屍體是被放置在鹽酸桶中,而且礦井

是「大規模傾倒被處死屍體」和「奧斯威辛式焚化爐」的所在地[182]。《每日鏡報》預測，礦場受害者的名字也將「永遠與貝爾森、奧斯威辛和特雷布林卡的受害者放在同樣的位置[183]」，西方媒體機構普遍以類似的基調看待這些受害者。正如麥克・帕蘭提在談及調查情況，以及西方論述中認為肯定存在但事實上卻未見蹤影的亂葬崗時說：「塞爾維亞人是如何在不被發現的情況下讓這些亂葬崗消失？這一點一直沒有被解釋。亂葬崗被挖掘出來的證據在哪裡？根據推測應該埋滿屍體的新地點又在哪裡？為什麼這些亂葬崗這麼難被發現？沒有人提出過這類質疑。[184]」西方敘事雖然後來被徹底推翻，但卻非常成功；在針對南斯拉夫的行動展開超過十年之後，西方在1999年完全達成了對該國殘餘版圖所欲達成的目標，正是有效的暴行捏造導致的直接成果。

第六章

伊拉克戰爭

以九一一事件做為戰爭藉口：
創造巴格達與蓋達組織（Al Qaeda）之間的聯繫

　　2001 年 9 月 20 日，在世貿中心和五角大廈遭到九一一恐怖攻擊的九天後，小布希政府宣布美國進入戰爭狀態。美國政府官員迅速宣布蓋達組織是九一一事件的主謀，並於 10 月 7 日對與該恐怖組織有長期聯繫的阿富汗發起戰爭，將九一一攻擊事件視為對其他敵對國家進行軍事干預的機會。而在這些敵對國家中，首要目標就是小布希總統在 2002 年國情咨文中所謂的「邪惡軸心」三國——伊拉克、伊朗和北韓。其中因為國內的阿拉伯人和遜尼派穆斯林人口，最容易被和九一一事件輕易連結在一起的伊拉克，同時也是三國之中看起來最好欺負的軍事目標；據報導，伊拉克甚至在美軍第一批軍隊進入阿富汗以前，就已經是華盛頓名單上的首要目標[i]。

　　9 月 12 日，當美國國家安全會議（NSC）開會擬定應對

九一一事件的對策時，國防部長唐納‧倫斯斐首先提出了攻擊伊拉克的可能性。國務卿柯林‧鮑爾雖然不反對採取軍事行動，但強調當務之急是「美國人民希望我們對蓋達組織採取行動」──而蓋達組織的主要根據地就在阿富汗[1]。曾擔任小布希政府反恐負責人並主持國安會會議的理查‧克拉克，在發現討論重點變成伊拉克的時候，感到相當震驚。他回憶：「當我了解到倫斯斐和（國防部副部長）保羅‧伍夫維茲正試圖利用這場國家慘劇推動他們自己的目標，那種劇痛的感覺實在是太真實了。[2]」當倫斯斐疾呼：「阿富汗沒什麼攻擊的目標，但伊拉克有很多值得攻擊的目標」，克拉克憤怒回應，表示只要想攻擊，到處都可以是目標，「但伊拉克與此事（九一一攻擊）沒有關係。[3]」小布希總統隨後把克拉克拉進房間，問他：「確認是不是海珊幹的？是否與他有任何關聯？[4]」據報導，克拉克再次明確表示伊拉克與九一一攻擊無關，但小布希依舊堅持己見。克拉克在重新檢視相關資料後，諮詢了情報專家，並提交給總統一份報告，說明沒有證據顯示巴格達與九一一攻擊事件有關。克拉克後來指出：「報告被退回，意思就是『這個答案不對』。[5]」

《華盛頓郵報》援引高級政府官員的發言表示，9 月 17 日的最高機密檔案概述了針對阿富汗的軍事行動計畫，同時指示五

---

[i] 除了所謂的邪惡軸心國，前北約歐洲盟軍最高司令韋斯利‧克拉克引用美國國防部長辦公室 2001 年的一份備忘錄作證，表示華盛頓曾計畫「在五年內攻擊並摧毀七個國家的政府」，這七個國家從伊拉克開始，隨後的目標是「敘利亞、黎巴嫩、利比亞、索馬利亞、蘇丹和伊朗。」（Greenwald, Glen, 'Wes Clark and the neocon dream,' *Salon*, November 26, 2011.）

角大廈計畫入侵伊拉克[6]。前眾議院議長紐特・金瑞契是五角大廈國防政策委員會內頗具影響力的新保守主義眾議員，在9月19日至20日的會議上，就九一一攻擊事件發表聲明：「如果我們不趁這次機會，在取代塔利班之後取代海珊，那就是在為災難埋下伏筆。[7]」值得注意的是，五角大廈授權前中情局局長詹姆斯・伍爾西，也是委員會內的新保守主義成員，乘坐政府專機飛往倫敦，尋找薩達姆・海珊與九一一攻擊事件有關連的證據[8]。

據報導，小布希總統在9月17日告訴他的顧問：「我相信伊拉克參與其中」——他至少一次以上在其他場合表達過這種傾向[9]。由於沒有出現相關的情報，至今仍舊無法判斷小布希會如此斬釘截鐵，究竟是基於美國在伊拉克問題上的主流後設敘事所產生的直覺想法，還是打算以九一一事件做為藉口而發動戰爭的早期跡象。到了9月21日，中情局已經告知小布希，蓋達組織與巴格達之間不存在任何關聯，但小布希繼續向情報機構施壓，希望找到兩者間的聯繫[10]。隨著國防部長倫斯斐在隔年成立特別計畫辦公室（OSP），對情報分析人員施加更大壓力，要求他們篩選能夠支持巴格達與蓋達組織關聯，以及伊拉克發展大規模殺傷性武器（WMD）的原始數據。正如五角大廈的一位顧問承認：「特別計畫辦公室的目標……是揭露情報圈沒看到的東西」——提供符合華盛頓目的，但不一定反映真實情況[11]。

自1998年美國國會參議院以壓倒性多數通過《伊拉克解放法》（Iraq Liberation Act）以來，伊拉克在九一一事件爆發前的三年內，一直被明確列在華盛頓的目標清單上。該法案規定，華盛頓應致力於「將薩達姆・海珊為首的伊拉克政權趕下台，並推動建立一個民主政府取而代之。」隨後，美國更加公開地向親

西方的伊拉克反對派團體提財務援助，並金援該國的廣播電台和電視台，以宣傳有利於美國的政治敘事。華盛頓內部的共識已經與 1991 年的觀點大相逕庭，原本的想法是認為讓復興黨政府掌權比較符合美國利益，而 1998 年的新法案以及柯林頓政府在法案通過後發起的大規模空襲，則標誌著美國對伊拉克長期行動方針的轉捩點。

從 2001 年起，推翻伊拉克政府的動機不斷增強。身為國安會主要人物之一的財政部長保羅・歐尼爾回憶，在小布希政府 2001 年 1 月 30 日的第一次國安會會議上，總統小布希的國家安全顧問蘇珊・萊斯提出了議程主題：「伊拉克如何破壞了區域穩定。」奧尼爾後來觀察到：「十天後，會議內容都圍繞著伊拉克。[12]」這樣做的部分原因，是擔心聯合國對巴格達的制裁機制很快就會過期，而且隨著石油價格居高不下，許多國家都願意與伊拉克做生意，伊拉克有可能從 1990 年代的危機中迅速復原，並重新崛起，削弱西方在中東的霸權地位。事實上，即使在實施制裁的情況下，伊拉克在 1997 年——柯林頓政府發動大規模進攻的幾個月前——就已經開始出現經濟復甦的跡象。國務卿柯林・鮑爾在當月的參議院國務卿人選確認聽證會上向參議院承諾，新政府將重新啟動聯合國對伊拉克的制裁，儘管這一舉措被視為維護美國利益的關鍵，但華盛頓想要單方面做成這項制裁的能力相當有限[13]。包括國防部長倫斯斐、副部長保羅・伍夫維茲、副國務卿理察・阿米塔吉和貿易代表勞勃・佐利克在內的小布希政府要員，在一份聯合聲明中指出，必須摒棄單純想要圍堵伊拉克的政策，因為美國「不能再依賴波斯灣戰爭聯盟中的夥伴繼續維持制裁。[14]」

倫斯斐、伍夫維茲、阿米塔吉和佐利克都是日益重要的新保守主義學派追隨者，該學派對小布希政府產生重大影響，並呼籲美國要在世界事務中扮演「帝國的角色[15]」，建立「仁慈的全球霸權[16]」。1998年1月26日，18位重要的新保守主義人士寫了一封公開信給總統比爾·柯林頓，敦促他努力「將薩達姆·海珊政權趕下台。[17]」這18人當中的10人在小布希的新政府中任職[18]。據說新保守派「關注中東和全球伊斯蘭，視其為美國國家利益的關鍵。[19]」他們由此形成的外交政策觀點，毫無疑問地對美國的霸權地位產生極為不利的影響，因為對美國實力最強大的挑戰者，如中國和北韓，都不屬於伊斯蘭世界，而在小布希時代，這些挑戰者在很大程度上就因此遭到忽視。

由於聯合國制裁期限已至，攻擊伊拉克不僅僅是時間點敏感的問題，在軍事上，伊拉克也是美國最脆弱的對手之一，原因包括大部分伊拉克軍隊在1991年已被摧毀，此後實施的武器禁運又阻止了伊拉克軍隊的重新武裝和現代化。與此同時，巴格達在1990年代的大部分時間裡，都在配合聯合國具有高度干預性的視察工作，讓美國及其盟國得以確保伊拉克被剝奪彈道飛彈和化學武器，而這些武器原本可以用來威懾或報復西方未來對其展開的攻擊。對比之下，北韓的國防部門在軸心三國中規模最大也最先進，並向伊朗擴散了包括中程彈道飛彈在內的許多技術。而與軸心中的其他兩國相比，伊拉克人口同質性較低，國內過去曾表現出叛亂傾向的什葉派和庫德族少數人口眾多；如果巴格達政府倒台，什葉派和庫德族少數也有可能可以在西方結束嚴厲制裁後獲得更多利益，這也讓伊拉克成為更具吸引力的攻擊目標。

為了合理化全面入侵伊拉克的決定，華盛頓利用之前對伊拉

克的負面描繪，特別是對總統海珊的負面描繪，聲稱如果允許伊拉克政府繼續存在，其政權的存在本身就是對世界的威脅。對該國的負面描繪，已經在美國和西方意識中留下了深刻的烙印，並形成一種後設敘事，將巴格達描繪成幾乎無所不作的邪惡勢力。《時代》雜誌和CNN在2001年9月13日進行的民意調查發現，78%的美國人懷疑薩達姆‧海珊本人涉入九一一攻擊事件[20]。9月21日到22日進行的一份蓋洛普民調顯示，超過68%的美國受訪者支持將薩達姆‧海珊趕下台[21]。美國政府尚未在任何聲明中將伊拉克與恐怖組織聯繫在一起，但這種看法在很大程度上是波斯灣戰爭的政治宣傳工作所遺留下來的印象，並已經在輿論中占據了主導地位。事實上，2001年2月在九一一攻擊事件發生前進行的蓋洛普民調就已經顯示，85%的美國人對伊拉克抱持「不支持」的看法——伊拉克是該份調查提及的26個國家當中，好感度最低的國家[22]。

　　1991年4月的一份蓋洛普民調顯示，57%的美國人認為與伊拉克的敵對行動結束得太早——華盛頓當年不入侵伊拉克，並允許復興黨政府繼續執政的決定，被認為具有爭議[23]。1992年8月中旬，幾乎三分之二的受訪者支持展開新的軍事行動，以武力推翻伊拉克政府[24]。九一一事件發生後，2001年12月中旬的民意調查顯示，61%的美國人認為必須讓薩達姆‧海珊下台，反恐戰爭才能成功——儘管這時候的美國政府也還尚未向大眾表明，巴格達與蓋達組織或恐怖攻擊之間存在任何關聯[25]。小布希政府的想法雖然與現有情報嚴重矛盾，但卻密切反映在過去13年的政治宣傳中，被形塑出來的主流大眾共識——雖然其中絕大部分是完全被捏造出來的指控。小布希政府官員後來發出聲明的

作用,就是提醒大眾薩達姆‧海珊當初就曾被視為「另一個希特勒」[26]和「一個狂人」[27],想要喚醒大眾對波斯灣戰爭時期用語的記憶。

為了進一步推動採取軍事行動的必要性,支持發動戰爭的論點,圍繞著兩個在波斯灣戰爭時期的論述中,算不上相當重要部分的「伊拉克威脅」的新面向展開。這兩個面向分別是關於伊拉克與蓋達組織之間關係的指控,以及該國發展大規模毀滅性武器的指控。前者讓發動戰爭的理由可以受益於九一一事件後的狂熱,和大眾要求對恐怖攻擊發動者進行嚴厲報復的呼聲,同時也讓伊拉克據稱構成的危險,顯得更加迫在眉睫。儘管研發大規模毀滅性武器稱不上是什麼暴行,也不違反國際準則,因為其他一些國家已經或正在做同樣的事情,但伊拉克復興黨政府被描繪得如此殘暴,以至於他們擁有這類武器就被認為是令人完全無法接受的情況。因此,捏造出來的大規模毀滅性武器研發計畫之所以變得重要,主要還是因為這些說法是建立在捏造暴行故事(如1990年伊拉克人屠殺保溫箱中的嬰兒)基礎上的後設敘事,而其他國家武器計畫所引起的大眾反應就溫和多了。

2002年2月,頗具影響力的美國新保守派智庫新美國世紀計畫(Project for a New American Century)主席威廉‧克里斯托,在參議院外交委員會作證並被問及反恐戰爭的下一步時,他說:「簡單的回答就是下一個目標是伊拉克。[28]」關於伊拉克可能與蓋達組織有關係的第一次重要暗示,出現在2001年12月9日,副總統迪克‧錢尼在NBC的《與媒體見面》(Meet the Press)節目中說,蓋達組織策劃人穆罕默德‧阿塔與伊拉克特務在布拉格會面的說法「已經完全獲得證實。[29]」國務卿倫斯斐隨後

在 2002 年 8 月暗示，伊拉克可能窩藏蓋達組織的恐怖分子[30]，並在次月聲稱可以證明這種關係的證據「無懈可擊。[31]」政府官員提出愈來愈多巴格達與恐怖組織之間存在聯繫的可能性。錢尼在 9 月 9 日聲稱，九一一事件後美國的情報報告揭露「多年來的數次接觸」，指向伊拉克與九一一攻擊有關[32]。

儘管沒有直接說出口，但總統小布希本人從 2002 年 9 月起，就開始在暗示伊拉克可能與蓋達組織有所關連。正如《耶魯國際研究評論》一篇關於薩達姆・海珊形象的論文強調，小布希「單純將海珊和蓋達組織抹上同樣的恐怖色彩，以暗示兩者之間的關係。這種含沙射影的指控，有效地讓小布希政府得以在不必真正將一切宣之於口的情況下，還是能夠宣稱薩達姆・海珊和蓋達組織合作，且海珊涉及九一一事件。[33]」從 2002 年 9 月 12 日在聯合國大會上發言，到 2003 年 5 月結束入侵伊拉克的行動，小布希總統共發表過 13 次談話，其中有 12 次在同一個段落中同時提到伊拉克和恐怖主義，有 10 次在同一句話中將兩者並列[34]。

其他政府官員同樣以沒有明說的方式，暗示巴格達與蓋達組織之間的聯繫。小布希總統的國家安全顧問康朵麗莎・萊斯在回應《紐約時報》聲稱伊拉克與恐怖組織有聯繫的報導（後來被證明完全是錯誤訊息[ii]）時說：「我認為沒有人會對薩達姆・海珊從事各種破壞和平穩定的活動感到驚訝。[35]」創造這種聯繫的印象，在很大程度上取決於美國和西方是如何形塑關於伊拉克「是一個什麼樣的國家」的看法——讓大眾自己去想像官員們不會直白陳述的情況。

伊拉克與蓋達組織之間可能存關聯的說法，日漸成為華盛頓發動戰爭依據的核心，而伊拉克據稱正在研發的大規模毀滅性武

器，並可能會讓大規模毀滅性武器擴散到恐怖組織手中的說法，則使這種聯繫變得更為嚴重。副總統錢尼 2002 年 3 月在談到伊拉克的大規模毀滅性武器，及其與恐怖組織的關係時宣稱：「美國不會允許恐怖勢力獲得種族滅絕的工具。[36]」總統小布希 6 月在西點軍校發表演說時解釋：「當擁有大規模毀滅性武器又無人制衡的獨裁者，可以輸出這些武器或飛彈，或將其祕密提供給恐怖主義盟友時，光靠圍堵是不可能有效的。[37]」僅憑大規模毀滅性武器的說法，可能不足以動搖美國大眾的立場，因為對大眾來說，與恐怖組織有關聯的說法更重要。民意調查顯示，82% 的美國人表示，無論是否在伊拉克發現大規模毀滅性武器，他們都支持美國發動戰爭[38]；64% 的美國人表示，「無論聯合國調查人員是否找出大規模毀滅性武器存在的證據，都不能再讓薩達姆·海珊於伊拉克掌權。[39]」事實上從 2002 年 1 月到 2003 年 5 月，小布希總統在談話中提到伊拉克與恐怖組織有關聯的次數，是提到大規模毀滅性武器次數的五倍以上（平均每次談話提到 12.2 次對上 2.3 次）。雖然後者在國際上，特別是在英國的影響力更大，但前者對九一一事件後的美國大眾具有更強大的影響力[40]。

塑造伊拉克與蓋達組織的關係有多重要，可以從認為蓋達

[ii] 值得注意的是，《紐約時報》引用居住在西方的伊拉克流亡人士說法做為消息來源的做法，代表了在伊拉克之後很長一段時間裡，一部分在西方捏造暴行工作中發揮核心作用的一股新興趨勢—對於嚴重依賴西方或盟國支持和庇護的異議人士的利用。這些來到西方勢力範圍的異議人士為了在一個陌生的國度謀生，或者受到在母國政府被推翻、親西方政權上台後可以獲得權力的許諾誘惑，會依據哪些說法對大眾輿論最具影響力，講述各種故事來詆毀自己的母國。

組織是美國最大威脅的民調受訪者,比認為伊拉克本身就是美國最大威脅的受訪者,更傾向於支持美國入侵伊拉克這一事實看出來[41]。可是即使伊拉克擁有大規模毀滅性武器,並成為世界上第七個擁有核武的非西方國家,它也沒有理由突然使用這些武器攻擊美國,就像伊拉克在波斯灣戰爭最激烈的時候,也沒有動用化學或生化武器一樣。儘管伊拉克本身並不構成威脅,但「巴格達－蓋達組織」軸心的形象為敵人增添了不可預測、無法嚇阻的因素,並有效地將伊拉克的大規模毀滅性武器塑造成未來九一一式攻擊的加乘力量。這就是美國向外界傳達對巴格達採取行動,有其迫在眉睫必要性的關鍵所在。

2002年6月,美國和英國啟動初步軍事行動,為入侵伊拉克鋪路。自1991年以來,一直負責監控伊拉克禁飛區的美國與英國戰機被重新部署,在當時仍屬機密的「南方焦點行動」（Operation Southern Focus）框架下,無端發動攻擊性出擊。英國國防部三年後公布的資料顯示,儘管美國聲稱重新發動空襲是對伊拉克不斷挑釁行為的回應,但實際上在行動開始前,伊拉克可被視為挑釁行為的行動,一直在減少[42]。包括曾在2003年指揮入侵伊拉克行動的美國陸軍上將、中央司令部司令湯米・法蘭克斯在內的多位官方人士後來都承認,南方焦點行動原本說是為了應付伊拉克反抗禁飛區的藉口,實際上是為了摧毀伊拉克的防空體系,為入侵伊拉克鋪路[43]。捍衛伊拉克境內的弱勢少數,也被用來做為升級空襲行動的理由,不過後來英國白廳官員也承認這只是藉口,削弱伊拉克的防空和通訊系統,才是該行動真正的目的[44]。這些攻擊行動持續了九個月,在行動開始的三個月後,一次由100架飛機組成的大規模空襲,確保了伊拉克不會察覺有

特種部隊和其他資產經由鄰國約旦進入伊拉克的領土。

2002年7月,小布希政府成立了白宮伊拉克小組,負責制定媒體戰略來推動戰爭。白宮伊拉克小組的宣傳重點是:伊拉克將向恐怖組織提供化學、生物或核子武器,而唯一可靠的防禦手段,就是在伊拉克政府武裝所謂的恐怖分子幫兇之前,強行讓伊拉克政府解散。即使政府官員許多關於伊拉克與蓋達組織,或大規模毀滅性武器之間有關的說法聽起來都很不可靠,各大媒體也幾乎從未提出質疑;反而還會幫忙宣揚政府的說詞。比如知名記者鮑勃・伍德華在CNN上被問到,如果美國發動戰爭卻沒有找到大規模毀滅性武器會有什麼後果時,他回答:「我認為發生這種情況的可能性為零。因為那裡因為那裡(伊拉克)有太多證據了。[45]」許多媒體後來為其不加批判的片面報導道歉,但都是在戰爭結束,且傷害也已經造成之後才道歉——在此之前,這些媒體繼續以薄弱的類似藉口,支持未來繼續發動類似毫無緣由的軍事攻擊行動。

2002年9月7日,小布希總統與英國首相東尼・布萊爾共同向媒體發表談話,聲稱聯合國國際原子能總署(IAEA)的一份新報告指出,伊拉克的核子武器庫即將形成。他說:「國際原子能總署的報告表示,他們(伊拉克)離研發出核子武器還有六個月的時間。這就是鐵錚錚的證據了。[46]」這是小布希政府最明目張膽捏造指控的案例之一,而國際原子能總署顯然也從未發布過任何,即使是以最豐富的想像力去解釋,都不可能得出這樣結論的報告。曾獲獎的前《華爾街日報》兼《哈潑》雜誌社長約翰・麥克阿瑟,將小布希的說法描述為「近乎完全捏造」,而且「是毫無依據的先發制人戰爭理由」;他強調,「因為是出於公關目

的,所以就算不存在這份國際原子能總署的報告,可以說是無關緊要,因為新聞圈幾乎沒有人會去核實總統的說法是否為真。[47]」值得注意的是,《華盛頓郵報》的凱倫・迪楊引述國際原子能總署發言人的話表示:「該機構並沒有發布新報告」,但她並沒有拿著這項資訊向白宮對質,而除了她本人做出的 20 秒記者會摘要之外,《華盛頓郵報》之後的所有相關報導也都沒有提及此事[48]。右翼傾向的《華盛頓時報》(Washington Times)是唯一討論這個問題的媒體,他們指出,IAEA 並無任何新報告,且該機構從未發布過關於伊拉克核武計畫時程的評估。《華盛頓時報》還援引了聯合國調查小組發言人馬克・格沃茲德基關於伊拉克核能工業實際狀況,以及伊拉克發展核子武器可能性的報告,格沃茲德基說:「結論是我們已經解除了他們的核子武器計畫。我們沒收了他們的核分裂材料,我們摧毀了他們所有的關鍵建築和設備。[49]」

除了《華盛頓時報》,美國和西方媒體,尤其是《紐約時報》,不僅沒有質疑小布希總統的說法,反而在確保大眾對小布希說法產生共鳴這一點,扮演了重要角色。套用約翰・麥克阿瑟的形容,《紐約時報》將小布希總統看似完全捏造的說法誇大為「類似核子世界末日的預言」,同時一再引用「匿名的政府消息來源」來證實愈來愈荒謬的說詞[50]。

2002 年 9 月 11 日,小布希總統在紐約市埃利斯島上紀念九一一攻擊事件的全國性演說中,正式提出對伊拉克發動戰爭的計畫。小布希選擇在這個場合發表演說,主要是為了更進一步鞏固大眾心目中對於蓋達組織的威脅,與攻打伊拉克的必要性之間的聯繫——現在他已經將這項聯繫宣之於口。小布希聲稱,伊拉

克訓練蓋達組織製造炸彈和其他關鍵技能、為其領導人提供醫療服務,並與該恐怖組織維持「高層級的接觸」。據了解,巴格達建立這種夥伴關係的目的,是「讓伊拉克政權在不留下任何痕跡的情況下攻擊美國。」他進一步指控:「證據顯示,伊拉克正在重建其核武計畫,」強調採取軍事行動以防止出現一個可能擁有核子武器伊拉克的重要性——據稱這樣的可能性有可能在一年內實現。小布希提出的駭人說法是,巴格達獲得核武後可能直接導致蓋達組織對美國發動核武攻擊——而這些攻擊看起來都不會和伊拉克有關。

隔天的 9 月 12 日,小布希總統在聯合國大會上發表演說,演說重點聚焦在描繪伊拉克迫在眉睫的威脅,與 1990 年美國代表團的做法雷同。他透過對巴格達涉嫌違反人道主義行為的生動描述,激起各界情緒。他向全世界宣稱:「妻子當著丈夫的面遭到虐待,孩子當著父母的面被虐待。[51]」隨後美國利用聯合國這個論壇提出指控,尤其是關於伊拉克在發展核子武器的指控——也就是知名國際專家們堅決駁斥的這些指控。聯合國武器調查員漢斯・布利克斯在安理會會議前告訴記者:「我們沒有發現任何證據。[52]」國際原子能總署總幹事穆罕默德・巴拉迪博士在 1 月底報告:「迄今為止,我們沒有發現任何伊拉克恢復核武計畫的證據。[53]」巴拉迪隨後於 3 月 7 日告訴聯合國安理會,指控顯示伊拉克試圖從尼日爾購買鈾原料的檔案是偽造的,這些檔案被認為是由推動這項指控的英國或美國所提供[54]。

在回答有關伊拉克發展大規模毀滅性武器的問題時,白宮發言人阿里・佛萊斯徹回應:「我們確實知道那裡有武器。[55]」2003 年 1 月 23 日,國防部副部長伍夫維茲在外交關係協會

（CFR）智庫表示：「伊拉克的大規模恐怖武器和與伊拉克政權有聯繫的恐怖網路，並不是兩個互不相關的主題——也不是各自獨立的威脅。是同一個威脅的一部分。[56]」國家安全顧問康朵麗莎・萊斯當天在《紐約時報》發表標題為「為什麼我們知道伊拉克在說謊」的社論特稿，稱伊拉克向聯合國披露的武器資訊是「一份 1 萬 2,200 頁的謊言。[57]」

為了削弱華盛頓的開戰理由並證明自己的清白，巴格達於 9 月底通知聯合國秘書長科菲・安南，他們將「無條件」允許聯合國武器調查人員重返伊拉克檢驗[58]。這是重大的讓步，反映了局勢的嚴重性，因為美國和英國情報部門以前曾滲透進聯合國的調查小組，不僅以此進行間諜活動，還試圖藉此在伊拉克策劃政變、暗殺薩達姆・海珊，但都沒有成功[59]。聯合國調查員在向聯合國本部遞交調查結果和大量繳獲的伊拉克政府檔案之前，先將這些資料交給了華盛頓當局，凸顯調查制度在公正性上具有爭議，並招致多個聯合國部門的強烈批評[60]。伊拉克之前不願意接受調查，就被西方描述為神經兮兮或是心虛、有所隱瞞，但後來就被揭露出美國和英國利用調查行動做為間諜工作的掩護。然而，巴格達允許聯合國重返調查似乎是正確的選擇。正如堅持匿名的美國政府消息人士在 2002 年指出，小布希政府「不希望聯合國武器調查人員再次進入伊拉克，因為他們實際展示伊拉克擁有具有威脅性非法武器的可能性，可能比美國希望外界相信的程度還要低很多。」消息人士的結論是：「為了推進在伊拉克的戰爭目標，這個政府什麼謊都敢說。[61]」華盛頓的軍事行動時程表，顯然凌駕於聯合國安理會制定的伊拉克視察時程與計畫，從而有效終結了聯合國再次進入伊拉克調查的可能性[62]。

2003年2月5日,聯合國再次被當成宣揚戰爭的舞台。國務卿鮑爾在安理會上發言,鼓吹以美國為首的入侵行動。鮑爾與小布希政府中的所有要員都是強硬派,他曾在1990年代表示有可能發動類似「沙漠風暴行動」的軍事行動,以阻止北韓發展核子武器[63]。他之所以脫穎而出,是因為他的支持率和可信度都很高,讓他成為發表此類演說的理想人選。據傳鮑爾堅持要讓中情局局長喬治・泰內特在發表演說時坐在他的正後方,以便創造一種他所說的一切,都已經得到情報界全力支持的印象[64]。他的演說結果被證明非常成功,鮑爾在安理會發表談話後,認為巴格達與蓋達組織有關聯的美國人增加了30%[65]。

2005年,美國政治學會(American Political Science Association)發表了普林斯頓大學學者所做的評估報告,結論是:

> 因為小布希政府成功地將伊拉克戰爭的衝突描述為反恐戰爭的延續,而反恐戰爭又是對2001年9月11日世貿中心和五角大廈攻擊事件所做的回應,所以2003年的伊拉克戰爭獲得了大眾的高度支持。我們對小布希演說的分析顯示,小布希政府始終將伊拉克與九一一事件聯繫在一起。《紐約時報》關於小布希總統演說的報導中,對於小布希將伊拉克衝突說成反恐戰爭一部分的說法,幾乎沒有提出任何質疑。收集自多個消息來源的民調資料顯示,將伊拉克和九一一連結在一起,對大眾態度產生巨大影響……2002年,恐怖主義框架對於一個飽受九一一事件創傷的國家來說,既好用又可信也容易理解,讓這個框架具有強大的威力和說服力[66]。

學者們強調,儘管「小布希總統從未公開將九一一事件歸咎

於薩達姆・海珊或伊拉克，但透過不斷綑綁伊拉克與恐怖主義和蓋達組織，他提供了讓這種關聯得以被建立起來的背景……在正式演說中所用的語言和表達方式，幾乎是迫使聽眾推斷出聯繫確實存在。」他們進一步闡述了這種話術技巧及其成功之處：

> 小布希政府將伊拉克與「恐怖」、「賓拉登」和「蓋達組織」這幾個詞彙放在一起。此外，幾乎沒有菁英站出來反對這種言論，美國大眾只能獲得片面資訊……伊拉克和九一一事件之間的聯繫，使後者成為美國人民在思考伊拉克戰爭時，腦中最先出現的考慮因素，從而增加了他們對戰爭的支持[67]。

小布希總統最直接的暗示蓋達組織可能裝備伊拉克給予的大規模毀滅性武器，是在 2003 年 1 月的國情咨文，他喚起了人們對九一一攻擊事件的痛苦記憶，並強烈暗示伊拉克牽涉其中。他說：「想像一下，那 19 名劫機犯如果擁有其他武器和其他計畫──只不過這次是由薩達姆・海珊提供。只需要有一個小瓶子、一個罐子、一個箱子溜進這個國家，帶來我們過去從來沒有見過的恐怖的一天。[iii]」想像一下「那些劫機犯……」與「有可能成為劫機犯或將來可能變成劫機犯的人……」之間的細微差異十分關鍵，但大多數閱聽大眾不會注意到。五十天後在美國入侵伊拉克前夕，大多數美國人都相信薩達姆・海珊總統參與了[iv]九一一攻擊事件[68]。

真相還是捏造？

隨著愈來愈多的機密檔案被公開、愈來愈多官員提供新的證詞，外界發現小布希政府在伊拉克戰爭爆發前不僅誤導了大眾，而且用來合理化入侵行為的指控完全是虛假不實，與所獲得的情報嚴重矛盾。中情局 2002 年一份長達 93 頁的《國家情報評估》（NIE）在 2015 年[v] 被解密，檔案中就顯示關於蓋達組織與巴格達之間關係的說法，並沒有獲得任何既有情報的支持。《國家情報評估》的結論是，伊拉克與恐怖組織之間沒有任何行動上的關聯；這讓小布希政府官員想出一套新的說法。例如，國防部長倫斯斐曾表示：「我們確實掌握了確鑿證據，證明蓋達組織成員曾出現在伊拉克，包括部分成員曾在巴格達活動。我們獲得了極具可信度的情報，顯示高層之間的接觸可以追溯回十年前，而且可能涉及化學和生物藥劑的培訓。[70]」總統小布希則曾多次宣稱[71]，包括當美軍占領巴格達後，他說：「我們已經清除掉蓋達組織的一個盟友。[72]」中情局內部的檔案卻顯示，

[ii] 戰爭開始後，這些極具誤導性的描述仍在繼續傳播。例如美國副總統錢尼在 2003 年 9 月表示，伊拉克戰爭的成功「對恐怖份子的核心基地造成重大打擊，可以這麼說，這就是地理上這些恐怖份子多年來一直對我們發動攻擊，尤其是在九一一攻擊行動，的根據地。」（Interview with Vice President Richard Cheney, *Meet the Press*, September 14, 2003.）

[iv] 一直到巴格達被占領五個月後的 2003 年 9 月，小布希才承認：「沒錯，我們沒有證據可以證明薩達姆‧海珊與九一一事件有關。」（Milbank, Dana, 'Bush Disavows Hussein-Sept. 11 Link,' *Washington Post*, September 18, 2003.）

[v] 前一個版本的《國家情報評估》在 2004 年被公開，但由於內容被嚴重刪減，幾乎沒有提供任何有用的資訊。

這些都是完全不實的說法。

唯一宣稱伊拉克協助訓練蓋達組織使用生化武器的說法，來自當時被拘留的聖戰士伊本・艾沙伊克・艾利比。艾利比是利比亞人，在阿富汗負責經營一座訓練營。他後來撤回自己的說法，宣稱自己只是在遭受刑求的情況下，告訴他的刑求者他們想聽到的內容[73]。艾利比這個情況就是曾多次參加外交和情報委員會的前眾議員李・漢密爾頓所描述的案例：「你獲得的是被政策所影響的情報，而不是被情報影響的政策。[74]」前伊拉克武器調查員、伊拉克調查小組負責人大衛・凱在 2006 年的一次採訪中，也強調類似的觀點。他說情報的評估是為了推導出政策結論，但現有的資訊根本不支持這樣的結論[75]。蘭德公司 2014 年關於伊拉克戰爭的報告同樣強調，當時的許多情報報告都存在缺陷且不可靠，因為它們「受到決策者慾望的影響。[76]」像透過刑求獲得艾利比的證詞，就是這樣的情況[vi]。

國家安全顧問蘇珊・萊斯於 2001 年 9 月 18 日收到一份備

[vi] 李・漢密爾頓指出：「這不是小布希獨有的問題。我認識的每一位總統，我曾經歷過七任還八任總統，他們都有這樣的問題。他們全都或多或少地想要利用情報來支持自己的政治目標。資訊就是力量，利用資訊達到自己想要結果的誘惑，幾乎讓人無法抗拒。整個情報界都很清楚知道總統想要什麼，大多數人之所以可以坐上現在的位子，尤其是那些上層人士，也都是因為總統，所以他們會竭盡全力支持總統的政策。」漢密爾頓曾獲得中情局和國防情報局（DIA）頒發的獎項。他最後總結：「我一直對情報抱持懷疑態度。情報絕對不是純潔無瑕。」（Peterson, Scott, 'In war, some facts less factual,' *Christian Science Monitor*, September 6, 2002.）

忘錄，其中概述了關於蓋達組織與伊拉克之間可能存在關聯的情報，結論是幾乎沒有證據表明兩者之間存在任何關係[77]。然而，小布希政府對伊拉克威脅的論述仍然圍繞著巴格達與恐怖組織合作這個說法。副總統錢尼經常提到關於九一一事件策劃人穆罕默德．阿塔曾與一名伊拉克情報官員會面的說法，就是用來指控巴格達與恐怖組織之間有所聯繫的關鍵。但在這些說法開始流傳之前，中情局和聯邦調查局就已經在報告中做出結論，表示從未發生過這類的會面[78]。

中情局 2002 年的《國家情報評估》特別強調，「我們所掌握有關伊拉克核武人員的情報，並未顯示出該國正在有組織地重啟核武計畫」，而且也沒有伊拉克正在研發化學或生化武器的確切跡象。因此當小布希總統在 2002 年聲稱伊拉克「擁有並在製造化學武器和生化武器」，以及「有證據顯示伊拉克正在重建其核子武器計畫」時，這些指控與小布希政府實際獲得的資訊截然相反[79]。美國參議院情報專責委員會最終得出結論，小布希政府關於伊拉克大規模毀滅性武器計畫的說法，「沒有獲得足夠提供證據的情報報告支持。[80]」

2002 年 8 月，當副總統錢尼說：「簡單來說，薩達姆．海珊現在毫無疑問地擁有大規模毀滅性武器[81]」，根本沒有任何可以稱得上經過證實的證據，可以支持這番言論。事實上，美軍上將安東尼．濟尼曾接觸過同樣的情報，他後來回憶錢尼的談話時表示：「我完全被嚇到。不敢相信副總統會這麼說，你知道嗎？在與中情局合作處理伊拉克大規模毀滅性武器問題的過程中、在蘭利（中情局總部）聽過的所有簡報中，我從未見到任何可信的證據，表明伊拉克有正在進行中的武器計畫。[82]」

小布希總統在 10 月聲稱伊拉克擁有「大量儲備」的生化武器[83]，可是中情局局長喬治・泰內特強調，中情局已經告知決策者「並沒有關於巴格達掌握生化武器藥劑或儲備的類型或數量的具體資訊。[84]」12 月 31 日，為了合理化政府將政策重點放在伊拉克而非北韓（多份報告顯示北韓已經擁有核子武器），總統小布希宣告：「我們不知道他（薩達姆・海珊）是否擁有核子武器。[85]」這是最難被證實的評論之一，可是它確實有助於將伊拉克描繪成比北韓更迫在眉睫的威脅。中情局局長泰內特後來作證：「我們當時的評估是，薩達姆並未擁有核武器，且可能至少要到 2007 年至 2009 年之間才有能力製造核武。[86]」事實上，如果伊拉克真的存在任何一點有可能擁有大規模的化學或生化武器軍火庫的機率，更不用提更難被生產出來的核子武器，那麼入侵行動很有可能就不會是以這樣的方式展開。

　　關於伊拉克有意採購被認為可以做為他們正在研發核子武器證據的鋁管這個情況，美國能源部的結論[vii]是，鋁管尺寸「與火箭發動機的應用吻合」，而火箭發動機是那些鋁管「更有可能的

[vii] 美國武器調查員大衛・歐布萊特在接受 CBS 採訪時同樣強調，「了解氣體離心機的人士幾乎一致認為，這些鋁管並非專門供氣體離心機（用於鈾濃縮）使用」一政府是在「選擇性地挑選資訊，以證明伊拉克的核武威脅比實際情況更加迫在眉睫，而且最重要的用途，就是嚇唬世人。」國際原子能總署負責人穆罕默德・巴拉迪同樣強調，「大範圍的實地調查和檔案分析都沒有發現任何證據顯示，伊拉克打算將這些 81 公厘鋁管用於火箭逆向工程以外的任何研發項目。」（MacArthur, John R., *Second Front: Censorship and Propaganda in the 1991 Gulf War*, London, University of California Press, 2004 (p. xxvii, xxx).）

最終用途」。美國國務院情報與研究局也表示，鋁管的用途並非用於核子武器的研發[87]。不過國家安全顧問康朵麗莎・萊斯隨後還是表示，這些鋁管「實際上只適合用於核子武器計畫、離心機計畫等用途」——她也以此為依據，主張採取軍事行動，理由是「我們不該忽視這些證據，以免最終釀成無法挽回的局面。[88]」這在當時引起了爭議，包括科學與國際安全研究所在內的眾多機構，於2002年指控小布希政府對其分析人員施加壓力，以獲得可以透過某種特定方法解釋的證據—也就是支持政府關於伊拉克大規模毀滅性武器和蓋達組織有關說法的證據。科學與國際安全研究所強調，伊拉克核子武器計畫的證據，根本少得可憐[89]。

儘管國務卿柯林・鮑爾在十三年後聲稱，他在聯合國的演說是「情報工作的重大失誤[90]」，但既有證據堅定地顯示，他知道情報機構的說法，卻故意唱反調並蓄意捏造謊言，為發動戰爭找藉口[viii]。他的故意言論或作為，包括關於伊拉克鋁管設計的謊言、篡改聯合國關於伊拉克配合裁軍要求的證據以證明伊拉克藏匿武器，以及對於伊拉克VX神經性毒劑計畫謠言的不解釋，再加上其他不實說法[91]。而在記錄在案的幾十條赤裸裸的謊言中，鮑爾在引用截獲的伊拉克軍官對話內容時，竟然還添加了原對話中沒有的句子，讓人以為他們在討論隱藏大規模毀滅性武器的證據。

[viii] 針對鮑爾的一再捏造，位居高位的外交官約翰・布雷迪・基斯林用辭職以示抗議，他在寫給國務卿的一封信中抨擊鮑爾「系統性地扭曲情報、系統性地操弄美國輿論」，以及「武斷地將恐怖主義和伊拉克這兩個毫不相干的問題聯繫在一起」的做法。（'Letter of resignation by John Brady Kiesling,' February 27, 2003.）

那些後來被做為定罪理由的對話內容，在原始對話記錄中根本就找不到[92]。

一個早期就可以看出小布希政府對伊拉克指控有多薄弱的指標，是在 2003 年 2 月，國務卿鮑爾向聯合國安理會通報，伊拉克北部的一家「製毒工廠」與蓋達組織有關係。鮑爾沒有提供任何證據，而當西方記者隨後造訪該工廠，也沒有發現任何符合鮑爾指控的情況。英國記者路克・哈汀報導：「到處都沒有看到化學武器的痕跡——只有做飯用的石蠟和植物性酥油的味道。[93]」對此，美國國務院一名官員對《紐約時報》做出了以下尷尬的回應：「『製毒工廠』是一種術語行話。[94]」這項指控標誌了一種日漸增長的趨勢，也就是美國及其歐洲夥伴幾乎可用將任何一種用途的建築物衛星影像，當成是曾經發生過某種敵對活動地點的證據。雖然現場確實有伊斯蘭教的戰士，但這是因為該地點位於伊拉克的庫德斯坦地區，而該區自 1991 年庫德分裂組織受到西方國家保護後，伊拉克政府就對該地區幾乎沒有任何掌控。所以就算那裡真的有一家製毒工廠，巴格達也不應該被要求對此負責[95]。

國務卿鮑爾隨後宣布伊拉克新型無人機帶來的威脅——該無人機被描繪成一種重大威脅，能夠向遙遠且大範圍的目標發動生化武器攻擊。四個月前的 10 月，小布希總統曾暗示伊拉克無人機可能被用來對美國發動攻擊——這意味著伊拉克要不是擁有世界上唯一的洲際射程無人機，就是在美洲已經擁有某種行動基地，而這兩種說法都非常荒唐。華盛頓的擔憂很快獲得了倫敦的回應。美國媒體廣泛報導伊拉克無人機飛越美國街頭，發射大規模毀滅性武器的可能性，並將伊拉克描繪成一個迫在眉睫的威脅。但外界很快就發現，所謂的伊拉克無人機不過是一種民用的

第六章 伊拉克戰爭

業餘型號，推進器還是木製的，搭載的發動機比割草機的發動機還要小，航程也不超過 5 英里 [96]。

所以伊拉克戰爭就是建立在這樣毫無根據的基礎之上。最樂觀的解釋，是政府知道這些說法非常不可靠，然而最糟糕的情況，就是政府其實清楚知道這些說法是徹頭徹尾的謊言。因此入侵行動就是所有捏造出來詆毀巴格達政府，並與九一一暴行聯繫在一起，將訊息錯誤描繪成充滿惡意且迫在眉睫的威脅[ix]，直接導致深遠影響的結果。

[ix] 對比政府為第一次和第二次伊拉克戰爭爭取支持的宣傳重點，前者主要側重於捏造針對科威特民眾的暴行，而後者則利用九一一事件後的群情激憤，側重於巴格達據稱因發展大規模毀滅性武器和與蓋達組織有聯繫所構成的迫在眉睫威脅。然而兩次的宣傳活動都沒有完全只著重在一個面向，因為將伊拉克描繪成威脅和將伊拉克描繪成人道主義違反者具有高度互補性。捏造出來的暴行故事，強化了發動 2003 年伊拉克戰爭的理由，例如，小布希總統聲稱「在薩達姆．海珊的命令下，反對人士遭到斬首、政治對手的妻子和母親被系統性地強暴殺雞儆猴、政治犯被迫眼睜睜地看著自己的孩子遭受虐待。」儘管伊拉克政府確實有廣泛虐待政治反對派的做法，但上述捏造指控所形容的手段，依舊與實際情況相去甚遠，甚至西方人權組織和美國國務院自己的人權報告，也沒有提供確切的說法。然而這些捏造出來的虐待行為只是宣傳活動中的次要焦點。同樣地，爭取支持 1991 年波斯灣戰爭宣傳活動的一個次要面向，也是聚焦在謊稱伊拉克在沙烏地阿拉伯邊境擁有龐大軍隊，對西方石油供應構成威脅，以及擴張主義伊拉克正在發展核子武器。（'Butchery in Baghdad,' *Chicago Tribune*, December 18, 2005.）

謊稱的伊拉克暴行

美國對伊拉克的指控，尤其是關於伊拉克發展大規模殺傷性武器的指控，因為英國方面提出的佐證而變得更加可信，而英國也是美國發動入侵行動的主要聯軍夥伴。2002年9月，英國政府根據聯合情報委員會的報告，發表了一份五十五頁的檔案，宣稱伊拉克正在研發核子武器。其中還包括巴格達為了研發核子武器從非洲獲取「大量鈾原料」的說法，不過大部分所謂證據的來源，都以為了匿名保護消息來源而沒有被呈報出來。根據英國首相東尼‧布萊爾的說法，這些發現讓倫敦和全世界都別無選擇，只能採取行動。

英國報導稱伊拉克擁有生化武器以及能夠運載這些武器的「海珊」（Al Hussein）衍生型飛毛腿彈道飛彈，這些報導被政治人物和主流媒體視為西方世界面臨迫在眉睫威脅的證據。例如，英國最受歡迎的日報《太陽報》聲稱「英國人離末日只有四十五分鐘的距離」，而《每日星報》（Daily Star）則報導「狂人薩達姆準備發動攻擊：離化學戰只隔了四十五分鐘距離」，《每日郵報》的標題是「離攻擊只有四十五分鐘距離。[97]」首相布萊爾再度用薩達姆‧海珊形象人格化伊拉克，提出類似暗示，表示如果不迅速採取行動，伊拉克不僅會擴大其軍火庫，而且還會「使用他所擁有的武器。[98]」

即使伊拉克真的擁有所謂的化學和生化武器，認為伊拉克會無緣無故使用這些武器也有點荒謬。即使根據檔案本身的描述，伊拉克號稱擁有的飛彈，射程也只有650公里，最遠只能擊中「賽普勒斯、北約成員國希臘和土耳其，以及伊拉克的所有鄰國。」

而英國在賽普勒斯設有一個軍事基地的這項事實,就被刻意用來解釋成因為該基地技術上來說屬於英國領土,所以伊拉克不僅可以攻擊英國,而且他們還有可能在沒有任何緣由的情況下,發動這樣的攻擊。伊拉克據稱擁有的 650 公里射程飛彈的攻擊能力,與西方國家和沙烏地阿拉伯[99]和以色列[100]等與西方結盟的國家,甚至與美國的其他對手相比,一點也不突出。例如,敘利亞和伊朗使用的北韓飛彈射程分別為 1,000 公里[101]和 1,500 公里[102],彈頭的生存能力和精密程度也遠高於伊拉克[103],而且前者很可能動用比伊拉克更多的化學武器。模糊特定武器的持有是為了震懾對手,以及特定武器的擁有者一旦有機會就會動用該武器之間,截然不同界線的做法[104],後來也同樣被戰爭支持者用於將北韓描繪成只要研發出能夠打到美國領土的核彈頭飛彈,就會對美國發動核武攻擊[105]。然而上述這兩種情況,伊拉克實際上都不符合。

麥克・勞利少將曾參與該份檔案的製作,他在 2011 年的伊拉克戰爭後續調查,也就是後來的「齊爾考特調查」中寫下:「該份檔案的目的完全是為了推動戰爭,而不是列出現有的情報;而為了充分利用稀少且尚無定論的情報,我們在措辭上十分謹慎。[106]」宣稱伊拉克飛彈可以在四十五分鐘內抵達英國領土的說法,不僅被發現具有誤導性,而且完全是不實指控,是唐寧街通訊總監阿拉斯泰爾・坎博違背情報機構意願插入的內容。國防部的英國武器專家大衛・凱利曾十次率領聯合國特別委員會代表團訪問伊拉克,他在接受記者採訪時強調這份檔案,尤其是「四十五分鐘」的說法具有誤導性。凱利隨後傳出自殺身亡,但自殺原因多年來一直被認為疑點重重[107]。

入侵行動始於 2003 年 3 月 10 日[x],而且是在沒有聯合國安

理會授權，也不是為了抵禦伊拉克先行發動攻擊的情況下展開，因此嚴重違反了《聯合國憲章》，是一個非法的侵略行為─是最高等級的國際罪行[108]。這是美國帶領的幾起違反國際法侵略罪行之一，之前的案例包括入侵格瑞那達[109]和巴拿馬[110]，以及針對南斯拉夫[111]和波斯灣戰爭後伊拉克[112]的非法空襲和禁飛區。

在入侵伊拉克之後，美國和盟國關於伊拉克發展大規模毀滅性武器的指控，被揭露完全屬於捏造。但事實證明，這些指控是對巴格達採取敵對政策的寶貴藉口，尤其用於將伊拉克領導人描繪成可能向蓋達組織提供大規模毀滅性武器的潛在供應者，並將其描繪成失去理智或精神失常，因此會很樂意在沒有受到任何

---

x 有關戰爭本身的報導也受到嚴格控制，不僅採用與第一次波斯灣戰爭類似的新聞庫制度，還對媒體進行威脅和驅逐。《新聞日報》的蕾塔．泰勒就曾因為報導她隨行的美軍陸戰隊員言論，而被威脅要予以驅逐。她列舉了士兵們經常提到的「核武仔」、「破布頭」和「駱駝騎師」─這些都是廣泛用於伊拉克人的別稱─她還問一名准下士怎樣叫做「破布頭」。准下士回答：「任何積極反對美利堅合眾國做法的人……如果有一個小孩積極反對我的生活方式，我也會叫他『破布頭』。她回憶：「由於這些言論顯示入侵者和被入侵者之間存在巨大的文化鴻溝，我很不情願地感到有義務報導這些言論。我的文章刊出後，黃金連指揮官邁爾．哈蒙德上尉威脅要把我趕出他的部隊，我認為此舉是為了試圖軟化我的報導方式。」在後續的行動中，美軍面臨愈來愈多反對，四名記者（以色列和葡萄牙各兩名）遭到粗暴對待，並被美軍以構成安全威脅為由驅逐出伊拉克。當天，美軍向一家已知住滿記者的酒店開槍，打死一名路透社記者和一名西班牙第五電視台（Telecino）記者。雖然軍方聲稱這是意外，但一些分析師根據時間和情境推測，並非意外。（MacArthur, John R., *Second Front: Censorship and Propaganda in the 1991 Gulf War*, London, University of California Press, 2004 (pp. xxxvi, xxxix)）

挑釁的情況下使用這類武器的人[113]。正如小布希總統最著名的傳記作者羅伯特‧斯旺斯布魯教授強調：「小布希政府呼籲對伊拉克發動預防戰爭——充滿了關於伊拉克大規模毀滅性武器、薩達姆‧海珊與蓋達組織的聯繫，以及伊拉克獨裁者在九一一攻擊美國事件中所扮演角色的暗示——形成了一股銳不可擋的力量，推動針對伊拉克的『選擇戰爭』。[114]」他指出，關於小布希政府走向戰爭的決定，「一旦總統做出這個決定，『團體迷思』（groupthink）就會把那些與總統偏好政策有爭議的警告、相左的資料和不太樂觀的假設，全都拋到一邊。[115]」

英國軍情六處負責人理查‧迪爾洛夫爵士也得出類似結論，他在 2005 年發布的《唐寧街備忘錄》就做出以下記錄：「軍事行動現在被認為無可避免。小布希以恐怖主義和大規模毀滅性武器為由，希望透過軍事行動剷除薩達姆。但情報和事實都根據這項政策做出修正。[116]」他回憶，政府中的許多人一直在「隨意操弄證據」，為他們希望頒布的政策找到藉口[117]。

美國官員的許多聲明被發現不僅具有誤導性，而且完全虛假不實。例如，副總統錢尼 2002 年 8 月 26 日在海外作戰退伍軍人協會（Veterans of Foreign Wars）發表談話時，明確宣布「我們現在知道」伊拉克已經重新開始取得核子武器的工作[118]。中情局沒有批准發表這份演說，因為內容遠超出情報部門所確定的事實[119]。另一個例子是在 2002 年 10 月 7 日的演說中，小布希總統說：「我們知道伊拉克和蓋達組織高層在過去一年當中有過接觸。」五天後，眾議院議長丹尼斯‧哈斯特爾特就這一說法總結：「伊拉克和蓋達組織之間有直接聯繫嗎？總統認為有。[120]」專家們認為，考慮到世俗復興黨與基本教義派恐怖組織之間的強

烈敵意，以及他們截然相反的背景和意識形態等因素，這種未經證實的說法非常可疑[121]。加圖研究所（CATO Institute）的報告指出：「做為一個因宗教信仰路線而分裂的國家世俗領導人，薩達姆代表了全球聖戰份子和伊斯蘭基本教義派所憎恨的一切。薩達姆之所以不敢與恐怖分子合作，是因為他害怕恐怖分子。[122]」柯林・鮑爾的參謀長賴瑞・威爾克森是眾多表示現有證據顯示，伊拉克和恐怖組織之間的目標「互不相容」，幾乎沒有合作餘地的人士之一[123]。薩達姆・海珊最親密的心腹之一、前外交部長和副總理塔里克・阿齊茲是天主教徒，因此海珊的伊拉克與伊斯蘭教團體的關係，一直是阿拉伯世界中最糟糕的，而且很早就廢除了伊斯蘭宗教法庭（Sharia court）。對於那些熟悉伊拉克的人來說，關於薩達姆與蓋達組織有關聯的指控聽起來很荒謬[124]。

對伊拉克發動戰爭的主要論點不是伊拉克正在實施暴行，而是迫切需要在恐怖份子利用伊拉克的大規模毀滅性武器實施暴行之前，先行發動預防戰爭——這一論點因強烈暗示巴格達與九一一大規模屠殺之間的聯繫，更獲重視。英國方面的論述則不太強調巴格達與蓋達組織之間可能存在的聯繫，而是強烈暗示大規模毀滅性武器的能力增強後，伊拉克不會只是將其做為威懾手段，而是可能在毫無徵兆的情況下用來攻擊西方。小布希總統的聲明或許是對這兩派說法的最好總結：「面對明確指向危險的證據，我們不能等待最後的證據——確切證據——最後可能以核彈蘑菇雲的方式出現。[125]」西方對手為伊拉克捏造出與伊拉克武器計畫有關的暴行根本還沒有真的發生，但入侵伊拉克已經被包裝成防止這種暴行的唯一手段。

Ｊ・Ｄ・馬多克斯是美國能源部派往伊拉克調查小組的情報

官——這個小組是美國領導在伊拉克當地尋找大規模毀滅性武器的小組——他回憶 2003 年 6 月被派往伊拉克的見聞，並對華盛頓的說法感到愈來愈失望：

> 我曾私下質疑過出兵伊拉克的動機，懷疑政府隨著時間改變合理化開戰的方式，但我還是選擇支持戰爭。2003 年 2 月 5 日，國務卿柯林・鮑爾在聯合國發表了惡名昭彰的演說——他認為薩達姆・海珊政權已經研發出大規模毀滅性武器，並構成了迫在眉睫的威脅——這緩解了我原本還抱持的任何一絲保留意見。他說：「我今天所說的每一句話都有可靠的消息來源支持。這些不是我個人的斷言。我們提供給你們的是事實，是基於可靠情報的結論。」我當時認為，沒有比他更值得信賴的發言人了⋯⋯
>
> 在調查小組工作了一小段時間後，我就已經不太相信我們能找出任何核子武器。在深夜的抱怨時間裡，我的情報官同事們破解了關於伊拉克政府已經獲得非洲鈾原料、已經研發出特殊離心機或裝載生化武器的拖車正行駛於伊拉克全國各地的說法。但沒有人在白天的工作時間說出任何意見。已經有人在華盛頓提出過這些質疑，卻彷若石沉大海⋯⋯伊拉克擁有大規模毀滅性武器不過是信口胡謅的騙局，是騙徒的仿冒品[126]。

馬多克斯強調，在他抵達時，相信可以找出大規模毀滅性武器的人只占少數，軍方在當地看到的情況與國內媒體和政府的說法之間，也存在巨大的落差。他回憶：「當我幾週後回到華盛頓時，我清楚意識到，沒有在伊拉克服役過的人對實際情況知之

甚少。一位朋友問我大規模毀滅性武器的搜尋工作進展如何。我嘲諷地回答他：『如你所見，我回來了，不是嗎？』我避免解釋此事的嚴重性。」關於與他一直合作的小組調查結果，他指出：「2003年10月，當伊拉克調查小組的臨時進展報告公布後，真相變得再也無法迴避。報告含蓄地承認，未能找到任何令人信服的證據，證明近期有大規模毀滅性武器活動的跡象。」此後，馬多克斯回憶：「我再也無法因我的美式自由意志——我們將自己視為有能力參與知情選擇公民的形象—挺起胸膛，因為在現實中，我們被蒙蔽而支持入侵伊拉克的行動。在我的童年和軍事訓練中，我一直被灌輸的思想，是美國會基於正義的理由進行戰爭，但在伊拉克出現的現實情況，卻是我們是被欺騙蠱惑。[127]」

美國政府資助的伊拉克國民大會（INC）是由反海珊政府的流亡者所組成，小布希政府主要依靠他們指控巴格達發展大規模毀滅性武器，以及巴格達與蓋達組織保持聯繫；他們認為入侵伊拉克是一次重大勝利。入侵後的調查證明他們的說法完全為捏造後，國會領導人艾哈邁德·沙拉比自豪地宣布：「我們是有錯的英雄……就我們的考量來看，我們完全成功了。暴君薩達姆已經走了，美國人占領了巴格達。以前說過的話已經不重要了。[128]」在協助小布希政府的過程中，這些流亡人士們不僅獲得了資金和在美國的生活，現在還有機會在伊拉克獲得權力和影響力[129]。他們的說法始終與可取得的情報互相牴觸，但政府官員卻選擇相信和引用這些流亡人士做為消息來源，因為他們與這些消息來源有著共同的目標。類似的流亡人士消息來源將繼續被引用並被放上檯面，深刻塑造西方對其他對手——尤其是北韓和中國——的論述（詳見第七章和第十章）。

除了聲稱伊拉克研發大規模毀滅性武器和與蓋達組織的聯繫，對西方安全構成迫在眉睫的威脅外，將入侵伊拉克描述為一種人道主義行動的次要論述，也在為戰爭提供藉口方面，發揮了重要作用。就像在 1990 年到 1991 年，科威特人民被捏造的暴行故事描繪成受害者一樣，在 2003 年入侵前的幾個月時間裡，新的恐怖故事將伊拉克本國人民描繪成西方發動戰爭所需要拯救的對象。伊拉克政府對待異議人士的方式，離所謂人道差了十萬八千里，1980 年代對庫德族村莊發動的大規模化學武器攻擊，或許就是最好的證明；美國就曾因此全力支持庫德族。伊拉克在 1980 年代後的做法，即各種形式的虐待，並不足以在海外引起足夠極端的反應，因為這些做法在阿拉伯世界幾乎一模一樣，在第三世界的大部分地區也極為普遍而且眾所皆知，就連當時的美國和英國本身也會對聖戰份子嫌疑人嚴刑拷打。事實上，美國自己手上也有幾名受害者在世界各地的「黑牢」中被凌虐致死，許多包括美國公民在內的人也會未經審判就被逮捕並遭無限期關押[130]。伊拉克的暴行因此必須被描繪得更不尋常，而且要表現得特別怪異。

　　最著名的暴行故事是「薩達姆的人肉絞肉機」。據西方媒體報導，這是一台塑膠製的碎肉機，伊拉克總統會將他敵人的雙腳朝下放入其中，做為一種特別殘忍的處決方式，報導中還以生動的細節描述處決過程。據西方媒體報導，受害者的遺體隨後會做成魚飼料。3 月 18 日，（倫敦）《泰晤士報》的標題寫下：「都有人被絞碎了，還敢說不支持戰爭。[131]」故事本身來自英國下議院的一次談話，而議員安·克魯伊德在下議院辯論伊拉克問題的當天，在《泰晤士報》上發表了一篇文章。3 月 20 日，澳大利

亞總理約翰‧霍華德向全國發表演說，解釋澳洲軍隊為什麼要支持美國領導的聯軍，他暗指「使用人體絞肉機做為工具處死薩達姆‧海珊的批評者」合理化了這場人道主義任務。他的結論是：「這就是我們要對付的人，我們要對付的恐怖國家機器。[132]」

《每日郵報》援引絞肉機的故事，抨擊那些拒絕支持戰爭的運動人士和宗教領袖，表示「屍體從腳到頭被絞碎……這就是教皇、坎特柏立大主教和英國聖公會教士們拒絕對抗的邪惡。」該報以「這場戰爭是正義與邪惡的對決」為題，聲稱那些抗議戰爭的人「無異於背信棄義」，因為他們捍衛的是「自史達林和希特勒以來，世人從未見過的怪物。」該報還補充，那些「反對自由民主制度」的人永遠不可能站在正確的一邊——這是一種絕對主義意識形態的論點[133]。英國大部分媒體光譜上的其他出版品也提出類似說法，《每日電訊報》斷言，和平運動人士反對入侵，實際上是在告訴伊拉克「啟動絞肉機」[134]。

這起所謂的伊拉克暴行，就像許多其他在局勢高度緊張時詆毀西方對手的事件一樣，被證明是毫無根據的捏造。正如《衛報》在 2004 年指出：「薩達姆其中一種行刑方式所帶來的驚駭，成為支持戰爭的強大號召—但證據顯示根本沒有這回事。[135]」。《太陽報》點出這項暴行故事為入侵行動提供支持所造成的影響：「當選民們得知薩達姆是如何將異議人士的雙腳放入工業絞碎機時，大眾輿論開始支持東尼‧布萊爾。」它在美國也產生了類似強烈的影響[136]。如果人體絞肉機的故事再更早一些發表出來，很可能會在戰爭敘事中發揮更大的作用，就像波斯灣戰爭中，科威特嬰兒被扔出保溫箱的故事一樣。正如前《華爾街日報》記者、《哈潑雜誌》社長約翰‧麥克阿瑟在談到兩場戰爭中，捏造暴行政治

第六章 伊拉克戰爭 | 263

宣傳手法的一致性時表示：「就是同樣這一批人在十多年前做出這樣的政治宣傳活動。為了達到目的，他們什麼故事都能捏造出來……[137]」

為了從愈來愈多關於伊拉克暴行的指控中獲益，並擴大軍事行動想要獲得的支持，小布希總統在 2003 年 2 月 23 日戰爭開始的前十五天起，明顯改變了自己的措辭。隨後發表的聲明核心資訊，不是大規模毀滅性武器或恐怖主義帶來的迫在眉睫威脅，而是透過將西方式的自由民主制度強加於伊拉克，推廣西方政治模型的需要[138]。這種意識形態論點承襲自西方世界對「文明使命」的古老信念—在最新的版本中，「文明使命」已經演變為「民主使命」——要將他們的意識形態、政治模式和生活方式散播到全世界。而伊拉克制度看似墮落的描繪，肯定了西方至上的思想，以及利用「文明使命」來建立一個受西方意識形態和政治價值觀影響的，更好的伊拉克的需要[xi]。

隨著入侵行動展開，外界愈來愈清楚地認知到，巴格達與蓋達組織不存在任何聯繫，也沒有所謂的大規模毀滅性武器—而且如國際調查人員在 1990 年代就已經證實，伊拉克甚至放棄了更早之前的化學和生物計畫，以換取制裁鬆綁。事實上，許多分析師指出，如果伊拉克真的擁有大規模毀滅性武器，而美國及其盟國又無法讓調查人員進入伊拉克確認這些武器已經不存在，入侵反而是更不合理的選項，因為這些武器可能會被用來報復西方國家和與西方結盟的目標。

美國和英國主導的 2003 年非法入侵，是以阻止伊拉克大規模毀滅性武器的研發做為藉口，但當這項說法被完全推翻以後，就需要用新一輪捏造出來的暴行，回過頭來合理化他們的入侵行

動。這項工程就得益於從 1990 年開始捏造、並在 2001 年後進一步擴大的後設敘事；在這個後設敘事當中，巴格達被塑造成幾乎無惡不作的國家。2003 年 11 月和 12 月，當戰爭因其不公正和以虛假理由發動而面臨愈來愈多批評時，英國首相東尼·布萊爾聲稱「在伊拉克亂葬崗中發現了 400,000 具屍體」—這些都是政府大屠殺下的受害者。透過這項指控，布萊爾試圖將入侵伊拉克說成是人道主義戰爭，來為自己辯解。這一說法被包括國會議員在內的知名人士廣泛引用，並被廣泛發表，甚至被放入美國國際開發署（USAID）專門討論這項問題的手冊《伊拉克的恐怖遺產：亂葬崗》（Iraq's Legacy of Terror：Mass Graves）。布萊爾被引述在 11 月 20 日時曾表示：「截至目前為止，我們已經在亂葬崗中發現了 400,000 人的遺體。」手冊當中進一步解釋：「如果

---

xi 十多年來透過政治宣傳詆毀伊拉克的工作，助長了一種後設敘事的形成，不只影響了一般大眾，也影響許多政治和軍事領導人，正當化道德入侵、強行西方化伊拉克政治制度的想法。羅伯特·斯旺斯布魯就認為小布希「對邪惡勢力在中東運作存在一種道德憤怒。」中情局分析師約翰·尼克森也強調，即使在完全矛盾的情況下，美國領導階層也始終將自己的偏見置於伊拉克和北韓等對手的實際情報之上。決策者將其視為「邪惡」，因此無法對其進行客觀分析。他在白宮與軍方和情報官員舉行了幾次會議後表示：「我可以總結，美國的決策者被關在他們自以為知道的表象的牢籠裡……認為與之抗衡的情報都該死。」關於伊拉克或北韓的情報，如果與他們「理應」出現的邪惡形象不符，就會被摒棄。這種認知失調是以道德上的民主化使命為前提，合理化入侵行為的關鍵。（Swansbrough, Robert, *Test By Fire: The War Presidency Of George W Bush*, New York, Palgrave Macmillan, 2008 (p. 138).）（Nixon, John, *Debriefing the President*; The Interrogation of Saddam Hussein, London, Bantam Press, 2016 (pp. 204–205, 220).）Press, 2004 (pp. xxxvi, xxxix)）

這些數字被證明是準確的,那麼這個死亡人數所代表的危害人類罪,只有1994年的盧安達種族滅絕、1970年代波布的柬埔寨殺戮戰場,以及第二次世界大戰的納粹大屠殺,才比得上。[139]」

由於首相布萊爾是聲稱「已經」發現了更多的屍體,而不是斷言「將會」發現這些屍體,這似乎是一個非常蓄意的捏造,目的是透過詆毀伊拉克,抵銷愈來愈多針對倫敦和華盛頓行動的批評。直到這則新聞流傳了六個多月之後的隔年7月,唐寧街才承認上述說法有誤[140]。然而即使捏造暴行的指控被撤回,仍會繼續強化讓大眾輿論支持戰爭的後設敘事,並合理化西方對西方勢力範圍外那些被指控違反人道主義的國家,採取軍事行動。美國政壇有句名言:「選民一旦受騙,就算之後所有證據都攤在眼前,他們也不會改變」,這句話概括了即使這些指控隨後被悄悄收回,但用極端暴力做出指控依舊有其價值[141]。正如魯汶天主教大學教授尚・布里克蒙在其關於伊拉克亂葬崗事件的暴行,和人道主義軍事行動的著作中特別指出:

> 這個謊言會繼續留在大眾的意識裡面,持續發揮影響力,如果有人指出,美國的戰爭奪走了100,000名伊拉克平民的生命,有人就會立即回答:「啊,對啊,但是他們在薩達姆的亂葬崗裡發現了400,000具屍體」……如果是一個第三世界國家的領導人把薩布拉和夏蒂拉的死亡人數(160,000)、越戰期間的死亡人數(2.4億人)或入侵伊拉克的死亡人數(8百萬)乘上80倍,外界會有什麼反應?他還會剩下多少可信度[142]?

伊拉克遭人道主義入侵後的命運

在美國主導的伊拉克入侵行動後，伊拉克幾乎一直處於不穩定的狀態，對伊拉克人民造成嚴重的負面影響。美軍和盟軍的行為，加劇了伊拉克人民的痛苦，其中不僅包括對平民使用的彈藥種類，還包括軍人展現的極端暴力。後來成為眾議員的美軍陸戰隊退役軍人鄧肯・D・杭特說，他所在的部隊「可能殺害了數百名平民。」他之所以說出這番話，是為了試圖合理化海豹突擊隊隊長愛德華・加勒格爾殺害伊拉克囚犯的行為，杭特對此事件的回應是：「坦白說，我不在乎他（伊拉克囚犯）是否被殺。我就是不在乎。即使檢察官在這個案件裡說的一切都是真的，那麼我認為，你知道，愛德華・加勒格爾還是應該被從寬處理。」杭特聲稱加勒格爾沒有犯下任何特殊罪行，並暗示在伊拉克的軍事人員中，普遍存在這樣的情況，杭特說：「好吧，那你要怎麼審判我？我是一名炮兵軍官，我們向費盧傑發射了數百發炮彈，打死了可能數百位平民──就算沒有數十人，也有上百人。其中可能還殺死了婦女和兒童，如果在我們入侵時城裡還有任何婦女或兒童的話。所以我也會被審判嗎？」他的聲明最終指出，只有一小部分暴行和戰爭罪行被公開，而絕大多數都被忽視。加勒格爾殺害的目標之所以備受爭議，是因為對方是一名青少年戰鬥員，他用刀殺死這名戰鬥員後，與他的屍體合影留念，杭特對此辯解，表示他也曾與死去的戰鬥員合照[143]。

美軍陸戰隊狙擊手魯迪・雷耶斯回憶，在 2003 年被派往巴格達之前，軍方曾為了讓他們對暴力變得麻木，安排他們觀看目標被狙擊步槍爆頭的影像畫面。他說，陸戰隊員被「系統性地設

定為殺人機器。在我們的新兵訓練營，你知道要說『是』的時候是怎麼說的嗎？就是直接說『殺』這個字。你只能用『殺』來取代『是』做為回答。我們看到的真實世界是：頭部中彈，狙擊手擊斃目標的畫面。然後他們會用慢動作放慢畫面播放，看著頭部先膨脹成三倍大，然後再真空塌陷，接著露出腦漿和頭骨。」他起初懷疑自己是否有能力繼續下去，「因為我還保有一點人性」，但對暴力的極端麻木導致他所在的陸戰隊部隊，屠殺了包括兒童在內的伊拉克平民[144]。後來外界得知了更多讓西方軍隊對戰爭麻木不仁的極端方法，一個著名案例是澳洲駐阿富汗的上級長官會把平民交給下級人員，讓他們親手殺掉平民─這在阿富汗的戰爭心理準備工作被稱為「放血」[145]。英國特種部隊也有類似的做法[146]。

美國陸軍下士麥克·普萊斯納是眾多美軍士兵中的其中一位，強調與在日據菲律賓、朝鮮半島和越南的戰爭一樣，對伊拉克人民的種族非人化，嚴重影響了美軍人員的行為。雖然沒有那麼多文獻記載，而且可以說比東亞戰爭中的情況要輕微得多，但伊拉克人民仍然因為在西方占領軍眼中被視為非人類，而深受其害。另一名美軍陸戰隊員回憶那種對伊拉克人的看法，是如何助長不當行為：「如果他們看起來像叛亂份子，你就會對他們為所欲為……陸戰隊員會隨意開槍、毆打、搶劫、強暴、殺害任何他們想殺害的人。而這些行為在新聞中只會被說成是幾個操守不佳的個案、單一事件。」至於陸戰隊的訓練如何影響他們的行為，他說：「訓練的內在意涵是什麼？把中東人稱為沙漠黑鬼、朝拜者、駱駝騎師、破布頭、野蠻人、恐怖份子。婦女則被稱為賤貨、婊子。」他認為，這種普遍的態度助長了不當行為，「在訓練過程中根深蒂固，也在意識形態中根深蒂固。一切都深深扎根在部

隊用的語言和詞彙當中。[147]」

英軍人員在 2019 年接受《中東之眼》（Middle East Eye）採訪時回憶，在伊拉克和阿富汗的交戰規則裡面，允許他們殺死形跡可疑但手無寸鐵的平民——其中一人就將結果描述為「殺紅了眼」。在伊拉克城市巴斯拉，任何拿著電話或鐵鍬的人都可能被視為戰鬥人員並被當場擊斃。一名軍人回憶：「我們射殺老人、年輕人。這是我親眼看見的情況。我從未見過如此無法無天的行為。」他們透露在一些情況下，年輕男孩被殺死後，他們會把武器放在他們身上，讓他們看起來像戰鬥人員。其中一名前軍人說：「我們的指揮官會告訴我們：『如果你們面臨任何調查，我們會保護你們。只要說你真的認為自己的生命受到威脅就好—這些話就能保護你。』[148]」一些英國運動人士聲稱，由於軍方「被允許管理自己的刑事法庭和檢調單位」，並能夠在國內施加相當大的壓力，因此無法追究軍方人員對此類行為的責任[149]。

儘管 2003 年 5 月伊拉克政府被推翻後，以美國為首的聯軍只能與拿著手持武器，根本不具有坦克、裝甲或掩體碉堡的叛亂份子作戰，但美軍仍對這些叛亂份子廣泛使用貧鈾武器（詳見第四章），攻擊地點還包括平民區。2014 年有報告顯示，美軍在薩瑪沃、納希利亞和巴斯拉等人口聚集中心發射了貧鈾彈[150]。從 2005 年起，伊拉克醫生就觀察到，前一年遭到美軍陸戰隊轟炸的伊拉克費盧傑市的嬰兒死亡率、癌症和白血病的發病率，出現了驚人的增長，發病率甚至超過 1945 年廣島和長崎核武打擊後的倖存者發病率。正如《獨立報》在 2011 年指出：

自 2005 年以來，費盧傑的伊拉克醫生就一直在抱怨嚴重

先天性缺陷嬰兒的數量實在太多,從出生時有兩個頭的女孩到下肢癱瘓,各種情況都有。他們說,與美軍和叛亂份子進行爭奪費盧傑的戰役之前相比,他們看到的癌症患者也變得更多。一項調查支持了他們的說法,調查顯示所有癌症的發病率增加了 4 倍,14 歲以下兒童的癌症發病率增加了 12 倍。該市嬰兒的死亡率比鄰國約旦高出超過 4 倍,比科威特高出 8 倍[151]。

波斯灣戰爭後,南斯拉夫部分地區和伊拉克東南部也出現了類似的情況[152]。克里斯・巴斯比教授是對費盧傑 4,800 名居民進行調查的作者之一,關於癌症和先天性缺陷的原因,他說:「要產生這樣的效果,2004 年攻擊發生時,一定發生過一些非常嚴重的基因變異因子暴露的情況。」他指出,令人震驚的不只是癌症的發病率更普遍,而且發病速度也更快。他得出結論,放射性塵埃的出現代表應該有某種鈾武器被使用。這項調查是由 11 名研究人員於 1 月和 2 月進行,他們拜訪了費盧傑的 711 座家戶得出結論,居民受到的影響「與廣島倖存者暴露在原子彈游離輻射,和塵埃中鈾的影響類似。[153]」

貧鈾彈除了有毒,還具有燃燒性,因此造成連帶損害的威脅比普通彈藥大得多。費盧傑還遭到白磷彈轟炸,這是另一項嚴重的戰爭罪行。《獨立報》報導:「美軍指揮官在很大程度上把費盧傑當成自由射擊區,以減少自己部隊的傷亡。英國軍官對於如此草菅平民傷亡的情況感到震驚」,不過下令發動此類襲擊的軍官,並不認為這些傷亡重大到值得向上級報告。由於長達十二年的制裁和對重要基礎設施的轟炸,伊拉克的醫療和衛生條件已經大大低於 1991 年之前的水準,而 2003 年之後,伊拉克醫療和衛生條

件的下滑只讓整體情況變得更加糟糕——民眾對美軍檢查站的恐懼也一樣，這些檢查站讓他們怯於前往巴格達接受醫療照護[154]。

涉嫌協助叛亂的伊拉克人，同樣會受到令人震驚的糟糕待遇，許多人未經指控或法律許可就被關押，並在關押期間遭到殺害或嚴刑拷打。《華盛頓郵報》描述了「囚犯被迫從馬桶取用食物」，並提供長達65頁的宣誓陳述。報導稱：

> 被拘留者說，在神聖的齋戒月期間，他們遭到在阿布格萊布（監獄）1A層值夜班的美國士兵野蠻毆打和一再的性侮辱……逼迫他們譴責伊斯蘭教，或被強行餵食豬肉和酒。許多人說出了他們如何受到性侮辱和性侵犯、強暴威脅以及被迫在女兵面前手淫的生動細節……
>
> 他們當中有許多人都回憶起同樣的事件或事件模式和流程……大多數被拘留者在陳述中表示，他們一到1A層就被剝光衣服，被迫穿上女性的內衣，並在彼此和美軍士兵面前一再受到羞辱。他們還描述遭到毆打以及如果不配合美軍審訊人員要求，就會受到死亡和性侵威脅。第151108號被拘留者卡希姆・莫哈迪・西拉斯告訴調查人員，當他前一年剛來到阿布格萊布監獄時，他被迫脫光衣服、戴上頭罩並穿上印有花朵的玫瑰色內褲。他在陳述中說：「大部分時間我都只能這樣穿，沒有其他衣物可穿。[155]」

在一名介於15歲到18歲的男孩被強暴的過程中，其他囚犯聽到了他的尖叫聲，並目睹了強暴過程，一名女兵還拍下照片。一名囚犯說：「那個孩子傷得很重。」他回憶，囚犯會因為要求進行禱告受到懲罰，被銬在牢房窗戶鐵欄杆上，並被閒置將近五

個小時——而且雙腳懸空。這名囚犯還目睹一名被拘留者被綁在床上，被士兵用磷光燈雞姦。另一位囚犯回憶在那次事件中，該名伊拉克人受害者「在尖叫呼救……現場還有一名白人女兵，個子不高，正在拍照。[156]」

其他人回憶遭到毒打，頭顱被美軍人員踩在腳下，還被潑上磷光燈裡的化學物質讓他們的身體發光，供士兵取樂。受害者回憶說：「在全部這些過程中，他們都在拍攝我的照片」，他後來還被人用警棍雞姦[157]。

第13077號被拘留者希亞達・賽巴・阿貝德・米克圖・艾阿布迪回憶：「他們強迫我們像狗一樣用手和膝蓋在地上爬行。然後必須像狗一樣吠叫，如果不這麼做，他們就會開始毫不留情地重擊我們的臉和胸部。之後，把我們帶回牢房，把床墊拿出來、把水倒在地上，讓我們趴在地上睡覺，頭上頂著袋子，然後他們把一切都拍下來。[158]」

第151362號被拘留者阿敏・薩伊德・艾謝克回憶：「他們說，我們會讓你想死，但不會讓你真的去死……他們剝光我的衣服。其中一個人說他要強暴我。他在我背上畫上女人的圖樣，讓我抱著屁股站成羞恥的姿勢。[159]」

第18170號被拘留者阿布杜・侯賽因・薩德・法勒回憶，有一名士兵拿來一箱食物，讓我一絲不掛只披著一條毯子站在上面。然後來了一個高個子的黑人士兵，把電線綁在我的手指、腳趾和陰莖上，我的頭上還被套著一個袋子……（有個人問）「你有向真主阿拉祈禱嗎？」我說：「有。」他們說：「去你的，也去祂的。」他們其中一人說，「你不可能健康地離開這裡，你會變成殘廢離開這裡。然後他問我：「你結婚了嗎？」

我說：「是。」他們說：「如果你妻子看到你這個樣子，她會很失望的。」其中一個人說：「但如果我現在看到她，她就不會失望了，因為我會強暴她。」

士兵們告訴他，如果他合作，他們會在齋戒月前釋放他。他說他照做配合，但並沒有被釋放。一名士兵繼續虐待他，毆打他的斷腿，並命令他詛咒伊斯蘭教。「因為他們開始毆打我的斷腿，我就詛咒我的宗教。他們命令我感謝耶穌我還活著。」他們把他銬在床上後，問他「你有信什麼神嗎？」「我對他說：『我信真主阿拉』。於是他（士兵）說，『但我只信虐待，而且我會虐待你。』」[160]

只有一小部分虐待伊拉克戰俘的證據最後被公開讓大眾知曉。記者西莫·赫許透過特殊管道得以接觸非常多的證據，關於證據的內容他回憶：

> 發生過的一些最糟糕的事情你們都不知道，好嗎？那些影片，嗯，裡面有一些女性。你們有些人可能讀到過，她們會寫信出去，與他們在外面的老公通訊。這發生在阿布格萊布……這些女人會傳訊息出去說：「因為這裡發生的這些事情，請來殺了我」，基本上發生的事情就是，影片裡拍下的是那些跟年輕男孩和小孩一起被逮捕的女性。男孩們在錄影機的拍攝下被雞姦。最糟糕的是，你們的政府還擁有那些錄下男孩們尖叫聲的音檔[161]。

瑞克·佩羅斯汀在聽完他的演講後回憶，赫許「說他揭露阿布格萊布事件後，人們紛紛跑來告訴他這些事情。他說他看過所有阿布格萊布監獄的照片。他說：『你還沒看過真正的邪惡……』」

然後就說不下去了。他說,『在錄影機的鏡頭下,女囚犯的孩子們被做了很可怕的事情。』他看起來嚇壞了。[162]」

人胡妲‧阿拉札維被懷疑與叛亂組織有關係,她回憶:「他們替我銬上手銬、蒙上眼睛,用一塊白布遮住我的眼睛。他們把我捆上一輛悍馬車,帶到宮殿內的某一處。我被扔在一間只有一把木椅的房間裡。那裡非常寒冷。」阿拉札維和哭泣的妹妹一起被留在那裡過夜後,又被帶到一個「虐待人的地方」,在那裡「美國軍官告訴我們:『如果你們不招認,我們就會對你們嚴刑拷打。所以你們必須招認。』我的雙手被銬住。他們脫掉我的靴子,讓我踩著爛泥臉貼著牆壁。我能聽見女人和男人的喊叫聲和哭泣聲。我認出其中一個哭喊聲是我哥哥穆台茲。我想看看發生什麼事,於是試著把布從眼睛上移開。當我把布移開,我就暈倒了。[163]」

阿拉札維回憶,她曾遭到一名美國士兵毆打,她的哥哥在被關押期間遭到性虐待。美軍守衛讓她臉貼著牆站了 12 個小時,然後在午夜時分將她送回牢房。「牢房沒有天花板。當時下著雨。午夜時分,他們把某個東西扔在我妹妹腳邊。那是我哥哥阿亞德。他的腿部、膝蓋和額頭都在流血。我告訴妹妹:『看看他還有沒有呼吸。』她說:『沒有。完全沒有。』我開始哭泣。隔天,他們帶走他的屍體。」她的哥哥被凌虐致死,屍體被扔進他妹妹們所在的房間——也許是為了威脅她們認罪。他的胸部和手臂有大量瘀傷,頭部在左眼上方有嚴重的傷口。他的照片被做為證據展示給英國記者,儘管美國醫生出具的死亡證明聲稱他死於「病因不明的心搏停止」[164]。

阿拉札維回憶,在與其他 18 名被拘留者一起被送上一輛小巴後,美方人員告訴他們:「『今晚誰也不許睡覺。』他們不斷

大聲地播放恐怖音樂。一旦有人睡著，他們就開始拍門。那天是耶誕節，我們關在那裡三天，許多美國士兵都喝醉了。」一名美國士兵最終打斷了她的肩膀，她被轉移到阿布格萊布監獄，在一間 2 公尺見方的牢房裡被單獨監禁了 156 天，裡面沒有床鋪，只有一個桶子充當馬桶。受懲罰的囚犯會被扔進 1 公尺見方的牢房，冷水澆在他們身上長達數小時。狗被用來虐待囚犯，並被允許啃咬囚犯，包括兒童在內的女性被拘留者有時會被強暴。阿拉札維的結論是：「美國審訊人員什麼都不懂，對伊拉克人一無所知。在那裡的絕大多數人都是無辜的。[165]」

美軍人員的報告和照片證據，證實了有關虐待的指控，包括將男性囚犯赤身裸體堆放在一起並跳到他們身上、強迫囚犯互相強暴，以及模擬電刑[166]。美軍少將安東尼歐‧塔古巴在評論美國士兵自己拍下對伊拉克人實施性虐待照片做為證據時表示，這些照片「顯示了酷刑、虐待、強暴和各種猥褻行為。[167]」其中許多照片沒有被公開，因為人們認為這將嚴重損害美國的形象。國務卿唐納‧倫斯斐評論：「這些照片被公開，顯然會讓情況變得更糟。[168]」歐巴馬總統上任後也強烈反對公開這些照片，稱其會「煽動反美輿論」[169]。這項決定獲得塔古巴將軍的支持，這對維護美國國際形象、掩蓋華盛頓及其盟國以人道主義為前提發動戰爭所造成的真實後果，至關重要。美國及其盟國成功地捏造了關於伊拉克暴行、大規模殺傷性武器研發和與恐怖組織有關聯的虛假指控，直接導致了針對伊拉克人民真實而惡劣的違反人道主義行為；若沒有這些虛假指控，也不會導致違反人道主義行為的出現。

伊拉克和阿拉伯世界問題國際權威、國際中東研究協會

（International Association of Middle East Studies）榮譽主席、美國國務院、國防部和美國國際開發署顧問雷蒙·貝克在伊拉克入侵七年後的 2010 年指出：

> 對伊拉克國家的破壞，在人類和文化方面造成了巨大的後果：尤其是一百多萬名平民死亡；社會基礎設施，包括電力、飲用水和污水處理系統的退化；超過四百名學者和專業人員遭到針對性的暗殺，約四百萬名難民和境內流民流離失所。所有這些可怕的損失都因為前所未見的文化破壞、對代表伊拉克人民歷史身份的國家檔案和紀念碑的攻擊而雪上加霜。猖獗的混亂和暴力阻礙了重建工作，使伊拉克國家的根基毀於一旦[170]。

2012 年，《外交事務》將「我們留下的伊拉克」描述為「世界上下一個失敗的國家」。文中指出，與復興黨時期伊拉克和之前相對繁榮的伊拉克形成鮮明對比的是，在西方制裁和轟炸或被強制套上西式政治制度之下：

> 伊拉克國家無法提供基本服務，包括夏季的正常供電、潔淨水和像樣的醫療照護；同時，年輕人的失業率徘徊在將近 30%，使他們很容易被犯罪集團和激進派系延攬召募……目前發生爆炸和槍擊事件的頻率，足以讓大多數伊拉克人提心吊膽，對未來深感不安。他們已經不再期待流血事件有一天會消失，只是單純地生活在恐懼之中[171]。

《人權觀察》也提出了類似報告：「伊拉克最弱勢公民，特別是婦女和被拘留者的權利受到侵犯卻無人受到懲處，那些揭露

官方瀆職或武裝團體虐待行為的人士面臨巨大風險。2003年的入侵及其所造成的混亂，使伊拉克公民付出了巨大的代價。」以婦女權利為例，與復興黨時代就形成鮮明對比：

> 安全局勢的惡化助長了部落習俗和以教領政極端主義的抬頭，對婦女在家庭內外的權利產生了有害影響。對於在1991年前享有該地區最高權利保護和社會參與水準的伊拉克婦女來說，這些都是沉重打擊。宣揚厭女意識形態的民兵將婦女和女孩當成暗殺目標，並恐嚇她們不要參與公共事務⋯⋯以性剝削為目的在國內外販賣婦女和女童的現象十分普遍[172]。

入侵造成的全部後果太過龐大，無法在本書一一闡述，但根據英國民調公司興情研究業務（ORB）民調小組的資料，截至2007年9月，伊拉克因入侵行動導致的死亡人數將超過100萬人[173]。在入侵發生後的四年內，該國約40%的中產階級逃離家園[174]，200萬難民離開這個國家，另有170萬人在伊拉克境內流離失所—這些數字在接下來的數年內只是有增無減[175]。

入侵行動最後使伊拉克從正在恢復、穩定並具有巨大經濟潛力的國家，變成弱小、內部分裂的國家，各種外國勢力都在爭奪對它的控制權[176]。在美國主導的占領下所建立的後復興黨政府體制度孱弱，加上外國對各種非國家組織的贊助，包括由與西方結盟的波斯灣國家支持的激進聖戰組織（美國國務院官員對此視而不見），確保了這種局面將長期存在[177]。事實上，巴拉克·歐巴馬總統本人也承認，蓋達組織在伊拉克的崛起，以及後來伊拉克和敘利亞伊斯蘭國（ISIS）恐怖組織的建立，都是美國主導的入侵行動所造成的直接後果[178]。在2003年3月之前，伊拉克境內並

沒有明顯的聖戰恐怖組織，但到了年底，伊拉克已成為恐怖活動的主要熱點之一。因此伊斯蘭國的最終崛起也是華盛頓捏造暴行和利用其他虛假言論詆毀巴格達的直接後果，其中不僅包括 2001 年到 2003 年期間的作為，還包括 1990 年到 1991 年的虛假言論，這些言論為兩次對伊拉克的毀滅性攻擊鋪路。英國政府 2016 年發布的一份調查報告強烈顯示，情報官員在 2003 年 3 月之前就知道，入侵伊拉克只會助長恐怖主義，導致不穩定和社會崩潰。事實上，英國國防情報局（DIS）早在 2002 年 3 月就預測，入侵伊拉克將導致「伊拉克政治解體和極端主義暴力的出現。[179]」

雖然西方軍隊於 2011 年正式撤出伊拉克，但西方軍事承包商卻無限期地留在伊拉克[180]。美軍人員以及來自英國和挪威等盟國的人員在三年內返回伊拉克，儘管與伊拉克政府鬆散結盟的民兵部隊發生嚴重衝突，但美軍及盟軍人員似乎將無限期駐留伊拉克。2020 年 1 月 4 日，中情局在巴格達國際機場附近暗殺了伊朗將軍凱西姆・蘇雷曼尼[181]，當時他正應邀抵達伊拉克參加和談，並計畫會見伊拉克總理[182]。蘇雷曼尼遇害，就像美國在過去二十年間在伊拉克採取的許多行動，被分析師們認為就算稱不上戰爭罪[183]也是非法行為[184]；而這一行為做為對伊拉克主權的一大嚴重侵犯，也展現了伊拉克的主權是多麼侷限。伊拉克議會隔天就通過一項決議，要求美國和外國軍隊撤出伊拉克，但美國國務院在隔週明確表示，不會與伊拉克人討論撤軍問題[185]。當美國對這個動盪國家的各種民兵組織持續發動空襲，巴格達也只能發出不怎麼有力的抗議，由於西方軍隊可以在其領土上任意行動，巴格達最終只擁有有限的主權[186]。

第七章

美國與北韓之間的衝突

形塑全球對北韓的看法

2020年北韓迎來與美國處於戰爭狀態的第70個年頭——這是世界史上，兩個工業強國之間時間最長的戰爭——北韓因此成為西方帝國有史以來面對的最古老的對手國。蘇聯解體後，這場衝突對華盛頓來說變得更加重要，由於西方施加了巨大壓力，迫使世界上許多其他國家切斷與平壤的關係，而西方對北韓實施的嚴厲經濟制裁，也讓北韓日漸孤立。隨著喪失蘇聯提供的保護和軍事援助，北韓的軍事壓力也同時升高，導致華盛頓多次差點發動攻擊[1]。西方世界的強烈共識從1990年代開始逐漸形成，並在進入二十世紀後變得更加興盛，認為北韓的毀滅不僅無可避免，這與更廣泛的「歷史終結」和全球西方化的觀念一致，而且這項進程有必要被加速。更極端的說法如國家利益中心韓國研究主任哈利・J・卡齊亞尼斯指出：「北韓是人類歷史上的污點，必須予以清除」——這一陳述也廣泛反映了西方對於北韓的看法[2]。

西方經濟戰的努力雖然持續了數十年，但只成功遏制了北韓的潛在增長，並沒有像在伊拉克[3]、委內瑞拉[4]、伊朗[5]、敘利亞或其他經濟更脆弱的西方目標國家那樣，迫使北韓陷入危機。儘管成長速度緩慢，北韓這個東亞國家成功地維持了經濟成長，並在遭受世所罕見制裁力度的情況下，保持匯率和大多數基本商品價格的穩定[6]。這在很大程度上得益於北韓經濟的健全發展。在1990年代以前，北韓一直是所有西方對手國家中，經濟最發達的國家之一。根據總部設在日內瓦的世界智慧財產權組織（World Intellectual Property Organization）的資料顯示，截至1980年代中期，就工業設計的專利註冊量而言，北韓在社會主義國家中僅次於蘇聯，而持續的投資也令其專利註冊量在1990年躍居世界第四位，僅落後於日本、韓國和美國[7]。外國專業人士多次注意到，北韓即使在農村地區，勞動力的技術教育水準也很高，而據瑞典的奇異-布朗-博韋集團（ABB Group）等公司專家的說法，北韓水力發電大壩等國內的工業工程，也被認為是不折不扣的「工程傑作」[8]。

　　北韓一再證明其所擁有的韌性，不僅能抵禦西方施加的經濟壓力，還能抵禦西方帶來的軍事威脅；北韓對軍事準備的重視、普及的政治教育[9]和規模龐大的國防工業，限制了西方發動攻擊的選項。2010年代中期，外界預測如果針對北韓發動一次傳統式的入侵行動，將導致約20萬名美國軍人喪生[10]，而其他消息來源的報告則指出，依照五角大廈的預期，戰爭爆發後的90天內，美軍將損失多達50萬人[11]。這些傷亡人數還不考慮北韓如果動用大規模毀滅性武器，或是向關島或夏威夷等美國領土投射大規模毀滅性武器的情況。而對北韓採取軍事行動的代價從

2017 年起，北韓武器試驗展示了用熱核彈頭打擊美國本土城市的能力，並獲得美國情報部門的證實後，進一步大幅提升[12]。一旦與北韓爆發戰爭，美軍和盟軍也沒有完全把握可以獲勝，而且整個美國本土的城市都有可能在戰爭中被摧毀[13]。

由於對北韓施加軍事和經濟壓力的能力有限，美國及其夥伴利用他們在控制全球資訊領域方面的巨大優勢，在第三條戰線上發動了具有互補性的行動。這不僅包括透過電台廣播等手段，在北韓民眾當中傳播有利於西方的政治敘事[14]，還包括在海外宣傳北韓的負面形象。不同於 1991 年的伊拉克或 2011 年的利比亞，都是在幾個月甚至幾天內被大肆捏造暴行，讓國際輿論迅速重塑並為戰爭做好準備，北韓則是在數十年的時間裡，長期被暴行和其他不當行為的捏造塑造世界輿論對其看法。熱戰一觸即發的可能性很低、時間維度很長的冷戰，就為這種政治宣傳活動，創造了理想的運作條件。

西方在資訊領域所下的功夫，嚴重玷污了北韓形象，將北韓人民描繪成如果他們的國家可以被納入西方影響勢力範圍，他們的生活就會變得更好，並協助將任何西方可能發動的攻擊，都塑造成合理的人道主義行為。由於北韓在許多方面都代表著拒絕西方化的典範，這些宣傳工作造成的其他顯著成果包括：詆毀北韓不願意屈服於西方霸權的政策方向，和阻止北韓發展出任何形式的軟實力。西方在資訊領域的宣傳活動，不但包括西方媒體和各種反平壤人權組織捏造出來的北韓暴行和其他形式的不當行為，還包括根據可疑或不存在的證據，不斷將平壤誣陷為重大國際事件的唯一肇事者。

透過脫北者捏造暴行

自1990年代以來，捏造暴行一直是西方國家在西方國內和國際上塑造大眾對北北韓看法的核心手段，而居住在西方國家或西方結盟國家的脫北者，往往是這些手段得以被施展的關鍵。脫北者一直都能從譴責祖國（北韓）的行為中，獲取巨大的經濟利益；愈極端的故事就能獲得愈多的曝光宣傳，一些最知名的脫北者在西方成了名人。儘管少數脫北者的說詞是報導北韓極端負面故事的重要來源，但那些最有影響力、廣為人知，指控北韓惡劣暴行的證詞，卻始終存在嚴重的矛盾。

申東赫就是符合上述情況的脫北者，儘管他的說詞缺乏證據，但西方媒體、運動人士、政治人物和非政府組織，仍將他對北韓嚴重侵犯人權的指控，當成事實進行大肆報導。申東赫的生平事蹟由前《華盛頓郵報》記者布雷恩‧哈登根據申東赫的口述撰寫，被出版為《逃出14號勞改營：從人間煉獄到自由世界的脫北者傳奇》（*Escape from Camp 14: One Man's Remarkable Journey from North Korea to Freedom in the West*）一書。書名強烈顯示書中內容所代表的理念——「西方正義」對抗「亞洲共產主義邪惡」的故事——該書在西方國家成為暢銷書，並被當成了解北韓的重要參考，還被翻譯成27種語言在全球暢銷，西方人權組織根據申東赫的證詞，撰寫多份關於北韓的報告。這份證詞在電影和紀錄片中被多次重述，隨後被當成西方進一步對北韓實施經濟制裁的藉口，而且據說這份證詞「改變了全球對北韓的論述」[15]。2014年，由西方主導的聯合國委員會——邁克爾‧柯比法官主持的朝鮮民主主義人民共和國（北韓）人權調查委員

會——撰寫的報告與其所採取的立場,幾乎完全是建立在申東赫的證詞之上。該委員會成員稱申東赫是世界上對平壤涉嫌侵犯人權行為「最有力的聲音」[16]。申東赫是第一位就北韓人權問題在聯合國作證的脫北者。

《紐約時報》駐首爾記者崔尚勳(Choe Sung Hun,音譯)點出了圍繞著申東赫證詞所出現的愈來愈多疑點,並在隨後做出結論:「申東赫對我和其他許多人說謊。」北韓問題專家與活躍的北韓批評者[17]安德烈.蘭科夫教授發現,申東赫是在反平壤團體的壓力下,講出他所描述的故事,而多年來圍繞著他的炒作又阻礙了外界對他進行客觀分析,以至於後來被揭露出是個騙子。蘭科夫強調,這是個廣泛問題的冰山一角,脫北者面臨捏造極端故事的龐大壓力[18]。其他比較低調的脫北者將申東赫的證詞稱為「徹頭徹尾的謊言[19]」。

申東赫證詞被出版的多年後,該書作者布雷恩.哈登本人才透露,在起草該書時,這位脫北者捏造了很多故事[20]。申東赫後來也承認了這一點。哈登稱他是「不可靠的敘事者」,並再次強調「申東赫是他自己早年生活的唯一資訊來源」,這使得這位脫北者可以隨意更改說法,因為他知道就算在未經證實或缺乏證據的情況下也會被接受[21]。哈登還說,如果申東赫未來又對他的證詞做出修改,他也不會感到驚訝[22]。

《傳播倫理國際期刊》(International Journal of Communication Ethics)針對申東赫證詞的評估就強調,「申東赫個人的名聲掃地,幾乎不會為外界對知名脫北者及其故事的熱愛產生影響」,他的證詞也絕對不是最後一個在被證實為虛假之前,就對政策和世界輿論產生重大影響的因素[23]。西方國家對平壤的制裁和聯合

國根據申東赫指控所提出來的報告,顯然沒有被重新審查,更不會被修改,等於標誌了曾向申東赫施壓、迫使他捏造北韓暴行,並支持將他的故事散播出去的反平壤團體,取得了顯著成功[24]。北韓對手所需要的,並不一定是一個可以被驗證為真的故事,而是一個可以用來在全世界面前詆毀北韓,並為發動進一步敵對行動提供藉口的情緒化、駭人聽聞的故事。申東赫的證詞完美地扮演了這個角色,而且要發揮這個作用,他的證實也不需要具有絲毫真實性。

申東赫證詞中的漏洞曝光後不久,另一名脫北者朴研美也透過類似的猛烈宣傳和大力支持,在西方嶄露頭角。2014 年 10 月,在都柏林舉行的世界青年峰會(One Young World Summit)上,朴研美首次發表演說,她身穿非常上相的粉色傳統服裝,而且和奈伊拉一樣,有意識地在演說中抹一下眼角、說到一半用手摀住嘴巴,停頓很長時間,為她所說的話增添許多戲劇效果。正如柯林‧鮑爾被說是為了描述伊拉克的威脅,發表從先進無人機到製毒工廠,再到關於鋁管的不實說法,「撒了一個又一個謊」[25],朴研美也被記錄到提出一個又一個的不實指控。就像鮑爾的言論後來不斷遭到推翻,但他又會想出更多說法一樣,朴研美大部分的言論也很容易被證實是假的──對北韓只要有一點點基本了解的人都清楚這一點。但這並沒有阻止她繼續高談闊論,且西方媒體對這類新聞的趨之若鶩程度,也讓她的名聲迅速在脫北名人中變得空前響亮。

朴研美向全球大眾發表的虛假北韓生活說法不勝枚舉,以下就提供幾個例子。她在世界青年峰會開幕式演講時的第一句話就說:「北韓是一個令人難以想像的國家。電視上只有一個頻道,

也沒有網路可以用。」但對任何一個對北韓有基本了解，與平壤的朋友互寄過電子郵件，或曾瀏覽過多個北韓播放外國電影頻道的人來說，這些說法很可笑──但對一般西方閱聽群眾來說，這個說法卻是完全可信。朴研美在香港外國記者俱樂部發表演說時聲稱，北韓人從未聽說過非洲──可是北韓幾乎每所高中和國中校園裡，都有一張清楚標示非洲位置的世界地圖[26]。翻開北韓高中的歷史教科書也會發現，非洲歷史比大多數西方國家或東亞其他地方的歷史更受關注。更別提平壤有許多來自非洲大陸各地──從辛巴威和烏干達，到奈及利亞和塞內加爾──的非洲學生來表演藝術演出。當朴研美聲稱任何身高超過 4 尺 10 吋（約 166 公分）的人都會被軍隊徵召入伍時，這個說法似乎沒有任何現實依據；因為北韓擁有一支由全志願役組成的軍隊。在作者所見過的數百名北韓人，以及在與數十名北韓人談論軍隊事宜時，沒有人記得自己曾被強制徵召入伍，而且這些北韓人的身高都在 5 尺以上[27]。當朴研美聲稱北韓境內沒有「愛情」一詞時，只要聽聽北韓眾多流行情歌當中的任何一首，就會知道北韓有很多愛情歌曲，而她的說法真的非常可笑[28]。她還聲稱，北韓人幾乎不會用「我」這個字，開始上學以後，北韓人做任何事情都必須說「我們」──同樣地，這對任何看過北韓電視或接觸過任何北韓大眾媒體，或聽過北韓各地人們日常對話的人來說，都是非常可笑的說法[29]。她的指控之所以成立，有賴於她的受眾對北韓一無所知，以及西方報導在數十年來培養起來對北韓帶有偏見的後設敘事。

2014 年底前，一些外國記者（其中許多常駐首爾）開始質疑朴研美故事的真實性，自由記者約翰・鮑爾為《外交家》雜誌

和《基督教科學箴言報》撰寫的文章中，強調朴研美故事前後的嚴重矛盾。他指出，結果就是支持朴研美的激進反北韓團體對他進行了嚴厲的攻擊。他說：「我因為寫了一篇關於朴妍美的報導而備受指責，惹毛了所有右翼人士⋯⋯我寫的這篇報導提出了外界對她的質疑，結果害自己惹上一身腥。」這類的攻擊可能是為了阻止其他人，點出朴研美說法極其不可靠的本質。安德烈・蘭科夫博士認為，朴研美成名背後「有更大的操縱力量在運作」，他強調，這是一個更廣泛現象的一部分；而在這種現象下，典型脫北者故事的某些部分必須經過捏造才會受歡迎。他結論：「難民的真實故事不會有人買單。捏造一些每隔週的週六，就必須在難民營中遭受虐待的虛假故事，比講述真實故事要容易得多，因為真實故事是枯燥乏味的。[30]」

獲獎紀錄片製作人瑪莉・安・喬利曾多次採訪朴研美，她在2014年指出：「她講述的北韓生活是否準確？隨著我閱讀、觀看和聆聽愈多朴研美的演講和採訪，我就愈能意識到她的故事中存在嚴重的前後矛盾，代表她的故事並不準確⋯⋯如果一個擁有如此高知名度的人，會為了符合我們對脫北者的期待，扭曲自己的故事，那麼我們對北韓這個國家的看法，就會出現危險的偏差。」喬利是強調朴研美所陳述的事實無法站得住腳的眾多人士之一，她舉例：「朴研美在講述逃離北韓的經歷時，經常說她在夜間翻越三座，甚至四座山頭才能抵達邊境，並描述她因為鞋子上有破洞所忍受的痛苦。然而朴研美當時居住的惠山，就位於兩國邊境的河邊，根本不需要翻越哪座山。[31]」朴研美同樣聲稱，她和母親與其他五個人（包括一名嬰兒），在零下40度的氣溫下從中國穿越戈壁沙漠進入蒙古──他們都沒有任何冬裝、手

套、圍巾或任何嚮導。她聲稱，在這樣極端的天氣之下，他們只花一天時間就徒步穿越了整座沙漠。而當被問及是如何實現這項根本不可能完成的壯舉時，她說這是一個奇蹟[32]。

另一個朴研美多次重複且值得注意的說法：「九歲的時候，我看到朋友的母親被公開處決，她的罪行是──觀賞好萊塢電影。」這個說法同樣也很荒謬，甚至包括南韓的教授和其他脫北者在內的北韓堅定批評者都強調，雖然北韓確實有死刑，但死刑實施的對象只侷限於謀殺、人口販運或走私等犯行者[33]。

朴研美描述了極端艱苦的北韓生活，必須「上山拔草來吃」，覓食「例如青草，有時還要吃蜻蜓」，「吃蟋蟀、蜻蜓、很多昆蟲、樹皮、植物、花朵。[34]」她在另一個場合說：「看見死屍是我的日常，因為有很多人就是死於（缺乏）食物、被餓死。[35]」她在2021年講述的故事更極端，她回憶每年春天因營養不良而「屍橫遍野」的景象，「你會看到先是有老鼠吃人的眼睛，然後孩子們會抓住這些老鼠，再吃掉牠們，然後這些孩子又會莫名死去──我也不知道是出於什麼原因。然後老鼠又會再去吃死掉的孩子。所以這種人吃老鼠，老鼠再吃人的循環會一直持續下去。[36]」尤其是在她後來的談話中，類似的恐怖故事層出不窮。

然而在2014年正式出道之前，朴研美與其他脫北者一起接受韓國電視節目《現在去見你》（Now On My Way to See You）採訪時，她的母親被問及：「當我們提到北韓人民吃草或很難獲得食物的故事時，藝珠（朴研美當時的化名）說，『哦，沒有這種事……』為什麼會這樣？藝珠從來沒有經歷過這些嗎？」朴研美的母親當時回答：「我們家沒有到那種程度。我們只是從來沒有處於挨餓的地步。」她聲稱她女兒（朴研美）在離開北韓之前，

並不知道北韓人的生活有多艱苦,並說:「她的父親盡力想給孩子最好的生活,所以……我女兒並不知道在北韓生活的真實情況」,她強調朴妍美是在《現在去見你》這個節目上才知道這些故事[37]。朴研美個人經歷自相矛盾的情況,包括她聲稱曾面臨過的各種虐待和苦難,其實遠比上面的描述更加極端,這一點被另一位名為朴柱(Park Joo,音譯)的脫北者詳細記錄了下來[38]。

朴研美早期對北韓的看法,與她往後幾年更為極端的說法,形成鮮明對比。舉例來說,她的母親在談到她參加了其他脫北者會在節目中,講述他們各種恐怖經歷的電視節目時表示:「她在節目開錄的前後都會打電話給我,問我『我真的是北韓人嗎?』她說她都不知道節目上其他女孩說的那些情況。她說她覺得節目裡的每個人都在說謊。[39]」

另一名脫北者李濟善(音譯,Lee Je Son)指出,朴研美的故事中有好幾個明顯不實之處。她的評論是:「除非是白癡,否則沒人會相信。[40]」曾在南韓脫北者處理部門工作過的南韓教授施恩宇(音譯,Shi Eun Yu)和金玄亞(音譯,Kim Hyun Ah),強烈駁斥朴研美的一些說法。她們直言:「她說的情況不可能發生。[41]」曾在北韓工作和旅行長達七年之久的瑞士商人費利克斯・阿布特,也強烈駁斥朴研美的說法,認為她「明顯誇大其詞或純屬子虛烏有」,並指出了多個明顯的矛盾之處[42]。

儘管如此,朴研美的論述在西方仍然備受推崇,因為她的故事中充滿情感;她的極端主張能搶占頭條版面,同時她將西化視為解決北韓問題的方法,且西化是北韓不可避免命運的說法,又再次肯定了西方霸權。她因此受到西方人士的大力支持和宣傳,就和奈伊拉一樣,她的故事也符合西方想要塑造其主要目

標的形象。在她正式出道後,她開始進行國際巡迴宣傳活動,包括在世界各地的廣播和電視上露面,隨後在國際人權日出席美國國務院的小組討論會,提出她的主張。好幾名記者,例如資深北韓問題分析師麥克·巴瑟,認為朴研美有關北韓的言論與現實脫節,而且是用明目張膽的謊言來博取名聲,並藉此玷污北韓形象。同時,朴研美也從內容聳動的演講中獲得財富,據她的經紀人表示,每次演講都能賺取超過 12,500 美元[43]。

正如公關公司偉達公共關係顧問公司幫助奈伊拉成為一個文化現象,朴研美也獲得了由非政府組織「阿特拉斯網路」(Atlas Network)國際理事,凱西·拉提格創建的「教導北韓難民全球教育中心」(Teach North Korean Refugees Global Education Center)的支持和培訓。拉提格是《今日北韓》(North Korea Today)節目的主持人,他的非政府組織獲得美國國務院和美國國會的資助;這個非政府組織又會回過頭來直接資助朴研美等脫北者人士和脫北者團體,宣傳反北韓的言論。拉提格在與作者本人會面時強調,他和他合夥人的目標無非是徹底摧毀北韓的政治體系、改造北韓社會並懲罰北韓的領導階層。他問:「如果你見到(北韓領導人、國家主席)金正恩,你會對他說什麼?」他自己回答:「我對他無話可說,對這種人根本沒什麼好說的,他們唯一的工作就是殺害韓國人,而唯一能夠幫助北韓人的方法,就是把這些人拉下台。」他向作者展示自己與朴研美的合照,他對朴研美正在做的事情表示非常驕傲,他說他的組織為朴研美和其他脫北者提供巨大的支持,讓他們能夠發表反對北韓的言論。對於熟悉北韓的人來說,拉提格給人的印象是一個極端主義者,他堅信那些反抗西方勢力、反對西方霸權、價值觀和意識形態的

人，需要被消滅。他的組織在南韓大肆召募和培養脫北者，他的組織的支持對朴研美在國際的聲名掘起，具有重要的作用。

在撰寫本書的當下，朴研美的 YouTube 頻道《北韓之聲》（Voice of North Korea）已擁有 600,000 訂閱人數，她每週都會發布數支新影片，不斷提出令人啼笑皆非的指控，並經常做出北韓即將瓦解或其領導階層即將被推翻的預測[44]。光在 2021 年上半年出現過的例子就包括：金正恩的妹妹和許多北韓兒童經常吸食冰毒[45]；殘疾人士[46] 和愛滋病患被處死或用化學武器進行實驗[47]；婦女被政府做為性奴隸賣到中國[48]；金正恩私底下其實是同性戀[49]；金正恩有許多個情婦[50] 和女性性奴隸[51]，還有其他上百項指控。若想揭穿朴研美向其廣大閱聽群眾散布的幾百條純屬捏造的謊言，會需要寫成一整本關於朴研美現象的書。

申東赫和朴研美絕非單一個案，其他著名的案例還包括：

- 脫北者李順玉 2004 年在美國眾議院作證時，詳細描述了基督徒在北韓政治監獄中遭受酷刑和被熔鐵燒死的故事。聲稱掌握了第一手消息的首爾脫北者協會（North Korean Defectors' Association in Seoul）負責人張仁錫（音譯，Chang In Suk）表示，就他所知，李順玉根本不像她所自稱的是一名政治犯，其他多位脫北者也認為李順玉的證詞高度不可信[52]。
- 脫北者權赫（音譯，Kwon Hyuk）向美國國會透露，他曾在北韓駐北京大使館擔任情報官，並親眼目睹北韓政府對政治犯進行人體實驗。他的證詞是讓 2004 年《北韓人權法案》（North Korea Human Rights Act）得以被支持通過，並進一步用以制裁北韓的關鍵。他的故事在 BBC 知名紀錄片中被複述，引發大眾關注。但韓國聯合通訊社（YNA）隨後

進行的更詳盡分析,否定了他說法的真實性[53]。
- 脫北者金惠京(音譯,Kim Hye Kyung)在加拿大議會作證時表示,她認識一名殺死自己襁褓中的小孩,並將其當成豬肉在北韓市場上販售的婦女——透過上述的情況,反映北韓的狀況。但她的證詞受到脫北者和分析師的廣泛質疑[54]。

西方國家高度重視這些證詞,因為它們提供了一種自我滿足感,感覺上肯定了西方相對於世界上最不西化國家的優越感,同時也為針對東亞對手的敵對政策(通常包括進一步的經濟制裁)提供了藉口。

在南韓的新聞教育者理查・莫瑞在為《傳播倫理國際期刊》撰寫一篇關於脫北者的證詞,是如何影響對北韓報導的研究報告中指出,西方的許多報導都是「具有高度推測性或鬆散地虛構創作」,對脫北者說詞毫不懷疑地引用,扭曲了外界對北韓的了解。他指出:

> 所有這些消息來源的可靠性都有問題,脫北者及其證詞的問題尤其嚴重。最主要的問題點在於,要使用哪些脫北者證詞以及該如何使用脫北者證詞。脫北者的證詞被用來支持披著人權外皮的孤立主義論調……定型化、諷刺漫畫式和草率的分析,都標誌著南韓在報導北韓時所使用和對待北韓難民及其整體群體的方式……脫北者故事的市場競爭很激烈,導致脫北者們為了推銷自己的故事,會互相想要壓過對方[55]。

《紐約時報》記者崔尚勳對脫北者也有類似的看法:「他

們當中的有些人一見到記者就會有一個習慣，他們會開始想像：『他想要聽什麼樣的答案？』他們會提供他們認為你想要聽到的答案⋯⋯關於北韓的可怕捏造故事。」據他觀察，反北韓組織和人權組織利用脫北者操弄記者的做法十分普遍，而且有一種「誇大和捏造故事」的強烈傾向，他回憶：「我經常看到人權運動人士這麼做。[56]」

媒體在詮釋脫北者的說詞方面，也發揮了重要作用，有時甚至刻意歪曲其原意，以符合最受歡迎的敘事方式。正如萊頓大學講師、國際危機組織（ICG）韓國工作負責人克里斯多福・格林指出，媒體和學者始終將北韓人不誠實地描繪成只是因為困難和資源匱乏，所以才離開自己的國家。他強調，脫北者離開北韓的主要原因，從希望與國外的親人團聚，到希望子女接受更好的教育都有，往往與北韓本身的生活條件無關—但這種說法並不符合記者或學者試圖傳達的訊息[57]。南韓政府的韓國國家人權委員會同樣注意到，「記者們有一種傾向⋯⋯會去扭曲脫北者對北韓生活和逃離北韓的描述。[58]」

脫北者金連姬（音譯，Kim Ryon Hui）在 2018 年接受美籍韓裔紀錄片製作人云大衛（音譯，David Yun）的採訪時，證實了敵視北韓的國家的媒體，會操弄脫北者的證詞，並以錢財當成誘因做為獲取虛假證詞的手段。她曾多次批評詆毀北韓的運動，並指出：

> 說北韓確實存在違反人權情況的是脫北者沒錯，但我們必須仔細檢驗這些脫北者。南韓有個電視節目叫《現在去見你》。這是一個主打脫北者和他們故事的節目⋯⋯當你觀

看這個節目和裡面所有明星脫北者時，你會看得淚流滿面。「北韓必須被摧毀。」「我們必須解放北韓人，給他們自由。」它會讓你產生這種感想……然而，（南北韓）分治意味著雙方之間的消息無法如實為另一方的人所知。而且曠日廢時的（兩韓）戰爭創造了扭曲事實、捏造謊言的需要。需要這場戰爭繼續打下去的人，正在製造這種情況。

《現在去見你》每個月播出四集……四集會在兩天內錄製完成。兩天工作的報酬是 2,000 美元。任何打工的人，無論是誰，如果可以有一份兩天報酬是 2,000 美元的工作，他們會怎麼做？他們會盡力保住這份工作。但是「北方生活極端貧困」、「我們餓到發抖」——光憑這些證詞是無法讓你繼續上節目的。這比你要在三星或其他那些大公司保住一份工作還要難。你需要更多像是「我餓到吃了一個人」、「我生出一個小孩，但因為他天生殘疾，所以政府將他活埋」的證詞；只有這樣的證詞，才能讓你在節目上占有一席之地。我有個朋友接到過《現在去見你》節目組的電話。這位朋友曾試圖跑去中國生活三次，但每次都被中國當局抓住。節目組知道這件事後，打電話問我朋友能否去上節目。他們說：「我們聽說你被抓了三次，你只要告訴我們這個故事就好。」於是我的朋友回答說：「我不了解其他脫北者在你們節目上說的內容。我被抓了三次（並被送回北韓），但我從來沒有經歷過你們節目中那些脫北者所描述的情況。我不知道他們在說的是哪個國家。」然後節目組的工作人員就說：「先生，你不能說這種話。」然後又說：「別擔心，我們會給你一個腳本。你只要大聲唸出來就可以了……」於是節目組就事先準備好腳本，當脫北者不知道要說什麼的時候，就用腳本上的內容來填補空白。因此，他們會找到像我那位被抓了三

次的朋友那樣的真實核心事件,再把謊言堆砌在這個核心之上——於是就變成了新的真相。我認為這是非常不幸的[59]。

也住在南韓,化名為崔先生的脫北者,接受採訪,他同樣把那些誇大其詞、聲稱北韓存在難以理解的人權侵犯行為和恐怖事件的北韓人,稱為「那些只是大聲朗讀國家情報院謊言的脫北者」——國家情報院(NIS)是南韓的首席情報機構,相當於美國的中情局。他總結:「這些人不去工作賺錢;不去工廠或公司上班。說出那些話只是為了賺錢。[60]」

雖然名利的誘惑促使一些脫北者利用極端證詞來獲得名人地位,但在南韓維持生計的需要,也是另一個重要動機,因為北韓人的收入遠低於當地人,在就業、教育和醫療方面,面臨歧視而且往往難以適應生活[61]。在極端情況下,居住在首爾的脫北者及其子女會餓死的這一事實,是一個重要指標[62]。從脫北者失業率到其子女的高中輟學率,這些統計資料都進一步證明了這一點[63],因此煽情的報導成了擺脫貧困的誘人途徑。俄羅斯科學院遠東研究所韓國研究中心(Russian Academy of Sciences Institute for Far Eastern Studies Korean Studies Centre)的主要研究員康斯坦丁・艾斯莫洛夫博士認為:「媒體有足夠多的材料,報導脫北者多麼難以適應在南韓的生活,以及他們在南韓被視為次等公民的情況。為數不多可以讓他們獲得更多資源的方法之一,就是積極參與反對北韓的政治宣傳活動,向大眾述說並不那麼真實,但閱聽群眾卻渴望聽聞的內容。由於競爭很激烈,因此有必要講述一些特別可怕的故事,成為『獨家謠言』的作者。[64]」

澳洲墨爾本大學韓國研究高級講師宋智英(音譯,Song

Jiyoung）也發表了類似看法：

> 支付現金以換取與北韓難民面談的機會，已經成為當地行之有年的標準做法⋯⋯南韓統一部的官員告訴我，根據資訊品質的不同，酬金範圍也有很大差異，每小時報酬從50美元到500美元不等。但這種做法又帶來了難題：酬金如何改變研究人員與受訪者之間的關係，又會對報導本身產生什麼影響？這種做法也推動了對「可銷售故事」的需求：愈是獨家、震撼或情感豐沛的故事，酬金就愈高[65]。

宋智英強調，脫北者「已經非常清楚採訪者想聽到什麼。無論是在聯合國、美國國會或是與西方媒體談話，每次的問題都一樣：你為什麼離開北韓？北韓有多可怕？」她補充：「親身經歷的證詞已經成為常態，故事中還要涉及愈來愈多的年輕受害者，情節也要更加悲慘、戲劇化、視覺化和情緒化。[i]」她指出，由於交叉檢驗和諮詢多個消息來源非常耗時，未經核實的資訊往往會被照單全收，以滿足媒體對於極端頭條的需求。

> 在我研究北韓難民的16年中，經歷過許多前後矛盾的故事，有些是故意疏漏，偶爾也會聽到一些謊言⋯⋯許多

---

[i] 宋智英在一份單獨評估報告中指出：「他們的故事愈可怕，獲得的關注就愈多。而當收到的國際邀請愈多，進帳的現金也就愈多。這就是資本主義體系的運作方式：競逐更悲慘、更令人震驚的故事。」（Song, Jiyoung, 'Unreliable witnesses: The challenge of separating truth from fiction when it comes to North Korea,' *Policy Forum*, August 2, 2015.）

難民說,他們在講述脫北者故事時感受到壓力。一位22號營區的前獄警安明哲(音譯,Ahn Myung Chol)說,人們喜歡令人震驚的故事,而這些所謂的「脫北者運動人士」只是在回應這種需求。一名15號營區的前囚犯鄭光日(音譯,Chong Kwang-il)說,他們被媒體曝光所帶來的名聲困住,不得不複製某種格式的敘事。

宋智英指出,對於運動人士和聽取證詞的人來說,證詞的準確性往往無關緊要,只要這些證詞對北韓有負面的描述即可[66]。這些不實證詞造成非常真實的後果。包含《北韓人權法案》在內的美國立法法案,以及歐巴馬政府隨後通過的更為嚴厲措施,絕大多數都是依靠脫北者的口頭陳述而被合理化。2013年聯合國北韓人權調查委員會也是如此,該委員會發布的報告絕大多數都仰賴脫北者的證詞[67]。

不但脫北者的說法是捏造的,而且在許多情況下,連他們如何脫離北韓的說法都是捏造的。最知名的案例是在韓戰期間,針對拒絕被遣送的北韓戰俘所施加的極端脅迫(詳見第二章)。另一個近期的案例是12名受雇於中國的北韓女服務生,據報導她們於2016年前往南韓尋求庇護。由於當時兩韓局勢高度緊張,因此西方媒體大幅報導這次事件,認為這又是一個北韓民眾對自己國家及其領導階層感到失望的跡象[68]。儘管平壤堅稱這些女服務生是遭到綁架,並發布他們親屬的採訪內容,但這些說法仍不可避免地被西方視為政治宣傳。然而隨著2017年韓國新政府就任,隔年就有消息指出,這些女服務生確實是被南韓的情報部門綁架,據報導,綁架行動還是由總統朴槿惠親自下令,而且這些

服務生希望能回家。為了不讓外界知道此事，這些女服務生被禁止接觸媒體或律師。直到南韓媒體報導此事後，一些西方媒體才重新報導了這一消息，然而七年過去了，這些女性仍被拘留，無法返家[69]。許多其他所謂的脫北者聲稱，他們同樣受到脅迫或欺騙，被迫從中國遷移到南韓，並被阻止回國，但這種情況很少被報導，因為這與西方關於北韓幾乎無法生存、整個國家就是一座大監獄的說法互相牴觸[70]。

對於極力詆毀平壤的西方國家來說，一個不願面對的真相就是，大量脫北者試圖返回北韓，其中大多數人原本都被禁止離開南韓，但還是有些人成功回到北韓[71]。事實上，在體驗過南韓的生活後，尋求返回北韓的脫北者人數在整個 2010 年代都在攀升。正如一名居住在首爾的北韓人士權哲男（音譯，Kwon Chol Nam）在 2017 年接受採訪時說：「雖然北韓比較貧窮，但我在那裡覺得更自由。鄰居和民眾會互相幫助、互相依賴。那裡的生活更簡單，而在這裡，人就只是金錢的奴隸。」權哲男因為試圖返回北韓而遭到南韓警方逮捕，但他的情況絕非特例[72]。事實上，就在權哲男的採訪內容被發布出來的當天，在首爾舉行的一場聯合國北韓人權聽證會，就被聲淚俱下的脫北者金連姬打斷，她哭求讓她返回北韓，因為多年來已經多次嘗試離開南韓未果[73]。這一現實破壞了將北韓描繪成在其境內犯下罄竹難書恐怖罪行的國家的努力，而西方國家在報導中非常小心地忽略了這一點。同樣被忽略的，還有南韓對脫北者提供的獎勵，依照不同情況，脫北者一人最多可以獲得 86 萬美元獎金[74]。

西方媒體眼中的北韓

除了脫北者的證詞外，詆毀北韓的工作極度仰賴於西方媒體和各種反平壤人權組織對資訊的捏造或錯誤解讀。多位西方記者都證實，各大媒體機構在報導北韓相關新聞時的不可靠。《華盛頓郵報》的馬克斯・費雪就寫下，在報導北韓時：「幾乎所有報導都廣泛被認為可採信，無論這些內容有多麼離奇或來源多麼單薄。[75]」艾薩克・史東－費許在《外交政策》上寫下：「身為一名美國記者，你想怎麼寫北韓幾乎都可以，人們也會照單全收。」他承認自己也做過同樣的事情，在沒有證據的情況下，詳細描述了北韓嚴重的毒品氾濫問題，但後來這件事情被證明完全是假的[76]。理查・莫瑞在《傳播倫理國際期刊》上發表的一篇研究報告也指出了這一點：「北韓的孤立狀態導致外界在報導該國時『無所不用其極』的做法，而這種做法在報導任何其他國家時，都是無法接受的。[77]」英國《每日電訊報》同樣指出：「在報導有關『避世之國』的新聞時，似乎有時會把守則拋到九霄雲外。[78]」《商業內幕》（Business Insider）的一篇報導得出了大致相同的結論——西方媒體幾乎普遍接受了所有對該國進行負面描述的報導[79]。

哥倫比亞大學北韓研究教授、著名北韓專家查爾斯・阿姆斯壯認為，冷戰後北韓的孤立狀態「對西方來說就像一塊空白的螢幕，上面投射著許多——往往是相互矛盾的——懼和幻想。[80]」上述情形的具體展現方式，就是常見於捏造報導的北韓處決犯人消息，西方報導曾出現從流行歌手到將軍等北韓知名人士被下令殺害，但隨後這些理應死亡的人物又在鏡頭前出現的情況[81]。

CNN在2015年5月的報導以揭示「北韓政權的醜陋真相」為題，聲稱金正恩主席親自下令毒殺他的姑姑金敬姬，一名年長家族成員遭到西方最主要對手國之一的領導人殺害的消息，隨後就被西方新聞機構大篇幅轉載報導，而且還常用脫北者做為獲取這項消息的來源[82]。不過，金敬姬其實仍健在，並於2020年1月公開露面[83]。

另一個案例是，2013年時有報導稱，北韓著名歌手玄松月不僅被逮捕，而且她私底下還是金正恩主席的前女友，主席金正恩下令將她與其他11名藝人一起處以槍決。西方媒體圍繞這事件的大肆報導包括：北韓領導人與這位年長得多的女歌手有婚外情、玄松月與其他歌手買賣性愛錄影帶，還有好幾項其他說法；儘管這些消息對熟悉北韓的人來說顯得十分荒唐可笑，但對大眾來說卻是相當可信[84]。做為北韓表演藝術的象徵，玄松月的名氣很大，而且她經常在重大活動中演唱國歌，這意味著她是一個特別有吸引力，且適合被用於捏造一個涉及色情和處決故事的目標，試圖以此玷污北韓的形象。然而她在號稱被處決的幾個月後，再次出現在電視上，隨後又表演了幾次，包括在2018年前往南韓進行友好訪問行程，因此沒有任何跡象表明上述指控為真[85]。

曾訓練過北韓國家隊的塞爾維亞排球教練布拉尼斯拉夫・莫羅指出，西方報導幾乎完全脫離現實的案例，就是西方主要媒體會報導北韓運動員因未能在國際比賽中獲得獎牌，而遭到處決的消息。莫羅說：「舉例來說，我當時就坐在其中一名『被殺死』的運動員旁邊，我覺得太丟臉了都不好意思告訴他，他應該已經死了。我甚至用手機上網確認他的身份。基本上，媒體報導裡面

真實的訊息很少。」莫羅強調,這就是西方媒體在捏造北韓的不當行為,並藉此損害北韓的國際形象[86]的廣泛現象。

另一個值得注意的案例是,許多西方組織,尤其是總部設在華盛頓的「人權無國界」(Human Rights Without Frontiers)組織,關於脫北者于泰俊(音譯,Yu Tae Jun)的報導。于泰俊曾向南韓投誠,並獲得了南韓國籍,但後來返回北韓探訪妻子。該人權組織的報告指出:

> 據悉,他在去年6月於北韓的咸鏡南道遭到處決。眾所周知,北韓政府處決了許多前北韓人,但這是第一次有受害者的身份真的獲得確認。此外,由於于先生是南韓公民,這次事件預計將產生巨大影響。于先生是在一群北韓公民面前被公開處決。據悉,他被指控的罪名是前往南韓並對平壤政府犯下叛國罪[87]。

英國著名人權專家艾登・佛斯特-卡特應和這項消息:「從各方消息來看,他現在真的已經死了一年僅33歲。[88]」西方和南韓媒體迅速報導了這則處決新聞,首爾著名報紙《朝鮮日報》曾十次報導這項消息。

關於于泰俊被公開處決的報導在西方媒體上流傳了幾個月後,「現在真的已經死了」的于泰俊於2001年6月12日,在北韓舉辦了記者會[89]。後來在平壤完全赦免他的脫北行為後,他於2002年返回南韓。于泰俊的母親安昌淑(音譯,Ahn Chong Suk)說出他回國的情況:「我聽我兒子說,北韓領導人在去年4月30日指示赦免我兒子,說一個愛妻子的男人也會愛他的祖

國。」不過她告誡兒子，不要在他回國的情況上撒謊，否則「可能會讓（北韓領導人）金正日主席形象太好。[90]」從西方人權組織和媒體對他的報導來看，于泰俊的情況絕非特例。關於處決的不實報導不勝枚舉，2019 年，英國主流報紙援引匿名消息來源稱，一名北韓將軍被扔進專門用於處決人犯的食人魚魚缸，處以死刑。這與數年來西方媒體報導的一系列其他處決方式不謀而合，這些報導始終建立在匿名的消息來源之上，從餵老虎和狗到被防空炮炸死，不一而足[91]。

或許極端捏造北韓故事的主要媒體來源就是自由亞洲電台（RFA）[92]，這是一家由美國政府資助的非營利廣播公司，其公開宗旨是「推進美國的外交政策目標。[93]」在金正恩剛接下領導大位初期，自由亞洲電台做出被流傳最廣、最引人注目的報導之一，就是這位新領導人「將自己的姑丈拿去餵狗[94]」──西方新聞媒體大幅轉載了這則新聞，但事實證明這完全是子虛烏有[95]。自由亞洲電台是主要在捏造北韓故事的推手，這些故事要不是指控北韓政府嚴重虐待北韓人民，就是聲稱北韓制定了荒謬的新政策。另一個值得注意的案例是，在金正日上任後不久，有一則報導就稱，北韓當局立法要求所有男性都要模仿金正日的髮型[96]──同樣在沒有證據或佐證的情況下，被當成事實轉載報導[97]。尤其是自由亞洲電台的報導，經常會出現這種情況，事後都被證明完全是不實說法[98]。當時在平壤的外國商人和非政府組織工作人員都反駁這則故事──用總部設在新加坡的非政府組織「朝鮮交流」（Choson Exchange）負責人的話說，這「簡直太愚蠢了」[99]。2017 年，自由亞洲電台報導中國外交部曾建議其所有公民，為了安全起見立即撤離北韓[100]，雖然一些聽到廣播的聽

眾確實因此撤離，但中國外交部並沒有發出警告的記錄[101]。中國外交部隨後不得不發表聲明，否認這一則他們將其稱為「假新聞」的報導[102]。

自由亞洲電台從成立之初，就與美國情報機構保持著密切聯繫，被《紐約時報》稱為成立於冷戰時期，與自由歐洲電台、自由電台、自由古巴電台和其他幾家電台一樣，是中情局慷慨資助的機構，宣傳網路一部分的「中情局廣播企業」[103]。藉由捏造扭曲和妖魔化北韓的故事，這家由國家資助的媒體將美國最古老的對手國描繪成被排擠的賤民國家，並加劇了北韓周邊的緊張局勢，從而推進美國的外交政策目標。

除了逕行捏造故事，西方報導也經常扭曲來自北韓的新聞，製造類似結果。例如2012年的一篇報導就稱，平壤聲稱發現一座「獨角獸巢穴」[104]。西方媒體再次大肆轉載這則報導，《紐約時報》推薦的暢銷北韓介紹書《北韓：三代狂人解密》（North Korea: Unmasking Three Generations of Madmen）[ii]中也出現許多捏造的故事。北韓最初的聲明其實是宣布發現了一處與高句麗開國始祖，東明聖太王高朱蒙有關，且根據傳說被稱為「麒麟窟」的王朝首都考古遺址——麒麟窟就被扭曲為一個「獨角

[ii] 北韓新聞遭到類似扭曲的情況非常普遍，例如英國媒體報導稱，北韓媒體聲稱已故國家主席金正日發明了捲餅—或是「沙威瑪」，依照不同西方報導來源說法，捏造內容也有所不同—這助長了北韓與現實脫節的形象。事實上，北韓媒體是稱讚金正日主席曾建議在某些地方向工人提供「夾肉餡的麥餅」，而不是發明了這種知名小吃。（Gill, Kate, 'North Koreans enjoy burritos after paper bizarrely claims Kim Jong-il "invented dish in 2011",' *The Independent*, January 4, 2022.）

獸巢穴」[iii]。

　　與詆毀北韓的西方報導相輔相成的，是北韓的正面形象被描繪成只是假象或完全因為審查而無法傳播。YouTube等美國社群媒體平台對北韓人經營或親北韓媒體內容的封鎖，只是其中的一部分[105]。研究員大衛・希姆和德克・納伯斯為德國全球和區域研究院（GIGA）撰寫關於西方對北韓描述的著名文章，並在結論中指出，北韓的正面形象被嚴格且有效的審查。他們的結論是：「北韓展示其軍事『實力』和內部『弱點』的影像，會被特別彰顯其特殊面以強調其『他者性』（Otherness）。影像的使用以特殊方式將北韓的『他們』和『我們』區分開來⋯⋯一個很好的例子是，在西方對北韓的描繪中，幾乎見不到微笑或喜悅的一般北韓大眾。[106]」

　　另一個看似微不足道卻別具意義讓北韓正面形象遭打壓的案例，是針對英國旅行家路易斯・科爾廣受歡迎的非政治性頻道的回應。該頻道著重於介紹北韓有趣的卡拉OK和水上公園等景點品質，以及善良的當地人。當這些影片受歡迎的程度有可能破壞西方對北韓的主流論述時，科爾因為未發表關於北韓政治的負面

[iii] 以獨角獸故事為例，一位德州的政治評論員指出，西方對北韓的報導嚴重依賴「長期以來對北韓這個東亞『異類』的刻板印象，將北韓人非人化，並合理化美國對北韓的侵略行為⋯⋯美國的政治宣傳之所以能如此輕易地化解北韓故事的正當性，都是源於潛藏於表面之下的種族主義假想，也就是北韓是一個相信獨角獸等事物的怪異、頭腦簡單的民族。這與東方主義邏輯相輔相成，將東亞人視為近乎亞人的『其他物種』，無法與之理性溝通，因此必須以武力解決。」（'A Lot of What You Know About North Korea Is Racist Nonsense,' *Medium*, April 18, 2017.）

言論,受到總部位於紐約的人權觀察等組織嚴厲批評,甚至被廣泛指責是被平壤收買的特務[iv][107]。外界對科爾的期待,是按照西方塑造的北韓形象來描述這個國家——一個如果實地用鏡頭拍攝也絕對不會出現,但西方消息來源卻堅持認為可以代表北韓現實的看不見的「真實北韓」[108]:在西方期待的真實北韓當中,這些看起來幸福美滿、衣食無憂的北韓人,其實關起門來都在暗自忍饑挨餓、生活過得苦不堪言[109]。

北韓的正面形象或成就該被拒絕或要被否定到何種程度,是基於「北韓私底下的真實面貌,肯定與表面所看到的不一樣」的假設,反映出西方世界建構的後設敘事的效用,會使接觸到西方媒體的群眾傾向於否定關於北韓的正面報導,轉而接受負面報導。關於這個現象,康斯坦丁・艾斯莫洛夫博士指出:

> 作者認為,北韓從根本上被妖魔化為「黑暗國度」還與另一個面向的因素有關。畢竟,從妖魔化宣傳者的角度來看,這樣一個國家從基礎上就無法創造出什麼正面的舉措,尤其是那些想要提高人民生活水準的政策……如果人們注意到北韓出現某些可以提高人民生活水準的事物,會被當成是政治宣傳,但實際情況卻並非如此。如果他們傳出發明了一些有用的事物,那鐵定也不是他們自己的發明,只是他們偷來的創意。如果北韓做出某種建設,那麼那棟建築就

[iv] 這種指控通常被用來駁斥那些對西方目標的報導內容,與西方觀點截然相反的人,不管是那些在中國長期工作後,為中國國家政策辯護的人士,或是那些對復興黨政府統治下的伊拉克生活,進行正面報導的人士。

是建立在無數囚犯的屍骨之上,或者是所謂的波坦金村莊(Potemkin,意指不存在的虛假建設或舉措)[110]。

即使是在所謂的非政治性內容中,西方人提到北韓時也很少不提出嚴厲斥責。無論是在旅遊指南、藝術畫廊還是山嶽風景集,幾乎都會額外加上備註評論,將北韓稱為「最邪惡、最神經質、最兇殘的獨裁政權」——英國一本關於國旗設計的書,就是這麼形容北韓[111]。這不只顯示出西方世界對其最古老對手充滿了敵意-而且幾乎完全無法以非政治化的眼光來看待它。

一艘南韓軍艦的沉沒:一起從未發生過的攻擊事件

隨著平壤與華盛頓之間的緊張局勢在 2010 年代加劇,北韓面臨愈來愈多以可疑證據懷疑他們發動攻擊的指控。這為美國參與東亞事務、推進歐巴馬政府「重返亞洲」倡議的目標,以及向平壤施加更大壓力,提供了更多藉口。

2010 年 3 月 26 日,南韓海軍的浦項級輕型護衛艦天安艦,在反潛艦作戰演習中沉沒,艦上 46 名船員喪生。最初,死者家屬普遍認為是海軍的無能造成這起事故,但幾個星期後,當地媒體開始猜測北韓可能是罪魁禍首。當時的證據非常可疑——是援引了一位不願透露姓名的非政府組織代表,他說他接到一位北韓高級軍官的電話,吹噓是他策劃了針對天安艦的整起行動[112]。當有人指出,專門反潛艦作戰資產已經透過嚴密監測證實,該地區沒有北韓潛艇的蹤跡時,一些媒體隨即聲稱,如果不是北韓海軍所為,那麼一定是北韓的破壞者轟炸機所為[113]。與此同時,一些

日本和俄羅斯媒體聲稱,天安艦是遭到一艘美國潛艇擊沉,是首爾方面想要藉由指責北韓來掩蓋真相。美軍惡名昭彰、相當高的友軍誤擊事故率,也正好可以支持這項指控[114],且美軍潛艇當時在場的事實也獲得證實。然而,並沒有證據可以證明,美國真的是肇事者[115]。

隨著首爾新上任的政府,正式尋求拋棄過去對平壤較友好的政策態度,將天安艦事件說成是北韓的陰謀,不僅可使首爾當局、南韓海軍和美國免受批評,也能做為政策轉變的藉口。儘管如此,專家們仍然支持天安艦沉沒是意外事故所導致,而非北韓襲擊所造成的這個結論。南韓國防部長金泰榮認為,眾多被南韓軍隊在1970年代布下的其中一顆水雷,或許正是事故主因。他援引操作護衛艦感測器的倖存船員訪談內容,做為反駁遭魚雷攻擊理論的證據,並稱有關天安艦是遭北韓魚雷襲擊的報導「毫無根據」[116]。由六個國家(除南韓外均為西方國家)組成的委員會於5月7日得出的結論認為,這艘護衛艦很可能是「被德國製造的魚雷擊毀」——這是南韓潛艇廣泛使用,且北韓並無管道獲得的一種武器[117]。委員會的報告讓外界猜測可能是友軍誤擊導致此次事故[118]。不過這個結論也受到質疑,因為找到的魚雷殘骸已出現腐蝕情況,專家們認為它們肯定已經沉入水中多年[119]。

證明魚雷是北韓製造的唯一證據,是其中一個零件上用紫色記號刻下的「1號」。事實證明這完全是無稽之談,並在南韓引起了廣泛的諷刺回應——最讓人印象深刻的回應,是用修圖軟體在蘋果的iPhone手機,放上同樣的「1號」圖樣,以此諷刺iPhone手機也是產自北韓[120]。正如維吉尼亞大學教授李勝勳(音譯,Lee Seung Hun)說:「你可以在iPhone上打上這個標

記，然後聲稱它是在北韓製造。政府說這是在水下被發現，這是在說謊。我認為這個東西是從舊材料倉庫裡被拿出來給媒體看的。[121]」

眾多專家中，華盛頓特區約翰霍普金斯大學的政治分析師徐在正（音譯，Suh Jae Jung）博士是其中一位認為這項指控所引用的證據，根本無法證明北韓襲擊天安艦。他認為，最大的矛盾之處是，在軍艦上發現的白色粉末不可能是爆炸產生的結果。複製化學反應的實驗顯示，這些粉末是長期浸泡水中所導致的銹蝕。於是他反而聲稱，天安艦很可能是被南韓的老式水雷擊沉——就與國防部長最初的說法一樣[122]。康斯坦丁・艾斯莫洛夫博士對天安艦沉沒的詳細情況進行了獨立評估，有效排除了北韓攻擊的可能性。他指出，這艘軍艦是「專門為獵殺敵方潛艇而設計的」，他說：

> 倘若是在近距離交戰，且事故發生地點深度很淺（15到20公尺）的情況下，天安艦船員不但沒有發現敵艦，也沒有探測到任何魚雷發射，是非常奇怪的。在這樣的情形下，上述敵艦必須具備超越部署在邊境附近的反潛艦作戰屏障的能力，才能神不知鬼不覺地進入布滿敵艦、潛艇和飛機的白翎島周圍海域，然後謹慎地攻擊輕型護衛艦；先用第一枚魚雷將其擊沉，然後避開其他反潛艦船隻和直升機，才能安全離開……它（所謂的北韓潛艦）是如何在演習中不被發現並擊沉一艘專門用於打擊敵方潛艦的船隻尚未得出定論，卻沒有人對此提出任何質疑。

北韓發射的魚雷要出現這種軌跡的可能性即使不是完全為零，也還是非常令人難以置信。艾斯莫洛夫將這種可能性稱為「奇蹟」[123]，他也不是唯一得出這個結論的人。正如日本《亞太期刊》（Asia-Pacific Journal）指出：

> 天安艦是一艘護衛艦，主要任務就是用雷達和聲納探測敵方的潛艇、魚雷和飛機……如果北韓的潛艇和魚雷正在靠近，天安艦應該能夠迅速發現，並採取相應措施進行反擊或規避。此外，天安艦沉沒當天，美國和南韓（大韓民國）正在舉行軍事演習，因此可以預期北韓潛艇會南下進行監視。很難想像天安艦的聲納部隊，沒有因此處於警戒狀態[124]。

南韓各大報也同樣強調，天安艦和美韓軍隊在高度戰備狀態下部署的其他監視資產，不太可能沒有發現出現一艘北韓潛艇[125]。美國外交關係協會美韓政策計畫主史考特·史奈德也列舉了類似事實，並對北韓發動襲擊的說法提出極大的懷疑[126]。

從國防部官員金哲宇（音譯，Kim Chul Woo）和調查小組成員申相哲（音譯，Shin Sang Cheol）[127]，到立法委員李正姬和前總統高級秘書朴宣元（音譯，Park Seon Won）等人，南韓官方人士廣泛強調了北韓做為幕後主使說法的前後不一之處。他們當中的許多人被南韓當局以散布「毫無根據的謠言」為由，公開起訴，並被冠以破壞國家安全的嚴重罪名，試圖以此阻止其他人表達懷疑或展開獨立評估[128]。申相哲根據自己在調查過程中的發現指出：「我找不到絲毫爆炸的跡象。船員們是溺斃的。他們的屍體很乾淨。我們甚至沒有在海裡發現死魚。」他提出大量證據

證明自己認為天安艦是擱淺後,再與另一艘船隻相撞的說法,並做出真相不過是「一起簡單的海上交通事故」這個結論。國防部對此的回應是,要求國會以「製造大眾對調查不信任」為由,將申相哲趕出調查小組[129]。

李正姬被南韓參謀長聯席會議以誹謗罪起訴,理由是她在國會的一次演說中指出,顯示軍艦艦尾和艦首分離瞬間的熱觀測裝置資料被刻意隱瞞,而這份資料原本可以用來釐清事發經過。與此同時,朴前秘書因要求提高透明度並對官方說法提出懷疑而被指控誹謗,並針對遭起訴一事表示:「我要求公開資訊,以便對天安艦沉沒的原因進行透明、公正的調查……誹謗訴訟是為了封口大眾對事件真相的懷疑。[130]」正如艾斯莫洛夫博士說:「專家們開始清楚地認識到,重要的不是誰真的擊沉了這艘命運多舛的輕型護衛艦,而是誰被點名要為這場悲劇負責。[131]」

天安艦事件正中美國和新上任的李明博政府下懷,翻轉了南北韓之間的友好關係,而且剛好配合制裁升級,切斷北韓與南韓極具價值的經濟關係。李明博政府利用這一事件,終止了幾乎所有與北韓的貿易往來,並在軍事和資訊方面加大對平壤的壓力[132]。美國國務卿希拉蕊・柯林頓在事發不久後訪問南韓,並談到「改變北韓方向」和「為北韓人民提供更美好生活機會」的計畫,從西方國家常常訴諸這類言辭的情況來看,這被廣泛解讀為隱晦地推翻北韓非西方化政府的訴求。相關人士希望天安艦事件能讓歐巴馬政府從其他區域行為者和南韓大眾獲得更多支持,對平壤採取強硬立場[133]。

雖然天安艦沉沒真正的原因仍未明朗,但西方主導的調查小組後來強調北韓該為此負責,西方媒體也不厭其煩地重複這個說

法,但這個說法仍然非常不可信。考量到這些說法不斷變動和其所引用證據的本質,更加落實了這些說法的不可採信。雖然天安艦沉沒事件有機會代表韓戰以來,北韓最成功的軍事行動之一,而且平壤歷來也不避諱對之前發動過的攻擊行動負責,但天安艦沉沒事件北韓從一開始就否認與此事有任何關聯,北韓官媒也稱南韓「國人同胞」的損失是「令人遺憾的意外」[134]。

在馬來西亞的一場化學暗殺

2017年2月13日,北韓國家主席金正恩同父異母的哥哥金正男,在吉隆坡國際機場遇刺身亡。行兇者是兩名分別為印尼和越南裔的女性,報導稱她們使用的武器是VX神經毒劑,數小時內南韓官員就很肯定地表示,此事是平壤所為——稱這是「金正恩恐怖統治的赤裸裸案例」[135]。西方消息來源在儘管沒有進行任何調查的情況下,迅速跟進報導,而此一事件也迅速被用來做為對北韓實施進一步經濟制裁的藉口。西方的揣測鋪天蓋地,無論調查人員得出什麼結論,主流媒體都有足夠的影響力,將這個北韓暗殺理論變成有效的事實。西方媒體的報導以及西方專家和官員隨後的指責,絕大多數都集中在來自西方和南韓的消息來源,而忽略了馬來西亞的調查。

與西方媒體形成鮮明對比的,是馬來西亞官方消息來源從未指控是北韓策劃了這起暗殺行動。馬來西亞方面只宣布,南韓和美國指控平壤是攻擊事件的幕後黑手,卻沒有自己展開調查,也沒有出示證據,而北韓則是對此予以否認。南韓媒體迅速將居住

在馬來西亞的北韓人李正哲（音譯，Ri Jong Chol）描繪成攻擊事件的幕後策劃者。李正哲隨後接受了馬來西亞警方的訊問，但因證據不足很快就被釋放。北韓駐馬來西亞大使館的工作人員也洗刷了所有嫌疑，在接受警方訊問後，調查中就沒有再提及這些北韓人。此案於 2019 年 4 月結案，兩名女性都被輕判，理由是她們都不知道自己在做什麼，她們都以為自己只是在拍攝電視上的惡作劇。官方調查結果並未指出北韓是肇事者[136]。北韓應為此負責的說法，後來被馬來西亞總理斥為純屬猜測[137]。

雖然沒有證據顯示北韓是幕後兇手，但這並不排除北韓可能涉及此事的可能性，然而這次事件也凸顯了北韓對手可以在很大程度上，根據完全未經證實的指控，形塑敘事內容並操縱全球輿論。包括南韓和西方世界強硬反北韓份子在內的多方勢力，都有刺殺金正男的動機——無論是為了結束唐納・川普新政府看似對北韓採取的軟弱路線[138]，還是為了嫁禍平壤，抑或是為了處理掉身為中情局線人的金正男[139]。北韓同時也有殺人的動機，包括消滅身為中情局資產的金正男，或展示其特務的影響力，及其在海外部署化學毒劑的專長。不過考量到金正男其實經常逗留於北韓大使館，北韓當局其實大可在大使館中悄無聲息地將其殺害，而金正男遭暗殺的行為是發生在大庭廣眾之下，並且暗殺事件發生在美國川普新政府執政、北韓與美國關係有機會緩和時期的這項事實等種種跡象顯示，平壤不太可能是此事的幕後主使。

一位美國學生之死

2016年1月2日,美國學生奧托‧瓦姆比爾以遊客身份入境平壤,之後遭到逮捕。他被指控闖入羊角島國際飯店的政府禁區並偷竊了一張海報,犯下「危害國家的敵對行為」的罪行。兩個月後,他根據北韓刑法第60條被定罪,檢方引用了他的供詞、監視錄影、法醫證據和證人證詞,判處他十五年勞動教養。這一判決幾乎受到西方人士的一致批評,儘管這一判決並不比他在美國或幾個西方盟國,若因類似行為可能受到的懲罰更嚴厲[v]。

2017年6月13日,在被判刑的15個月後,國務卿雷克斯‧提勒森宣布北韓已將瓦姆比爾釋放,交由美國監護。媒體隨後報導,美國國務院獲悉瓦姆比爾陷入昏迷,病情嚴重,他一回到美國就被送進醫院[140]。瓦姆比爾在6天後死亡,但病因不明。窒息造成的腦組織損傷和缺氧報告,以及他身體其他部位完全沒有外傷或損傷的情況,都與企圖上吊的情況相符,一些分析師推測他的死因有可能就是自殺[141]。血栓、肺炎、敗血症、腎衰竭和安

---

[v] 一個值得注意的案例是阿道佛‧馬丁涅茲。2019年12月,他因在教堂外拆毀一面LGBT旗幟而被俄亥俄州判處16年監禁。與瓦姆比爾不同的是,他不是外國公民,也沒有進入禁區才接觸到國旗。泰國曾多次對不尊重其君主制象徵的人士,包括外國人,做出相當嚴厲的判決,但與馬丁涅茲案一樣,西方媒體對這些案件的報導力度,始終比瓦姆比爾在北韓的判決要輕微得多。(Knox, Patrick, 'Bigot Caged: Homophobe jailed for 16 YEARS for tearing down LGBTQ flag and setting fire to it in Iowa,' *The Sun*, December 20, 2019.)('Man jailed for 35 years in Thailand for insulting monarchy on Facebook,' *The Guardian*, June 9, 2017.)

眠藥也被認為是可能的死因，如果他又因肉毒桿菌中毒並因此癱瘓，也可能導致他停止呼吸[142]。

辛辛那提大學醫學中心神經重症照護計畫主任丹尼爾・坎特醫師就其情況表示：「我們無法確定或證實他神經損傷的原因或情況⋯⋯然而，這種損傷模式通常是心肺驟停所導致的結果，也就是大腦在一段時間內供血不足，造成腦組織死亡。」他還指出，頭部或顱骨沒有外傷[143]。據報導，瓦姆比爾的神經系統受傷「已有 15 個月左右」，這表示他在遭到北韓關押之前健康狀況可能已經不佳[144]。CNN 首席醫療記者桑賈伊・古普塔醫師推測，瓦姆比爾抵達美國後接受的治療，可能直接導致他的病情惡化，最終導致他死亡[145]。

瓦姆比爾死後不久，他的父母聲稱他們兒子的死是在北韓遭受酷刑的結果；這種說法符合西方對北韓的成見，但醫學檢查結果和以前美國囚犯在北韓的經歷卻與這個說法大相逕庭[vi]。據

[vi] 例如，美國公民馬修・陶德・米勒因犯曾因犯下敵視北韓國家的行為，於 2014 年 4 月被判處六年徒刑。在被關押的期間，他多次暗示自己在北韓手中受到良好對待，導致西方消息來源廣泛猜測他是在脅迫之下說出這種言論。米勒在被關押 212 天後提前獲釋，並證實他對自己受到的良好待遇感到驚訝——他說自己在獄中可以用 iPad 和 iPhone 聽音樂。回到美國後，他形容自己對北韓看法的轉變，並談到了自己在獄中的生活：「這聽起來可能很奇怪，但我原本已經準備好要被『虐待』。但我反而被他們所展現的善意折服，我的想法也隨之改變。」米勒也否認西方報導中的廣泛猜測，澄清他對自己在北韓所犯罪行的公開道歉並未受到脅迫，他說自己的說法完全出自真心。（Freed American Matthew Miller: "I wanted to stay in North Korea,"' *The Guardian*, November 20, 2014.）（Nate Thayer, 'Matthew Miller's excellent adventure in North Korea,' *NK News*, November 14, 2014.）

CNN 和其他媒體報導，漢密爾頓郡驗屍官辦公室對瓦姆比爾的屍體進行了外部檢驗，結果與瓦姆比爾父母的說法大相逕庭。例如，瓦姆比爾的父親情緒激動地表示：「他的下排牙齒看起來像被人用鉗子重新排列過。」矛盾的是，驗屍官的報告表示：「他的牙齒自然且完好無缺。」針對瓦姆比爾父母宣稱，瓦姆比爾的牙齒被強行重新排列的說法，驗屍官拉克希米・寇德・山馬爾科醫師表示：「我非常肯定沒有任何受到外傷的證據。我們對（其父母的）這項陳述感到驚訝。」她的團隊，包括一名鑑識牙醫，對瓦姆比爾進行了全身徹底的評估和各種掃描[146]。

瓦姆比爾的父母拒絕對驗屍官的報告發表評論，也拒絕接受可以確定兒子死因的驗屍解剖。反而，他們繼續支持指控北韓政府對其實施酷刑的說法，並隨後透過美國聯邦法院要求北韓賠償 5 億美元[147]。鑑識科學家對不進行驗屍這一出乎意料的異常決定，提出嚴厲批評，但瓦姆比爾的父母沒有對此做出解釋，而他們不驗屍的決定也確保了瓦姆比爾的死因永遠成謎[148]。這個決定讓外界猜測瓦姆比爾的父母是在試圖保護他們的說法不被驗屍結果推翻，如此一來不但能支持美國政府中，有許多人針對和進一步詆毀北韓的強硬立場，還可能為他們贏得非常可觀的經濟回報。隨後，美國海軍於 2018 年扣押了一艘北韓貨船，將其護送至美國境內，隨後在美國境內進行拍賣。美國法警之後決定提供瓦姆比爾的父母部分拍賣收入——這對北韓商船隊來說是一個重大損失[149]。扣押該船的合法性仍有爭議。

駭入索尼影業

2015 年，北韓被指控駭入索尼影業並公布其公司內部文件，做為該公司在年初上映電影《名嘴出任務》（The Interview）的回應。由於該片對北韓的描寫粗俗，有時甚至是低俗不入流，而且還在片中血淋淋地殺害了北韓領導人，因此平壤曾要求該片不得上映。即使是反對平壤的西方批評人士，也廣泛指責該片對北韓人民，尤其是婦女進行了強烈的種族歧視和偏執描繪[150]。《國家》（The Nation）雜誌和《國家利益》的定期撰稿人，同時也是美韓關係專家的美國作家兼記者提姆·肖羅克說：「這部電影使用了（導演）塞斯·羅根所能想像出來的所有種族主義標籤和套路，從 1940 年代、1950 年代電影當中具有指標性的亞洲人怪腔怪調的滑稽醜化，到北韓人要不是如機械人一般的奴隸（如金正恩的維安人員），就是渴望美國男人的性饑渴順從者的概念。[151]」

索尼影業被駭客攻擊後，惡意軟體刪除了關鍵的電腦基礎設施，暴露了該公司與民主黨和美國國防機構的密切聯繫，民主黨和國防機構曾要求索尼影業製作《名嘴出任務》，並直接影響了《名嘴出任務》的電影內容[152]。這是歐巴馬政府大力強調資訊武器化和與媒體機構密切合作的大趨勢的一部分[153]。導演塞斯·羅根本人也證明了這一點，他說：「在整個過程中，我們與某些在政府中擔任顧問的人建立了關係，我相信他們就是中情局的人。[154]」索尼娛樂執行長麥克·林頓在電影製作過程中，一直與美國國務院保持聯繫，並被告知電影可能會對北韓局勢產生真正的影響[155]。索尼影業還被建議在電影中保留北韓主席金正日被處決的血腥場面，因為美國國防分析師和北韓問題專家認為，北韓民眾

「需要看到」這一幕,這一幕可能會激起反政府活動[156]。

韓國政策研究所執行董事會成員克莉絲汀・洪教授就該電影的製作及其意圖發表了以下看法:

> 如果你去看索尼高管的所作所為,他們與國務院進行了非常密切的諮詢,國務院實際上同意索尼高管在電影中放入死亡場面。他們還諮詢了蘭德公司一位叫布魯斯・班尼特的北韓觀察家,他基本上支持若想推翻北韓政府,就要暗殺掉北韓領導人的這種作法。實際上,他在與索尼公司就這部電影進行諮詢時表示,從南韓市場以及脫北者氣球投放組織對北韓的滲透來看,這部電影有可能推動北韓政權更迭計畫的進程[vii]。因此,在這種情況下,電影虛構與現實發展之間存在著某種對照關係[157]。

北韓駭客攻擊的指控被用來當成追加經濟制裁的藉口,而在歐巴馬總統警告要做出符合比例的回應後不久,北韓網路伺服器就遭遇大規模的網路攻擊,外界普遍猜測是美國所為[158]。許多專家對平壤是否應為索尼遭駭客入侵負責,提出嚴重質疑,而且雖然有證據顯示平壤針對南韓進行大量的網路間諜活動[159],卻沒有證據顯示平壤曾針對美國進行重大的網路作戰工作;另外據專家表示,有許多證據顯示平壤與此事無關。就如同美國著名網路安全公司諾爾斯公司(Norse Corp)的資深副總科特・史塔姆伯

[vii] 班尼特曾在國防部長辦公室、駐南韓美軍、駐日美軍和美國太平洋司令部工作,並以美軍和南韓武裝部隊高級人員顧問的身分,造訪南韓超過一百次。

格告知執法部門:「我們找不到任何跡象顯示北韓下令、策劃甚至資助了這次攻擊……沒有人能夠找到與北韓政府相關的可靠聯繫。」數據資料反而指向一位了解公司內幕的索尼前雇員。網路安全諮詢公司泰亞全球(Taia Global)的首席科學家施洛莫・阿加蒙同樣發現,完全沒有跡象顯示北韓應對此負責,他說:「我們當然有理由懷疑是否應將此事完全歸咎於北韓。」包括駭客和安全研究人員在內的其他專家也得出類似結論[160]。然而將平壤描繪成罪魁禍首,卻大大鞏固了該國身為一個跨國威脅和易受挑釁侵略者的形象,如此一來既能詆毀平壤形象,也能證明那些長期以來呼籲要對北韓採取更強硬政策路線的人是對的。

後設敘事對分析師和決策者的影響

事實證明,圍繞著北韓建立的後設敘事不僅能有效形塑全球輿論,還能對官員和決策者造成深刻影響。美國獲獎記者、前《華爾街日報》記者、《哈潑雜誌》社長約翰・麥克阿瑟在其關於2003年伊拉克戰爭爆發原因的報導中曾指出:「『小布希的公關戰爭』的成功……在很大程度上仰賴媒體的配合,它們不加批判地複述政府關於薩達姆・海珊對美國構成威脅的每一個欺騙性說法。[161]」北韓的情況很大程度上則是相反,是媒體對北韓這個世界上西方化程度最低國家所做的虛幻描述,對決策者產生了強烈影響;而做為主流敘事依據的大量虛假資訊,往往使各級官員無法做出正確的評估。正如中情局分析師約翰・尼克森指出,將北韓視為「邪惡」國家的決策者,無法客觀地分析情報,而中

情局本身「似乎完全陷在自己對金（正日）的解讀」，與主流說法相悖的資訊通常會被忽略[162]。

這種認知失調的影響，可以用前國務卿馬德琳・歐布萊特的證詞做為例證。她在 2000 年訪問平壤時回憶，她被帶有偏見的情報官員嚴重誤導。她表示：「我是帶著被我們自己人宣導，他（金正日）是個怎樣的怪人的印象出訪。他被描繪成孤僻的人，有很多女朋友、愛看成人片——基本上是一個非常古怪的人。」歐布萊特強調，這位北韓領導人本人給人的印象卻是相反，她說：「他其實很有魅力……他準備得非常、非常充分，回答問題時都不需要看小抄，不只對我很尊重，也對我要提出的內容很感興趣。」出乎她的意料，會談非常成功[163]。在 18 年後的一次採訪中，她的印象依然沒有改變，她回憶：

> 我確實認為，金正日聰明、消息靈通，這是很有趣的情況……技術上來說，他知道的事情非常多。當時我們其實是在討論飛彈限制的問題。他沒有諮詢他的專家。他真的能夠討論這些計畫的各個面向。他也花很多時間在討論這個議題。那場會談非常有趣。他還非常和藹可親。我的意思是，他準備了各種晚宴和各種活動。但我認為，他真的有心要取得一些進展……我對他在技術性問題上的高度掌握和聰明才智，感到驚訝[164]。

歐布萊特認為，未來談判的成功與否在很大程度上取決於美國領導人是否承認北韓領導階層的真實面目—這個真實面目與包括甚至在她所收到的簡報內，讓她信以為真的主流北韓敘事，具有高度反差[165]。

第八章

北約與利比亞的戰爭

西方向利比亞宣戰

大利比亞阿拉伯人民社會主義民眾國（The Socialist People's Libyan Arab Jamahiriya）從 1970 年代中期開始崛起，成為非洲大陸上反對西方霸權的主要力量，並在冷戰期間多次與美國、英國和法國軍隊發生衝突[1]。該國大量的石油儲備不僅靠近歐洲的主要消費基地，而且易於開採、提煉成本低，提供利比亞得以將國內生活水準提升至非洲大陸金字塔頂端的所需財富。利比亞的財富還被用來追求與西方霸權利益相抗衡的外交政策目標，這些目標往往與泛非洲事務的立場一致，包括為南非非洲民族議會（ANC，非國大）和辛巴威非洲民族解放軍提供培訓和物資支援，以及以蘇聯集團的裝備，建立自己的武裝部隊[2]。

到了 1980 年代中期，利比亞已經成為區域內領先的軍事強國，擁有非洲或阿拉伯世界最強大的空軍，成為西方外交政策在非洲大陸乃至全球範圍的眼中釘。利比亞的活動包括：在敘利亞

與美國發生衝突時，向敘利亞捐贈坦克和戰鬥機[3]；提供伊朗史上第一批彈道飛彈和最強大的作戰坦克，以對抗西方支持的伊拉克入侵行動[4]；為反對英國政府的愛爾蘭共和軍（IRA）提供武器和資金[5]；支持蘇聯軍工業，成為蘇聯軍工業最大的出口海外客戶。因為穆安瑪爾・格達費在南非非國大困頓之際的雪中送炭，非國大黨主席納爾遜・曼德拉[i]的孫子就取名叫「格達費」[6]，而格達費的女兒在2003年伊拉克總統薩達姆・海珊被美軍俘虜後，也曾無償加入伊拉克總統薩達姆・海珊的法律團隊[7]。當南斯拉夫在1990年代受到西方攻擊時，利比亞亦曾大力支持過南斯拉夫[8]。

2000年代時，蘇聯解體使西方得以透過聯合國，針對利比亞實施嚴厲的制裁和武器禁運，利比亞擔心西方會對其發動伊拉克式的攻擊，因此同意單方面解除武裝，並接受西方對其軍事設施的侵入式檢查，以換取西方的安全保證和制裁減免。儘管雙方關係在事後曾稍微緩和，但的黎波里還是繼續以其他方式嚴重挑戰西方對非洲的霸權。當美國國防部在2007年成立美國非洲司令部（AFRICOM）做為統一作戰司令部，並被解讀為五角大廈開始重新關注非洲大陸，利比亞卻成為了華盛頓這項計畫的主要障礙。在美國表示要給予其他非洲國家金援，以換取非洲司令

---

[i] 身為南非總統，曼德拉在回應西方對其與利比亞關係的批評時說：「那些認為我們不應該與格達費建立關係的人毫無道德可言⋯⋯那些因為我們與格達費總統的友誼而感到惱火的人，不如自己跳進泳池裡。」除了其他形式的援助，利比亞政府還為曼德拉的妻子支付她在種族隔離政府下受審時的律師費。（Sengupta, Ken, 'Nelson Mandela's foreign policy triumph was to stand against the,' *The Independent*, December 23, 2013.）

部基地落腳該國時,利比亞就會自行出資給那些國家,讓他們拒絕美國。雖然這不是非洲司令部屢遭拒絕的唯一理由,但卻是關鍵。美國陸軍的官方新聞網站稱利比亞「對非洲司令部表達了最強烈的反對」;利比亞與奈及利亞和南非並列,三國都是「最早抗議且態度最強硬的批評者」[9]。

做為非洲大陸最富裕的國家,利比亞在泛非外交政策前景的引導之下,完全有能力帶頭團結非洲國家,加強非洲國家之間的合作。截至2011年,利比亞已經擁有世界上最大的主權投資基金之一,擁有超過1,500億美元的海外金融資產和更多的國內儲備,這不僅可以保證利比亞國內的繁榮,也使其能夠支持泛非洲的重大計畫[10]。其中一個案例,是利比亞政府在2007年成為非洲地區衛星通訊組織(Regional African Satellite Communication Organisation)中,非洲第一顆衛星的最大投資者,這顆衛星因為每年為非洲大陸各國共省下原本支付給外國營運商的數億美元成本,備受讚揚[11]。利比亞也為非洲聯盟旨在終結非洲對外部資金依賴的三大金融專案,撥款了300億美元;而總部設在利比亞的非洲投資銀行,也為非洲大陸上的的各項發展計畫,提供低利率貸款[ii]。

利比亞最重要的非洲經濟整合計畫,是建立一套黃金擔保貨幣——非洲共同貨幣(African Gold Dinar)——這被認為是對西方影響力現狀,和西方各方勢力透過最惠條件,從非洲大陸獲取資源能力的主要威脅。這項計畫被認為尤其會威脅到法國的利益,削弱巴黎在資源豐富的西非法語國家的勢力範圍,因為西非法語國家原本使用的貨幣,是由法國財政部擔保的非洲法郎。有14個非洲國家與巴黎簽訂協定,向巴黎提供特殊權利,包括將其大部分外匯儲備存入法國中央銀行、使用法郎、向法國公司提

供重大基礎設施合約或資源開採機會的優先權;失去上述這些利益所可能帶來的損失將重創法國,甚至波及更廣大的歐盟[12]。因此巴黎及其許多歐洲夥伴,都屬於支持對利比亞採取行動的主要行動者之列,它們也是最受利比亞在非洲大陸行動威脅的國家。正如法國前總統法蘭索瓦・密特朗在談到法國與非洲前殖民地的特殊關係,對法國經濟福祉的重要性時強調:「沒有非洲,法國就沒有二十一世紀的發展。[13]」他的繼任者賈克・席哈克也發出過類似的警告:「沒有非洲,法國將淪為第三世界國家。[14]」法國前外長賈克・歌德弗蘭也說過類似的話,表示雖然法國是「一個小國、實力有限,但由於我們與 15 或 20 個非洲國家的關係,我們足以撼動一顆星球。[15]」

當西方列強在 2011 年向利比亞開戰時,法國顯然是第一個出擊的國家,美國國務卿希拉蕊・柯林頓外流的電子郵件,後來揭露了巴黎攻打利比亞,並迫使西方盟國加入其行列的主要動機。據《Vice 新聞》(Vice News)報導,法國政府不僅「渴望

---

ii 這些倡議與發生在東亞的情況大同小異。在東亞,加強區域合作與整合的計畫,遭到西方國家的強烈反對,幾乎每一項計畫都遭到破壞。儘管這些倡議各不相同,但這些被西方國家針對,卻使東亞地區走向相互依存,並可減少對西方依賴的倡議包括:大日本帝國的「大東亞共榮圈」、印尼的「北京–平壤–河內–金邊–雅加達軸心」、馬來西亞的「東亞經濟集團」(EAEG)、日本的亞洲開發銀行,和中國主導的「區域全面經濟夥伴協定」(RCEP)、亞洲基礎設施投資銀行(AIIB)以及「一帶一路」倡議。利比亞在非洲的計畫規模較小,但同樣有可能讓非洲減少對西方大國的依賴和影響,並大幅推動區域整合和發展,所以大體上就和東亞地區的各項計畫一樣,是西方霸權為了維持利益亟欲阻止發生的情況。

獲得利比亞的石油」，而且「格達費祕密計畫利用其龐大的黃金供應來取代法國在該地區主導地位」的這項事實，據說「嚇壞了」法國總統尼古拉‧薩科吉[16]。這個說法完全符合法國依賴非洲，尤其西非，才得以維持其經濟繁榮和大國地位的程度——在非洲學者看來，法國是名副其實的帝國，對其前殖民地持續造成負擔[17]。自殖民時代以來，歐洲，尤其是法國，一直嚴重依賴它們對於非洲霸權統治所帶來的經濟利益，利比亞拒絕並有可能嚴重破壞這一霸權體系的泛非洲政策，顯得特別危險。

自1940年代以來，美國一直致力於幫助其歐洲夥伴維持在非洲大陸的勢力範圍，從而以非常優惠的條件獲得非洲龐大的資源，這對西方集團在冷戰中的集體力量來說是一大福音[18]。正如美國國務院政策規劃辦公室主任喬治‧肯南在冷戰初期指出，西歐的經濟福祉在很大程度上取決於它們可以獲取的非洲資源——這個現實從當時至今，幾乎沒有改變[19]。根據政策規劃辦公室分析：「一個包括英國但不包括東歐的歐洲聯盟，如果想在經濟上健全發展，唯一的途徑要不是與西半球，就是要與非洲發展最密切的貿易關係。」政策規劃辦公室當時主張：

> 根據這些安排，西歐國家聯盟將共同對非洲大陸的殖民地和附庸區域進行經濟開發和利用……這個想法本身有很多可取之處。非洲大陸……所在的位置讓西歐的海洋國家很容易抵達，在政治上它們控制或影響著非洲大陸的大部分地區。非洲大陸的資源也相對未開發[20]。

正是基於這一點，查斯‧T‧緬恩策略諮詢公司（Chas T.

Main）的前首席經濟學家兼哈佛和牛津等著名大學講師的約翰・柏金斯，就將針對利比亞的行動稱為「帝國保衛戰」。柏金斯認為，這場戰爭的目的，是要消除利比亞黃金擔保貨幣對西方以特權條件，獲取非洲資源能力所構成的威脅[21]。

2011年2月中旬，身分不明的武裝分子突然對利比亞軍械庫和安全部隊，發動聯合攻擊。利比亞部隊以水炮和橡膠彈回擊，沒有使用致命武力[22]。BBC承認，當時在網路上廣為流傳，宣稱安全部隊實彈射擊的影片是假的[23]。在出現動亂跡象五天之後的2月20日，利比亞第二大城班加西出現使用槍支、土製汽油彈、推土機和裝滿炸彈車輛襲擊並占領軍隊駐地的叛亂分子[24]。據報導，全國各地都發生了類似的攻擊事件。2月21日，利比亞第三大城市密蘇拉塔的武裝分子襲擊員警和軍隊基地，並奪取武器。聯合國報告指出：「然而，抗議活動似乎快速升溫，示威者於2011年2月21日和22日襲擊了革命委員會辦公室、警察局和軍營，並利用在這些地點發現的武器武裝自己。」利比亞政府軍於是以實彈對付全副武裝的叛亂分子[25]。

利比亞當局的平叛行動迅速將武裝分子趕出了扎維耶、密蘇拉塔和艾季達比耶等城市，然後轉戰班加西。儘管叛亂分子藏匿在平民區，但平民傷亡不大。到了2月底，衝突看起來有在幾天內結束的跡象。在密蘇拉塔市，叛亂分子與政府軍之間的衝突最為激烈，但資料顯示利比亞武裝部隊表現良好，避免對平民造成傷害。根據《人權觀察》報告，密蘇拉塔在戰鬥爆發的前七個星期裡，有949人受傷，其中只有22人是婦女、8人是兒童。傷患裡面超過97%是男性，這強力顯示了平民沒有成為攻擊目標。雖然西方媒體和非政府組織很快就將利比亞的平叛行動，說成是

無差別地屠殺平民,但如果是無差別屠殺,傷亡女性的比例應該接近 50%,肯定不會低於 3%。做為衝突最激烈的地區,密蘇拉塔這個擁有 40 萬人口的城市經歷近兩個月的戰鬥,醫療設施僅記錄到包括叛亂分子和政府軍在內的 257 人死亡的這項事實,也就意味著最多只有 0.0006% 的人口死亡。對於在大城市中心進行的平叛行動來說,這個死亡人數非常低,再次顯示利比亞軍方沒有濫用武力,有意避免讓平民受到波及[26]。利比亞各大城市也出現了類似的趨勢。例如在的黎波里,當叛亂分子襲擊並燒毀政府大樓時,安全部隊在後續行動殺害的人口當中,只有 1% 是女性[27]。

德州大學詹森公共事務學院公眾事務副教授艾倫·J·庫柏曼對此的觀察如下:

> 利比亞政權的行動,是對抗議者暴力升級的回應⋯⋯西方媒體創造格達費軍隊攻擊單純的和平抗議者、動用暴力的形象,是錯誤的⋯⋯雖然政府確實對反叛分子做出了武力回應,但它從未像西方媒體報導的那樣,以平民為目標或訴諸「無差別」的武力。事實上,早期的媒體報導將死亡人數誇大了十倍⋯⋯從 2 月 21 日開始,國際媒體還錯報格達費的空軍無差別掃射和轟炸班加西和的黎波里的平民。一直要到戰爭結束後,國際危機組織北非計畫負責人的一篇著名文章才揭露「這篇報導不是真的」[28]。

在班加西一家醫院工作的一名法國醫生回報,即使在局勢升級到使用實彈,利比亞部隊開槍都是瞄準腿部和腹部,目的是為了讓叛亂分子喪失行動能力,而不是殺死他們[29]。一名利比亞高級將領在叛逃後也同樣向聯合國的調查小組透露,政府軍是在叛

亂分子開始使用槍支後，才開始使用實彈[30]。

在整起衝突的過程中，關於利比亞的叛亂分子是誰、他們是如何被協調和訓練在全國範圍內同時發動攻擊，以及他們為什麼要發動一場，從一開始就很清楚只有西方軍隊支持性的干預，才能成功的軍事行動等問題，被一再地提出。在與利比亞長期以來一直是阿拉伯世界中，最堅定反對西方霸權兩國之一的鄰國敘利亞，因為也同時遭受了形式非常相似的攻擊，而且襲擊者之中不乏相同的外國勢力，因此可以看出一些跡象。在這兩國的叛亂中，西方都迅速呼籲對目標政府進行軍事干預，不僅獲得西方媒體的大力支持，還得到了谷歌（Google）等大型科技大廠的大力支持[31]。法國外長羅蘭・杜馬指出，英國至少從2009年起就開始訓練叛亂分子「入侵」敘利亞，另有多個可靠消息來源證實，叛亂分子得到西方大國及其夥伴的武器、訓練和支援，甚至西方國家和盟國還部署特種部隊與他們並肩作戰[32]。在利比亞，西方特種部隊被證實在叛亂爆發後的幾天內就出現在當地，顯示叛亂事件是經過長期策劃，與敘利亞的情況如出一轍。穆安瑪爾・格達費則將叛亂分子稱為「為美英殖民主義者賣命的叛徒」[33]。

根據2011年以來大量增加的證據，《國家利益》雜誌在2014年的一份報導中強調，利比亞的叛亂活動具有分裂主義和聖戰主義的雙重性質，報導表示：

> 利比亞的起義始於一場爭奪東部繼承權的鬥爭——這場鬥爭一直在進行……左右了反格達費運動的決定性因素，是大量聖戰者的湧入，其中許多人隸屬於蓋達組織—他們當中的許多人都來自利比亞東部，在格達費政權統治期間，東

部已成為跨國聖戰士的主要來源地:截至目前為止,昔蘭尼加為伊拉克叛亂提供的人均外籍戰士人數最多[34],正如1980年代,這些東部人在阿富汗對抗俄羅斯人時所做出的決定性貢獻一樣,這些人當中的許多人在接下來的數十年間,在蓋達組織的中央領導階層擔任要職[35]。

政府戰敗的幾個月後,東部地區的民兵迅速採取宣布脫離的黎波里自治的這項事實,就是上述評估的佐證[36]。

《國家利益》雜誌後來的報導指出,西方支援的是「一場實際上由蓋達組織武裝分子所領導的叛亂,而非如當時報導所說,由親西方自由派人士領導的行動⋯⋯更常見的說法是,利比亞的人權律師對利比亞政權的暴力,做出了自發性的回應,而他們以某種未知的方式獲得了武器,並在一週內征服了半個國家。但事實的真相卻合理得多:這場叛亂是由在阿富汗、伊拉克和利比亞打過仗的伊斯蘭教老兵所帶領。[37]」做為聖戰行動的一個指標性標誌,自殺炸彈車輛從敵對行動的一開始就扮演了重要角色,而班加西在被叛軍控制後,蓋達組織的旗幟在街頭上被四處揮舞,並在主要法院上方被高高掛起[38]。報導中還援引多份來自聖戰組織領導人(他們當中的許多人,後來在大利比亞阿拉伯人民社會主義民眾國被推翻後的利比亞領導階層擔任要職)的證詞,解釋他們最初的行動:

證據顯示,伊斯蘭教徒在任何和平抗議發生之前,就已經計畫要發動叛亂,然後採用滾雪球戰術,將目標對準一系列重要性愈來愈高的安全設施,從每一座設施獲取武器,用來對付下一座更大的設施⋯⋯武裝分子最一開始是用石塊和

汽油彈襲擊警察局以獲取槍支,然後用這些槍支對付國內的安全部隊,從而獲得更高級別的武器。回過頭來,他們又利用這些武器襲擊軍營,獲取更重型的武器和裝甲車,然後將其部署到利比亞東部的主要駐軍地和四座空軍基地——這一切都發生在 2011 年 2 月 15 日到 21 日的這一週以內[39]。

大利比亞阿拉伯人民社會主義民眾國最終被推翻後,這些武裝分子不僅極力要求東部地區獲得更大的自治權,還要求將伊斯蘭律法的保守解釋寫入利比亞憲法,並保證要以此做為新利比亞的法律基石。當他們要求的條件沒有獲得充分滿足時,他們當中的許多人又加入了東部分裂主義運動[40]。正如《國家利益》雜誌指出:「當時,格達費因斷言叛亂是伊斯蘭教的陰謀而遭到嘲笑,但現在回過頭來看,證據證明他是對的。」[41]

國務卿希拉蕊·柯林頓外流的電子郵件,後來提供了叛亂分子犯下戰爭罪行、西方特種部隊從戰爭一開始就與叛亂分子並肩作戰,以及叛亂分子隊伍中有大量蓋達組織成員的證據。與蓋達組織有關的民兵接受過海外訓練和支持,加入對抗利比亞政府的戰鬥[42]。這並非沒有先例,一個著名案例是法國情報部門報告指出,英國軍情六處(MI6)在 1990 年代為蓋達組織在利比亞的分支機構,同時也是與利比亞政府對抗並試圖暗殺格達費的利比亞伊斯蘭戰鬥組織(Libyan Islamic Fighting Group)提供大量資金[43]。當叛亂分子被證明無法奪取班加西市等主要目標時,外國的特種部隊特別是卡達部隊,就被派去代勞[44]。

西方政府和媒體不僅迅速描繪出一場以西方政治價值觀為名的草根革命——這是對聖戰士叛亂行為的嚴重扭曲——而且聲稱

政府軍展開一場大屠殺的威脅迫在眉睫。法國總統尼古拉・薩柯吉強調，利比亞人民希望「從奴役中被解放」，法國有責任預防利比亞「大開殺戒」。他說，法國已經「決定在歷史面前扮演該扮演的角色。」他宣稱：「我們有責任回應他們痛苦的呼救」，並讓巴黎成為第一個承認叛亂分子而非聯合國承認的利比亞政府，為利比亞正統領導階層的國家[45]。這符合西方把非西方世界大部分地區，描繪成暴虐「獨裁政權」和「專制者」，指責他們阻礙當地人民與西方化進程的主流典範，因此西方在道義上有義務推翻這些領導人，從而推動歷史潮流向前邁進。整個西方世界很快也跟進發表了類似聲明。

在利比亞衝突的最初兩個月，外國勢力的介入起初是秘密進行的，但隨後西方國家公然展開攻擊，義大利國防部國防高級研究中心中東研究主任兼全球研究所智庫主任尼古拉・佩德博士強調：

> 從一開始，一系列協調行動、大量武器彈藥的供應以及地面上一系列目標的存在，都清楚展示了這麼一套計畫的存在，這完全不是一場簡單的暴亂。另一個至關重要的因素，是某些歐洲國家政府的快速反應，尤其是法國和英國，他們幾乎立刻就支持反政府立場……全球媒體的大量報導開始傳播一種關於利比亞危機的說法，這種說法在很大程度上是建立在利比亞政府對民眾企圖發動的和平起義，將用暴力予以回應的基礎之上。這種說法的主要來源是卡達的半島電視台（Al Jazeera），半島電視台開始系統性地播放暴力、破壞、憤怒和死亡的畫面，讓歐洲大眾相信格達費已經發動了一場大屠殺，目的是為了確保他的權力和特權得以延續。大多數被有系統傳播給西方家庭的新聞報導，都描述格達費的空軍

如何對城市地區進行無差別轟炸,造成成千上萬的平民傷亡。因此這些新聞要傳遞的資訊是,這是一場大屠殺,必須在國際社會的支持下,不惜一切代價予以制止[46]。

西方在對利比亞發動軍事攻擊的同時,還發動了嚴厲的經濟戰;在過去十年,由於利比亞在貿易上更加依賴歐洲,歐洲貿易對利比亞的影響力日增,而失去關鍵藥品的供應對利比亞的打擊尤其巨大。在獲得聯合國安理會對軍事行動的支持後,法國於3月19日發動了首次空襲。當巴黎借此機會展示了其新型飆風戰鬥機(該戰鬥機在出口市場上未能獲得任何青睞)時,利比亞完全被忽視的防禦工事狀態非常糟糕,所以利比亞的抵抗微不足道──任何稍微現代化一點的戰鬥機都可以大膽發動攻擊[47]。雖然利比亞確實擁有世界上最大的三馬赫以上戰鬥機機隊,這支機隊在1980年代整備完成時,足以讓任何歐洲的聯合部隊望塵莫及,但自從進入二十一世紀以來,特別是在的黎波里於2004年與西方陣營和解之後,這些飛機就很少飛行了[48]。這些飛機不僅缺乏航空電子設備或武器升級,甚至也缺乏訓練有素的飛行員或足夠維護,因此毫無用處[iii]。格達費的兒子塞義夫・伊斯蘭在幾週後感嘆:「我們最大的錯誤之一,就是推遲新武器的購買,尤其是從俄羅斯購買武器的計畫,這是一個大錯誤。我們也遲遲未建立一支強大的軍隊,因為我們認為我們不會再打仗了,以為美國人、歐洲人都是我們的朋友(因為利比亞在西方施壓之下,從2003年開始解除武裝,實現關係正常化)。[49]」利比亞原本有意採購現代化的防空資產,大概在兩到三年的時間內就能正式啟用,而西方專家也認為這些現代化的防空資產,足以威懾歐洲或

美國，必要時還能嚴重阻礙西方國家進攻。因此西方攻擊的時機至關重要，看準的正是的黎波里在自滿情緒之下造成的利比亞軍事現代化延宕[50]。

美國迅速跟進法國發動攻勢，出動B—2重型轟炸機和F—16及F—15戰鬥機進行大規模空襲。美國海軍在第一天就向利比亞各地目標，發射了112枚巡弋飛彈[51]，在地中海部署了3艘核攻擊潛艇、兩艘兩棲攻擊艦、兩艘導引飛彈驅逐艦和其他4艘戰艦，以支援行動。英國、義大利、加拿大和卡達隨後加入行動，西班牙和丹麥也很快加入。接下來幾週，瑞典和比利時等更多西方國家加入進攻的行列[52]。儘管利比亞國防幾乎完全無力為敵，但這場戰役仍被視作歐洲北約成員國效率低下和能力不足的一個案例──儘管他們加總起來的軍費開支非常可觀，約達2,000億美元，而且這次行動也是歐洲各國先說要打的[iv]。這逼得美國不得不代表這些歐洲國家進行大量干預，涉入程度是美國之前所未曾預料到的地步。西班牙和德國等幾個國家極低的戰備率、英國等國的巡弋飛彈武庫儲備不足，或更普遍影響著歐洲軍隊的指揮和控制問題，都是導致大多數國家派遣的部隊，都只具備象徵性意義的諸多問題之一[53]。在展開空襲行動的同時，卡達[v]還向叛亂分子提供武器和培訓，並發起全方位的媒體宣傳，還建立了通訊網路並部署特種部隊在當地作戰，以支持西方行動[54]。杜哈同時還帶頭呼籲西方國家對敘利亞發動類似的空襲行動[55]，並被發現在這兩個國家支援蓋達組織的叛亂分子[56]。西方運往利比亞的武器最終也落入蓋達組織之手，而蓋達組織也成為一支打擊利比亞政府特別有效的戰鬥部隊[57]。

甚至在第一輪打擊發動前，從西方的辭令、以往類似的軍

事干預，以及攻擊背後的明確動機來看，這場戰役的目的顯然都不是為了保護利比亞平民——幾乎沒有證據顯示利比亞平民曾處於危險之中。相反地，歐洲行動的目的是為叛亂分子贏得戰爭，建立一個親西方的利比亞政府，消滅大利比亞阿拉伯人民社會主義民眾國，因為過去數十年來，利比亞一直是西方霸權主義在非洲及其他區域拓展勢力範圍的眼中釘。這一點在第一輪空襲開始後，變得更加明顯，因為利比亞的基礎設施和全國各地的其他目標經常在遠離戰鬥發生地的位置遭到空襲。支持政府的據點被特別針對，民用基礎設施遭到特別猛烈的轟炸[58]。

---

iii 與此形成鮮明對比的是，敘利亞的防空系統以同樣的武器系統為基礎，儘管數量較少，但從 2011 年開始，敘利亞的防空系統一再被認為是阻礙西方潛在攻擊的關鍵因素。與利比亞不同，敘利亞對蘇聯提供的硬體進行了現代化改造、對人員進行了培訓，並保持較高的戰備狀態。利比亞無力防禦的主要原因不是缺乏武器裝備，而是在與西方關係和緩後的虛假安全感，讓他們疏於防備。（'INSIGHT–military intervention in Syria, post withdrawal status of forces,' *Wikileaks*, March 6, 2012.）（'Prospects for Syrian No-fly Zone Assessed at USIP,' *United States Institute of Peace*, May 30, 2013.）

iv 正如北約國防學院研究部主任卡爾-海因茨・坎普博士指出，由於歐洲在利比亞的軍事表現令人失望：「明顯看出，北約歐洲仍無法在沒有美國軍事支援的情況下自主行動—即使利比亞是一個相當『好打』的目標。」（'Debate begins over how history will view NATO's intervention in Libya,' *Deutsche Welle*, October 21, 2011.）

v 卡達參謀長承認「在每個區域都實地部署了數百位卡達軍人」，他們為叛亂份子「展開訓練和通訊行動」。利比亞叛軍領袖穆斯塔法・阿布達賈利承認，卡達人「策劃」並且是「我們所有戰鬥中的主要夥伴。」（Qatar Admits It Had Boots on the Ground in Libya,' *Al Arabiya*, October 26, 2011.）

在當地的西方記者報導，西方空襲和飛彈襲擊造成了極高的平民傷亡人數，甚至遠遠超過利比亞政府被指控造成的傷亡數量，首都的黎波里的大學和酒店等平民目標遭到反覆且猛烈的轟炸。歐洲和美國戰機被描述在叛軍控制的地區外，「屠殺任何會移動的目標。」英國戰地記者莉茲・費蘭在的黎波里報導：「當北約於 8 月 19 日開始對的黎波里進行密集轟炸時，我能聽到酒店周圍的炸彈和阿帕契（攻擊直升機）以人類所能想像到最殘酷的力量，奪走當地人的日常生活；而全世界卻被告知利比亞人民正在『被解放』。」費蘭描述街道「屍橫遍野」，醫院「被死傷的屍體淹沒」，她說她的親身經歷和當地的消息來源都可以證實，利比亞政府公布平民死亡人數眾多的數字——包括有一次光是在的黎波里，在西方國家發動打擊的短短 12 個小時後，就有 1,300 人死亡、5,000 人受傷[vi]。她記錄並拍攝了多起蓄意襲擊平民目標，導致大量無辜民眾喪生的事件[59]。五角大廈後來在 2021 年公布的檔案，證實了費蘭的看法。這些檔案顯示，北約所謂精確打擊和精確打擊只會造成少量平民傷亡的說法，往往沒有什麼根據，而且對目標人群造成嚴重傷害[60]。

　　西方列強及其在當地武裝和訓練的叛亂分子，始終拒絕接受停火機會。雖然利比亞政府接受了多個中立第三方提出的調解和

[vi] 為了消除外界對西方空襲造成大量平民傷亡的批評，美國國防部長勞勃・蓋茲特別聲稱，利比亞政府將屍體放置在轟炸地點附近，誣陷北約造成平民死亡。然而，這完全不符合記者和外國觀察員在當地觀察到的結果。（'Robert Gates On Libya Violence: No Proof of Civilians Killed In U.S. Strikes,' *Huff Post*, March 26, 2011.）

談建議,但由伊斯蘭主義者主導的叛軍領導階層卻堅決表示,他們「完全拒絕和談的概念。」的黎波里甚至提出停火協議,表示他們願意讓格達費下台,成立一個囊括雙方陣營的新憲法政府,但這項提案也遭到嚴詞拒絕。叛軍唯一可以接受的結果,就是處決或驅逐大利比亞阿拉伯人民社會主義民眾國的領導階層,並將叛軍的那套統治模式套用在新的利比亞[61]。正如普林斯頓大學國際法教授理查‧A‧伏爾克指出:「北約部隊顯然完全沒有致力於發揮所謂的保護作用,而只是在確保利比亞國內的力量平衡往叛亂挑戰的方向傾斜。[62]」

西方世界想像中的大屠殺

美國總統巴拉克‧歐巴馬在 3 月 26 日的一次廣播演講中提到,西方攻擊是必要的,因為利比亞政府威脅馬上就要發動「浴血戰」[63]。兩天後,他斷言:「我們知道,如果我們再多等一天,班加西——一個幾乎相當於(北卡羅萊納州)夏洛特大小的城市——就可能遭受一場大屠殺,這場大屠殺的影響將會遍及整個區域,並玷污世界的良知。[64]」雖然這套論述將西方對利比亞的攻擊,說成是拯救平民生命的道義之舉,但學者和分析家們評估一再得出的結論,卻認為這種即將發生暴行的說法純屬捏造,也幾乎沒有任何現實依據。

2011 年 4 月,國際關係權威、哈佛大學甘迺迪學院羅伯特和雷妮‧貝爾弗國際關係教授史蒂芬‧華特在《外交政策》上撰文指出:「美國不得不採取行動阻止利比亞暴君穆安瑪爾‧格達

費在班加西屠殺數萬無辜平民的說法,甚至經不起檢驗……他的部隊沒有在他奪回的任何城市進行蓄意的大規模屠殺。」雖然華特稱格達費是「一個幾乎不具備任何(就算有也不多)值得被救贖品質的暴君」,但他強調,格達費領導階層的威脅,只針對叛亂分子而非一般大眾,因此民眾從未處於危險之中[65]。在描述西方軍事行動的本質和動機時,華特澄清,華盛頓「對利比亞發動了一場新的戰爭。與在伊拉克一樣,我們干預的真正目的,是用槍桿子更換政權。[66]」

在中情局工作了28年的喬治城大學安全研究中心高級研究員保羅・P・皮拉爾同樣指出,「這位前獨裁者對拿起武器反抗其政權人士所發出的嚴厲警告,被錯誤地翻譯為,他將發起一場種族滅絕浴血戰的預告。」他指出,三年後的結果是,利比亞在西方干預下變成了一場「無法停止的噩夢」[67]。曾任職於小布希和歐巴馬政府時期國家安全委員會的國防大學助理教授保羅・米勒,是另一位對西方宣稱班加西即將發生大屠殺,提出嚴正質疑的人[68]。《紐約時報》後來報導叛亂分子對政府不當行為指控的真實性,因為這些指控在西方為進攻行為找藉口時,發揮了一個重要作用:「叛軍在進行政治宣傳時並未忠於事實」,並且「誇大其詞」[69]。

德州大學詹森公共事務學院公眾事務副教授艾倫・J・庫柏曼強調,明顯沒有出現利比亞政府軍進行任何形式屠殺的畫面等證據。他的結論是:「儘管手機鏡頭無處不在,但沒有看到任何種族滅絕暴力的畫面,這個說法帶有叛軍政治宣傳的味道。[70]」庫柏曼將歐洲和美國聲稱班加西即將發生大規模屠殺的說法,與利比亞武裝部隊的實際行為進行比對,他說:

> 格達費政權從未威脅或報復性地屠殺平民⋯⋯從 3 月 5 日到 3 月 15 日，利比亞政府軍奪回除了一座城市之外的所有叛軍控制主要城市，包括艾季達比耶、班尼瓦里、布雷加、拉斯拉努夫、扎維耶和密蘇拉塔的大部分地區。在這些城市中，格達費政權都沒有將平民視為報復目標，更不用說大開殺戒。根據報導，當該政權在 3 月中旬準備奪回最後一個被叛軍控制的城市班加西時，才再次威脅要對留下來戰鬥的叛軍，施以殘酷的暴力[71]。

庫柏曼強調了西方發動攻擊時所訂定的行動目標——保護平民——與他們的實際目標——「透過攻擊利比亞政府軍隊，特別是班加西附近的政府軍隊，來支持反政府部隊」——之間的差異。他強調，叛亂分子知道他們獲勝的唯一機會，就是獲得西方的軍事支持，這也是他們與外國贊助者共享的目標[72]。庫柏曼比對了利比亞的局勢與其他阿拉伯國家：「諷刺的是，歐巴馬對屠殺和平抗議者的葉門和巴林幾乎沒有施加任何壓力，卻因為利比亞對武裝叛軍強硬態度而對其展開轟炸。這完全是在向阿拉伯民眾傳遞錯誤訊息：如果你想獲得美國支持，就訴諸暴力。[73]」他強烈暗示，美國「將為了達成其他目標的干預謊稱為『人道主義』行動」，然而這個西方發動攻擊是為了保護平民的說法卻經不起檢驗，「實際上加劇了利比亞平民所遭受到的威脅。[74]」

《芝加哥論壇報》編輯委員會的史蒂夫・查普曼也提出類似說法：「歐巴馬暗指，如果沒有我方干預，格達費可能已經殺害了近 70 萬人，並將之與 1994 年盧安達的種族屠殺相提並論。危言聳聽的程度，只比有報導稱白宮顧問丹尼斯・羅斯提到『多達 10 萬人可能已經，或將要遭到屠殺的可能性』時，略遜一

籌。這些都是離奇的想像情境,超出對格達費言論的任何合理解讀。」他強調,發動戰爭的理由「缺乏具體、可靠的證據」。「小布希入侵伊拉克有很多理由(或藉口)。但歐巴馬只有一個進攻利比亞的好用藉口—避免大規模屠殺」,這套說法比說伊拉克藏有大規模毀滅性武器更加脆弱。關於證據極度匱乏的問題,查普曼強調:

> 相較小布希曾派柯林・鮑爾前往聯合國針對薩達姆・海珊提出控訴,而歐巴馬有關格達費的證據卻明顯充滿漏洞。我曾多次寄電子郵件給白宮新聞辦公室,要求政府根據可能掌握的任何資訊,提供有關格達費會造成危險的具體證據。但發言人拒絕發表評論。這項要求被忽視令人驚訝,因為迫在眉睫的大屠殺是總統發動戰爭的核心理由[74]。

查普曼強調,兩任政府都宣稱,有必要發動攻擊以避免人道主義災難,但實際上卻沒有證據顯示這種災難真的存在:「2002年,國家安全顧問康朵麗莎・萊斯為了打消外界對薩達姆・海珊是否存在核武野心的懷疑,她說:『我們不該放過這些證據,最終釀成無法挽回的局面。』現在,班加西的浴血戰看起來就像是歐巴馬眼中無法挽回的局面。[76]」小布希政府根據可疑情報提供虛假證據,而繼任的歐巴馬實際上根本沒有提供任何證據;在這兩場戰爭裡面,他們都是在未受挑釁的情況下攻擊和摧毀西方在阿拉伯世界的長期對手,並在之後留下兩個失敗的國家。

印第安納大學全球與國際研究學院副教授大衛・博斯科援引華特為《外交政策》撰寫了一篇專欄,同意他的評估。他強調,西方攻擊利比亞的人道主義藉口是虛假的,很大程度上是出於對

利比亞武裝部隊所作所為的揣測。這種揣測幾乎沒有什麼現實依據，與利比亞軍方之前的實際行為形成強烈對比[77]。純粹根據推測就能聲稱人道主義危機迫在眉睫的這項能力，在很大程度上取決於西方主流世界觀和對其勢力範圍之外世界的描繪——也就是一個「兇殘的獨裁者」會因為「屠殺自己的人民」而感到滿足的世界。正如本書所呈現的內容，西方對手被指控在其境內進行種族屠殺的絕大多數案例，都被證明純屬捏造，但從被想像出來而不存在的伊拉克亂葬崗到天安門廣場事件，數十年來捏造所累積下來的影響，讓外界一致認為利比亞做為一個非西方化的國家，就是其中一個「那種國家」。全世界非西方政治體系國家都被西方用同樣的筆觸描繪，一點也稀奇。捏造暴行具有累積效應，會讓西方敵人未來的暴行看起來更可信。只有在這個基礎上，西方關於利比亞大屠殺的說法才會被相信，哪怕這項指控完全缺乏證據，而且有大量與之相反的證據，顯示政府軍的行為良好。

利比亞領導人穆安瑪爾・格達費本人曾於3月17日，針對即將在班加西展開的平叛行動聲明：「我們已經為他們留下退路：逃跑。讓那些逃跑的人永遠離開⋯⋯無論是誰只要交出武器、手無寸鐵留在家裡，無論他以前做過什麼，他都將獲得赦免和保護。」對於那些繼續攻擊維安部隊、要求西方軍事干預提供空中支援的「叛徒」，「我們不會對他們手下留情。[78]」然而，聲明的最後一句話被斷章取義，並被西方世界的新聞機構以及卡達半島電視台[vii]等與西方結盟的阿拉伯國家新聞機構反覆播放，用來聲稱格達費正以大規模屠殺，威脅班加西的全體居民。一些學者，如尼古拉・佩德聲稱，西方大眾對軍事干預的支持大多是建立在「半島電視台基於對格達費屠殺和暴力的恐懼，所傳遞出

來的敘事。[79]」這顯示半島電視台在促進西方發動攻擊這方面，扮演了一個非常核心的角色。

在阿拉伯國家中，卡達的外交政策與西方利益最為一致，而半島電視台就直屬於卡達王室。半島電視台的諸多爭議當中，最著名的就是對阿爾及利亞恐怖攻擊事件的有利報導，有些事件與蓋達組織以及對伊斯蘭激進組織普遍偏袒的傾向有關[80]。被學者形容為，「動員了阿拉伯國家支持」北約對利比亞和敘利亞[81]進行作戰的外流檔案顯示，美國國務院能夠直接對其新聞報導施加影響[82]。這也符合杜哈自己想讓伊斯蘭政黨在阿拉伯世界掌權，推翻世俗政府的目標[83]。外流的電子郵件還凸顯了他們教唆目擊證人提供虛假證詞和捏造資訊的做法[84]。

捏造暴行對利比亞平民造成的後果

北約和卡達對利比亞發動了一場協調空戰，不僅為當地的叛亂分子提供慷慨的資金、武器、裝備和訓練，還提供特種部隊在戰場上給予叛軍支援，因此利比亞武裝部隊只能苦守陣地。利比亞武裝部隊在沒有任何掩護卻遭遇幾乎沒有停過的空襲的情況

[vii] 半島電視台的報導因此於戰爭期間，在西方世界特別受到讚揚，包括美國國務卿希拉蕊·柯林頓稱其為「真正改變人們想法和態度的領袖」，而且他們所提供的「真正的新聞」內容，甚至連西方主流媒體都比不上。（Folkenflik, David, 'Clinton Lauds Virtues Of Al Jazeera: "It's Real News",' *NPR*, March 3, 2011.）

下,戰鬥了數個月,但他們仍能維持部隊凝聚力和相對高昂士氣的這項事實,本身就是一項重大成就。利比亞衝突專家暨中東衝突研究西南倡議(Southwest Initiative for the Study of Middle East Conflicts)研究員穆沙・艾加爾比指出:「與歐巴馬政府內部原本打的雷根主義算盤相反,規模相對較小的利比亞國家軍隊直到上校(格達費)窮途末路之際,都沒有叛變或放棄追隨領導。[85]」因此他認為:

> 由於北約的干預,叛軍得以擊退格達費的部隊並向首都前進——北約於 2011 年 3 月開始進行干預,設立禁飛區以保護叛軍,但很快就被迫將禁飛區擴大到遠超聯合國授權的範圍,因為儘管的黎波里和利比亞其他地區發生了小規模的反政府抗議活動,但在昔蘭尼加(利比亞東部的伊斯蘭分子據點)以外,人民並沒有集體起義推翻政權……因此,這場革命從一開始到艱困的最後,都不得不由東部及其外國支持者做為執行主力[86]。

北約和叛亂分子都確保戰爭將持續到國家落入他們手中為止,的黎波里和非洲聯盟提出的停火或調解建議,都遭到北約和叛軍的果斷拒絕[87]。南非總統雅各布・朱瑪在衝突期間,曾兩度訪問利比亞,並兩度迫切試圖促成停火協議的達成—他抨擊北約從中作梗。他指控西方盟軍濫用聯合國決議,追求「政權更迭、政治暗殺和外國軍事占領。[88]」這些和平計畫也遭到了拒絕,因為叛亂分子表示相信西方的空襲行動,有能力讓他們取得全面勝利[89]。南非的立場[viii]代表著更廣大非洲大陸反對西方攻擊利比亞趨勢中的一部分[90]。在利比亞軍隊的抵抗時間比預期多出好幾個

月之後的 8 月，歐巴馬政府試圖加大對的黎波里的壓力，派出一支代表團訪問非洲主要國家，迫使他們停止調解衝突或以其他方式支援利比亞[91]。

在 2011 年之前，穆安瑪爾・格達費本人在西方最為人熟知的身分是隆納・雷根在 1980 年代兩國衝突時的死敵[92]，數十年來，他一直是拒絕西方霸權的象徵，並因此成為其歐洲對手的暗殺目標。在他執政期間，西方列強曾多次企圖暗殺他未果，但隨著全面戰爭的展開，成功暗殺他的機會大大增加。美國幾次的暗殺企圖導致他女兒在 1986 年喪生[93]，他的兒子和三個孫子在 2011 年 4 月 30 日的美軍空襲中喪生[94]。一名參觀過 4 月空襲現場的美國目擊者宣稱，空襲目標是他妻子名下的一座房產，而不是美方聲稱的軍事設施，而且空襲之所以沒有擊中他，只因為他當時人在房子外 500 英尺的位置[95]。

在法國情報部門於 10 月追蹤到格達費的位置後，法國空軍部隊在叛亂分子接到通知前往該處並解決他之前，就已經消滅了

[viii] 約翰尼斯堡拒絕支持西方軍事行動的舉動，遭到西方嚴厲的批評，並導致西方分析師將其貼上「流氓民主國家」的標籤─南非是少數幾個政治體制西方化、公開反對美國和歐洲霸權主義圖謀的國家之一。2011 年，南非前總統塔博・姆貝基與其他 200 人共同簽署了一封很挑釁的公開信，標題就叫「利比亞、非洲和世界新秩序：一封來自憂心的非洲人致非洲和世界人民的公開信」，信中寫道：「那些今天將致命的槍林彈雨帶到利比亞的人，不應自欺欺人地認為，數百萬非洲人表面上的沉默意味著非洲贊同這場槍林彈雨所代表的死亡、破壞和統治運動……我們相信，明天我們將取得勝利，不管世界上最強大的軍隊具備多麼強大的致死力量。」（Kirchick, James, 'South Africa Stands with Qaddafi,' *The Atlantic*, September 6, 2011.）

他的護衛隊。格達費被俘後的10月20日,他遭到武裝分子毆打,並被刺刀和玻璃雞姦,隨後被槍殺於街頭。身為一名讓利比亞人民擺脫貧困、讓利比亞晉升為一個區域大國的領導人格達費,在被武裝分子折磨時所說的最後一句話是:「我以前對你做了什麼?」英國《衛報》稱他的死,是「痛苦和屈辱的一幕。[96]」據報導,當天還有數十名格達費的支持者在被俘期間遭到殺害,格達費的屍體隨後被武裝分子做為戰利品,放置於冰櫃中展出數日[97]。合理化格達費遭到殺害,而非僅是俘虜行為的《時代》雜誌表示,如果不是格達費堅持要帶走許多受傷的戰友,他很可能會從蘇爾特(格達費死亡的城市)逃脫[98]。他還曾多次拒絕外國政府對他提出的庇護建議,發誓要在利比亞戰鬥和死去[99]。從渥太華[100]、坎培拉[101]和華盛頓[102],到哥本哈根[103]、巴黎[104]和梵蒂岡[105],西方國家首都的聲明幾乎無一例外地讚揚格達費之死,是向前邁出了積極的一步。整個非洲的反應卻正好相反,非洲大部分地區都對利比亞領導人的殘酷倒台,深表遺憾[106]。

在保護利比亞平民的藉口下,西方對利比亞的攻擊摧毀了該國數十年來建立起來的基礎設施[ix]。據德國之聲(Deutsche Welle)報導:「這場戰役撕裂了這個國家,摧毀大部分的基礎設施。[107]」西方密集空襲以及緊跟在後的政治動盪的結果,就是

[ix] 俄羅斯總理弗拉迪米爾‧普丁強調,基礎設施的破壞是西方攻擊下一個特別令人震驚的面向,他將這次行動描述為「整個所謂的文明社會,傾其所有攻打一個小國,摧毀好幾代人共同創造出來的基礎設施。」(Bryanski, Gleb, 'Putin: Libya coalition has no right to kill Gaddafi,' *Reuters*, April 26, 2011.)

利比亞無法有效從戰爭中復原，戰後的利比亞多年來，一直缺乏可靠的電力供應，經常一停電就停上 9 小時。生活必需品和醫療用品的價格成等比級數成長，大利比亞阿拉伯人民社會主義民眾國時期的糧食補貼被大幅削減，許多人陷入絕境。英國《每日郵報》在食物價格已經翻了四倍、政府公務人員已經好幾個月沒領到薪水、用水愈來愈稀缺的 2016 年，採訪了一些利比亞人，調查以人道主義為前提的西方攻擊對其聲稱要保護的人民所造成的影響。一名男子說：「利比亞跟著格達費一起死去了。我們不再是一個國家；我們變成戰爭團體的部落集合體。」另一名前反政府戰士反思了他被誤導憎恨和反對政府的方式，他說：「我從第一天就加入革命並對抗格達費。在 2011 年前，我比任何人都恨格達費。但現在生活更加艱難，我成了他最忠實的粉絲。」第三個人簡單地說：「以前的利比亞好多了。[108]」

還有另一個人回憶：「以前不缺錢也不缺電，而且雖然人們的工資不高，但一切都很便宜，所以生活很簡單。」所有人，包括那些曾經拿起武器反對共和國的人都一致認為，在被西方推翻的共和國統治下，利比亞比現在好得多。一位來自的黎波里的商人曾嚴厲批評前領導人，他也承認：「與格達費統治時期相比，現在人們的生活太艱難了。」一位與利比亞丈夫一起生活在利比亞的英國婦女，在談到西方干預後快速衰退的利比亞時說：「我以前午夜獨自走回家一點也不害怕。但現在我不喜歡天黑後獨自出門。我沒有安全感。」來自各行各業和各種政治黨派的人民，一致懷念西方以人道主義為藉口，發動攻擊摧毀大利比亞阿拉伯人民社會主義民眾國之前的生活[109]。

西方攻擊和後大利比亞阿拉伯人民社會主義民眾國政權的

忽視所造成的一個長期後果，是利比亞的水利基礎設施遭到破壞[110]。利比亞過去在歷史上就一直缺少水資源，是在大利比亞阿拉伯人民社會主義民眾國時期，透過大量投資才使得淡水資源變得相對充足。為耗巨資 270 億美元的「大人工河」（GMR）計畫（世界上最大的灌溉項目，為利比亞提供 70% 的淡水）提供預力混凝土圓筒管道的主要工廠，在 7 月 22 日遭到美軍空襲。關鍵輸水管道和一家為該工廠生產備用零件的工廠也被空襲夷為平地[111]。由於這些設施被摧毀，大人工河無法繼續運轉，也無法修補漏水或破損。大人工河計畫是促進利比亞經濟現代化、工業化和都市化的關鍵，並曾使利比亞成為水文工程領域的世界領袖，原本還預期利比亞將向非洲大部分地區，出口相關的知識和技術[112]。西方空襲，就像在數個月的攻擊行動中針對利比亞基礎設施的攻擊，與叛亂分子攻擊輸水管道的行為一樣，都被聯合國兒童基金會（UNICEF）證實是嚴重的戰爭罪行。而西方消息來源一開始還打算把這些行為怪罪到政府軍的頭上[113]。聯合國機構報告，在供水基礎設施受到攻擊的同時，利比亞政府曾與聯合國技術小組密切合作，「對水井展開評估，審查緊急應對方案，並確定獲得水資源的替代方案。[114]」

到了 8 月，聯合國兒童基金會的報告表示，衝突已經「使利比亞飲用水的主要配送單位，大人工河管理局面臨無法滿足該國用水需求的風險。[115]」聯合國兒童基金會利比亞辦公室負責人克里斯蒂安・巴爾斯列夫－歐雷森強調：「眼下絕對是最糟糕的情況，迅速恢復供水至關重要。」如果不能迅速恢復供水，攻擊行動造成的混亂，「可能演變成前所未見的流行病疫情。[116]」到了 9 月聯合國兒童基金會的報告表示，對供水基礎設施的攻擊導致

400萬名利比亞人無法獲得飲用水,這個問題持續了好幾年,而供水基礎設施在十年後仍未完全恢復。利比亞大部分人口被迫依賴聯合國機構做為緊急援助物資提供的進口瓶裝水[117]。

針對西方攻擊基礎設施的批評,美國情報承包商斯特拉福全球情報公司研究總監凱文·史戴克建議利比亞民眾,恢復到前大利比亞阿拉伯人民社會主義民眾國時代,依賴有限井水時的狀態。他評論:「利比亞人多久洗一次澡?如果不洗澡就可以省下一個月的飲用水。我是說真的。減少洗澡和淋浴次數,利比亞的井水就夠喝和保持衛生了。[118]」他的發言與大人工河管理局高級官員亞當·庫瓦利的發言形成強烈對比,後者曾在大人工和計畫於利比亞史上首次提供淡水時表示:「水改變了生活。在我們的歷史上,水龍頭裡第一次有了水,可以用來洗臉、刮鬍子和淋浴。現在生活品質提高了,對整個國家都帶來了影響。」西方以人道主義為藉口進行干預,據稱是為了保護利比亞平民不受其政府侵害的影響,與大利比亞阿拉伯人民社會主義民眾國時代提升該國生活水準的影響截然相反—而且哪一方是真正在保護利比亞平民,並以利比亞人民的利益為重,顯而易見[119]。

針對這類基礎設施的攻擊並非沒有先例,一個著名案例是1991年西方對伊拉克的轟炸,同樣專門針對供水和污水處理基礎設施。再加上後來為防止國家復原而實施制裁,並引發的一場重大健康危機(詳見第四章)。1999年,北約對南斯拉夫基礎設施的轟炸也造成了類似破壞(詳見第五章)。利比亞政府在4月3日警告,西方國家對大人工河的任何攻擊,都有可能造成「人類和環境災難」。工程師兼計畫經理人阿布戴馬吉德·加浩德當時在的黎波里告訴外國記者:「如果其中一條管道遭到襲擊,其他管道也會

受到影響,這可能意味著一場人道主義災難。如果部分基礎設施受損,整個基礎設施都會受到影響,大量的水外流可能會造成一場災難」,有可能導致 450 萬的利比亞人無法獲得飲用水 [120]。

隨著時間過去,供水情況不斷惡化,電力短缺的問題也每下愈況 [121]。BBC 和《金融時報》前駐外記者奇倫・庫克在 2017 年報導了利比亞基礎設施的狀況:

> 利比亞大部分地區長期缺電,嚴重阻礙了抽水站和水井的運作。利比亞 90% 以上的人口——自 1980 年代初以來,人口已經成長一倍—居住在沿海的城市和鄉鎮。沿海地區的含水層要不是已經被抽乾,就是因為海水滲入正在鹽化。老舊的海水淡化廠需要維修。由於戰事仍在繼續,建造新海水淡化廠的計畫被擱置。與此同時,停電意味著利比亞的兩個主要城市——的黎波里和班加西——的居民每天不得不斷水長達八個小時,有時甚至更久。該國其他地區,包括依賴大人工河灌溉農作物的農業地區,也受到類似的影響 [122]。

西方國家和叛亂分子入侵後,利比亞政局動盪,衝突幾乎無休無止,進一步削弱了人民的生活水準、阻礙戰後復原,並助長各種外國利益集團對該國的滲透——這些利益集團逐漸利用敵對派系做為本地代理人,互相爭奪影響力。2013 年 6 月 1 日,利比亞石油資源豐富的東部昔蘭尼加地區宣布自治,並計畫自行組建有別於中央的立法機構。該地區長期以來具有強烈的分裂主義和激進的伊斯蘭主義傾向,使其成為叛亂中心;而在試圖將嚴格的伊斯蘭律法強加於全國,並對戰後中央政府產生重大影響後,

該地區後來尋求分離[123]。2013 年 9 月，利比亞南部費贊地區的分裂主義分子宣布自治，任命了一位總統並建立了一支獨立軍隊[124]。雖然沒有出口石油的便捷海港，但他們很快就設置了封鎖線，阻止中央政府出口自己的石油[125]。隨著統一的利比亞國家和身份的認同日益分裂，更多團體迅速加入了這場資源爭奪戰，這些團體往往背後也有不同國家的支持。部落之間，和阿拉伯人、特布斯人和圖阿格雷人等族群之間的衝突，讓利比亞四分五裂[126]。利比亞變成一個被外國勢力你爭我奪的國家，而不像在大利比亞阿拉伯人民社會主義民眾國時期那樣，憑藉自身實力成為一個大國，影響力遍及非洲大陸內外。

到了 2014 年，外界普遍預期利比亞將陷入永久分裂，伊斯蘭國恐怖組織恐怕在年底，就可能占領該國三分之一的領土[127]。利比亞當地最接近政府的一個組織，本身被視為「由伊斯蘭主義傾向的政客主導」──這是聖戰分子帶頭發動叛亂的結果，叛亂使他們掌權[128]。地緣政治風險諮詢公司，最強保全解決方案公司（Max Security Solutions）的情報分析師雅各布・史坦布雷特當年強調，「不穩定的安全環境和政府的無能為力，讓該國大部分地區無法落實法治」，使得利比亞「部落性或其他自治的民兵，可以破壞石油生產設施的運作，當成解決爭端或表達對金融和政治不滿的手段。[129]」2014 年 4 月，為《國家利益》撰寫文章的分析師指出：「自格達費被推翻以來，首都長期以來一直處於伊斯蘭主義者和與前總理阿里・扎伊丹結盟的聯盟之間的激烈鬥爭，他們在很大程度上被視為西方的代理人──各自擁有自己的國會黨團和民兵。[130]」

六年後，持續不斷的派系衝突在很大程度上仍未止息，更

明顯地鞏固了一場雙方都依賴於北約成員國庇護的代理戰爭的延續。《國家利益》2020 年一篇著名的文章的標題寫著：「利比亞：一個任人宰割的國家？」內文與其他許多消息來源一樣提出警告，表示持續的內戰可能會使利比亞永久性地分裂為兩個國家[131]。

更嚴重的是，叛亂分子藉由美國和歐洲的空襲行動奪取政權後，還大肆實施往往相當殘酷的報復行動。西方支持的伊斯蘭武裝分子，對數以千計的前政權支持者和疑似格達費的支持者，實施刑求、毆打、任意拘留和屠殺，恐嚇民眾不要對前共和國表現出懷念[132]。一份聯合國人權理事會利比亞問題國際調查委員會的報告，反映了法律和秩序的惡化，以及武裝分子犯下的嚴重罪行[133]。《華盛頓郵報》對當時情況做出以下描述：「反格達費民兵對被疑似效忠格達費政權的人士和雇傭兵，進行報復性殺戮，並對被拘留者實施大規模酷刑……與利比亞新政府結盟的民兵繼續實施嚴重的侵權行為。[134]」人權觀察組織的一名官員將這種行為描述為「一股自認為凌駕於法律之上的反格達費武裝戰鬥人員，犯下殺戮、搶劫和其他侵權行為的趨勢。[135]」

西方以人道主義當成前提開戰所建立的新國家黑暗面，可能是發生了二十一世紀最嚴重的種族滅絕和種族清洗事件。大利比亞阿拉伯人民社會主義民眾國時代政府曾保護過的非洲黑人，成為聖戰叛亂分子大規模屠殺和滅絕行為之下，最大的受害者。西方扶植上台的武裝分子犯下的種族滅絕行為，與大利比亞阿拉伯人民社會主義民眾國的泛非主義形成鮮明對比。就如同西方軍事行動是被假定但完全未經證實的暴行推波助瀾，對利比亞黑人的屠殺卻是被赤裸裸的暴行捏造所助長——罪魁禍首就是卡達的半島新聞台。

叛亂爆發後不久，半島電視台就聲稱有非洲黑人雇傭兵在利

比亞與政府軍並肩作戰,並系統性地強暴利比亞婦女。代表反叛勢力的班加西全國過渡委員會以及英國國防大臣連恩·佛克斯和北約發言人歐娜·隆格斯庫,都附和上述指控,並將其視為「格達費政權」墮落的證據。美國駐聯合國大使蘇珊·萊斯對這些報導進行補充,聲稱利比亞的親政府部隊被供應威而鋼[x],以實施大規模強暴—這一毫無根據的說法[xi]源於希拉蕊·柯林頓的親信席尼·布魯門撒,後來卻被否認[136]。正如《外交政策期刊》就西方對這類指控的報導指出:「只要把格達費及其支持者描繪成怪物,而且只要有利於對利比亞採取長期軍事行動,網路新聞就會被認為可以採信。[137]」這種論述建立在西方和阿拉伯世界,長期存在將非洲黑人描繪成性欲旺盛、是對歐洲或阿拉伯白人婦女貞潔構成威脅之人的刻板印象之上[138],同時也受到阿拉伯世界和西方都相當反對的大利比亞阿拉伯人民社會主義民眾國和格達費,與撒哈拉以南非洲密切的關係所影響[xii]。

關於這個想像出來的暴行被不斷延續下去的情況,協和大學

---

[x] 十一年後,許多西方消息來源,尤其是聯合國特別代表普拉米拉·佩頓,對駐烏克蘭的俄羅斯部隊提出了幾乎相同的指控。佩頓隨後承認,這些指控沒有證據,監測小組「沒有發現任何關於威而鋼的資訊」,但與利比亞的情況一樣,西方國家對這一指控進行了廣泛的轉載報導。(Sedacca, Matthew, 'UN envoy admits fabricating claim of Viagra-fueled rape as "Russian military strategy",' *The Grey Zone*, October 15, 2022.)

[xi] 儘管西方媒體和盟國媒體大肆宣揚利比亞政府將強暴做為一種武器的說法,但記者、人權組織和聯合國調查人員的結論都是「完全缺乏證據」。(Cockburn, Patrick, 'Amnesty questions claim that Gaddafi ordered rape as weapon of war,' *The Independent*, June 24, 2011.)('Libya rape claims "hysteria" – investigator,' *Herald Sun*, June 10, 2011.)

教授馬克西米利安·佛堤強調:「讓踏上利比亞領土的非洲雇傭軍謊言變得可信的兩個人,是埃及裔美國記者莫娜·埃爾塔哈維和迪瑪·哈蒂卜。前者是常上 CNN 和半島電視台的來賓,後者是巴勒斯坦記者和半島電視台拉丁美洲分社社長。」他強調,儘管利比亞政府奉行泛非政策,但阿拉伯世界以及利比亞大部分民眾長期以來對非洲黑人的偏見,為這個故事提供了肥沃的土壤。福爾特強調「以半島電視台為首的主流媒體以及社群媒體的傳播,在創造非洲黑人迷思這一塊所扮演的角色」,反過來又助長了西方和卡達支持的民兵進行種族清洗的「致命、種族主義行為」[139]。

在戰後調查利比亞局勢的國際特赦組織危機研究員唐娜特拉·羅維拉在接受奧地利《標準報》(The Standard)採訪時,就所謂的非洲雇傭軍強暴犯迷思表示:「我們深入研究這項議題,但沒有發現任何證據。叛軍到處散布這些謠言,給非洲的外籍工人帶來可怕的後果:他們遭到系統性地追殺、一些人被處以私刑,還有許多人遭到逮捕。從那以後,就連叛軍都已經承認根本沒有雇傭軍。[140]」

據人權觀察組織的一項調查顯示,西方和卡達支持的伊斯蘭民兵打出「肅清奴隸、黑皮膚大隊」等口號[141]。愛爾蘭記者瑪莉·費茲傑羅報導了叛亂分子在其控制區公開絞死黑人男子的事件,

---

[xii] 關於非洲黑人雇傭軍是強暴犯的說法,人權調查組織 2011 年 7 月的一份報告評論,這是「非常成功的宣傳範例,迎合最卑劣的種族刻板印象。為了掩蓋並合理化對黑人的屠殺,這個迷思對爭取利比亞行動的合意非常重要。在一篇又一篇的報導中,雇傭軍的迷思被用來合理化監禁和殺害黑人的行為,這個過程一直持續到今天。」('Libyan rebel ethnic cleansing and lynching of black people,' *Human Rights Investigations*, July 7, 2011.)

同時還塗鴉稱他們為「黑奴」（abid）——這是阿拉伯語中對非洲黑人的常用貶義詞[142]。BBC的報導援引一名在利比亞的土耳其建築工人的回憶，他說：「我們公司有70、80名來自查德的工人。他們被園藝剪和斧頭砍死，襲擊者說：『你們在為格達費的軍隊提供人力。』蘇丹人也遭到屠殺。我們親眼目睹這一切。[143]」組成後大利比亞阿拉伯人民社會主義民眾國新政權的激進分子，並沒有將具有非洲黑人五官的利比亞公民，和撒哈拉以南的外籍工人加以區分。最惡名昭著的案例是塔沃格哈鎮面臨的命運，該鎮的35,000名人口當中，絕大多數是利比亞黑人，而鎮上居民在大利比亞阿拉伯人民社會主義民眾國部隊撤退、受到西方支持的密蘇拉塔旅占領該鎮後，幾乎一夕之間全部消失[144]。塔沃格哈的所有居民不是遭到殺害就是被驅逐，他們的房屋和商店被燒毀和洗劫一空，理由是：他們是「雇傭兵」，而且他們支持格達費的大利比亞阿拉伯人民社會主義民眾國[145]。在附近的密蘇拉塔，居住在高錫區的利比亞黑人少數也遭受類似的種族清洗，少數仍在躲藏的黑人被西方支持的叛亂分子懸賞捉拿[146]。錄影片段清楚顯示，班加西的叛亂分子公開對黑人處以私刑[146]。

2011年3月，《洛杉磯時報》的布萊恩·陳獲准進入班加西一所由叛亂分子管理的監獄，看到一些驚恐萬分的黑人在攝影機鏡頭前遭到遊街示眾。他們的膚色以及身為外籍工人所擁有的西非護照，全都被視為他們忠於格達費政府的證據。布萊恩·陳的利比亞翻譯問他：「你覺得怎麼樣？我們應該直接殺了他們嗎？」考慮到該國大多數落入叛亂分子之手的黑人的命運，被俘者最有可能的結局就是被殺或被販賣為奴[148]。

關於叛軍勝利導致利比亞各地非洲黑人外籍勞工所面臨到

的後果,《紐約時報》報導:「對於來到石油資源豐富的利比亞尋求財富的一百多萬名非洲客籍工人來說,這意味著恐怖⋯⋯這些無辜的移工現在發現,自己被相信他們是敵人的尋常利比亞人和叛軍針對。[149]」雖然《衛報》強烈批評非洲聯盟沒有支持叛亂分子,卻支持大利比亞阿拉伯人民社會主義民眾國,但它也承認北約和叛亂分子勝利的結果是一場「醜惡的種族戰爭」,讓利比亞與撒哈拉以南非洲的關係陷入低點。它描述針對黑人的「大屠殺」會讓人想起納粹德國,並得出結論表示,做為北約取得成功所導致的一個結果,「利比亞身為非洲意識形態和金融引擎的角色已經結束了。[150]」

黑人遭叛亂分子折磨,包括被關在動物牢籠裡,和被迫吞下大利比亞阿拉伯人民社會主義民眾國國旗的錄影片段在網路上流傳,側面顯示西方國家扶持的武裝分子在全國各地犯下的暴行[151]。與過去泛非主義形成鮮明對比的,是新利比亞很快就出現了正規的奴隸市場,黑人被鎖在鐵鍊或籠子裡,被當成免費勞動力販賣,臉上還經常被打上烙鐵,以識別他們的身份。根據聯合國報告,不幸被西方支持的武裝分子抓獲的黑人婦女和女孩遭到大規模強暴。據報導,黑人男性和那些被視為「親格達費」的人士,也遭到叛亂分子的強暴,以此做為羞辱和征服的手段,而且在進入後大利比亞阿拉伯人民社會主義民眾國政權的數年時間裡,他們還是經常時不時地被武裝分子監禁並強暴[152]。這樣的做法一直到2010年代後半都持續被報,仍有利比亞新政府的軍警人員,經常強暴西非裔的黑人兒童[153]。

2012年4月,在大利比亞阿拉伯人民社會主義民眾國垮台的六個月後,人權觀察組織報告顯示,新政府當局對黑人的嚴重

虐待依然存在,而且「似乎非常普遍並具系統性,可能構成危害人類罪。[154]」聯合國人權理事會調查委員會5月的一份報告,強調了針對黑人犯下的戰爭罪行[155]。隨著時間過去,關於暴行的報告只是愈來愈糟。出現非洲雇傭軍的說法加劇了種族分裂,並在實際上破壞了利比亞與撒哈拉以南非洲之間的關係,從而終結了西方霸權在非洲大陸原本遭遇的嚴重威脅。迦納律師巴比・班森2017年的報告中聲稱,被囚禁或奴役的黑人器官,被後大利比亞阿拉伯人民社會主義民眾國政權大規模摘取及出售[156]。其他報告,如奈及利亞前部長費米・法尼－卡約德的報告,也提出同樣的說法[157]。因為虐待,多個撒哈拉以南國家都表達抗議,並將大使從利比亞召回[158]。《衛報》對西方扶植新政府領導下的泛非主義急劇轉變,做出以下總結:「在文化、意識形態和財政上,利比亞的認同已經開始往北非、中東和地中海南部鄰國靠攏。利比亞正在擁抱其阿拉伯傳統。[159]」

對利比亞的戰爭,被整個西方世界讚賞為西方成功進行人道主義干預的範例—這次行動可以做為西方今後對被指控違反人道主義者,進行類似攻擊時的先例[160]。美國常駐北大西洋公約組織代表伊沃・H・達爾德和美國海軍上將詹姆斯・J・史塔伏瑞迪斯2012年3月,在《外交事務》上發表了一篇篇名為〈北約在利比亞的勝利:進行干預的正確方式〉的文章,強烈反映了西方共識。他們在文章中表示:「北約在利比亞的行動理所當然地被譽為干預行動的範本……北約在利比亞的參與,顯示北約仍然是維持穩定的重要來源……無論從哪個角度來看,北約在利比亞都取得了成功……北約讓利比亞反對派得以推翻世界上統治時間最長的獨裁者之一。[161]」在該篇文章被撰寫出來的當時,西方曾支持

的叛亂分子對數以萬計的黑人進行種族清洗，這些武裝分子的激進聖戰本質，已經無庸置疑。然而，這場戰爭的結果令西方利益受益匪淺也是不爭的事實，既摧毀了長期阻礙西方帝國的障礙，同時又以犧牲非洲的方式，讓利比亞和非洲平民付出極端但歐洲完全可以接受的代價，保住了歐洲的特權生活水準[162]。

正如加圖研究所國防與國土安全研究員班傑明‧H‧費德曼指出，那些「將利比亞尊為一個干預範本的人，隨著利比亞局勢的惡化，就將注意力轉移到了別處。[163]」對於那些試圖將西方人道主義做為藉口的軍事干預，確立為世界新準則的人來說，這場戰役的後果，更不用提一開始就缺乏人道主義藉口進行攻擊的極端缺乏證據的情況，都是他們不願面對的真相。在人道主義干預後的新利比亞，西方特種部隊繼續在其領土上自由行動[164]、西方飛機時不時進行轟炸[165]，而該國大部分的武器被轉移到與蓋達組織有聯繫的敘利亞武裝分子手中──在敘利亞，西方列強和卡達正試圖採取類似的模式，推翻另一個長期對手[166]。

雖然這場短命叛亂造成的死亡人數，預期達到約 1,100 人，其中絕大多數死者是武裝分子和維安部隊人員，但西方人卻說他們心目中想像出來，甚至以此做為藉口發動戰爭，但其實與現實相去甚遠的政府屠殺，僅在衝突爆發的最初幾個月，就造成超過 9 萬人傷亡[167]。西方攻擊實際造成更多的死亡總人數，僅塔沃格哈就有 35,000 人死亡，在西方支持的武裝分子占領該鎮，並對其進行徹底種族清洗後，該鎮幾乎變成空城[168]。事實上，叛亂分子早就揚言要把這座黑人城市「從地圖上抹去」，它的命運並不讓人意外，西方國家所支持的民兵性格也完全不是祕密[169]。根據聯合國難民事務高專辦的報告，即使在多年後將近 2010 年代的尾聲時，持續

的不穩定局勢仍意味著利比亞近四分之一的人口在當地流離失所，並急需人道主義援助。大利比亞阿拉伯人民社會主義民眾國垮台後的十年間，死亡人數明顯增加，利比亞成為一個阿拉伯國家和北約國家，透過支持這個長期分裂國家中的各個派別，相互對抗、發動看似無休無止代理戰爭的戰場。2017 年，美國前駐利比亞大使約翰·葛蘭姆稱新利比亞是一個「完全失敗的國家」[170]。

西方國家在利比亞取得勝利所造成的影響，顯然遠超出利比亞的國界，而格達費遭凌虐致死，也被許多人視為西方強權凌駕於非洲之上的象徵。大利比亞阿拉伯人民社會主義民眾國的垮台，大幅鞏固了西方在非洲大陸的地位，同時也嚴重削弱非洲聯盟，這個情況反映在西方和非洲對格達費之死的截然不同反應。納米比亞前總統薩姆·努喬馬曾就西方軍事行動對整個非洲的影響，發表過著名的預測：「利比亞的穆安瑪爾·格達費在外國支持下遭到殺害的情況，必須成為非洲的一個教訓，也就是外國侵略者正準備撲向非洲大陸。[171]」這個情況從隨後非洲司令部和西方在非洲大陸的軍事存在迅速擴張，如今幾乎已是橫行無阻的發展，可見一斑[172]。西方國家在利比亞取得勝利更直接的後果，是原本可以將非洲大陸大部分地區團結在一起的大型泛非基礎設施和發展計畫，數量減少。

一個深受其害的例子就是蘇丹，蘇丹曾從利比亞的經濟和政治支持中獲益匪淺[xiii]，但從 2011 年起，在西方嚴厲的經濟制裁下，蘇丹陷入孤立、經濟逐步衰退。失去利比亞的支持，導致該國最終在 2019 年發生受到西方支持的軍事政變，並在政變後出現了更嚴重的經濟衰退。其他例子包括馬利、奈及利亞和阿爾及利亞，在這些國家，伊斯蘭叛亂分子從後大利比亞阿拉伯人民社

會主義民眾國獲得大量重型武器和後勤支援，並從前兩個國家的政府軍手中，奪取了相當大的地盤。北約以人道主義為前提進行的干預行動，將利比亞的大型武器庫交給伊斯蘭民兵組織使用，而這些民兵組織又出於金錢利益和意識形態上的親近，將這些武器轉交給其他團體。奈及利亞的「博科聖地」（Boko Haram）是一個最大的受益者，他們獲得轉交武器的直接後果，是成為世界上最致命的恐怖主義組織起源地。利比亞在西方的攻擊下垮台，在整個非洲大陸產生了類似的負面影響，尤其是在西非，直接賦予恐怖分子更大的力量[173]。

對利比亞的攻擊模式，成為未來西方干預的範本

儘管利比亞戰爭帶來破壞性的後果，但西方國家仍從三個方面將其描述為一場理想軍事行動。首先，西方一直認為這場戰爭解放了利比亞人民，避免一場人道主義災難的發生[174]。儘管可取得的證據顯示，事實正好相反，但這場人道主義戰爭的所謂成功，卻被大肆引用，成為西方考慮以類似藉口對其勢力範圍外國家發動進一步類似攻擊的先例。

其次，西方的這場戰役成為一場低成本戰爭的範本，依靠特

[xiii] 這類支持包括向蘇丹空軍捐贈戰鬥機、建造蘇丹首都的主要地標性建築—科林西亞飯店（該飯店的服務獲得利比亞當局提供大量補貼），以及在安全方面提供更普遍的投資和支持。值得一提的是，利比亞在 2007 年西方世界考慮對蘇丹採取軍事行動時，曾特別告誡西方國家不要這樣做。（'Gaddafi cautions West over Darfur,' *Reuters*, April 29, 2007.）

種部隊、空軍和海軍資產，大量使用媒體，尤其是社群媒體，以及在現場組織和支援的武裝分子，而不必實際派遣西方軍隊。這與小布希時代「軍靴落地」式的美軍親自入侵，形成鮮明對比；並以更低的成本，顯著推進了西方在世界上的霸權。正如美國常駐北大西洋公約組織代表伊沃・H・達爾德和美國海軍上將詹姆斯・J・史塔伏瑞迪斯在2012年3月談到這場戰役的主要成就時說：「這場戰爭的一切目標，在盟軍無一傷亡的情況下完成，其花費——美國花費11億美元，總共花費數十億美元——只是以前在巴爾幹、阿富汗和伊拉克進行干預所花費用的一小部分。」他們稱這是「一個具有教育意義的時刻」，可以成為未來軍事干預的範本[175]。正如暗示利比亞戰爭與代價高昂的伊拉克戰爭形成對比的美國副總統喬・拜登表示：「北約做得很好。在這場戰爭中，美國花費20億美元，卻沒有失去任何一條美軍生命。與過去相比，這更像是我們今後該如何與世界打交道的處方。[176]」

非常類似的模式也被應用在敘利亞，雖然不太成功，但仍然保證了對敘利亞造成的損失，遠遠超過發起行動的西方列強需要付出的代價。德國《德國之聲》因此在談到利比亞模式在未來，可能被用於對付其他西方對手時指出：「在地面特種部隊的支持下進行外科手術式空襲，並對本土反對勢力部隊進行祕密訓練，這套樣板做法似乎是量身定做，用來取代過去必須仰賴大規模入侵任務解決的問題。大規模入侵任務輕微一點可能造成反效果，最壞的結果是極易引發衝突。美國的規劃者……認為如果對伊朗採取軍事行動的選項成為現實，他們會傾向採取這種新做法。[177]」不久後成為參眾兩院聯合軍事委員會主席的美國參議員約翰・馬侃表示，這種以建立和支持叛亂分子為主軸

的新型戰爭是「一種將可以用來攻擊莫斯科和北京的病毒」[178]。後來領導了一場對北韓駐西班牙大使館的暴力攻擊，並與美國情報部門密切合作[179]的朝鮮研究所主席暨自由北韓和天馬策略顧問公司（Pegasus Strategies）創辦人阿德里安・洪，在破壞利比亞和敘利亞穩定的行動取得成功後，也以同樣的口吻表示，這些攻勢是「對北韓出手前的彩排」[180]。

第三，「利比亞模型」一詞被用來指該國在 2000 年代初期，單方面解除武裝的行動，內容包括做為程序一部分而允許西方對其軍事設施進行深入檢查的讓步。在利比亞 2003 年解除武裝時，美國總統喬治・W・布希曾承諾，利比亞在解除武裝和與西方和解後，將成為「一個其他國家的典範」[181]。2011 年的戰爭和接下來十年的災難，將的黎波里的裁軍決定置於一個新的脈絡之下──「利比亞模型」開始被用來指那些信任西方安全保證，而放棄阻止西方軍事行動國家的潛在命運。這個情況對北韓帶來特別顯著的後果，因為從川普政府的國家情報總監丹尼爾・柯茨[182]到美國前總統吉米・卡特[183]和俄羅斯總統弗拉迪米爾・普丁[184]等一系列人物，都曾多次引用利比亞的先例，說明為什麼平壤永遠不會單方面裁軍[185]。利比亞的命運證明，一旦西方對手解除武裝，西方總是可以趁機捏造任何需要的暴行，找到合理化攻擊行動的理由。

第九章

敘利亞叛亂

錯誤歸咎的暴行

　　1970年代，隨著復興黨的上台以及該黨內部於1970年爆發的一場「矯正革命」（Corrective Revolution），敘利亞阿拉伯共和國結束了長達二十年的不穩定局勢，以及多次由西方國家發起的政變和未遂政變，成為西方世界在阿拉伯中東地區的主要對手[1]。在接下來的十年間，敘利亞強化了與蘇聯、北韓和伊朗的關係，致力成為區域內的主要軍事強國，其軍隊多次與美國和與美國結盟的以色列軍隊，發生衝突。敘利亞在1989年冷戰結束後保持低調，但當2003年伊拉克垮台後，敘利亞做為區域內唯一不屬於西方影響範圍的阿拉伯國家，備受關注。雖然敘利亞受到直接威脅，美國領導下的入侵行動也被公然討論，但北韓提供的彈道飛彈、化學武器，以及敘利亞本身的高度戰備狀態和相對強大的空軍及防空力量，仍被視為非常能夠威懾西方採取攻擊行動的寶貴力量[2]。

三項主要因素讓敘利亞從 2000 年代末期開始，成為西方國家的首要目標，其中包括：一、需要削弱敘利亞和伊朗支持的黎巴嫩真主黨（Hezbollah），因為 2006 年真主黨曾首次在軍事上擊敗以色列[3]。二、敘利亞政府拒絕批准西方國家屬意的卡達天然氣管線，支持由伊朗向歐洲出口天然氣的管線[4]。三、在五角大廈指定需要孤立的四個「大國對手」中國、俄羅斯、北韓和伊朗當中，敘利亞是伊朗重要的經濟和戰略夥伴，這也是西方需要針對敘利亞的一項重要因素。此外，還有多個次要因素影響了這一決策[5]。

　　可取得的證據顯示，西方透過支持叛亂來推翻敘利亞政府的計畫，可以追溯到歐巴馬政府執政的第一年。法國外長羅蘭·杜馬在 2009 年指出，英國已開始訓練民兵在敘利亞展開行動[6]，而美國、沙烏地阿拉伯和以色列情報機構的電報和報告顯示，他們從這個階段起已經參與相關工作[7]。行動始於 2011 年 3 月，根據知名私人情報公司斯特拉福全球情報公司外流的電子郵件顯示，從那時起，北約成員國英國、法國、美國和土耳其，以及與西方結盟的約旦，都在敘利亞境內祕密部署特種部隊，以支持反政府民兵。這標誌著一場大規模叛亂的開始，目的是「從內部」迫使敘利亞「崩潰」[8]。西方從一開始就考慮動用空襲行動，斯特拉福的電子郵件強調，五角大廈認為透過「媒體關注」政府軍的「大屠殺」來進一步詆毀敘利亞國家，將成為西方最終發動利比亞式攻擊的人道主義藉口。然而，敘利亞密集的防空網路、龐大而精密的彈道飛彈軍火庫和大量的化學武器儲備，皆被視為重大障礙[9]。

　　從戰爭一開始，西方世界和與西方結盟國家的媒體報導，就

不斷詆毀敘利亞政府,並將叛亂描繪成一場溫和的群眾起義。英國在這場媒體運動中,扮演了重要角色;他們利用英國前外交官、情報人員和軍官做為中間人,在敘利亞各地祕密建立起一個記者網路,「試圖塑造人們對衝突的看法。」這些工作由國防部管理,目標是在實現「態度和行為上的轉變」,達到「加強民眾對(敘利亞總統巴夏爾·阿薩德)政權的反對」此一目的。在英國政府的支持下,BBC阿拉伯頻道和半島電視台等媒體,報導了透過這個記者網路所製作出來的媒體內容[10]。

西方國家必須將至少部分其支持的敘利亞戰爭武裝勢力,描繪成相對於執政黨的復興黨,一個西發里亞式(Westphalian)的主權替代選項。雖然前十年的反恐戰爭,意味著主導叛亂的聖戰主義不能像美英兩國,在1980年代支持伊斯蘭教徒反對阿富汗政府時那樣被大肆宣揚,但西方在很大程度上側重於將敘利亞自由軍(FSA)描繪成戰爭中的溫和「右翼」。成立於2011年7月的敘利亞自由軍,是由反政府民兵組成的鬆散聯盟,而不是一支有指揮系統的中央化準軍事組織,各級成員中還包含多個激進聖戰團體。在戰爭初期,努斯拉陣線(當時是伊斯蘭國的一支官方分支組織兼蓋達組織的附隨組織,現已脫離蓋達組織並更名為「征服沙姆陣線」)也是組成敘利亞自由軍的一部分[11]。《華盛頓郵報》在2012年末,將努斯拉稱為敘利亞自由軍中最具侵略性和最成功的分支[12],而根據俄羅斯外交部的說法,它多年來被美國貼上是敘利亞溫和反對派部隊的標籤[13]。

一位名叫阿布·海達的敘利亞自由軍協調員,在提及努斯拉在敘利亞自由軍聲稱要領導的革命中所扮演的角色時,明確指出這個蓋達組織的附隨組織「擁有經驗豐富的戰士,他們就

第九章 敘利亞叛亂 | 361

像革命中的精銳突擊隊。[14]」在敘利亞自由軍的領導階層間備受讚揚[15]，並且敘利亞自由軍部隊於 2012 年 12 月大肆高呼「我們都是努斯拉陣線成員」，以抗議外界認為努拉斯陣線這個蓋達組織分支是恐怖組織的說法[16]。組成敘利亞自由軍的 29 個戰鬥團體，包括戰鬥旅和平民委員會，都簽署了請願書，呼籲舉行支持努斯拉的群眾示威活動——反映出敘利亞自由軍對努斯拉的高度重視[17]。努斯拉被接納為敘利亞自由軍正式成員的事實，以及它與敘利亞自由軍其他派系之間關係的本質，都反映出敘利亞自由軍強烈的伊斯蘭主義傾向，而這一點在其外國支持者的媒體報導中，都被隱藏得非常好。因此包括與蓋達組織有關的幾個組織在內的聖戰組織，可以從西方、土耳其、卡達、沙烏地阿拉伯、約旦和以色列獲得大量物資支援，進行反對敘利亞政府的行動，並看見西方極力將這些叛亂分子描繪成爭取西方式自由民主的自由鬥士。

斯特拉福的報告曾表示，五角大廈試圖「將媒體焦點集中在一場大屠殺上」不僅可以為西方加強干預提供藉口，還進一步將敘利亞政府描繪為戰爭中的「錯誤一方」；於是捏造出來的暴行故事，就逐漸開始霸占媒體版面。戰爭初期的暴行不少，不過這些經過核實的暴行，絕大多數是伊斯蘭叛亂組織所為，而非敘利亞正規軍——即敘利亞阿拉伯軍（SAA）所為。因此，與在朝鮮半島的情況一樣，西方報導總是錯誤地將叛亂分子實施的屠殺等事件，歸咎於敘利亞武裝部隊——如此一來就能同時洗白西方支持的團體，又順便詆毀大馬士革當局。就像伊拉克戰爭前的報導一樣，路透社等西方媒體的許多報導都不斷將與反政府組織和西方政府有關的運動人士，當成相關事件的可靠消息來源——而與

敘利亞政府有聯繫的消息來源，幾乎未曾一視同仁地被引用。

2012年5月，西方媒體廣泛報導敘利亞政府軍在胡拉鎮毫無緣由地殺害大量平民的事件，生動描述敘利亞阿拉伯軍隊先用大炮轟炸試圖營救家人的無辜老百姓，再派出地面部隊「屠殺所有人」的場面。《衛報》描述「這場血腥恐怖事件造成一百多名敘利亞人死亡。[18]」。然而德國《法蘭克福匯報》（Frankfurter Allgemeine Zeitung）在次月根據一項調查報導，應為該事件負責的是叛亂民兵而非政府軍[19]。

2012年8月，在德拉雅郊區發生一起造成245人死亡的屠殺事件，西方國家的報導一致認為這是「阿薩德的軍隊」犯下的戰爭罪行，不過這種說法在類似報導中並沒有什麼證據以資證明，而且引述的消息來源也是反政府的運動人士[20]。英國《獨立報》記者勞勃·費斯克對該事件進行了實地調查和多次採訪，隨後證實敘利亞自由軍還屠殺了平民和被其俘虜的非值勤士兵[21]，才應為此負責。

12月，阿克拉布鎮發生了一起120名至150名村民遭屠殺的事件，也被歸咎於敘利亞政府所為，《紐約時報》認為「阿薩德教派的成員」應為此負責[22]。英國記者艾力克斯·湯普森在實地進行深入調查，包括對倖存者進行多次採訪後，報導敘利亞自由軍才是肇事者，他們將總統所屬的宗教少數派阿拉維派的500名村民扣為人質長達9天，然後進行大規模處決[23]。

2013年12月，NBC的新聞團隊遭到綁架，所有西方媒體在報導中都將此事歸咎於與敘利亞政府結盟的部隊。一直要等到之後的調查才發現，罪魁禍首是《紐約時報》所描述的「與敘利亞自由軍有關聯的遜尼派犯罪分子。[24]」

這些案例體現了在戰爭期間普遍存在的廣泛趨勢，儘管每則暴行報導都可以被推翻，但它們在世界上許多地方造成關於敘利亞政府嚴重不當行為的後設敘事，卻無法抵銷。這為西方國家更公開地支持叛軍、考慮對大馬士革採取直接軍事行動、堅持要求政府輪替和敘利亞總統下台，提供了理論依據。

2013年大馬士革附近的化武攻擊

從 2013 年年中開始，西方支持的敘利亞叛軍遭遇愈來愈多的挫折，其中 5 月到 6 月間的古賽爾戰役（Battle of Qusayr）就是重要的轉捩點，標誌著支持大馬士革的黎巴嫩真主黨民兵加入了戰爭。面對當地極為不利的勢力發展軌跡，美國及其盟國試圖在 2013 年底進行直接干預，決定性地扭轉敘利亞政府的頹勢，像二年前在利比亞讓叛亂分子掌權。

西方軍事干預最開始是在敘利亞設立利比亞式的「禁飛區」[25]，擊落任何從敘利亞起飛的飛機，以切斷進入該國的空中補給，預防軍方向地面部隊提供火力或後勤支援。所有先例都顯示，西方將對敘利亞機場和其他地點進行打擊，並向叛亂團體提供更積極的物資和戰場支援，一直持續到戰爭取得有利於西方利益的結果為止；這樣最有可能的結果，是武裝分子占領大馬士革[i]。

退役的美國空軍中將大衛・A・戴普圖拉曾在 1990 年代的「北方守望行動」中，負責監督伊拉克上空的禁飛區設立工作，他在 2013 年 5 月表示，設立禁飛區可能是切斷從國外向敘利亞運送物資的一種手段。他援引利比亞的先例指出，西方空軍部

隊隨後可能會被部署從空中「打擊敘利亞領導人和現役軍事部隊」,指出立意看似較良善的「禁飛區」,很可能是在為更具侵略性的攻擊鋪路[26]。《華盛頓郵報》同樣指出,禁飛區很可能只是促進西方對敘利亞採取更積極進攻行動的第一步。與當時西方世界的許多出版品一樣,《華盛頓郵報》強調,對大馬士革這個「壓迫者」採取此類行動,是西方國家的道義責任[27]。

2013 年 5 月倒數第二週,歐巴馬總統要求五角大廈草擬在敘利亞上空設立禁飛區的計畫[28]。五角大廈曾在 4 月時制定過此類計畫,但行政部門並未要求審閱[29]。與此同時,法國、英國、卡達和土耳其一直強烈呼籲設立禁飛區[30]。美國總統特別告訴幕僚,禁飛區「所需的軍事行動規模要比支持者所認為的大得多」,敘利亞空軍、防空部隊和彈道飛彈部隊的規模都是遏阻因素[31]。據評估,敘利亞擁有「世界上最密集的防空系統之一」,一支具備作戰經驗且部分戰機性能相對優異的空軍部隊[32]。其中包括 Su-24M2 攻擊機,這些戰機在九月份曾進行武力展示,以示其具備反擊英國駐賽普勒斯的皇家空軍阿克羅提利基地(RAF Akrotiri)的能力[33]。

---

[i] 蘭德公司 2013 年為美國空軍編寫的一份報告強調,西方禁飛區的定義往往被「擴大到包括」空襲和直接削弱地面敵軍的行動。報告指出,雖然敘利亞部隊最近取得了重大進展,但禁飛區可能會使戰局向有利於反政府部隊的方向發展,並「有可能」為針對大馬士革的「更廣泛行動鋪路」。(Lund, Aron, 'Evaluating the Russian Intervention in Syria,' *Carnegie Middle East Center,* December 7, 2015.)

歐巴馬總統隨後對是否單靠禁飛區就能對衝突產生重大影響表示懷疑[34]。歐巴馬的國安顧問發言人班傑明·羅德斯同樣猶豫不決，表示「代價巨大且無法掌握」[35]，參謀長聯席會議主席馬丁·鄧普西上將則強調「任務偏離」（mission creep）的危險——禁飛區可能導致美國必須對敘利亞政府採取進一步的攻擊行動。他警告，如果敘利亞的空戰能力被削弱，「問題將變成：當你消除了對手的一項能力後，是否會發現自己正處於被要求進一步採取更多行動的處境？[36]」

美國政府當時之所以如此謹慎，主要是受到其「重返亞洲」外交政策倡議的影響，同時也認為有必要將注意力，從中東戰場轉移到對於確保美國和西方霸權更為重要的戰場。舉例來說，北韓在研發射程更遠、能夠打擊美國領土的核彈頭飛彈，出現了突破性進展的跡象——這有可能改變北韓與美國長達63年且仍在進行中的衝突局勢[37]。與此同時，中國有望在2014年超越美國，成為世界上最大的經濟體（按購買力調整後的國內生產毛額計算）[38]。歐巴馬政府藉由大幅擴大美國在東亞的軍事存在，並孤立中國以應對北京的戰略，已因中東事務的牽制而受到嚴重破壞，如果美國政府被迫在敘利亞發動戰爭，這一戰略可能會完全瓦解。與利比亞情況不同的是，一旦的黎波里陷落，美國的注意力就可以從利比亞大幅轉移，但敘利亞擁有龐大的化學武器和彈道飛彈軍火庫，也就意味著即使大馬士革落入叛亂分子之手，西方國家也至少需要派兵駐紮在當地，以確保這些武器的安全[39]。

歐巴馬政府繼續面臨來自歐洲和中東夥伴，以及本國外交政策機構的強大壓力，要求其對敘利亞發動直接攻擊[40]。2013年8月21日，在敘利亞和盟軍在近三個月內取得重大勝利後，敘利

亞反政府人士的報告宣稱，阿拉伯敘利亞軍隊在大馬士革省郊區東古塔，用沙林神經毒氣殺死了多達635人，至此將整場衝突的推向高峰[41]。聲稱平民受到毒氣攻擊影響的錄影畫面被公布後，西方國家要求採取軍事行動的呼聲更加激昂。在提出申請後，聯合國調查員隨後獲准進入東古塔地區，敘利亞政府也同意在該地區周圍實施停火。聯合國調查員證實施放沙林毒氣的跡象，並指出，在他們到達之前就控制了現場的叛亂分子，有可能轉移並篡改現場證據。調查報告未能確定是哪一方對此次襲擊負責[42]。

西方政府幾乎迅速一致地聲稱，大馬士革是沙林毒氣攻擊的實施者，儘管大量證據顯示伊斯蘭叛亂分子才是真正的凶手，但任何可能有其他肇事者的假設都被完全排除。有一個間接情況可以做為大馬士革應該與此事無關的證據是，歐巴馬總統曾在2012年8月誓言，如果敘利亞使用化學武器，他將採取直接行動；將化學武器的使用設定為底線的說法，也受到他的歐洲盟友大力支持[43]。到了2013年8月，敘利亞阿拉伯軍隊已經取得了數個月的優勢，而此時許多西方國家正在尋找發動攻擊行動的藉口，敘利亞政府軍突然、不必要且顯而易見地使用這類武器，會讓西方有理由攻打自己，因此並不合理。相較之下謀求推翻政府的叛亂組織使用化武攻擊，則具有很大的好處，因為西方對敘利亞的大規模攻擊，很可能會使戰局朝著有利於叛亂組織的方向發展。

大量證據顯示，伊斯蘭叛亂分子擁有獲取沙林毒劑的管道，並使用過該化學武器。聯合國國際刑事法庭的前首席檢察官、瑞士前總檢察長及大使卡拉‧戴蓬特，曾於2013年在敘利亞阿拉伯共和國獨立國際調查委員會任職，並在5月報告表示「敘利亞政權的反對者」正在實施沙林毒氣攻擊[44]。當月稍晚，安全部隊

逮捕了努斯拉陣線成員，發現他們持有兩公斤的沙林毒劑[45]。這證明伊斯蘭叛亂分子確實有途徑得以獲取敘利亞政府8月份被指控，在東姑塔所使用的武器。

麻省理工學院科學、科技與國家安全政策教授西奧多・A・波斯多和軍事承包商特斯拉實驗室分析師理查・M・洛伊德，於12月在《紐約時報》發表的研究報告，進一步強化了沙林毒氣攻擊是叛亂分子所為的論點。根據對發射神經毒劑的火箭外部進行的評估，他們認為此次攻擊使用的是取自BM-21的122公厘火炮火箭發動機。雖然政府軍和叛軍都廣泛使用BM-21型火炮，但專家們根據計算出來的沙林火箭炮彈最大射程得出結論，認為攻擊不可能來自敘利亞阿拉伯軍隊的陣地，而伊斯蘭叛軍是最有可能是肇事者[46]。

針對努斯拉陣線（Al Nusra）的證據迅速累積，美聯社特派記者戴爾・加瓦拉克和記者亞海亞・阿巴布內公布了基於對醫生、姑塔居民及叛軍的訪談，他們普遍認定該為沙林毒氣攻擊負責的應該是努斯拉陣線這個蓋達組織分支。報導指出，所使用的沙林毒劑是由沙烏地阿拉伯情報部門提供，自2011年初以來，沙烏地阿拉伯情報部門向叛亂分子提供了大量物資支援。儘管未經核實，但該報導與其他關於努斯拉擁有化學武器的報導密切吻合[47]。這份報導在2017年獲得了更大的可信度，當時外流的美國國家安全局檔案顯示，沙烏地阿拉伯的贊助者確實命令他們協助在敘利亞進行武裝的叛亂分子，針對非常具體的目標實施特定類型攻擊，以達政治目的[48]。

12月，曾獲普利茲新聞獎殊榮的調查記者西莫・赫許根據與美國情報官員進行的多次採訪和全面性的調查，報導歐巴馬政

府不誠實地「挑選情報」，將大馬士革與姑塔沙林攻擊事件牽連，為進一步針對敘利亞的敵對政策提供藉口。包括掩蓋有關努斯拉陣線的情報，和避免將其視為嫌疑人（儘管努斯拉陣線在東姑塔部署大量人員）、忽略努斯拉陣線實施攻擊的強烈動機，以及完全清楚該恐怖組織擁有獲得沙林毒劑管道的事實。赫許就歐巴馬總統政府提出的調查結果總結：

> 在某些情況下，他略過重要情報，而在其他情況下，他則把假設當作事實。最重要的是，他沒有去承認美國情報界眾所周知的事情：敘利亞軍隊並不是在該國內戰中，唯一可以取得沙林毒劑的一方⋯⋯在攻擊發生前的幾個月時間，美國情報機構製作了一系列高度機密報告，最終編成了正式行動命令（Operations Order）──發動地面入侵前的計畫檔案──其中列舉了努斯拉陣線⋯⋯已經掌握了創造沙林毒劑的反應機制，並有能力大量製造沙林毒劑。當攻擊發生時，努斯拉陣線本應被視為嫌疑方，但政府卻對情報進行揀選，以合理化對阿薩德發動的攻擊⋯⋯近期在與過去和現在的情報及軍事官員和顧問的採訪中，我發現此事引發了強烈的擔憂與憤怒，因為人們一再認為情報遭到刻意操縱。一名前高級情報官員在寫給同事的電子郵件中表示，政府如此確定阿薩德應該為此負責，是一個「詭計」。他寫下，這次攻擊「不是現任的阿薩德政權造成。」一位前高級情報官員告訴我，歐巴馬政府篡改了可取得的情報──在時間和順序上──以便讓總統和他的顧問們把攻擊發生幾天後才獲得的情報，看起來像是在攻擊發生當下，即時獲得和分析的情報。他說，這種情報扭曲的方式讓他想起了1964年的東京灣事件，當

時詹森政府顛倒了國家安全局截取情報的順序,合理化其中轟炸北越的早期行動。這位官員還說,軍方和情報機構內部存在巨大的挫折感:「這些人舉起雙手說:『我們怎麼能幫助這個傢伙』——歐巴馬——『他和他在白宮的親信竟然隨心所欲地捏造情報?』」[49]

赫許引用了大量證據,證明努斯拉應該對此負責,並得出結論:「這種對情報的選擇性篩選與合理化伊拉克戰爭的過程很相似⋯⋯白宮錯誤呈現對攻擊事件的知情程度與時間,與白宮隨時準備忽略削弱官方說法的態度匹配。而這些情報與努斯拉有關。」他進一步引用了2013年6月20日,被轉發給國防情報局副局長大衛‧R‧薛德的一份長達四頁的最高機密電報,證實此前關於努斯拉可能獲取並使用沙林毒氣的報導。這實際上瓦解了敘利亞政府應承擔罪責的核心論點,即敘利亞政府是唯一能夠發動沙林攻擊的一方。赫許說:「該名高級情報顧問告訴我,早在5月下旬,中情局就已經向歐巴馬政府通報了努斯拉組織及其有意使用沙林毒劑的情況。」他還強調了一份後來的情報檔案顯示,這個蓋達組織的分支召募了2003年前就已經加入伊拉克軍隊的專業人員,而當時的伊拉克軍方擁有一個規模龐大的化學武器計畫。參謀長聯席會議為可能向敘利亞部署美軍而發布的行動命令,進一步補充評估的內容,因為該命令警告,叛亂分子有能力生產和使用沙林毒氣,從而威脅到美軍人員安危[50]。

赫許援引與美國國家安全局和政府官員的談話,進一步強調美國擁有先進的預警能力,可以密切監視敘利亞化學武器基地,即便是最基本的低層級活動,並對敘利亞通訊進行全面監控。而

這些情報資產都沒有指出，敘利亞應該為姑塔事件負責[51]。2014年，有管道獲取最新情報的美國前高級情報官員告訴赫許，土耳其正在為叛亂分子提供化學戰訓練，姑塔攻擊事件是「土耳其（總理雷傑普・塔伊普）艾爾多安的人馬策劃的一場祕密行動，目的是將歐巴馬推過紅線……這麼做的目的就是要把事情鬧大。美國國防部情報局和其他情報機構告訴我們的高級軍官，沙林毒氣是透過土耳其提供的──只有在土耳其的支援下，才有可能進行到這一步。土耳其人還提供了製造沙林毒劑和處理沙林毒劑的訓練。」安卡拉已經逐漸形成共識，認為叛亂活動正走向失敗，而策劃一起美國的軍事干預，是扭轉局勢最有效的途徑。眾所周知，艾爾多安是強力支持敘利亞境內蓋達組織分支的人士之一[52]。

美國國防情報局發布的機密簡報表示，努斯拉陣線內有個沙林生產小組，代表了「自蓋達組織在九一一事件前的準備工作至今，最先進的沙林計畫。」該報告進一步強調：「土耳其和沙烏地阿拉伯的化學協助者，正試圖獲得數十公斤的大量沙林前體，很可能是為了在敘利亞進行預期中的大規模製造工作。」赫許援引五角大廈內部的消息來源報導，英國情報部門已經獲得了在姑塔使用的沙林毒劑樣本，並證實其完全不符合敘利亞軍火庫中已知存在的任何一種沙林毒劑。他也援引一位了解聯合國活動的消息人士的發言指出，聯合國特派團對2013年3月規模較小的阿薩爾化學武器攻擊事件所進行的調查清楚表明，叛亂分子應對此負責──然而「調查結果沒有被公開，因為沒有人想知道。[53]」

進一步指出叛亂分子應為姑塔沙林攻擊負責的證據，在12月浮上檯面。聯合國報告指出，姑塔沙林攻擊與之前規模較小的阿薩爾沙林攻擊非常相似，都具有「相同的獨特特徵」。在阿薩爾

遭到沙林毒氣攻擊的大部分目標,都是敘利亞阿拉伯軍隊的士兵,這表明該次攻擊——進而也包括後續在古塔發生的極為相似的攻擊——不可能是由敘利亞政府軍發動的。聯合國報告沒有明確將化武攻擊的責任歸咎於任何一方,但提出了強烈指向反政府軍隊才是真正兇手的證據[54]。2014年的影片證據顯示,努斯拉陣線對敘利亞阿拉伯軍隊士兵發動化學攻擊,進一步削弱了此前對於敘利亞政府使用沙林毒劑的指控[55]。聯合國秘書長潘基文隨後於7月向安理會通報,表示敘利亞政府軍從叛亂分子手中繳獲了沙林神經毒氣罐[56]。隔年,在敘利亞北部行動的庫德族民兵也發現了聖戰叛亂分子擁有化學武器能力的證據,並繳獲毒氣罐做為證據[57]。

儘管已經出現如此多證據,但姑塔沙林攻擊事件還是強化了西方的呼聲,不僅要求設立禁飛區,還要求基於人道主義對敘利亞發動更全面的攻擊,以武力推翻敘利亞政府。英國皇家海軍和美國海軍的軍艦在一週內,被部署到了敘利亞領土附近。到了8月26日,被部署的資產包括一艘英國航空母艦、一艘突擊艦、兩艘護衛艦、一艘攻擊潛艇和四艘美國驅逐艦[58]。英國外交大臣夏偉林(William Hague)當天表示,敘利亞外交已經失敗,即使沒有聯合國的批准,也將考慮採取軍事行動[59]。戰區內的西方海軍和空軍特遣隊繼續增加[60],原先計畫中的聯合行動目的是為了「徹底消除(敘利亞總統巴夏爾‧)阿薩德擁有的任何軍事能力」—而不是使特定的武器設施失效或藉由有限打擊送出某種訊息。打擊目標包括敘利亞政府下轄的所有已知後勤和武器庫、指揮和控制設施以及軍事和情報建築,還將廣泛打擊包括電網和油氣庫在內的關鍵民用基礎建設[61]。

8月25日,英國政府的消息人士透露,打擊行動有可能在

一週內展開[62]，而美國和歐洲官員則聲稱，發動攻擊是道德義務[63]。8月27日，《紐約時報》發表了評論文章，強調「指引決策的不只有法律，還有道德倫理」，反映出西方國家的普遍看法，認為西方大國只要是以西方價值觀或所相信的道德理由做為名義，在追求其外交政策目標時，就有權違反國際法。這篇文章的標題也恰如其分：「**轟炸敘利亞，即使這麼做不合法。**[64]」在西方世界的分析師眼中，正如多份論文和社論所表達的內容，如果西方外交政策違反國際法，那只能說明法律過於嚴苛。歐美攻擊非西方國家的權利，被認為不容質疑[65]。受到西方至上思想的驅使，這種極端觀點將迫使大馬士革及其合作夥伴採取比法律更積極的手段，阻止西方進攻。西方的進攻一旦成功，將導致大馬士革被西方支持的伊斯蘭武裝分子接管，並使該國經濟和社會進展，倒退數個世代，就像1992年阿富汗的情況一樣，西方的支持使聖戰分子掌權。

　　西方國家的進攻最終沒能得逞，不是因為證據指出姑塔事件真正該負責任的一方是誰（這一暴行的捏造正是美國領導的干預行動的關鍵藉口），而是受到多項戰略因素的影響。關於歐巴馬總統之所以有所保留，他的顧問班傑明·羅德斯指出：「他看不出美國在一場異常複雜、也沒有跡象顯示要用軍事手段解決爭端的衝突中，採取干預的軍事選項，除了讓美國愈陷愈深，還能出現什麼不同結果。」羅德斯認為，提交給歐巴馬的計畫「並未完全成熟」，發動攻擊可能產生的後果，也存在很多不確定性[66]。五角大廈估計，如果敘利亞政府被推翻，當地將需要7.5萬名美軍人員來保護該國龐大的化學和彈道飛彈武器庫，以防止它們落入蓋達組織或其他聖戰組織之手[67]。這項承諾可能會徹底破壞

「重返亞洲」戰略，因此歐巴馬拒絕簽署進攻敘利亞的行政命令，而是尋求國會予以授權。參議院外交關係委員會成員普遍認為，考量到美國已經不堪重負的海外任務，敘利亞戰爭將會令美國難以承受[68]，而伊拉克戰爭如何削弱美國在世界上地位的猶新記憶，更是影響決策的重要因素。

敘利亞的長期戰略夥伴俄羅斯也採取了堅定立場，抨擊西方「為了對該地區進行軍事干預，人為製造毫無根據的藉口」，並因為攻擊聯合國會員國，「粗暴地違反了國際法」[69]。俄羅斯聯邦會議國家杜馬國際事務委員會主席艾列克謝‧普什科夫9月11日警告，如果華盛頓進攻敘利亞，莫斯科將考慮大幅增加對伊朗的武器銷售，並限制經由俄羅斯領土向駐阿富汗美軍供應的武器[70]。俄羅斯總統弗拉迪米爾‧普丁進一步表示，美國的攻擊將破壞未來在伊朗核子計畫上的合作，如果敘利亞遭到直接攻擊，莫斯科有許多更激烈的手段可以動用，以支持德黑蘭這個西方集團的主要區域對手[71]。一個關鍵的轉捩點是英國國會的投票，以285票對上272票的結果否決了軍事行動，而該投票結果受到強烈影響，因為議員們擔憂攻擊敘利亞可能導致與該國盟友發生衝突。在國會投票的討論過程中，真主黨、伊朗和俄羅斯分別被提及11次、43次和68次[72]。

9月9日，在美國支持發動攻擊的呼聲迅速減弱的情況下，俄羅斯外交部長謝爾蓋‧拉夫羅夫提議，讓敘利亞化學武器庫在國際控制下被銷毀。三天後，總統普丁在《紐約時報》上發表文章，主張維護國際法，且不要讓蓋達組織有機會在敘利亞立足，並提議華盛頓和莫斯科合作，和平銷毀敘利亞的化學武器庫。他表示：「沒有人懷疑毒氣被用在了敘利亞。但我們完全有理由相

信，使用毒氣者不是敘利亞軍隊，而是反對勢力部隊，目的是挑起他們將與基本教義派人士並肩作戰的強大外國支持者，進行干預。[73]」美國及其歐洲夥伴在9月14日簽署了框架協議，正式接受這項提案，而聯合國安理會全體成員根據第2118號決議也對此表示同意。這導致敘利亞全部的化學武器在2014年6月23日之前，被禁止化學武器組織（OPCW）的聯合特派團解除。

敘利亞一直對於追求並維持強大的威懾能力保持足夠的警覺，包括維持利用傳統彈頭和化學彈頭，攻擊整個區域內外北約目標的可存續彈道飛彈發射器的能力，以及相對強大的傳統軍隊。雖然西方列強在2013年後不再考慮透過軍事干預來推翻敘利亞，但未來的化學武器攻擊指控將被用來當作藉口，對敘利亞發動更有限的非法打擊、進一步強化叛亂分子勢力，並限制大馬士革及其盟友的資源。防止敘利亞政府取得勝利和恢復戰前現狀，仍是西方的關鍵目標。

白頭盔、政治戲碼和更多西方攻擊

東姑塔沙林攻擊事件發生四年後的2017年春天，美國及其幾個歐洲夥伴國的特種部隊被部署到了敘利亞，目的是為了支持新的叛亂聯盟——獲得西方國家大量物資和空中支援的敘利亞民主力量（SDF）。敘利亞民主力量取代了敘利亞自由軍，成為西方支持的主要接受者，並從伊斯蘭國（IS）恐怖組織的掌控中，奪回並占領了大片的敘利亞領土。敘利亞民主力量在很大程度上，仰賴愈來愈多的伊斯蘭民兵來壯大自己的規模；光是在

2016 年第一季,就有不少聖戰士派系的成員加入,其中包括水壩旅烈士、卡希姆‧阿里夫烈士營、雙聖清真寺士兵旅(聖戰軍的前身)和真主之路聖戰旅。敘利亞民主力量的規模成長也有賴於在占領區內強徵當地男子入伍[74],並強迫召募某些年僅 13 歲的兒童參軍,無論男女皆被強行投入現役。根據聯合國報告,這種做法已經構成嚴重的違規行為[75]。

隨著從 2014 年開始迅速擴張,並在隔年占領敘利亞大部分領土的伊斯蘭國解體,敘利亞政府軍與美國以及敘利亞民主力量之間,展開了激烈的競爭,積極爭取伊斯蘭國以前占領的領土。隨著華盛頓與大馬士革之間緊張局勢的升級,西方支持的白頭盔部隊,於 4 月指控敘利亞政府於 2017 年 4 月 4 日,在伊德利布省汗謝昆鎮實施化學武器攻擊。美國、英國、法國、土耳其、沙烏地阿拉伯和以色列政府迅速聲稱大馬士革要對此負責[76]。俄羅斯和敘利亞則否認這項指控,聲稱這次攻擊是由白頭盔部隊策劃,目的是提供西方列強攻擊敘利亞政府陣地的藉口[77]。

直到隔年,美國國防部長詹姆斯‧馬提斯才承認大馬士革、莫斯科及多名記者和分析師從一開始就強調的事實——沒有證據顯示敘利亞在汗謝昆發生了化武攻擊。馬提斯說:「我們從戰場上接收到其他報告,有人聲稱有人使用化學武器,但我們沒有證據。」他表示,白頭盔部隊的說法基本上被當作軍事行動的藉口。馬提斯的結論是:「我們正在尋找相關證據。」但一年後,還是沒有任何證據指向大馬士革[78]。鑒於北約盟國之間情報共享的程度,馬提斯的聲明直接與法國一年前聲稱,巴黎擁有敘利亞政府罪責難逃的不可否認證據這項說法,互相矛盾。法國的證據要不是不存在,就是被美國認為不夠充分[79]。

自 2014 年以來，白頭盔部隊在敘利亞戰爭中發揮了愈來愈大的作用，並成為許多爭議的焦點。俄羅斯、伊朗和敘利亞都將其視為恐怖組織，而西方列強則將其譽為人道主義組織。他們從許多資助反敘利亞伊斯蘭叛亂行動的組織那裡獲得資金。全球媒體對白頭盔的報導極度兩極化，西方主流媒體相當保護該組織，哪怕只是輕微的批評，西方主流媒體都會給予嚴厲的斥責[80]。與此同時，非西方媒體和「另類媒體」則一再刊登白頭盔與隸屬於蓋達組織的聖戰分子站在一起的照片，以及經核實為真的聖戰組織稱讚白頭盔組織成員，是他們對抗大馬士革之戰友的說法[81]。白頭盔部隊與激進聖戰組織之間有聯繫，因此被禁止在敘利亞的庫德族和政府控制區行動[82]。白頭盔部隊的主要創辦人是前英國陸軍軍官詹姆斯・勒・梅席爾，他也曾是奧利弗集團（Olive Group）私人保安公司的成員，該公司後來與美國的黑水公司合併。俄羅斯外交部聲稱勒・梅席爾也曾是軍情六處的前探員，不過退役軍官參與此類活動的情況並不少見[83]。

　　位於敘利亞的記者和觀察員對白頭盔進行過多次嚴厲批評，抨擊其是為了西方利益而捏造暴行的工具，加劇了敘利亞人民的苦難。加拿大記者伊娃・巴特利特曾在敘利亞前線進行報導，她提出大量證據，證明白頭盔經常為政治宣傳目的而偽造影片[84]，但這樣的說法在西方主流新聞媒體中遭到一致駁斥。澳大利亞記者約翰・皮爾傑同樣認為，白頭盔是隸屬蓋達組織的努斯拉陣線的「徹底的政治宣傳組成」[85]。英國記者凡妮莎・比利在敘利亞衝突現場進行了數週觀察，並對當地人進行多次錄音訪談，同樣得出結論，認為「白頭盔組織」與美國及英國的私人保安公司以及「深層政府」有聯繫。[86]白頭盔被用來捏造暴行，為西方軍事干

預提供藉口，其組成成員都是與蓋達組織有關的恐怖團體[87]。

2018年以觀察員身份，訪問敘利亞的英國議會上議院代表團和英格蘭教會代表團，完全證實了巴特利特、比利、皮爾傑等人的說法[88]。關於白頭盔部隊本質上是一個政治宣傳團體的說法，在後來曝光的一段影片受到佐證，影片顯示白頭盔部隊在敘利亞搭建片場，模擬敘利亞阿拉伯軍隊（SAA）發動化學攻擊的場景，其中演員在不同場景中分別扮演受害者與急救人員[89]。白頭盔不僅與聯合國承認的恐怖組織成員合影，而且還協助聖戰武裝分子處理被斬首的敘利亞士兵屍體的影像畫面，支持了白頭盔確實與敘利亞境內聖戰恐怖行動有關的說法[90]。

西方國家指控敘利亞政府是2017年4月伊德利卜省沙林攻擊實施者的說法，非常值得懷疑，因為上述證據顯示叛亂分子也有能力動用沙林毒劑，而且在這次事件的情況中，任何使用沙林的證據都值得懷疑。前聯合國武器檢查員史考特・里特對禁止化學武器組織的內部調查特別提出批評，認為調查結果幾乎完全依賴白頭盔部隊，與叛軍有聯繫的團體所提供的化學樣本。而這些組織若能成功歸咎於大馬士革為幕後主使，從而在為西方軍事干預的藉口，將獲得極大利益，因此擁有充分動機去捏造證據[91]。英國駐聯合國大使宣布，樣本也已被提供給英國科學家，「測出沙林或類似沙林物質的陽性反應」，不過當《簡氏防務週刊》記者提姆・瑞普利試圖透過《資訊自由法》獲取該份科學報告時，外交部卻拒絕「確認或否認」這些報告是否確實存在[92]。不但指出敘利亞政府是沙林攻擊同謀的證據薄弱，而且是否發生沙林攻擊的證據也不充分。

儘管如此，華盛頓仍承諾要對大馬士革採取軍事行動，並選

定敘利亞空軍位於帕米拉市附近的謝拉特空軍基地為目標，理由是有人聲稱化武攻擊是從該基地發動。美國沒有發動攻擊的合法藉口，不只因為沙林攻擊未經證實，也因為根據國際法的規定，化學武器的使用並不等同於西方國家具有攻擊另一個聯合國會員國的權利。

2015 年 8 月，俄羅斯軍隊在大馬士革的允許下干預敘利亞態勢，預防性地阻止了西方和土耳其在敘利亞領土上，建立安全區和禁飛區的計畫；而由於俄羅斯軍隊在敘利亞的大量存在，任何潛在的攻擊都需要避免與俄羅斯軍隊發生直接衝突，使得攻擊行動就變得非常複雜[93]。美軍驅逐艦發射了 59 枚戰斧巡弋飛彈，這是一次相對溫和的攻擊；使用的彈藥既非高速也沒有穿透力，無法威脅防禦工事所掩護的目標。俄羅斯軍隊的存在，確保了敘利亞阿拉伯軍可以提前獲得預警並及時掩蔽，使這次攻擊的實際破壞效果極為有限[94]。然而如果沒有俄羅斯部隊在場牽制西方列強，捏造出來的敘利亞沙林攻擊就有可能會被西方大國當成藉口，發動規模更大、破壞性更強的攻擊，而非實際上發動的象徵性打擊了[ii]。

[ii] 莫斯科抨擊美國的攻擊是「以捏造藉口違反國際法對於一個主權國家遭侵略行為的規範」，聲稱這是企圖轉移外界愈來愈對美國在伊拉克行動中造成大量平民傷亡報導的注意。這很可能指的是正在進行中的摩蘇爾戰役，在這場戰役中，戰鬥人員的死亡人數特別高，而且有多項指控稱美國犯下了嚴重的戰爭罪行。（'Putin calls US strikes against Syria "aggression against sovereign country",' TASS, April 7, 2017.）（Malsin, Jared, 'Civilian Casualties from American Airstrikes in the War Against ISIS Are at an All-Time High,' *Time*, March 26, 2017.）

西方長久以來將自身視為世界最高道德與人道價值的擁有者，也是全球秩序的管理者，擁有根據這些價值進行干預的普遍管轄權，當涉及對非西方聯合國成員國發動攻擊時，認為自己凌駕於國際法之上。這導致西方世界強烈要求對敘利亞採取軍事行動，而非法打擊的目的，似乎主要就是為了滿足這項設定，而非有意義地削弱敘利亞阿拉伯軍的戰力。

美國的攻擊行動還被認為有利於美國在東北亞的地位，而東北亞是川普和歐巴馬政府外交政策的主要焦點，美國在這個特別敏感的時刻展示武力，是在向北韓和中國發出訊號。2017年初，美國與平壤的緊張關係迅速升溫，因為北韓即將發展並在當年稍晚展示了能夠打擊美國本土的核彈威懾能力[95]。美國開始在很大程度上，依賴向北韓的主要交易夥伴中國施壓，以增加平壤壓力的手段[96]。由於北京當局在聯合國安理會投下了否決票，實際上關上了西方無故攻擊北韓或敘利亞的唯一合法途徑，因此值得注意的是，美國對敘利亞的攻擊是在唐納·川普總統宴請中國國家主席習近平的當下被發動。敘利亞是中國和北韓密切的經濟和國防夥伴，這次攻擊發出了毫無懸念的訊息，那就是美國的軍事行動不受國際法、《聯合國憲章》或安理會的約束。

美國對敘利亞的打擊，展現出他們未經聯合國安理會批准仍會發動攻擊，以及肆無忌憚犯下侵略罪行的意願；這對朝鮮半島產生了嚴重影響。據報導，川普在用餐期間俯身對習近平說，他下令進行的打擊正在進行中[97]。儘管習近平在後續幾天成功說服川普，表示中國無法影響平壤[98]，但美國攻擊毫無疑問地為東北亞帶來了遠超其對敘利亞本身所造成的影響[99]。北韓指出西方這種非法軍事行動，是「對主權國家明顯且不可饒恕的侵略行為」，

而這正是北韓最初會尋求核武威懾的原因[100]。華盛頓以這種方式向對手發出訊號的能力，直接得益於捏造暴行做為其軍事打擊藉口的能力。

杜馬和西方對敘利亞的又一次攻擊

2018年4月7日，叛軍控制的西南部城市杜馬，據稱發生化學武器攻擊事件，造成約40至50人死亡，由此引發的一連串事件，與前一年4月的事件如出一轍。法國聲稱掌握了大馬士革犯下此案的罪證，帶頭引領西方世界指責敘利亞政府，並呼籲採取軍事行動做為回應，英國和美國迅速跟進[101]。俄羅斯和敘利亞都聲稱這起事件是人為設計，敘利亞外交部稱西方有關此類攻擊的說法已經成為「難以令人信服的刻板印象」[102]。分析師支持這個評估，認為該起攻擊確實是人為設計，因為根據可取得的證據顯示，白頭盔部隊過去曾經有設計這類攻擊的跡象，而敘利亞政府在幾乎消滅完該地區的叛亂分子後，已經沒有發動化學攻擊的動機。俄羅斯軍方還曾特別在3月中旬發表聲明，援引「可靠情報」指出，白頭盔部隊及其附屬武裝分子正計畫設計，並拍下一場針對平民的化學武器攻擊，要以此為西方列強提供再次發動攻擊的藉口[103]。

在聯合國安理會上，三個西方常任理事國否決了俄羅斯提議要調查這起疑似化武攻擊的決議，俄羅斯也回過頭來否決了西方提出有可能正當化西方對敘利亞政府發動攻擊的決議。4月14日，法國、英國和美國再次繞過安理會對敘利亞政府陣地發動另

一次攻擊，而與 2017 年 4 月的攻擊一樣，構成未經挑釁或未獲聯合國授權就發動攻擊的侵略罪行[104]。BBC 強調，發動攻擊的合理理由「將使世界回到《聯合國憲章》問世之前的時代」─《聯合國憲章》規定侵略罪為非法行為，並剝奪一個國家單方面攻擊他國的權利[105]。儘管如此，打擊行動還是獲得了歐盟[106]和北約[107]的支持。

尤其值得注意的是，西方國家是在禁止化學武器組織檢查人員抵達敘利亞的前幾個小時發動攻擊，所以並沒有提出任何敘利亞當局涉案的罪證[108]。被攻擊的目標地點包括：大馬士革的一座科學研究中心、霍姆斯附近的一座設備儲存設施和指揮所，以及多座被指控是化學武器儲存地點的設施[109]。這次攻擊的強度與俄羅斯軍隊不在場情況下可能發動的攻擊強度相比，仍然溫和許多，而且動用火力只占西方列強計畫在 2013 年發動的攻擊火力的一小部分。

從卡達起飛的美國 B-1B 重型轟炸機發射了 19 枚 JASSM-A 巡弋飛彈，再加上一艘巡洋艦和兩艘驅逐艦從紅海和波斯灣發射了 60 枚戰斧飛彈。美國國防部的一位匿名官員對上述飛彈數量提出不同意見，他告訴《華盛頓郵報》，共發射了 100 枚戰斧飛彈──這個差異有可能是為了掩蓋有若干枚飛彈可能被攔截的事實[110]。一艘核動力攻擊潛艇從地中海又發射了 6 枚戰斧飛彈，同時 28 架戰鬥機和兩架電子作戰噴射機被部署於預防敘利亞展開報復行動。英國和法國從 9 架戰鬥機和一艘護衛艦上發射了 20 枚巡弋飛彈；美國和法國的空中加油機、空中預警機和偵察機為攻擊部隊提供了大量支援。與 2017 年的情況一樣，西方大國不敢發動更多攻擊，只是象徵性地發動了一次攻擊，土耳其和以色

列官員嚴厲批評這次攻擊沒有更加猛烈、沒有摧毀更多目標[111]。多項報導顯示，敘利亞的防禦系統擊落了數枚飛彈，從而挫敗了這次攻擊[112]，而儘管這些報告未經證實，但在攻擊發生的前幾個月，敘利亞武裝部隊已經表現出對高生存能力目標的防空能力有所提升[113]。

雖然西方被遏阻發動一場更大規模的攻擊，但西方分析師普遍質疑為什麼敘利亞政府不能像之前的伊拉克、巴拿馬、利比亞、格瑞那達等國政府一樣，利用軍事行動使其徹底垮台。著名案例是《對話》（The Conversation）發表了一篇標題為「川普為何不能直接幹掉阿薩德？」的文章。提出這項質疑有兩項依據，一是西方自詡為全球警察和道德領袖，擁有淩駕於國際法之上的固有權利，可以決定哪些政府可以繼續存在，哪些政府需要被打倒；二是在冷戰後的世界，西方幾乎擁有可以如此作為的不受限制權力。雖然前者仍然是歐洲和美國對於西方在世界上地位的主流觀點核心，但後者已不再是事實[iii]。由於俄羅斯的防空部隊和戰鬥機隨時待命，其戰艦和轟炸機在敘利亞境外幾分鐘的航程內就能抵達，美國不得不收斂其對第三世界國家首都發動攻擊，和暗殺其領導人的傾向。由於西方列強一再表明，他們可以違反禁止軍事侵略的國際準則和法律而不受懲罰，並經常以捏造

[iii] 唐納‧川普總統在2020年聲稱，他曾支持在2018年4月採取軍事行動殺死敘利亞總統，但遭到國防部長詹姆斯‧馬提斯的勸阻。（Woodward, Alex, '"I had shot to take out Assad": Trump claims he was close to killing Syrian leader but Mattis stopped him,' *The Independent*, September 15, 2020.）

暴行當成合理化自身行為的藉口,因此在許多國家行為者眼中,軍事力量似乎仍是駕馭西方野心的重要手段。

禁止化學武器組織於 2019 年 12 月,發布了關於杜馬化學武器攻擊指控的報告,卻引發相當大的爭議。原因在於,報告所採用的調查方法和組織內部吹哨者的洩密,凸顯了調查中的不當行為。雖然報告指稱敘利亞政府應對化武攻擊負責,但外流的檔案和電子郵件卻顯示有相當多檢查人員指出,最終報告「沒有反映被派到杜馬的小組成員觀點」[114] 這個問題。檔案顯示,禁止化學武器組織遺漏了與敘利亞應對此負責說法截然相反的證據。

關於報告是如何得出結論,曾以調查小組成員身分實地參與杜馬疑似遭受攻擊現場考察工作的禁止化學武器組織英國工程師暨彈道專家伊恩・漢德森指出:

> 我和其他一些檢查員一樣,對隨後(禁止化學武器組織)管理封鎖,以及在後來分析和彙編最終報告的做法,有所疑慮。當時派遣了兩支小組,一支小組是在實地派遣工作開始後不久我就加入的敘利亞杜馬小組。另一組則被派去了 X 國。主要疑慮在於 2018 年 7 月宣布的新概念,所謂的事實調查團(FFM)核心小組這個編制的出現,基本導致了所有曾被派遣到杜馬小組,並一直在跟進調查發現與分析的檢查員被解除職務。事實調查團在最終報告中所提出的發現自相矛盾,與團隊被派駐杜馬期間於 2018 年 7 月所發布的臨時報告,以及之後取得的共同理解,完全背道而馳;我們的理解是對於是否發生過任何化學攻擊表示嚴重懷疑。
>
> 至於事實調查團的最終報告沒有明確說明的內容是什麼,而且因此沒有反映被派遣到杜馬的小組成員觀點是什

麼，現階段只能說出我自己的想法：報告沒有明確說明在目擊者證詞、毒理學研究、化學分析和工程學以及或是彈道研究等領域，有哪些新的發現、事實、資訊、數據資料或分析，導致情況與 2018 年 7 月時，大多數小組成員和整個杜馬小組的理解，出現完全不同的結果。我後來又對毒氣罐進行了六個月的工程和彈道研究，才更進一步取得支持並沒有發生化學攻擊觀點的證據[115]。

實地考察小組的結論基本上被棄而不用，而禁止化學武器組織卻提出了設在敘利亞境外的第二個小組所得出完全矛盾的結論[116]。漢德森的幾位同事也針對禁止化學武器組織調查的本質，提出類似報告。透過維基解密（Wikileaks）公布的重要文件證實了這些說法，並強調對證據的故意遺漏和錯誤陳述[117]。

曾率領一個九人小組在布魯塞爾聽取禁止化學武器組織一名高級科學家吹哨者證詞的前英國特種部隊司令約翰·荷姆斯說，「非常有理由相信」禁止化學武器組織在杜馬調查中缺乏透明度。他強調了也許「發布的報告沒有反映出實地調查結果」的可能性[118]。該位在報導中化名為「艾力克斯」的吹哨者表示，「杜馬小組的多數成員都認為，關於該事件的兩份報告，也就是臨時報告和最終報告，在程序上不合常規，可能存在欺詐嫌疑。[119]」荷姆斯強調，「艾力克斯在那裡站了四、五個小時，他有證據證明他的所有指控」，而且他「絕對有足夠的資格」發表他所說出的內容，且極具說服力。根據荷姆斯的說法，吹哨者報告中的所有檔案都顯示，禁止化學武器組織的報告沒有反映實地調查的結果。他舉出報告中一例表示，疑似遭使用的毒氣罐位置顯示，這

些毒氣罐不可能像白頭盔部隊和禁止化學武器組織最終報告所聲稱是由敘利亞阿拉伯軍飛機從空中投放。荷姆斯強調，禁止化學武器組織在程序上的偏見和外部影響，可能導致該組織失去公信力，如果他們這個組織還想保住聲譽，就必須防止這類事件再次發生[120]。

美國國務卿柯林‧鮑爾的前幕僚長兼退役陸軍上校勞倫斯‧威爾克森同樣強調，為了禁止化學武器組織未來的公信力和組織存續，該組織在杜馬的行為必須被矯正。他說，這次調查是「原本透過錯綜複雜的過程，產出了一份很好的報告（第一份證明大馬士革清白的報告），然後又產出了受到更多政治影響甚於事實的報告。」他形容這是一個「悲劇性的錯誤」、「極其嚴重的情況」並「企圖顛覆原本相當健全的組織」。威爾克森就禁止化學武器組織的報告指出，這是美國對國際組織施加巨大壓力，使其工作偏向美國利益更廣大趨勢的一環——他親眼目睹過這樣的情況。他舉例強調，在2003年入侵伊拉克之前，美國也曾向國際原子能總署施壓，使其贊同伊拉克正在發展核武的指控，是美國用來採取軍事行動的主要藉口，但卻與所有可取得證據顯示的事實背道而馳。另一個例子是美國為了確保國際刑事法庭從成立之初就不會起訴美國人的戰爭罪行，下過不少功夫。除了這兩個案例，威爾克森還指出：「我們對其他國際組織施加了不恰當的壓力，或多或少地影響他們做出符合我們政策偏好和安全偏好的決定。[121]」

聯合國前助理秘書長與聯合國伊拉克人道主義協調員漢斯‧馮‧斯波內克等人將據傳發生的杜馬化學武器攻擊事件，與伊拉克大規模毀滅性武器事件拿來做比較[122]。威爾克森在批評有關杜

馬化武攻擊事件的駭人聽聞報導時表示：

> 我看到有些說法簡直荒謬絕倫。比方說，當你看到一個男人站在一座坑洞旁邊，並聲稱使用的武器是 VX 或沙林，你就知道這有多荒謬。那個人早就死了。我知道這類化學武器有多厲害。我也知道敘利亞儲備了哪種武器。我們有這方面的檔案……我對敘利亞政府在敘利亞是否曾使用過任何化學武器持懷疑態度，因為這才是最一開始的問題[123]。

關於化學武器指控如果被揭露為不實資訊會對西方利益構成的危險，前英國駐敘利亞大使彼得・福特指出：

> 對於 2018 年以杜馬事件為藉口轟炸敘利亞的美、英、法三國來說，這是尷尬的發展。關於敘利亞戰爭的整個敘事將會分崩離析。不只是杜馬事件，所有其他被用來證明阿薩德是個屠夫、正在對其人民施放毒氣的事件，都會受到質疑。杜馬事件本身的意義在於，這是獨立的國際專家唯一一次能夠前往所謂的事發現場，實際查明在這次事件中發生過什麼或沒發生過什麼的事件……證據顯示阿薩德無需責任。從最新外流的資訊可以清楚看出，真正前往現場的人員和專家對禁止化學武器組織的其他官員篡改他們調查結果的方式非常不滿，其中一些官員根本還在土耳其，與西方列強狼狽為奸[124]。

福特將敘利亞阿拉伯軍使用化學武器攻擊平民的說法，稱為西方「反敘利亞敘事的核心」。他強調，當有證據顯示反政府

第九章 敘利亞叛亂 | 387

勢力主要是由蓋達組織類型的伊斯蘭團體所組成時，這些指控對於防止敘利亞政府被視為戰爭中「良善的一方」就變得至關重要。就和批評白頭盔部隊的人一樣，西方媒體也會嚴厲抨擊那些強調對敘利亞國家的指控，存在大量前後不一之處的記者、專家和調查人員。

（想了解本書作者對敘利亞戰爭的更完整的描述，包括圍繞著化學武器、暴行捏造和西方軍事干預的所有事件，請參閱本書作者亞波汗・艾布斯於 2021 年出版之《敘利亞的世界大戰：中東戰場上的全球衝突》（暫譯，World War in Syria: Global Conflict on Middle Eastern Battlefields））一書。

第十章

新疆與中美矛盾

新疆安全的挑戰與外國涉入

數百年來,中國最西部的省份新疆一直是藏族、塔吉克族、回族、漢族和維吾爾族等多個民族的聚居地。新疆擁有的豐富天然資源包括可耕地和化石燃料[1],所在位置與八個中亞和南亞國家接壤,包括石油資源豐富的俄羅斯和哈薩克,可說是中國陸路能源進口的大動脈,在中國糧食和能源安全,扮演關鍵角色。新疆穩固且不斷擴展的管道系統在2010年代變得尤為重要,美國著名戰略家開始強調透過遠距離封鎖,切斷中國海上能源進口以扼殺中國經濟[2]。做為中國極具野心、有意整合中亞、中東和歐洲經濟「一帶一路倡議」(BRI)的主要物流樞紐,新疆的崛起放大了其戰略重要性,更加代表是中國通往歐亞大陸門戶的地位。

身為華盛頓主要地緣政治戰略家之一的茲比格涅夫・布里辛斯基,闡述了著名的美國防止歐亞經濟一體化戰略意圖[3],顯示

華盛頓有阻撓一帶一路倡議的強烈動機。美國參議院通過的2021年《戰略競爭法案》（Strategic Competition Act）撥款數億美元，製作媒體內容對一帶一路相關計畫進行消極報導[i]，就是該法案的成果之一；同時各種國家政治宣傳工具，如自由亞洲電台的動用，也讓這些宣傳工具或管道獲得大幅增加的資金[4]。新疆的位置也意味著想要扼殺一帶一路倡議的美國和盟國，從2010年代後期開始，會將目標放在影響新疆的經濟和穩定，且干擾力度在接下來十年不斷升級。

與1950年代和1960年代的西藏一樣（詳見第三章），美國利用新疆穆斯林和突厥維吾爾少數民族相對較低的生活水準，在新疆製造動亂。維吾爾族在好幾個世紀前從中亞遷徙到中國，遊牧民族的生活方式導致識字率和受教育程度都比較低，甚至難以融入現代社會。許多維吾爾人易受到伊斯蘭極端主義的影響，大量維吾爾人加入如後來改名為突厥斯坦伊斯蘭黨（TIP）的東突厥斯坦伊斯蘭運動（ETIM）[ii]，以及蓋達組織和伊斯蘭國這類聯合國認證的恐怖組織，參加多場位於海外的聖戰。激進的維吾爾族群體可能引發更多恐怖襲擊，其經濟地位低下也可能成為極端組織召募的助力，讓新疆在激進分子獲得新成員並得以持續壯大的狀況下，有可能變成另一個西藏或車臣。

---

[i] 著名的負面報導案例就是2020年1月《外交政策》的一篇文章：「歡迎一帶一路帶來的疫情大流行。」這篇文章斷言，中國與鄰國的經濟整合會帶來負面影響，因為這會讓中國「無法實施隔離」，儘管隨後幾週發生的情況強而有力地推翻了這一說法。（Garrett, Larry, 'Welcome to the Belt and Road Pandemic,' *Foreign Policy*, January 24, 2020.）

美國及其盟國，尤其是英國和土耳其，長久支持西方勢力範圍以外國家的伊斯蘭激進勢力。例如在印尼，中情局曾於1960年代資助伊斯蘭分子並密切合作，曾多次發動武裝叛亂並企圖暗殺該國總統[5]。隨後伊斯蘭教徒在1965年西方支持的軍事政變中扮演了核心角色，並大量殺害了共產黨嫌疑人、華裔少數、政府支持者及其家人[6]。據估計，主要死於伊斯蘭主義者和軍方之手的人數，落在50萬到300萬人之間[7]，殺人名單是由美國大使館提供，從而有效地消除反對西方在印尼利益的勢力[8]。英國情報機構也協助假扮成當地的民族主義者進行廣播，敦促採取進一步殺戮行動，並進一步伊斯蘭主義者所針對的政治異議分子[9]。

　　在阿富汗，激進的伊斯蘭叛亂分子從1979年7月起獲得了中情局和英國軍情六處價值數十億美元的物資支持[10]，西方選擇的援助對象並非溫和派的反政府勢力，而是激進分子[11]。美國中情局駐喀布爾站長葛蘭姆・E・富勒將主要的軍備接收者描述為「下流」和「意識形態狂熱分子」[12]。西方以阿富汗和盟國蘇聯涉嫌違反人道主義合理化其干預行為，加強極端主義民兵對溫和派和政府的控制，將該國推向更為激進的方向，為蓋達組織的崛起鋪路[13]。西方支持類似伊斯蘭聖戰叛亂的行動並不少見，範圍

---

ii 根據總部設在紐約的外交關係委員會的說法，東突厥斯坦伊斯蘭運動恐怖組織「尋求建立名為東突厥斯坦（East Turkestan）的獨立國家，覆蓋範圍包括土耳其、哈薩克、吉爾吉斯、烏茲別克、巴基斯坦、阿富汗和新疆維吾爾自治區的部分地區。」因此它是以中國為主要目標，但橫跨整個中亞地區的跨國威脅。（Xu, Beina and Fletcher, Holly and Bajoria, Jayshree, 'The East Turkestan Islamic Movement (ETIM),' *Council on Foreign Relations*, September 4, 2014.）

從 1940 年代英國和法國有計畫地破壞蘇聯穆斯林地區穩定的行動[14]，到後來西方在利比亞和敘利亞的行動（詳見第八章和第九章）都有。

曾擔任中情局國家情報委員會副主任的葛蘭姆・E・富勒是阿富汗叛亂的主要策劃者，他在談到中情局於 1990 年代對俄羅斯高加索地區伊斯蘭叛亂分子的援助時說：「引導伊斯蘭教徒進化並幫助他們對抗對手的政策，在阿富汗對抗紅軍時非常有效。同樣的道理還可以用來破壞俄羅斯殘餘勢力的穩定。[15]」以下是美國國會恐怖主義和非常規戰爭特別工作小組主任尤瑟夫・波丹斯基，闡述中情局利用伊斯蘭代理人破壞中亞穩定的戰略：

> 1999 年 12 月亞塞拜然的一場正式會議上，討論並商定了培訓和裝備來自高加索、中亞／南亞和阿拉伯世界聖戰者的具體方案，最終華盛頓默許穆斯林盟友和美國「私人保安公司」……協助車臣人及其伊斯蘭盟友在 2000 年春季發起行動，並維持隨後長時間的聖戰……在高加索地區展開伊斯蘭聖戰是藉由不斷升級的暴力和恐怖主義，剝奪俄羅斯的可行輸油管線[16]。

俄羅斯政府機構聲稱，掌握了伊斯蘭叛亂分子與西方情報機構接觸的證據[17]，並在 2010 年代末和 2020 年代初，多次聲稱美國在敘利亞[18]和阿富汗[19]積極支持伊斯蘭國和其他激進組織。所有在當地派駐軍隊的非西方國家行為者[20]，甚至連美國國會議員和參議員[21]都說，美國支持敘利亞境內的聖戰分子[III]。

隨著西方與伊斯蘭團體的合作擴大，加上 2010 年代華盛頓

的注意力更集中於北京，針對新疆展開類似行動的可能性不減反增。2018 年，國務卿柯林・鮑爾的前幕僚長暨美國陸軍上校勞倫斯・B・威爾克森就指出，美國在阿富汗駐軍的主要原因，是阿富汗與新疆強大的維吾爾族伊斯蘭武裝分子距離很近：

> 如果中情局必須利用這些維吾爾人展開行動，就像（土耳其總統雷傑普・塔伊普）艾爾多安在土耳其用來對付（巴夏爾・）阿薩德的手段，舉例來說，現在在敘利亞伊德利布就有兩萬名維吾爾人⋯⋯他們是艾爾多安邀請來的維吾爾人。中情局想破壞中國的穩定，靠維吾爾人會是最好的辦法：煽動動亂，與維吾爾人一起從內部而非外部推倒漢人和北京當局[22]。

威爾克森的評估獲得阿富汗前總統哈米德・卡爾扎伊的支持，他在 2018 年強烈暗示，西方列強正在支持阿富汗的恐怖分子，將該國作為聖戰分子向鄰國展開行動的樞紐。卡爾扎伊擔任 13 年的總統並與北約國家密切合作，他針對阿富汗境內的伊斯蘭國恐怖組織回憶：「當地民眾、長老、政府官員、媒體和其他人每天都開始報告，表示沒有標誌的外國直升機會進入阿富汗各地支持極端分子⋯⋯不幸的是，有很多證據顯示，極端主義部

[iii] 關於西方與伊斯蘭主義團體更完整的合作歷史，請見作者 2021 年出版之《敘利亞的世界大戰：中東戰場上的全球衝突》（暫譯，World War in Syria: Global Conflict on Middle Eastern Battlefields）一書第二章。

隊所獲得的補給,是由阿富汗境內的外國基地所提供。[23]」阿富汗境內唯一的外國基地,隸屬於以美國為首的聯軍,卡爾扎伊聲稱對伊斯蘭國聖戰分子的支持,是「為了阿富汗以外的目標,是為了在該地區製造麻煩。[24]」由於阿富汗與新疆、伊朗和中國一帶一路倡議的主要合作夥伴接壤,恐怖分子的存在會嚴重削弱西方對手的實力。

聯邦調查局(FBI)吹哨者西貝爾‧艾德蒙在2015年的一次採訪中,就新疆聖戰分子的培訓指出類似觀點:

> 這些人很多都是被特務人員(從中國)帶出來的,在這個案例中,大多數是被土耳其特務帶出來。他們被帶走後會接受訓練,然後武裝好再被送回中國。很多地區的邊界都有漏洞。即使你看阿富汗,尤其是現在我們(北約)把阿富汗當成一個基地,你會發現把這些人偷運出去有多麼容易——我是說把他們帶出去、在軍事上訓練他們和武裝他們,告訴他們下一階段的行動,然後再把他們從邊界的另一邊,途經中亞高加索地區送回阿富汗,然後再回到新疆,在那裡會發生恐怖攻擊事件,而人們都毫無頭緒——他們是如何獲得槍支?是如何接受軍事訓練?因為新疆明明在中國的控制之下。答案是他們是在國外接受訓練的。這就是目標,這就是行動方式[25]。

艾德蒙預測,西方國家將捏造新疆違反人道主義的指控,並確保其媒體對這項議題給予極大關注,以煽動反中情緒,就像美國從1950年代起,在西藏[iv]展開類似的境外訓練武裝分子活動那樣[26]。

突厥斯坦伊斯蘭黨在中國內地，針對平民實施了恐怖攻擊事件，他們的部隊在 2010 年代曾與來自穆斯林世界的聖戰分子一起被部署到敘利亞。特別是在 2020 年初，他們使用無人機和汽車炸彈對敘利亞軍隊造成嚴重傷亡[27]，他們被認為對占領區發揮不成比例的影響，並因其兇殘而成為叛亂活動的一大助力[28]。長久以來，土耳其與新疆的伊斯蘭組織保持密切聯繫，估計有 5,000 名戰士從新疆被召募到敘利亞，加入各種恐怖組織[29]——而某些估計數字則更高[30]。根據在當地的西方記者和接受採訪的平民表示，突厥斯坦伊斯蘭黨武裝分子對當地居民犯下特別殘暴的暴行[31]。

　　維吾爾聖戰分子在敘利亞伊德利布省橫跨土耳其邊境的堡壘，一直受到北京相當程度的關注，導致中國對敘利亞衝突密切留意，以及強化與大馬士革的安全合作和情報共享[32]。此外，中

---

iv 中國大使館人士直接將西方對新疆的意圖，與美國和英國在 1970 年代和 1980 年代主導的破壞阿富汗穩定行動聯繫在一起。關於中國對這項問題的看法，中國駐布魯塞爾大使館官方網站上發表的一篇文章指出：「恐怖份子從阿富汗、巴基斯坦和敘利亞的戰場進入新疆。一些暴力恐怖組織公然叫囂要以中國公民做為攻擊目標。1997 年至 2014 年間，東突厥斯坦伊斯蘭運動經常策劃和實施恐怖攻擊，造成超過 1,000 名平民喪生。」文中還聲稱，美國和其他西方國家出於三個目的「指示其情報機構和反中學者，動員維吾爾僑民團體散布錯誤資訊。」這三個目的是：讓外界留下新疆人民普遍支持分離的印象；像對待 1980 年代的阿富汗聖戰份子那樣，打響維吾爾族伊斯蘭主義者和分裂主義團體的名號；謊稱中國政府在新疆嚴重侵犯人權，從而詆毀北京。（'Things to know about all the lies on Xinjiang: How have they come about?,' Website of the Chinese Embassy in Belgium, April 29, 2021.）

國還為反恐行動提供了其他支援,但具體內容為何並沒有獲得證實[33]。許多接受採訪的武裝分子認為,伊德利布是攻擊中國的整裝待命區和累積經驗的機會[34],一名在敘利亞的維吾爾聖戰士在2017年告訴美聯社記者:「我們並不關心敘利亞的戰事進行到怎樣,也不關心(敘利亞總統)阿薩德是誰。我們只想學習如何使用武器,然後回到中國。[35]」多個消息來源證實,這是維吾爾武裝分子在敘利亞[36]和世界其他地方[37]行動的主要目標[v],中國軍方官員也得出同樣的結論[38]。

早在2012年10月,中國少將金一南就警告:「東突厥斯坦組織正在利用敘利亞內戰獲取經驗,提高新疆在其他戰場聖戰分子心中的地位。[39]」總部設在利雅德的阿拉伯衛星電視台在2016年的報導同樣指出,敘利亞境內的維吾爾武裝分子人數在過去一年內迅速增加,主要集中在土耳其附近的「戰略重鎮艾爾修格和傑拜勒扎維耶高地」,定居在以前宗教少數群體居住的荒蕪城鎮[40]。阿拉伯衛星電視台提到的阿拉維派等少數民族,從戰爭一開始就經常遭到聖戰分子的屠殺,中東報導與分析中心執行主任塞斯·J·法蘭茲曼因此指出,伊德利布的武裝分子「花很多時間攻擊當地人,殺害少數民族」,而且「宗教弱勢群體已經

---

[v] 東突厥斯坦伊斯蘭運動的領導人阿布杜勒·哈克·突厥斯坦尼在2016年時,曾特別呼籲維吾爾族聖戰士「在沙姆地區(敘利亞和伊拉克)進行聖戰,幫助他們的兄弟,未來伊斯蘭的士兵一定要願意回到中國,從共產主義侵略者手中解放新疆的西部省份。」(Botobekov, Uran, 'China's Nightmare: Xinjiang Jihadists Go Global,' *The Diplomat*, August 17, 2016.)

全部從這個曾經很多元的地區遭到清除。[41]」2015 年 9 月 3 日，就有觀察顯示，突厥斯坦伊斯蘭黨旗下的維吾爾聖戰分子，在敘利亞落腳處進行種族清洗，並攜帶家人殖民化這些地區[42]，屠殺或以其他方式恐嚇敘利亞的基督徒、什葉派和德魯茲弱勢少數，褻瀆宗教場所並參與自殺爆炸攻擊[43]。他們同時為蓋達組織和伊斯蘭國奮戰[44]，展現出尤其依賴兒童兵的傾向[45]，在敘利亞建立了數個恐怖分子訓練營[46]。

土耳其政府在協助維吾爾武裝分子部署到敘利亞的過程中，扮演了核心角色[vi]，提供偽造的土耳其證件，並指示新召募人員在被捕時尋求土耳其大使館的協助[47]。與安全部門有關係的土耳其人還經營人蛇集團，將新召募人員運出中國[48]。中東和中國的消息來源廣泛報導，土耳其甚至為他們提供假護照[49]，而這只是安卡拉支援伊斯蘭恐怖組織，對抗敘利亞政府更廣大政策的其中一部分[50]。在伊德利布，土耳其確保聖戰分子能以糧食和補給品維持戰爭繼續進行，並積極部署軍隊提供保護。土耳其甚至在毫無緣由的情況下，擊落位處敘利亞領空深處的敘利亞飛機[51]、部署戰鬥機和火箭炮，為地面上的恐怖分子提供火力支援[52]，

[vi] 蘭德公司和美國陸軍戰爭學院（U.S. Army War College）的專家在 2017 年，對土耳其支持維吾爾聖戰組織的國際行動所造成的意義，做出以下影射：「如果土耳其政府決定增加、阻止或暫停對維吾爾問題的支持，伊拉克、敘利亞和遠在東南亞的維吾爾外籍戰士（UFF）將受到影響。」他們強調，雷傑普·塔伊普·艾爾多安總統的聲明使他成為唯一公開表示支持東突厥斯坦伊斯蘭運動使命的世界領袖。（Clarke, Colin P. and Rexton Kan, Paul, 'Uighur Foreign Fighters: An Underexamined Jihadist Challenge,' International Centre for Counter-Terrorism, November 2017.）

並在聖戰分子中安插土耳其特種部隊,擔任顧問[53]。被武裝分子俘虜的敘利亞人員慘遭肢解的情況並不少見[54]北約對土耳其的行動表達全力聲援[55],美國則是主動提出提供彈藥,支持土耳其在敘利亞境內與聖戰分子並肩作戰[56]。美國著名恐怖主義專家羅伯特‧拉比爾教授在2019年為《國家利益》撰文時,對土耳其正在扶植的恐怖國家做出以下形容:「伊德利布實際上是一個由最頑固的薩拉菲聖戰分子所統治的伊斯蘭國家」,它「集結了最頑固、最不屈不撓的薩拉菲聖戰分子。關於他們人數規模的估算結果不一,中位數在6至9萬人之間。[57]」比大多數國家的現役軍人數量都要多。

澳洲國立大學國防安全學院副教授暨《新疆與中國在中亞的崛起:一段歷史》(Xinjiang and China's Rise in Central Asia: A History)一書作者麥克‧克拉克指出:「維吾爾激進分子不僅與『阿巴』(阿富汗與巴基斯坦)邊境地區長期存在的庇護所有明顯關聯,還與敘利亞那場聖戰的「煉獄混局」有明顯關聯,顯示維吾爾恐怖主義出現了前所未有的跨國化現象⋯⋯北京當局面臨的危險是這些恐怖分子可能返回新疆,或者試圖影響或召募新人[58]。美國及其盟國指揮伊斯蘭恐怖組織打擊西方對手的能力,是一項備受青睞的資產[59],這一點或許在敘利亞表現得最為明顯。當時西方創造出一場聖戰,並實質支持聖戰士,對抗西方世界在阿拉伯世界歷史最悠久的敵對國家。為了支持北約利益而受到指揮作戰的恐怖組織具有相當大的潛力,可以顛覆擁有大量穆斯林人口、與中國政府利益一致的國家或地區,包括新疆本身。

除了敘利亞,一些以中亞、南亞和東南亞為基地的伊斯蘭恐

怖組織（許多在敘利亞有分支的姐妹組織），加入了維吾爾武裝分子並受到其影響[60]。一次由中國少數族裔武裝分子發動的重大早期恐怖襲擊，是2015年8月在曼谷發生的佛教聖地爆炸案，造成145名平民傷亡——這也是泰國史上規模最大的恐怖攻擊事件。武裝分子以土耳其為基地，專門前往東南亞發動攻擊，據稱是為了報復曼谷在反恐活動中與北京合作，還拒絕讓中國當局通緝的維吾爾伊斯蘭主義者前往土耳其避難[61]。蘭德公司和美國陸軍戰爭學院的專家在2017年的一篇論文中指出，進一步的恐怖攻擊導致跨國維吾爾武裝分子被認為是「未被充分檢驗的聖戰士挑戰」[62]。規模最大的攻擊發生在2021年10月8日，隸屬於東突厥斯坦伊斯蘭運動的中國維吾爾聖戰分子，攻擊阿富汗的一座清真寺，造成一百多名什葉派少數民族教徒傷亡。聖戰士抨擊塔利班政府對什葉派信仰的相對寬容，並承諾要在穆斯林世界屠殺什葉派教徒[63]。專家們一致強調，儘管恐怖分子在國外攻擊相對脆弱的目標，但毫無疑問最終目標是「將戰鬥輸回新疆」[64]。

在針對當地政的同時，武裝分子還會特意挑選中國利益和投資項目做為攻擊對象[65]。2016年8月30日，中國駐吉爾吉斯首都比斯凱克大使館遭到自殺炸彈攻擊，造成兩名吉爾吉斯保全和三名使館工作人員受傷的事件，就是一起早期案例[66]。吉爾吉斯國家安全委員會揭露，該名炸彈客是維吾爾人，同時也是「一名東突厥斯坦伊斯蘭運動的成員」，另外還有一名種族上屬於烏茲別克人但「在敘利亞接受執行恐怖主義及破壞行動訓練」，並疑似協助該名炸彈客製作爆裂裝置及獲取犯案車輛的同夥。該名烏茲別克嫌疑人在「8月30日的恐怖攻擊發生前數個小時」，已經逃到伊斯坦堡[67]。這起事件絕非單一事件，2014年，吉爾吉斯

邊防軍在與中國接壤的邊境附近，殺害了 11 名東突厥斯坦伊斯蘭運動成員。

在中國，維吾爾伊斯蘭激進分子曾多次發動以基礎設施和平民為主要目標的重大攻擊，包括殺害不支持聖戰士行動的維吾爾族穆斯林平民。較早的襲擊攻擊發生在 1992 年，東突厥斯坦伊斯蘭運動在烏魯木齊市炸毀了兩輛公車，並試圖炸毀一座電影院和一棟住宅大樓，造成 26 人傷亡[68]。接著在 1997 年，隸屬於東突厥斯坦伊斯蘭運動的維吾爾解放黨（Uyghur Liberation Party）又炸毀了 3 輛公車，造成 9 人死亡、68 人重傷[69]。一年後，同樣位於新疆的葉城發生了六起爆炸事件，襲擊目標包括經濟和工業設施，以及政府官員和公共安全人員的住宅與辦公場所[70]。2008 年 3 月，一架從烏魯木齊飛往北京的航班遭到維吾爾族武裝分子攻擊，飛機廁所內發現了易燃物，不過這起攻擊行動最終並未成功。同年，與新疆恐怖組織有關的另一起針對北京奧運會的攻擊，也被事先偵破[71]。

2008 年 8 月 4 日、10 日和 12 日，新疆的喀什、庫車和亞曼牙又分別發生了三起恐怖攻擊事件。在第一起攻擊事件中，身著準軍裝的武裝分子駕駛一輛卡車，衝向一群約 70 名正在慢跑的警察，然後用手榴彈和砍刀攻擊他們。這起事件造成 16 人死亡，多人受傷[72]。第二起事件中，7 名武裝分子攜帶自製炸藥，駕車衝入政府大樓，造成至少 3 人傷亡[73]。在第三起攻擊中，3 名維安人員被刺死[74]。東突厥斯坦伊斯蘭運動被懷疑參與了上述三起攻擊行動。隔年 7 月，激進的維吾爾人發動大規模動亂，造成至少 197 名非穆斯林平民死亡和 1,721 人受傷，政府消息來源稱這些攻擊是由總部設在慕尼克、由美國政府資助的分裂主義組

織世界維吾爾代表大會所策劃[75]。

在接下來的十年間，激進的維吾爾伊斯蘭主義者又發動了十多次攻擊，對中國平民造成巨大傷亡；平民被無差別地當成攻擊目標，許多攻擊事件一次就造成數十人死亡。2016年美國政府委託進行的研究強調，從2012年到2014年，發生在中國的攻擊「顯然變得更加頻繁、地域更加分散、目標更加無差別」[76]。攻擊目標從下班的煤礦工人（2015年9月至少有50人遇害）[77]，到昆明火車站的乘客（2014年3月，持刀武裝分子在昆明火車站屠殺了31人，另有140人受傷）不等。昆明攻擊事件被分析師稱為「中國的九一一事件」，但在眾多攻擊事件當中，其嚴重程度並不算是特別高[78]。最著名的攻擊發生在2013年10月28日，當時東突厥斯坦伊斯蘭運動在天安門廣場發動自殺攻擊，造成40名平民傷亡[79]。天安門象徵著中華人民共和國的心臟，此後當局不得不大幅強化該處的安保工作。

西方報導經常同情中國的恐怖攻擊者，並發表如果類似攻擊發生在西方或與聯盟國家時，無法想像會出現的評論[80]。1997年至2014年間，光是東突厥斯坦伊斯蘭運動組織的恐怖攻擊，就奪去中國超過1,000位平民的生命並造成更多人員受傷，同時還殺害了中國公安，造成財產損失，迫使政府不得不將更多資源用於國內安全[81]。其他維吾爾激進組織的攻擊行動，造成傷亡人數進一步增加。

多起恐怖攻擊事件、大量維吾爾族人參與跨國聖戰運動（尤其是在敘利亞）、美國及其盟友與跨國聖戰組織合作的跡象日益增加，以及西方對中國施加的壓力不斷升級，最終導致北京當局做出回應。從2017年開始，中國採取去激進化部分維吾爾人的

措施,並讓那些易受激進化影響更融入社會。新成立的教育中心向有需要的維吾爾人傳授實用技能,讓他們更容易找到工作,適應現代生活,從而減少犯罪活動或恐怖主義對他們的吸引力。有些報導指出,加入聖戰組織的維吾爾人幾乎無一例外都「沒有一技之長、沒有受過教育」,提供教育和就業技能訓練,可能是根除恐怖主義威脅非常有效的手段[82]。到了 2019 年 3 月,恐怖攻擊和犯罪率已經開始下降,新疆維吾爾自治區政府主席雪克來提‧扎克爾宣布,一旦這些中心完成當初成立時的使命,就可以完全終止營運[83]。官方報導將這些新設施稱為職業培訓中心,儘管外界對許多維吾爾族是否自願參與其中仍存在疑問。不過也沒有任何可信的消息來源顯示,這些中心會對其學員施加除了提供技能培訓之外的任何行為。

巴基斯坦的新疆分析師蘇丹‧M‧哈里曾跨越邊境線,在新疆當地待過相當長的時間,「與居住在新疆三十多年的維吾爾人,甚至是配偶為維吾爾人的巴基斯坦人交談過」。他對培訓中心的意圖,做出了以下或許是最精闢的描述:

> 長久以來,中國富裕的東部省份與欠缺發達的西部省份形成鮮明對比,但隨著一帶一路倡議的提出,這種差距不復存在。中國的詆毀者於是利用維吾爾弱勢群體的被剝奪感,脅迫他們從事叛亂和暴力極端主義活動。讓政治宣傳機器得以運作的始作俑者,就包括在西方定居的維吾爾人;他們利用社交媒體煽動在新疆的維吾爾人爭取自己的權利,並縱容暴力。2009 年爆發了多起暴力事件,此後又有零星事件發生。中國政府以一種新穎的手段處理這個問題。中國政府決定

消除維吾爾族人的被剝奪感，為他們提供更好的就業、高等教育和職業培訓機會，使他們能夠在一帶一路倡議框架所提供，如雨後春筍般增長的就業機會中，獲得有報酬的工作[84]。

中國的做法與印尼[85]、法國[86]和其他面臨類似恐怖主義問題國家實施的去極端化計畫如出一轍，然而與西方世界關係的顯著差異，印尼和法國的計畫在西方媒體上得到卻是截然不同的報導[87]。西方非政府組織和媒體圍繞著中國的計畫，創造了一種後設敘事，這種敘事與當地任何可核實的現實相去甚遠，來源依據非常可疑，在許多情況下完全是被捏造出來的原始素材。隨著中國崛起為一個西方勢力前所未見的有力挑戰者，這種敘事的目的就是試圖詆毀中國，並為針對中國的敵對行動提供藉口。

西方對新疆集中營和種族滅絕指控

隨著新疆培訓中心的開設，西方媒體幾乎立刻就將其描繪成集中營，並持續使用暗示性語言，將其與納粹對歐洲少數族裔的大屠殺相提並論，甚至公然將兩者拿來做比較。隨後，這種敘事進一步升級成聲稱這些中心是種族滅絕工具，令維吾爾人被失蹤、強制絕育和遭受其他類似的暴行。這些說法絕大多數出自美國政府資助的反中組織，這些組織由具有伊斯蘭主義或分裂主義立場的強硬派維吾爾異議人士所主導，如世界維吾爾代表大會、維吾爾人權與民主基金會和維吾爾裔美國人協會（Uyghur American Association）。這些組織均由美國國會通過「國家民

主基金會」（National Endowment for Democracy, NED）提供大量資金支持，而 NED 自成立以來，就與中情局有著密不可分的關係，並被賦予公開執行以往是由中情局秘密進行的任務[88]。他們有賴居住在西方或與西方結盟國家的新疆流亡人士，去捏造針對中國暴行的手法，與 2003 年伊拉克戰爭（詳見第六章）前的資訊宣傳活動，以及在更久以前就開始針對北韓的宣傳活動（詳見第七章）如出一轍。

中國人權捍衛者網路（CHRD）是新疆種族滅絕指控的另一個主要消息來源，同樣也接受美國國會透過國家民主基金會提供的大量金援，每年可獲得約 50 萬美元的資金。該組織多年來一直在進行反對中國政府和支持極右翼反對派人士的活動，因此在西方報導中，被廣泛引用為新疆議題的可信和公正消息來源。CHRD 在其稅務文件中列出的地址為「人權觀察」（Human Rights Watch）位於華盛頓特區的辦公室，而該組織與西方情報機構有著長期的聯繫。在以往針對伊拉克等國家的造假指控中，曾扮演核心角色，而這些虛構暴行也被反覆用於此類抹黑活動[89]。

[vii] 美國國家民主基金會於 2020 年宣布對維吾爾族團體的支持：「為了促進中國所有人民的人權和人類尊嚴，美國國家民主基金會自 2004 年以來，已向維吾爾團體提供了 875 萬 8,300 美元⋯⋯在國家民主基金會的支持下，維吾爾維權組織多年來在機構性和專業方面，都有所發展⋯⋯這些團體在各種國際、區域和國家場合推廣維吾爾志業和反對中國虛假言論方面，扮演至關重要的角色。」（'Uyghur Human Rights Policy Act Builds on Work of NED Grantees,' National Endowment for Democracy, May 29, 2020.）

中國人權捍衛者網路本身在報導新疆新聞時，在很大程度上都援引了自由亞洲電台——一家受到美國政府資助，被《紐約時報》稱為「中情局廣播公司」的媒體[90]。自由亞洲電台一直在捏造特別可笑的故事，詆毀西方對手（詳見第七章）。除了自由亞洲電台，中國人權捍衛者網路的消息來源還包括世界維吾爾代表大會、國際維吾爾人權與民主基金會和維吾爾裔美國人協會等，全部都是受到美國政府資助的組織。這些團體所扮演的角色，與伊拉克戰爭前的伊拉克國民大會很像，都是由依賴西方贊助、與西方利益集團結盟、尋求推動破壞本國政府政策的流亡人士所組成。尤其世界維吾爾代表大會主席烏麥爾・卡納特，曾是自由亞洲電台的雇員，而他所任職的這兩個由華盛頓資助的組織，也扮演著類似的角色，只是卡納特的新工作更專注於新疆。

　　除了美國政府資助的團體外，西方報導中關於中國在新疆侵犯人權的指控主要引用的來源是德國學者艾德里安・曾茲（Adrian Zenz）。曾茲根據推論和二手資料，在2019年時聲稱發現了150萬名維吾爾人被關進集中營。在2021年，又進一步指控中國種族滅絕[91]。雖然被多家西方媒體尊為新疆問題的「世界頂尖專家」，以及BBC所謂的「頭號消息來源」[92]，但曾茲的可信度卻非常值得懷疑。他只有在福音派的神學機構擔任過教職，並從未在主流大學任教[viii]；他關於新疆的報告雖然被西方媒體和非政府組織廣泛引用，但並未發布於受到學術機構監督的同行評審期刊上。曾茲的報告還有其他顯著疑點，顯示其學術研究並不完全地誠實透明。其中一個疑點是，學術論文會要求列出研究經費來源，但他的出版品中卻沒有包含這些細節。另一個問題是，儘管他的研究高度仰賴中文資料，但由於曾茲不懂中文，他的論文很

可能涉及一支未公開身份的團隊協助撰寫，儘管他始終被列為唯一作者。

值得注意的是，曾茲曾是受美國政府資助的共產主義受難者紀念基金會（VCMF）的一位獨立承包商和中國研究高級研究員；共產主義受難者紀念基金會是一個極右派的非營利組織，尤其在宣稱社會主義國家所犯罪行方面，飽受爭議。他們的資料來源往往存在嚴重的資料篡改問題[93]。該組織長久以來都將共產主義與納粹大屠殺畫上等號，並聲稱共產主義意識形態導致了一億人死亡—這個數字幾乎沒有獲得任何具公信力的歷史學家認可，推導出這一結論背後的研究方法，也非常啟人疑竇。大多數溫和的保守派和反共人士都認為，共產主義受難者紀念基金會的說法非常可疑，而曾茲的會員身份毫無疑問地排除了他被視為中國問題可信且公正人士的資格。

曾茲本人強烈的宗教極端主義傾向，將自己的所作所為視為對西方世界霸權主要挑戰者的討伐[ix]，在談及有關新疆方面的工

[viii] 在提出指控時，曾茲在美國哥倫比亞國際大學德國分校擔任講師，該校認為「《聖經》是人類生活各方面的最根本基礎和最終真理」，其使命是「從《聖經》的世界觀出發教育眾人，以基督的訊息影響世界。」（'Core Values' and 'Mission,' web pages for the Columbia International University of the United States (http://www.ciu.edu).）

[ix] 曾茲絕非唯一一個認為他對發生在中國的種族滅絕的描述，是上帝賦予他的使命的人。英國首相東尼·布萊爾在捏造伊拉克大屠殺和大規模毀滅性武器的故事時，也曾聲稱自己肩負著上帝賦予的打擊邪惡使命。前面提到過試圖挑動中國軍隊攻擊抗議者，從而創造烈士和中國政府暴行主流敘事的柴玲，也聲稱自己的行動是以耶穌基督之名執行。

作時說：「我非常清楚感覺到是上帝在引導我做這件事。我不諱言地說⋯⋯在新疆，一切真的有所改變。這就像是一個使命，或者說是一項事工。[94]」在從事中國相關工作前，曾茲曾撰寫過《值得逃離：為何所有信徒都不會在大災難降臨前「被提」》（Worthy to Escape: Why All Believers Will Not Be Raptured Before the Tribulation）一書，他在該書中將性別平等稱為「撒旦運動」，並將反仇恨罪的立法和寬容思想，歸結為受到「敵基督背後獵豹般的力量」所驅使的陰謀[95]。他還譴責有「愈來愈多的國家禁止對孩子進行任何形式的體罰，但體罰是聖經中，灌輸年輕一代尊重權威、保護他們遠離叛逆傾向的主要方法。」他向讀者保證：「真正符合聖經經文的打屁股行為，是愛的管教而非暴力。」曾茲認為，所有反對和違背基督教教義的行為都是撒旦崇拜[96]。

長久以來，基督教極端分子將西方霸權在世界上的延續視為神聖使命——尤其是當西方力量受到亞洲共產主義國家的挑戰時——因此，曾茲有強烈動機確保他的工作盡可能對中國造成傷害。雖然這類激進的消息來源都會被否定或嘲笑，但隨著西方世界逐漸意識到中國崛起對其霸權的威脅日益迫近，過去的正常標準被拋諸腦後。

與針對北韓的運動一樣，充滿情感但高度前後不一致的女性脫北者證詞，成為影響國際輿論反對中國政府在新疆涉嫌侵害行為的重要手段。在西方被說成集中營倖存者，並尤其受到BBC、自由亞洲電台和CNN大力宣傳及支持的圖爾遜娜依・孜堯登，就是最著名的例子。與著名的脫北者一樣，她的敘述也隨著時間發生了巨大變化，後來的版本變得更加極端，與原版大相逕庭。她在2021年2月接受BBC採訪時表示，在所謂的中國「集

中營」裡面，女性被拘留者「每晚」都會被蒙面的中國男子從牢房帶走並強暴，而她遭受過酷刑、輪暴和電擊生殖器。她強調：「他們的目標是摧毀每一個人。」BBC援引阿德里安‧曾茲的資料，證實她的說法[97]。這些極端說法不僅缺乏可信來源的證實，而且與孜堯登2017年的首次證詞強烈矛盾，她談及自己在同一中心的經歷時表示：「老實說，情況並沒有那麼糟糕。我們有手機，可以在食堂用餐。在食堂吃飯。除了被迫待在那裡，一切都很好。」她在隔年說：「我沒有被毆打或虐待。最困難的部分是精神上的考驗。[98]」

關於圖爾遜娜依說法的更進一步懷疑，是因為CNN在報導中，展示了圖爾遜娜依的護照身分頁卻遮住了護照更新日期，而浮上檯面。原始圖檔不僅顯示被關押在集中營的所謂種族滅絕受害者可以獲得護照，還顯示她的護照在她所說的被關押於集中營期間獲得換發更新。據推測，這就是CNN遮住日期的原因[99]。孜堯登的角色與朴研美在反北韓運動中的角色高度相似，只不過她的知名度和宣傳效果，比朴研美差多了。

留著伊斯蘭風格大鬍子的阿爾斯藍‧希達亞特，是另一位著名的維吾爾流亡運動人士，也是許多英語人士了解新疆的主要資訊來源之一。然而，正如多次訪談所揭露的情況，他的說法也被證明並不比圖爾遜娜依或那些脫北者證詞可靠多少。例如，他發布了一張女孩在托兒所哭泣的照片，並配文稱女孩是被中國政府強迫與父母分離的維吾爾人；而當被問及此事時，希達亞特承認這個故事是假的，而這種造假行為常見於反中人士[100]。運動人士和西方媒體對照片或影像片段的這種錯誤呈現並不罕見，另一個顯著例子則是一位新疆社工在社交媒體上發布的影片，內

容是她與女兒一起哭泣的畫面。這名發布影片的女子證實，由於COVID-19疫情期間的隔離限制她和女兒被迫分離，只能遠距離交談和短暫相見。然而這段影片在網路上廣為流傳，影片搭配的字幕卻是聲稱這名哭泣的婦女正從女兒身邊要被帶往集中營[101]。

希達亞特聲稱中國強迫維吾爾婦女剃光頭以出售她們的頭髮，這是當局用來賺取18億美元的一部分計畫──由於缺乏證據或當地維吾爾婦女變成光頭的跡象──而當希達亞特被質問此事時，他說他的消息來源是自由亞洲電台。為了達到18億美元的銷售額，據說被強行收集的13噸頭髮，每根都要賣到8,000美元才有可能。這是被美國政府資助媒體的又一荒唐說法，並成為西方新疆後設敘事的一部分[102]。與許多針對中國新疆當局的類似說法一樣，美國外交政策機構的要員也附和了這一說法。中情局戰略評估團體軍事分析師暨大西洋理事會副主任，同時也是一位外交關係協會終身會員的馬修‧克羅尼格就是一個顯著的例子，他不斷重複這套不可能的說法[103]。

希達亞特和其他反中人士廣泛聲稱，在公共場所禁止使用維吾爾語，西方媒體也經常重複這套說法。這與到訪該省的外國遊客提供的影像片段和證詞截然相反，因為當地到處都可以聽到有人在講維吾爾語，從路標到餐廳菜單和身份證，也全都是用維吾爾語書寫。當被問及此事，希達亞特的回答非常具有指標意義，他宣稱這些影像片段和證詞完全是偽造的，當地人被教導使用所謂的「禁用語言」讀、寫、說，都是為了表現給遊客看[104]。這種為了合理化實地所見情況，與西方和各類運動人士宣稱情況之間存在巨大差異的莫名荒誕說詞，絕非新疆獨有。一個更著名的例子是北韓，西方消息來源經常聲稱，北韓有數百名看似衣食無

憂、面帶微笑、生活富裕的民眾居住在現代化的建築中,但他們的活動都是為了表演給外國人看,而他們的建築也只是擺設(是用內裡中空的塑膠紙板或類似材料糊起來的),他們關起門後,都偷偷挨餓並忍受著巨大的痛苦[105]。這類尤其關於朝鮮半島和新疆敘事被許多人認為可以採信的這項事實,就是西方後設敘事力量的證明。

除了受到美國政府資助的媒體機構、組織和阿德里安・曾茲,西方對新疆的報導也仰賴錯誤解讀的影像畫面。其中最值得注意的,大概是2019年9月出現的無人機拍攝畫面,據稱由運動人士於8月拍到的該畫面,顯示數百名集中營囚犯在一座火車調車場裡,被鎖鏈綁著、矇上雙眼。這段影像畫面被西方新聞媒體和政治人物廣泛引用,做為正在發生的種族滅絕證據[106]。沒有證據顯示這些囚犯來自某個特定的人種族群,而且仔細觀察照片可以發現,他們的頭巾上寫著「喀什拘留所」——一座與維吾爾族或政府教育中心毫無關聯的刑事拘留所。事實上,照片中所顯示的待遇方式和安全級別,與已知的教育中心條件形成強烈反差。鏡頭拉遠後的畫面顯示,囚犯人數遠遠少於西方報導使用的截圖或片段帶給觀眾的印象。由於這些畫面在西方一直被貼上錯誤的標籤,例如波蘭奧斯威辛集中營博物館就是眾多發布了猶太人在被送往死亡集中營前,被強迫登上火車的照片,以加深外界對新疆集中營種族滅絕意圖印象的西方消息來源之一[107]。

第二張強化了西方新疆敘事的照片,是一張身著囚服的男子排排坐的照片。這張照片來自新疆司法廳的微信社群媒體頁面[108],值得注意的是,西方在使用這張照片時,原本照片上的微信標誌都被裁切掉了,所以前排囚犯的手也被裁切掉。BBC是

第一個這樣做的媒體,而其他媒體隨後也使用了BBC提供的裁切後照片。這張照片——被一些人稱為「世界上最被誤用的照片」——成為西方指稱中國暴行的看板照片。數百篇關於「集中營」和「種族滅絕」的文章,都以它做為封面,甚至維基百科上關於「新疆種族滅絕指控」的頁面,也是以這張照片當成封面照片。翻看微信上原本的貼文,從不同角度拍攝的同一事件的其他照片顯示,現場囚犯的人數遠遠少於BBC選擇呈現的第一個拍攝角度看起來的顯示人數;而且他們參加的是一場關於囚犯改過自新的講座。這一點可以從前台的標語和原始照片的文字說明中看出來。這些照片攝於2017年春天的一所普通監獄,與培訓教育中心無關。與天安門廣場外的「坦克人」照片一樣(詳見第三章),西方消息來源再次挑選了一張特定照片,將其錯誤呈現以支持一種捏造出來的敘事。

從2017年稍晚開始,唐納・川普政府執政下的中美緊張局勢不斷升級,圍繞著新疆的後設敘事變得愈來愈極端。從那時起到2018年初,西方消息來源聲稱被強制關進集中營的維吾爾人人數,從12萬到100萬不等[109]。這些統計數字一直依賴自由亞洲電台做為消息來源,而自由亞洲電台本身也引用了匿名消息來源做為其說法依據,就像它過去在多篇捏造故事一直以來的做法[110]。這項說法後來升級為所有維吾爾人都被當局視為可疑分子,有更多維吾爾人被迫關進集中營。同時,「種族滅絕」一詞也被愈來愈廣泛地使用。

伊斯蒂克拉爾電視(Istiqlal TV)是一家由總部設在土耳其的反北京維吾爾族流亡者經營的媒體機構,鼓吹對中國進行聖戰,將新疆變成「維吾爾斯坦」或「東突厥斯坦」。該電視台經

常接待恐怖主義人士，包括被聯合國列入名單[111]的恐怖組織東突厥斯坦伊斯蘭運動領導人阿布杜卡迪爾‧亞普泉，他是該電視台的常客。正如《洛杉磯時報》指出，當伊斯蒂克拉爾電視邀請亞普泉時，「他的訪談經常演變成長達數個小時指責中國的情緒性抨擊。[112]」該頻道的背景讓伊斯蒂克拉爾電視的數據在西方被廣泛使用，並被視為可信的資訊來源，讓一切變得更加引人關注。

自由亞洲電台隨後在2018年5月報導的遭關押人數，超越了伊斯蒂克拉爾電視報導的人數，成為第一個聲稱有300萬名維吾爾人被關押在集中營的主要消息來源，同時這個說法也被如今開始引用這家，受到美國政府資助媒體做為消息來源的其他媒體機構廣泛響應[113]。西方媒體根據阿德里安‧曾茲的估計，在2019年第二季開始聲稱有150萬名維吾爾人遭關押[114]，隨後在2019年11月又聲稱關押人數增加到180萬人[115]。美國國防部在2019年5月正式指控中國「在集中營大規模囚禁中國穆斯林。[116]」後來西方運動人士和記者又引用了規模更大的關押人數數據，澳洲記者CJ‧維勒曼在2020年10月聲稱，「有500萬名維吾爾穆斯林被拘留、遭受酷刑和殺害。[117]」他在下個月又聲稱「多達600多萬人」被關在集中營裡，遭受著國家「令人髮指且惡毒的」對待[118]。

美聯社在2020年6月的一篇報導中根據這些說法，更進一步指責中國政府：

採取嚴苛措施降低維吾爾人和其他少數民族的出生率，這是全面限縮穆斯林人口運動的部分舉措……過去四年在新

疆最西部地區展開的運動,正導致一些專家所謂的「人口種族滅絕」……美聯社發現,家中有太多小孩是維吾爾人被送進拘留營的主要原因,除非父母能支付巨額罰款,否則育有三名或三名以上子女的父母就會被迫與家人分離。公安會突襲民宅,在尋找藏匿的孩子時嚇壞父母[119]。

報導中援引居住在海外的維吾爾流亡人士的話表示:「他們想摧毀我們這個民族。[120]」除了流亡者(其中許多人居住在土耳其),報導中還重度引用了阿德里安・曾茲的評估。曾茲的評估引用來自英國和美國的中國問題專家說法,稱這一政策是「毫無疑問的種族滅絕……是緩慢、痛苦、漸進的種族滅絕……從基因上減少維吾爾族人口的直接手段。[121]」

雖然西方媒體普遍聲稱中國正在對維吾爾人進行絕育,並鼓勵漢人遷移到新疆進行殖民,但官方資料顯示,光是從 2010 年到 2018 年,維吾爾族人口就成長了 25.04%。這代表增加了 255 萬名維吾爾人,而維吾爾總人口也從 1,017 萬增加到 1,272 萬,13.99% 的人口成長率遠高於新疆人口的平均成長率,也高於所有少數民族的成長率。相較之下,漢族人口的成長率只有 2%[122]。阿德里安・曾茲自己報告中的資料顯示,維吾爾族的人口從 1985 年到 2018 年幾乎增加了一倍,而占人口多數的漢族比例,則是從 2015 年到 2018 年大幅下降[123]。

維吾爾族與中國其他所有 55 個少數民族一樣,不受中國一胎化政策的限制,因此六口以上的維吾爾家庭幾乎隨處可見。雖然中國穆斯林少數民族的生育率遠高於平均水準,但到了 2010 年代,所有少數民族的生育率都隨著生活水準的提高和經濟現代

化而下降。這是全球可觀察到的趨勢的一部分，也就是隨著國家變得愈來愈富裕，家庭子女的數量也在減少[124]。正如日本聖路加國際大學醫學統計學家斯圖亞特・吉爾摩教授等人觀察到，西方關於種族滅絕和大規模絕育的指控仰賴於「將節育政策的好處說成種族滅絕」，他還強調，世界上大部分地區的生育率都在下降。他提問：「難道亞洲的每個國家都在對自己的人民實施種族滅絕嗎？」他並且指出，整個亞洲大陸的出生率都出現了類似的下降，而且許多地方的下降幅度更大，顯示出這個廣泛存在的現象是如何被完全錯誤解讀，用來進一步宣揚中國在新疆違反人權的論述[125]。

2020 年 9 月，來自多個政黨超過 120 名的英國國會議員和黨員簽署了一封致中國駐倫敦大使的公開信，指責中國實施「系統性、經過計算的種族清洗計畫。」信中提到「令人作嘔」的不當行為和「真正令人毛骨悚然」的行為，並將其比擬為納粹德國的猶太人大屠殺。信中引用了前文提到，被冒充為維吾爾集中營受害者錄影像的喀什看守所囚犯於火車站，遭無人機拍下的影像片段做為證據[126]。七個月後，英國國會通過一項不具約束力的動議，指責中國實施種族滅絕，但這份動議並未獲得英國政府本身的支持[127]。

2020 年 11 月，英國影子內政大臣戴安・艾勃特在推特上譴責中國「在維吾爾族屠殺穆斯林」的行為，不過因為她將自己的帳號設置為禁止回覆，所以沒有人能向她指出「維吾爾族」不是一個地名。她的說法引起了廣泛訝異的反應，因為即使是西方的非政府人權組織和媒體，也都尚未聲稱發生大屠殺行為。這使得艾勃特的指控強度，超越了不斷升級的聲討運動。根據此前西方

捏造暴行的模式，未來在新疆發生大屠殺和掩藏嚴密的亂葬崗說法，仍有很大的可能性會出現，而且隨著西方指控愈來愈極端，在指控集中營、強制絕育和國家認可的強暴之後，大屠殺的指控很自然會成為下一個罪名[128]。

西方運動的升級

儘管東突厥斯坦伊斯蘭黨（東突厥斯坦伊斯蘭運動）是蓋達組織的一個主要分支，並對平民犯下過多起廣為人知的暴行，但美國國務卿麥克・龐培歐於 2020 年 11 月將該組織從恐怖組織名單上除名[x]。這有可能是在為更廣泛針對中國運動一部分的公開支持與合作鋪路[129]。東南亞蓋達組織的一名前成員蘇飛揚・特紹里，是強調這可能意味著「美國正在考慮召集激進團體對中國作戰」的眾多人士之一。他假想：「美國利用穆斯林對抗俄羅斯……後來又消滅了他們。他們會用同一套公式對付中國嗎？」他指出，激進的聖戰士團體經常獲得支持並被煽動發動戰爭，以推進西方的地緣政治目標[130]。中國官媒宣稱，東突厥斯坦伊斯蘭運動

---

[x] 喬治華盛頓大學的尚恩・R・羅伯特教授是一位新疆方面的知名評論員，他強調，將附屬於蓋達組織的東突厥斯坦伊斯蘭運動組織指定為恐怖團體是不恰當的，因為這「有助於對國際社會灌輸維吾爾人對中國政府不滿的疑慮。」將其除名的目的，是為了使中國宣稱新疆存在真正恐怖份子威脅的說法，失去正當性。（Chew, Amy, 'How Syria's civil war drew Uygur fighters and shaped the separatist group TIP in China's crosshairs,' *South China Morning Post*, November 29, 2020.）

被除名是西方洗白該恐怖組織、重塑其與蓋達組織關係歷史的另一場更大規模行動的一部分[131]。

身為華盛頓堪稱最強硬的反中高官,美國國務卿龐培歐在2021年1月19日正式指責中國對維吾爾人實施種族滅絕。這是他在任內的最後一次重大行動[132],三個月前的10月,他剛在參議院提出一份指控中國種族滅絕的決議[133]。龐培歐具名引用了阿德里安・曾茲及其報告中宣稱,中國實施強迫絕育措施[xi]的指控[134]。和曾茲一樣,龐培歐也被外界視為「將政策與信仰融為一體」[135],並聲稱上帝「告知我該做的一切」──表示他的外交政策尤其受到這樣的影響[136]。他曾信奉宗教民族主義,特別影響了他對中國[xii]和穆斯林行為者的立場[137]。

就在龐培歐提出種族滅絕指控的一天後,喬・拜登政府於1月20日就職,並迅速重申這項聲明。然而,國務院法律顧問辦公室一個月後得出結論認為,沒有足夠證據證明發生種族滅絕行為[138]。儘管如此,2月23日和26日,加拿大和荷蘭國會分別效仿華盛頓,正式指控北京對維吾爾少數民族實施種族滅絕[139]。除

[xi] 與曾茲之前的報告一樣,這份報告從未交由同行評審,也並非由學術機構出版。

[xii] 龐培歐曾在一個場合指出:「我們的上帝事實上是一位真理之神。我們每天都應努力反映祂在這方面的品格。我們的政府已經講出了一些非常淺顯的真理─這些真理長久以來沒有獲得承認,或者更糟的是,被人們輕易忽略。或許最早被忽略的就是關於中國共產黨的言論。」他還發表過許多反映出類似觀點的聲明。(Pfannenstiel, Brianne, 'Secretary of State Mike Pompeo touts approach to China, religious freedom in Iowa visit,' *Des Moines Register*, July 17, 2020.)

了唐納・川普政府，這些國家也處於對中國採取最強硬立場的西方國家之列，更多報導顯示，其他國家也計畫仿效。

從2021年3月起，西方主流媒體廣泛引用新線戰略及政策研究所（Newlines Institute）一份標題為「維吾爾種族滅絕：檢視中國違反1948年《滅絕種族公約》」的報告。該份報告被譽為認定中國「對維吾爾人實施種族滅絕負有國家責任」，且指責中國政府違反聯合國反種族滅絕公約「每一項行為」的「一塊里程碑」，以及「第一份獨立報告」。前美國駐聯合國大使薩曼莎・鮑爾長久以來，一直是西方人道主義軍事干預全球管轄權的主要支持者[140]，她在引用該報告時聲稱：「這份報告顯示，中國對維吾爾人的所作所為正是種族滅絕。[141]」西方世界主要的政策鷹派人物，也提出類似的主張。

儘管新線研究所被描繪成獨立、無黨派的消息來源，但仔細檢視就可以發現，這家機構的可信度非常值得懷疑。該份發布於3月8日的報告，與不到一個月前由美國政府資助的世界維吾爾代表大會所發表的報告非常相似[142]。同時該份報告的研究資金來自新線研究所的上級組織美國費爾法克斯大學（Fairfax University of America）。美國費爾法克斯大學是一所聲譽極差的教育機構，在2019年被發現「教師不具備教授指定課程資格」、學術品質「嚴重不足」、且「猖獗的」剽竊行為遭到忽視後，州監管機構已關閉該校。在該份報告發表時，費爾法克斯大學的執照正面臨被吊銷的危險，因為教育部的一個諮詢委員會建議終止承認該大學發出的認證。費爾法克斯大學被認為是國際學生的「簽證工廠」而非一所正統大學，只有1%到3%的學生來自北美[143]。

與曾茲的研究一樣，新線研究所也沒有廣泛諮詢權威人士或學術專家，也沒有對其研究進行同行評審，而是完全依賴一些分析師所說的——「一個由志同道合的意識形態主義者組成的狹隘群體。」該報告被美國分析師形容為「將調查侷限在狹窄範圍、充滿瑕疵的偽學術研究，充斥著美國政府支持的流亡維吾爾分裂主義運動遊說陣線所提供的報告。」除了阿德里安・曾茲外，該報告的主要資料來源是自由亞洲電台和世界維吾爾代表大會，而這兩個機構都接受美國政府的資助[144]。

　　該報告的主要作者佑納・戴蒙德在幾個月以來，一直是呼籲西方世界對中國採取強硬態度的一位主要倡議者[145]。他曾認為聯合國「聽命於中國政府」，並直言不諱地呼籲美國採取單邊行動「懲罰」北京[146]。新線研究所本身也長期主張西方國家——以人道主義為藉口——利用制裁和其他手段，支持推翻敘利亞、委內瑞拉、伊朗和俄羅斯等國政府，以打擊幾乎所有西方的主要對手。被譽為專家的該份報告簽署人團，主要是新線研究所成員和鷹派的對華政策跨國議會聯盟（IPAC）成員，後者是另一個對北京採取特別激進立場而聞名的團體。

　　在華盛頓，大量資金和注意力被用於支持新疆敘事和資助海外反北京的維吾爾團體，美國和其他西方媒體也為此一議題的報導，分配大量的播放時間和專欄版面。這反映了這個敘事在西方更廣泛反中運動中所扮演的重要角色，並有助於將西方霸權的東亞挑戰者，定義為終極他者和當代大敵。

　　2018年8月第二週，西方各大媒體發表文章，聲稱聯合國報告指出中國將一百萬名維吾爾人關押在集中營[147]。雖然這一說法似乎使西方的論述獲得前所未有的可信度，但後續評估卻再

次揭露了這是嚴重錯誤陳述事實的結果。聯合國人權高專辦發言人茱莉亞·格羅內維特證實，聯合國並未以任何身份提出這項指控。這個說法只是由一個獨立委員會的其中一名成員所提出，但該成員既無權代表整個聯合國發言，甚至也無權代表其所屬的委員會本身發言。該成員是委員會中唯一的美國人，並不具備任何關於中國的學術或研究背景[148]。

這份所謂的聯合國聲明，首見於 8 月 10 日總部位於倫敦的路透社，一篇標題為「聯合國稱可靠報告指出，中國將一百萬名維吾爾人關押在祕密營地」的文章，隨後各大西方媒體迅速轉載。路透社的標題將這項說法推給聯合國，文章正文更具體指出該消息是來自聯合國消除種族歧視委員會[149]。該委員會在自己的網站上明確表示，它是「一個由獨立專家組成的機構」，既非由聯合國官員組成，也不代表聯合國[150]。因此這篇報導極具誤導性，文中所謂的「聯合國說」也完全是錯誤陳述。

人權高專辦隨後發布關於委員會發言的官方新聞稿強調，只有委員會唯一的美國成員蓋·麥杜格爾提到過中國的「集中營」，沒有其他成員表示他們支持這項說法。美聯社隨後報導，麥杜格爾「在聽證會上的發言中，沒有說明該資訊的來源」[151]，開會時的錄影畫面也證實她沒有提供證據，或引用任何資訊來源。正如在報導新疆經常出現的情況一樣，西方媒體將自外於更廣大世界的西方立場，描繪成整個國際社會的立場，但事實卻遠非如此。

美國記者班·諾頓和艾吉特·辛格在調查過路透社的說法後得出結論：「獨立聯合國單位的一個美國成員，提出了煽動說法，稱中國關押了 100 萬名穆斯林，卻未能提供任何一個具體消息來源。而路透社和西方媒體企業卻大肆報導這件事情，拉整個聯合

第十章 新疆與中美矛盾 | 419

國為一個美國個人未經證實的指控背書。」他們表示,人權高專辦已經「承認麥杜格爾身為一個獨立委員會唯一一名美國成員所發表的言論,並不代表整個聯合國的調查結果。路透社的報導純屬子虛烏有。[152]」

正如美國政府和各個西方非政府組織及智庫過去,往往透過展示粗糙模糊的建築物圖像,以之做為伊拉克大規模毀滅性武器和北韓政治犯集中營的所謂證據一樣,這類照片也被當成中國政府在新疆實施種族滅絕所設立的場所證據[153]。這些照片通常最後都被揭露是公寓大廈等各類建築,其中許多幾乎都和政府沒有關係[154]。這些被廣泛轉載、數量不成比例地高的說法,來自澳洲國防部資助的國防智庫澳大利亞戰略政策研究所(ASPI)。中國媒體以揭露實地拍攝照片的方式回應,推翻所謂衛星拍攝的拘留中心證據。例如,一座「有水井和瞭望塔的四級拘留中心」被證明是一座養老院;一座「一級再教育營」原來是一座物流園區,而兩座「一級拘留中心」結果是一所小學和一所中學。然而從空中俯瞰,這些建築很容易被說成任何東西[155]。阿德里安・曾茲還引用新疆年長居民接受醫療照護的照片,做為新疆實施強迫節育的證據──儘管照片中沒有任何跡象顯示這一點,照片中的夫婦看起來似乎也早已超過生育年齡[156]。

西方關於新疆存在種族滅絕和普遍暴行的指控,不僅遭到來自非西方世界參訪團的反駁,也遭到在中國當地的西方人和其他外國人反駁。與前文提到對北韓的指控一樣,西方關於新疆暴行的說法也在很大程度上,依賴一般受眾對此真相普遍存在的一無所知,才會因此顯得可信。曾長時間在新疆旅行的倫敦警察廳前警官傑瑞・格雷回憶,西方指控與他的第一手觀察完全不符:

這絕對是胡說八道──根本沒有一百萬名維吾爾人被關在集中營,這完全是在胡扯⋯⋯與我們對談過的維吾爾人看起來一點問題也沒有。記住,那裡有 1,100 萬到 1,200 萬名維吾爾人。絕對沒有任何證據、任何真憑實據可以證明,他們當中有一百萬人被關在集中營裡⋯⋯我們走進一家餐廳,餐廳裡有舞者。這不是一間專門招待觀光客的餐廳──只是一家普通的餐館。那些舞者唱歌跳舞。這就是維吾爾人想要找樂子的時候經常會做的事。我聽到和看到維吾爾語被活躍使用[xiii]。當地人說著他們的當地語言。每家商店、每份菜單、每家餐廳都寫著他們的當地語言,所以當我讀到當地語言正在遭到破壞的報導時,我不同意這種說法[157]。

格雷的結論是:「新疆看起來很好,安全、可靠。所有與我交談過的人似乎都對當地情況感到開心。[158]」他直接點破了一個西方常用來詆毀那些,違背針對西方對手敘述觀察人士的論點,也就是這些觀察人士所看到的景象,都是西方對手精心打造的假象。他斷言:

[xiii] 這些都反映在作者對每一位採訪過的新疆居民的觀察,他們當中有許多人在國外留學過,無論是在倫敦政經學院學習經濟學、在明斯克國立大學學習俄語,還是在開羅艾資哈爾大學學習伊斯蘭研究。這與西方世界新聞媒體、反中人權組織和政治人物的說法強烈矛盾,西方世界的理解主要受到美國和澳洲政府資助的消息來源,以及阿德里安・曾茲的形塑,而非來自任何在新疆生活過的人士之口。

如果有人認為我在撒謊，請你親自來新疆一趟，告訴我你看到的是什麼⋯⋯是什麼讓你覺得新疆人被不合理對待。因為我沒有看到，我沒有看到任何證據，雖然我看到大量的維安警力，但我可以自由去到任何地方、拍攝任何東西、沒有受到任何限制。不曾有過公安跟我說「我能看看你的相機，看看你拍了什麼照片嗎？」換句話說，他們根本不怕我拍到任何我眼前景象的照片。如果他們害怕，他們會先阻止我去那裡──如果我未經許可去了那裡，他們會想看我的照片。但從來沒有人這麼做。這說明他們並不想隱瞞任何事情[159]。

在中國居住了十多年的加拿大商人兼中國政治分析師丹尼爾・鄧布利爾也有類似看法：

我們被期待去相信維吾爾族的人口正在被消滅。這種說法無論從字面意義上還是文化意義上來看，都很荒謬。在中國，維吾爾族的人口成長速度一直高過占人口多數的漢人，部分原因是他們不受一胎化政策的限制。他們還可以建造兩萬座清真寺[xiv]；他們的文字被寫在國家貨幣上（他後來指出，加拿大原住民的文字就沒有被印在法定貨幣上）；目前中國最當紅的一位巨星，就是出自維吾爾族的女星（迪麗熱巴），她近期還被路易威登（LV）簽下成為品牌大使；在中國的維吾爾兒童比漢人兒童更容易考進一流大學，學校食堂會為他們準備清真食品，校園裡還有祈禱區[160]。

西方媒體一直嚴厲批評那些譴責西方種族滅絕說法、位於中國的西方僑民，他們當中的許多人曾訪問過新疆。舉例來說，

BBC就將這類對西方說法的質疑與「散播共產黨虛假資訊」畫上等號，並強烈暗示有必要管制這些外籍人士的YouTube和其他社群媒體平台使用[161]。

即使是一些專門批評中國政府及其政策的人也承認，西方報導和強硬派運動人士並沒有反映當地的實際情況。例如，新疆受害者資料庫創辦人斌吉恩2018年在談到BBC報導時指出：「你不能只根據三位目擊者的說法，就寫出一篇聲稱發生了系統性強暴的新聞報導，並非所有目擊者都是可靠的……你就是不能這樣做，BBC應該更清楚這一點。這是過去兩年來，一直全天候在處理證詞的我的忠告。[162]」馬里蘭霜堡州立大學歷史系助理教授馬海雲是中國回族的穆斯林少數，有著與中國政府鬥爭的悠久家族史，他同樣指出圍繞新疆議題所產生的歇斯底里情緒，以及由此衍生出無法質疑西方敘事的情況：「在當前的政治氛圍下，如果你公開表示新疆不存在種族滅絕，就會影響你的聲譽，以至於如果我這麼說，我有一半的朋友都會和我絕交。」他總結：「新疆局勢被貼上種族滅絕標籤的情況，都與地緣政治有關，都是因為中美關係緊張。[163]」馬海雲的說法證實了外界對西方世界反中歇斯底里情緒的普遍看法，這種情緒導致所有指控中國的暴行，

[xiv] 西方反中人士經常聲稱並且在清真寺相關議題上，尤被廣為流傳的一個說法，就是位於新疆喀什地區歷史悠久，被列為國家重點文化遺址的艾提尕爾清真寺已遭到拆除。但後來的真相是，該清真寺當初歇業是為了進行修繕，並在2020年已經重新被啟用。（'Renovation work gives mosques modern touch,' *China Daily*, November 17, 2020.）

無論多麼可笑或證據多麼薄弱，都被描述成可信甚至不容置疑。

哈佛大學尼曼獎學金得主、奈特獎得主、傅爾布萊特學者金培力在內的許多人觀察到西方媒體：

> 在封口和公然嘲笑那些不符合掌權機構當前趨勢的觀點這方面，他們（西方媒體）是共犯。新疆就是一個例子。目前的主流說法是，中國正在新疆實施種族滅絕……難道不值得考慮一種可能性，那就是「種族滅絕」一詞的出現是為了對中國造成最大程度的痛苦，而非用來反映對當地情況的誠實評估[164]？

金培力觀察到「火車和勞改營的並置，是為了喚起西方人的強烈情感」，他強調這都是為了激起人們對猶太大屠殺的記憶。他指出：「至今為止，最強烈的指責都來自那些心懷反中目標的非政府組織和研究人員……他們的指責，有些相當可怕，是基於沒有實際接觸過和傳聞中的資訊。他們研究的不完整性，使得他們別無選擇只能推測。有些情況解釋得通，有些情況就解釋不通。」他將這個情況與 2003 年的伊拉克戰爭進行比較，強調美國和英國使用了「亂七八糟的謊言、半真半假胡亂拼湊的猜測」當成入侵行動的藉口——這些藉口「聽起來像真的，獲得備受尊崇的機構和菁英分析師的認可，雖然他們並沒有提出令人信服的理由，但媒體還是如此呈現。」他注意到，質疑中國指控的學者實際上面臨著一場獵巫行動，而且普遍存在「害怕挑戰當時主流說法會造成反彈的恐懼。」他援引澳洲國立大學中國研究員珍‧高利的話表示，正是出於這個原因，學者們在質疑西方說法時選

擇保持匿名——因為他們會害怕[165]。

丹尼爾・鄧布利爾在2021年3月一段被瘋傳的熱門影片中,也提到金培力和高利對西方人如何被阻止質疑關鍵論述的看法:

> 人們也害怕提問。我想舉一個親身經歷的例子。我父親……在他參與的一個神學學術論壇上,提出這樣一個問題:我們是否應該留意(西方)敘事背後的意圖,它是否真的符合維吾爾人的最佳利益,抑或者它只是被用來滿足某種西方帝國主義目的。他提出的問題是,我們要如何支持維吾爾人,如何幫助他們而不被當成一個工具。他心中的想法如此溫和,但就被貼上種族滅絕否認者的標籤。就算是在充滿學者的神學論壇上,他都不能提出問題,甚至不能質疑意圖……現在我們再更進一步,想像一下那些對整套論述抱持懷疑態度的人,他們已經看到這些警訊。他們在社會上沒有辦法討論此事。我們正在製造共識,嚇唬人們只能相信一種論述……我們沒有從喬治・布希(小布希)當時那句充滿問題的「你不跟我們站在一起,就是我們的敵人」汲取教訓。我們沒有可以質疑敘事的空間。我們不被允許站在中間觀望,只是試圖搞清楚整個情況[166]。

這個情況也不只出現在與新疆相關的評論圈,西方政治文化也導致普遍存在的自我審查,尤其是對暴行或國家安全威脅的指控。就拿媒體對圍繞著伊拉克戰爭捏造指控的反應為例,專欄作家諾曼・所羅門指出:「與通常比較容易識別的國家審查相比,記者的自我審查很少為人所知。在高度競爭的媒體環境之下,你不需要是火箭科學家或社會科學家就能知道,持不同意見無益於

職涯發展⋯⋯隨波逐流的好處顯而易見，不循規蹈矩的危害也很明顯。[167]」調查反覆強調，儘管針對伊拉克指控的真實性受到愈來愈多質疑，但美國主流媒體都沒有表達明顯的不同意見，只是在解除武裝或推翻伊拉克政府的手段或緊迫性上存在分歧。如果做得更多，懲罰可能會很嚴重[168]。這與新疆敘事的情況如出一轍。

鄧布利爾發現，由於缺乏話語權和無法質疑中國暴行的說法，西方民眾普遍支持對中國採取更強硬的立場，手段從派遣軍艦靠近中國海岸，到在東亞各地裝設西方飛彈都有。他強調，由於武器製造商在資助反中言論方面扮演關鍵角色，因此存在嚴重的利益衝突，洛克希德‧馬丁、雷神、波音和其他資助澳大利亞戰略政策研究所的公司，就是明顯案例，並導致民眾支持對北京施加軍事壓力[169]。鄧布利爾進一步指出，諷刺的是，資助此類敘事的西方武器製造商是靠著剝削美國監獄中的勞動力來製造零組件[170]，這比在新疆發現的任何情況都更接近奴隸勞動[171]。

美國記者馬克斯‧布魯門塔爾也提到不能對西方的新疆敘事，尤其是不能對阿德里安‧曾茲的敘事提出質疑的壓力：「在學術界有很多壓力、審查和自我審查。如果你公開談論此事，就要付出代價。在媒體上公開談論此事，你也要付出代價⋯⋯很明顯，人們會因為質疑曾茲而惹上麻煩。」在很多時候，那些強調曾茲報導前後矛盾的推文明顯會被刪除，而那些反對以曾茲說詞做為西方敘事核心的人，則有可能被貼上「種族滅絕否認者」的標籤，並被等同視為猶太大屠殺的否認者[172]。

在西方，將新疆與歐洲猶太大屠殺串聯起來的語言和影像非常普遍。正如《石英財經網》（Quartz）在2020年8月指出，

將新疆與猶太大屠殺相提並論在媒體宣傳中發揮重要作用,「有助刺激全球對新疆議題的關注和討論」——與前文提到過,從南斯拉夫到伊拉克的西方暴行捏造案例,如出一轍[173]。舉例來說,喬治亞城大學歷史學家詹姆斯・米爾瓦德就暗指,「北京試圖找到新疆問題的最終解決方案……我們這些學歷史的人都知道這意味著什麼」——強烈影射就和納粹德國的「猶太問題最終解決方案」一樣。米爾瓦德補充:「我們可能會看到大屠殺。」他強調,雖然中國目前為止還沒有在集中營「用毒氣殺死維吾爾人」,但未來有可能採取更進一步的行動[174]。

2020年以來[xv],西方政客愈來愈響應將中國比擬為「新納粹德國」的暗喻,與半個多世紀以來西方捏造暴行的做法如出一轍[175]。

西方與國際社會脫節的一個轉捩點

[xv] 英國《金融時報》是唯一一家指出西方主要新聞媒體要留意,西方的中國專家和反中人權運動人士廣泛傳播「魯莽類比」的西方主流新聞媒體—它在2019年強調,任何反駁這些類比的人都可能面臨嚴重攻擊。該報的美國編輯愛德華・盧斯注意到,當他聲稱「中國不是納粹德國:魯莽的類比」—並不是在支持北京—得到的回應卻是「肯定更糟」、「數一數那些屍體,中國共產黨並不比納粹好多少」、「唯一魯莽的是像你這樣的綏靖主義白癡,小看了中國共產黨的真實樣貌。」盧斯總結:「恐中症在美國內外的崛起,令人不安。」(Luce, Edward, 'The reckless analogy between China and Nazi Germany,' *Financial Times*, September 16, 2019.)

西方捏造中國種族滅絕事件的主要目的之一，是讓全球輿論反對中國政府，讓國際社會團結起來，支持西方對抗中國。由於過去在國際社會上針對南斯拉夫、（1980 年代的）阿富汗、北韓和利比亞等國的類似暴行捏造工作相當成功，因此西方世界普遍對新一輪反中運動未能在西方世界之外的地區流行起來，感到驚訝。西方政府、運動人士和媒體呼籲世界各國，尤其是穆斯林國家與西方站在一起[176]，批評中國並採取強硬立場，但得到的回應卻始終是石沉大海，讓西方只能獨自對中國的濫權行為，提出站不住腳的指控。正如詹姆斯敦基金會（Jamestown Foundation）在 2019 年 5 月的評估報告中指出：「當西方尤其在過去兩年，對中國處理新疆少數民族問題的批評聲浪日益高漲之際，更廣大的穆斯林世界卻令人費解地沒有跟著大聲響應。[177]」CNN 幾週後指出，穆斯林國家對中國新疆政策的支持「打破伊斯蘭團結的迷思。[178]」穆斯林政府，甚至是那些與西方利益一致的穆斯林政府，如汶萊和沙烏地阿拉伯，都沒有發表反中聲明，而且其中許多政府實際上向北京及其去激進化計畫表示支持的這項事實，在西方反中行動規模如此龐大的情況下，從許多方面來看都屬史無前例。

　　雖然西方國家普遍認為，穆斯林國家不支持西方關於新疆的說法，是缺乏「伊斯蘭團結」的表現且令人失望，但這樣的前提是建立在這種說法本身具有可信度的假設之上。但看起來的情況反而反映出西方在聲稱目標國家實施暴行時，缺乏可信度—這個趨勢在過去三十年來尤為明顯。穆斯林國家的政府很可能更清楚西方捏造暴行和其他虛假指控的嚴重性，因為被針對的往往是穆斯林國家。雖然許多穆斯林個人相信了西方關於正在發生種族滅

絕的說法，但對於只要受過一丁點政治教育的穆斯林政府官員來說，這種說法可能會讓他們覺得高度可疑。從奈伊拉證詞、科威特嬰兒保溫箱，到伊拉克碎屍機和敘利亞化學武器攻擊，西方國家之前捏造的暴行，讓穆斯林政治人物們對西方國家聲稱其對手犯下暴行說法的可信度，產生極大的懷疑。於是穆斯林占多數的國家政府，始終只對中國的立場表示支持。

2019年2月，沙烏地阿拉伯王儲穆罕默德・賓・沙爾曼正式訪中，就新疆的去極端化政策表示：「我們尊重並支持中國採取反恐和去極端化措施，維護國家安全的權利。[179]」賓・沙爾曼在2021年3月也發表了類似聲明，同時支持北京在新疆的政策，並反對西方在中國和伊斯蘭世界之間製造嫌隙[180]。這對西方試圖激起全球對中國產生憤怒並疏遠中國的努力，是一個特別沉重的打擊，因為沙烏地阿拉伯被視為遜尼派伊斯蘭教的中心、伊斯蘭聖地的守護者，以及通常是值得信賴的西方從屬國。西方媒體將利雅德的立場定調為沙烏地阿拉伯「捍衛中國對穆斯林的壓迫」、「捍衛中國將維吾爾人關進集中營的權利」，以及「給習近平一個繼續『種族滅絕先驅』工作的理由。[181]」

這種反應反映出西方幾乎完全缺乏自省，自以為是到了一種極端的地步。如果基本上整個非西方世界對中國新疆政策的唯一評論就是支持中國政府，西方世界也不會將之視為西方在這個議題上可能是錯的。相反地，這對西方來說反而意味著整個世界都錯了，不支持西方立場的人應該受到譴責，因為就像過去捏造過針對許多穆斯林國家的各種濫權行為一樣，西方指控被描繪成不容置疑的事實。雖然西方報導稱穆斯林國家「不願公開反對中國政府政策[182]」，但考量到西方對穆斯林國家施加的巨大壓力，以

及在許多情況下穆斯林國家對中國新疆政策毫不吝嗇的讚美，這個情況似乎不是穆斯林國家不願支持西方論述，而是對西方論述完全不屑一顧。

由於西方將其對新疆的論述視為一個毫無爭議的事實，因此每個不支持西方新疆論述的穆斯林國家，都必須被描繪成別有用心。對於像巴基斯坦這樣的貧窮國家，就被說成是「被援助收買」，而像沙烏地阿拉伯這樣的富裕國家，則被說成是被中國政府承諾不討論沙烏地阿拉伯所謂的人權問題所收買。如此一來，一個邪惡的中國影響行動就被捏造出來，以解釋西方世界在新疆議題上的極端國際孤立[183]。激進的反北京運動人士聲稱，穆斯林占多數的國家不接受他們的立場正顯示「世界上沒有所謂真正的穆斯林國家」，因為如果有的話，這樣的國家「至少會像美國正在做的那樣……制裁中國官員。[184]」由於這種激進的立場在西方以外幾乎得不到任何支持，因此相關論述主要集中在去除非西方國家在這一問題上發聲的正當性。

雖然西方媒體和非政府組織一再聲稱外國調查人員無法進入新疆（這一論點此前曾多次被用來推定伊拉克殺害科威特嬰兒和研發大規模毀滅性武器的罪行），但事實遠非如此。2018年12月，來自印度、巴基斯坦、印尼、馬來西亞、哈薩克、吉爾吉斯、烏茲別克、塔吉克、俄羅斯、阿富汗、泰國和科威特等12個國家的外交官，在新疆進行為期三天的參訪。他們拜訪當地市場、農民、教育機構、清真寺、工廠以及技職教育和培訓中心。這些培訓中心在西方的報導中，被廣泛拿來與新的奧斯威辛集中營或比克瑙集中營畫上等號[185]。這群外交官只是12月至2月訪問新疆的四批外交官之一，路透社稱中國「邀請了一波又一波的外交

官。[186]」

2019年1月[xvi]，來自埃及、土耳其[xvii]、巴基斯坦、阿富汗、孟加拉和斯里蘭卡的12名媒體代表訪問了新疆的一座教育中心，並採訪當地人──這是讓非西方媒體全面參訪新疆的幾次活動之一[187]。2月，來自八個國家的聯合國日內瓦辦事處高級外交官訪問新疆，對中國政府的政策給予高度正面的評價[188]。派代表出席會議的國家包括埃及、柬埔寨、巴基斯坦、塞內加爾和白俄羅斯[189]。儘管如此，路透社在2019年2月強調，西方當時仍抱著「希望廣大伊斯蘭世界能很快開始對新疆發表批評意見」的期待──但這個希望很快就進一步地破滅[190]。

2019年3月，代表56個穆斯林占多數國家的伊斯蘭合作組織（OIC），報告他們應中國政府邀請派往新疆的代表團調查結果。伊斯蘭合作組織此前曾根據西方主導的全球媒體主流說法，對中國在新疆的政策提出批評，但在代表團與宗教領袖和培訓中

[xvi] 同時在1月時，與中國維吾爾社群建立長達三十多年密切聯繫，並在該省度過相當長時間的巴基斯坦資深新疆專家蘇丹·M·哈里，也對西方描述提出以下譴責：「將模糊的衛星影像照片當成所謂再教育營的證據呈現出來，有偏見的媒體報導還說，維吾爾人被關在極度骯髒的環境、被迫放棄自己的宗教信仰。西方媒體的紀錄片中，還插入維吾爾人泣訴稱自己從再教育營逃出來的訪談，以支持關於維吾爾人遭受嚴酷待遇的指控。」(Hali, Sultan M, 'Xinjiang and the Uighur question,' *Pakistan Today*, January 24, 2019.)

[xvii] 土耳其及其北約盟國的關係自2016年起惡化，最終導致美國對其實施經濟制裁。此後土耳其仍是一個尤其針對阿拉伯世界恐怖活動的主要贊助國，但值得注意的是，隨著土耳其尋求強化與中國的經濟聯繫，土耳其逐漸改變其在新疆問題上的立場。

心的學生自由交談後，發現這些說法與當地情況有很大出入。該組織表示：「樂見總秘書處代表團應中華人民共和國邀請進行訪問所取得的成果；讚揚中華人民共和國在為其穆斯林公民提供關懷方面所做的努力；並期待伊斯蘭合作組織與中華人民共和國之間的進一步合作。[191]」

隨後在6月，聯合國最高反恐官員、主管反恐事務的副秘書長不顧西方國家的強烈抗議參訪新疆[192]。中國外交部隨後宣布，已就新疆問題與聯合國達成「廣泛共識」。儘管在西方以外，幾乎沒有人認為這次參訪有任何爭議，但這次的參訪在西方世界依舊被廣泛貼上爭議標籤[193]。當聯合國官員在訪問後未能證實西方說法時，西方各界並沒有因此重新評估自己的立場，反而引發西方對其參訪譴責的升級。從根本上說，即使聯合國或大部分非西方世界的人士對新疆有了第一手的觀察，但如果他們未能證實西方的說法，那麼他們就都必須被描繪成徹頭徹尾的錯誤，並因此失去正當性。

8月，又有一批來自寮國、柬埔寨、菲律賓、尼泊爾、斯里蘭卡、巴林和奈及利亞的大使和使節參訪新疆，並評估中國政府在保障公民宗教信仰自由和改善民生等方面所做的努力。尼泊爾大使利拉・馬尼・鮑德爾在考察後指出：

>　　新疆的技職教育及培訓中心並不是一些西方媒體所形容的「集中營」，而是幫助被極端思想影響的人士消除有害思想、學習職業技能的學校。我在這裡看到的每個學生都很快樂。他們不僅學習法律規範、標準漢語，也學習專業技能，我相信這將會是他們畢業後適應社會的優勢，令他們成為就

業市場上強而有力的競爭者⋯⋯這個反恐範例值得很多國家學習[194]。

2019年9月,來自非洲16個國家和非洲聯盟使節組成的代表團訪問新疆,參觀社區、清真寺和當地企業。他們稱讚中國政府在促進社會和諧、保障公民宗教信仰自由,和保護少數民族傳統文化方面所做的努力。烏干達駐中國大使克里斯普斯‧基永加在參觀過被西方廣泛拿來與納粹死亡集中營比較的教育中心後評論:「我同意中心的做法,這顯示政府在對其人民負責。這裡的學員很快樂,學到很多實用技能。」其他人也發表類似評論[195]。

受COVID-19新冠疫情大流行的影響,外賓參訪量從2019年底開始明顯下降,但在2020年10月,代表阿拉伯聯盟的20個穆斯林占多數阿拉伯國家使節和外交官參訪了新疆。他們對新疆的經濟、社會和人權發展成就,給予相當正面的評價。代表團還前往伊斯蘭學校、清真寺等地,了解新疆保護宗教信仰自由的情況,許多阿拉伯國家的代表隨後抨擊西方有關新疆態勢的說法,與現實相差甚遠[196]。

2021年3月,來自剛果共和國、布吉納法索和蘇丹的駐中國大使,在以「非洲駐中國大使眼中的新疆」為主題的第七期大使大講堂上發表談話,對新疆態勢給予高度肯定。剛果大使丹尼爾‧歐瓦沙表示:「一些西方勢力炒作所謂的新疆相關議題,實際上是出於自己別有用心的動機,毫無緣由地攻擊中國。[197]」西方媒體對此做出的回應,是義憤填膺地指出沒有任何一個非洲國家,支持西方在聯合國將中國描繪成惡劣的人權踐踏者──甚至是種族滅絕者──的指控,並對中國提出批評。BBC等媒體再

次將這樣的情況定調為，並非是因為西方國家的說法站不住腳，而是非洲國家一定是被中國收買——在西方眼中，這是那些國家不支持「真相」的唯一解釋，無論西方所謂的「真相」為何[198]。

隨著COVID-19新冠疫情相關的旅遊限制在2022年年中稍微放鬆，聯合國最高級人權官員、人權事務高級專員蜜雪兒·巴舍萊於5月前往新疆進行為期六天的訪問。美國國務院抨擊這次訪問行程，以及巴舍萊在訪問後對西方國家聲稱正在發生的種族滅絕保持「沉默」[199]。巴舍萊證實，她的代表團在訪問期間可以安排見客，並與職業教育和培訓中心的前學員，以及來自各行各業的人士進行公開討論，並稱這些會面是「在沒有監督的情況下由我方安排。」由於巴舍萊的訪問以及她沒有支持西方說法，她遭到來自西方各界，包括國際特赦組織、人權觀察、維吾爾運動和世界維吾爾代表大會的嚴厲批評。巴舍萊被抨擊「粉飾中國的暴行」，整個西方世界包括230多個非政府組織廣泛呼籲她辭去職位[200]，從《華盛頓郵報》到《衛報》[201]等主流報紙的編委會都發布特刊，以最嚴厲的措辭批評她的訪問。外界普遍認為，巴舍萊之所以在回國兩週後宣布不再尋求連任，就是迫於西方巨大的壓力。儘管如此，她的聲明還是讓她成為最近一位正式到訪新疆，並凸顯西方說法是多麼不具有實質意義的官方人士。

一個引起廣泛猜疑的非西方報導異數，是2022年8月31日，聯合國人權高專辦發表的一份措辭強硬報告，內容聲稱新疆存在嚴重的侵犯人權行為，其中許多描述呼應了阿德里安·曾茲未經證實且在西方媒體廣為流傳的說法，如強迫維吾爾人節育[202]。該份報告是在蜜雪兒·巴舍萊高級專員任期結束當天的午夜前幾分鐘發布，值得注意的是，巴舍萊既沒有在該份最終報告上署名，

也沒有依照慣例在記者會上發表該份報告。這不禁讓外界猜測，該報告與巴舍萊及曾到過新疆的代表團成員，實際希望公布的內容大相逕庭——這有可能就像是禁止化學武器組織調查人員，在敘利亞實地調查時觀察到的結果，與後來最終報告調查內容完全互斥的差異情況很像（詳見第九章）。包括上文提到的那些聯合國報告[203]，在其代表和代表團獲得大量進入當地調查的權限後，都在調查結果中對中國官方的政策給予相當正面的評價，而 8 月的那份報告則完全相反，與聯合國普遍的調查結果不符。巴舍萊本人也稱讚中國政府很配合她的辦公室、非常成功的扶貧計畫、幫助解決鄰國緊張局勢的努力，以及對少數民族語言和文化身份的充分認可；她還表示，她曾親自與供應鏈管理者交流，對於他們遵守人權標準的情況感到振奮。在本書撰寫的當下，2022 年 8 月最後一刻才發布的報告與聯合國其他關於新疆報告之間的奇怪矛盾，以及人們對其結論是基於西方政府資助來源的材料，而不具第一手經歷真實性的普遍懷疑，仍未獲得解決。

當國際代表團和專家訪問新疆時，要不是無法證實，就是直接駁斥西方指控，這讓西方感到不滿，也不禁讓人想起 2003 年時，美國反對聯合國調查人員前往伊拉克勘驗[xviii]，因為當時外界都曾期待他們的調查結果能推翻美國對伊拉克存在大規模毀滅性武器的指控[204]。國際社會對中國新疆政策的反應和外國代表的訪問，凸顯西方在這一問題上與世界的隔閡；一些分析師認為，非西方國家和組織甚至自行著手對當地情勢進行第一手審查，顯示西方說法的可信度有限。事實上，日本是非西方陣營當中的唯一例外，即使新疆議題已經被炒作了五年之後的 2020 年代初期，還是沒有日本以外的任何一個非西方國家支持西方敘事。西方，

尤其是反中的非政府組織，非常不接受這種被孤立的現實，一個案例就是聯合國負責反恐事務的副秘書長在 2019 年的參訪，被《時代》雜誌形容「激怒」了西方政府和非政府組織，並在西方世界「引起軒然大波」[205]。

西方與世界脫節的情況亦可見於聯合國。2019 年 7 月，向聯合國人權理事會高級專員發出聯合聲明的 22 個國家當中，唯一的非西方國家是日本[206]。在同一會期的安理會會議上，來自非西方世界的 50 個國家（包括 23 個穆斯林占多數的國家）捍衛了中國立場。這些國家包括沙烏地阿拉伯、巴基斯坦、奈及利亞、阿拉伯聯合大公國、敘利亞、索馬利亞、埃及和阿爾及利亞[207]。西方媒體的回應是，斷言幾乎所有為中國辯護的 50 個國家本身，都在侵犯人權——這本身就凸顯了政治化人權問題對西方地緣政治立場的價值[208]。實務上，任何不符合西方地緣政治理念的非西方國家，都會被詆毀為人權侵犯者，這是遏阻其他國家與西方作對的有效手段。

2019 年 10 月，一個由 23 個國家組成的西方國家集團對新疆的侵犯人權指控發起另一輪批評—但再次又遇上 54 個國家，以聯合發表支持中國新疆政策的聯合聲明反擊[xix]。這 54 個國家

[xviii] 一位堅持匿名的美國政府消息人士在 2002 年表示，小布希政府「不希望聯合國武器調查人員再次進入伊拉克，因為他們可能真的可以證明，伊拉克擁有具威脅性非法武器的可能性比小布希政府希望外界相信的可能性，要低很多。」消息人士結論：「為了推動在伊拉克的戰爭目標，美國政府什麼謊都可以說……」這與新疆問題存在非常明顯的相似之處。（Peterson, Scott, 'In war, some facts less factual,' *Christian Science Monitor*, September 6, 2002.）

都派出代表團前往新疆進行實地考察,並稱新疆政策「有效保障各族人民的基本人權」。只有日本支持的西方國家,再次被國際社會孤立[209]。

美國女性議題無任所大使凱莉·庫里對聯合國和非西方國家不願支持西方關於新疆的說法表示失望,她抨擊「我們從聯合國那裡看到的是完全缺乏好奇心或關注」,她聲稱聯合國「未能就新疆局勢發表意見。[210]」在此之前,聯合國和秘書長安東尼歐·古特瑞斯因沒有採取更強硬的立場支持西方立場,遭受嚴厲批評。一個顯著的案例,是人權觀察執行總監肯尼斯·羅斯於2019年4月在《華盛頓郵報》上發表的一篇強硬社論,他聲稱古特瑞斯的任期「正留下他在人權問題—甚至是嚴重侵犯人權問題激增的情況下——保持沉默的歷史定位」,所謂人權問題特別是指新疆。羅斯說,雖然西方政府提出了新疆的人權問題,但「古特瑞斯在公開場合對此隻字未提。相反地,他稱讚中國的發展實

---

xix 57個非西方國家的支持聲明如下:「我們讚揚中國在人權領域取得了令人矚目的成就、堅持以人為本的發展哲學,並在發展過程中保護和促進人權……如今新疆恢復安全,各族人民的基本人權獲得保障。新疆已經連續三年未再發生任何一起恐怖攻擊事件,當地民眾享受到滿滿的幸福感、收穫感和安全感。我們很欣慰地注意到,中國在反恐和去激進化的過程中,尊重和保護人權。我們欣賞中國對公開透明的承諾。中國邀請了一些外交官、國際組織官員和記者到新疆,見證當地人權工作的進展和反恐及去激進化的成果。這些外來參訪者在新疆的所見所聞與媒體報導完全不符。我們呼籲相關國家在訪問新疆之前,不要根據未經證實的資訊對中國提出毫無緣由的指責。」('Joint Statement on Xinjiang at Third Committee Made by Belarus on Behalf of 54 Countries,' October 30, 2019.)

力,並對習近平主席的表現稱讚連連。[211]」我們又一次看到在西方人眼中,出錯的永遠不會是西方國家站不住腳的指控,而是其他各方,無論是阿拉伯聯盟、非洲聯盟、伊斯蘭合作組織,還是與新疆接壤的巴基斯坦,都必須因為不支持西方國家的路線,而必須成為錯誤的一方[xx]。

2020年10月,美國、德國、英國和其他西方國家,再次於聯合國要求譴責中國在新疆和香港問題上的所作所為,但除了日本,他們再一次地沒有獲得任何非西方國家的支持。相較之下,近70個國家對中國立場表達支持,巴基斯坦、科威特和古巴分別領導不同的國家集團發表聯合聲明,讚賞北京的人權並反駁西方的指控[212]。北京常駐聯合國代表張軍指責美國專門針對中國發起的運動,是為了掩蓋其自身的嚴重缺陷,強調「指責中國無法掩蓋你們糟糕的人權記錄。」他進一步反駁,華盛頓未能保護自己本國人民的基本權利,並強調其政策至今已導致二十萬名美國人死於COVID-19新冠疫情[213]。

隔年也出現同樣的趨勢,2021年6月,九十多個國家表示支持中國立場,65個國家宣布反對就新疆和香港事務,干涉中國內政。這代表了對西方運動的明確反動[214]。7月,在聯合國人權理事會第47屆會議上,來自30個國家的特使對中國的新疆政策表示支持,同時抨擊西方國家為詆毀中國政府而捏造的違反人

[xx] 西方的反應讓人想起比爾·莫瑞的一戰歌曲《除了吉姆,大家都踏錯腳步》。在這首歌中,士兵吉姆的父母看到他與團裡的其他士兵步調不一致,並在儘管只有吉姆一個人踏錯的情況下,將之解釋為其他人的腳步都沒有跟上。

權指控。這些國家包括沙烏地阿拉伯、巴基斯坦、伊朗、寮國、喀麥隆、衣索比亞、斯里蘭卡和俄羅斯。來自新疆的代表應邀在會上分享他們的故事[215]。在 3 月舉行的安理會第 46 屆會議上，有 70 個國家表示反對干涉中國內政[216]。因此，儘管西方媒體繼續表示「國際社會試圖挑戰其（中國）新疆政策」，但這是對「國際社會」一詞的嚴重誤用，事實上只代表非常孤立無援的西方立場。雖然這種做法符合西方長久以來將自己視為代表全世界的傾向，但卻是與現實相去甚遠的描述[217]。

正如 1990 年代，以捏造暴行為基礎的強勢後設敘事，導致世界上許多國家將伊拉克視為最終的「他者」和對人道主義準則的主要威脅，新疆敘事的目的同樣是為了在西方民眾眼中，合理化針對中國的制裁、軍事壓力或其他手段。在西方世界之外，多種形式的媒體被廣泛用於宣傳這種敘事，尤其是針對穆斯林群體，例如美國駐穆斯林國家大使館的網頁，一直對這項指控給予特別高的宣傳[218]。在穆斯林占多數國家所關注並以其語言發布的臉書、推特（現更名為 X）和其他西方平台頁面和群組中，廣泛流傳著據稱顯示出中國對維吾爾穆斯林少數民族施暴的影片和圖片。作者調查發現，這些影片和圖片沒有一個是真的。其中一些經過修圖軟體後製，而另一些則屬於非維吾爾族東亞人之間的暴力行為，卻似乎是故意想讓人誤會成發生在維吾爾人之間。雖然這些主要針對穆斯林群體的活動遍及全球，但在一些案例當中，聲稱講述維吾爾族受壓迫故事的社群媒體帳戶，就被發現是由中情局退役人士和其他與西方政府關係密切的個人所經營[219]。

傳播虛假內容的一個例子，是 2018 年在穆斯林國家廣為流傳的一段影片；影片內容聲稱一名維吾爾人因持有《可蘭經》

遭到毆打。該段影片實際拍到的是一名印尼員警在毆打一名扒手[220]。一張聲稱是中國公安勒死一名正在做穆斯林禱告的維吾爾族婦女照片，實際上擷取自深圳一名公安制服一名醉酒且有暴力傾向的非維吾爾族婦女影片[221]。最早刊登於《富比士》（Forbes）一張聲稱顯示了維吾爾人遭到強迫勞動的照片，實際上是2010年巴西工廠的工人。《富比士》後來在未公布錯誤的情況下撤換照片[222]。一張顯示一名被縫上眼睛、嘴巴和耳朵男子的照片，同樣被當作描述中國對維吾爾族人的暴行，還經常被用來當作相關文章的封面，但照片實際上是抗議者阿巴斯·阿米尼在2003年，對英國對待尋求庇護者做法表示反感所做的抗議行動[223]。印尼的事實查核機構法新社事實查核（AFP Fact Check）揭穿了其中許多內容，但卻未對輿論造成太深刻的影響。

　　史丹佛大學和總部位於紐約的社群媒體分析公司格萊菲卡公司，於2022年8月進行一項聯合調查，證實西方政府參與傳播此類內容的事實。調查發現，誹謗中國，尤其是誹謗新疆當局，是美國和英國五年來在中東和中亞穆斯林占多數國家社群媒體上，大肆散布假訊息的工作重點。負責人員會假扮成經營獨立媒體的記者，使用人工智慧生成的臉孔在臉書、推特、Instagram（IG）和其他媒體上註冊多個假帳號，製作迷因（meme）圖片和短影片以供分享，並在各個平台上發起標籤串聯活動和線上請願，並「在推特、臉書、Instagram和其他五個社群媒體平台上，操作相互連接的通訊網路。」這樣一來，他們就可以透過相互引用，來支持自己捏造的故事，而以傳播虛假資訊著稱的國家媒體，如自由亞洲電台，則被當成特別重要的資訊來源。針對世界各地使用多種不同語言的受眾，中國還被描繪成對其國家或地區

的威脅,包括「金融帝國主義」。史丹佛大學的研究報告指出:

> 這些帳號—假人和假媒體機構—主要關注新疆「再教育」營中,維吾爾人和穆斯林少數民族遭受的種族滅絕行為。這些貼文描述新疆穆斯林被販賣器官、強迫入獄、對穆斯林婦女的性犯罪和可疑失蹤事件。這些帳號還會發布關於中國共產黨在中國針對婦女的惡劣行徑待遇,並經常將這些故事與家暴新聞連在一起[224]。

對穆斯林群眾宣傳錯誤的新疆敘事,對西方利益具有極大的潛在好處。雖然穆斯林占多數國家的政府,並沒有因為西方宣傳而動搖,但扭轉這些國家境內的輿論方向,就可以對這些國家的政府形成壓力,迫使其降低與中國的聯繫並譴責中國—這與西方國家施加的外部壓力相輔相成。這麼做對西方針對中國的經濟戰、破壞一帶一路倡議的努力以及整體戰略競爭,都將是一大利多。

將中國描繪成世界上最惡劣穆斯林壓迫者,並以此扭轉穆斯林社群的輿論,有可能壯大伊斯蘭極端主義組織的力量,使其尋求對中國發動戰爭。正如詹姆斯敦基金會在 2019 年的報告中指出,有關迫害的報導「繼續為蓋達組織和伊斯蘭國(IS)等聖戰組織提供足夠素材,使其對中國及其海外利益發動實質上的聖戰運動。[225]」新加坡國際政治暴力和恐怖主義研究中心的高級分析師穆罕默德・錫南・席葉奇也指出:「聖戰分子緊咬著中國政府對新疆維吾爾族人的壓迫……試圖找到一個新的反派來幫忙合理化自己的存在」,強調西方的新疆論述「可以被恐怖組織用來召募人員。[226]」外界預測,伊斯蘭主義者攻擊中國海外利益的事件

可能會大幅增加，企業、海外社區和基礎設施計畫，都可能成為攻擊目標[227]。在 2020 年代初期，從巴基斯坦[228]到印尼[229]甚至更遠的地方，都可能看到針對中國利益的恐怖攻擊。

海外維吾爾人伊斯蘭社群媒體網紅阿爾斯藍・希達亞特，就是伊斯蘭極端分子受西方內容影響，而將中國視為伊斯蘭教新敵人的一個明顯案例。他與反北京的激進組織關係密切，並在推特上決心「成為一名更好的極端分子和分裂主義者。[230]」希達亞特支持對新疆非維吾爾人進行種族清洗的呼聲[231]，並在採訪中多次承認，他對新疆的看法在很大程度上是受到西方網路內容（包括社群媒體、阿德里安・曾茲和自由亞洲電台）的影響[232]。包括世界維吾爾代表大會主席烏麥爾・卡納特本人在內的其他知名反北京穆斯林和維吾爾人，在對中國的不當行為做出各種極端指控時，也不斷聲稱他們仰賴的消息來源是「西方媒體的估算」[233]。

捏造新疆敘事，尤其是關於維吾爾人集中營受害者被當成奴隸勞動力的指控，還有一個更進一步的主要好處，那就是成為限制對中貿易的藉口。西方的這類說法出現於 2018 年 12 月，澳洲政府資助的澳大利亞戰略政策研究所、美國政府資助的不同團體，以及許多為它們做事的反北京運動人士，是這項奴工指控的唯一消息來源。隨著中美經濟分歧成為華盛頓的核心目標[234]，美國從 2020 年起愈來愈常以新疆涉嫌強迫勞動為藉口，激化中美之間的經濟紛爭，讓許多分析師認為這是美國實施經濟保護主義的一個新藉口。雖然美國對中國進口商品的任意限制已被裁定為違反世界貿易組織條款[235]，但其關於中國踐踏人權的說法，卻可以用來合理化他們升級經濟戰的手段，同時避免被認為這些舉動涉及任何地緣政治或經濟考量。這就使得貿易限制和其他更嚴重

的經濟戰措施,被描述為利他、基於道義並具有人道主義關懷。

《維吾爾人權政策法》分別於5月14日和27日,在參議院和眾議院獲得批准和通過後,於2020年6月17日被總統唐納·川普簽署生效。該法規定,可對涉嫌侵犯人權的中國個人及其親屬實施制裁[236]。於是在7月,14家中國公司遭受制裁,理由是它們「在中國實施鎮壓、大規模拘留和監視的過程中,涉嫌侵犯和踐踏人權。」另有5家公司因與中國軍方有關聯而受到制裁,另外四家公司因與其他已被制裁公司有業務往來而受到牽連。華盛頓將這些措施定調為:「採取強而有力的果斷行動,打擊那些助長新疆侵犯人權行為,或利用美國技術,助長中國軍事現代化工作從而破壞穩定的實體。[237]」

2020年7月31日,美國財政部和商務部同時對新疆的私人企業、個人和準政府機構實施制裁,其中包括規模龐大的新疆生產建設兵團。11家「在實施侵犯和踐踏人權過程中有所牽連」的公司,被列入商務部實體名單,限制其與美國公司的商務往來。9月14日,美國海關和邊境保護局發布暫扣令(WRO),禁止四家新疆公司所生產的棉花、服裝、美髮用品和電腦零組件。這似乎只是正餐前的開胃小菜,因為局長馬克·摩根告訴記者,他「絕對相信這不會是最後一個」針對中國產品的暫扣令。中國85%的棉花產自新疆;2019年時,美國每年從中國進口的紡織品價值達500億美元。國土安全部副部長肯尼斯·庫奇內利表示,這些貿易限制措施是「在打擊非法和不人道強迫勞動,這是一種現代奴隸制」,並抨擊中國將維吾爾人關押在「集中營」。他補充,這些限制措施也將有利於美國勞工[238]。

9月,美國眾議院還通過了《防止強迫維吾爾人勞動法》,

規定除非美國政府能以「明確且令人信服」的證據證明任何全部或部分在新疆生產的商品不是透過強迫勞動力進行生產，美國法律就應推定它們都是使用強迫勞動力生產的商品，並應比照強迫勞動力生產產品予以處理。這實質上是推定所有與新疆有關的製造商都有罪。該法案還指示政府要正式決議新疆的強迫勞動指控，是否構成危害人類罪。眾議員托馬斯・蘇奧其是眾多呼籲採取相關措施，支持與美國結盟的拉丁美洲國家棉花產業，並以此切斷與中國棉花產業聯繫的人士之一。其他人，如該法案的起草人眾議員吉姆・麥高文，則呼籲採取更進一步的措施[239]。美國各大公司和貿易協會擔心立法會對其供應鏈造成影響，因此進行大量遊說，才擋下該立法。這是好幾個私部門利益與中國利益一致，不像政府出於地緣政治或意識形態動機對中國採取行動的情況之一[240]。儘管當時碰了釘子，該法案還是在 2021 年被重新提出，並在同年 7 月通過立法[241]。

相較於直接宣告展開一場貿易戰，川普政府和拜登政府發動的一場「人道主義經濟戰」其實更有效，因為幾乎所有中國公司都可能被認為是侵犯人權行為的共犯並成為被攻擊的目標，而複雜的供應鏈也就意味著許多產品的部分環節都多少可以被跟新疆扯上關係[xxi]。6 月時，由於各界對於中國在科技部門相較西方對手，成長優勢不斷增加的疑慮漸深，總統拜登就說，中國利用科技「協助鎮壓行動或嚴重侵犯人權行為」，並透過行政命令禁止美國人投資可能支持中國官方監視活動的公司[242]。拜登政府在當月又在禁令名單上，增加了幾家與中國太陽能產業有關的公司──同樣沒有任何不當行為的證據。

2021 年 6 月 24 日，美國以七大工業國組織（G7）主要藉

由清除中國參與來「清理」供應鏈的聯合目標為由，對五家被指控從事強迫勞動的中國實體實施貿易禁令。受該禁令影響的產業包括人工智慧、太陽能和電子產品[243]，它們已經被美國針對了一段時間，有些甚至已經被美國盯上大約十年之久[244]，都因為是以侵犯人權做為藉口，所以避過了包括世貿組織規則在內的國際貿易準則規範。如果華盛頓試圖打壓，幾乎中國經濟的所有領域，都可能被指控為使用了來自新疆的強迫勞動力。2021年12月，隨著中國半導體產業的發展被視為對西方關鍵戰略利益的重大挑戰，有關其供應鏈中使用維吾爾強迫勞動力的指控浮上檯面[245]。2022年7月，當中國電動車開始在西方市場受到重視時，聲稱中國電動車供應鏈使用了新疆奴工的指控就出現了[246]。一些中國公司的回應是向西方記者和高盛、滙豐和摩根大通等大公司的分析師開放生產線，以證明自己的清白[247]，而另一些公司則對華盛

---

xxi 以中國的太陽能產業為例，2021年3月《排除中國太陽能法案》的支持者以新疆涉嫌侵犯人權為藉口，要求美國切斷與中國太陽能產業的往來。參議員馬可・魯比歐曾說：「中國政府已經明確表示，要在中國做生意，就必須拋開美國價值觀。中國共產黨正積極對維吾爾人實施種族滅絕⋯⋯美國納稅人的錢不應該用來助長中共罪行。」參議員瑞克・史考特同樣表示：「報告顯示，許多太陽能公司依賴來自中共新疆省的材料和勞動力，而新疆省以強迫勞動和對維吾爾人的可怕虐待聞名。我的《排除中國太陽能法案》禁止聯邦資金購買來自中共的太陽能板，這向習總書記發出一個明確訊息，那就是美國不會對他的種族滅絕和侵犯人權行為視而不見。」拜登政府在綠能技術方面追趕中國的更大範圍層面努力，和同時注重促進美國國內電動車等產業的發展，與針對太陽能產業的政策方向一致。（'Rubio Joins Scott, Colleagues to Introduce the Keep China Out of Solar Energy Act,' Official Website of Marco Rubio, March 30, 2021.）

頓的專斷行為提起訴訟 [248]。

世界上最大的襯衫製造商之一、總部設在香港的溢達集團（Esquel Group）聘僱了 400 名維吾爾族勞工，其中近 15% 已在該公司工作超過十年以上，並因此深受美國政策之害。溢達董事長楊敏德報告，公司在沒有證據證明其不法行為的情況下被列入實體名單後，受到「毀滅性的傷害」。該公司的情況絕非特例，多家中國公司都受到類似影響。溢達集團因此失去包括耐吉（Nike）、Gap 和 Michael Kors 在內的許多客戶，並被迫關閉工廠和減少營運。為此，溢達集團邀請美國商務部工作人員免費、公開地參觀其新疆工廠，但沒有獲得任何回應。隨後，溢達集團邀請獨立的勞工稽核專家訪問新疆的工廠，並與隨機挑選的維吾爾族工人進行非結構性的訪談，但每次都沒有發現西方消息來源所稱的強迫勞動或脅迫的證據 [249]。值得注意的是，美國運動鞋商 Sketchers 是唯一一家親自調查指控而沒有照單全收的西方大型服裝公司，他們在數年內進行了多次稽核，專門調查新疆的供貨情況，並沒有發現任何證據支持使用強迫勞動的說法。值得注意的是，西方媒體幾乎沒有報導該公司獲得的結論 [250]。

被要求將新疆參與從供應鏈中清除掉的西方企業，遠不止服裝品牌。例如，福斯汽車因被猜測可能使用強迫勞動繼續在新疆經營一家工廠，而遭到批評。西方反中人權運動人士將這種做法，比擬為德國公司在第二次世界大戰期間使用的奴役勞動力，但福斯汽車強調，沒有證據證實這項指控。其他反中人士則進一步聲稱，即使無法證實強迫勞動，西方公司在新疆的存在，本身就意味著默許西方消息來源所指控的人權侵犯行為 [251]。

值得注意的是，多家被針對且遭指控使用強迫勞動力的企業

生產線，自動化程度都非常高，這就使得強迫勞動的指控受到嚴重質疑。高純度多晶矽製造商新疆大全新能源股份有限公司，就是一個著名案例[252]。西方國家宣稱，超過五十萬名維吾爾奴工被用來採摘棉花[253]──由於美國南方和英屬加勒比海地區過去確實曾有過黑奴棉花工[xxii]，因此這項說法在西方人心中產生強烈共鳴─同樣地，分析師普遍認為，考量到棉花產業早已實現自動化採摘，這個說法很荒謬[254]。然而，這項指控卻被當成進一步針對中國業界的藉口。西方媒體的新聞頭條寫著例如，「你的棉質 T 恤很有可能是由維吾爾奴工製造[255]」和「英國企業必須對中國使用維吾爾棉花奴工有所『醒悟』[256]」，加劇了西方大眾施壓 H&M、GAP 和耐奇等大品牌，抵制新疆棉花。中國消費者對加入抵制行動的品牌反彈也相當劇烈，這些品牌本身也在中國遭到抵制，為那些無政治立場的非西方品牌，帶來趁機搶占市場的商機[257]。

2021 年 3 月，歐盟以中國涉嫌在新疆踐踏人權為由對中國實施制裁[258]，導致中國政府針對歐盟官員實施一系列報復性制裁[259]。這些報復性制裁被布魯塞爾認為不可接受，並導致歐洲暫停與北京的一項重要貿易協定，使事態進一步升級[260]。所有西方媒體都指責中國拒絕默默接受歐洲制裁，因為西方世界完全

[xxii] 這些說法也引起熟悉美國監獄強迫勞動人士的強烈共鳴。與新疆不同的是，美國的棉花採摘絕大多數是手工完成，並被廣泛比喻為奴役勞動力。（Benns, Whitney, 'American Slavery, Reinvented,' The Atlantic, September 15, 2021.）（Rashid Johnson, Kevin, 'Prison labor is modern slavery. I've been sent to solitary for speaking out,' The Guardian, August 23, 2018.）

還沒習慣會被自己正在制裁的目標,以相應的制裁手段進行報復[261]。華盛頓是這件爭議主要受益者,他們當初就為了尋求與歐洲統一針對中國的戰線,強烈反對這項貿易協定——捏造暴行讓這個目標距離實現,更靠近一步[262]。

由於美國以未經證實的強迫勞動指控為由,恣意施加禁令,新疆的幾家國際企業因擔心自己可能被列入黑名單,不願雇用維吾爾員工。在西方建立起來的後設敘事導致西方人妄下結論,認為任何維吾爾人從事的工作,都可能是奴役勞動——否則為什麼他或她沒有被關進集中營?事實上,西方採購商有時甚至會詢問在中國的公司,是否雇用了維吾爾員工,並表示傾向獲得否定的回答,以避免海外可能面臨的負面反應[xxiii]。如此一來,西方以人道主義為前提的經濟戰運動,助長私部門對維吾爾人的實際歧視,導致許多維吾爾勞工離開新疆,前往西方審查較少的其他省份就業[xxiv]。

除了限制貿易,一些西方國家的反中強硬派還試圖從新疆種族滅絕的言論中,獲得更多好處。例如有些人聲稱,西方國家不該在氣候變遷議題上繼續與中國合作,理由是如果中國會實施種族滅絕,那麼中國就不可能關心保護地球,也不能指望中國致力於任何形式的建設性合作[263]。具有西方至上主義傾向的政治人物,一再以新疆種族屠殺指控為由,將中國描繪成「邪惡」,並強調必須確保西方主導的全球秩序得以延續,而中國是這一秩序的主要挑戰者。經常被美國總統唐納‧川普轉發推文的極右翼運動人士查理‧柯克,以新疆為藉口呼籲建立「全球反邪惡聯盟」對抗中國。他在 2021 年 4 月說:「我們應該對他們發動網路戰。我們應該制裁中國。他們必須受苦⋯⋯像我們對蘇聯那樣扼殺他們。[264]」這番言論自然是受到中國對西方霸權形成的挑戰所刺

激，因為早在蘇聯解體之時，西方霸權就被認為應該自此再無敵手，所以早在新疆議題被炒作出來之前，西方就已經對中國廣泛存在這種敵意，而種族滅絕論的出現，則成為合理化這種敵意的好用藉口。就在外界認為西方勢力的主要挑戰從伊斯蘭世界轉向中國之時，許多主張對北京採取強硬立場以維護西方主導地位的最激烈支持者，在一夕之間從發表反穆斯林言論，變成支持維吾爾穆斯林的權利[265]。

2021年5月18日，美國眾議院議長南西・裴洛西呼籲[xxv]美國帶領全世界抵制2022年北京冬季奧運。她說：「我們不要

[xxiii] 正如加拿大分析師丹尼爾・鄧布利爾所觀察到的情況：「至於維吾爾人，正在採取的具體措施，比如在沒有任何實際證據的情況下，說新疆製造產品是用奴役勞動力製造而成，從而對其進行制裁─諷刺的是，這反而剝奪了那些維吾爾人的生計。這就造成一種有趣的局面，我現在看到外國的中國觀察人士在抱怨維吾爾人需要到別的省份才能找到工作─他們說這是一種文化種族滅絕，卻絲毫沒有意識到諷刺之處正是西方就是加劇這一問題的推手。」('American/Canadian Propaganda - a Xinjiang "Genocide" Panel,' Daniel Dumbrill (Youtube Channel), March 23, 2021.)

[xxiv] 讓維吾爾人的生活更加艱難，很可能是有意在削減中國政府想讓他們融入社會所付出的努力。西方列強大力鼓吹歧視維吾爾人，並禁止雇用維吾爾勞動力的企業所生產之產品，對維吾爾人的生活水準造成下滑壓力，反過來又會使更多維吾爾人走向激進組織的懷抱─而這個結果就符合西方的利益。華盛頓於2022年6月頒布新的貿易法案，專門針對新疆扶貧計畫施加制裁，更進一步加深這種印象。身為許多關於新疆侵權行為極端指控來源的澳大利亞戰略政策研究所，幫忙西方政府刻意針對當地企業，並點名那些雇用維吾爾人的企業，所以本身也變成許多維吾爾人針對的目標。那些維吾爾人試圖起訴該研究所，要求賠償損失。('Young Uygurs look to sue Australian think tank over report on "forced labour" in Xinjiang,' Global Times, June 20, 2021.)

讓國家元首前往中國,以免他們要向中國政府致敬。」並闡述:「在種族屠殺仍在繼續的情況下,各國元首前往中國—並坐在安排好的座位上時——這實在讓人想問,你們有什麼道德權威在世界上的其他地方再次談論人權問題?」[266] 前國務卿麥克‧龐培歐將 2022 年北京冬奧稱為「種族滅絕奧運」,並與許多西方人士一同呼籲向國際奧林匹克委員會施壓,以種族滅絕指控為由,將奧運移至其他國家舉辦[267]。值得注意的是,《紐約時報》該月還在一篇著名文章的標題中,將 2022 年北京冬奧稱為「北京的種族滅絕奧運」[268]。

新疆種族滅絕的敘事為西方世界呼籲抵制冬奧提供藉口,英國、西班牙、義大利和德國等歐洲國家,帶領歐洲主張採取抵制行動,並獲得數個西方國家民眾的廣泛支持[269]。例如在加拿大 2021 年進行的民調發現,有 54% 的加拿大人支持抵制[270]。歐洲的反中人權運動人士將奧運五環改以帶刺鐵絲網的圓環陳列,呼籲抵制奧運——歐洲議會於 7 月 9 日通過一項不具約束力的抵制動議[271]。

每當西方對手舉辦大型國際體育賽事時,這類以人道主義為前提的運動就很常出現。例如,2014 年 2 月俄羅斯準備舉辦索

[xxv] 中國外交部發言人趙立堅抨擊裴洛西的「謊言和虛假資訊」,聲稱美方害怕來訪國家看到中國「大力發展人權」的景象。在華盛頓,中國大使館發言人劉鵬宇反駁:「我不知道是什麼情況讓一些美國政治人物認為,他們真的擁有所謂的道德權威?在人權問題上,無論是歷史上或是現在,他們都沒有資格肆意對中國進行無端指責。」('Pelosi calls for U.S. and world leaders to boycott China's 2022 Olympics,' Reuters, May 18, 2021.)

契冬奧時，西方國家普遍呼籲將冬奧移至加拿大舉辦，或者西方國家至少要因為俄羅斯被指控不公正的政治和價值體系[272]，對其採取抵制行動。2018 年俄羅斯預計舉辦世界盃足球賽時，英國國會議員呼籲採取行動，以許多相同的藉口迫使國際足總將比賽移師英國[273]。無論是俄羅斯世界盃[274]，還是中國奧運[275]，都被西方評論員廣泛地拿來與納粹德國在 1936 年舉辦夏季奧運相提並論——這提供了西方媒體機構和非政府組織將納粹和中國執政黨比作兩個「種族滅絕政權」的機會。然而在西方世界之外，甚至沒有人提出抵制 2022 年北京冬奧的可能性，再次凸顯西方與更廣泛世界和國際準則的脫節。

抵制奧運絕不可能是西方國家對中國最後一次採取敵對措施，也不可能是西方國家考慮以捏造的新疆種族滅絕為藉口，對中國最後一次採取的敵對措施。值得注意的是，在西方建構出新疆敘事之前，針對中國在西藏踐踏人權的指控，已經成為反對 2008 年北京夏季奧運的藉口，奧運火炬經過的西方城市到處都是抗議者，其中還有許多人試圖攻擊火炬手[276]。據稱在西藏發生的暴行和對天安門廣場大屠殺的記憶，是西方報導本屆奧運的關鍵主題，為當屆奧運蒙上了一層陰影，就像十四年後西方對新疆的報導，也為冬奧蒙上陰影一樣。

隨著中國崛起成為世界最大的經濟體，每年發表更多科學論文[277]、用於新軍備的支出[278]和申請專利數量[279]都超過美國，西方媒體如果沒有用捏造暴行來詆毀中國，才是極不尋常並和歷史趨勢背道而馳的情況。關於新疆暴行、集中營和種族滅絕的指控，出現在 2010 年代中後期，正值中美關係日趨緊張、西方世界對需要對北京當局採取強硬立場的共識日益增強之際。新疆維

吾爾人就是最新的科威特保溫箱嬰兒、最新的在古巴恐怖攻擊中喪生的美國平民、最新的被虎克軍殘害的菲律賓平民，或敘利亞政府化學武器的受害者。他們是被迫走過三座山頭埋葬父親的朴研美、被活生生丟入碎肉機的伊拉克政治異議人士、被坦克碾過的天安門廣場學生，或是被格達費非洲黑人雇傭軍強暴的利比亞婦女。所有這些所謂受害者的共同點是，針對他們的罪行實際上從未發生過，卻仍被大肆宣傳，以製造有利於西方外交政策目標的敘事。新疆敘事是西方數十年來捏造暴行的巔峰，意圖合理化針對對手的敵對措施，並將目標對準一個對西方霸權構成了前所未見強大挑戰的國家。

歷史的前例為我們提供重要的見解，讓我們了解西方在何種條件下（如果有所謂條件的話），最終才可能接受他們在新疆問題上的錯誤主張。美國國務卿柯林‧鮑爾曾在說服全世界，伊拉克大規模毀滅性武器的威脅迫在眉睫方面，發揮核心作用，並故意在聯合國安理會上說出嚴重謊言，他在2003年時曾假設：「我想知道，當我們向伊拉克派駐50萬大軍，從頭到尾將伊拉克搜索一遍卻一無所獲時，會發生什麼事？[280]」他的發言點出了，只有當美國完全控制住伊拉克，超級大國才可能承認其說法有誤，承認伊拉克政府不可能隱瞞任何資訊。在科索沃也是如此，只有在北約軍隊控制該地區之後，明顯是捏造、證據不足的種族滅絕指控，才被承認是虛假言論─但那時也為時已晚，捏造暴行的目的已經完成。根據前例，只有在新疆被西方完全控制，西方才有可能承認其指控的虛假本質─而到了那個時候，中國的清白就會像之前被針對的許多國家一樣，只不過是歷史上的一個註腳。

然而即便到那個時候，用捏造暴行回過頭來合理化西方行動

的可能性,仍然很大。一個值得注意的前例是,英國曾於2004年捏造在伊拉克發現了四十萬人亂葬崗的說法,合理化前一年的非法入侵行動——後來英國承認這個說法完全是錯誤言論[281]。這樣的做法和英國士兵將武器安放在他們殺害的平民身上,聲稱他們是正當攻擊目標的做法,有一些相似之處。無論目標國家的狀態如何,踐踏人權的行為總能被捏造出來,合理化西方行為——無論是合理化當下行為,或是做為事後補充。

捏造新疆暴行最終將繼續深刻地影響西方圍繞著中國的看法和政治敘事,就像本書中提到的捏造暴行,對西方之前的許多目標所造成的影響一樣。然而在新疆的情況下,西方迫使世界上其他國家與其站在同一陣線,針對同一個目標的能力,遭遇前所未見的嚴重限制。這可能標誌著一個轉捩點的出現。由於新疆敘事很可能會繼續使西方世界與國際社會難以調和,因此有可能使支持新疆敘事的西方消息來源聲譽,受到前所未見的損害。包括人權觀察、BBC和自由亞洲電台等西方資訊網路,在新疆問題上投入大量的人力物力,這就意味著,如果將這一敘事炒作得太過頭,而國際社會對這一敘事的接受程度又有限,那麼西方在評論人道主義問題時的國際公信力,很可能會被削弱到無法挽回的地步。如果這種情況成為現實,那麼西方世界未來將更無力塑造全球輿論,以打擊那些反對其霸權和帝國利益行為體的聲譽、經濟和邊界。

註釋

前言

1. Smith, Joanne R. and Haslam, S. Alexander, *Social Psychology: Revisiting the Classic Studies*, London, Sage, 2017 (p. 58).
2. Epstein, Jennifer, "Biden Compares Trump to Goebbels, Saying He's Promoting a 'Lie,'" *Bloomberg*, September 26, 2020.
3. Voltaire, *Questions Sur Les Miracles*, 1765
4. Lonsdal, Sarah, *The Journalist in British Fiction and Film: Guarding the Guardians from 1900 to the Present*, London, Bloomsbury, 2016 (pp. 55–57).
5. 'Bryce Committee's Report on Deliberate Slaughter of Belgian Non-Combatants; German Atrocities Are Proved, Finds Bryce Committee Not Only Individual Crimes, but Premeditated Slaughter in Belgium. Young and Old Mutilated Women Attacked, Children Brutally Slain, Arson and Pillage Systematic. Countenanced By Officers Wanton Firing on Red Cross and White Flag; Prisoners Wounded and Shott. Civilians Used as Shields Proof That Belgians Did Not Fire on Germans at Louvain – Germans Received Kindness. Testimony That Shows Murder and Mutilation of Men, Women and Children Evidence That Germans Had Set Plan of Slaughter and Pillage,' *The New York Times*, May 13, 1915.
6. Lawson, Tom, *The Last Man: The British Genocide in Tasmania*, London, I. B. Tauris, 2014
7. 'The Secret Country: The First Australians Fight Back' (Documentary), British Central Independent Television, 1985.
    Goodwin, Robert, *Spain: The Centre of the World 1519–1682*, London, Bloomsbury, 2015.
    Gady, Franz-Stefan, 'How Portugal Forged an Empire in Asia,' *The Diplomat*, July 11, 2019.
    '"Colonial-era mass grave" found in Potosi, Bolivia,' *BBC News*, July 27, 2014.
    Adamson, John, 'The Reign of Spain was Mainly Brutal,' *The Telegraph*,

December 2, 2002.

8. Chomsky, Noam and Herman, Edward S., *After the Cataclysm: Postwar Indochina & The Reconstruction of Imperial Ideology*, Boston, South End Press, 1979 (p. 25).

9. Chomsky, Noam and Herman, Edward S., *After the Cataclysm: Postwar Indochina & The Reconstruction of Imperial Ideology*, Boston, South End Press, 1979 (p. 25). MacArthur, John R., *Second Front: Censorship and Propaganda in the 1991 Gulf War*, London, University of California Press, 2004 (p. 54).

10. MacArthur, John R., *Second Front: Censorship and Propaganda in the 1991 Gulf War*, London, University of California Press, 2004 (p. 54).

11. Correspondent in Paris, *The Times,* August 28, 1914.

12. MacArthur, John R., *Second Front: Censorship and Propaganda in the 1991 Gulf War,* London, University of California Press, 2004 (p. 52).

13. Ibid (p. 54).

14. Davis, Deborah, *Katharine the Great: Katharine Graham and the Washington post,* New York, Harcourt Brace Jovanovich, 1979 (pp. 137, 138).

15. Bernstein, Carl, 'CIA and the Media,' *Rolling Stone Magazine*, October 20, 1977.

16. Blum, William, *Killing Hope: U.S. Military and C.I.A. Interventions Since World War II*, London, Zed Books, 2003 (p. 42).

17. *Church Committee Final Report, Vol 1: Foreign and Military Intelligence* (p. 455).

18. Ibid (p. 455).

19. Davies, Nick, *Flat Earth News: An Award-Winning Reporter Exposes Falsehood, Distortion and Propaganda in the Global Media,* New York, Vintage, 2009 (p. 228).

20. Bunch, Sonny, 'The CIA funded a culture war against communism. It should do so again.,' *Washington Post,* August 22, 2018.

21. 'Worldwide Propaganda Network Built by the C.I.A.,' *The New York Times,* December 26, 1977.

22. Ibid.

23. Burke, Jason, 'Secret British "black propaganda" campaign targeted cold war enemies,' *The Guardian*, May 14, 2022.

24. Beal, Tim, *North Korea: The Struggle Against American Power,* London, Pluto Press, 2005 (p. 133).Carver, Tom, 'Pentagon plans propaganda war,' *BBC News*, February 20, 2002.

25. 'German journo: European media writing pro-US stories under CIA pressure,' *RT*, October 18, 2014.
26. Ibid.
27. *Libya: Examination of intervention and collapse and the UK's future policy options,* House of Commons Foreign Affairs Committee, Third Report of Session 2016–17, September 14, 2016.
28. Smart, Bridget and Watt, Joshua and Benedetti, Sara and Mitchell, Lewis and Roughan, Matthew, '#IStandWithPutin versus #IStandWithUkraine: The interaction of bots and humans in discussion of the Russia/Ukraine war,' The University of Adelaide, August 20, 2022 (https://arxiv.org/pdf/2208.07038.pdf).
29. 'UNHEARD VOICE: Evaluating five years of pro-Western covert influence operations,' *Graphika* and the *Stanford Internet Observatory Cyber Policy Centre*, August 24, 2022.
30. United States. Congress. Senate. Committee on Armed Services, 'Department of Defense Authorization for Appropriations for Fiscal Year 2012 an the Future Years Defense Program,' March 1, 2011 (p. 199).
    Norton, Ben, 'US Government Admits It's Making Fake Social Media Accounts to Spread Propaganda in Cuba,' *The Real News*, August 27, Fielding, Nick and Cobain, Ian, 'Revealed: US spy operation that manipulates social media,' *The Guardian*, March 17, 2011.
    Norton, Ben, 'US Government Admits It's Making Fake Social Media Accounts to Spread Propaganda in Cuba,' *The Real News*, August 27, 2018.
31. 'Leaked papers allege massive UK govt effort to co-opt Russian-language anti-Kremlin media & influencers to "weaken Russian state",' *RT*, February 18, 2021.31 Sengupta, Kim, 'New British Army unit "Brigade 77" to use Facebook and Twitter in psychological warfare,' *The Independent,* January 31, 2015.
32. Nixon, John, *Debriefing the President; The Interrogation of Saddam Hussein*, London, Bantam Press, 2016 (pp. 204, 205, 220).
33. 'Shaping Saddam: How the Media Mythologized A Monster – Honorable Mention,' *The Yale Review of International Studies,* June 2018.
34. Ibid.
35. Ibid.

36. Milbank, Dana and Deane, Claudia, 'Hussein Link to 9/11 Lingers in Many Minds,' *Washington Post*, September 6, 2003.
37. Swansbrough, Robert, *Test By Fire: The War Presidency Of George W. Bush*, New York, Palgrave Macmillan, 2008 (p. 129).

Intro. 人道主義軍事干預的注意事項：捏造暴行最危險的結果

1. 'Keep Your Laws Off My Body,' *Fox News*, March 3, 2010
2. Thompson, James Westfall, *The Wars of Religion in France, 1559–1576: The Huguenots, Catherine de Medici, Philip II*, New York, Frderick Ungar, 1958.
   Neale, John Ernest, *The Age of Catherine de Medici*, London, J. Cape, 1943 (pp. 100–102).
   Lavisse, Ernest, *L'Histoire de France des origines a la Revolution* [*The History of France from the origins to the Revolution*], Paris, 1983 (Volume 6, Part 1).
   Christensen, Carl C., 'John of Saxony's Diplomacy, 1529–1530: Reformation or Realpolitik?,' *Sixteenth Century Journal*, vol. 15, no. 4, 1984 (pp. 419–430).Nexon, Daniel H., *The Struggle for Power in Early Modern Europe: Religious Conflict, Dynastic Empires & International Change,* Princeton, Princeton University Press, 2009 (pp. 21, 233, 234).
3. Strachan, Hew and Scheipers, Sibylle, *The Changing Character of War,* Oxford, Oxford University Press, 2011 (p. 153).
4. 'Cannibals in North America? Not so much, professor says,' *Fulton Sun*, October 22, 2018.
   Watson, Kelly L., *Insatiable Appetites: Imperial Encounters with Cannibals in the North Atlantic World*, New York, New York University Press, April 24, Handy, Gemma, 'Archaeologists say early Caribbeans were not "savage cannibals", as colonists wrote,' *The Guardian*, April 24, 2018.
   Watson, Kelly L., *Insatiable Appetites: Imperial Encounters with Cannibals in the North Atlantic World*, New York, New York University Press, April 24, 2015.
5. Tuck, Richard, *The Rights of War and Peace: Political Thought and the*

International Order from Grotius to Kant, Oxford, Oxford University Press, 1999 (pp. 73, 74). Antony, Anghie, *Imperialism, Sovereignty and the Making of International Law*, Cambridge, Cambridge University Press, 2004 (p. 22).

6. Heraclides, Alexis, 'Humanitarian Intervention Yesterday and Today,' *European Review of International Studies*, vol. 2, no. 1, Spring 2015 (pp. 15–37).

7. Pisani, Elizabeth, *Indonesia Etc.: Exploring the Improbable Nation*, London, Granta Books, 2014 (p. 17). Hanna, Willard A., *Indonesian Banda: Colonialism and its Aftermath in the Nutmeg Islands*, Philadelphia, Institute for the Study of Human Issues, 1991 (p. 55).

8. Heraclides, Alexis, 'Humanitarian Intervention Yesterday and Today,' *European Review of International Studies*, vol. 2, no. 1, Spring 2015 (pp. 15–37).

9. Tuck, Richard, *The Rights of War and Peace: Political Thought and the International Order from Grotius to Kant*, Oxford, Oxford University Press, 1999 (p. 103).

10. Frankopan, Peter, *The Silk Roads: A New History of the World*, London, Bloomsbury, 2015 (p. 301). Pagani, Catherine, 'Objects and the Press. Images of China in Nineteenth Century Britain' in: Codell, Julie F., *Imperial Co-Histories: National Identities and the British Colonial Press*, Madison, Fairleigh Dickinson University Press, 2003 (p. 160).

11. Frankopan, Peter, *The Silk Roads: A New History of the World*, London, Bloomsbury, 2015 (p. 301).

    Frankopan, Peter, *The Silk Roads: A New History of the World*, London, Bloomsbury, 2015 (p. 301). Pagani, Catherine, *Objects and the Press. Images of China in Nineteenth Century Britain*, in: Codell, Julie F., *Imperial Co-Histories: National Identities and the British Colonial Press*, Madison, Fairleigh Dickinson University Press, 2003 (p. 160).

    Frankopan, Peter, *The Silk Roads: A New History of the World*, London, Bloomsbury, 2015 (p. 301).

12. Simms, Brendan and Trim, David J. B., *Humanitarian Intervention – A History*, Cambridge, Cambridge University Press, 2011 (Chapter 13).

13. Saito, Natsu Taylor, *Meeting the Enemy: American Exceptionalism and International Law*, New York, New York University Press, 2010 (p. 153).

14. Zinn, Howard, *A People's History of the United States: 1492–Present*, New York, Harper Perennial, 2005 (p. 315).
15. Ahmed, Eqbal, 'The Theory and Fallacies of Counter-Insurgency,' *The Nation*, August 2, 1971.
16. Jummel, Rudolph J., *Statistics of Democide: Genocide and Mass Murder Since 1900*, Münster, LIT Verlag, 1998.
    Gates, John M., 'War-Related Deaths in the Philippines, 1898–1902.' *Pacific Historical Review*, 1983.
    Francisco, Luzviminda, *The End of an Illusion*, London, AREAS, 1973.
    San Juan, Epifanio, 'U.S. Genocide in the Philippines: A Case of Guilt, Shame, or Amnesia?,' *Medium*, March 22, 2005.
    Boot, Max, *The Savage Wars of Peace: Small Wars and the Rise of American Power*, New York, Basic Books, 2002 (p. 125).
17. Wolff, Leon, *Little Brown Brother: How the United States Purchased and Pacified the Philippine Islands at the Century's Turn*, New York, History Book Club, 2006 (p. 201).
18. Strachan, Hew and Scheipers, Sibylle, *The Changing Character of War,* Oxford, Oxford University Press, 2011 (Chapter 8: Humanitarian Intervention).
19. Kempster, Norman and Marshall, Tyler, 'NATO OKs New Policing Role,' *Los Angeles Times*, April 25, 1999.
20. Guterres, António, 'Remarks to the Security Council Open Debate on "Maintenance of International Peace and Security: Conflict Prevention and Sustaining Peace",' Official Website of the United Nations, January 10, 2017.
21. Heraclides, Alexis, 'Humanitarian Intervention Yesterday and Today,' *European Review of International Studies*, vol. 2, no. 1, Spring 2015 (p. 31).Thakur, Ramesh, 'Outlook: Intervention, Sovereignty and the Responsibility to Protect: Experiences from ICISS,' *Security Dialogue*, vol. 33, no. 3, 2002 (p. 325).
22. Hass, Richard N., 'World Order 2.0: The Case for Sovereign Obligation,'*Foreign Affairs,* January/February 2017.
23. 'Obama mulled preemptive attack on N. Korea: book,' *Yonhap,* September 12, 2018.Johnson, Jesse, 'Obama weighed pre-emptive strike against North Korea after fifth nuclear blast and missile tests near Japan in 2016, Woodward book claims,'

Japan Times, September 12, 2018.
24. Hass, Richard N., 'World Order 2.0: The Case for Sovereign Obligation,' *Foreign Affairs*, January/February 2017.
25. Durden, Tyler, 'U.S. Special Forces Deployed To 70 Percent of The World In 2016,' *Ron Paul Institute for Peace and Prosperity*, February 11, 2017.
Turse, Nick, 'Special Ops, Shadow Wars, and the Golden Age of the Grey Zone,' *Tom Dispatch*, January 5, 2017.Vine, David, 'The United States Probably Has More Foreign Military Bases Than Any Other People, Nation or Empire in History,' *The Nation*, September 14, 2015.

第一章　冷戰初期的古巴與越南

1. Woodward, Bob, *Bush at War*, New York, Simon & Schuster, 2002 (p. 49).
2. Clarke, Richard A., *Against All Enemies: Inside America's War on Terror*, New York, Free Press, 2004 (p. 30).
3. Clarke, Richard A., 'Interview by Leslie Stahl,' *60 Minutes*, CBS News, March 21, 2004.
4. Clarke, Richard A., *Against All Enemies: Inside America's War on Terror*, New York, Free Press, 2004 (p. 32).
5. Clarke, Richard A., 'Interview by Leslie Stahl,' *60 Minutes*, CBS News, March 21, 2004.
6. Kessler, Glenn, 'U.S. Decision On Iraq Has Puzzling Past,' *Washington Post*, January 12, 2003.
7. Sciolino, Elaine and Tyler, Patrick E., 'Some Pentagon Officials and Advisers Seek to Oust Iraq's Leader in War's Next Phase,' *The New York Times*, October 12, 2001.
8. Bush, George W., Prime Time News Conference, White House, Washington, DC, October 11, 2001.
9. Woodward, Bob, *Bush at War*, New York, Simon & Schuster, 2002 (pp. 99, 167).
10. van der Heide, Liesbeth, 'Cherry-Picked Intelligence. The Weapons of Mass Destruction Dispositive as a Legitimation for National Security in the Post 9/11

Age,' *Historical Social Research,* vol. 38, no. 1, 2013 (pp. 286–307).

11. Hersh, Seymour, 'Selective Intelligence,' *New Yorker,* vol. 79, no. 11, May 12, 2003 (p. 45). Swansbrough, Robert, *Test by Fire: The War Presidency of George W Bush,* New York, Palgrave Macmillan, 2008 (pp. 153, 154)

12. Suskind, Ron, *The Price of Loyalty: George W. Bush, the White House, and the Education of Paul O'Neill,* New York, Simon & Schuster, 2004 (p. 75).

13. Powell, Colin, Testimony before U.S. Senate Foreign Relations Committee, U.S. Senate, Washington DC, January 17, 2001.

14. Rosen, Gary, *The Right War?: The Conservative Debate on Iraq,* Cambridge, Cambridge University Press, 2005 (p. 20).

15. Robin, Corey, 'Grand Designs: How 9/11 Unified Conservatives in Pursuit of Empire,' *Washington Post,* May 2, 2004 (p. B1).

16. Bissell, Richard M., *Reflections of a Cold Warrior: From Yalta to the Bay of Pigs,* New Haven, Yale University Press, 1996 (p. 161).

17. Bamford, James, *Body of Secrets: Anatomy of the Ultra-Secret National Security Agency From the Cold War Through the Dawn of a New Century,* New York, Doubleday, 2001 (p. 83).

18. Ibid. (p. 83).

19. Ibid. (p. 84).
   Feinsilber, Mike, 'Anti-Castro Plots Out Of This World Blaming Cuba For Possible Nasa Mishap Among Proposed Tricks In Early 1960s,' *Spokesman,* November 19, 1997.

20. Bamford, James, *Body of Secrets: Anatomy of the Ultra-Secret National Security Agency From the Cold War Through the Dawn of a New Century,* New York, Doubleday, 2001 (p. 84).

21. Ibid. (p. 84).

22. U.S. Joint Chiefs of Staff, 'Justification for US Military Intervention in Cuba (TS),' Memorandum for the Secretary of Defense, Department of Defense, March 13, 1962 (https://nsarchive2.gwu.edu//news/20010430/northwoods.pdf).
   Weinter, Tim, 'Declassified Papers Show Anti-Castro Ideas Proposed to Kennedy,' *The New York Times,* November 19, 1997.

23. Joint Chiefs of Staff, 'Justification for US Military Intervention in Cuba (TS),'

Memorandum for the Secretary of Defense, Department of Defense, March 13, 1962. (https://nsarchive2.gwu.edu//news/20010430/northwoods.pdf).

24. Ibid.
25. Davies, Steve, *Red Eagles*, Oxford, Osprey, 2008.
26. White, Mark J., *The Kennedys and Cuba: The Declassified Documentary History*, Chicago, Ivan R. Dee, 1999 (p. 113).
27. Joint Chiefs of Staff, 'Justification for US Military Intervention in Cuba (TS),' Memorandum for the Secretary of Defense, Department of Defense, March 13, 1962 (https://nsarchive2.gwu.edu//news/20010430/northwoods.pdf).
28. Bamford, James, *Body of Secrets: Anatomy of the Ultra-Secret National Security Agency From the Cold War Through the Dawn of a New Century*, New York, Doubleday, 2001 (p. 89).
29. Ibid. (p. 89).
30. Ibid. (p. 89).
31. Karnow, Stanley, *Vietnam: A History*, New York, Viking, 1982 (p. 87).
32. McMahon, Robert J., *The Cold War in the Third World*, Oxford, Oxford University Press, 2013 (p. 49).
33. Ngô, Vĩnh Long, *Before the Revolution: The Vietnamese Peasants under the French*, Cambridge, The MIT Press, 1973 (pp. 73, 74).
    Cumings, Bruce, *Parallax Visions: Making Sense of American-East Asian Relations*, Chapel Hill, Duke University Press, 2002 (pp. 83–86).
    Anderson, Benedict, *Imagined Communities: Reflections on the Origin and Spread of Nationalism*, New York, Verso, 1991 (p. 126).
    Pears, Pamela A., *Remnants of Empire in Algeria and Vietnam: Women, Words and War*, Lanham, Lexington Books, 2006 (p. 18).
34. Ngô, Vĩnh Long, *Before the Revolution: The Vietnamese Peasants under the French*, Cambridge, MIT Press, 1973 (pp. 73, 74).
    Cumings, Bruce, *Parallax Visions: Making Sense of American-East Asian Relations*, Chapel Hill, Duke University Press, 2002 (pp. 83–86).
35. Tonnesson, Stein, 'The Haiphong Massacre of 1946 is a severe illustration of empire,' *Southeast Asian Globe*, November 23, 2021.
    Smith, Richard Harris, *OSS: The Secret History of America's First Central*

Intelligence Agency, Berkeley, University of California Press, 1972 (p. 347).

36. 'Algeria buries fighters whose skulls were in Paris museum,' *AP News,* July 5, 2020.Lewis, Norman, *A Dragon Apparent: Travels in Cambodia, Laos, and Vietnam*, London, Jonathan Cape, 1951 (pp. 184, 208).
Rydstrom, Helle, 'Politics of colonial violence: Gendered atrocities in French occupied Vietnam,' *European Journal of Women's Studies*, 2014 (pp. 1–17).
'VụthảmsátMỹTrạch - Nỗiđaunhứcnhốisuốt 66 năm' [My Trach Massacre - Painful Suffering for 66 years], *Da Tri*, November 28, 2013.
'Algeria buries fighters whose skulls were in Paris museum,' *AP News,* July 5, 2020.
37. Rydstrom, Helle, 'Politics of colonial violence: Gendered atrocities in French occupied Vietnam,' *European Journal of Women's Studies*, 2014 (pp. 1–17).
38. Ibid.
39. Ibid.
40. U.S. Pilots Honored For Indochina Service, Embassy of France in the United States, February 24, 2005.
41. Whitfield, Stephen J., *The Culture of the Cold War*, Baltimore, Johns Hopkins University Press, 1996 (pp. 6, 7).
Marder, Murrey, 'When Ike Was Asked to Nuke Vietnam,' *Washington Post*, August 22, 1982.
42. Fall, Bernard, *Hell in a Very Small Place: The Siege of Dien Bien Phu*, New York, Lippincott, 1967 (p. 307).
Parade Magazine, April 24, 1966.
Drummond, Roscoe and Coblentz, Gaston, *Duel at the Brink*, New York, Doubleday, 1960 (pp. 121, 122).
43. Cooper, Chester, *The Lost Crusade: The Full Story of US Involvement in Vietnam from Roosevelt to Nixon*, London, MacGibbon and Kee, 1971 (p. 72).
44. Gravel, Mike, *The Pentagon Papers Volume I,* Boston, Beacon Press, 1971 (p. 78).
45. Dalloz, Jacquez, *La Guerre d'Indochine 1945–1954*, Paris, Seuil, 1987 (pp. 129, 130).
46. Geneva Accords, Agreement on the Cessation of Hostilities in Vietnam, July 20, 1954.

47. Eisenhower, Dwight, *Mandate for Change, 1953–1956; The White House Years*, New York, Doubleday, 1963 (p. 372).

48. Kolko, Gabriel, *Vietnam: Anatomy of a War, 1940–1975*, New York, Harper Collins, 1987 (p. 85).

49. Buttinger, Joseph, *Vietnam: A Dragon Embattled*, Santa Barbara, Praeger, 1967 (p. 993).

    Karnow, Stanley, *Vietnam: A History*, New York, Penguin, 1997 (p. 294).

    Fall, Bernard B., *The Two Viet-Nams*, Santa Barbara, Praeger, 1963 (p. 199).

    Jacobs, Seth, *Cold War Mandarin: Ngo Dinh Diem and the Origins of America's War in Vietnam, 1950–1963*, Lanham, Rowman and Littlefield, 2006 (pp. 100, 147–154).

50. Tucker, Spencer C., *Encyclopedia of the Vietnam War: A Political, Social and Military History*, Oxford, Oxford University Press, 2000 (p. 291).

    Gettleman, Marvin E., *Vietnam: History, documents and opinions on a major world crisis*, Robbinsdale, Fawcett, 1966 (pp. 280–282).

    'South Vietnam: Whose funeral pyre?,' *The New Republic*, June 29, 1963 (p. 9).

    Halberstam, David, 'Diệm and the Buddhists,' *The New York Times*, June 17, 1963.

    Karnow, Stanley, *Vietnam: A History*, New York, Penguin, 1997 (p. 294).

    Jacobs, Seth, *Cold War Mandarin: Ngo Dinh Diem and the Origins of America's War in Vietnam, 1950–1963*, Lanham, Rowman and Littlefield, 2006 (p.91).

    'Diệm's other crusade,' *The New Republic*, June 22, 1963 (pp. 5, 6).

51. McGehee, Ralph W., *Deadly Deceits: My 25 Years in the CIA*, New York, Sheridan Square Publications, 1983 (pp. 131–133).

52. Dooley, Tom, *Three Great Books,* New York, Farrar, Straus and Cudahy, 1960 (pp. 48, 98, 100).

53. Winters, Jim, 'Tom Dooley the Forgotten Hero,' *Notre Dame Magazine*, May 1979 (pp. 10–17).

54. McGehee, Ralph W., *Deadly Deceits: My 25 Years in the CIA*, New York, Sheridan Square Publications, 1983 (p. 133).

55. Ibid. (pp. 127–128).

56. Prados, John, *Operation Vulture*, New York, ibooks, 2002 (pp. 125–127).

57. Stoessinger, John, *Crusaders and Pragmatists*, New York, Norton, 1979 (pp. 183–

96).

Goodwin, Doris Kearns, *Lyndon Johnson and the American Dream,* New York, Harper & Row, 1976 (p. 176).

58. McNamara, Robert S. and Van De Mark, Brian, *In Retrospect: The Tragedy and Lessons of Vietnam,* New York, Vintage Books, 1996 (p. 102).
59. Marolda, Edward J., 'Grand Delusion: U.S. Strategy and the Tonkin Gulf Incident,' *U.S. Naval Institute Naval History Magazine,* vol. 28, no. 4, July 2014.
60. Telephone conversation transcript, Johnson to Mansfield and Johnson to McNamara, June 9, 1964, Lyndon Baines Johnson Presidential Library.
61. Johns, Andrew L., 'Opening Pandora's Box: The Genesis and Evolution of the 1964 Congressional Resolution on Vietnam,' *The Journal of American-East Asian Relations*, vol. 6, no. 2/3, Summer-Fall 1997 (pp. 175–206).

    Unpublished manuscript, William P. Bundy, Papers of William P. Bundy, box 1, Lyndon Baines Johnson Presidential Library, Chapter 13 (pp. 1, 18, 22).

    Johns, Andrew L., 'Opening Pandora's Box: The Genesis and Evolution of the 1964 Congressional Resolution on Vietnam,' *The Journal of American-East Asian Relations*, vol. 6, no. 2/3, Summer-Fall 1997 (pp. 175–206).

    Roberts, Adam, 'The Fog of Crisis: The 1964 Tonkin Gulf Incidents,' *The World Today*, vol. 26, no. 5, May 1970 (p. 213).
62. Lubasch, Arnold, 'Red PT Boats Fire at U.S. Destroyer on Vietnam Duty,' *The New York Times*, August 3, 1964.
63. Scheer, Robert, 'Vietnam: A Decade Later: Cables, Accounts Declassified: Tonkin – Dubious Premise for a War,' *Los Angeles Times,* April 29, 1985.
64. Lehrman, Robert, 'Turning 50: The tragedy of Tonkin Gulf,' *The Hill,* August 1, 2014.
65. Background Information on the Use of U.S. Armed Forces in Foreign Countries, 1975 Revision, By the Foreign Affairs Division, Congressional Research Service, Library of Congress, For the Subcommittee on International Security and Scientific Affairs of the House Committee on International Relations, Washington DC, U.S. Government Printing Office, 1975 (p. 71).
66. Scheer, Robert, 'Vietnam: A Decade Later: Cables, Accounts Declassified: Tonkin – Dubious Premise for a War,' *Los Angeles Times,* April 29, 1985

67. 'Records Show Doubts on '64 Vietnam Crisis,' *The New York Times,* July 14, 2010.
68. Ibid.
69. Hanyok, Robert J., 'Skunks, Bogies, Silent Hounds, and the Flying Fish: The Gulf of Tonkin Mystery, 2–4 August 1964,' *Cryptological Quarterly,* Winter 2000/Spring 2001 (p. 6).
70. Hanyok, Robert J., 'Skunks, Bogies, Silent Hounds, and the Flying Fish: The Gulf of Tonkin Mystery, 2–4 August 1964,' *Cryptological Quarterly,* Winter 2000/Spring 2001 (p. 6).
71. Paterson, Pat, 'The Truth About Tonkin,' *U.S. Naval Institute Naval History Magazine*, vol. 22, no. 1, February 2008.
72. Blum, William, *Killing Hope: U.S. Military and C.I.A. Interventions Since World War II*, London, Zed Books, 2003 (Chapter 19: Vietnam 1950–1973).
    Hanyok, Robert J., 'Skunks, Bogies, Silent Hounds, and the Flying Fish: The Gulf of Tonkin Mystery, 2–4 August 1964,' *Cryptological Quarterly,* Winter 2000/Spring 2001 (p. 6).
73. Lehrman, Robert, 'Turning 50: The tragedy of Tonkin Gulf,' *The Hill,* August 1, 2014.
74. Roberts, Adam, 'The Fog of Crisis: The 1964 Tonkin Gulf Incidents,' *The World Today*, vol. 26, no. 5, May 1970 (pp. 209–217).
75. 'Release of LBJ tapes adds to Tonkin debate,' *The Baltimore Sun,* August 4, 2002.
    'New Tapes Indicate Johnson Doubted Attack in Tonkin Gulf,' *The New York Times,* November 6, 2001.
76. Marolda, Edward J., 'Grand Delusion: U.S. Strategy and the Tonkin Gulf Incident,' *U.S. Naval Institute Naval History Magazine,* vol. 28, no. 4, July 2014.
77. Lehrman, Robert, 'Turning 50: The tragedy of Tonkin Gulf,' *The Hill,* August 1, 2014.
78. Fulbright, J. William, 'Truth Is The First Casualty: The Gulf of Tonkin Affair,' speech to the U.S. Senate, November 10, 1969, S14020.
    Hanyok, Robert J., 'Skunks, Bogies, Silent Hounds, and the Flying Fish: The Gulf of Tonkin Mystery, 2–4 August 1964,' *Cryptological Quarterly,* Winter 2000/Spring 2001 (p. 6).
79. Valentine, Douglas, *The Phoenix Program America's Use of Terror in Vietnam*,

New York, Open Road, 2014.
80. Marolda, Edward J., 'Grand Delusion: U.S. Strategy and the Tonkin Gulf Incident,' *U.S. Naval Institute Naval History Magazine,* vol. 28, no. 4, July 2014.
81. Andrade, Dale and Conboy, Kenneth, 'The Secret Side of the Tonkin Gulf Incident,' *U.S. Naval Institute Naval History Magazine*, vol. 13, no. 4, July/August 1999.
82. Roberts, Adam, 'The Fog of Crisis: The 1964 Tonkin Gulf Incidents,' *The World Today*, vol. 26, no. 5, May 1970 (pp. 209–217).
83. Scheer, Robert, 'Vietnam: A Decade Later: Cables, Accounts Declassified: Tonkin – Dubious Premise for a War,' *Los Angeles Times,* April 29, 1985.
84. Executive Sessions of the Senate Foreign Relations Committee, Historical Series, version XVI, Washington, Government Printing Office, 1988 (p. 293).
Paterson, Pat, 'The Truth About Tonkin,' *U.S. Naval Institute Naval History Magazine*, vol. 22, no. 1, February 2008.
85. Johnson and McNamara recording, August 3, 1964 at 10:30 a.m., recording provided by the, Presidential Recordings Program, Miller Center of Public Affairs, University of Virginia.
86. Scheer, Robert, 'Vietnam: A Decade Later: Cables, Accounts Declassified: Tonkin – Dubious Premise for a War,' *Los Angeles Times,* April 29, 1985.
87. Roberts, Adam, 'The Fog of Crisis: The 1964 Tonkin Gulf Incidents,' *The World Today*, vol. 26, no. 5, May 1970 (pp. 209–217).
88. Ibid. (pp. 209–217).
89. Ibid. (pp. 209–217).
90. Landry, Steven M., '"Reds Driven Off": the US Media's Propaganda During the Gulf of Tonkin Incident,' *The Cupola,* Spring 2020.
91. National Records Center, USFIK 11071 file, box 62/96, G-2 'Staff Study,' February 1949, signed by Lieutenant Colonel B. W. Heckemeyer of Army G-2.
Cumings, Bruce, *Korea's Place in the Sun: A Modern History*, New York, W. W. Norton & Company, 1997 (p. 257).
British Foreign Office, (FO 317), piece no. 76259, Holt to FO, September 2, 1949.
Washington to Canberra, memorandum 953, August 17, 1949.
92. Scheer, Robert, 'Vietnam: A Decade Later: Cables, Accounts Declassified: Tonkin – Dubious Premise for a War,' *Los Angeles Times,* April 29, 1985.

93. Drea, Edward J., 'Tonkin Gulf Reappraisal: 40 Years Later,' *MHQ: The Quarterly Journal of Military History*, vol. 16, no. 4, Summer 2004 (p. 75).
94. McNamara, Robert, *In Retrospect*, New York, Vintage, 1996 (p. 133).
95. Scheer, Robert, 'Vietnam: A Decade Later: Cables, Accounts Declassified: Tonkin – Dubious Premise for a War,' *Los Angeles Times,* April 29, 1985.
96. Ibid.
97. Ibid.
98. Stone, I. F., 'McNamara and Tonkin Bay: The Unanswered Questions,' *New York Review of Books*, March 28, 1968.
99. Johns, Andrew L., 'Opening Pandora's Box: The Genesis and Evolution of the 1964 Congressional Resolution on Vietnam,' *The Journal of American-East Asian Relations*, vol. 6, no. 2/3, Summer-Fall 1997 (pp. 175–206).
Agenda, Executive Committee Meeting, May 24, 1964, 'Meetings on Southeast Asia, vol. 1,' box 18/19, Files of McGeorge Bundy, National Security File, Lyndon Baines Johnson Presidential Library.
100. Johns, Andrew L., 'Opening Pandora's Box: The Genesis and Evolution of the 1964 Congressional Resolution on Vietnam,' *The Journal of American-East Asian Relations*, vol. 6, no. 2/3, Summer-Fall 1997 (pp. 175–206).
Berman, William C., *William Fulbright and the Vietnam War: The Dissent of a Political Realist*, Kent, Kent State University Press, 1988 (p. 22).
101. Johns, Andrew L., 'Opening Pandora's Box: The Genesis and Evolution of the 1964 Congressional Resolution on Vietnam,' *The Journal of American-East Asian Relations*, vol. 6, no. 2/3, Summer-Fall 1997 (pp. 175–206).
102. Ibid. (pp. 175–206).
103. Roberts, Adam, 'The Fog of Crisis: The 1964 Tonkin Gulf Incidents,' *The World Today*, vol. 26, no. 5, May 1970 (pp. 209–217).
104. Buchan, Alastair, 'Questions About Vietnam,' *Encounter*, January 1968.
105. Scheer, Robert, 'Vietnam: A Decade Later: Cables, Accounts Declassified: Tonkin – Dubious Premise for a War,' *Los Angeles Times,* April 29, 1985.
106. Blum, William, *Killing Hope: U.S. Military and C.I.A. Interventions Since World War II*, London, Zed Books, 2003 (Chapter 19: Vietnam 1950–1973).
107. 'Records Show Doubts on '64 Vietnam Crisis,' *The New York Times,* July 14, 2010.

108. 'Congress Approves Gulf of Tonkin Resolution: August 7, 1964,' *Politico,* August 7, 2016.
109. 'New Tapes Indicate Johnson Doubted Attack in Tonkin Gulf,' *The New York Times*, November 6, 2001.
110. Stockdale, Jim and Stockdale, Sybil, *In Love and War: The Story of a Family's Ordeal and Sacrifice During the Vietnam Years*, New York, Harper Collins, 1984 (p. 23).
111. Scheer, Robert, 'Vietnam: A Decade Later: Cables, Accounts Declassified: Tonkin – Dubious Premise for a War,' *Los Angeles Times,* April 29, 1985.
112. Stockdale, Jim and Stockdale, Sybil, *In Love and War: The Story of a Family's Ordeal and Sacrifice During the Vietnam Years*, New York, Harper Collins, 1984 (p. 25).
113. 'John White's Letter to the New Haven Register, 1967,' *Connecticut Magazine*, August 1, 2014.
    Ellsberg, Daniel, *Secrets: A Memoir of Vietnam and the Pentagon Papers*, New York, Viking, 2002 (Chapter One: The Tonkin Gulf: August 1964).
    Burham, Robert, 'False Flags, Covert Operations and Propaganda,' *lulu.com*, 2014 (p. 86).
114. Bamford, James, *Body of Secrets: Anatomy of the Ultra-Secret National Security Agency From the Cold War Through the Dawn of a New Century*, New York, Doubleday, 2001 (p. 91).
115. Carlisle, Rodney, *Encyclopaedia of Intelligence and Counterintelligence,* Abingdon, Routledge, 2005 (p. 357).
116. Blum, William, *Killing Hope: U.S. Military and C.I.A. Interventions Since World War II*, London, Zed Books, 2003 (Chapter 19: Vietnam 1950–1973).
117. Chomsky, Noam, *For Reasons of State,* New York, Pantheon, 1973 (p. 51f).
118. *Washington Post,* March 20, 1982.
119. *Washington Post,* October 21, 1965. *Chicago Daily News,* October 20, 1965.
120. Prouty, L. Fletcher, *The Secret Team: The CIA and its Allies in Control of the World*, New York, Ballantine Books, 1974 (pp. 38, 39).
121. 'Document 95, Lansdale Team's Report on Covert Saigon Mission in 1954 and 1955,' *The Pentagon Papers, Gravel Edition*, vol. 1 (pp. 573–583).

122. Lehrman, Robert, 'Turning 50: The tragedy of Tonkin Gulf,' *The Hill,* August 1, 2014.
123. Becker, Elizabeth, 'Kissinger Tapes Describe Crises, War and Stark Photos of Abuse,' *The New York Times*, May 27, 2004.
124. Hastie, Mark, 'Agent Orange Children Vietnam 2016,' *Vietnam Full Disclosure*, May 13, 2016.
125. 'Vietnam: My Orange Pain' (Documentary), *RT* (Youtube Channel), September 21, 2014.
126. Hughes, Richard, 'The Forgotten Victims of Agent Orange,' *The New York Times*, September 15, 2017.
Steward, Phil, 'U.S. prepares for biggest-ever Agent Orange cleanup in Vietnam,' *Reuters*, October 17, 2018.
127. Chiras, Daniel D., *Environmental science*, Sudbury, Jones & Bartlett, 2009 (p. 499).
128. Grotto, Jason and Jones, Tim, 'Agent Orange's lethal legacy: Defoliants more dangerous than they had to be,' *Chicago Tribune*, December 17, 2009.
129. Gabrial Mestrovic, Sejepan, *Rules of Engagement?: A Social Anatomy of an American War Crime – Operation Iron Triangle, Iraq*, New York, Algora Publishing, 2008 (p. 159).
130. Taylor, Telford, *Nuremberg and Vietnam*, New York, Quadrangle Books, 1970 (p. 103).
131. Brownmiller, Susan, *Against Our Will: Men, Women and Rape*, New York, Fawcett Books, 1975 (p. 109).
132. Vietnam Veterans Against the War, *The Winter Soldier Investigation: An Inquiry into American War Crimes*, Boston, Beacon Press, 1972.
133. Anderson, Elizabeth. '"An Everyday Affair": Violence Against Women during the Vietnam War,' The University of Texas at Austin, May 2020.
Vietnam Veterans Against the War, *The Winter Soldier Investigation: An Inquiry into American War Crimes*, Boston, Beacon Press, 1972.
134. Kifner, John, 'Report on Brutal Vietnam Campaign Stirs Memories,' *The New York Times* December 28, 2003.
135. Brownmiller, Susan, *Against Our Will: Men, Women and Rape*, New York, Fawcett Books, 1975 (p. 109).

136. Kamienski, Lukasz, 'The Drugs That Built a Super Soldier,' *The Atlantic*, April 8, 2016.

137. Kamienski, Lukasz, *Shooting Up; A History of Drugs in Warfare*, London, C. Hurst, 2016 (p. 188).

138. Ibid. (pp. 189–190).

139. Ibid. (p. 189).

140. Turse, Nick, *Kill Everything That Moves: The Real American War in Vietnam*, London, Picador, 2014 (p. 167).

141. Bilton, Michael and Sim, Kevin, *Four Hours in My Lai: A War Crime and its Aftermath*, London, Viking, 1992 (p. 81).

142. Anderson, Elizabeth, '"An Everyday Affair": Violence Against Women during the Vietnam War,' The University of Texas at Austin, May 2020.

143. Hess, Martha, *Then Americans Came: Voices From Vietnam*, New York, Four Walls Eight Windows, 1993 (pp. 140, 147).

144. Vietnam Veterans Against the War, *The Winter Soldier Investigation: An Inquiry into American War Crimes*, Boston, Beacon Press, 1972.
Anderson, Elizabeth, '"An Everyday Affair": Violence Against Women during the Vietnam War,' The University of Texas at Austin, May 2020.
Bourke, Joanna. *Rape: A History from 1860 to the Present Day*. London: Virago Press, 2007 (p. 367).

145. Anderson, Elizabeth, '"An Everyday Affair": Violence Against Women during the Vietnam War,' The University of Texas at Austin, May 2020.

146. Lang, Daniel, 'Casualties of War,' *The New Yorker*, October 10, 1969.

147. Bourke, Joanna. *Rape: A History from 1860 to the Present Day*, London, Virago Press, 2007 (p. 366).

148. Meger, Sarah, *Rape Loot Pillage: The Political Economy of Sexual Violence in Armed Conflict*, Oxford, Oxford University Press, 2016 (pp. 60, 61).
Askin, Kelley Dawn, *War Crimes Against Women: Prosecution in International War Crimes Tribunals*, The Hague, Kluwar Law International, 1997 (p. 50).

149. Anderson, Elizabeth, '"An Everyday Affair": Violence Against Women during the Vietnam War,' The University of Texas at Austin, May 2020.

150. Vietnam Veterans Against the War, *The Winter Soldier Investigation: An Inquiry*

into American War Crimes, Boston, Beacon Press, 1972.

151. Denvir, Daniel, 'The Secret History of the Vietnam War' (Interview with Nick Turse), *Vice News*, April 17, 2015.

152. Belknap, Michal R. *The Vietnam War on Trial: The My Lai Massacre and the Court-Martial of Lieutenant Calley*, Lawrence, University Press of Kansas, 2002 (p. 68).

Greiner, Bernd, *War Without Fronts: The USA in Vietnam*, New Haven, Yale University Press, 2009 (pp. 152–159).

Anderson, Elizabeth, '"An Everyday Affair": Violence Against Women during the Vietnam War,' The University of Texas at Austin, May 2020.

153. Baker, Mark. *NAM: The Vietnam War in the Words of the Men and Women Who Fought There,* New York, First Cooper Square Press, 2001 (p. 210).

154. Kendall, Bridget, *The Cold War; A New Oral History of Life Between East and West*, London, BBC Books, 2017 (p. 305).

155. 'South Vietnam, After 30 Years of War, Is Land of Widespread Disease, U.N. Group Says,' *The New York Times*, March 21, 1976.

156. de Beer, Patrice, *Le Monde*, January 26–28, 1976.

157. Turse, Nick and Nelson, Deborah, 'Civilian Killings Went Unpunished,' *Los Angeles Times*, August 6, 2006.

158. Hess, Martha, *Then Americans Came: Voices From Vietnam*, New York, Four Walls Eight Windows, 1993 (p. 84).

159. Bishop, Ryan and Robinson, Lilian, *Night Market*, New York, Routledge, 1998 (p. 98).

Holcomb, Briavel, and Turshen, Meredeth, *Women's Lives and Public Policy: The International Experience*, Westport, Greenwood Press, 1993 (p. 134).

Gay, Jill, 'The "Patriotic Prostitute",' *The Progressive*, February 1985 (p. 34).

Osornprasop, Sutayut, 'Amidst the Heat of the Cold War in Asia: Thailand and the American Secret War in Indochina (1960–1974),' *Journal of Cold War History*, vol. 7, no. 3, 2007 (pp. 349–371).

Rhodes, Richard, 'Death in the Candy Store,' *Rolling Stone*, November 28, 1991 (pp. 65–67).

160. Luong, Hy V, *Postwar Vietnam: dynamics of a transforming society*, Lanham,

Rowman & Littlefield, 2003 (p. 3).

161. Chomsky, Noam and Herman, Edward S., *After the Cataclysm: Postwar Indochina &The Reconstruction of Imperial Ideology*, Boston, South End Press, 1979 (p. 66).
162. Ibid. (pp. 16, 61).
163.
164.
165. Chomsky, Noam and Herman, Edward S., *After the Cataclysm: Postwar Indochina &The Reconstruction of Imperial Ideology*, Boston, South End Press, 1979 (p. 28).
166. Ibid. (p. 29).
167. Sperling Jr., Godfrey, 'Will Saigon become election issue?,' *Christian Science Monitor*, April 21, 1975.
168. Chomsky, Noam and Herman, Edward S., *After the Cataclysm: Postwar Indochina &The Reconstruction of Imperial Ideology*, Boston, South End Press, 1979 (p. 6).
169. Ibid. (p. 296).
170. Ibid. (p. 296).
171. Chomsky, Noam and Herman, Edward S., *After the Cataclysm: Postwar Indochina &The Reconstruction of Imperial Ideology*, Boston, South End Press, 1979 (p. 24).
172. Chomsky, Noam and Herman, Edward S., *The Political Economy of Human Rights, Volume II*, Montreal, Black Rose Books, 1979 (p. 27).
173. Vietnam and the Press in: Congressional Hearings: Hearings before the Subcommittee on International Organizations ofthe Committee on International Relations, House of Representatives, Ninety-Fifth Congress, First Session, Washington DC, U.S. Government Printing Office, 1978 (Appendix 7).
174. Braid, Don, 'Viets "pray for war",' *Montreal Star*, March 26, 1977.
175. Chomsky, Noam and Herman, Edward S., *After the Cataclysm: Postwar Indochina &The Reconstruction of Imperial Ideology*, Boston, South End Press, 1979 (p. 108).
176. Vietnam and the Press in: Congressional Hearings: Hearings before the Subcommittee on International Organizations ofthe Committee on International Relations, House of Representatives, Ninety-Fifth Congress, First Session, Washington DC, U.S. Government Printing Office, 1978 (Appendix 7).
177. 'Harvest in Vietnam,' *Wall Street Journal*, April 21, 1977.
178. Chomsky, Noam and Herman, Edward S., *After the Cataclysm: Postwar Indochina*

&*The Reconstruction of Imperial Ideology*, Boston, South End Press, 1979 (pp. 107–111).
179. Martin, Earl, 'The New Vietnam: An Opposing View,' *The New York Review of Books*, May 12, 1977.
180. Chomsky, Noam and Herman, Edward S., *After the Cataclysm: Postwar Indochina &The Reconstruction of Imperial Ideology*, Boston, South End Press, 1979 (p. 111).
181. Ibid. (p. 114).
182. Ibid. (p. 111).
183. *CBS News*, October 5, 1979.
Browning, Jim, 'Repression in Vietnam growing?,' *Christian Science Monitor*, October 6, 1979.
'Vietnam's "Gulag Archipelago",' *Christian Science Monitor*, October 10, 1979.
Fitchett, Joseph, 'Saigon Residents Found Intimidated by "Occupation Force",' *Washington Post*, November 6, 1978.
184. Chomsky, Noam and Herman, Edward S., *After the Cataclysm: Postwar Indochina &The Reconstruction of Imperial Ideology*, Boston, South End Press, 1979 (pp. 115–116, 332–333).
185. *Vietnam South East Asia International*, October–December 1978.
186. Chomsky, Noam and Herman, Edward S., *After the Cataclysm: Postwar Indochina &The Reconstruction of Imperial Ideology*, Boston, South End Press, 1979 (pp. 81, 82).
187. Ibid. (pp. 92–93).
188. Ibid. (pp. 95–96).
189. Ibid. (pp. 88–91).
190. Ibid. (p. 90).

第二章　韓戰

1. Breen, Michael, 'Syngman Rhee: president who could have done more,' *The Korea Times*, November 2, 2011.

2. 'The Background of the Present War in Korea,' *Far Eastern Economic Review*, August 31, 1950.
Cumings, Bruce, *The Korean War: A History*, New York, Modern Library, 2010 (p. 189).

3. Kim, Seong Nae, 'The Cheju April Third Incident and Women: Trauma and Solidarity of Pain,' paper presented at the Cheju 4.3 Conference, Harvard University, April 24– 26, 2003.
Cumings, Bruce, *The Korean War: A History*, New York, Modern Library, 2010 (p. 119).

4. Nichols, Donald, *How Many Times Can I Die?*, Brooksville, Brooksville Printing, 1981 (pp. 119, 120).

5. Cumings, Bruce, *The Korean War: A History*, New York, Modern Library, 2010 (p. 189).
Hanley, Charles J. and Change, Jae-Soon, 'Summer of Terror: At least 100,000 said executed by Korean ally of U.S. in 1950,' *The Asia-Pacific Journal*, vol. 7, issue 7, July 2008.

6. " 최소 60 만명 , 최대 120 만명 !' ['More than 600,000, less than 1,200,000!'], *Hankyoreh*, June 20, 2001.

7. Kim, Monica, *The Interrogation Rooms of the Korean War; The Untold History*, Princeton, Princeton University Press, 2019 (pp. 231, 232, 236).
Kim, Seong Nae, "The Cheju April Third Incident and Women: Trauma and Solidarity of Pain," paper presented at the Cheju 4.3 Conference, Harvard University, April 24–26, 2003.
Nichols, Donald, *How Many Times Can I Die?*, Brooksville, FL, Brooksville Printing, 1981 (pp. 119–120).

8. Rhee quoted by president of United Press International Hugh Baillie in: Baillie, Hugh, *High Tension: the Recollections of Hugh Baillies*, London, Thomas Werner Laurie, 1960.
MacDonald, Callum, '"So terrible a liberation" – The UN occupation of North Korea,' *Bulletin of Concerned Asian Scholars*, no. 23, vol. 2 (pp. 3–19).

9. *The Times* (UK), December 18, 21 and 22, 1950.
Cumings, Bruce, *The Korean War: A History*, Modern Library Edition, 2010 (pp.

168, 181).

10. Stone, I. F., *The Hidden History of the Korean War* (Chapter 16: Reversal on the Parallel).
11. Hanley, Charles J. and Choe, Sang Hun and Mendoza, Martha, *The Bridge at No Gun Ri: A Hidden Nightmare from the Korean War*, New York, Henry Holt and Company, 2001 (p. 169).
12. Nichols, Donald, *How Many Times Can I Die?* Brooksville, FL, Brownsville Printing Co., 1981.
13. Cumings, Bruce, *The Korean War: A History*, Modern Library Edition, 2010 (p. 177).
14. Rifas, Leonard, *Korean War Comic Books*, Jefferson, McFarland & Co., 2021 (pp. 152, 153).
15. Shaines, Robert A., *Command Influence: A story of Korea and the politics of injustice*, Denver, CO, Outskirts Press, 2010 (p. 54).
16. '"Kill 'Em All": American War Crimes in Korea' (Documentary), *Timewatch*, February 1, 2002.
    Hanley, Charles J., 'No Gun Ri: Official Narrative and Inconvenient Truths,' *Critical Asian Studies*, vol. 42, issue 4, 2010 (pp. 589–622).
17. Kim, Dong-Choon, 'Forgotten war, forgotten massacres – the Korean War (1950– 1953) as licensed mass killings,' *Journal of Genocide Research*, vol. 6, issue 4, December 2004 (pp. 523–544).
18. Hanley, Charles J., *Ghost in Flames: Lift & Death in a Hidden War, Korea 1950–53*, New York, Public Affairs, 2020 (p. 281).
19. Ibid (p. 290).
20. Ibid (p. 284).
21. 'Koreans Watch U. N. Murder Trial as Test of Curb on Unruly Behavior,' *The New York Times*, August 21, 1951.
22. Kim, Dong-Choon, 'Forgotten war, forgotten massacres – the Korean War (1950–1953) as licensed mass killings,' *Journal of Genocide Research*, vol. 6, issue 4, December 2004 (pp. 523–544).
    Chossudovsky, Michael, Presentation to the Japanese Foreign Correspondents Club on U.S. Aggression against the People of Korea, Tokyo, August 1, 2013 (https://

off- guardian.org/2017/05/08/video-u-s-crimes-of-genocide-against-korea/).

Hynes, Patricia, 'The Korean War: Forgotten, Unknown and Unfinished,' *Truthout*, July 12, 2013.

Cumings, Bruce, *The Korean War: A History*, New York, Modern Library, 2010 (p. 154).

Report on U.S. Crimes in Korea, Commission of International Association of Democratic Lawyers, March 31, 1952 (p. 21).

23. Brower, Charles F., *George C. Marshall: Servant of the American Nation,* New York, Palgrave Macmillan, 2011 (Chapter 6: Fighting the Force Problem: George C. Marshal and Korea).

Foreign Relations of the United States 1951, Vol. VII (pp. 667, 668, 881–882, 1106–1109).

Foreign Relations of the United States 1952–1954, Vol. IV (p. 1068).

Foot, Rosemary, *The Wrong War*, Ithaca, Cornell University Press, 1985 (pp. 148–153, 176).

Hermes, Walter, *Truce Tent and Fighting Front,* Washington, Department of the Army, 1966 (pp. 56, 107).

Pogue, Forrest C., *George C. Marshall, Volume 4: Statesman, 1945–1959,* New York, Viking, 1987 (p. 488).

Levine, Alan J., *Stalin's Last War; Korea and the Approach to World War III*, Jefferson, McFarland & Company, 2005 (pp. 208, 277, 278, 280, 283, 284).

G-3 381 Pacific, G-3 Staff Study, 'Capability of U.S. Army to Implement CINCUNC Operations Plan,' ca. 21, Jan 53.

BBC Summary, Far East, No. 221, January 23, 1953.

Congressional Record: Proceedings and Debates of the 86th Congress, vol. 105, part 7, May 20–June 4, 1959 (p. 8703).

Futrell, Robert Frank, *The United States Air Force in Korea, 1950–1953,* Washington DC, Office of Air Force History, 1983 (p. 667).

24. Stone, I. F., *Hidden History of the Korean War*, Amazon Media, 2014 (Chapter 24: The China Lobby Responds).

Merrill, Frank J., *A Study of the Aerial Interdiction of Railways During the Korean War*, Normanby Press, 2015 (Chapter V).

25. Acheson, Dean G, *Present at the Creation: My Years in the State Department*, London, W. W. Norton, 1969 (pp. 463, 464).

    Far Eastern Air Forces HQ to MacArthur, 8 November 1950, RG 6 Far East Command Box 1, General Files 10, Correspondence Nov-Dec 1950, MacArthur Memorial Library.

    Acheson, Dean G., *Present at the Creation: My Years in the State Department*, London, W. W. Norton, 1969 (pp. 463, 464).

26. Stone, I. F., *Hidden History of the Korean War*, Amazon Media, 2014 (Chapter 24: The China Lobby Responds).

    Far Eastern Air Forces HQ to MacArthur, 8 November 1950, RG 6 Far East Command Box 1, General Files 10, Correspondence Nov-Dec 1950, MacArthur Memorial Library.

    Stone, I. F., *Hidden History of the Korean War*, Amazon Media, 2014 (Chapter 6: Time War Short).

27. Ibid (Chapter 45: Atrocities to the Rescue).

28. Ibid (Chapter 13: MacArthur's Blank Check).
    Time, October 6, 1950.

29. Stone, I. F., *Hidden History of the Korean War*, Amazon Media, 2014 (Chapter 4: The Role of John Foster Dulles).

30. LaFeber, Walter, *America, Russia, and the Cold War*, New York, John Wiley, 1976 (p. 100).

31. For a detailed assessment see: Abrams, A. B., *Immovable Object: North Korea's 70 Years At War with American Power*, Atlanta, Clarity Press, 2020 (Chapter 2: Strategic Implications of the Korean War's Outbreak)

32. Stone, I. F., *Hidden History of the Korean War*, Amazon Media, 2014 (Chapter 45: Atrocities to the Rescue).

33. Ibid (Chapter 45: Atrocities to the Rescue).

34. *The New York Times,* November 11, 1951.

35. Stone, I. F., *Hidden History of the Korean War*, Amazon Media, 2014 (Chapter 45: Atrocities to the Rescue).

36. Ibid (Chapter 45: Atrocities to the Rescue).
    Evening Herald, November 10, 1951.

La Crosse Tribune, November 10, 1951.

37. Stone, I. F., *Hidden History of the Korean War*, Amazon Media, 2014 (Chapter 45: Atrocities to the Rescue).
38. *The New York Times,* November 12, 1951.
39. Ibid, November 12, 1951.
40. *Evening Star*, November 16, 1951.
41. The Commander in Chief, Far East (Ridgway) to the Chief of Staff, United States Army, Tokyo, November 17, 1951, Foreign Relations of the United States, 1951, Korea and China, Volume VII, Part 1, Document 720.
42. Stone, I. F., *Hidden History of the Korean War*, Amazon Media, 2014 (Chapter 45: Atrocities to the Rescue).
43. Ibid (Chapter 45: Atrocities to the Rescue).
44. Rifas, Leonard, *Korean War Comic Books,* Jefferson, McFarland, 2021 (pp. 151, 152).
45. 462nd Plenary Meeting, United Nations General Assembly, Eighth Session, Official Records, November 30, 1953 (p. 353).
    Altavista Journal, vol. 43, no. 1, December 1951 (p. 13).
    Stone, I. F., *Hidden History of the Korean War*, Amazon Media, 2014 (Chapter 46: Weird Statistics).
46. Ibid (Chapter 46: Weird Statistics).
47. Ibid (Chapter 46: Weird Statistics).
48. *Washington Times-Herald*, November 17, 1951.
49. Hastings, Max, *The Korean War*, New York, Simon and Schuster, 1987 (p. 298).
50. Ibid (p. 298).
51. Ibid (p. 298).
52. Cumings, Bruce, *Origins of the Korean War: Liberation and the Emergence of Separate Regimes, 1945–1947, Volume 1*, Seoul, Yeogsabipyeongsa Publishing, 2004 (pp. 702, 703).
53. Deane, Hugh, *The Korean War, 1945–1953*, San Francisco, China Books and Periodicals, 1999 (p. 164).
54. Stone, I. F., *Hidden History of the Korean War*, Amazon Media, 2014 (Chapter

45: Atrocities to the Rescue) and (Chapter 46: Weird Statistics).
55. Sayre, George, 950774-RECAP-K, Intelligence Document File, Assistant Chief of Staff, G-2, Intelligence, Box 1025, RG 0319 Army Staff, National Archives, College Park.
56. Kim, Monica, *The Interrogation Rooms of the Korean War; The Untold History*, Princeton, Princeton University Press, 2019. (p. 330).
57. Paschall, Rod, *Witness to War: Korea*, New York, Perigee Trade, 1995 (p. 173).
58. Adams, Clarence, *An American Dream: The Life of an African American Soldier and POW Who Spent Twelve Years in Communist China*, Amherst, University of Massachusetts Press, 2007, (p. 56).
59. Deane, Hugh, *Good Deeds & Gunboats*, San Francisco, China Books & Periodicals, 1990 (Chapter 22).
60. Winnington, Alan and Burchett, Wilfred, *Plain Perfidy, The Plot to Wreck the Korea Peace*, Britain-China Friendship Association, 1954 (p. 19).
61. Mayer, William E., *Beyond the Call: Memoirs of a Medical Visionary, Volume 1*, Albuquerque, Mayer Publishing Group International, 2009 (p. 350).
62. Kim, Monica, *The Interrogation Rooms of the Korean War; The Untold History*, Princeton, Princeton University Press, 2019. (p. 338).
63. Martin, Harold M., 'They Tried to Make Our Marines Love Stalin,' *Saturday Evening Post*, August 25, 1951.
64. Kim, Monica, *The Interrogation Rooms of the Korean War; The Untold History*, Princeton, Princeton University Press, 2019. (p. 335).
65. Ibid (pp. 205, 206).
66. Ibid (p. 306).
67. Deane, Hugh, *The Korean War, 1945–1953*, San Francisco, China Books and Periodicals, 1999 (p. 166).
68. Burr, Robert Williamm (2nd Inf div. 38th inf. Reg, 2nd battalion, Company E), Korean War Veterans' Survey Questionnaire, Military History Institute Archives, Carlisle, Pennsylvania.
69. Glenn Gray, Jesse, *The Warriors, Reflections of Men in Battle*, Winnipeg, Bison Books, 1998 (p. 150).
Munro, Victoria, *Hate Crime in the Media, A History*, Santa Barbara, Praeger, 2014

(pp. 42, 43).

70. Fenton, Ben, 'American Troops Murdered Japanese Pows,' *The Telegraph*, August 6, 2005.

    Munro, Victoria, *Hate Crime in the Media, A History*, Santa Barbara, Praeger, 2014 (p. 44).

    Krammer, Arnold, 'Japanese Prisoners of War in America,' *Pacific Historical Review*, vol. 52, no. 1, 1983 (p. 70).

    Hastings, Max, *Nemesis: The Battle for Japan*, New York, Harper Perennial, 2008 (pp. 173, 174).

71. Kim, Monica, *The Interrogation Rooms of the Korean War; The Untold History*, Princeton, Princeton University Press, 2019 (p. 93).

72. Ibid (p. 87).

73. Ibid (pp. 112–115).

    Case file #104, Box 5, POW Incident Investigation Case Files, 1950–53, Office of the Provost Marshal, Office of the Assistant Chief of Staff, G-1, Headquarter, U.S. Army Forces, Far East, 1952–57, Record Group 554, NARA, College Park, Maryland.

74. Kim, Monica, *The Interrogation Rooms of the Korean War; The Untold History*, Princeton, Princeton University Press, 2019. (pp. 83, 84).

75. Typed unpublished manuscript, Box 7, Haydon Boatner Collection, Hoover Institution Archives.

    Kim, Monica, *The Interrogation Rooms of the Korean War; The Untold History*, Princeton, Princeton University Press, 2019 (pp. 204, 205).

76. Deane, Hugh, *The Korean War, 1945–1953*, San Francisco, China Books and Periodicals, 1999 (p. 166).

77. Toland, John, *In Mortal Combat: Korea, 1950–1953*, New York, William Morrow, 1991.

    Deane, Hugh, *The Korean War, 1945–1953*, San Francisco, China Books and Periodicals, 1999 (p.170).

78. Ibid (p. 178).

79. Ibid (p. 176).

80. Ibid (p. 177).

81. Williams, Peter and Wallace, David, *Unit 731; Japan's Secret Biological Warfare in World War II*, The Free Press (British edn.), 1989 (pp. 385–387).
    Winnington, Alan and Burchett, Wilfred, *Plain Perfidy, The Plot to Wreck the Korea Peace*, Britain-China Friendship Association, 1954 (Chapter 10).
82. Deane, Hugh, *The Korean War, 1945–1953*, San Francisco, China Books and Periodicals, 1999 (p. 176).
83. Ibid (p. 177).
84. Hastings, Max, *The Korean War*, New York, Simon and Schuster, 1987 (Chapter 17: The Pursuit of Peace, Part 1, Koje-do).
85. Deane, Hugh, *The Korean War, 1945–1953*, San Francisco, China Books and Periodicals, 1999 (p. 166).
86. Winnington, Alan and Burchett, Wilfred, *Plain Perfidy, The Plot to Wreck the Korea Peace*, Britain-China Friendship Association, 1954 (p. 9).
87. Meeting dated January 2, 1952. Minutes of Meetings of Subdelegates for Agenda Item 4 on Prisoners of War, 12/11/1951–02/06/1952; Korean Armistice Negotiation Records; Secretary, General Staff; Headquarters, United Nations Command (Advance); Record Group 333; National Archives, College Park.
    Kim, Monica, *The Interrogation Rooms of the Korean War; The Untold History*, Princeton, Princeton University Press, 2019 (p. 8).
88. Jager, Shella Miyoshi, *Brothers at War: The Unending Conflict in Korea*, London, Profile Books, 2013 (p. 205).
89. Memorandum of Conversation by the Deputy Assistant Secretary of State for Far Eastern Affairs, 'U.S. Position on Forcible Repatriation of Prisoners of War,' February 27, 1952, Top Secret, Top Secret, *Foreign Relations of the United States*, 1952–1954, vol. 15, part 1 (p. 69).
90. Kim, Monica, *The Interrogation Rooms of the Korean War; The Untold History*, Princeton, Princeton University Press, 2019 (pp. 107, 128).
91. Ibid (pp. 107, 128).
92. Ibid (p. 99).
93. Document: Overall Strategic Concept for our Psychological Operations, May 7, 1952, Folder: 091.412, File #2, 'The Field and Role of Psychological Strategy in Cold War Planning,' Box 15, SMOF: Psychological Strategy Board files, Papers

of Harry S. Truman, Harry S. Truman Presidential Library Archives.

94. Schmitt, Carl, *The Nomos of the Earth in the International Law of the Jus Publicum Europaeum*, New York, Telos Press, 2003 (p. 419).

95. Roberts, Adam, 'NATO's "Humanitarian War" on Kosovo,' *Survival*, vol. 41, no. 3, Autumn 1999 (pp. 102-123).
'Bush Renews Vow to "Free" Iraqi People,' *The New York Times*, April 1, 2003.
Hong, Adrian, 'How to Free the North Korean People,' *Foreign Policy*, Dec. 19, 2011.
Zenko, Micah, 'The Big Lie About the Libyan War,' *Foreign Policy*, March 22, 2016.
Marks, Jesse and Pauley, Logan, 'America Must Find New Ways to Protect Syrian Civilians,' *National Interest*, November 20, 2018.

96. Deane, Hugh, *The Korean War, 1945-1953*, San Francisco, China Books and Periodicals, 1999 (p. 167).

97. Thimayya, Kodendera Subayya, *Experiment in Neutrality*, New Delhi, Vision Books, 1981 (p.113).
Kim, Monica, *The Interrogation Rooms of the Korean War; The Untold History*, Princeton, Princeton University Press, 2019 (pp. 278, 281).

98. Carruthers, Susan Lisa, *Cold War Captives: Imprisonment, Escape and Brainwashing*, Oakland, University of California Press, 2009 (p. 125).

99. Westad, Odd Arne, *The Cold War; A World History*, London, Allen Lane, 2017 (p. 180).
Peters, Richard and Li, Xiaobing, *Voices from the Korean War: Personal Stories of American, Korean and Chinese soldiers*, Lexington, University Press of Kentucky, 2005 (pp. 244, 245).

100. Muccio to Secretary of State, May 12, 1952, Top Secret, *Foreign Relations of the United States*, 1952-1954, vol. 15, part 1 (p. 192).

101. Memorandum by P. W. Manhard of the Political Section of the Embassy to the Ambassador in Korea, Secret, March 14, 1952, *Foreign Relations of the United States*, 1952-1954, vol. 15, part 1 (pp. 98, 99).

102. The Ambassador in Korea to the Department of State, Top Secret, June 29, 1952, *Foreign Relations of the United States*, 1952-1954, vol. 15, part 1 (p.

360).

Muccio to Secretary of State, July 2, 1952, Top Secret, *Foreign Relations of the United States, 1952–1954*, vol. 15, part 1 (pp. 369, 370, 379).

Rose, Gideon, *How Wars End: Why We Always Fight the Last Battle*, New York, Simon and Schuster, 2010 (pp. 146, 147).

103. Muccio, John J., *Oral History Interview*, Harry S. Truman Library, February 10 and 18, 1971 (pp. 100, 101).

104. Chase, A. Sabine, *Estimate of Action Needed and Problems Involved in Negotiating and Implementing an Operation for Re-Classification and Exchange of POWs*, July 7, 1952, Top Secret, National Archives, 693.95A24/7-752 (pp. 3, 4, 7).

105. Foot, Rosemary, *A Substitute for Victory: Politics of Peacemaking at the Korean Armistice talks*, Ithaca, Cornell University Press, 1990 (pp. 120, 121).

106. Deane, Hugh, *The Korean War, 1945–1953*, San Francisco, China Books and Periodicals, 1999 (p. 178).

107. Ibid (pp. 169, 178).

108. Young, Charles S., *Name, Rank, and Serial Number: Exploiting Korean War POWs at Home and Abroad*, Oxford, Oxford University Press, 2014 (p. 89).

109. Levine, Alan J., *Stalin's Last War; Korea and the Approach to World War III*, Jefferson, McFarland, 2005 (pp. 253, 254

110. *Negotiating While Fighting: The Diary of Admiral C. Turner Joy at the Korean Armistice Conference*, Stanford, Hoover Institution Press, 1978 (p. 355).

111. Memorandum of discussion at the 181st meeting of the National Security Council, January 21, 1954; Eisenhower Library, Eisenhower papers, Whitman file.

第三章　1989 年的北京和天安門廣場

1. Harris Smith, Richard, *OSS: The Secret History of America's First CIA*, Berkeley, University of California Press, 1972 (pp. 259–282).

2. Fleming, Denna Frank, *The Cold War and its Origins, 1917-1960*, Crows Nest, Allen and Unwin, 1961 (p. 570).
3. *The New York Times*, September-December 1945.
   Tuchman, Barbra W., *Sitwell and the American Experience in China 1911–1945*, London, MacMillan, 1970 (pp. 666–677).
4. *The New York Times*, December 26, 1945 (p. 5).
5. *The New York Times*, September-December 1945.
   Tuchman, Barbra W., *Sitwell and the American Experience in China 1911–1945*, London, MacMillan, 1970 (pp. 666–677).
6. *The New York Times*, November 6, 1945 (p. 1).
   The New York Times, December 19, 1945 (p. 2).
7. 'Letter to Congressman Hugh de Lacy of State of Washington,' *Congressional Record*, January 24, 1946, Appendix, vol. 92, part 9 (p. A225).
8. Truman, Harry S., *Memoirs, Vol. Two: Years of Trial and Hope, 1946–1953*, New York, Doubleday, 1956 (p. 66).
   The New York Times, December 26, 1945 (p. 5).
9. Robbins, Christopher, *Air America*, New York, Avon Books, 1985 (pp. 46–57).
   Marchetti, Victor and Marks, John, *The Cia and the Cult of Intelligence*, New York, Alfred A. Knopf, 1974 (p. 149).
10. Testimony of Dean Acheson, Hearings held in executive session before the U.S. Senate Foreign Relations Committee during 1949–1950 (p. 23).
11. Blum, William, *Killing Hope: U.S. Military and C.I.A. Interventions Since World War II*, London, Zed Books, 2003 (p. 21).
12. Conn, Peter, *Pearl S. Buck: A Cultural Biography*, Cambridge, Cambridge University Press, 2010 (p. 316).
13. Mitter, Rana, *China's War With Japan 1937–1945; The Struggle for Survival*, London, Allen Lane, 2013 (pp. 331–333).
14. Stockwell, John, *In Search of Enemies*, New York, W. W. Norton & Company, 1978 (p. 238).
15. Blum, William, *Killing Hope: U.S. Military and C.I.A. Interventions Since World War II*, London, Zed Books, 2003 (p. 23).
    Blum, William, *Killing Hope: U.S. Military and C.I.A. Interventions Since World*

War II, London, Zed Books, 2003 (p. 21).

16. Appleman, Roy E., *South to the Naktong, North to the Yalu: United States Army in the Korean War*, Washington DC, Department of the Army, 1998 (pp. 674, 691).

    Ecker, Richard E., *Korean Battle Chronology: Unit-by-Unit United States Casualty Figures and Medal of Honor Citations*, Jefferson, McFarland, 2005 (p. 47).

    Chae, Han Kook et al., *The Korean War, Volume II*, Lincoln, University of Nebraska Press, 2001 (p.124).

    抗美援朝战争史 [*History of War to Resist America and Aid Korea*], Volume II, Beijing, Chinese Military Science Academy Publishing House, 2000 (p. 35).

17. Abrams, A. B., *Immovable Object: North Korea's 70 Years At War with American Power*, Atlanta, Clarity Press, 2020 (Chapter 4: The Battlefield Moves to North Korea – And China).

18. Brower, Charles F., *George C. Marshall: Servant of the American Nation*, New York, Palgrave Macmillan, 2011 (Chapter 6: Fighting the Force Problem: George C. Marshal and Korea).

    Foreign Relations of the United States 1951, Vol. VII (pp. 667–668, 881–882, 1106–1109).

    Foreign Relations of the United States 1952–1954, Vol. IV (p. 1068).

    Foot, Rosemary, *The Wrong War*, Ithaca, Cornell University Press, 1985 (pp. 148–153, 176).

    Hermes, Walter, *Truce Tent and Fighting Front*, Washington DC, Department of the Army, 1966 (pp. 56, 107).

    Pogue, Forrest C., *George C. Marshall, Volume 4: Statesman, 1945–1959*, New York, Viking, 1987 (p. 488).

    Levine, Alan J., *Stalin's Last War; Korea and the Approach to World War III*, Jefferson, McFarland & Company, 2005 (pp. 208, 277, 278, 280, 283–284).

    G-3 381 Pacific, G-3 Staff Study, 'Capability of U.S. Army to Implement CINCUNC Operations Plan,' ca. 21, Jan 53.

    BBC Summary, Far East, No. 221, January 23, 1953.

    Congressional Record: Proceedings and Debates of the 86th Congress, vol. 105, part 7, May 20–June 4, 1959 (p. 8703).

Futrell, Robert Frank, *The United States Air Force in Korea, 1950–1953*, Washington DC, Office of Air Force History, 1983 (p. 667).

19. Journal of the American Intelligence Professional, unclassified articles from *Studies in Intelligence*, vol. 57, no. 3, September 2013 (pp. 22–28).
    Washington Post, August 20, 1958.

20. Blum, William, *Killing Hope: U.S. Military and C.i.A. Interventions Since World War II*, London, Zed Books, 2003 (pp. 24, 25).
    Mitchell, Arthur H., *Understanding the Korean War: The Participants, the Tactics, and the Course of Conflict*, Jefferson, McFarland, 2013 (p. 177).

21. *The New York Times*, April 25, 1966 (p. 20).
    Burkholder Smith, Joseph, *Portrait of a Cold Warrior*, New York, Putnam, 1976 (pp. 77, 78).

22. 'Two CIA Prisoners in China, 1952–1973,' Central Intelligence Agency Official Website, News & Information, April 5, 2007.

23. Marchetti, Victor, and Marks, John, *The Cia and the Cult of Intelligence*, New York, Alfred A. Knopf, 1974 (p. 150).
    The New York Times, March 28, 1969 (p. 40).
    Department of State Bulletin, May 2, 1966.

24. Aide-memoire from U.S. State Department to the British Embassy, July 13, British Foreign Office Records 371/35756, The National Archives of the United Kingdom.
    'The United States, Tibet and the Cold War,' *Journal of Cold War Studies*, vol. 8, issue 3, Summer 2006 (pp. 145–164).

25. Deane, Hugh, *Good Deeds & Gunboats*, San Francisco, China Books & Periodicals, 1990 (p. 177).

26. Grunfeld, A. Tom, *The Making of Modern Tibet*, Armonk, M. E. Sharpe, 1987 (p. 95).

27. Deane, Hugh, *Good Deeds & Gunboats*, San Francisco, China Books & Periodicals, 1990 (p. 179).

28. Chen, Jian, 'The Tibetan Rebellion of 1959 and China's Changing Relations with India and the Soviet Union,' *Journal of Cold War Studies*, vol. 8, issue 3, Summer 2006 (p. 68).

29. Blum, William, *Killing Hope: U.S. Military and C.I.A. Interventions Since World*

War II, London, Zed Books, 2003 (p. 26).

Wise, David, *The Politics of Lying*, New York, Random House, 1973 (pp. 239–254).

Deane, Hugh, *Good Deeds & Gunboats*, San Francisco, China Books & Periodicals, 1990 (pp. 181, 182).

30. Mann, Jim, 'CIA Gave Aid to Tibetan Exiles in '60s, Files Show,' *Los Angeles Times*, September 15, 1998.
31. Ibid.
32. Deane, Hugh, *Good Deeds & Gunboats*, San Francisco, China Books & Periodicals, 1990 (p. 179).
33. 'China: The Dragon of Inflation,' *Stratfor Analysis*, February 11, 2010.
34. Ji, You, 'Zhao Ziyang and the Politics of Inflation,' *The Australian Journal of Chinese Affairs*, no. 25, January 1991 (pp. 69–91).
35. Interview with Li Yanting (pseydonym), Beijing, November 19, 2019.
36. Pedde, Nicola, 'The Libyan conflict and its controversial roots,' *European View*, vol. 16, 2017 (pp. 93–102).

    Hashemi, Nader, 'The Arab Spring two years on: reflections on dignity, democracy, and devotion,' *Ethics & International Affairs*, vol. 27, no. 2 (pp. 207–221).

    Horovitz, David, 'A mass expression of outrage against injustice,' *Jerusalem Post*, February 25, 2011.
37. History Hit on Facebook, June 7, 2016 (https://www.facebook.com/watch/?v=1059717217426669).
38. Brands, Hal, 'Today's U.S.-China Clash Began at Tiananmen Square,' *Bloomberg*, May 31, 2019.
39. Nury Vittachi on Facebook, 'How NOT to talk to mainland Chinese friends about June 4,' June 3, 2019. (https://www.facebook.com/708946213/posts/10157360352516214/?d=n).
40. O'Neil, Brendan, 'Olympian myths of Tiananmen,' *The Guardian*, August 8, 2008.
41. *Meet the Press*, May 31, 1998.
42. *Black Hands of Beijing: Lives of Defiance in China's Democracy Movement*, New York, John Wiley & Sons, 1993 (pp. 246–248).
43. Brown, Adrian, 'Reporting from Tiananmen Square in 1989: "I saw a lot I will

never forget",' *Al Jazeera*, June 4, 2019.
44. '25 Years Ago in Beijing, A "Movement Unlikely to Die",' *Wall Street Journal*, June 4, 2014.
45. Nury Vittachi on Facebook, 'How NOT to talk to mainland Chinese friends about June 4,' June 3, 2019. (https://www.facebook.com/708946213/posts/10157360352516214/?d=n).
46. *Vancouver Sun*, September 17, 1992 (p. A20).
47. O'Neil, Brendan, 'Olympian myths of Tiananmen,' *The Guardian,* August 8, 2008.
48. 'Latin American Diplomat Eyewitness Account of June 3–4 Events on Tiananmen Square,' US Embassy Telegram (Confidential), Wikileaks, July 12, 1989 (https://wikileaks.org/plusd/cables/89BEIJING18828_a.html).
49. Mathews, Jay, 'The Myth of Tiananmen,' *Colombia Journalism Review,* June 4, 2010.
50. Ibid.
51. Ibid.
52. Kristof, Nicholas, 'Turmoil in China; Tiananmen Crackdown: Student's Account Questioned on Major Points,' *The New York Times*, June 13, 1989.
53. Clark, Gregory, 'Tiananmen Square Massacre is a Myth, All We're "Remembering" are British Lies,' *International Business Times,* June 4, 2014.
54. Clark, Gregory, 'Birth of a massacre myth,' *Japan Times*, July 21, 2008.
55. 'Tiananmen killings: Were the media right?,' *BBC News,* June 2, 2009.
56. Clark, Gregory, 'Birth of a massacre myth,' *Japan Times*, July 21, 2008.
57. Clark, Gregory, 'Tiananmen Square Massacre is a Myth, All We're "Remembering" are British Lies,' *International Business Times,* June 4, 2014.
58. Cunningham, Philip J., Tiananmen Moon: Inside the Chinese Student Uprising of 1989, Lanham, Rowman and Littlefield, 2009 (p. 269).
'25 Years Ago in Beijing, A "Movement Unlikely to Die",' Wall Street Journal, June 4, 2014.
59. Clark, Gregory, 'Tiananmen Square Massacre is a Myth, All We're "Remembering" are British Lies,' *International Business Times,* June 4, 2014.
60. Secretary's Morning Summary for June 3, 1989, Secret, Department of State (p. 10)

(https://nsarchive2.gwu.edu/NSAEBB/NSAEBB16/documents/09-01.htm).

61. Clark, Gregory, 'Tiananmen Square Massacre is a Myth, All We're "Remembering" are British Lies,' *International Business Times,* June 4, 2014.
62. Cunningham, Philip J., *Tiananmen Moon: Inside the Chinese Student Uprising of 1989,* Lanham, Rowman and Littlefield, 2009 (pp. 269, 270).
63. Ibid (pp. 273–274).
64. Ibid (pp. 273, 274).
65. Deng, Xiaoping,「在接見首都戒嚴部隊軍以上幹部時的講話」[Speech Made While Receiving Cadres of the Martial Law Units in the Capitol], Beijing, June 9, 1989.
66. O'Neil, Brendan, 'Olympian myths of Tiananmen,' *The Guardian,* August 8, 2008.
67. Clark, Gregory, 'What really happened at Tiananmen?,' *Japan Times,* June 3, 2014.
68. John Burgess, 'Images Vilify Protesters; Chinese Launch Propaganda Campaign,' *Washington Post,* June 12, 1989.
69. Sterba, James P. and Ignatius, Adi and Greenberger, Robert S., 'Class Struggle: China's Harsh Actions Threaten to Set Back 10-Year Reform Drive – Suspicions of Westernization Are Ascendant, and Army Has a Political Role Again – A Movement Unlikely to Die,' *Wall Street Journal,* June 5, 1989.
70. O'Neil, Brendan, 'Olympian myths of Tiananmen,' *The Guardian,* August 8, 2008.
71. 'Latin American Diplomat Eyewitness Account of June 3–4 Events on Tiananmen Square,' US Embassy Telegram (Confidential), Wikileaks, July 12, 1989. (https://wikileaks.org/plusd/cables/89BEIJING18828_a.html).
72. Clark, Gregory, 'What really happened at Tiananmen?,' *Japan Times,* June 3, 2014.
73. Snyder, Alec, 'Video appears to show Detroit police car driving into protesters,' *CNN,* June 30, 2020.
    Austin, Henry and Ciechalski, Suzanne and Winter, Tom, 'New York Mayor Bill de Blasio defends police after video shows NYPD SUV driving into protesters,' *NBC News,* May 31, 2020.

Reid, Alex, 'Protests spurred by Washington police SUV running over crowd at street race,' *driving.ca,* January 25, 2021.

74. Clark, Gregory, 'What really happened at Tiananmen?,' *Japan Times,* June 3, 2014.
75. Gordon, Richard and Hinton, Carma, *The Gate of Heavenly Peace* (film), Independent Television Service, 1995.
76. Ibid.
77. Ibid.

    Minzhu, Han, *Cries for Democracy: Writings and Speeches from the Chinese Democracy Movement,* Princeton, Princeton University Press, 1990.

78. Roehner, Bertrand M., 'How China almost became an American backyard,' Paris, Abraca Publishing, 2017 (https://www.lpthe.jussieu.fr/~roehner/oce.pdf).
79. Smith, Marcie, 'Change Agent: Gene Sharp's Neoliberal Nonviolence,' *Nonsite,* May 10, 2019.

    'The Quiet American,' *The New York Times,* September 3, 2012.

    Smith, Marcie, 'Getting Gene Sharp Wrong,' *Jacobin,* December 2, 2019.

    Roehner, Bertrand M., 'How China almost became an American backyard,' Paris, Abraca Publishing, 2017 (https://www.lpthe.jussieu.fr/~roehner/oce.pdf).

80. 'Q&A: Gene Sharp,' *Al Jazeera,* December 6, 2011.

    'Egypt: Gene Sharp Taught Us How To Revolt!,' *Global Voices,* April 15, 2011.

    Sapozhnikova, Galina, *The Lithuanian Conspiracy and the Soviet Collapse: Investigation into a Political Demolition,* Atlanta, Clarity Press, 2018 (pp. 43, 44, 50, 51, 58, 176, 177).

81. Liu, Xiaobo, '文壇"黑馬"劉曉波' [The "Dark Horse" of Literature], *Open Magazine* (http://www.open.com.hk/old_version/1011p68.html).
82. Sautman, Barry and Hairong, Yan, 'Do supporters of Nobel winner Liu Xiaobo really know what he stands for?,' *The Guardian,* December 15, 2010.
83. Liu, Xiaobo, 「劉曉波：美英自由聯盟必勝」 [Victory to the Anglo-American Freedom Alliance], *Boxun,* 2004 (http://blog.boxun.com/hero/liuxb/133_1.shtml).
84. Kim, Dong-Choon, 'Forgotten war, forgotten massacres – the Korean War

(1950–1953) as licensed mass killings,' *Journal of Genocide Research*, vol. 6, issue 4, December 2004 (pp. 523-544).

Chossudovsky, Michael, Presentation to the Japanese Foreign Correspondents Club on U.S. Aggression against the People of Korea, Tokyo, August 1, 2013.

Hynes, Patricia, 'The Korean War: Forgotten, Unknown and Unfinished,' *Truthout*, July 12, 2013.

Cumings, Bruce, *The Korean War: A History*, New York, Modern Library, 2010 (p. 154).

Report on U.S. Crimes in Korea, Commission of International Association of Democratic Lawyers, March 31, 1952 (p. 21).

85. Sautman, Barry and Hairong, Yan, 'Do supporters of Nobel winner Liu Xiaobo really know what he stands for?,' *The Guardian*, December 15, 2010.
86. Ibid.
87. 'Voice of America Beams TV Signals to China,' *The New York Times*, June 9, 1989.

    Becker, Brian, 'What Really Happened in Tiananmen Square 25 Years Ago,' *Global Research*, June 4, 2014.
88. Zhou, He, *Media and Tiananmen Square*, Hauppauge, Nova Science Publishers, 1996 (p. 112).
89. Pincus, Walter, 'Bush Aided Yeltsin in '91 Coup, New Report Says,' *Washington Post*, May 15, 1994.
90. 'Escape From Tiananmen: How Secret Plan Freed Protesters,' *Bloomberg*, May 28, 2014.
91. Lo, Shiu Hing, *The Politics of Cross-Border Crime in Greater China: Case Studies of Mainland China, Hong Kong, and Macao*, New York, M.E. Sharp, 2009 (pp. 87, 88).
92. Liu, Melinda, 'Still on the wing; inside Operation Yellowbird, the daring plot to help dissidents escape,' *Newsweek*, April 1, 1996.

    Anderlini, Jamil, 'Tiananmen Square: the long shadow,' *Financial Times*, June 1, 2014.
93. Ebbert, Stephanie, 'Ex-worker sues software firm Jenzabar Inc. on bias charge,' *Boston Globe*, April 19, 2015.

94. Anderlini, Jamil, 'Tiananmen Square: the long shadow,' *Financial Times*, June 1, 2014.
95. Allison, Graham, 'China Is Now the World's Largest Economy. We Shouldn't Be Shocked.,' *Harvard Kennedy School Belfer Center*, October 15, 2020.
96. Abrams, A. B., *China and America's Tech War from AI to 5G: The Struggle to Shape the Future of World Order*, Lanham, Lexington Books, 2022.
97. Menshikov, Stanislav, 'Russian Capitalism Today,' *Monthly Review*, vol. 51. no. 3, 1999 (pp. 82–86).

    Klein, Naomi, *The Shock Doctrine: The Rise of Disaster Capitalism*, London, Penguin, 2008 (Chapter 11).
98. Tverdova, Yulia V., 'Human Trafficking in Russia and Other Post-Soviet States,' *Human Rights Review*, December 11, 2016.
99. Miles, Jack, 'Another "Prison of Nations": China: As in the Soviet Union, a regional decoupling could end communism.,' *Los Angeles Times,* November 27, 1991.
100. 'Kyrgyzstan-Tajikistan border clashes claim nearly 100 lives,' *BBC News*, September 19, 2022.

    De Waal, Thomas, 'Unfinished Business in the Armenia-Azerbaijan Conflict,' *Carnegie Europe*, February 11, 2021.

    Ellyat, Holly, 'Tensions between Russia and Georgia are on the rise again: Here's why it matters,' *CNBC*, July 11, 2019.

    Flanagan, Stephen J. et al., 'Deterring Russian Aggression in the Baltic States Through Resilience and Resistance,' RAND Corporation, April 2019.

    Yuhas, Alan, 'Thousands of Civilian Deaths and 6.6 Million Refugees: Calculating the Costs of War,' *New York Times*, August 24, 2022.
101. Brands, Hal, 'Today's U.S.-China Clash Began at Tiananmen Square,' *Bloomberg*, May 31, 2019.
102. Allison, Graham, 'China Is Now the World's Largest Economy. We Shouldn't Be Shocked.,' *National Interest*, October 15, 2020.
103. Mitt Romney on Twitter, 'China matches US spending on military procurement, which is tremendously dangerous given that China doesn't believe in human rights or democracy. My #FY21NDAA amendment directs the @DeptOfDefense compare

our spending with that of China and Russia to provide us with a lay of land.,' July 20, 2020.

'Schieffer Series: A Conversation with Senator Mitt Romney on U.S.-China Relations and Great Power Competition,' *Centre for Strategic and International Studies*, July 22, 2020.

104. Koshikawa, Noriaki, 'China passes US as world's top researcher, showing its R&D might,' *Nikkei*, August 8, 2020.

105. Big Tech and China: What Do We Need from Silicon Valley?, The Nixon Seminar on Conservative Realism and National Security, April 6, 2021.

106. Maxwell, Neville, 'Sino-British Confrontation over Hong Kong,' *Economic and Political Weekly*, vol. 30, no. 23, June 1995 (pp. 1384–1398).

107. *New York Post*, June 25, 1998 (p. 22).

108. *USA Today*, June 26, 1998 (p. 7A).
Wall Street Journal, June 26, 1998 (p. A10).

109. *Baltimore Sun*, June 27, 1998 (p. 1A).

110. O'Neil, Brendan, 'Olympian myths of Tiananmen,' *The Guardian*, August 8, 2008.

111. Clark, Gregory, 'Birth of a massacre myth,' *Japan Times*, July 21, 2008.

112. Barron, Laignee, 'How the Tiananmen Square Massacre Changed China Forever,' *Time*, June 4, 2019.

113. Cox, Chelsey, 'Fact check: National Guard was activated most often during the Civil Rights Era,' *USA Today*, June 14, 2020.

114. Kaur, Harmeet, '50 years ago today, the shooting of 4 college students at Kent State changed America,' *CNN*, May 4, 2020.

115. Clark, Donald N., 'U.S. Role in Kwangju and Beyond,' *Los Angeles Times*, August 29, 1996.
Shorrock, Tim, 'The Gwangju Uprising and American Hypocrisy: One Reporter's Quest for Truth and Justice in Korea,' *The Nation*, June 5, 2015.

116. Plunk, Daryl M., 'South Korea's Kwangju Incident Revisited,' *Asian Studies Backgrounder*, no. 35, 1985 (p. 5).

117. Grainger, Sarah, 'Victims of Venezuela's Caracazo clashes reburied,' *BBC News*, February 28, 2011.

Márquez, Humberto, 'UN, Venezuela: Wound Still Gaping 20 Years after "Caracazo",' *Inter Press Service,* February 27, 2009.

118. Iqbal, Javed, 'The forgotten riots of Bhagalpur,' *Al Jazeera,* December 31, 2014.
Hazarika, Sanjoy, 'India Reports 1,000 Deaths in Hindu-Muslim Fighting,' *The New York Times,* December 28, 1989.

119. Willsher, Kim, 'France remembers Algerian massacre 50 years on,' *The Guardian,* October 17, 2011.
Ramdani, Nabila, 'The massacre that Paris denied,' *The Guardian*, October 16, 2011.
Thibaud, Paul, 'Le 17 octobre 1961 : un moment de notre histoire' [October 17, 1961: a moment in our history], *Esprit,* vol. 279, no. 11, 2001 (pp. 6–19).

120. Napoli, James J., 'A 1961 Massacre of Algerians in Paris When the Media Failed the Test,' *The Washington Report on Middle East Affairs,* March 1997 (p. 36).

第四章　波斯灣戰爭

1. Lewis, Adrian R., *The American Culture of War: A History of US Military Force from World War II to Operation Enduring Freedom*, Abingdon, Routledge, 2012 (p. 313).

2. 'Opec pressures Kuwait to moderate quota demand,' *New Straits Times,* July 7, 1989.
Salameh, Mamdouh G., 'Oil Wars,' USAEE Working Paper No. 14-163, 2014.
Heikal, Mohamed, *Illusions of Triumph: An Arab View of the Gulf War*, New York, HarperCollins, 1993 (Chapter 12: Why Kuwait?).

3. Ibid. (p. 315).

4. 'Confrontation in the Gulf: The Oilfield Lying Below the Iraq-Kuwait Dispute,' *The New York Times,* September 3, 1990.
'It's Time to Think Straight About Saddam,' *The New York Times,* December 23, 1997.
Heikal, Mohamed, *Illusions of Triumph: An Arab View of the Gulf War*, New York,

HarperCollins, 1993 (p. 183).

Nasrawi, Salah, 'Iraq Accuses Kuwait of Violating Border, Stealing Oil,' *AP News*, July 18, 1990.

5. Karsh, Efraim and Rautsi, Inari, *Saddam Hussein: A Political Biography*, New York, Grove Press, 1991 (p. 222).
The Times, December 8, 1990.

6. Waters, Maurice, 'The Invasion of Grenada, 1983 and the Collapse of Legal Norms,' *Journal of Peace Research*, vol. 23, no. 3, September 1986 (pp. 229–246).
Berlin, Michael J., 'U.S. Allies Join in Lopsided U.N. Vote Condemning Invasion Of Grenada,' *Washington Post*, November 3, 1983.

7. Rothschild, Matthew, 'In Panama, An Illegal and Unwarranted Invasion,' *Chicago Tribune*, December 21, 1989.
Maechling Jr., Charles, 'Washington's Illegal Invasion,' *Foreign Policy*, no. 79, Summer, 1990 (pp. 113–131).
Henkin, Louis, 'The Invasion of Panama Under International Law: A Gross Violation,' *Columbia Journal of Transnational Law*, vol. 29, issue 2, 1991 (pp. 293–318).

8. *Washington Post*, September 6, 1990.

9. Clarke, Richard A., *Against All Enemies*, New York, Free Press, 2004 (p. 9).

10. *Iraq News Agency*, August 3, 1990.

11. *Financial Times*, August 9, 1990.
Heikal, Mohamed, *Illusions of Triumph: An Arab View of the Gulf War*, New York, Harper Collins, 1992 (pp. 285, 288).

12. *Iraq News Agency*, August 28, 1990.

13. 'Soviets Say Iraq Accepts Kuwait Pullout Linked to Truce and End to Sanctions; Bush Rejects Conditions: War is to Go On,' *The New York Times*, February 22, 1991.

14. Ibid.

15. Heikal, Mohamed, *Illusions of Triumph: An Arab View of the Gulf War*, New York, HarperCollins, 1993 (pp. 340–341).

16. Ibid. (pp. 310–313).
17. Ibid. (p. 318).
18. Savranskaya, Svetlana and Blanton, Thomas, 'Gorbachev's "Diplomatic Marathon" to Prevent the 1991 Persian Gulf War,' *NSA Archive*, February 26, 2021.
19. Wells, Donald Arthur, *The United Nations: States Vs International Laws*, New York, Algora Publishing, 2005 (p. 86).
20. 'Soviets Say Iraq Accepts Kuwait Pullout Linked to Truce and End to Sanctions; Bush Rejects Conditions: War is to Go On,' *The New York Times*, February 22, 1991.
    'Gorbachev's "Diplomatic Marathon" to Prevent the 1991 Persian Gulf War,' *National Security Archive*, February 26, 2021.
    Kapeliouk, Amnon, 'The U.S.S.R. and the Gulf Crisis,' *Journal of Palestine Studies*, vol. 20, no. 3, Spring, 1991 (pp. 70–78).
21. Heikal, Mohamed, *Illusions of Triumph: An Arab View of the Gulf War*, New York, HarperCollins, 1993 (p. 348).
22. Ibid. (pp. 269, 338).
23. Ibid. (pp. 355, 356).
24. Ibid. (p. 352).
25. Atkinson, Rick, *Crusade: The Untold Story of the Persian Gulf War*, New York, Houghton Mifflin Company, 1993 (p. 284).
    'Soviets Say Iraq Accepts Kuwait Pullout Linked to Truce and End to Sanctions; Bush Rejects Conditions: War is to Go On,' *The New York Times*, February 22, 1991.
26. Russell, Edmund, *War and Nature: Fighting Humans and Insects with Chemicals from World War I to Silent Spring*, Cambridge, Cambridge University Press, 2001 (pp. 187, 188).
    'New war, old warlord,' *Time*, December 11, 1950.
27. Dower, John, *War Without Mercy: Race and Power in the Pacific War*, New York, Panthoen, 1986 (pp. 18, 71).
    Ham, Paul, *Hiroshima Nagasaki: The Real Story of the Atomic Bombings and their Aftermath*, New York, Doubleday, 2012 (p. 14).

Hastings, Max, *Nemesis: The Battle for Japan*, New York, Harper Perennial, 2008 (pp. 39, 200, 201).

Schrijvers, Peter, *The GI War Against Japan: American Soldiers in Asia and the Pacific During World War II*, New York, New York University Press, 2005 (pp. 212, 217).

28. Weiner, Tim, 'History to Trump: CIA was aiding Afghan rebels before the Soviets invaded in '79,' *Washington Post,* January 7, 2019.

    Crile, George, *Charlie Wilson's War: The Extraordinary Story of How the Wildest Man in Congress and a Rogue CIA Agent Changed the History of Our Times*, New York, Grove Press, 2003.

    Bergen, Peter, *Holy War Inc.*, New York, The Free Press, 2001 (p.68).

    Coll, Steve, 'CIA in Afghanistan: In CIA's Covert War, Where to Draw the Line Was Key,' *Washington Post*, July 20, 1992.

29. MacArthur, John R., *Second Front: Censorship and Propaganda in the 1991 Gulf War*, London, University of California Press, 2004 (pp. 37–40, 56–57).

30. Peterson, Scott, 'In war, some facts less factual,' *Christian Science Monitor*, September 6, 2002.

31. Ibid.

32. Heikal, Mohamed, *Illusions of Triumph: An Arab View of the Gulf War*, New York, HarperCollins, 1993 (pp. 272–273).

33. Stinnett, Robert B., *Day of Deceit: The Truth About FDR and Pearl Harbor*, New York, Free Press, 2000 (p. 14).

34. Bush, George H. W., Address to the Nation Announcing the Deployment of United States Armed Forces to Saudi Arabia, August 8, 1990.

35. MacArthur, John R., *Second Front: Censorship and Propaganda in the 1991 Gulf War*, London, University of California Press, 2004 (p. xxiv).

36. Nora Boustany, 'Refugees Describe Iraqi Atrocities Seen in Kuwait,' *Washington Post,* February 26, 1991.

37. Skopeliti, Clea, 'Saddam Hussein "acted like Hitler" when Iraq invaded Kuwait, Thatcher said,' *The Independent,* February 25, 2012.

38. MacArthur, John R., *Second front: censorship and propaganda in the 1991 Gulf War*, Berkeley, University of California Press, 2005 (p. 72).

39. Raum, Tom, 'Bush Says Saddam Even Worse Than Hitler,' *AP News,* November 1, 1990.
40. Keeble, Richard, *The Myth of Saddam Hussein: New Militarism and the Propaganda Function of the Human Interest Story*, New York, Routledge, 1998 (p. 73).
41. Braun, Lindsay Frederick, 'Suez Reconsidered: Anthony Eden's Orientalism and the Suez Crisis,' *The Historian* vol. 65, no. 3, Spring 2003 (pp. 535–561).
    'Hitler On the Nile,' *The New York Times,* February 25, 2003.
42. MacArthur, John R., *Second Front: Censorship and Propaganda in the 1991 Gulf War,* London, University of California Press, 2004 (p. 70).
43. Knipp, Kersten, 'Ayatollah Khamenei and the "final solution" in the Middle East,' *Deutsche Welle,* May 24, 2020.
44. Furchtgott-Roth, Harold, 'Time To Take On Kim Jong Un,' *Forbes,* December 22, 2014.
    Gamel, Kim, 'Biden calls North Korean leader a "thug" but says he'd meet Kim if denuclearization is agreed,' *Stars and Stripes,* October 23, 2020.
    Martirosyan, Lucy, 'Trump-Kim summit gave "master manipulator" a global platform, says defector,' *PRI,* June 13, 2019.
    Weiss, Bari, 'Kim Jong-un Isn't Tough. North Koreans Are.,' *The New York Times,* June 14, 2018.
45. Kolb, Charles, 'Xi Jinping's China and Hitler's Germany: Growing parallels,' *The Hill,* January 6, 2021.
    Goradia, Prafull, 'Hitler and Xi,' *The Statesman,* February 7, 2021.
46. Kelley, Michael B., '12 Prominent People Who Compared Putin To Hitler Circa 1938,' *Business Insider,* May 22, 2014.
    'Putin "will use World Cup like Hitler's Olympics", agrees Johnson,' *BBC News,* March 21, 2018.
    Johnson, Paul, 'Is Vladimir Putin Another Adolf Hitler?,' *Forbes,* April 16, 2014.
    Sharman, Jon, 'Even Hitler didn't "sink" to using chemical weapons like Assad has, Sean Spicer claims,' *The Independent,* April 12, 2017.
    Fisk, Robert, 'Syria report: One is reminded of Nazi Germany,' *The Independent,* October 5, 2016.

Saberi, Fred, 'From Nazism to Islamism in Europe,' *The Jerusalem Post*, July 2, 2019.

47. 'Deception on Capitol Hill,' *The New York Times*, January 15, 1992.

    MacArthur, John R., 'Remember Nayirah, Witness for Kuwait?,'*The New York Times*, January 6, 1992.

48. Cockburn, Alexander, 'Right Stuff,' *London Review of Books*, vol. 13, no. 3, February 1991.

    Walton, Douglas, *Appeal to Pity: Argumentum Ad Misericordiam*, Albany, State University of New York Press, 1997 (p. 129).

    Boyack, Connor, *Feardom: How Politicians Exploit Your Emotions and What You Can Do to Stop Them*, Salt Lake City, Libertas Press, 2014.

49. *International Human Rights: Problems of Law, Policy, and Practice,* New York, Wolters Kluwer, 2018 (p. 581).

50. '171 Americans Fly to Freedom : Refugees Fear for Husbands, Tell of Iraqi Atrocities,' *Los Angeles Times*, September 7, 1990.

51. MacArthur, John R., *Second Front: Censorship and Propaganda in the 1991 Gulf War*, London, University of California Press, 2004 (pp. 54, 55).

52. Ibid. (p. 49).

    Prokop, Dieter, 'Kriegsberichterstattung: Geschichte, Produktions-bedingungen und Produktstrukturen' [War coverage: history, production conditions and product structures], Mass Communications Lecture, Winter 1999/2000 (https://www.audimax.de/fileadmin/hausarbeiten/medienwissenschaft/ Hausarbeit_Medienwissenschaft_Kriegsberichterstattung_Geschichte_ Produktionsbedingungen_und_Produktstrukturen_ahx1130.pdf).

53. MacArthur, John R., *Second Front: Censorship and Propaganda in the 1991 Gulf War*, London, University of California Press, 2004 (pp. 49–51).

54. 'Nayirah,' 60 Mintues, *CBS News Transcript*, vol. XXIV, no. 18, January 19, 1992 (p. 11).

55. Rowse, Aruther E., 'Teary Testimony to Push America Toward War,' *The San Francisco Chronicle*, October 18, 1992 (p. 9/Z1).

56. Andersen, Robin, *A century of media, a century of war*, Bern, Peter Lang, 2006 (pp. 170–172).

57. 'Jury Says 3 Took Kuwaiti Money To Promote War,' *Washington Post*, July 8, 1992.
58. Sriramesh, Krishnamurthy and Vercic, Dejan, *The Global Public Relations Handbook: Theory, Research, and Practice*, Mahwah, Lawrence Erlbaum, 2003 (p. 418).
59. Rowse, Arthur E., 'How to build support for war,' *Columbia Journalism Review*, September–October 1992.
    Sriramesh, Krishnamurthy and Vercic, Dejan, *The Global Public Relations Handbook: Theory, Research, and Practice*, Mahwah, Lawrence Erlbaum, 2003 (pp. 418, 419).
60. Krauss, Clifford, 'Congressman Says Girl Was Credible,' *The New York Times*, January 12, 1992.
61. Pratt, Cornelius, 'Hill & Knowlton's two ethical dilemmas,' *Public Relations Review*, vol. 20, no. 3, 1994 (p. 288).
    Boyack, Connor, *Feardom: How Politicians Exploit Your Emotions and What You Can Do to Stop Them*, Salt Lake City, Libertas Press, 2014 (p. 45).
62. Sriramesh, Krishnamurthy and Vercic, Dejan, *The Global Public Relations Handbook: Theory, Research, and Practice*, Mahwah, Lawrence Erlbaum, 2003 (p. 418).
63. Krauss, Clifford, 'Congressman Says Girl Was Credible,' *The New York Times*, January 12, 1992.
64. Becker, Jo and McIntire, Mike, 'Cash Flowed to Clinton Foundation Amid Russian Uranium Deal,' *The New York Times*, April 23, 2015.
    Helderman, Rosalind S. and Hamburger, Tom, 'Foreign governments gave millions to foundation while Clinton was at State Dept,' *The Washington Post*, February 25, 2015.
    Ballhaus, Rebecca, 'Newly Released Emails Highlight Clinton Foundation's Ties to State Department,' *Wall Street Journal*, August 10, 2016.
    'Will Clinton's experience be a liability?,' *The Washington Post*, March 8, 2015.
65. 'Deception on Capitol Hill,' *The New York Times*, January 15, 1992.
66. 'Jury Says 3 Took Kuwaiti Money To Promote War,' *Washington Post*, July 8, 1992.

67. Walton, Douglas, *Appeal to Pity: Argumentum Ad Misericordiam*, Albany, State University of New York Press, 1997 (p. 136–137).
   Krauss, Clifford, 'Congressman Says Girl Was Credible,' *The New York Times*, January 12, 1992.
68. MacArthur John R., 'How False Testimony and a Massive U.S. Propaganda Machine Bolstered George H.W. Bush's War on Iraq,' *Democracy Now*, December 5, 2018.
69. Maggie O'Kane interview with Andrew Whitley in: 'Riding the Storm - how to tell lies and win wars' (Documentary), *Channel 4*, January 1996.
70. 'Nayirah,' 60 Mintues, *CBS News Transcript*, vol. XXIV, no. 18, January 19, 1992 (p. 8).
   MacArthur John R., 'How False Testimony and a Massive U.S. Propaganda Machine Bolstered George H.W. Bush's War on Iraq,' *Democracy Now*, December 5, 2018.
71. Regan, Tom, 'When contemplating war, beware of babies in incubators,' *Christian Science Monitor*, September 6, 2002.
72. Cockburn, Alexander, 'Right Stuff,' *London Review of Books*, vol. 13, no. 3, February 1991.
73. 'Deception on Capitol Hill,' *The New York Times*, January 15, 1992.
74. Frankel, Glenn, 'Amnesty International Accuses Iraq of Atrocities in Kuwait,' *Washington Post*, December 19, 1990.
   'Iraqi Atrocities Cited by Amnesty,' *The Globe and Mail*, December 19, 1990.
75. MacArthur, John R., *Second Front: Censorship and Propaganda in the 1991 Gulf War*, London, University of California Press, 2004 (pp. 66, 67).
76. 'Iraqi Atrocities Cited by Amnesty', *The Globe and Mail*, December 19, 1990 (pp. A1, A2).
77. Rubinstein, Alexander, 'Amnesty International's Troubling Collaboration with UK & US Intelligence,' *Ron Paul Institute for Peace and Prosperity*, January 19, 2019.
78. Cockburn, Alexander, 'Sifting for the Truth on Both Sides: War brings propaganda, all designed to protect government,' *Los Angeles Times*, January 17, 1991.

79. 'Nayirah,' 60 Mintues, *CBS News Transcript*, vol. XXIV, no. 18, January 19, 1992 (p. 8).
80. Walton, Douglas, *Appeal to Pity: Argumentum Ad Misericordiam*, Albany, State University of New York Press, 1997 (p. 129).
81. 'Mideast Tensions; Excerpts From Speech By Bush at Marine Post,' *The New York Times*, November 23, 1990.
82. Walton, Douglas, *Appeal to Pity: Argumentum Ad Misericordiam*, Albany, State University of New York Press, 1997 (p. 129).
83. Krauss, Clifford, 'Congressman Says Girl Was Credible,' *The New York Times*, January 12, 1992.
84. 'Mideast Tensions; Excerpts From Speech By Bush at Marine Post,' *New York Times*, November 23, 1990.
85. MacArthur, John R., *Second Front: Censorship and Propaganda in the 1991 Gulf War*, London, University of California Press, 2004 (p. 69).
86. Ibid. (p. 68).
87. Ibid. (p. 47).
88. Ibid. (p. 47).
89. Lewis, Adrian R., *The American Culture of War: A History of US Military Force from World War II to Operation Enduring Freedom*, Abingdon, Routledge, 2012 (p. 312).
90. 1990年12月，蘇聯首次批准出口其頂級戰鬥機蘇愷-27，此時距離伊拉克的入侵只有四個月。在1990年代的美國測試中，蘇愷-27始終比美國空軍戰鬥機具有明顯優勢。米格-31攔截機、R-73空對空飛彈和S-300PMU-1防空系統都是伊拉克在1990年代可能獲得的其他資產，它們可能會使美國的空襲行動變得非常複雜。

Lilley, James and Shambaugh, David L., *China's Military Faces the Future*, Abingdon, Routledge, 2015. (pp. 96–99).

Department of Defense Appropriations for 2002: Hearings Before a Subcommittee of the Committee on Appropriations House of Representatives, One Hundred and Seventh Congress, First Session, Subcommittee on Defense, Washington D.C., U.S. Government Printing Office, 2004 (p. 813).

Gordon, Yefim, Sukhoi Su-27, Hinckley, Midland Publishing, 2007 (p. 524).

Lake, Jon, Su-27 Flanker: Sukhoi Superfighter, London, Osprey, 1992 (Introduction).

91. Rowse, A. E., 'How to Build Support for War', *Columbia Journalism Review*, vol. 31, 1992 (p. 20).
92. MacArthur, John R., *Second Front: Censorship and Propaganda in the 1991 Gulf War*, London, University of California Press, 2004 (pp. 64, 65).
93. '20/20,' *ABC*, January 17, 1992.
94. MacArthur, John R., *Second Front: Censorship and Propaganda in the 1991 Gulf War*, London, University of California Press, 2004 (pp. 62, 63).
95. Kramer, Mark, 'Food Aid to Russia: The Fallacies of US Policy,' PONARS Policy Memo 86, Harvard University, October 1999.
96. Johns, Michael and Kosminsky, Jay, 'Bush To Gorbachev: Choose Between Saddam and the West,' Heritage Foundation, August 30, 1990.
97. Seagren, Chad W. and Henderson, David R., 'Why We Fight: A Study of U.S. Government War-Making Propaganda,' *The Independent Review*, vol. 23, no. 1, Summer 2018 (pp. 69–90).
98. Johnson, Paul, 'Rebuttal from the Pews,' *The Spectator*, February 16, 1991.
99. 'U.S. Army Buried Iraqi Soldiers Alive in Gulf War,' *The New York Times*, September 15, 1991.
   Sloyan, Patrick J., '"What I saw was a bunch of filled-in trenches with people's arms and legs sticking out of them. For all I know, we could have killed thousands",' *The Guardian*, February 14, 2003.
100. 'Riding the Storm - how to tell lies and win wars' (Documentary), *Channel 4*, January 1996.
101. 'U.S. Army Buried Iraqi Soldiers Alive in Gulf War,' *The New York Times*, September 15, 1991.
   Sloyan, Patrick J., '"What I saw was a bunch of filled-in trenches with people's arms and legs sticking out of them. For all I know, we could have killed thousands",' *The Guardian*, February 14, 2003.
102. 'Riding the Storm – how to tell lies and win wars' (Documentary), *Channel 4*, January 1996.
   Pyle, Richard, 'Controversial Vietnam Weapon Used Differently in Desert, U.S.

Says,' *AP News*, February 23, 1991.

Jensen, Robert, 'The Gulf War Brought Out the Worst in Us,' *Los Angeles Times*, May 22, 2000.

103. Peterson, Scott, 'Depleted Uranium Haunts Kosovo and Iraq,' *Middle East Report*, Summer 2000, no. 215, Summer 2000 (p. 14).

'Depleted Uranium Hurt Gulf Vets: Pentagon,' *Peace Research*, vol. 30, no. 3, August 1998 (p. 109).

Duraković, A., 'On depleted uranium: gulf war and Balkan syndrome,' *Croat Medical Journal*, vol. 42, no. 2, April 2001 (pp. 130–134).

104. Atkinson, Rick, *Crusade: The Untold Story of the Persian Gulf War*, New York, Houghton Mifflin Company, 1993 (p. 251).

105. '"Up to 15 tons of depleted uranium used in 1999 Serbia bombing" – lead lawyer in suit against NATO,' *RT*, June 13, 2017.

106. Oakford, Samuel, 'The United States Used Depleted Uranium in Syria,' *Foreign Policy*, February 14, 2017.

107. Edwards, Rob, 'U.S. fired depleted uranium at civilian areas in 2003 Iraq war, report finds,' *The Guardian*, June 19, 2014.

108. Peterson, Scott, 'Depleted Uranium Haunts Kosovo and Iraq,' *Middle East Report*, no. 215, Summer 2000 (p. 14).

109. Hindin, Rita and Brugge, Doug and Panikkar, Bindu, 'Teratogenicity of depleted uranium aerosols: A review from an epidemiological perspective,' *Environmental Health*, vol. 4, no. 17, August 26, 2005.

Doyle, P. et al., 'Miscarriage, stillbirth and congenital malformation in the offspring of UK veterans of the first Gulf war,' *International Journal of Epidemiology*, vol. 33, no. 1, 2004 (pp. 74–86).

Sen Gupta, Amit, 'Lethal Dust: Effects of Depleted Uranium Ammunition,' *Economic and Political Weekly*, vol. 36, no. 5/6, February 2001 (pp. 454–456).

Peterson, Scott, 'Depleted Uranium Haunts Kosovo and Iraq,' *Middle East Report*, no. 215, Summer 2000 (p. 14).

110. Green, Robert, 'Depleted Uranium and Human Health: Another View,' *New Zealand International Review*, vol. 31, no. 2, March/April 2006 (pp. 25–28).

111. Wan, Bin and Fleming, James T. and Schultz, Terry W. and Sayler, Gary S., 'In

Vitro Immune Toxicity of Depleted Uranium: Effects on Murine Macrophages, CD4+ T Cells, and Gene Expression Profiles,' *Environmental Health Perspectives*, vol. 114, no. 1, January 2006 (pp. 85–91).

Fahey, Dan, 'The Final Word on Depleted Uranium,' *The Fletcher Forum of World Affairs*, vol. 25, no. 2, Summer 2001 (pp. 189–201).

112. Peterson, Scott, 'US reluctance to talk about DU,' *Christian Science Monitor*, October 5, 1999.

'Depleted Uranium Hurt Gulf Vets: Pentagon,' *Peace Research*, vol. 30, no. 3, August 1998 (p. 109).

Peterson, Scott, 'US reluctance to talk about DU,' *Christian Science Monitor*, October 5, 1999.

113. 'Operation desert storm,' *Adelphi Papers*, vol. 33, no. 282 (pp. 24–51).

'Saddam's Iraq: Key Events,' *BBC News* (http://news.bbc.co.uk/2/shared/spl/hi/middle_east/02/iraq_events/html/desert_storm.stm).

114. Cullen, Tony and Foss, Christopher F., *Jane's Land-Based Air Defence 1992-93*, Couldson, Jane's Information Group, 1992 (p. 11).

115. Keaney, Thomas A. and Cohen, Eliot A., *Gulf War: Air Power Survey Summary Report*, Washington DC, U.S. Government Printing Office, 1993.

116. Gellman, Barton, 'Allied Air War Struck Broadly in Iraq,' *Washington Post*, June 23, 1991.

117. Clark, Ramsey, *War Crimes: A Report on United States War Crimes Against Iraq*, Washington DC, Maisonneuve Press, 1992 (pp. 10–14).

118. Joy, Gordon, *Invisible War: The United States and the Iraq Sanctions*, Cambridge, Harvard University Press, 2010 (p. 25).

119. Woertz, Eckart, 'Iraq under UN Embargo, 1990-2003, Food Security, Agriculture, and Regime Survival,' *The Middle East Journal*, vol. 73, no. 1, Spring 2019 (p. 101).

Blaydes, Lisa, *State of Repression: Iraq under Saddam Hussein*, Princeton, Princeton University Press, 2018 (p. 122–124).

120. 'Iraq conflict has killed a million Iraqis,' *Reuters*, January 30, 2008.

121. 'Sanctions Blamed for Deaths of Children,' *Lewiston Morning Tribune*, December 2, 1995.

Stahl, Lesley, 'Interview with Madeline Albright,' *60 Minutes*, May 12, 1996.

122. Maggie O'Kane interview with Peter Arnett in: 'Riding the Storm - how to tell lies and win wars' (Documentary), *Channel 4*, January 1996.
123. Ibid.
124. Ibid.
125. Lacey, Marc, 'Sudan Says, "Say Sorry," but U.S. Won't,' *The New York Times*, October 20, 2005.
126. Abrams, A. B., *World War in Syria: Global Conflict on Middle Eastern Battlefields*, Atlanta, Clarity Press, 2021 (pp. 40, 41).
Jonathan, Marcus, 'US Syria claims raise wider doubts,' *BBC News*, April 25, 2008.
127. Maggie O'Kane interview with William Arken in: 'Riding the Storm - how to tell lies and win wars' (Documentary), *Channel 4*, January 1996.
128. Ibid.
129. McNair, Brian, *An Introduction to Political Communication*, Abingdon, Routledge, 2011 (pp. 194–197).
MacArthur, John R., *Second Front: Censorship and Propaganda in the 1991 Gulf War*, London, University of California Press, 2004 (Chapter 1: Cutting the Deal).
130. Broder, John M., 'Schwarzkopf's War Plan Based on Deception,' *Los Angeles Times*, February 28, 1991.
131. International Institute for Strategic Studies, *The Military Balance*, Volume 90, 1990 (p. 106).
132. 'When MiG-25 Foxbat Shot Down F-15 Eagle,' *Fighter Jets World*, June 16, 2022.
'Top Six Air to Air Engagements of the Gulf War: How Iraq and the U.S. Went Head to Head With F-15s, Foxbats and More,' *Military Watch Magazine*, February 20, 2021.
'Soviet MiG-25 Foxbat vs. American F-15 Eagle: Which Was Better in Air to Air Combat?,' *Military Watch Magazine*, October 15, 2020.
133. Cooper, Patrick, 'Coalition deaths fewer than in 1991,' *CNN*, Junee 25, 2003.
134. 'Flashback: 1991 Gulf War,' *BBC News*, March 20, 2003.
135. Hersh, Seymour M., 'Overwhelming Force: What happened in the final days of the Gulf War?,' *The New Yorker*, May 22, 2000 (pp. 48–82).

136. Turnley, Peter, 'The Unseen Gulf War,' *The Digital Journalist*, December 2002.
137. DeGhett, Torie Rose, 'The War Photo No One Would Publish,' *The Atlantic*, August 8, 2014.
138. Giordono, Joseph, 'U.S. troops revisit scene of deadly Gulf War barrage,' *Stars and Stripes*, February 23, 2003.
139. Coll, Steve and Branigin, William, 'U.S. Scrambled to Shape View of "Highway of Death",' *The New York Times*, March 11, 1991.
140. MacArthur, John R., *Second Front: Censorship and Propaganda in the 1991 Gulf War*, London, University of California Press, 2004 (pp. xv-xvi).
141. Sloyan, Patrick J., '"What I saw was a bunch of filled-in trenches with people's arms and legs sticking out of them. For all I know, we could have killed thousands",' *The Guardian*, February 14, 2003.
142. De Vita, Lorena and Taha, Amir, 'Gulf War: 30 years on, the consequences of Desert Storm are still with us,' *The Conversation*, February 26, 2021.
Kinsley, Michael, 'How Bush Wars Opened the Door for ISIS,' *Vanity Fair*, April 14, 2015.
Church, Lindsay, 'ISIS Success in Iraq: A Movement 40 Years in the Making,' University of Washington, Jackson School of International Studies, 2016 (https://digital.lib.washington.edu/researchworks/bitstream/handle/1773/36464/Church_washington_0250O_16069.pdf?sequence=1&isAllowed=y).
de Gracia, Danny, 'August 2 1990 Persian Gulf War Operation Desert Shield and Operation Desert Storm Begins,' *Constituting America*, July 17, 2020.
143. MacArthur, John R., *Second Front: Censorship and Propaganda in the 1991 Gulf War*, London, University of California Press, 2004 (p. 76).
144. Ibid. (pp. 73, 74).
145. Ibid. (pp. 73, 74).
146. Ibid. (p. 75).
147. Ibid. (pp. 75–76).
148. Tyler, Patrck E., 'Basra Journal; Iraqi Hospitals Struggle With Wounds of War,' *The New York Times*, July 5, 1991.
149. Meixler, Louis, 'Saddam Challenges No-Fly Zones,' *AP News*, January 4, 1999.
150. Timothy P. McIlmail, 'No-Fly Zones: The Imposition and Enforcement of Air

Exclusion Regimes over Bosnia and Iraq,' *Loyola of Los Angeles International and Comparative Law Review*, vol. 17, 1994 (pp. 35–83).

Boileau, Alain E., 'To the Suburbs of Baghdad: Clinton's tension of the Southern Iraqi No-Fly Zone,' *ILSA Journal of International & Comparative Law*, vol. 3, issue. 3, article 5, 1997.

Gellman, Barton, 'U.S. Planes Hit Iraqi Site After Missile Attack,' *Washington Post*, December 29, 1998.

151. 光是1991年至1995年間，就有500,000名孩童喪生：
'Sanctions Blamed for Deaths of Children,' *Lewiston Morning Tribune*, December 2, 1995.

Stahl, Lesley, 'Interview with Madeline Albright,' *60 Minutes*, May 12, 1996.

Up to 200,000 military casualties, 1991: 'Flashback: 1991 Gulf War,' *BBC News*, March 20, 2003.

152. 'Iraq conflict has killed a million Iraqis: survey,' *Reuters*, January 30, 2008.

153. Butler, Richard, *Saddam Defiant: The Threat of Weapons of Mass Destruction, and the Crisis of Global Security*, London, Weidenfeld & Nicolson, 2000 (p. 224).
Clark, Neil, 'Fools no more,' *The Guardian*, April 19, 2008.

154. 'U.S. Secretary of State Colin Powell's presentation to the U.N. Security Council on the U.S. case against Iraq,' *CNN*, February 5, 2013.

第五章　南斯拉夫內戰

1. Stockwell, John, *In Search of Enemies: A CIA Story*, New York, W. W. Norton & Company, 1978 (p. 201).
Prados, John, *Safe for Democracy: The Secret Wars of the CIA*, Chicago, Ivan R. Dee, 2006 (p. 329).
Hersh, Seymour, 'CIA Said to Have Aided Plotters Who Overthrew Nkrumah in Ghana,' *New York Times*, May 9, 1978.

2. Blum, William, *Killing Hope: U.S. Military and C.I.A. Interventions Since World War II*, London, Zed Books, 2003 (Chapter 14: Indonesia 1957–1958: War and

pornography).

3. Cockburn, Andrew, *Kill Chain, Drones and the Rise of High-Tech Assassins*, London, Picador, 2016 (p. 84).
Blum, William, *Killing Hope: U.S. Military and C.I.A. Interventions Since World War II*, London, Zed Books, 2003 (Appendix III).

4. Fukuyama, Francis, 'The End of History?,' *The National Interest*, no. 16, Summer 1989 (pp. 3–18).

5. Shank, Gregory, 'Not a Just War, Just a War – NATO's Humanitarian Bombing Mission,' *Social Justice*, vol. 26, no. 1, issue 75, Spring 1999 (p. 14).

6. Corruption Risk Assessment: Kosovo Extractive Industries Sector, Findings and Recommendations, United Nations Development Program, 2016.
'World Bank survey puts Kosovo's mineral resources at 13.5bn euros,' *Kosova Report*, January 28, 2005.
'A New Deal for Kosovo: Creating Sustainable Economic Growth,' Economic Initiative for Kosovo, June 2013.

7. Gervasi, Sean, *NATO the Balkans: Voices of Opposition*, New York, International Action Center, 1998 (pp. 21–46).
Shank, Gregory, 'Commentary: Not a Just War, Just a War – NATO's Humanitarian Bombing Mission,' *Social Justice*, Spring 1999, vol. 26, no. 1, issue 75 (p. 11).

8. Parenti, Michael, *To Kill a Nation: The Attack on Yugoslavia*, London, Verso, 2002 (pp. 24, 25).

9. Burkholder Smith, Joseph, *Portrait of a Cold Warrior*, New York, Putnam, 1976 (p. 210–211).
Election Code of the Philippines, Article X, Campaign and Election Propaganda, Section 81.
Weiner, Tim, 'C.I.A. Spent Millions to Support Japanese Right in 50's and 60's,' *The New York Times*, October 9, 1994.
Levin, Dov H., *Meddling in the Ballot Box: The Causes and Effects of Partisan Electoral Interventions*, Oxford, Oxford University Press, 2020.

10. Kolko, Gabriel, *Vietnam: Anatomy of a War, 1940–1975*, New York, Harper Collins, 1987 (p. 85).
Hanley, Charles J, and Choe, Sang Hun and Mendoza, Martha, *The Bridge at No*

Gun Ri: A Hidden Nightmare from the Korean War, New York, Henry Holt and Company, 2002 (p. 170).

Weathersby, Kathryn, '"Should We Fear This?" Stalin and the Danger of War with America,' Cold War International History Project: Working Paper No. 39, 2002.

11. Parenti, Michael, *To Kill a Nation: The Attack on Yugoslavia*, London, Verso, 2002 (p. 26).

12. Gervasi, Sean, 'Germany, US and the Yugoslav Crisis,' *Covert Action Quarterly*, Winter 1992-93.

    People's Weekly World, June 13, 1999.

    Parenti, Michael, *To Kill a Nation: The Attack on Yugoslavia*, London, Verso, 2002 (pp. 21, 22).

13. Elich, Gregory, *Covert Action Quarterly*, Fall/Winter 1999.

14. Bonner, Raymond, 'Croatian Army Charged with War Crimes,' *San Francisco Chronicle*, March 21, 1999.

15. *The Independent*, August 6, 1995.

16. 'CIA Agents Training Bosnian Army,' *The Guardian*, November 17, 1994.

    'America's Secret Bosnia Agenda,' *The Observer*, November 20, 1994.

    'How The CIA Helps Bosnia Fight Back,' *The European*, November 25, 1994.

    Glenny, Misha, *The Fall of Yugoslavia: The Third Balkan War*, London, Penguin, 1992 (p. 42).

17. *Los Angeles Times*, November 11, 1997.

18. Paris, Edmond, *Genocide in Satellite Croatia, 1941-1945*, Chicago, American Institute for Balkan Affairs, 1961.

    Parenti, Michael, *To Kill a Nation: The Attack on Yugoslavia*, London, Verso, 2002 (pp. 42-43).

19. Simon, Roger I. and Rosenberg, Sharon and Eppert, Claudia, *Between Hope and Despair: Pedagogy and the Remembrance of Historical Trauma*, Lanham, Rowman & Littlefield, 2000 (pp. 24-25).

20. Merlino, Jacques, *Les verités Yougosla- yes ne sont pas toutes bonnes 4 dire*, Paris, A. Michel, 1994.

    Harper, Stephen, *Screening Bosnia: Geopolitics, Gender and Nationalism in Film and Television Images of the 1992-95 War*, Bloomsbury, New York, London, 2017

(p. 41).

Klaus Bitterinann, *Serbia Must Die: Truth and Lies in the Yugoslav Civil War*, Berlin, Tiamat, 1994 (pp. 143–156).

21. Kenny, George, 'Steering Clear of Balkan Shoals,' *Nation,* January 8–15, 1996.
22. Parenti, Michael, *To Kill a Nation: The Attack on Yugoslavia*, London, Verso, 2002 (p. 94).
23. Boyd, Charles C., 'Making Peace with the Guilty: The Truth about Bosnia,' *Foreign Affairs,* September/October 1995.
24. Ibid.
25. Shank, Gregory, 'Commentary: Not a Just War, Just a War – NATO's Humanitarian Bombing Mission,' *Social Justice*, Spring 1999, vol. 26, no. 1, issue 75 (pp. 4–48).
    Roberts, Walter R., 'Serbs as Victims,' *Washington Post*, April 10, 1999.
26. Harper, Stephen, *Screening Bosnia: Geopolitics, Gender and Nationalism in Film and Television Images of the 1992–95 War*, New York, Bloomsbury, 2017 (p. 43).
27. Parenti, Michael, *To Kill a Nation: The Attack on Yugoslavia*, London, Verso, 2002 (pp. 34, 35).
28. Mueller, John and Mueller, Karl, 'Sanctions of Mass Destruction,' *Foreign Affairs,* May 1999.
29. Interview with President Slobodan Milosevic by Dr Ron Hatchett, transmitted on Houston-KHOU-TV 21.00–22.00 CDT, April 21, 1999.
30. 'Correction: Report on Rape in Bosnia,' *The New York Times,* October 23, 1993.
31. Salzman, Todd A., 'Rape Camps as a Means of Ethnic Cleansing: Religious, Cultural, and Ethical Responses to Rape Victims in the Former Yugoslavia,' *Human Rights Quarterly*, vol. 20, no. 2, May 1998 (pp. 348–378).
    Gutman, Roy, 'Rape Camps; Evidence Leaders in Bosnia Okd Attacks,' *Newsday*, April 19, 1993.
    Halsell, Grace, 'Human Rights Suit Came as a Surprise to Bosnian Serb Leader; Case Filed in U.S., but Alleged Actions Occurred Elsewhere,' *Dallas Morning News*, February 24, 1993.
32. Parenti, Michael, *To Kill a Nation: The Attack on Yugoslavia*, London, Verso,

2002 (p. 83).

33. Phillips, Peter, *Censored 2000: The Year's Top 25 Censored Stories*, New York, Seven Stories Press, 2000 (p. 200).
34. Black, Ian, 'Serbs "enslaved Muslim women at rape camps",' *The Guardian*, March 21, 2000.
35. *Agence France-Presse* release, February 2, 1993.
L'Evnement du Jeudi [*Thursday Event*], March 4, 1993.
36. Vine, David, *Base Nation, How U.S. Military Bases Abroad Harm America and the World*, New York, Henry Holt and Company, 2015 (Chapter 9: Sex for Sale, Section 5: Sold Hourly, Nightly or Permanently).
O'Meara, Kelly Patricia, 'US: DynCorp Disgrace,' *Insight Magazine*, January 14, 2002.
37. Beloff, Nora, 'Doubts about Serbian Rapes,' letter to *Daily Telegraph*, January 19, 1993.
38. 'Serbs file claim against NATO for use of chemical weapons during 1999 bombing of Yugoslavia,' *Morning Star Online*, August 1, 2021
39. *Daily Mirror*, January 4, 1993.
La Repubblwa, January 15. 1993.
Ivanovic, Zivota, *Media Warfare: The Serbs in Focus*, Belgrade, Tanjug, 1995 (p. 20).
40. Parenti, Michael, *To Kill a Nation: The Attack on Yugoslavia*, London, Verso, 2002 (pp. 85, 86).
41. *Newsday*, August 2, 3, 4, 1992.
Parenti, Michael, *To Kill a Nation: The Attack on Yugoslavia*, London, Verso, 2002 (p. 86).
42. *Newsday*, August 2, 3, 4, 1992.
Parenti, Michael, *To Kill a Nation: The Attack on Yugoslavia*, London, Verso, 2002 (p. 86).
43. Doughty, S. and Deans, S., 'Time Is Running Out, Major Warns Serbia,' *Daily Mail*, 1992 (p. 10)
44. Harper, Stephen, *Screening Bosnia: Geopolitics, Gender and Nationalism in Film and Television Images of the 1992–95 War*, New York, Bloomsbury, 2017 (p.

40).

45. Ascherson, Neal, 'Words fail us as the world drifts towards disorder,' *The Independent,* October 23, 1993.

46. Harper, Stephen, *Screening Bosnia: Geopolitics, Gender and Nationalism in Film and Television Images of the 1992–95 War,* New York, Bloomsbury, 2017 (p. 40).

47. 'German Minister Warned Milosevic of Sea of Blood,' *Reuters,* April 11, 1999.

48. Parenti, Michael, *To Kill a Nation: The Attack on Yugoslavia,* London, Verso, 2002 (p. 86).

49. Philips, Peter, *Censored 2005: The Top 25 Censored Stories,* New York, Seven Stories Press, 2004 (p. 130).

50. Brock, Peter, *Media Cleansing: Dirty Reporting Journalism & Tragedy in Yugoslavia,* Los Angeles, GM Books, 2005 (pp. 87–116).
Al-Tamimi, Aymenn Jawad, 'A Response to Roy Gutman's "Have the Syrian Kurds Committed War Crimes?",' *Syria Comment,* February 11, 2017.

51. Phillips, Joan, 'Who's Making the News in Bosnia?,' *Living Marxism,* no. 55, May 1993 (p. 12).

52. Ibid (p. 12).

53. Kouchner, Bernard, *Les Gurriers de la Paix* [*The Peace Warriors*], Paris, Grasset, 2004 (pp. 374–375).
Harper, Stephen, *Screening Bosnia: Geopolitics, Gender and Nationalism in Film and Television Images of the 1992–95 War,* New York, Bloomsbury, 2017 (p. 41).

54. Lituchy, Barry, 'Media Deception and the Yugoslav Civil War' in: *NATO in the Balkans: Voices of Opposition,* New York, International Action Centre, 1998 (pp. 205, 206).
Deichmann, Thomas, 'The Picture That Fooled the World,' in: *NATO in the Balkans: Voices of Opposition,* New York, International Action Centre, 1998 (pp. 165–178).
Parenti, Michael, *To Kill a Nation: The Attack on Yugoslavia,* London, Verso, 2002 (pp. 88, 89).

55. Nambiar, Satish, 'The Fatal Flaws Underlying NATO's Intervention in Yugoslavia,' *United Services Institution of India,* April 6, 1999.

Column 291, British Parliament, May 26, 1999 (https://publications.parliament.uk/pa/cm199899/cmhansrd/vo990526/debtext/90526-05.htm).

56. Johnstone, Diana, 'Notes on the Kosovo Problem and the International Community,' *Dialogue*, no. 25, Spring 1998.

    Shank, Gregory, 'Not a Just War, Just a War – NATO's Humanitarian Bombing Mission,' *Social Justice*, vol. 26, no. 1, issue 75, Spring 1999 (p. 23).

57. Parenti, Michael, *To Kill a Nation: The Attack on Yugoslavia*, London, Verso, 2002 (p. 89).

    John Ranz, paid advertisement by Survivors of the Buchenwald Concentration Camp, USA, *The New York Times*, April 29, 1993.

58. Parenti, Michael, *To Kill a Nation: The Attack on Yugoslavia*, London, Verso, 2002 (p. 12).

59. Ibid (p. 90).

60. Mira Beham, 'The Media Fan the Flames,' in: Klaus Bitterinann, *Serbia Must Die: Truth and Lies in the Yugoslav Civil War*, Berlin, Tiamat, 1994 (pp. 122, 123).

61. 'The real story behind Srebrenica,' *The Globe and Mail*, July 14, 2005.

62. Burke, Jason, 'Frankenstein the CIA created,' *The Guardian*, January 17, 1999.

    Fisher Max, 'Blowback: In Aiding Iranian Terrorists, the U.S. Repeats a Dangerous Mistake,' *The Atlantic*, April 6, 2012

    Bergen, Peter and Reynolds, Alec, 'Blowback Revisited,' *Foreign Affairs*, November/December 2005.

    Weiner, Tim, 'Blowback from the Afghan Battlefield,' *The New York Times*, March 13, 1994.

63. Boldak, Spin, 'The "blowback" from Afghanistan "Monster",' *The Baltimore Sun*, August 6, 1996.

    Sageman, Marc, *Understanding Terror Networks*, Philadelphia, University of Pennsylvania Press, 2004 (pp. 58, 59).

    Akram, Assen, *Histoire de la Guerre d'Afghanistan*, Paris, Editions Balland, 1996 (pp. 227–277).

64. O'Neil, Brandon, 'How We Trained Al Qaeda,' *Spectator*, September 13, 2003.

65. Ibid.

66. Ibid.

'Unhealthy Climate in Kosovo as Guerrillas Gear Up for a Summer Confrontation,' *Jane's International Defense Review*, February 1, 1999.

'U.S. Alarmed as Mujahidin Join Kosovo Rebels,' *The Times*, November 26, 1998.

'Kosovo Seen as New Islamic Bastion,' *Jerusalem Post*, September 14, 1998.

Bodansky, Yossef, 'Italy Becomes Iran's New Base for Terrorist Operations,' *Defense and Foreign Affairs Strategic Policy*, February 1998.

67. *Jane's Intelligence Review*, October 1, 1996.
68. Hedges, Chris, 'Kosovo's Rebels Accused of Executions in the Ranks,' *The New York Times*, June 25, 1999.
69. Murphy, Richard, 'Albanian Love Affair with NATO Carries Risks,' *Reuters*, April 12, 1999.
70. Agovino, Theresa, 'Refugee Crush Threatens Macedonia's Delicate Balancing Act,' *San Francisco Chronicle*, April 22, 1999.
   Shank, Gregory, 'Not a Just War, Just a War – NATO's Humanitarian Bombing Mission,' *Social Justice*, vol. 26, no. 1, issue 75, Spring 1999 (p. 16).
71. 'Yugoslavia's Strategy,' Stratfor Global Intelligence Update, March 31, 1999.
   Shank, Gregory, 'Commentary: Not a Just War, Just a War – NATO's Humanitarian Bombing Mission,' *Social Justice*, Spring 1999, vol. 26, no. 1, issue 75 (p. 14).
72. Hammond, Philip and Herman, Edward S., *Degraded Capability: The Media and the Kosovo Crisis*, London, Pluto Press, 2000 (p. 139).
73. Vogel, Tobias K., '"Preponderant Power": NATO and the New Balkans,' *International Journal*, vol. 55, no. 1, Winter, 1999/2000 (pp. 15–34).
74. Castan Pinos, Jaume, *Kosovo and the Collateral Effects of Humanitarian Intervention*, Abingdon, Routledge, 2019 (Chapter 1).
75. Shank, Gregory, 'Not a Just War, Just a War – NATO's Humanitarian Bombing Mission,' *Social Justice*, vol. 26, no. 1, issue 75, Spring 1999 (p. 17).
76. 'After two decades, the hidden victims of the Kosovo war are finally recognised,' *The Guardian*, August 3, 2018.
   '"Wounds that burn our souls": Compensation for Kosovo's wartime rape survivors, but still no justice,' *Amnesty International*, December 13, 2017.
77. 'KLA rebels accused of vandalizing Serb monastery,' *CNN*, June 17, 1999.
   Maniscalco, Fabio, 'The Loss of the Kosovo Cultural Heritage,' *webjournal*, 2006.

"'Stop denying the cultural heritage of others," UN expert says after first fact-finding visit to Serbia and Kosovo,' Geneva, United Nations High Commissioner for Human Rights, October 14, 2016.

The New York Times, November 1, 1987.

78. '"Wounds that burn our souls": Compensation for Kosovo's wartime rape survivors, but still no justice,' *Amnesty International,* December 13, 2017.

    Bogdanović, Ljiljana, 'Abductions and Disappearances of Non-Albanians in Kosovo,' Belgrade, Humanitarian Law Center, 2001.

    Bytyci, Fatos, 'War crimes prosecutor indicts Kosovo president Thaci,' *Reuters,* June 24, 2020.

79. de Quetteville, Harry and Moore, Malcolm, 'Serb prisoners "were stripped of their organs in Kosovo war",' *The Daily Telegraph*, April 14, 2008.

80. Pope, Conor, 'Politician angers MEPs over Kosovo organ harvesting claim,' *Irish Times,* March 11, 2011.

81. Shank, Gregory, 'Not a Just War, Just a War: NATO's Humanitarian Bombing Mission,' *Social Justice*, vol. 26, no. 1, issue 75, Spring 1999 (pp. 17, 21).

82. Kenney, George, 'Caught in Kosovo,' *The Nation*, July 6, 1998.

83. Cohen, Tom, 'Associated Press Dispatch,' August 3, 1999.

    Talbot, Karen, 'The Real Reasons for War In Yugoslavia: Backing up Globalization with Military Might,' *Social Justice*, vol. 27, no. 4, issue 82, Winter 2000 (pp. 94–116).

84. 'Drugs Money Linked to the Kosovo Rebels,' *The Times,* March 24, 1999.

    'Life in the Balkan "Tinderbox" Remains as Dangerous as Ever,' *Jane's Intelligence Review*, March 1, 1999.

    'Albanian Mafia, This Is How It Helps the Kosovo Guerrilla Fighters,' *Corriere della Sera,* October 15, 1998.

    'Major Italian Drug Bust Breaks Kosovo Arms Trafficking,' *Agence France-Presse*, June 9, 1998.

    'Speculation Plentiful, Facts Few About Kosovo Separatist Group,' *Baltimore Sun,* March 6, 1998.

    'Another Balkans Bloodbath? – Part One,' *Jane's Intelligence Review*, February 1, 1998.

'The Balkan Medellin,' *Jane's*, March 1, 1995.

Binder, David and Mendenhall, Preston, 'Sex, drugs and guns in the Balkans,' *NBC News*, February 2, 2004.

Klebnikov, Peter, 'Heroin Heroes,' *Mother Jones*, January/February 2000.

85. Binder, David and Mendenhall, Preston, 'Sex, drugs and guns in the Balkans,' *NBC News*, February 2, 2004.

86. Klebnikov, Peter, 'Heroin Heroes,' *Mother Jones,* January/February 2000.

87. Ibid.

88. 'KLA Linked To Enormous Heroin Trade: Police suspect drugs helped finance revolt,' *San Francisco Chronicle*, May 5, 1999.

89. Klebnikov, Peter, 'Heroin Heroes,' *Mother Jones,* January/February 2000.

90. Clark, Alan, 'A clumsy war,' *BBC News*, May 13, 1999.

91. Shank, Gregory, 'Not a Just War, Just a War – NATO's Humanitarian Bombing Mission,' *Social Justice*, vol. 26, no. 1, issue 75, Spring 1999 (p. 18).

92. Craig, Larry E. and West, Jude, 'The Kosovo Liberation Army: Does Clinton Policy Support Group with Terror, Drug Ties?,' United States Republican Policy Committee, March 31, 1999.

93. 'The KLA – terrorists or freedom fighters?,' *BBC News,* June 28, 1998.

94. Castan Pinos, Jaume, *Kosovo and the Collateral Effects of Humanitarian Intervention*, Abingdon, Routledge, 2019 (Chapter 2).

95. Layne, Christopher and Schwarz, Benjamin, 'For the Record,' *The National Interest*, no. 57, Fall 1999 (pp. 9–15).

96. Bissett, James, 'We Created a Monster,' *Toronto Star*, July 31, 2001.

97. 'Rise of the Kosovar freedom fighters,' *Le Monde Diplomatique*, May 1999.

Fallgot, Roger, 'How Germany Backed KLA,' *The European*, September 21–27, 1998.

Küntzel, Matthias, *Der Weg in den Krieg. Deutschland, die Nato und das Kosovo* [The Road to War. Germany, Nato and Kosovo], Berlin, Elefanten Press, 2002 (pp. 59–64).

98. Castan Pinos, Jaume, *Kosovo and the Collateral Effects of Humanitarian Intervention*, Abingdon, Routledge, 2019 (pp. 155, 156).

Parenti, Michael, *To Kill a Nation: The Attack on Yugoslavia*, London, Verso, 2002

(p. 99).

Shank, Gregory, 'Commentary: Not a Just War, Just a War – NATO's Humanitarian Bombing Mission,' *Social Justice*, Spring 1999, vol. 26, no. 1, issue 75 (pp. 4–48).

Gellman, Barton, 'The Path to Crisis: How the United States and Its Allies Went to War,' *Washington Post*, April 18, 1999

99. Pilger, John, 'US and British officials told us that at least 100,000 were murdered in Kosovo. A year later, fewer than 3,000 bodies have been found,' *New Statesman*, September 4, 2000.

100. Blair, Tony, 'Prime Minister Blair's Article for BBC News Online,' *BBC* News, May 14, 1999.

101. Clark, Neil, 'How the battle lies were drawn,' *Spectator*, June 14, 2003.

Nelson, Lars-Erik, 'Numbers in Kosovo Don't Add Up,' *Orlando Sentinel*, October 28, 1999.

102. Blair, Tony, 'Prime Minister Blair's Article for BBC News Online,' *BBC* News, May 14, 1999.

103. Max Boehnel Interview with Noam Chomsky, *CBC News*, April 8, 1999.

104. 'Rambouillet talks "designed to fail",' *BBC News*, March 19, 2000.

105. Craig, Larry E. and West, Jude, 'The Kosovo Liberation Army: Does Clinton Policy Support Group with Terror, Drug Ties?,' United States Republican Policy Committee, March 31, 1999.

106. Descamps, Philippe, 'Kosovo's open wounds, twenty years on,' *Le Monde Diplomatique*, March 2019.

107. Clark, Neil, 'How the battle lies were drawn,' *Spectator*, June 14, 2003.

'Did We Ever Really Try Diplomacy on Kosovo?,' *The New York Times*, May 25, 1999.

Hammond, Philip and Herman, Edward S., *Degraded Capability: The Media and the Kosovo Crisis*, London, Pluto Press, 2000 (p. 138).

108. Wintour, Patrick, 'MPs say Kosovo bombing was illegal but necessary,' *The Guardian*, June 7, 2000.

Erlanger, Steven, 'Rights Group Says NATO Bombing in Yugoslavia Violated Law,' *The New York Times*, June 8, 2000.

109. Badsey, Stephen and Latawski, Paul, *Britain, NATO and the Lessons of the*

Balkan Conflicts, 1991–1999, London, Frank Cass, 2004 (pp. 83, 84).

110. Shank, Gregory, 'Not a Just War, Just a War – NATO's Humanitarian Bombing Mission,' *Social Justice*, vol. 26, no. 1, issue 75, Spring 1999 (pp. 25, 26, 28).

111. Lobel, Jules and Ratner, Michael, 'Humanitarian Intervention in Kosovo: A Highly Suspect Pretext for War,' New York, Center for Constitutional Rights, 1999.
Parenti, Michael, *To Kill a Nation: The Attack on Yugoslavia*, London, Verso, 2002 (pp. 10, 11, 27).
Shank, Gregory, 'Not a Just War, Just a War – NATO's Humanitarian Bombing Mission,' *Social Justice*, vol. 26, no. 1, issue 75, Spring 1999 (pp. 4–48).
Talbot, Karen, 'The Real Reasons for War in Yugoslavia: Backing up Globalization with Military Might,' *Social Justice*, vol. 27, no. 4, issue 82, Winter 2000 (pp. 94–116).

112. Harrison, Frances, 'The broken survivors of Sri Lanka's civil war,' *BBC News*, October 11, 2012.

113. 'Congo crisis is deadliest since second world war,' *New Scientist*, January 2006.

114. McKiernan, Kevin, 'Turkey's War on the Kurds,' *Bulletin of the Atomic Scientists*, March/April 1999 (pp. 26–37).

115. Derfner, Larry and Sedan, Gil, 'Why Is Israel Waffling on Kosovo?,' *Jewish Bulletin News*, April 9, 1999.
Shank, Gregory, 'Not a Just War, Just a War – NATO's Humanitarian Bombing Mission,' *Social Justice*, vol. 26, no. 1, issue 75, Spring 1999 (p. 33).

116. Shank, Gregory, 'Not a Just War, Just a War – NATO's Humanitarian Bombing Mission,' *Social Justice*, vol. 26, no. 1, issue 75, Spring 1999 (p. 34).

117. Parenti, Michael, *To Kill a Nation: The Attack on Yugoslavia*, London, Verso, 2002 (p. 27).

118. Erlanger, Steven, 'Survivors of NATO Attack on Serb TV Headquarters: Luck, Pluck and Resolve,' *The New York Times*, April 24, 1999.

119. McCormack, Timothy and McDonald, Avril, *Yearbook of International Humanitarian Law – 2003*, The Hague, T.M.C. Asser Press, 2006 (p. 381).

120. Erlanger, Steven, 'Survivors of NATO Attack on Serb TV Headquarters: Luck, Pluck and Resolve,' *The New York Times*, April 24, 1999.

121. Chomsky, Noam, 'Chomsky: Paris attacks show hypocrisy of West's outrage,' *CNN*, January 20, 2015.
122. Ibid.
123. Erlanger, Steven, 'Survivors of NATO Attack on Serb TV Headquarters: Luck, Pluck and Resolve,' *The New York Times*, April 24, 1999.
124. 'No justice for the victims of NATO bombings,' *Amnesty International*, April 23, 2009.
125. Chomsky, Noam, 'Chomsky: Paris attacks show hypocrisy of West's outrage,' *CNN*, January 20, 2015.
126. Richter, Paul, 'Milosevic Not Home as NATO Bombs One of His Residences,' *Los Angeles Times*, April 23, 1999.
127. Badsey, Stephen and Latawski, Paul, *Britain, NATO and the Lessons of the Balkan Conflicts, 1991–1999*, London, Frank Cass, 2004 (p. 92).
128. Tanjug press release, April 9, 1999.
    'Analysis: Propaganda War Hots Up,' *BBC News*, April 9, 1999.
    Badsey, Stephen and Latawski, Paul, *Britain, NATO and the Lessons of the Balkan Conflicts, 1991–1999*, London, Frank Cass, 2004 (p. 91).
129. 'Officially confirmed / documented NATO UAV losses,' *Aeronautiics.ru*, June 1, 2001.
    Newdick, Thomas, 'Yes, Serbian Air Defenses Did Hit Another F-117 During Operation Allied Force In 1999,' *The Drive*, December 1, 2020.
130. Erlanger, Steven, 'Survivors of NATO Attack on Serb TV Headquarters: Luck, Pluck and Resolve,' *The New York Times*, April 24, 1999.
131. Ibid.
132. Norton-Taylor, Richard, 'NATO cluster bombs "kill 15" in hospital and crowded market,' *The Guardian*, May 8, 1999.
133. Ibid.
134. 'Ниш чисти касетне бомбе' [Nis cleans cluster bombs], *Rts.rs*, May 24, 2009.
135. 'Scale of cluster bomb problem in Serbia revealed for first time,' *Relief Web*, March 10, 2009.
    Zimonjic, Vesna Peric, 'BALKANS: Cluster Bombs Threaten Thousands,' *Inter Press Service News Agency*, April 8, 2009.

136. Phillips, Peter, *Censored 2000: The Year's Top 25 Censored Stories*, New York, Seven Stories Press, 2000 (p. 208).
Los Angeles Times, May 23, 1999.
137. Mizokami, Kyle, 'In 1999, America Destroyed China's Embassy in Belgrade (And Many Chinese Think It Was on Purpose),' *National Interest*, January 21, 2017.
138. Fox, Tom, 'Bombs over Belgrade: An Underrated Sino-American Anniversary,' *War on the Rocks*, May 7, 2019.
139. 'Truth behind America's raid on Belgrade,' *The Guardian*, November 28, 1999.
140. Sweeney, John and Holsoe, Jens and Vulliamy, Ed, 'Nato bombed Chinese deliberately,' *The Guardian*, October 17, 1999.
141. 'Truth behind America's raid on Belgrade,' *The Guardian*, November 28, 1999.
142. Sweeney, John and Holsoe, Jens and Vulliamy, Ed, 'NATO bombed Chinese deliberately,' *The Guardian*, October 17, 1999.
143. Ibid.
'Truth behind America's raid on Belgrade,' *The Guardian*, November 28, 1999.
144. Schmitt, Eric, 'In a Fatal Error, C.I.A. Picked a Bombing Target Only Once: The Chinese Embassy,' *The New York Times*, July 23, 1999.
145. 'Truth behind America's raid on Belgrade,' *The Guardian*, November 28, 1999.
146. 'The chemical effects of DU,' *Le Monde Diplomatique*, February 2001.
'"Up to 15 tons of depleted uranium used in 1999 Serbia bombing" – lead lawyer in suit against NATO,' *RT*, June 13, 2017.
'Side Effects of NATO's Yugoslavia Campaign: Cancer, Sterility & Mental Disorders,' *Sputnik News*, May 16, 2019.
147. '22 April: Milosevic defiant as Nato bombs hit home,' *The Guardian*, April 22, 1999.
148. Richter, Paul, 'Milosevic Not Home as NATO Bombs One of His Residences,' *Los Angeles Times*, April 23, 1999.
149. Chapman, Steve, 'A War Against All of the Serbs,' *Chicago Tribune*, April 29, 1999.
150. Pilger, John, 'US and British officials told us that at least 100,000 were murdered in Kosovo. A year later, fewer than 3,000 bodies have been found,' *New Statesman*, September 4, 2000.

151. Hosmer, Stephen T., 'The conflict over Kosovo: why Milosevic decided to settle when he did,' *Rand Corporation,* 2001 (p. xxv).
    Dobbs, Michael, 'NATO's Latest Target: Yugoslavia's Economy,' *Washington Post,* April 25, 1999.
152. Schmitt, Eric, 'Bombs Are Smart. People Are Smarter,' *The New York Times,* July 4, 1999.
    Hackworth, David, 'How the Serbs Outfoxed NATO,' *Kitsap Sun,* July 11, 1999.
153. Richter, Paul, 'Milosevic Not Home as NATO Bombs One of His Residences,' *Los Angeles Times,* April 23, 1999.
154. Stigler, Andrew L., 'A Clear Victory for Air Power: NATO's Empty Threat to Invade Kosovo,' *International Security*, vol. 27, no. 3, Winter, 2002–2003 (pp. 124–157).
155. Graham, Bradley, 'Analysis: Warnings of Air War Drawbacks,' *Washington Post,* April 27, 1999.
    'General Admits Error in Sizing Up Milosevic,' *San Francisco Chronicle*, April 27, 1999.
156. Chapman, Steve, 'A War Against All of the Serbs,' *Chicago Tribune,* April 29, 1999.
157. Friedman, Thomas L., 'Foreign Affairs; Stop the Music,' *The New York Times,* April 23, 1999.
158. Dobbs, Michael, 'NATO's Latest Target: Yugoslavia's Economy,' *Washington Post,* April 25, 1999.
159. Ibid.
160. Ibid.
161. Hosmer, Stephen T., 'The conflict over Kosovo: why Milosevic decided to settle when he did,' *Rand Corporation,* 2001 (pp. xxix-xxv).
    'War in Europe' (Documentary), *PBS Frontline*, February 22, 2000.
162. Hosmer, Stephen T., 'The conflict over Kosovo: why Milosevic decided to settle when he did,' *Rand Corporation,* 2001 (p. xxiii).
163. Clark, Neil, 'Murder at The Hague? The strange case of sick & suicidal Serbs,' *RT,* October 29, 2015.
164. Hibbitts, Bernard, 'Russia confirms Milosevic letter, wants to review post-

mortem results,' *Jurist*, March 13, 2006.

Slobodan Milosevic's Letter to the Russian Ministry of Foreign Affairs, March 8, 2006.

165. Simpson, Daniel, 'Bye-Bye Yugoslavia, Hello Serbia and Montenegro,' *The New York Times*, February 4, 2003.

166. 'Kosovo's NATO future: How to Square the Circle?,' *Clingendael – Netherlands Institute of International Relations*, December 2020.

Bauluz, Alfonso, 'Kosovo still dreams of EU and NATO membership,' *Euracitv*, October 25, 2016.

'Slovenia supports Kosovo's efforts to join NATO, EU,' *Gazeta Express*, August 4, 2021.

167. Lakic, Mladen, 'NATO Approves Membership Action Plan for Bosnia,' *Balkan Insight*, December 5, 2018.

168. Nelson, Lars-Erik, 'Numbers in Kosovo Don't Add Up,' *Orlando Sentinel*, October 28, 1999.

169. Erlanger, Steven and Wren, Christopher S., 'Early Count Hints at Fewer Kosovo Deaths,' *The New York Times*, November 11, 1999.

Nelson, Lars-Erik, 'Numbers in Kosovo Don't Add Up,' *Orlando Sentinel*, October 28, 1999.

Phillips, Peter, *Censored 2000: The Year's Top 25 Censored Stories*, New York, Seven Stories Press, 2000 (p. 204).

170. Nelson, Lars-Erik, 'Numbers in Kosovo Don't Add Up,' *Orlando Sentinel*, October 28, 1999.

171. Ibid.

172. 'Up to 10,000 buried in Kosovo's mass graves, British say,' *CNN*, June 17, 1999.

173. 'The Horrors of Kosovo,' *The New York Times*, June 21, 1999.

174. 'Despite Tales, the War in Kosovo Was Savage, but Wasn't Genocide,' *Wall Street Journal*, December 31, 1999.

175. Pilger, John, 'US and British officials told us that at least 100,000 were murdered in Kosovo. A year later, fewer than 3,000 bodies have been found,' *New Statesman*, September 4, 2000.

176. Nelson, Lars-Erik, 'Numbers in Kosovo Don't Add Up,' *Orlando Sentinel*,

October 28, 1999.

177. Hammond, Philip and Herman, Edward S., *Degraded Capability: The Media and the Kosovo Crisis*, London, Pluto Press, 2000 (p. 139).
Pilger, John, 'Kosovo Killing Fields?,' *New Statesman*, November 21, 1999.
178. Clark, Neil, 'Fools no more,' *The Guardian*, April 19, 2008.
179. Descamps, Philippe, 'Kosovo's open wounds, twenty years on,' *Le Monde Diplomatique*, March 2019.
180. Phillips, Peter, *Censored 2000: The Year's Top 25 Censored Stories*, New York, Seven Stories Press, 2000 (p. 205).
181. 'Despite Tales, the War in Kosovo Was Savage, but Wasn't Genocide,' *Wall Street Journal*, December 31, 1999.
182. Pilger, John, 'US and British officials told us that at least 100,000 were murdered in Kosovo. A year later, fewer than 3,000 bodies have been found,' *New Statesman*, September 4, 2000.
183. Clark, Neil, 'How the battle lies were drawn,' *Spectator*, June 14, 2003.
184. Parenti, Michael, 'Where Are All the Bodies Buried? NATO Commits Acts of Aggression,' *Z Magazine*, June 2000.

第六章　伊拉克戰爭

1. Woodward, Bob, *Bush at War*, New York, Simon & Schuster, 2002 (p. 49).
2. Clarke, Richard A., *Against All Enemies: Inside America's War on Terror*, New York, Free Press, 2004 (p. 30).
3. Clarke, Richard A., 'Interview by Leslie Stahl,' *60 Minutes*, *CBS News*, March 21, 2004.
4. Clarke, Richard A., *Against All Enemies: Inside America's War on Terror*, New York, Free Press, 2004 (p. 32).
5. Clarke, Richard A., 'Interview by Leslie Stahl,' *60 Minutes*, *CBS News*, March 21, 2004.
6. Kessler, Glenn, 'U.S. Decision On Iraq Has Puzzling Past,' *Washington Post*,

January 12, 2003.

7. Sciolino, Elaine and Tyler, Patrick E., 'Some Pentagon Officials and Advisers Seek to Oust Iraq's Leader in War's Next Phase,' *The New York Times*, October 12, 2001.
8. Bush, George W., Prime Time News Conference, White House, Washington, DC, October 11, 2001.
9. Woodward, Bob, *Bush at War*, New York, Simon & Schuster, 2002 (pp. 99, 167).
10. van der Heide, Liesbeth, 'Cherry-Picked Intelligence. The Weapons of Mass Destruction Dispositive as a Legitimation for National Security in the Post 9/11 Age,' *Historical Social Research*, vol. 38, no. 1, 2013 (pp. 286–307).
11. Swansbrough, Robert, *Test by Fire: The War Presidency of George W Bush*, New York, Palgrave Macmillan, 2008 (pp. 153, 154)
    Hersh, Seymour, 'Selective Intelligence,' *New Yorker*, vol. 79, no. 11, May 12, 2003 (p. 45).
12. Suskind, Ron, *The Price of Loyalty: George W. Bush, the White House, and the Education of Paul O'Neill*, New York, Simon & Schuster, 2004 (p. 75).
13. Powell, Colin, Testimony before U.S. Senate Foreign Relations Committee, U.S. Senate, Washington DC, January 17, 2001.
14. Rosen, Gary, *The Right War?: The Conservative Debate on Iraq*, Cambridge, Cambridge University Press, 2005 (p. 20).
15. Robin, Corey, 'Grand Designs: How 9/11 Unified Conservatives in Pursuit of Empire,' *Washington Post*, May 2, 2004 (p. B1).
16. Kristol, William and Kagan, Robert, 'Toward a Neo-Reaganite Foreign Policy,' *Foreign Affairs*, vol. 75, no. 4, July–August 1996 (p. 20).
17. Letter to President Clinton, Project for the New American Century, January 26, 1998
    (http://www.newamericancentury.org/iraqclintonletter.htm).
18. Swansbrough, Robert, *Test by Fire: The War Presidency of George W Bush*, New York, Palgrave Macmillan, 2008 (p. 127).
19. Halper, Stefan and Clarke, Jonathan, *America Alone: The Neo-Conservatives and the Global Order*, New York, Cambridge University Press, 2004 (p. 11).
    Swansbrough, Robert, *Test by Fire: The War Presidency of George W Bush*, New

York, Palgrave Macmillan, 2008 (p. 128).

20. Milbank, Dana and Deane, Claudia, 'Hussein Link to 9/11 Lingers in Many Minds,' *Washington Post*, September 6, 2003.
21. Swansbrough, Robert, *Test by Fire: The War Presidency of George W Bush*, New York, Palgrave Macmillan, 2008 (p. 129).
22. 'Americans Felt Uneasy Toward Arabs Even Before September 11,' *Gallup.com*, September 28, 2001.
23. Mueller, John, *Policy and Opinion in the Gulf War*, Chicago, University of Chicago Press, 1994 (p. 270).
24. Ibid (p. 271).
25. 'America at War,' *Washington Post*, December 21, 2001 (survey from December 18–19, 2001).
26. 'Bush: NATO should be firm on Iraq,' *China Daily*, November 21, 2002.
27. 'The Madman in Iraq,' *CATO Institute*, February 20, 2004.
28. Kristol, William, Testimony of William Kristol to the Senate Foreign Relations Committee, United States Senate, Washington DC, February 7, 2002.
29. 'The Vice President Appears on NBC's Meet the Press,' *White House news release*, December 9, 2001.
30. Stout, David, 'Rumsfeld Says Criticism Won't Determine Policy on Iraq,' *The New York Times*, August 20, 2002.
31. 'Rumsfeld Says U.S. Has "Bulletproof" Evidence of Iraq's Links to Al Qaeda,' *The New York Times*, September 28, 2002.
32. Allen, Mike, 'War Cabinet Argues for Iraq Attack,' *Washington Post*, September 9, 2002.
33. 'Shaping Saddam: How the Media Mythologized A Monster,' *Yale Review of International Studies*, June 3, 2018.
34. Gershkoff, Amy and Kushner, Shana, 'Shaping Public Opinion: The 9/11-Iraq Connection in the Bush Administration's Rhetoric,' *Cambridge Core*, August 26, 2005.

    'Shaping Saddam: How the Media Mythologized A Monster,' *Yale Review of International Studies*, June 3, 2018.
35. Press Briefing by National Security Advisor Condoleezza Rice, The James S.

Brady Press Briefing Room, The White House, November 8, 2001.
36. Gordon, Michael R., 'Cheney Says Next Goal in U.S. War on Terror Is to Block Access to Arms,' *The New York Times*, March 16, 2002.
37. Bush, George W., President Bush Delivers Graduation Speech at West Point, United States Military Academy, West Point, New York, June 1, 2002.
38. *Los Angeles Times*, Poll Study 484, April 2–3, 2003.
Gershkoff, Amy and Kushner, Shana, 'Shaping Public Opinion: The 9/11-Iraq Connection in the Bush Administration's Rhetoric,' *Perspectives on Politics*, vol. 3, no. 3, 2005 (pp. 525–537).
39. Ibid (pp. 525–537).
Based on 4 poll average. Sources: Los Angeles Times Poll Study 481, January 30–February 2, 2003; Los Angeles Times Poll Study 482, February 7–8, 2003; CNN/USA Today/Gallup Poll, March 22–23, 2003; ABC News/ Washington Post Poll, March 20, 2003.
40. Gershkoff, Amy and Kushner, Shana, 'Shaping Public Opinion: The 9/11-Iraq Connection in the Bush Administration's Rhetoric,' *Perspectives on Politics*, vol. 3, no. 3, 2005 (pp. 525–537).
41. Ibid. (pp. 525–537).
42. Smith, Michael, 'RAF Bombing Raids Tried to Goad Saddam into War,' *Sunday Times*, May 29, 2005.
43. Smith, Michael, 'The war before the war,' *New Statesman*, May 30, 2005.
Franks, Tommy R., *American Soldier*, New York, HarperCollins, 2004 (p. 342).
44. Norton-Taylor, Richard, 'Britain and US step up bombing in Iraq,' *The Guardian*, December 4, 2002.
45. Mitchell, Greg, 'Bob Woodward's Biggest Failure: Iraq,' *The Nation*, March 7, 2013.
46. President Bush, Prime Minister Blair Discuss Keeping the Peace, Remarks by the President and Prime Minister Tony Blair in Photo Opportunity, Camp David, Maryland, Office of the Press Secretary, September 7, 2002.
47. MacArthur, John R., *Second Front: Censorship and Propaganda in the 1991 Gulf War*, London, University of California Press, 2004 (Preface).
48. DeYoung, Karen, 'Bush, Blair Decry Hussein,' *Washington Post,* September 8,

2002.

MacArthur, John R., *Second Front: Censorship and Propaganda in the 1991 Gulf War*, London, University of California Press, 2004 (p. xxv).

49. *Washington Times*, September 27, 2002.

MacArthur, John R., *Second Front: Censorship and Propaganda in the 1991 Gulf War*, London, University of California Press, 2004 (pp. xxx, xxxi).

50. MacArthur, John R., *Second Front: Censorship and Propaganda in the 1991 Gulf War*, London, University of California Press, 2004 (p. xxv).

51. Bush, George W., 'President's Remarks at the United Nations General Assembly,' September 12, 2002.

52. Lynch, Colum, 'No "Smoking Guns" So Far, U.N. Is Told,' *Washington Post*, January 10, 2003.

53. 'No "Genuine Acceptance" of Disarmament, Blix Says,' *Washington Post*, January 28, 2003.

54. MacArthur, John R., *Second Front: Censorship and Propaganda in the 1991 Gulf War*, London, University of California Press, 2004 (p. xxviii).

55. Press Briefing by Ari Fleischer, The White House, January 9, 2003.

56. Wolfowitz, Paul D., 'Address on Iraqi Disarmament,' Council on Foreign Relations, New York, January 23, 2003.

57. Rice, Condoleezza, 'Why We Know Iraq Is Lying,' *The New York Times*, January 23, 2003.

58. Preston, Julia and Purdum, Todd S., 'Bush's Push on Iraq at U.N.,' *The New York Times*, September 22, 2002.

59. Ritter, Scott, 'The coup that wasn't,' *The Guardian*, September 28, 2005.

'Interview with Melvin Goodman: The October '02 National Intelligence Estimate,' *Frontline, PBS* (https://www.pbs.org/wgbh/pages/frontline/darkside/themes/nie.html).

Edwards, David and Cromwell, David, *Propaganda Blitz: How the Corporate Media Distort Reality*, London, Pluto Press, 2018 (Chapter 5: Libya: 'It's All. About Oil').

'Scott Ritter and Seymour Hersh: Iraq Confidential,' *The Nation*, October 26, 2005.

60. Heikal, Mohamed, *Illusions of Triumph: An Arab View of the Gulf War*, New

York, HarperCollins, 1993 (pp. 414, 415).
61. Peterson, Scott, 'In war, some facts less factual,' *Christian Science Monitor*, September 6, 2002.
62. Wintour, Patrick, 'Bush largely ignored UK advice on postwar Iraq, Chilcot inquiry finds,' *The Guardian*, July 6, 2016.
63. Drezner, Daniel W., *The Sanctions Paradox: Economic Statecraft and International Relations*, Cambridge, Cambridge University Press, 1999 (p. 286).
64. Swansbrough, Robert, *Test By Fire: The War Presidency Of George W Bush*, New York, Palgrave Macmillan, 2008 (pp. 135, 136).
Moore, David W., 'Powell's U.N. Appearance Important to Public,' *The Gallup Poll*, February 4, 2003.
65. Gershkoff, Amy and Kushner, Shana, 'Shaping Public Opinion: The 9/11-Iraq Connection in the Bush Administration's Rhetoric,' *Perspectives on Politics*, vol. 3, no. 3, 2005 (pp. 525–537).
66. Ibid (pp. 525–537).
67. Gershkoff, Amy and Kushner, Shana, 'Shaping Public Opinion: The 9/11-Iraq Connection in the Bush Administration's Rhetoric,' *Perspectives on Politics*, vol. 3, no. 3, 2005 (pp. 525–537).
68. Bush, George W., 'President Delivers "State of the Union",' Washington DC, January 28, 2003.
69. Squitieri, Tom and Page, Susan, 'Rumsfeld: Al-Qaeda-Saddam Link Is Weak,' *USA Today*, October 5, 2004.
70. Stout, David, 'Rumsfeld Speaks of Evidence Linking Iraq and Al Qaeda,' *The New York Times*, September 26, 2002.
71. Pfiffner, James P., 'Did President Bush Mislead the Country in His Arguments for War with Iraq?,' *Presidential Studies Quarterly*, vol. 34, no. 1, March 2004 (pp. 25–46).
72. 'Transcript: Bush on the USS Lincoln,' *ABC News*, January 6, 2006.
73. Leopold, Jason, 'The CIA Just Declassified the Document That Supposedly Justified the Iraq Invasion,' *Vice News*, March 19, 2015.
74. Peterson, Scott, 'In war, some facts less factual,' *Christian Science Monitor*, September 6, 2002.

75. 'Interview with David Kay,' *Frontline,* June 20, 2006.
76. Gompert, David C. and Binnendijk, Hans and Lin, Bonny, *Blinders, Blunders, and Wars: What America and China Can Learn,* Santa Monica, RAND Corporation, 2014 (pp. 169, 170).
77. The 9/11 Commission Report: Final Report of the National Commission on Terrorist Attacks Upon the United States, Washington DC, U.S. Government Printing Office, 2004 (p. 334).
78. 'The Czech Connection; No Evidence Of Meeting With Iraqi,' *The New York Times,* June 17, 2004.
79. Leopold, Jason, 'The CIA Just Declassified the Document That Supposedly Justified the Iraq Invasion,' *Vice News,* March 19, 2015.
80. Conclusions, Report on the U.S. Intelligence Community's Prewar Intelligence Assessments on Iraq, Select Committee on Intelligence, United States Senate (https://www.washingtonpost.com/wp-srv/nation/shoulders/senateiraqconclusions.pdf).
81. Cheney, Richard, 'Address to the Veterans of Foreign Wars,' Nashville, Tennessee, August 26, 2002.
82. Stept, Stephen and Isikoff, Michael and Maddow, Rachel, 'Hubris: Selling the Iraq War' (Documentary), *MSNBC Films,* 2013.
83. 'President Bush Outlines Iraqi Threat,' Remarks by the President on Iraq, Cincinnati Museum Centre, October 7, 2002.
84. 'Transcript: CIA Director Defends Iraq Intelligence,' *Washington Post,* February 5, 2004.
85. Presidential Comments, *CNN,* December 31, 2002.
86. 'CIA mostly right, Tenet says,' *The Baltimore Sun,* February 6, 2004.
87. Leopold, Jason, 'The CIA Just Declassified the Document That Supposedly Justified the Iraq Invasion,' *Vice News,* March 19, 2015.
88. 'Top Bush officials push case against Saddam,' *CNN,* September 8, 2002.
89. 'Evidence on Iraq Challenged,' *Washington Post,* September 19, 2002.
90. Breslow, Jason M., 'Colin Powell: U.N. Speech "Was a Great Intelligence Failure",' *Frontline,* May 17, 2016.
91. Schwartz, Jon, 'Lie After Lie: What Colin Powell Knew About Iraq 15 Years Ago

and What He Told the U.N.,' *The Intercept*, February 6, 2018.

92. Ibid.
93. Harding, Luke, 'Revealed: truth behind US "poison factory" claim,' *The Guardian*, February 9, 2003.
94. 'Threats and Responses: The Evidence; Islamists in Iraq Offer a Tour of "Poison Factory" Cited by Powell,' *The New York Times*, February 9, 2003.
95. Fleishman, Jeffrey, 'Fears Grow in Village U.S. Cited as Threat,' *Los Angeles Times*, February 18, 2003.
    Daragahi, Borzou, 'Media Tour Alleged "Poison Site" in Iraq,' *MRT News*, February 7, 2003.
96. Holland Michel, Arthur, 'History Lesson: Iraq's Foil-clad Drones,' *Drone Center*, March 13, 2015.
    Peterson, Scott, 'The Case of the "Deadly" Drone,' *Christian Science Monitor*, March 13, 2003.
    'The Air Force Dissents,' *Carnegie Endowment for International Peace*, September 11, 2003.
97. 'Just 45 minutes from attack,' *Daily Mail*, September 24, 2002.
98. 'Full text of Tony Blair's foreword to the dossier on Iraq,' *The Guardian*, September 24, 2002.
99. Lewis, Jeffrey, 'Why Did Saudi Arabia Buy Chinese Missiles?,' *Foreign Policy*, January 30, 2014.
    Roblin, Sebastien, 'Saudi Arabia Already Has a Ballistic Missile Arsenal Courtesy of China – With a Little Help from the CIA,' *National Interest*, September 22, 2018.
100. 'Israel could use ballistic missiles against Iran-report,' *Reuters*, March 17, 2009.
101. Bechtol Jr., Bruce E., *North Korean Military Proliferation in the Middle East and Africa*, Lexington, University Press of Kentucky, 2018 (p. 20).
102. Segal, Udi, *IDF Radio*, March 22, 1994.
     Worldwide Intelligence Review, Hearing Before the Select Committee on Intelligence of the United States Senate, One Hundred Fourth Congress, First Session on Worldwide Intelligence Review, January 10, 1995 (p. 105).
103. 'Missile Technology Control Regime (MTCR): North Korea's Submitted Pursuant

to Resolution 2050 (2012),' S/2013/337, June 11, 2013.

Hughes, Robin, 'SSRC: Spectre at the Table,' *Jane's Defence Weekly*, January 22, 2014.

104. Preble, Christopher A., 'The Madman in Iraq,' *CATO Institute*, February 20, 2004.

105. Brown, Daniel, 'Republican congressman says the US should preemptively strike North Korea,' *Business Insider*, September 22, 2017.

Peters, Ralph, 'The moral answer to North Korea's threats, Take them out!' *New York Post*, September 4, 2017.

Friedman, Uri, 'Lindsey Graham Reveals the Dark Calculus of Striking North Korea,' *The Atlantic*, August 1, 2017.

Thomas, Raju G. C., *The Nuclear Non-Proliferation Regime: Prospects for the 21st Century*, Houndmills, MacMillan, 1998 (p. 228).

106. Norton-Taylor, Richard, 'Iraq dossier drawn up to make case for war – intelligence officer,' *The Guardian*, May 12, 2011.

107. Goslett, Miles, 'Damning new evidence that Dr Kelly DIDN'T commit suicide,' *Daily Mail*, January 12, 2019.

Hoggard, Simon, 'The real scandal of David Kelly's death,' *The Guardian*, June 9, 2011.

Gilligan, Andrew, 'The betrayal of Dr David Kelly, 10 years on,' *The Telegraph*, June 21, 2013.

Cassidy, John, 'The David Kelly Affair,' *New Yorker*, November 30, 2003.

Baker, Norman, *The Strange Death of David Kelly*, London, Methuen, 2007.

Goslett, Miles, *An Inconvenient Death: How the Establishment Covered Up the David Kelly Affair*, New York, Apollo, 2018.

108. MacAskill, Ewen and Borger, Julian, 'Iraq war was illegal and breached UN charter, says Annan,' *The Guardian*, September 16, 2004.

Kramer, Ronald and Michalowski, Raymond and Rothe, Dawn, '"The Supreme International Crime": How the U.S. War in Iraq Threatens the Rule of Law,' *Social Justice*, vol. 32, no. 2, 2005 (pp. 52–81).

Hughes, David, 'Chilcot report: John Prescott says Iraq War was illegal,' *The Independent*, July 9, 2016.

109. Waters, Maurice, 'The Invasion of Grenada, 1983 and the Collapse of Legal Norms,' *Journal of Peace Research*, vol. 23, no. 3, September 1986 (pp. 229–246).

Berlin, Michael J., 'U.S. Allies Join in Lopsided U.N. Vote Condemning Invasion Of Grenada,' *Washington Post*, November 3, 1983.

110. Rothschild, Matthew, 'In Panama, An Illegal and Unwarranted Invasion,' *Chicago Tribune*, December 21, 1989.

Maechling Jr., Charles, 'Washington's Illegal Invasion,' *Foreign Policy*, no. 79, Summer, 1990 (pp. 113–131).

Henkin, Louis, 'The Invasion of Panama Under International Law: A Gross Violation,' *Columbia Journal of Transnational Law*, vol. 29, issue 2, 1991 (pp. 293–318).

111. Wintour, Patrick, 'MPs say Kosovo bombing was illegal but necessary,' *The Guardian*, June 7, 2000.

Erlanger, Steven, 'Rights Group Says NATO Bombing in Yugoslavia Violated Law,' *The New York Times*, June 8, 2000.

112. Bennis, Phyllis, 'The February Bombing of Iraq and the Bush Jr Administration,' *Transnational Institute*, July 18, 2005.

113. Schwarz, Jon, 'Lie After Lie: What Colin Powell Knew About Iraq 15 Years Ago and What He Told the U.N.,' *The Intercept*, February 6, 2018.

Matthews, Dylan, 'No, really, George W. Bush lied about WMDs,' *Vox*, July 9, 2016.

114. Swansbrough, Robert, *Test by Fire: The War Presidency Of George W Bush*, New York, Palgrave Macmillan, 2008 (p. 139).

115. Ibid (p. 136).

116. *Sunday Times*, May 1, 2005.

117. Tenet, George, *At the Center of the Storm: My Years at the CIA*, New York, Harper Collins, 2007 (p. 310).

118. Cheney, Richard, 'Address to the Veterans of Foreign Wars,' Nashville, Tennessee, August 26, 2002.

119. Tenet, George, *At the Center of the Storm: My Years at the CIA*, New York, Harper Collins, 2007 (p. 315).

120. Dalrymple, Mary, 'Byrd's Beloved Chamber Deaf to His Pleas for Delayed Vote,' *Congressional Quarterly,* vol. 60, no. 39, October 12, 2002 (p. 2674).
121. Pfiffner, James P., 'Did President Bush Mislead the Country in His Arguments for War with Iraq?,' *Presidential Studies Quarterly,* vol. 34, no. 1, March 2004 (p. 26).
122. 'The Madman in Iraq,' *CATO Institute,* February 20, 2004.
123. Thomas, Gary, 'State Sponsored Terrorism Thrives,' *Voice of Asia,* April 19, 2006.
124. Silverstein, Ken, 'Official Pariah Sudan Valuable to America's War on Terrorism,' *Los Angeles Times*, April 29, 2005.
125. Jeffery, Simon, '"We cannot wait for the smoking gun",' *The Guardian,* October 8, 2002.
126. Maddox, J.D., 'The Day I Realized I Would Never Find Weapons of Mass Destruction in Iraq,' *The New York Times,* January 29, 2020.
127. Ibid.
128. Murphy, Dan, 'Bad reason to invade Iraq No. 3: "We can trust Ahmed Chalabi",' *Christian Science Monitor*, March 19, 2013.
129. Isikoff, Michael and Corn, David, *Hubris: The Inside Story of Spin, Scandal, and the Selling of the Iraq War*, New York, Crown Publishers, 2006 (p. 415).
130. Matthews, Dylan, '16 absolutely outrageous abuses detailed in the CIA torture report,' *Vox,* December 9, 2014.
 Pfeiffer, Sacha, 'CIA Used Prisoner As "Training Prop" For Torture, Psychologist Testifies,' *NPR News*, January 23, 2020.
 'Daniel Jones: CIA torture not needed to get terror leads,' *BBC News,* December 6, 2019.
131. Clwyd, Ann, 'See men shredded, then say you don't back war,' *The Times,* March 18, 2003.
132. 'Truth and fairness stuffed down the shredder,' *Sydney Morning Herald,* March 22, 2003.
133. Phillips, Melanie, 'This war IS about good versus evil,' *Daily Mail,* March 24, 2003.
134. O'Neill, Brendan, 'Not a shred of evidence,' *Spectator,* February 21, 2004.

135. O'Neill, Brendan, 'The missing people-shredder,' *The Guardian*, February 25, 2004.
136. O'Neill, Brendan, 'Not a shred of evidence,' *Spectator*, February 21, 2004.
137. Peterson, Scott, 'In war, some facts less factual,' *Christian Science Monitor*, September 6, 2002.
138. Bush, George W., 'The President Discusses the Future of Iraq,' *American Enterprise Institute*, February 26, 2003.
139. Beaumont, Peter, 'PM admits graves claim "untrue",' *Observer*, July 18, 2004.
140. Ibid.

Beal, Tim, *North Korea: The Struggle Against American Power*, London, Pluto Press, 2005 (p. 129).

141. Landry, Steven M., '"Reds Driven Off": the US Media's Propaganda During the Gulf of Tonkin Incident,' *The Cupola,* Spring 2020.
142. Bricmont, Jean, *Humanitarian Imperialism: Using Human Rights to Sell War*, New York, Monthly Review Press, 2006 (Chapter 7: Prospects, Dangers and Hopes, Section 2: The Crimes of Saddam Hussein).
143. Sonmez, Felicia, 'Rep. Duncan Hunter says his unit "killed probably hundreds of civilians" in Iraq,' *Washington Post,* June 4, 2019.
144. Phakdeetham, Janine, 'Iraq War Vet says he was "shown slow-motion sniper kills to desensitize him" & was "systematically trained to kill",' *The Sun,* July 14, 2020.
145. 'Australian "war crimes": Elite troops killed Afghan civilians, report finds,' *BBC News,* November 19, 2020.

Hadid, Diaa, '"I Remember Them Screaming": Afghans Detail Alleged Killings By Australian Military,' *NPR News,* April 25, 2021.

146. Bardo, Matt and O'Grady, Hannah, 'Did UK Special Forces execute unarmed civilians?,' *BBC News,* August 1, 2020.
147. 'Iraq war veteran: "The Marines took it upon themselves to shoot at, beat, rob, rape, kill whoever they wanted to. And that's being proposed on the news as a few bad apples, an isolated incident",' *In the NOW,* December 16, 2019.
148. Cobain, Ian, 'British army permitted shooting of civilians in Iraq and Afghanistan,' *Middle East Eye,* February 4, 2019.

'"Killing spree": UK soldiers told to kill unarmed citizens in Iraq and Afghanistan – report,' *RT*, February 15, 2019.

149. '"Power and Influence" of UK Armed Forces Ended Iraq War Crimes Investigations, Peace Group Fears,' *Sputnik News*, June 3, 2020.
150. Edwards, Rob, 'U.S. fired depleted uranium at civilian areas in 2003 Iraq war, report finds,' *The Guardian*, June 19, 2014.
151. Patrick Cockburn, 'Toxic legacy of US assault on Fallujah "worse than Hiroshima",' *The Independent*, October 22, 2011.
152. '"Up to 15 tons of depleted uranium used in 1999 Serbia bombing" – lead lawyer in suit against NATO,' *RT*, June 13, 2017.
153. Patrick Cockburn, 'Toxic legacy of US assault on Fallujah "worse than Hiroshima",' *The Independent*, October 22, 2011.
154. Ibid.
155. Higham, Scott and Stephens, Joe, 'New Details of Prison Abuse Emerge,' *Washington Post*, May 21, 2004 (p. A01).
156. Ibid (p. A01).
157. Ibid (p. A01).
158. Ibid (p. A01).
159. Ibid (p. A01).
160. Ibid (p. A01).
161. Sealey, Geraldine, 'Hersh: Children sodomized at Abu Ghraib, on tape,' *Salon*, July 15, 2004.
162. Ibid.
163. Harding, Luke, 'After Abu Ghraib,' *The Guardian*, September 20, 2004.
Taguba, Antonio, '"The Taguba Report" on Treatment of Abu Ghraib Prisoners in Iraq,' *Findlaw.com*, May 2004.
164. Harding, Luke, 'After Abu Ghraib,' *The Guardian*, September 20, 2004.
Taguba, Antonio, '"The Taguba Report" on Treatment of Abu Ghraib Prisoners in Iraq,' *Findlaw.com*, May 2004.
165. Harding, Luke, 'After Abu Ghraib,' *The Guardian*, September 20, 2004.
Taguba, Antonio, '"The Taguba Report" on Treatment of Abu Ghraib Prisoners in

Iraq,' *Findlaw.com*, May 2004.

166. Ibid.
167. Gardham, Duncan and Cruickshank, Paul, 'Abu Ghraib abuse photos "show rape",' *The Telegraph*, May 28, 2009.
168. Sealey, Geraldine, 'Hersh: Children sodomized at Abu Ghraib, on tape,' *Salon*, July 15, 2004
169. Gardham, Duncan and Cruickshank, Paul, 'Abu Ghraib abuse photos "show rape",' *The Telegraph*, May 28, 2009.
170. Baker, Raymond W. and Ismael, Shereen T. and Ismael, Tareq Y., *Cultural Cleansing in Iraq*, London, Pluto Press, 2010 (p. 4).
171. 'The Iraq We Left Behind,' *Foreign Affairs,* March/April 2012.
172. 'At a Crossroads: Human Rights in Iraq Eight Years after the US-Led Invasion,' *Human Rights Watch*, 2010.
173. 'Iraq conflict has killed a million Iraqis: survey,' *Reuters,* January 30, 2008.
174. Lochhead, Carolyn, 'Conflict in Iraq – Iraq Refugee Crisis Exploding – 40% of Middle Class Believed To Have Fled Crumbling Nation,' *San Francisco Chronicle*, January 16, 2007.
175. 'Millions Leave Home in Iraqi Refugee Crisis,' *NPR News,* February 17, 2007.
'UN warns of five million Iraqi refugees,' *The Independent,* December 14, 2007.
176. 'Iraq Is Caught in the Middle as U.S. and Iran Spar on Its Soil,' *The New York Times,* June 28, 2021.
177. 'We finally know what Hillary Clinton knew all along – U.S. allies Saudi Arabia and Qatar are funding Isis,' *The Independent*, October 14, 2016.
178. 'President Obama Speaks with VICE News,' *Vice News,* March 17, 2015.
179. Beauchamp, Zack, 'I read the UK's huge Iraq War report. It's even more damning than you think.,' *Vox*, July 6, 2016.
180. Bowman, Tom, 'As U.S. Military Exits Iraq, Contractors To Enter,' *NPR News*, May 17, 2011.
'Civilians to Take U.S. Lead as Military Leaves Iraq,' *The New York Times,* August 18, 2010.
181. Read, Russ, 'World's most feared drone: CIA's MQ-9 Reaper killed Soleimani,' *Washington Examiner*, January 3, 2020.

182. Tawfeeq, Mohammed and Humayun, Hira, 'Iraqi Prime Minister was scheduled to meet Soleimani the morning he was killed,' *CNN*, January 6, 2020.
183. Gamp, Joseph, 'Iran has a "shockingly strong" war crimes case against Trump over Soleimani's killing, NATO military attache warns,' *The Sun*, January 15, 2020.
184. Nebehay, Stephanie, 'U.N. expert deems U.S. drone strike on Iran's Soleimani an "unlawful" killing,' *Reuters*, July 6, 2020.

    Brennan, David, 'Killing Soleimani was a "Violation of National and International Law," Former Nuremberg War Crimes Prosecutor Says,' *News Week*, January 17, 2020.

    'Consequences of America's Assassination of General Qasem Soleimani: Everything That Has Happened Since,' *Military Watch Magazine*, January 4, 2020.

    Korso, Tim, 'Putin, Erdogan See US Actions in Persian Gulf, Soleimani Assassination as Illegal - Lavrov,' *Sputnik News*, January 8, 2020.
185. Macias, Amanda, 'State Department tells Iraq it will not discuss US troop withdrawal,' *CNBC*, January 10, 2020.
186. 'Iraq slams "unacceptable" US strikes on pro-Iran fighters,' *France 24*, Jun

第七章　美國與北韓之間的衝突

1. McIntyre, Jamie, 'Washington was on brink of war with North Korea 5 years ago,' *CNN*, October 4, 1999.

   Johnson, Jesse, 'Obama weighed pre-emptive strike against North Korea after fifth nuclear blast and missile tests near Japan in 2016, Woodward book claims,' *Japan Times*, September 12, 2018.
2. Kazianis, Harry J.,' A U.S. Invasion of North Korea Would Be Like Opening the Gates of Hell,' *National Interest*, May 13, 2019.
3. Crossette, Barbara, 'Iraq Sanctions Kill Children, U.N. Reports,' *New York Times*, December 1, 1995.
4. Sachs, Jeffrey and Weisbrot, Mark, 'Economic Sanctions as Collective

Punishment: The Case of Venezuela,' *Center for Economic and Policy Research*, April 2019.

Selby-Green, Michael, 'Venezuela crisis: Former UN rapporteur says US sanctions are killing citizens,' *The Independent*, January 26, 2019.

5. 'How Sanctions Affect Iran's Economy,' *Council on Foreign Relations*, May 22, 2012.

   'Iran's Inflation Rate Reaches An Alarming 50 Percent,' *Iran Intl*, April 21, 2021.

6. 'North Korea's Stable Exchange Rates Confound Economists,' *Associated Press*, November 16, 2018.

   Kim, Christine and Chung, Jane, 'North Korea 2016 economic growth at 17-year high despite sanctions: South Korea,' *Reuters*, July 21, 2017.

   Lankov, Andrei, 'Sanctions working? Not yet . . . ,' *Korea Times*, May 29, 2016.

   Pearson, James and Park, Ju-Min, 'Despite sanctions, North Korea prices steady as Kim leaves markets alone,' *Reuters*, August 8, 2016.

7. *The first twenty-five years of the World Intellectual Property Organization, from 1967 to 1992*, Geneva, International Bureau of Intellectual Property, 1992 (pp. 294, 295 for DPRK statistics).

8. Abt, Felix, *A Capitalist in North Korea: My Seven Years in the Hermit Kingdom*, North Clarendon, Tuttle, 2014 (Chapter 2: Malaise into Opportunity, Part 3: Will North Korea Strike Gold?).

9. 'Interview: Ashton Carter,' *Frontline*, March 3, 2003.

10. Bechtol, Bruce E., *Military Proliferation to the Middle East in the Kim Jong-un Era: A National Security and Terrorist Threat*, Presentation at Shurat HaDin Law Center, March 5, 2016.

11. 'North Korea: The War Game,' *The Atlantic*, July/August 2005.

12. Dominguez, Gabriel, 'USFK confirms North Korea's Hwaseong-15 ICBM can target all of US mainland,' *Janes*, July 11, 2019.

    Panda, Ankit, 'US Intelligence: North Korea's ICBM Reentry Vehicles Are Likely Good Enough to Hit the Continental US,' *The Diplomat*, August 12, 2017.

    Warrick, Joby and Nakashima, Ellen and Fifield, Anna, 'North Korea now making missile-ready nuclear weapons, U.S. analysts say,' *Washington Post*, August 8, 2017.

13. Sharman, John, 'America could lose a war against North Korea, former US commander says in leaked letter,' *The Independent,* November 10, 2017.
    Gady, Franz-Stefan, 'Military Stalemate: How North Korea Could Win a War With the US,' *The Diplomat,* October 10, 2017.
14. Abrams, A. B., *Immovable Object: North Korea's 70 Years At War with American Power*, Atlanta, Clarity Press, 2020 (Chapter 19: Information War: The Final Frontier).
15. Donghyuk, Shin, Dalhousie University, Academics, Convocation, Ceremonies, Honorary Degree Recipients, Honorary Degree 2014.
16. Pilling, David, 'Lunch with the FT: Shin Dong-hyuk,' *Financial Times,* August 30, 2013.
17. Lankov, Andrei, 'Changing North Korea: An Information Campaign Can Beat the Regime,' *Foreign Affairs,* vol. 88, no. 6, November/December 2009 (pp. 95–105).
    Lankov, Andrei, 'Another Myanmar? Why there won't be a military coup in North Korea any time soon,' *NK News,* February 3, 2021.
18. Lankov, Andrei, 'After the Shin Dong-hyuk affair: Separating fact, fiction,' *NK News,* February 3, 2015.
19. '그는 처음부터 18호 수용소에서 살았다' ['He Lived in Camp 18 From the Beginning'], *Hankyoreh*, April 1, 2016.
20. Fifield, Anna, 'Prominent N. Korean defector Shin Dong-hyuk admits part of story are inaccurate,' *Washington Post*, January 17, 2015.
21. Harden, Blaine, *Escape from Camp 14: One Man's Remarkable Odyssey from North Korea to Freedom in the West*, New York, Viking, 2012 (p. 46).
22. Power, John, 'Author of book on North Korea's founding addresses Shin controversy,' *NK News*, March 18, 2015.
23. Murray, Richard, 'Reporting on the impossible: The use of defectors in covering North Korea,' *The International Journal of Communication Ethics*, vol. 14, no. 4, 2017 (pp. 17–24).
24. Dorell, Oren, 'U.S. puts N. K. leader Kim Jong Un on sanctions list for human rights abuses,' *USA Today* July 6, 2016.
25. Schwartz, Jon, 'Lie After Lie: What Colin Powell Knew About Iraq 15 Years Ago

and What He Told the U.N.,' *The Intercept,* February 6, 2018.

26. '"Speak up against China": North Korean defector Yeonmi Park's tearful plea,' *Hong Kong Foreign Correspondents Club,* April 3, 2017.
'How North Korea's burgeoning middle class is painting a new picture of life in the DPRK,' *Hong Kong Foreign Correspondents Club,* December 8, 2017.

27. Interview with Yeonmi Park in: 'Tyranny, Slavery and Columbia U,' *The Jordan B. Peterson Podcast* (Youtube Channel), Season 4, Episode 26, May 31, 2021.

28. 'There's no word for love in North Korea,' Yeonmi Park at Google Zeitgeist, May 2016.

29. Interview with Yeonmi Park in: 'Tyranny, Slavery and Columbia U,' *The Jordan B. Peterson Podcast* (Youtube Channel), Season 4, Episode 26, May 31, 2021.

30. Murray, Richard, 'Reporting on the impossible: The use of defectors in covering North Korea,' *The International Journal of Communication Ethics,* vol. 14, no. 4, 2017 (pp. 17–24).

31. Jolley, Mary Ann, 'The Strange Tale of Yeonmi Park,' *The Diplomat,* December 10, 2014.

32. Interview with Yeonmi Park in: 'Tyranny, Slavery and Columbia U,' *The Jordan B. Peterson Podcast* (Youtube Channel), Season 4, Episode 26, May 31, 2021.

33. Jolley, Mary Ann, 'The Strange Tale of Yeonmi Park,' *The Diplomat,* December 10, 2014.

34. Ibid.
Interview with Yeonmi Park in: 'Tyranny, Slavery and Columbia U,' *The Jordan B. Peterson Podcast* (Youtube Channel), Season 4, Episode 26, May 31, 2021.

35. 'Hong Kong Special,' *Casey & Yeonmi: North Korea Today,* September 25, 2014.

36. Interview with Yeonmi Park in: 'Tyranny, Slavery and Columbia U,' *The Jordan B. Peterson Podcast* (Youtube Channel), Season 4, Episode 26, May 31, 2021.

37. ' 북한의 상류층 예주의 남모를 고민 !' ['Worrying about the appearance of Yeju, the upper class of North Korea!'], Now On My Way to See You, Episode 58, January 2013.
Jolley, Mary Ann, 'The Strange Tale of Yeonmi Park,' *The Diplomat,* December 10, 2014.

38. 'Yeonmi Park: The Defector Who Fooled the World,' *JooPark3782 Blog,*

December 22, 2015.

39. Jolley, Mary Ann, 'The Strange Tale of Yeonmi Park,' *The Diplomat*, December 10, 2014.

40. Lee, Je Son, 'Why defectors change their stories,' *NK News*, January 21, 2015.

41. Jolley, Mary Ann, 'The Strange Tale of Yeonmi Park,' *The Diplomat*, December 10, 2014.

42. Power, John, 'North Korea: Defectors and Their Sceptics,' *The Diplomat*, October 29, 2014.

43. O'Carroll, Chad, 'Claims N. Korean defector earns $41k per speech "completely incorrect",' *NK News*, June 30, 2015.

44. 'How Covid-19 is Destroying the North Korean Regime,' *Voice of North Korea by Yeonmi Park* (Youtube Channel), June 1, 2021.

    'Uprising inside North Korea,' *Voice of North Korea by Yeonmi Park* (Youtube Channel), April 28, 2021.

    'Is the North Korean Regime Collapsing,' *Voice of North Korea by Yeonmi Park* (Youtube Channel), May 27, 2021.

    'The End of Kim Jong-un,' *Voice of North Korea by Yeonmi Park* (Youtube Channel), January 31, 2021.

    'Coup in North Korea,' *Voice of North Korea by Yeonmi Park* (Youtube Channel), March 1, 2021.

    'Breaking News: Massive Uprising in Musan, North Korea,' *Voice of North Korea by Yeonmi Park* (Youtube Channel), March 9, 2021.

    'Is Kim Jong-Un about to be replaced,' *Voice of North Korea by Yeonmi Park* (Youtube Channel), June 17, 2021.

    'The Deadly New Virus Spreading in North Korea Might Bring Down the Regime,' *Voice of North Korea by Yeonmi Park* (Youtube Channel), May 3, 2021.

45. 'Shocking Secret of Kim Yo-jeong,' *Voice of North Korea by Yeonmi Park* (Youtube Channel), July 7, 2021.

46. 'What Happens If you become disabled in North Korea?,' *Voice of North Korea by Yeonmi Park* (Youtube Channel), January 14, 2021.

47. 'The Deadly New Virus Spreading in North Korea Might Bring Down the Regime,' *Voice of North Korea by Yeonmi Park* (Youtube Channel), May 3, 2021.

48. 'How Much Does North Korean Regime Earn Selling Their Women to China,' *Voice of North Korea by Yeonmi Park* (Youtube Channel), February 21, 2021.
49. 'Is Kim Jong-Un Gay?,' *Voice of North Korea by Yeonmi Park* (Youtube Channel), February 26, 2021.
50. 'Will Kim Jong Un's Mistress Take Over North Korea?,' *Voice of North Korea by Yeonmi Park* (Youtube Channel), March 15, 2021.
51. 'The True Dark Side of North Korea Pleasure Squad,' *Voice of North Korea by Yeonmi Park* (Youtube Channel), April 19, 2021.
    'North Korea's Secret "Pleasure Squad" Parties,' *Voice of North Korea by Yeonmi Park* (Youtube Channel), December 17, 2021.
    'Exclusive: New Photos of Kim Jong Un's Pleasure Squad,' *Voice of North Korea by Yeonmi Park* (Youtube Channel), December 23, 2020.
52. Song, Jiyoung, 'Why do North Korean defector testimonies so often fall apart?,' *The Guardian*, October 13, 2015.
    Song, Jiyoung, 'Unreliable witnesses: The challenge of separating truth from fiction when it comes to North Korea,' *Policy Forum*, August 2, 2015.
53. 'BBC " 북 , 정치범 생체실험 보도" 신빙성 논란 ' ['BBC's "North Korea reports on political prisoner's biological experiments" credibility controversy'], *Media Today*, March 2, 2004.
54. Song, Jiyoung, 'Unreliable witnesses: The challenge of separating truth from fiction when it comes to North Korea,' *Policy Forum*, August 2, 2015.
    ' 아들을 토막내 고기로 팔았다 ? 그건 거짓말 ' ['Did you sell your son as meat? That's a lie'], *OhMyNews*, February 12, 2012.
55. Murray, Richard, 'Reporting on the impossible: The use of defectors in covering North Korea,' *The International Journal of Communication Ethics*, vol. 14, no. 4, 2017 (pp. 17–24).
56. Ibid (pp. 17–24).
57. Green, C., 'Why North Korean defectors choose to leave,' *NK News*, April 27, 2017.
58. Ahn, J., 'Almost half of defectors experience discrimination in the South: Major survey,' *NK News*, March 15, 2017.
59. Yun, David, 'Loyal Citizens of Pyongyang in Seoul' (Documentary), October 16,

2018.
60. Ibid.
61. 'Almost half of defectors experience discrimination in the South: Major survey,' *NK News*, March 15, 2017.
62. Lee, Hakyung Kate, 'North Korean mother and son defectors die of suspected starvation in Seoul,' *ABC News*, September 22, 2019.
63. Go, Myong-Hyun, 'Resettling in South Korea: Challenges for Young North Korean Refugees,' *The Asan Institute for Policy Studies*, vol. 4, no. 26, September 12–29, 2019.

'Report to Congressional Requesters, Humanitarian Assistance: Status of North Korean Refugee Resettlement and Asylum in the United States,' *United States Government Accountability Office* (GAO-10-691), June 2010 (p. 44).
64. Asmolov, Konstantin, 'On the Fate of Thae Yŏng-ho,' *New Eastern Outlook*, January 28, 2017.
65. Song, Jiyoung, 'Why do North Korean defector testimonies so often fall apart?,' *The Guardian*, October 13, 2015.
66. Ibid.
67. Song, Jiyoung, 'Unreliable witnesses: The challenge of separating truth from fiction when it comes to North Korea,' *Policy Forum*, August 2, 2015.
68. Ripley, Will, 'Tearful North Korean waitresses: Our "defector" colleagues were tricked,' *CNN*, April 20, 2016.
69. 'Tale of North Korean Waitresses Who Fled to South Takes Dark Turn,' *New York Times*, May 11, 2018.
70. Yun, David,'Loyal Citizens of Pyongyang in Seoul' (Documentary), October 16, 2018.
71. Choe, Sang-Hun, 'A North Korean Defector's Regret,' *New York Times*, August 15, 2015.

Taylor, Adam, 'Why North Korean Defectors Keep Returning Home,' *Business Insider*, December 26, 2013.

Yoon, Soo, 'North Korean defectors see American dream deferred as reality sets in the US,' *The Guardian*, June 13, 2016.

'South Korea to deport Korean-American accused of praising North,' *The*

Guardian, January 9, 2015.

'Shattering the myth that all N. Koreans want to defect to S. Korea,' *Hankyoreh*, February 4, 2021.

72. 'After Fleeing North Korea, some defectors want to go back to life under Kim Jong Un,' *ABC News*, December 14, 2017.

Yun, David, 'Loyal Citizens of Pyongyang in Seoul' (Documentary), October 16, 2018.

73. 'North Korean defector interrupts UN human rights event to plead tearfully to be allowed to return to Pyongyang,' *The Telegraph* December 14, 2017.

74. Hancocks, Paula and Masters, James, 'South Korea to quadruple reward fee for North Korean defectors,' *CNN*, March 5, 2017.

'South Korea boosts reward for defectors from North to $860,000,' *BBC News*, March 5, 2017.

75. Fisher, Max, 'No, Kim Jong Un probably didn't feed his uncle to 120 hungry dogs,' *Washington Post*, January 3, 2014.

76. Stone Fish, Isaac, 'The Black Hole of North Korea,' *New York Times*, August 8, 2011.

77. Murray, Richard, 'Reporting on the impossible: The use of defectors in covering North Korea,' *The International Journal of Communication Ethics*, vol. 14, no. 4, 2017 (pp. 17–24).

78. O'Carroll, Chad, 'North Korea's invisible phone, killer dogs and other such stories – why the world is transfixed,' *The Telegraph*, January 6, 2014.

79. O'Carroll, Chad, 'North Korea's invisible phone, killer dogs and other such stories – why the world is transfixed,' *The Telegraph*, January 6, 2014.

80. Armstrong, Charles K., 'Korea and its Futures: Unification and the Unfinished War, Review,' *The Journal of Asian Studies*, vol. 60, no. 1, February 2001.

81. 'Former North Korean general believed executed turns up alive,' *Fox News*, May 10, 2016.

82. 'Former North Korean general believed executed turns up alive,' *Fox News*, May 10, 2016.

83. Hotham, Oliver, 'Kim Jong Un's aunt, once reported killed, makes first appearance in six years,' *NK News*, January 25, 2020.

84. 'Kim Jong Un's Ex-Lover Hyon Song-Wol "Executed By North Korean Firing Squad After Making Sex Tape",' *Huffington Post*, August 23, 2018.
85. '(和訳)『白頭と漢拏はわが祖国』三池淵管弦楽団・玄松月(ヒョンソンウォル)団長 Hyon Song-wol 平昌五輪(北朝鮮芸術団が韓国ソウルで公演)' [(Japanese translation) "Hakuto and Hansho is my homeland" Hyon Song-wol, leader of the Miikebuchi Orchestra, Hyon Song-wol Pyeongchang Olympics (North Korean art troupe performing in Seoul, South Korea)] (Youtube Channel), February 12, 2018.

    'Kim Jong Un's "executed" ex-girlfriend comes back from the dead with appearance on state TV,' *Mirror*, May 17, 2014.
86. 'Serbian Coach Reveals How Mainstream Media "Kills" North Korean Athletes,' *Sputnik News*, September 16, 2017.
87. 'Former North Korean was "publicly executed,"' *Human Rights Without Frontiers*, February 28, 2003.
88. Foster-Carter, Aidan, 'They shoot people, don't they?,' *Asia Times*, March 22, 2001.
89. Seo, Soo-min, 'Video footage shows defector alive in NK,' *Korea Times*, August 21, 2001.
90. 'Defector pardoned by NK leader, mother says,' *Korea Times*, August 31, 2002.
91. Adu, Aletha, 'Kim Jong-un throws general into piranha-filled fish tank in Bond-inspired execution, reports claim,' *The Sun*, June 9, 2019.
92. 'North Korean University Students Copy Kim Jong Un's Hairstyle,' *Radio Free Asia*, March 25, 2014.
93. *Radio Free Asia*, 'About,' Broadcasting Board of Governors. n.d. (Retrieved June 5, 2016).

    Sosin, Gene, *Sparks of Liberty: an insider's memoir of Radio Liberty*, University Park, Pennsylvania State University Press, 1999 (p. 257).

    Welch, David, *Propaganda, power and persuasion from World War I to Wikileaks*, London, New York, I. B. Tauris, 2014.
94. Dier, Arden, 'Report: Kim Jong Un fed uncle alive to 120 starved dogs,' *USA Today*, January 3, 2014.
95. Kaiman, Jonathan, 'Story about Kim Jong-un's uncle being fed to dogs

originated with satirist,' *The Guardian*, January 6, 2014.

96. 'North Korean University Students Copy Kim Jong Un's Hairstyle,' *Radio Free Asia*, March 25, 2014.

97. 'North Korea: Students required to get Kim Jong-un haircut,' *BBC News*, March 26, 2014.

98. Asmolov, Konstantin, 'How the *Radio Free Asia* released the whole set of baloney,' *New Eastern Outlook*, November 26, 2016.

99. Macdonald, Hamish, 'Why men's Kim Jong Un hairstyle requirement is unlikely true,' *NK News*, March 26, 2014.

100. 'China Warns its Citizens in North Korea to Leave as Conflict with U.S. Looms,' *Sputnik News*, May 2, 2017.

101. Ibid.

102. Ministry of Foreign Affairs of the People's Republic of China, Foreign Ministry Spokesperson Geng Shuang's Regular Press Conference on May 2, 2017.

103. 'Worldwide Propaganda Network Built by the C.I.A.,' *New York Times*, December 26, 1977.

104. 'North Korea Says It's Found a "Unicorn Lair,"' *U.S. News*, November 30, 2012. 'Unicorns' Existence Proven, Says North Korea,' *Time*, November 30, 2012.

105. 'YouTube blocks North Korean channel,' *Washington Post*, December 14, 2016. Solon, Olivia, 'YouTube shuts down North Korean propaganda channels,' *The Guardian*, September 9, 2017.
Kang, Seung-woo, 'North Korea engaged in fights against YouTube sanctions,' *Korea Times*, February 11, 2021.
O'Carroll, Chad, 'YouTube terminates new North Korean propaganda channel, weeks after launch,' *NK News*, August 5, 2021.

106. Shim, David and Nabers, Dirk, *North Korea and the Politics of Visual Representation*, German Institute of Global and Area Studies, GIGA Research Programme: Power, Norms and Governance in International Relations, April 2011.

107. Butterly, Amelia, 'Vlogger Louis Cole Denies North Korea Paid for Videos of his Trip,' *BBC News*, August 18, 2016.

108. Robertson, Phil, 'Louis Cole's Merry North Korea Adventure,' *Human Rights*

Watch, September 20, 2016.

109. Anderson, David, 'Useful Idiots: Tourism in North Korea,' *Forbes*, March 6, 2017.

110. Asmolov, Konstantin, 'Korea: Large Construction Baloney,' *New Eastern Outlook*, August 21, 2016.

111. Marshall, Tim, *Worth Dying For: The Power and Politics of Flags*, London, Elliott & Thompson, 2016 (p. 165).

112. Asmolov, Konstantin, 'Has the history of the Cheonan corvette come to an end? P.1,' *New Eastern Outlook*, November 20, 2013.

113. 'South Korean ship sunk by crack squad of "human torpedoes,"' *The Telegraph*, April 22, 2010.

Asmolov, Konstantin, 'Has the history of the Cheonan corvette come to an end? P.1,' *New Eastern Outlook*, November 20, 2013.

114. Meek, James, 'Iraq war logs: How friendly fire from US troops became routine,' *The Guardian*, Octoober 22, 2010.

Ismay, John, 'America's Dark History of Killing Its Own Troops With Cluster Munitions,' *The New York Times*, December 4, 2019.

Thompson, Mark, 'The Curse of "Friendly Fire",' *Time*, June 11, 2014.

Moran, Michael, '"Friendly Fire" is all too common,' *NBC News*, March 23, 2003.

Shhuger, Scott, 'The Pentagon's appalling record on "friendly fire",' *Slate*, April 4, 2002.

115. Asmolov, Konstantin, 'Has the history of the Cheonan corvette come to an end? P.1,' *New Eastern Outlook*, November 20, 2013.

116. 'Korean War mine "sunk" South Korean navy ship,' *The Telegraph*, March 29, 2003.

117. 'Probe concludes torpedo sank South Korea ship: report,' *Reuters*, May 7, 2010.

118. Stein, Jeff, 'Analysts question Korea torpedo incident,' *Washington Post*, May 27, 2010.

119. Asmolov, Konstantin, 'Has the history of the Cheonan corvette come to an end? P.1,' *New Eastern Outlook*, November 20, 2013.

120. Ibid.

121. Demick, Barbara and Glionna, John M., 'Doubts surface on North Korea's role in

ship sinking,' *Los Angeles Times*, July 23, 2010.

122. 'S. Korean newspaper exonerates North over torpedo,' *RT*, July 29, 2010.

123. Asmolov, Konstantin, 'Has the history of the Cheonan corvette come to an end? P.1,' *New Eastern Outlook*, November 20, 2013.

124. Sakai, Tanaka, 'Who Sank the South Korean Warship Cheonan? A New Stage in the US-Korean War and US-China Relations,' *Asia-Pacific Journal*, vol. 8, issue 21, no. 1, May 24, 2010.

125. 'Questions raised following Cheonan announcement,' *Hankyoreh*, May 21, 2010.

126. Stein, Jeff, 'Analysts question Korea torpedo incident,' *Washington Post*, May 27, 2010.

127. Demick, Barbara and Glionna, John M., 'Doubts surface on North Korea's role in ship sinking,' *Los Angeles Times*, July 23, 2010.

128. 'Ex-Pres. Secretary Sued for Spreading Cheonan Rumors,' *Dong-A Ilbo*, May 8, 2010.

129. Demick, Barbara and Glionna, John M., 'Doubts surface on North Korea's role in ship sinking,' *Los Angeles Times*, July 23, 2010.

130. 'Ex-Pres. Secretary Sued for Spreading Cheonan Rumors,' *Dong-A Ilbo*, May 8, 2010.

131. Asmolov, Konstantin, 'Has the history of the Cheonan corvette come to an end? P.1,' *New Eastern Outlook*, November 20, 2013.

132. Carr, Vanessa, 'South Korea says North will "pay a price" for torpedo attack,' *PBS*, May 24, 2010.

133. Choe, Sang-Hun and Landler, Mark, 'U.S. Pledges to Help S. Korea at U.N.,' *New York Times*, May 26, 2010.

134. 'North denies involvement in ship sinking,' *The Korea Herald*, April 18, 2010.

135. Choe, Sang-hun, 'Kim Jong-un's Half Brother Is Reported Assassinated in Malaysia,' *The New York Times*, February 14, 2017.

136. Asmolov, Konstantin, 'Kim Jong-nam Murder Case is Closed, or More Precisely Falls Apart,' *New Eastern Outlook*, April 16, 2019.

137. Bernama, 'Dr M hails Seoul's "Look South" policy; affirms rapprochement with Pyongyang,' *New Straits Times*, November 26, 2019.

138. Jackson, Van, *On the Brink: Trump, Kim, and the Threat of Nuclear War*, Cambridge, Cambridge University Press, 2018 (pp. 100–102).
139. Strobel, Warren P., 'North Korean Leader's Slain Half Brother Was a CIA Source,' *Wall Street Journal*, June 10, 2019.
140. Shesgree, Deirdre and Dorell, Oren, 'U.S. college student released by North Korea arrives back in Ohio,' *USA Today*, June 14, 2017.
141. Lockett, Jon, 'Tragic student Otto Warmbier "may have attempted suicide" in North Korean prison after being sentenced to 15 years for stealing poster,' *The Sun*, July 28, 2018.

    Basu, Zachary, 'What we're reading: What happened to Otto Warmbier in North Korea,' *Axios*, July 25, 2018.

    Tingle, Rory, 'Otto Warmbier's brain damage that led to his death was caused by a SUICIDE ATTEMPT rather than torture by North Korean prison guards, report claims,' *Daily Mail*, July 25, 2018.
142. Fox, Maggie, 'What killed Otto Warmbier?' *NBC News*, June 20, 2017.
143. Tinker, Ben, 'What an autopsy may (or may not) have revealed about Otto Warmbier's death,' *CNN*, June 22, 2017.
144. Ibid.
145. Nedelman, Michael, 'Coroner found no obvious signs of torture on Otto Warmbier,' *CNN*, September 29, 2017.
146. Ibid.
147. 'US court orders North Korea to pay $500 million for Otto Warmbier's death,' *Deutsche Welle*, December 24, 2018.
148. Tinker, Ben, 'What an autopsy may (or may not) have revealed about Otto Warmbier's death,' *CNN*, June 22, 2017.

    Nedelman, Michael, 'Coroner found no obvious signs of torture on Otto Warmbier,' *CNN*, September 29, 2017.
149. Lee, Christy, 'U.S. Marshals to Sell Seized North Korean Cargo Ship,' *VOA*, July 27, 2019.

    'Seized North Korean cargo ship sold to compensate parents of Otto Warmbier, others,' *Navy Times*, October 9, 2019.
150. Builder, Maxine, 'The Real Problem With "The Interview" Is Its Racism, Not Its

Satire,' *Medium,* December 18, 2014.

Kim, Ji-Sun (Grace), '"The Interview": No Laughing Matter,' *Huffington Post,* January 8, 2015.

151. Shorrock, Tim, 'How Sony, Obama, Seth Rogen and CIA secretly planned to force regime change in North Korea,' *Grey Zone,* September 5, 2017.

152. '"The Interview" Belittles North Korea, But is Film's Backstory and U.S. Policy the Real Farce?,' *Democracy Now,* December 22, 2014.

Thielman, Sam, 'WikiLeaks republishes all Sony hacking scandal documents,' *The Guardian,* April 17, 2015.

'Sony,' *Wikileaks,* April 16, 2015.

153. Assange, Julian, 'Google Is Not What It Seems,' *Wikileaks,* 2016.

Nixon, Ron, 'U.S. Groups Helped Nurture Arab Uprisings,' *New York Times,* April 14, 2011.

154. Itzkoff, Dave, 'James Franco and Seth Rogen Talk About "The Interview",' *New York Times,* December 16, 2016.

155. Hornaday, Ann, 'Sony, "The Interview," and the unspoken truth: All movies are political,' *Washington Post,* December 18, 2014.

156. De Moraes, Lisa, '"The Interview" Release Would Have Damaged Kim Jong Un Internally, Says Rand Expert Who Saw Movie at Sony's Request,' *Yahoo News,* December 19, 2014.

157. '"The Interview" Belittles North Korea, But is Film's Backstory and U.S. Policy the Real Farce?,' *Democracy Now,* December 22, 2014.

158. 'North Korean Internet Collapses After Obama's Warning,' *Time,* December 22, 2014.

159. 'North Korea "hackers steal US–South Korea war plans,"' *BBC News,* October 10, 2017.

Choi, Haejin, 'North Korea hacked Daewoo Shipbuilding, took warship blueprints: South Korea lawmaker,' *Reuters,* October 31, 2017.

160. Faughnder, Ryan and Hamedy, Saba, 'Sony insider – not North Korea – likely involved in hack, experts say,' *Los Angeles Times,* December 30, 2015.

'Former Anonymous hacker doubts North Korea behind Sony attack,' *CBS News,* December 18, 2014.

'The Evidence That North Korea Hacked Sony Is Flimsy,' *Wired*, December 17, 2014.

'New evidence Sony hack was "inside" job, not North Korea,' *New York Post*, December 30, 2014.

161. MacArthur, John R., *Second Front: Censorship and Propaganda in the 1991 Gulf War*, London, University of California Press, 2004 (p. xiii).

162. Nixon, John, *Debriefing the President; The Interrogation of Saddam Hussein*, London, Bantam Press, 2016 (pp. 204, 205, 220).

163. 'Nuclear Nightmare: Understanding North Korea' (Documentary), *Discovery Times*, 2003 (00:35:50–00:37:42).
Gender in Mediation: An Exercise for Trainers, CSS Mediation Resources, ETH Zurich Centre for Security Studies and Swisspeace 2015 (p. 59).

164. 'Transcript: Securing Tomorrow with Madeleine Albright,' *Washington Post*, May 31, 2018.

165. Ibid.

第八章　北約與利比亞的戰爭

1. de Lespinois, Jérôme, 'L'emploi de la force aérienne au Tchad (1967–1987)' ['Employing the Air Force in Chad'], *Penser les Ailes françaises*, issue 6, June 2005 (pp. 65–74).
Burr, Millard and Collins, Robert, *Darfur: The Long Road to Disaster*, Princeton, Markus Wiener Publishers, 2008 (p. 201).

2. 'Mandela Visits Libya, Thanks Kadafi for Helping Train ANC,' *Los Angeles Times*, May 19, 1990.
'"The last great liberator": Why Mandela made and stayed friends with dictators,' *Washington Post*, December 10, 2013.
Kirchick, James, 'South Africa Stands with Qaddafi,' *The Atlantic*, September 6, 2011.

3. Trade Registers, Stockholm International Peace Research Institute Arms

Transfer Database (https://armstrade.sipri.org/armstrade/page/trade_register.php) (Accessed July 17, 2021).

4. Razoux, Pierre, *The Iran-Iraq War,* London, Harvard University Press, 2015 (pp. 536, 537).
Trade Registers, Stockholm International Peace Research Institute Arms Transfer Database (https://armstrade.sipri.org/armstrade/page/trade_register.php) (Accessed July 17, 2021).

5. 'The 38-year connection between Irish republicans and Gaddafi,' *BBC News,* February 23, 2011.

6. Chothia, Farouk, 'What does Gaddafi's death mean for Africa?,' *BBC News,* October 21, 2011.

7. Robinson, Georgina, 'She represented Saddam Hussein, and now "the Claudia Schiffer of North Africa" is backing her father Muammar Gaddafi,' *Sydney Morning Herald,* April 1, 2011.
'Gaddafi Daughter to Defend Saddam,' *BBC News,* July 3, 2014.

8. 'Qaddafi's Yugoslav friends,' *The Economist,* February 25, 2011.

9. 'Misguided Intentions: Resisting Africom,' *army.mil,* February 26, 2010.
'NATO's war on African development,' *Tehran Times,* September 4, 2011.

10. Worsnip, Patrick, 'U.N. sanctions lifted on Libya's central bank,' *Reuters,* December 17, 2011.
Quinton, Sophie, 'The Quest for Libya's Frozen Assets,' *The Atlantic,* August 26, 2011.

11. 'First African satellite launched,' *Endgadget,* December 23, 2007.

12. Spagnol, Giorgio, 'Is France Still Exploiting Africa,' *Institut Europée des Relations Internationales Academia Diplomatica Europaea,* February 10, 2019.
Sylla, Ndongo Samba, 'The CFA Franc: French Monetary Imperialism in Africa,' *LSA Blog,* July 12, 2017.
'Just Business: China Encroaches on Former French Colonies in Africa,' *Sputnik News,* May 20, 2015.

13. Marchesin, Philippe, *Mitterand l'Africain* ['Mitterand the African'], Universite de Paris (http://www.politique-africaine.com/numeros/pdf/058005.pdf).
Mitterrand, François, *Présence française et abandon* ['French presence and

abandonment'], Paris, Plon, 1957.

14. Roger, Antoine, 'African nations can no longer afford to be France's garden,' *Global Times*, October 22, 2012.

    Costantinos, BT Costantinos, 'Devolutionary Political Dynamics of the Crisis in the Central African Republic' (lecture), African Union Summit, 2014.

    Leymarie, Philippe, 'La France contestée dans son "pré carré"' ['France contested in its "pre-square"'], *Manière de voir*, no. 79, February-March 2008.

15. Costantinos, BT Costantinos, 'Devolutionary Political Dynamics of the Crisis in the Central African Republic' (lecture), African Union Summit, 2014.

16. Asher-Schapiro, Avi, 'Libyan Oil, Gold, and Qaddafi: The Strange Email Sidney Blumenthal Sent Hillary Clinton In 2011,' *Vice News*, January 12, 2016.

17. Costantinos, BT Costantinos, 'Devolutionary Political Dynamics of the Crisis in the Central African Republic' (lecture), African Union Summit, 2014.

18. Rodney, Walter, *How Europe Underdeveloped Africa*, Washington DC, Howard University Press, 1982 (pp. 190–201).

19. 'Report by the Policy Planning Staff,' Review of Current Trends U.S. Foreign Policy, Washington, February 24, 1948.

20. Ibid.

21. Perkins, John, 'Libya - It's Not About Oil, It's About Currency & Loans,' *John Perkins Official Website* (https://johnperkins.org/blog/grassroots-action/libya-its-not-about-oil-its-about-currency-and-loans).

22. 'Libya Protests: Second City Benghazi Hit by Violence,' *BBC News*, February 16, 2011.

23. Ibid.

24. Ibid.

25. 'Report of the International Commission of Inquiry on Libya,' UN Human Rights Council, nineteenth session, A/HRC/19/68, advance unedited version, March 2, 2012 (p. 53).

26. Human Rights Watch, 'Libya: Government Attacks in Misrata Kill Civilians: Unlawful Strikes on Medical Clinic,' New York, Human Rights Watch, April 4, 2011 (www.hrw.org/news/2011/ 04/10/libya-government-attacks-misrata-kill-civilians).

27. 'Report of the International Commission of Inquiry on Libya,' UN Human Rights Council, nineteenth session, A/HRC/19/68, advance unedited version, March 2, 2012 (p. 53).

28. Kuperman, Alan J., '5 things the U.S. should consider in Libya,' *USA Today*, March 22, 2012.

29. Buffet, Gerard, 'French Doctor Recounts "Apocalyptic" Scenes in Libya,' *Agence France-Presse* (Youtube Channel), February 2011 (http://www.youtube.com/watch?v=JwHUqPfIEPs).
Malye, Frangois, 'Libye: "C'etait un carnage absolu"' ['Libya: "It was total carnage"'], *Le Point*, February 23, 2011.

30. 'Report of the International Commission of Inquiry on Libya,' UN Human Rights Council, nineteenth session, A/HRC/19/68, advance unedited version, March 2, 2012 (p. 53).

31. 'Syria: is it possible to rename streets on Google Maps?,' *The Guardian*, February 15, 2012.
Assange, Julian, 'Google Is Not What It Seems,' *Wikileaks*, 2016.
Gunnar, Ulson, 'The Lingering Danger of Google & Facebook,' *New Eastern Outlook*, April 30, 2016.

32. Ahmed, Nafeez, 'Syria intervention plan fuelled by oil interests, not chemical weapons concern,' *The Guardian*, August 30, 2013.
'INSIGHT - military intervention in Syria, post withdrawal status of forces,' *Wikileaks*, March 6, 2012.
Thomson, Alex, 'Spooks' view on Syria: what WikiLeaks revealed,' *Channel 4*, August 28, 2013.
Giraldi, Philip, 'NATO Vs. Syria,' *The American Conservative*, December 19, 2011.

33. 'Qadhafi Promises "No Mercy with Traitors" in Address to Benghazi,' *BBC Monitoring*, March 17, 2011.
Hoff, Brad, 'Hillary Emails Reveal True Motive for Libya Intervention,' *Foreign Policy Journal*, January 6, 2016.

34. Felter, Joseph and Fishman, Brian, 'Al-Qa'ida's Foreign Fighters in Iraq: A First Look at the Sinjar Records,' Combating Terrorism Center at West Point, Harmony Project (http://tarpley.net/docs/CTCForeignFighter.19.Dec07.pdf).

35. al-Gharbi, Musa, 'Can Libya Stay Together?,' *National Interest,* April 8, 2014.
36. 'Eastern Libya Demands a Measure of Autonomy in a Loose National Federation,' *The New York Times,* March 6, 2012.

    Ahmed, Akbar and Martin, Frankie, 'Understanding the Sanusi of Cyrenaica: How to avoid a civil war in Libya,' *Al Jazeera,* March 26, 2012.
37. Kuperman, Alan J., 'America's Little-Known Mission to Support Al Qaeda's Role in Libya,' *National Interest,* August 13, 2019.
38. Greenhill, Sam, 'Flying proudly over the birthplace of Libya's revolution, the flag of Al Qaeda,' *Daily Mail,* November 2, 2011.
39. Kuperman, Alan J., 'America's Little-Known Mission to Support Al Qaeda's Role in Libya,' *National Interest,* August 13, 2019.
40. al-Gharbi, Musa, 'Can Libya Stay Together?,' *National Interest,* April 8, 2014.
41. Kuperman, Alan J., 'America's Little-Known Mission to Support Al Qaeda's Role in Libya,' *National Interest,* August 13, 2019.
42. Hoff, Brad, 'Hillary Emails Reveal True Motive for Libya Intervention,' *Foreign Policy Journal,* January 6, 2016.
43. Bright, Martin, 'MI6 "Halted Bid to Arrest Bin Laden",' *The Guardian,* November 10, 2002.

    Forte, Maximilian C., 'Slouching Toward Sirte: NATO's War on Libya and Africa,' Montreal, Baraka Books, 2012 (pp. 79, 80).

    Darwish, Adel, 'Did Britain Plot to Kill This Man?,' *The Middle East,* September 4–6, 1998.

    Immigration and Refugee Board of Canada, 'Libya: Information on an Attempted Attack on President Gaddafi by a Religious Group in 1996, Possibly Affiliated with A Group Called Al-Sahwa of Islam,' *Refworld (UNHCR),* July 1, 1998.
44. Black, Ian, 'Qatar admits sending hundreds of troops to support Libya rebels,' *The Guardian,* October 26, 2011.
45. Willsher, Kim, 'Sarkozy struts the world stage with an eye on French votes,' *The Guardian,* March 20, 2011.
46. Pedde, Nicola, 'The Libyan conflict and its controversial roots,' *European View,* vol. 16, 2017 (pp. 93–102).
47. Kopp, Carlo, 'Operation Odyssey Dawn – the collapse of Libya's relic air

Defence system,' *Defence Today*, vol. 9, no. 1, 2011.

48. 'Col. Gaddafi Commanded the World's Largest Fleet of Mach 3+ Interceptors: Why Didn't They Save Libya From NATO Attacks?,' *Military Watch Magazine*, October 22, 2022.

49. 'Gaddafi's son: Libya like McDonald's for NATO – fast war as fast food,' *RT* (Youtube Channel), July 1, 2011.

50. Kopp, Carlo, 'Operation Odyssey Dawn – the collapse of Libya's relic air Defence system,' *Defence Today*, vol. 9, no. 1, 2011.

51. Ibid.

52. Ryan, Missy and Alexander, David, 'Western military assault on Libya's Gaddafi,' *Reuters*, March 22, 2011.
'New Coalition Member Flies First Sortie Enforcing No-Fly Zone over Libya,' *Joint Task Force Odyssey Dawn Public Affairs*, March 25, 2011.
Dwyer, Devin and Martinez, Lu, 'U.S. Tomahawk Cruise Missiles Hit Targets in Libya,' *ABC News*, March 19, 2011.

53. Moorcraft, Paul, *Superpowers, Rogue States and Terrorism: Countering the Security Threats to the West*, Barnsley, Pen and Sword, 2017 (pp. 20, 21).
Pollack, Kenneth M., 'Libya Escalation Inevitable,' *National Interest*, May 6, 2011.

54. Black, Ian, 'Qatar admits sending hundreds of troops to support Libya rebels,' *The Guardian*, October 26, 2011.
Ulrichsen, Kristian Coates, *Qatar and the Arab Spring*, Oxford, Oxford University Press, 2014 (pp. 78, 126–128).
Roberts, David, 'Behind Qatar's Intervention in Libya,' *Foreign Affairs*, September 28, 2011.
Starr, Barbara, 'Foreign forces in Libya helping rebel forces advance,' *CNN*, August 24, 2011.
Robinson, Matt, 'Qatari weapons reaching rebels in Libyan mountains,' *Reuters*, May 31, 2011.
Kuperman, Alan J., 'A Model Humanitarian Intervention? Reassessing NATO's Libya Campaign,' *International Security*, vol. 38, no. 1, Summer 2013 (pp. 105–136).

55. 'Qatar's Emir Suggests Sending Troops to Syria,' *Al Jazeera*, January 14, 2012.

56. Mohammed, Riyadh, 'How Qatar Is Funding al-Qaeda – and Why That Could Help the US,' *The Fiscal Times,* December 29, 2015.
    'Funding Al Nusra Through Ransom: Qatar and the Myth of "Humanitarian Principle",' *CATF,* December 10, 2015.
    'Fighting, While Funding, Extremists,' *The New York Times,* June 19, 2017.
    Kirkpatrick, David D., 'Qatar's Support of Islamists Alienates Allies Near and Far,' *The New York Times,* September 7, 2014.
    Blair, David and Spencer, Richard, 'How Qatar is funding the rise of Islamist extremists,' *The Telegraph,* September 20, 2014.
    'Qataris and Turks ordered to leave Libya,' *The Economist,* June 24, 2014.
57. 'U.S.-Approved Arms for Libya Rebels Fell into Jihadis' Hands,' *The New York Times,* December 5, 2012.
58. Kuperman, Alan J., 'A Model Humanitarian Intervention? Reassessing NATO's Libya Campaign,' *International Security,* vol. 38, no. 1, Summer 2013 (pp. 105–136).
    Ryan, Missy, 'Libya wants more talks with U.S. and rebels,' *Reuters,* July 22, 2011.
59. *The Illegal War on Libya,* Atlanta, Clarity Press, 2012 (Chapter 1: On the Ground in Libya During Humanitarian Intervention, Part 3: Living Through a Full-Blown Media War).
60. 'Pentagon documents reveal "deeply flawed intelligence" in US air war in Middle East,' *South China Morning Post,* December 19, 2021.
    Philipps, Dave and Schmitt, Eric, 'How the U.S. Hid an Airstrike That Killed Dozens of Civilians in Syria,' *The New York Times,* November 15, 2021.
    Khan, Azmat et al., 'Documents Reveal Basic Flaws in Pentagon Dismissals of Civilian Casualty Claims,' *The New York Times,* December 31, 2021.
61. 'Gaddafi Accepts Chavez Talks Offer,' *Al Jazeera,* March 3, 2011.
    Kenyon, Peter, 'Libyan Rebels Reject AU Cease-Fire Plan,' *NPR,* April 11, 2011.
    Chulov, Martin, 'Libyan Regime Makes Peace Offer That Sidelines Gaddafi,' *The Guardian,* May 26, 2011.
62. 'Libya after Gaddafi: A Dangerous Precedent,' *Al Jazeera,* October 22, 2011.
63. 'Weekly Address: President Obama Says the Mission in Libya is Succeeding,' The White House, Office of the Press Secretary, March 26, 2011.

64. 'Remarks by the President in Address to the Nation on Libya,' The White House, Office of the Press Secretary, March 28, 2011.
65. Walt, Stephen M., 'Top 5 reasons we keep fighting all these wars,' *Foreign Policy*, April 4, 2011.
66. Ibid.
67. Pillar, Paul R., 'The Never-Ending Libya Nightmare: Civil War, Benghazi and Beyond,' *National Interest*, May 21, 2014.
68. Chapman, Steve, 'Did Obama avert a bloodbath in Libya?,' *Chicago Tribune*, April 3, 2011.
69. 'Hopes for a Qaddafi Exit, and Worries of What Comes Next,' *The New York Times*, March 21, 2011.
70. Chapman, Steve, 'Did Obama avert a bloodbath in Libya?,' *Chicago Tribune*, April 3, 2011.
71. Kuperman, Alan J., 'A Model Humanitarian Intervention? Reassessing NATO's Libya Campaign,' *International Security*, vol. 38, no. 1, Summer 2013 (pp. 105–136).
72. Kuperman, Alan J., '5 things the U.S. should consider in Libya,' *USA Today*, March 22, 2012.
73. Ibid.
74. Ibid.
75. Chapman, Steve, 'Did Obama avert a bloodbath in Libya?,' *Chicago Tribune*, April 3, 2011.
76. Ibid.
77. Bosco, David, 'Was there going to be a Benghazi massacre?,' *Foreign Policy*, April 7, 2011.
78. 'Qadhafi Promises "No Mercy with Traitors" in Address to Benghazi,' *BBC Monitoring*, March 17, 2011.
79. Pedde, Nicola, 'The Libyan conflict and its controversial roots,' *European View*, vol. 16, 2017 (pp. 93–102).
80. 'Al-Jazeera Gets Rap as Qatar Mouthpiece,' *Bloomberg*, April 9, 2012. Chatriwala, Omar, 'What Wikileaks Tells Us About Al Jazeera,' *Foreign Policy*, September 19, 2011.

' ,' ['Al-Jazeera "It's not okay: resignations . . . and the agenda."'], *Al Sagheet*, April 3, 2012.

'Ex-employee: Al Jazeera provided Syrian rebels with satphones,' *RT*, April 4, 2012.

'An exclusive interview with a news editor of Al-Jazeera Channel,' *Axis of Logic*, January 6, 2013.

81. Ulrichsen, Kristian Coates, 'Qatar and the Arab Spring: Policy Drivers and Regional Implications,' *Carnegie Endowment for International Peace*, September 2014.

82. Chatriwala, Omar, 'What Wikileaks Tells Us About Al Jazeera,' *Foreign Policy*, September 19, 2011. 'After Disclosures by WikiLeaks, Al Jazeera Replaces Its Top News Director,' *The New York Times*, September 20, 2011.

'Wikileaks: Al Jazeera Chief Linked to US Defense Department,' *Press TV*, September 12, 2011.

83. Roberts, David B., 'Reflecting on Qatar's "Islamist" Soft Power,' *Brookings Institute*, April 2019.

84. 'Al-Jazeera Gets Rap as Qatar Mouthpiece,' *Bloomberg*, April 9, 2012.

85. al-Gharbi, Musa, 'Can Libya Stay Together?,' *National Interest*, April 8, 2014.

86. Ibid.

87. 'Libya: Benghazi rebels reject African Union truce plan,' *BBC News*, April 12, 2011.

88. 'South Africa says NATO abusing U.N. resolution on Libya,' *Reuters*, June 14, 2011.

89. Sherwood, Harriet and McGreal, Chris, 'Libya: Gaddafi has accepted roadmap to peace, says Zuma,' *The Guardian*, April 11, 2011.

90. 'Concerned Africans criticise NATO,' *Independent Online*, August 24, 2011.

91. 'US bids to break Gaddafi Regime,' *Financial Times*, August 9, 2011.

92. Frail, Tom A., 'Ronald Reagan and Moammar Qadhafi,' *Smithsonian Magazine*, March 2, 2011. Stanik, Joseph T., *El Dorado Canyon: Reagan's Undeclared War with Qaddafi*, Annapolis, Naval Institute Press, 2002.

Bowman, Tom, 'For Reagan, Gadhafi Was A Frustrating "Mad Dog",' *NPR*, March 4, 2011.

93. Glass, Andrew, 'U.S. planes bomb Libya, April 15, 1986,' *Politico*, April 15, 2019.
94. 'NATO strike "kills Gaddafi's youngest son",' *Al Jazeera*, May 1, 2011.
95. *The Illegal War on Libya*, Atlanta, Clarity Press, 2012 (Chapter 1: On the Ground in Libya During Humanitarian Intervention, Part 2: Dispatches from Tripoli).
96. Beaumont, Peter and Stephen, Chris, 'Gaddafi's last words as he begged for mercy: "What did I do to you?",' *The Guardian*, October 23, 2011.
97. 'Row over Muammar Gaddafi's body delays burial plans,' *BBC News*, October 21, 2011.
98. Walt, Vivienne, 'How Did Gaddafi Die? A Year Later, Unanswered Questions and Bad Blood,' *Time*, October 18, 2012.
99. 'Uganda would offer Gaddafi asylum if asked-TV,' *Reuters*, March 30, 2011.
    Gray, Eliza, 'This Is How the West Tried to Persuade Gaddafi to Give Up Power,' *Time*, January 7, 2016.
100. 'Libya's Moammar Gadhafi killed,' *CBC News*, October 20, 2011.
101. 'Gaddafi death brings "relief" to Libya: Gillard,' *ABC News*, October 21, 2011.
102. Jackson, David, 'Obama: Gadhafi regime is "no more",' *USA Today*, October 20, 2011.
103. 'I forbindelse med oberst Gaddafis død udtaler statsminister Helle Thorning-Schmidt' ['In connection with the death of Colonel Gaddafi, Prime Minister Helle Thorning-Schmidt'], *Statsministeriet*, October 20, 2011.
104. 'Gaddafi's death met with little sadness,' *CBS News*, October 20, 2011.
105. 'Vatican voices hope for Libya after Ghadafi's death,' *Catholic News Agency*, October 20, 2011.
106. Muhereza, Robert and Njoroge, John, 'Museveni targets NRM "rebel" MPs,' *Daily Monitor*, October 31, 2011.
    Meldrum, Andrew, 'Gaddafi praised as "an African hero" by Mugabe's party,' *Global Post*, October 20, 2011.
    Masinga, Winile, 'Senators praise Gaddafi,' *The Swazi Observer*, October 26, 2011.
    Sasman, Catherine, 'Namibia deplores "assassination",' *The Namibian*, October 24, 2011.
    'Kufuor in Tears for Gaddafi,' *Ghana Web*, October 24, 2011.

107. 'Debate begins over how history will view NATO's intervention in Libya,' *Deutsche Welle*, October 21, 2011.
108. Westcott, Tom and Fagge, Nick, '"Life in Libya is worse than ever!" Cameron's "ill-conceived" military action has created "six million little Gaddafis" and turned country into ISIS hotbed - say people who once HATED the dictator,' *Daily Mail*, September 16, 2016.
109. Ibid.
110. Sørum, Benedicte, 'Natos ukjente giftarv' [NATO's unknown poison heritage], *Klassekampen*, January 11, 2020.
111. 'Libya says six killed in airstrike near Brega,' *Reuters*, July 22, 2011.
Ali, Moutaz, 'Freshwater from the desert,' *DANDC*, May 14, 2017.
112. Watkins, John, 'Libya's thirst for "fossil water",' *BBC News*, March 18, 2006.
113. Ahmed, Nafeez, 'War crime: NATO deliberately destroyed Libya's water infrastructure,' *The Ecologist*, May 14, 2015.
114. Ahmed, Nafeez, 'Libya: NATO Targeted Water Infrastructure,' *HLRN*, May 14, 2015.
115. 'UNICEF responds to the emerging water crisis in Tripoli,' *Relief Web*, August 28, 2011.
116. Ibid.
117. 'UNICEF responds to the emerging water crisis in Libyan capital,' *UNICEF Official Website*, August 29, 2011.
118. 'RE: discussion - thirsty Libya,' *Wikileaks*, February 13, 2012 (https://wikileaks.org/gifiles/docs/53/5334561_re-discussion-thirsty-libya-.html.)
119. 'NATO bombs the Great Man-Made River,' *Human Rights Investigations*, July 27, 2011.
120. 'Gadhafi's river could be hidden weapon,' *UPI*, June 2, 2011.
'NATO warned against strikes on Libya's "great river",' *Euractiv*, April 6, 2011.
121. 'Leak in main pipeline of water desalination plant may cut water supply in Tobruk, official warns,' *Libya Observer*, February 8, 2016.
122. Cooke, Kieran, 'Trouble ahead for Gaddafi's Great Man-Made River,' *Middle East Eye*, February 9, 2017.
123. Sami, Mariam, 'Head of Libya's Cyrenaica Declares Semi-Autonomous Rule,'

Bloomberg, June 2, 2013.

124. 'Libya's southern Fezzan region declares autonomy,' *Al Arabiya News,* September 26, 2013.

125. 'Libya oil output dives after key field shut,' *Al Jazeera,* February 23, 2014.

126. 'Libya's south scarred by tribal battles,' *Al Jazeera,* January 24, 2014.

127. al-Gharbi, Musa, 'Can Libya Stay Together?,' *National Interest,* April 8, 2014.

128. Steinblatt, Jacob, 'Libya: Oil Giant, Collapsing State,' *National Interest,* September 23, 2014.

129. Ibid.

130. al-Gharbi, Musa, 'Can Libya Stay Together,' *National Interest,* April 8, 2014.

131. Jan, Farah N. and Marandici, Ion, 'Libya: A Country Up for Grabs?,' *National Interest,* September 30, 2020.

132. Michael, Maggie, 'Rights Group: Libyan Rebels Executed Gaddafi Loyalists,' *Washington Post,* October 18, 2012.

133. 'Report of the International Commission of Inquiry on Libya,' UN Human Rights Council (pp. 76, 196, 197).

134. Lynch, Colum, 'Report: Human Rights Abuses Continue in Libya,' *Washington Post,* March 3, 2012.

135. Lyons, John, 'Libya's Rebels Take Revenge,' *Weekend Australian,* November 5, 2011.

136. MacAskill, Ewen, 'Gaddafi "supplies troops with Viagra to encourage mass rape", claims diplomat,' *The Guardian,* April 29, 2011.
Ross, Chuck, 'Sid Blumenthal Floated Disputed Gaddafi Viagra Rape Rumor In Confidential Memo To Hillary,' *Daily Caller,* December 31, 2015.

137. Hoff, Brad, 'Hillary Emails Reveal True Motive for Libya Intervention,' *Foreign Policy Journal,* January 6, 2016.

138. Miller Sommerville, Diane, 'The Rape Myth in the Old South Reconsidered,' *The Journal of Southern History,* vol. 61, no. 3, August 1995 (pp. 481–518).
Fredrickson, George M., *The Black Image in the White Mind: The Debate on Afro-American Character and Destiny, 1817–1914,* New York, Harper & Row, 1971 (Chapter 9: The Negro as Beast: Southern Negrophobia at the Turn of the Century).
Joan Olds, Madelin, 'The Rape Complex in the Postbellum South' (dissertation),

Carnegie-Mellon University, Harper & Row, 1989.

Leab, Daniel J., *From Sambo to Superspade: The black experience in motion pictures*, Boston, Houghton Mifflin, 1976 (p. 28).

139. Forte, Maximilian C., *The New Imperialism: Interventionism, Information Warfare, and the Military-Academic Complex, Volume 2*, Montreal, Alert Press, 2011 (pp. 155, 156).

140. 'Es fand eine regelrechte Jagd auf Migranten statt' [There was a real hunt for migrants], *derStandard,* July 6, 2011.

141. 'Libyan rebel ethnic cleansing and lynching of black people,' *Human Rights Investigations,* July 7, 2011.

142. Fitzgerald, Mary, 'We are afraid . . . people might think we are mercenaries,' *Irish Times,* August 31, 2011.

143. 'African viewpoint: Colonel's continent?,' *BBC News,* February 25, 2011.

144. Hoff, Brad, 'Hillary Emails Reveal True Motive for Libya Intervention,' *Foreign Policy Journal,* January 6, 2016.

145. Kareem Fahim, 'Accused of Fighting for Qaddafi, a Libyan Town's Residents Face Reprisals,' *The New York Times,* September 24, 2011.

146. Dagher, Sam, 'Libya City Torn by Tribal Feud,' *Wall Street Journal,* June 21, 2011.

147. 'Lynching in Benghazi,' *Human Rights Investigations,* July 17, 2011.

148. 'Journalist Visits Prisoners Held By Rebels in Libya,' *Los Angeles Times,* March 23, 2011.

149. Wheeler, William and Oghanna, Ayman, 'After Liberation, Nowhere to Run,' *The New York Times*, October 30, 2011.

150. Chitiyo, Knox, 'Has Africa lost Libya?,' *The Guardian,* September 18, 2011.

151. 'Black Africans "forced to eat Gaddafi's flag" in Libya,' *The Telegraph,* March 6, 2012.

152. Allegra, Cécile, 'Revealed: male rape used systematically in Libya as instrument of war,' *The Guardian,* November 3, 2012.

153. 'African migrants raped & murdered after being sold in Libyan "slave markets" – UN,' *RT*, April 11, 2017.

Osborne, Samuel, 'Libya: African refugees being sold at "regular public slave auctions"',' *The Independent*, April 11, 2017.

Adams, Paul, 'Libya exposed as an epicentre for migrant child abuse,' *BBC News*, February 28, 2017.

Baker, Aryn, '"It Was As if We Weren't Human." Inside the Modern Slave Trade Trapping African Migrants,' *Time*, March 14, 2019.

'The Libyan Slave Trade Has Shocked the World,' *Time*, December 1, 2017.

'Libya: Displaced Camp Residents Need Immediate Protection,' *Human Rights Watch*, November 19, 2013.

154. 'Libya: Wake-Up Call to Misrata's Leaders: Torture, Killings May Amount to Crimes against Humanity,' *Human Rights Watch*, April 8, 2012.

155. Murray, Rebecca, 'One Year Later, Still Suffering for Loyalty to Gaddafi,' *Inter Press* Service, August 24, 2012.

156. 'Lawyer: Slaves in Libya Are Used For Organ Trade,' *Newsweek*, December 3, 2017.

157. 'Nigerian slaves have organs harvested, bodies mutilated and are set on fire, horrifying pictures claim,' *Newsweek*, December 1, 2017.

158. 'Slave trade in Libya: Outrage across Africa,' *Deutsche Welle*, November 22, 2017.

'Nigeria's Buhari vows to fly home stranded migrants,' *BBC News*, November 29, 2017.

159. Chitiyo, Knox, 'Has Africa lost Libya?,' *The Guardian*, September 18, 2011.

160. Logan, Justin, 'Keeping Score on the Libya Intervention: Good Idea or Tragic Mistake?,' *National Interest*, August 22, 2014.

161. Ivo H., Daalder and Stavridis, James G., 'NATO's Victory in Libya the Right Way to Run an Intervention,' *Foreign Affairs*, vol. 91, no. 2, March/April 2012.

162. McVeigh, Karen, 'World is plundering Africa's wealth of "billions of dollars a year",' *The Guardian*, May 24, 2017.

'Matteo Salvini accuses France of "stealing" Africa's wealth,' *Financial Times*, January 22, 2019.

Burgis, Tom, *The Looting Machine: Warlords, Oligarchs, Corporations, Smugglers, and the Theft of Africa's Wealth*, New York, Public Affairs, 2015.

Dearden, Nick, 'Africa is not poor, we are stealing its wealth,' *Al Jazeera*, May 24,

2017.

'How the world profits from Africa's wealth,' Honest Accounts 2017, Jubilee Debt Campaign, 2017
(https://www.globaljustice.org.uk/sites/default/files/files/resources/honest_accounts_2017_web_final.pdf).

163. Friedman, Benjamin H., 'No, the Libya Intervention Wasn't a Humanitarian Success,' *CATO Institute,* April 7, 2016.

164. 'US ground troops are in Libya, Pentagon admits,' *RT,* August 12, 2016.

165. Timm, Trevor, 'The US is bombing Libya again. It's a too-familiar vicious cycle,' *The Guardian,* August 2, 2016.
'U.S. Bombs ISIS Camps in Libya,' *The New York Times,* January 19, 2017.

166. Ingersoll, Geoffrey and Kelley, Michael B., 'The US Is Openly Sending Heavy Weapons from Libya to Syrian Rebels,' *Business Insider,* December 10, 2012.
Kelley, Michael B., 'How US Ambassador Chris Stevens May Have Been Linked to Jihadist Rebels in Syria,' *Business Insider,* October 19, 2012.

167. Mulholland, Rory and Deshmukh, Jay, 'Residents flee Gaddafi hometown,' *Sydney Morning Herald,* October 3, 2011.
'Libyan estimate: At least 30,000 died in the war,' *Arab Times*, September 8, 2011.

168. Gilligan, Andrew, 'Gaddafi's ghost town after the loyalists retreat,' *The Telegraph*, September 11, 2011.
'Tawergha no longer exists, only Misrata,' *Human Rights Investigations*, August 13, 2011.

169. 'Libyan rebel ethnic cleansing and lynching of black people,' *Human Rights Investigations,* July 7, 2011.

170. '"Libya becoming completely failed state" – former U.S. Ambassador,' *RT*, May 30, 2017.

171. Toivo, Ndjebela, 'Nujoma condemns Gaddafi killing,' *New Era*, October 26, 2011.

172. Schewe, Eric, 'Why is the U.S. Military Occupying Bases Across Africa?,' *Daily JSTOR,* April 11, 2018.

173. Lounnas, Djallil, 'The Libyan Security Continuum: The Impact of the Libyan Crisis on the North African/Sahelian Regional System,' *MENARA Working*

Papers, no. 15, October 2018.

Algeria:

'Algeria hostage-takers aided by Libyan Islamists: source,' *Vanguard*, January 22, 2013.

'Terrorist source claims Libyan connection with In Amenas attack,' *Libya Herald*, January 22, 2013.

Mali:

'Expanding Arsenals: Insurgent Arms in Northern Mali,' *Small Arms Survey*, 2015 (pp. 157–185).

'Arms and men out of Libya fortify Mali rebellion,' *Reuters*, February 10, 2012.

Shaw, Mark and Mangan, Fiona, 'Illicit Trafficking and Libya's Transition: Profits and Losses,' Washington DC, United States Institute of Peace, February 24, 2014.

Drury, Ian, 'Don't Turn Syria into a "Tesco for Terrorists" like Libya, Generals Tell Cameron,' *Daily Mail*, June 17, 2013.

Nigeria:

Isilow, Hassan, 'Boko Haram using weapons looted from Libya: Diplomat,' *Andalou*, January 1, 2015.

'Arms from Libya could reach Boko Haram, al Qaeda: U.N.,' *Reuters*, January 26, 2012.

Glazebrook, Dan, '"Deadliest terror group in the world": The West's latest gift to Africa,' *RT*, November 27, 2015.

174. 'Senator John McCain's Alliance 21 lecture,' *United States Alliance Centre*, May 30, 2017.

Daalder, Ivo H. and Stavridis, James G., 'NATO's Victory in Libya the Right Way to Run an Intervention,' *Foreign Affairs*, vol. 91, no. 2, March/April 2012.

'Debate begins over how history will view NATO's intervention in Libya,' *Deutsche Welle*, October 21, 2011.

175. Daalder, Ivo H. and Stavridis, James G., 'NATO's Victory in Libya the Right Way to Run an Intervention,' *Foreign Affairs*, vol. 91, no. 2, March/April 2012.

176. Memoli, Michael A., 'Kadafi death: Joe Biden says "NATO got it right" in Libya,' *Los Angeles Times*, October 20, 2011.

177. 'Debate begins over how history will view NATO's intervention in Libya,'

Deutsche Welle, October 21, 2011.

178. Clemons, Steve, 'The Arab Spring: "A Virus That Will Attack Moscow and Beijing",' *The Atlantic,* November 19, 2011.

179. Shorrock, Tim, 'Did the CIA Orchestrate an Attack on the North Korean Embassy in Spain?,' *Foreign Policy,* May 2, 2019.

Cho, Yi Jun, 'Who Is Anti-N.Korean Guerrilla Leader?,' *Chosun Ilbo,* April 4, 2019.

180. Taylor, Adam and Kim, Min Joo, 'The covert group that carried out a brazen raid on a North Korean embassy now fears exposure,' *Washington Post,* March 28, 2019.

181. Schwarz, Jon, 'Trump Intel Chief: North Korea Learned from Libya War to "Never" Give Up Nukes,' *The Intercept,* July 29, 2017.

182. Ibid.

183. Carter, James Earl, 'Jimmy Carter: What I've learned from North Korea's leaders,' *Washington Post,* October 4, 2017.

184. 'Vladimir Putin's news conference following BRICS Summit,' President of Russia, The Kremlin, September 5, 2017.

185. Abrams, A. B., 'The Libyan Model: How NATO's war with Libya in 2011 has influenced North Korea ever since,' *Daily NK,* February 19, 2021.

第九章　敘利亞叛亂

1. Little, Douglas, 'Cold War and Covert Action: The United States and Syria, 1945-1958,' *Middle East Journal,* vol. 44, Winter 1990 (pp. 51-75).

Kennedy Jr., Robert F., 'Why the Arabs Don't Want Us in Syria,' *Politico,* February 22, 2016.

Fenton, Ben, 'Macmillan backed Syria assassination plot,' *The Guardian,* September 27, 2003.

Copeland, Miles, *The Game of Nations,* London, Weidenfeld and Nicolson, 1969 (p. 42).

Weiner, Tim, *Legacy of Ashes: The History of the CIA*, New York, Anchor Books, 2007 (Notes: Chapter Nine).

Blum, William, *Killing Hope: U.S. Military and C.I.A. Interventions Since World War II*, London, Zed Books, 2003 (Chapter 12: Syria 1956–1957).

Declassified Documents Reference System:

1992 volume: document no. 2326, 10 May 1955; no. 2663, 21 September 1955; no. 2973, 9 January 1956; no. 2974, 16 January 1956.

1993 volume: document no. 2953, 14 December 1955; no. 2954, 26 January 1956; no. 2955, 27 January 1956.

2. Kaplan, Fred, 'Assad's Situation,' *Slate*, April 15, 2003.

3. Final (Third) Presidential Debate of 2012 U.S. Presidential Election, October 22, 2012.

4. Ahmed, Nafeez, 'Peak oil, climate change and pipeline geopolitics driving Syria conflict,' *The Guardian*, May 13, 2013.

   Kennedy Jr., Robert F., 'Why the Arabs Don't Want Us in Syria,' *Politico*, February 22, 2016.

   Orenstein, Mitchell A. and Romer, George, 'Putin's Gas Attack,' *Foreign Affairs*, October 14, 2015.

   Chang, Chris, 'Is the fight over a gas pipeline fuelling the world's bloodiest conflict?,' *news.com.au*, December 5, 2015.

   'Syria's Pipelineistan war,' *Al Jazeera*, August 6, 2012.

   Dr. Jill Stein on Twitter, 'This explains so much: there are 2 proposed pipelines through Syria – 1 supported by US, 1 supported by Russia,' October 22, 2016.

5. 'Obama's FY 2017 Budget Addresses Russia, China, Iran, North Korea, Terrorism,' *U.S. Department of Defense*, February 9, 2016.

   The National Military Strategy of the United States of America 2015, The United States Military's Contribution to National Security, June 2015.

6. Ahmed, Nafeez, 'Syria intervention plan fuelled by oil interests, not chemical weapons concern,' *The Guardian*, August 30, 2013.

7. Kennedy Jr., Robert F., 'Why the Arabs Don't Want Us in Syria,' *Politico*, February 22, 2016.

8. 'INSIGHT – military intervention in Syria, post withdrawal status of forces,'

Wikileaks, March 6, 2012.

Thomson, Alex, '"Spooks" view on Syria: what wikileaks revealed,' *Channel 4,* August 28, 2013.

Giraldi, Philip, 'NATO Vs. Syria,' *The American Conservative*, December 19, 2011.

9. 'INSIGHT – military intervention in Syria, post withdrawal status of forces,' *Wikileaks,* March 6, 2012.

10. Cobain, Ian and Ross, Alice, 'The British government's covert propaganda campaign in Syria,' *Middle East Eye,* February 19, 2020.

11. Ignatius, David, 'Al-Qaeda affiliate playing larger role in Syria rebellion,' *Washington Post*, November 30, 2012.

12. Ibid.

13. Isachenkov, Vladimir, 'US asks Russia to not hit Nusra Front in Syria, Moscow says,' *AP News*, June 3, 2016.

14. Mojon, Jean-Marc, 'Syria revolt attracts motley foreign jihadi corps,' *Daily Star,* August 18, 2012.

15. LaFranch, Howard, 'For newly recognized Syrian rebel coalition, a first dispute with US,' *Christian Science Monitor,* December 12, 2012.

16. 'Syrian protesters slam U.S. blacklisting of jihadist group,' *The Daily Star,* December 14, 2012.

17. Sherlock, Ruth, 'Syrian rebels defy US and pledge allegiance to jihadi group,' *The Telegraph,* December 10, 2019.

18. Chulov, Martin, 'The Houla massacre: reconstructing the events of 25 May,' *The Guardian*, June 1, 2012.

19. Hermann, Rainer, 'Syrien. Eine Auslöschung' [Syria. An extinction], *Frankfurter Allgemeine Zeitung*, June 13, 2012.

20. Oweis, Khaled Yacoub, 'Syria activists report "massacre" by army near Damascus,' *Reuters,* August 25, 2012.

21. Fisk, Robert, 'Inside Daraya – how a failed prisoner swap turned into a massacre,' *The Independent,* August 29, 2012.

22. Stack, Liam and Mourtada, Hania, 'Members of Assad's Sect Blamed in Syria Killings,' *The New York Times*, December 12, 2012.

23. Thompson, Alex, 'Was there a massacre in the Syrian town of Aqrab?' *Channel*

Four, December 14, 2012.

24. Somaiya, Ravi and Chivers, C. J. and Shoumali, Karam, 'NBC News Alters Account of Correspondent's Kidnapping in Syria,' *The New York Times,* April 15, 2015.
25. Allison, Roy, 'Russia and Syria: explaining alignment with a regime in crisis,' *International Affairs,* vol. 89, no. 4, 2013 (p. 796).
26. 'Prospects for Syrian No-fly Zone Assessed at USIP,' *United States Institute of Peace,* May 30, 2013.
27. Cooper, Scott, 'A Syrian no-fly zone is the moral and strategic thing to do,' *Washington Post,* April 5, 2013.
28. Simpson, Connor, 'Obama Wants His No-Fly Zone War Plan for Syria,' *The Atlantic,* May 28, 2013.
29. Stolberg, Sheryl Gay, 'Lawmakers Call for Stronger US Action in Syria,' *The New York Times,* April 28, 2013.
    Entous, Adam, 'Inside Obama's Syria Debate,' *Wall Street Journal,* March 29, 2013.
30. Simpson, Connor, 'Obama Wants His No-Fly Zone War Plan for Syria,' *The Atlantic,* May 28, 2013.
    'Turkey PM "will support" Syria no-fly zone,' *Al Jazeera,* May 10, 2013.
31. Simpson, Connor, 'Obama Wants His No-Fly Zone War Plan for Syria,' *The Atlantic,* May 28, 2013.
32. 'Prospects for Syrian No-fly Zone Assessed at USIP,' *United States Institute of Peace,* May 30, 2013.
33. Nelson, Nigel, 'Syrian warplanes flee after testing defences at British air base in Cyprus,' *The Mirror,* September 8, 2013.
    'Syria's Most Dangerous Strike Fighter Squadron: The Role of T4 Base's Su-24M2 Jets in Damascus Defence,' *Military Watch Magazine,* February 11, 2022.
34. De Luce, Dan, 'Obama's Criticism of No-Fly Zone and Humanitarian Corridors Options for Syria,' *Atlantic Council,* June 18, 2013.
35. Hughes, Dana, 'Will a No-Fly Zone Really Work in Syria?,' *ABC News,* June 15, 2013.
    Hafezi, Parisa and Solomon, Erika, 'U.S. considers no-fly zone after Syria crosses

nerve gas "red line",' *Reuters*, June 14, 2013.

36. Hughes, Dana, 'Will a No-Fly Zone Really Work in Syria?,' *ABC News*, June 15, 2013.

37. Abrams, A. B., *Immovable Object: North Korea's 70 Years At War with American Power*, Atlanta, Clarity Press, 2020 (Chapter 13: The 21st Century and Renewed "Maximum Pressure").

38. Fray, Keith, 'China's leap forward: overtaking the US as world's biggest economy,' *Financial Times*, October 8, 2014.

    Allison, Graham, 'China Is Now the World's Largest Economy. We Shouldn't Be Shocked.,' *National Interest*, October 15, 2020.

39. Sanger, David E. and Schmitt, Eric, 'Pentagon Says 75,000 Troops Might Be Needed to Seize Syria Chemical Arms,' *The New York Times*, November 15, 2012.

    'Securing Syrian Chemical Sites May Require 75,000 Troops: U.S. Military,' *NTI*, November 16, 2012.

    Martosko, David, 'Revealed: Pentagon knew in 2012 that it would take 75,000 GROUND TROOPS to secure Syria's chemical weapons facilities,' *Daily Mail*, September 5, 2013.

    Foust, Joshua, 'Obama's Wrong, Syria's Chemical Weapons Require Boots on the Ground,' *Defense One*, September 11, 2013.

    Lee, Adrian, 'Seymour Hersh Alleges Obama Administration Lied on Syria Gas Attack,' *The Atlantic*, December 8, 2013.

40. Everett, Burgess, 'McCain, Graham call for no-fly zone,' *Politico*, June 13, 2013.

41. Sheva, Arutz, 'Syria: Up to 635 Reported Dead in Chemical Attack,' *Israel National News*, August 21, 2013.

42. 'UN: "Convincing evidence" of Syria chemical attack,' *New York Post*, September 16, 2013.

43. 'Obama warns Syria not to cross "red line",' *CNN*, August 21, 2012.

44. Mcelroy, Damien, 'UN accuses Syrian rebels of chemical weapons use,' *The Telegraph*, May 6, 2013.

45. 'Turkey arrests 12 in raids on "terrorist" organization,' *Reuters*, May 30, 2013.

46. Chivers, Christopher John, 'New Study Refines View of Sarin Attack in Syria,'

The New York Times, December 28, 2013.

47. Gavlak, Dale and Ababneh, Yahya, 'Syrians in Ghouta Claim Saudi-Supplied Rebels Behind Chemical Attack,' *Mint Press News,* August 29, 2013.
48. Hussain, Murtaza, 'NSA Document Says Saudi Prince Directly Ordered Coordinatted Attack by Syrian Rebels on Damascus,' *The Intercept,* October 24, 2017.
49. Lee, Adrian, 'Seymour Hersh Alleges Obama Administration Lied on Syria Gas Attack,' *The Atlantic,* December 8, 2013.
50. Ibid.
51. Ibid.
52. Hersh, Seymour M., 'The Red Line and the Rat Line,' *London Review of Books,* vol. 36, no. 8, April 2014.
53. Ibid.
54. 'Report on Chemical Weapons Attacks in Syria,' UN Human Rights Council, February 2014.
55. Turbeville, Brandon, 'New Video Evidence Points To al-Nusra Chemical Attack Against Syrian Soldiers,' *Brandon Turbeville,* May 5, 2014.
56. '"Abandoned" barrels containing deadly sarin seized in rebel-held Syria,' *RT,* July 8, 2014.
57. Akbar, Jay, 'More evidence emerges of ISIS using chemical weapons as Kurdish fighters seize chlorine canisters after suicide bomb attack that left them "dizzy, nauseous and weak",' *Daily Mail,* March 14, 2015.
58. LaGrone, Sam, 'U.S. and U.K. Move Ships Closer to Syria,' *USNI News,* August 26, 2013.
59. 'Syria crisis: Diplomacy has not worked, says William Hague,' *BBC News,* August 26, 2013.
60. 'Official: 5th destroyer headed to the Med,' *Navy Times,* August 29, 2013. Shalal-Esa, Andrea, 'Sixth U.S. ship now in eastern Mediterranean "as precaution",' *Yahoo News,* August 30, 2013.
61. Hersh, Seymour M., 'The Red Line and the Rat Line,' *London Review of Books,* vol. 36, no. 8, April 2014.
62. Ross, Tim and Farmer, Ben, 'Navy ready to launch first strike on Syria,' *The*

Telegraph, August 25, 2013.

63. 'John Kerry: Syria's Chemical Attacks "A Moral Obscenity",' *The Atlantic,* August 26, 2013.

    'Syria crisis: UK draws up contingency military plans,' *BBC News,* August 27, 2013.

64. Hurd, Ian, 'Bomb Syria, Even if It Is Illegal,' *The New York Times,* August 27, 2013.

65. 'Syria, chemical weapons and the limits of international law,' *The Conversation,* April 16, 2018.

    Sterio, Milena, 'Syria and the Limits of International Law,' *ILG2,* April 12, 2018.

    Partlett, William, 'Does it matter that strikes against Syria violate international law?,' *Pursuit: University of Melbourne,* April 16, 2018.

66. Warrick, Joby, *Black Flags: The Rise of ISIS,* New York, Doubleday, 2015 (Chapter 20).

67. Sanger, David E. and Schmitt, Eric, 'Pentagon Says 75,000 Troops Might Be Needed to Seize Syria Chemical Arms,' *The New York Times,* November 15, 2012.

    'Securing Syrian Chemical Sites May Require 75,000 Troops: U.S. Military,' *NTI,* November 16, 2012.

    Martosko, David, 'Revealed: Pentagon knew in 2012 that it would take 75,000 GROUND TROOPS to secure Syria's chemical weapons facilities,' *Daily Mail,* September 5, 2013.

    Foust, Joshua, 'Obama's Wrong, Syria's Chemical Weapons Require Boots on the Ground,' *Defense One,* September 11, 2013.

    Lee, Adrian, 'Seymour Hersh Alleges Obama Administration Lied on Syria Gas Attack,' *The Atlantic,* December 8, 2013.

68. Smith, Matt and Levs, Josh and Smith-Spark, Laura, 'Draft resolution on Syria would limit strike to 60 days,' *CNN,* September 4, 2013.

69. 'Syria crisis: Russia and China step up warning over strike,' *BBC News,* August 27, 2013.

70. 'Russia threatens to arm Iran if US strikes Syria,' *Los Angeles Daily News,* September 11, 2013.

Anishchuk, Alexei, 'Russia could boost Iran arms sales if U.S. strikes Syria: Putin ally,' *Reuters*, September 11, 2013.

71. Putin, Vladimir V., 'A Plea for Caution From Russia,' *The New York Times*, September 12, 2013.

72. Glazebrook, Dan, 'The British parliament only likes to attack the weak,' *Asia Times*, September 6, 2013.

73. Black, Joseph Laurence and Johns, Michael, *The Return of the Cold War: Ukraine, the West and Russia*, London, Routledge, 2016.
Mamlyuk, Boris N., 'The Ukraine Crisis, Cold War II, and International Law,' *The German Law Journal*, vol. 16, no. 3, 2015 (pp. 479–522).

74. 'Residents of Manbij protest against conscription in Kurdish militias,' *Zaman Al Wasl*, November 5, 2017.
'Manbij residents face off against SDF over conscription policy,' *Al Monitor*, November 24, 2017.
'Tension and resentment in Manbij due to tens of arrests of young men by the military police for the "self-defense duty",' *SOHR*, November 7, 2017.

75. 'UN: US-backed SDF recruits children,' *Al Jazeera*, March 7, 2018.
'Syrian Democratic Forces arrested a girl for conscription in Aleppo city on May 23,' *SNHR*, May 29, 2020.

76. Ripley, Tim, *Operation Aleppo: Russia's War in Syria*, Lancaster, Telic-Herrick Publications, 2018 (pp. 168–170).

77. Bellingeer III, John B., 'Legal Questions Loom Over Syria Strikes,' *Council on Foreign Relations*, April 15, 2018.

78. Burns, Robert, 'US has no evidence of Syrian use of sarin gas, Mattis says,' *Associated Press*, February 2, 2018.

79. Smith-Spark, Laura, 'France "has proof" Assad regime was behind Syria chemical weapon attack,' *CNN*, April 26, 2017.

80. Solon, Olivia, 'How Syria's White Helmets became victims of an online propaganda machine,' *The Guardian*, December 18, 2017.

81. Blumenthal, Max and Norton, Ben, 'Yet another video shows U.S.-funded white helmets assisting public-held executions in rebel-held Syria,' *Salon*, May 25, 2017.

Tuberville, Brandon, 'Al-Qaeda Leader Praises White Helmets As "Hidden Soldiers of The Revolution",' *Mint Press News,* May 9, 2017.

82. van Wilgenburg, Wladimir, 'Kurds say White Helmets not welcome to help fight fires in northeast Syria,' *Kurdistan 24,* June 14, 2019.

83. Sanchez, Raf et al., 'James Le Mesurier, British ex-army officer who trained Syria's White Helmets, found dead in Istanbul,' *The Telegraph,* November 11, 2019.

84. Almasian, Kevork, 'Eva Bartlett Debunks Syrian War & Exposes White Helmets,' *Syriana,* May 30, 2018.
Bartlett, Eva, 'Decision to bring White Helmets to Canada dangerous and criminal,' *RT,* August 10, 2018.

85. 'How the World May End – John Pilger on Venezuela, Trump & Russia," *Going Underground – RT* (Youtube Channel), May 25, 2017.

86. 'Eastern Ghouta – White Helmets Embedded with Terrorist Groups,' *Vanessa Beeley* (Youtube Channel), May 6, 2018.
'White Helmets Working With Al Qaeda: Bab Al Nairab, Aleppo,' *Vanessa Beeley* (Youtube Channel), May 2, 2017.

87. Beeley, Vanessa, 'John Pilger: The White Helmets Are A "Complete Propaganda Construct",' *Mintpressnews,* May 26, 2017.

88. Kennedy, Dominic, 'White Helmets left Omran Daqneesh in pain to harm Assad, claims Rev Andrew Ashdown",' *The Times,* June 5, 2018.
Kennedy, Dominic, 'Syria trips by clergy and peers "undermine UK",' *The Times,* October 27, 2018.

89. 'White Helmets making staged video of Idlib chemical attack – SANA,' *TASS,* September 22, 2018.

90. 'Syria's White Helmets suspend members caught on camera during rebel execution,' *RT,* May 19, 2017.
'White Helmets member caught on camera disposing of Syrian soldiers' mutilated bodies,' *RT,* June 23, 2017.

91. Ritter, Scott, 'Ex-Weapons Inspector: Trump's Sarin Claims Built On "Lie",' *The American Conservative,* June 29, 2017.

92. Ripley, Tim, *Operation Aleppo: Russia's War in Syria,* Lancaster, Telic-Herrick

Publications, 2018 (p. 162).

93. Vanden Brook, Tom and Onyanga-Omara, Jane and Korte, Gregory, 'Pentagon says Russia could have stopped Syrian chemical weapons attack,' *USA Today,* April 7, 2017.

94. Rogoway, Tyler, 'America's Tomahawk Missile Attack on Syria's Shayrat Air Base Was a Sham,' *The Drive,* April 7, 2017.
Read, Zen, 'Syrians Say Air Base Operational Just One Day After U.S. Cruise Missile Strikes,' *Haaretz,* April 8, 2017.

95. Abrams, A. B., *Immovable Object: North Korea's 70 Years At War with American Power*, Atlanta, Clarity Press, 2020 (Chapter 14: Introducing Mutual Vulnerability: Implications of North Korea Attaining a Nuclear-Tipped ICBM).
Warrick, Joby and Nakashima, Ellen and Fifield, Anna, 'North Korea now making missile-ready nuclear weapons, U.S. analysts say,' *Washington Post,* August 8, 2017.
Dominguez, Gabriel, 'USFK confirms North Korea's Hwaseong-15 ICBM can target all of US mainland,' *Janes,* July 11, 2019.

96. Mullen, Mike and Nunn, Sam and Mount, Adam, *A Sharper Choice on North Korea: Engaging China for a Stable Northeast Asia*, Council on Foreign Relations, Independent Task Force Report No. 74, September 2016. Background Briefing by Senior Administration Officials on the Visit of President Xi Jinping of the People's Republic of China, Washington DC, April 4, 2017.
Baker, Gerard and Lee, Carol and Bender, Michael, 'Trump Says He Offered China Better Trade Terms in Exchange for Help on North Korea,' *Wall Street Journal,* April 22, 2017.
Lee, Dong Hyuk, 'Analysis: What Trump Inherited from Obama,' *VOA,* June 7, 2018.

97. Alexander, Harriet and Boyle, Danny and Henderson, Barney, 'US Launches Strike on Syria – How it Unfolded,' *The Telegraph,* April 7, 2017.

98. Baker, Gerard and Lee, Carol and Bender, Michael, 'Trump Says He Offered China Better Trade Terms in Exchange for Help on North Korea,' *Wall Street Journal,* April 22, 2017.

99. Abrams, A. B., *Immovable Object: North Korea's 70 Years At War with American*

Power, Atlanta, Clarity Press, 2020 (Chapter 20).

100. Park, Ju-min and Kim, Jack, 'North Korea calls U.S. strikes on Syria "unforgivable",' *Reuters*, April 8, 2017.

101. 'Syria "chemical attack": France's President Macron "has proof",' *BBC News*, April 12, 2018.

102. 'Foreign Ministry: Allegations of using chemical weapons unconvincing stereotype,' *Syrian Arab News Agency*, April 8, 2018.

103. 'Russia says U.S. plans to strike Damascus, pledges military response,' *Reuters*, March 13, 2018.

104. Bellingeer III, John B., 'Legal Questions Loom Over Syria Strikes,' *Council on Foreign Relations*, April 15, 2018.

    'Syria strikes violated international law–are the rules of foreign intervention changing?,' *The Conversation*, April 18, 2018.

105. Weller, Marc, 'Syria air strikes: Were they legal?,' *BBC News*, April 14, 2018.

106. 'Mogherini says EU backs strikes on Syria, reiterates political solution,' *Xinhua*, April 14, 2018.

    Oroschakoff, Kalina, 'Broad support from EU leaders for Syria strikes,' *Politico*, April 14, 2018.

107. 'Statement by the NATO Secretary General on the actions against the Syrian regime's chemical weapons facilities and capabilities,' *NATO Press Release*, April 14, 2018.

108. Burns, Robert and Colvin, Jill and Miller, Zeke, 'Trump: US, allied strikes aimed at Syria's chemical weapons,' *AP News*, April 14, 2018.

109. Rocha, Veronica and Wills, Amanda and Ries, Brian, 'US, UK and France strike Syria,' *CNN*, April 13, 2018.

    'Syria air strikes: UK confident strikes were successful, says PM,' *BBC News*, April 14, 2018.

110. Gearan, Anne and Ryan, Missy, 'U.S. launches missile strikes in Syria,' *Washington Post*, April 13, 2018.

111. Derbyshire, Jonathan, 'Opinion today: Syria strikes accomplish little,' *Financial Times*, April 17, 2018.

    McCausland, Phil and Talmazan, Yuliya, 'Trump's U.S.-led airstrike on Syria won't stop Assad's chemical capabilities, experts say,' *NBC News,* April 15, 2018.

Mason, Paul, 'Futile air strikes on Syria won't defeat Assad and Putin,' *New Statesman,* April 11, 2018.

Al-Marashi, Ibrahim, 'Trump's strike didn't stop Assad last year and won't stop him now,' *Al Jazeera,* April 14, 2018.

Bergman, Ronen, 'Israeli intelligence: Objectives of Western strike in Syria not achieved,' *Ynet News,* April 17, 2018.

112. Beaumont, Peter and Roth, Andrew, 'Russia claims Syria air defences shot down 71 of 103 missiles,' *The Guardian,* April 14, 2018.

113. 'Syria shoots down Israeli warplane as conflict escalates,' *BBC News,* February 10, 2018.

114. 'Douma false "chemical weapon" narrative: Ian Henderson speaks to UN about OPCW report,' *Vanessa Beeley* (Youtube Channel), January 20, 2020.

115. Ibid.

116. Ibid.

117. 'OPCW Douma Docs,' *Wikileaks* (https://wikileaks.org/opcw-douma/document/).

'OPCW Douma Docs, Omission_of_ppb_levels_in_Interim_R_on_6-July,' *Wikileaks* (https://wikileaks.org/opcw-douma/document/Omission_of_ppb_levels_in_Interim_R_on_6-July/).

'OPCW Douma Docs, DG-memo1,' *Wikileaks* (https://wikileaks.org/opcw-douma/document/DG-memo1/).

118. 'Ex-British Special Forces Director- OPCW Could Lose All Credibility Over Syria Douma Leaks!,' *Going Underground, RT* (Youtube Channel), January 27, 2020 (Episode 836).

119. ONeill, James, 'Emerging Evidence on Continuing Allied Lies About the War in Syria,' *New Eastern Outlook,* February 19, 2020.

120. 'Ex-British Special Forces Director- OPCW Could Lose All Credibility Over Syria Douma Leaks!,' *Going Underground, RT* (Youtube Channel), January 27, 2020 (Episode 836).

121. Lawrence Wilkerson Speaking at the Arria-Formula Meeting of the United Nations Security Council, April 16, 2021.

122. Hans von Sponeck Speaking at the Arria-Formula Meeting of the United Nations Security Council, April 16, 2021.
    Aaron Maté, 'Did Trump Bomb Syria on False Grounds?,' *Nation*, July 24, 2020.
123. Lawrence Wilkerson Speaking at the Arria-Formula Meeting of the United Nations Security Council, April 16, 2021.
124. Becker, Brian and Kirakou, John, 'Loud and Clear News of the Day – With Peter Ford,' *Sputnik News*, December 17, 2019.
    'Western Narrative of Syrian Chemical Attacks "Comes Apart at Seams" Amid OPCW Leaks,' *Sputnik News*, December 18, 2019.
125. Becker, Brian and Kirakou, John, 'Loud and Clear News of the Day – With Peter Ford,' *Sputnik News*, December 17, 2019.
126. 'Western Narrative of Syrian Chemical Attacks "Comes Apart at Seams" Amid OPCW Leaks,' *Sputnik News*, December 18, 2019.

第十章　新疆與中美矛盾

1. '1-billion-ton oil and gas field discovered in Xinjiang's Tarim Basin,' *Global Times*, June 19, 2021.
   'China's Sinopec flags new oil and gas find in Xinjiang,' *Reuters*, August 25, 2021.
2. Hammes, T. X., 'Offshore Control is the Answer,' *Proceedings Magazine*, vol. 138, no. 12, issue 1318, December 2012.
3. Brzezinski, Zbigniew, 'A Geostrategy for Eurasia,' *Foreign Affairs*, September/October 1997.
4. 'A BILL To address issues involving the People's Republic of China in the Senate of the United States,' Strategic Competition Act, 117th United States Congress, 1st Session. (https://www.foreign.senate.gov/imo/media/doc/DAV21598%20-%20Strategic%20Competition%20Act%20of%202021.pdf).
5. Burkholder Smith, Joseph, *Portrait of a Cold Warrior*, New York, Putnam, 1976 (pp. 210, 211).
6. *The New York Times*, March 12, 1966 (p. 6).

Henschke, Rebecca, 'Indonesia massacres: Declassified U.S. files shed new light,' *BBC News*, October 17, 2017.

Life, July 11, 1966.

Robinson, Geoffrey B., *The Killing Season: A History of the Indonesian Massacres, 1965–66*, Princeton, Princeton University Press, 2018 (pp. 106, 107).

7. 'Looking into the massacres of Indonesia's past,' *BBC News*, June 2, 2016.

    'Indonesia's killing fields,' *Al Jazeera*, December 21, 2012.

8. 'U.S. Role in 1960s Indonesia Anti-Communist Massacre Revealed,' *Sputnik News*, October 18, 2017.

    Martens, Robert, *The Indonesian Turning Point*, Amazon Digital Services, 2012 (Preface).

9. Public Records Office, Defence Records, 25/170. Tel. 1863 Foreign Office to Singapore, October 8, 1965.

    Curtis, Mark, *Web of Deceit: Britain's Real Role in the World*, London, Vintage, 2003 (p. 394).

    Lashmar, Paul and Gilby, Nicholas and Oliver, James, 'Slaughter in Indonesia: Britain's secret propaganda war,' *The Guardian*, October 17, 2021.

    Yuniar, Resty Woro, 'Victims of Indonesia's 1965 communist killings tell UK to tell truth about its role in genocide and anti-Chinese propaganda,' *South China Morning Post*, October 21, 2021.

10. Weiner, Tim, 'History to Trump: CIA was aiding Afghan rebels before the Soviets invaded in '79,' *Washington Post*, January 7, 2019.

    Gibbs, David N., 'Afghanistan: The Soviet Invasion in Retrospect,' *International Politics*, vol. 37, June 2000 (pp. 241, 242).

11. Bergen, Peter, *Holy War Inc.*, New York, The Free Press, 2001 (p.68).

    Coll, Steve, 'CIA in Afghanistan: In CIA's Covert War, Where to Draw the Line Was Key,' *Washington Post*, July 20, 1992.

12. Bergen, Peter, *Holy War Inc.*, New York, The Free Press, 2001 (p. 69).

13. Rashid, Ahmed, *Taliban: Militant Islam, Oil and Fundamentalism in Central Asia*, New Haven, Yale University Press, 2001 (pp. 128, 129).

    Cook, Robin, 'The struggle against terrorism cannot be won by military means,' *The Guardian*, June 8, 2005.

'Al Qaeda's Origins and Links,' *BBC News*, July 20, 2004.

14. 'UK, France planned joint attack on USSR before Nazis did, DECLASSIFIED docs reveal,' *RT* (Youtube Channel), July 7, 2021.

15. *Congressional Record*, Volume 151, Part 17, U.S. Congress, October 7 to 26, 2005.

16. 'American political scientist: Western Intelligence used Azerbaijan to export terrorism into Russia,' *Panorama*, May 30, 2015.

17. Hille, Kathrin, 'Putin accuses US of supporting separatist militants inside Russia,' *Financial Times*, April 26, 2015.

18. 'US lets militants train, mount attacks from its Syrian bases – chief of Russian General Staff,' *RT*, December 27, 2017.
    'US special ops forces & hardware spotted at ISIS positions north of Deir ez-Zor – Russian MoD,' *RT*, September 24, 2017.
    'US Support for Terrorists in Syria Main Obstacle of Defeating Them – Russian MoD,' *Sputnik News*, October 4, 2017.
    'All Syrian Terrorist Groups Receive Weapons, Tasks from Abroad – Russian MoD,' *Sputnik News*, March 24, 2018.

19. 'US Special Services Involved in Daesh Militants' Transfer to Afghanistan - Russian Security Agency,' *Sputnik News,* September 23, 2019.

20. 'Iran accuses US of alliance with ISIS, claims to have proof,' *RT*, June 11, 2017.
    'I have confirmed evidence Turkey's President Recep Tayyip Erdogan claims US-led coalition forces have supported ISIS,' *The Sun*, October 8, 2017.

21. U.S. Congresswoman Tulsi Gabbard Speaks on House Floor, House of Representatives, Committee on Foreign Affairs, Washington DC, September 13, 2018.
    'Dr. Rand Paul Introduces the Stop Arming Terrorists Act,' *Official Website of Senator Rand Paul*, March 2017.

22. '"What Is the Empire's Strategy?" – Col Lawrence Wilkerson Speech at RPI Media & War Conference,' *Ron Paul Liberty Report* (YouTube Channel), August 22, 2018.

23. '"ISIS in Afghanistan is U.S. tool to cause trouble in the whole region" – ex-Afghan President Karzai to RT,' *RT*, October 19, 2017.

24. 'U.S. Role in 1960s Indonesia Anti-Communist Massacre Revealed,' *Sputnik News*, October 18, 2017.
    Martens, Robert, *The Indonesian Turning Point*, Amazon Digital Services, 2012 (Preface).
25. Sibel Edmonds, 2015 Interview, *Facebook Page of the Embassy of the People's Republic of China in Bangladesh*, April 11, 2021.
26. Ibid.
27. 'Up to 450 militants attack Syrian forces in Idlib,' *TASS*, January 23, 2020.
28. Al-Ghadhawi, Abdullah, 'Uighur Jihadists in Syria,' *Center for Global Policy*, March 18, 2020.
29. Blanchard, Ben, 'Syria says up to 5,000 Chinese Uighurs fighting in militant groups,' *Reuters*, May 11, 2017.
30. Vagneur-Jones, Antoine, 'War and opportunity: the Turkistan Islamic Party and the Syrian conflict,' *Fondation pour la recherche stratégique*, no. 7, March 2, 2017.
31. Vltchek, Andre, 'March of the Uyghurs,' *New Eastern Outlook*, July 21, 2019.
32. 'China boosts Syria support,' *Global Times*, August 18, 2016.
    Pauley, Logan and Marks, Jesse, 'Is China Increasing Its Military Presence in Syria?,' *The Diplomat*, August 20, 2018.
    Zhou, Lara, 'China's role in Syria's endless civil war,' *South China Morning Post*, April 7, 2017.
    Lin, Meilian, 'Xinjiang terrorists finding training, support in Syria, Turkey,' *Global Times*, July 1, 2013.
33. 'Chinese Ambassador to Syria: We Are Willing To Participate "In Some Way" In The Battle For Idlib Alongside The Assad Army,' *The Middle East Media Research Institute*, August 1, 2018.
    Neriah, Jacques, 'Chinese Troops Arrive in Syria to Fight Uyghur Rebels,' *Jerusalem Center for Public Affairs*, December 20, 2017.
34. Lin, Christina, 'Idlib militants eye China, Central Asia as next targets,' *Asia Times*, August 13, 2018.
    Shih, Gerry, 'Uighurs fighting in Syria take aim at China,' *AP News*, December 23, 2017.

Wu, Wendy, 'Rising tide of jihadists stopped trying to return to China, Chinese advisers say,' *South China Morning Post*, January 8, 2017.

Martina, Michael and Blanchard, Ben, 'Uighur IS fighters vow blood will "flow in rivers" in China,' *Reuters*, March 1, 2017.

35. Shih, Gerry, 'Uighurs fighting in Syria take aim at China,' *AP News*, December 23, 2017.

36. Chew, Amy, 'How Syria's civil war drew Uygur fighters and shaped the separatist group TIP in China's crosshairs,' *South China Morning Post*, November 29, 2020.

37. Abuza, Zachary, 'The Riddle of the Bangkok Bombings,' *The CTC Sentinel*, October 19, 2015.

38. Vagneur-Jones, Antoine, 'War and Opportunity: the Turkistan Islamic Party and the Syrian conflict,' *Foundation Pour La Recherch Strategique*, no. 7, 2017 (p. 5).

39. 「金一南：美想推翻巴沙爾政權或將陷入困局」['Kim Yinan: The US wants to overthrow the Assad regime or will be in a dilemma'], *Miltary.CNR*, November 1, 2012.

40. Hage Ali, Mohanad, 'China's proxy war in Syria: Revealing the role of Uighur fighters,' *Al Arabiya*, March 2, 2016.

41. Frantzman, Seth J., 'Did former US officials support extremists in Syria as an "asset"?,' *Jerusalem Post*, April 6, 2021.

42. 'Syria: Turkistan Islamic Party Seizes and Pillages Public Property in Rural Hama,' *STJ*, April 11, 2020.

'Uyghur Families Colonize Syrian Village,' *Meyadeen TV*, September 3, 2015.

43. Weiss, Caleb, 'Suicide Bombings Detail Turkistan Islamic Party's Role in Syria,' *Long War Journal*, May 3, 2017.

Vagneur-Jones, Antoine, 'War and opportunity: the Turkistan Islamic Party and the Syrian conflict,' *Fondation pour la recherche stratégique*, no. 7, March 2, 2017 (p. 6).

al-Aswad, Harun, 'Syria: Murder stalks Druze in north and suspicion falls on Uyghur militants,' *Middle East Eye*, August 24, 2022.

44. 'Uyghur Families Colonize Syrian Village,' *Meyadeen TV*, September 3, 2015.

45. Roggio, Bill and Weiss, Caleb, 'Uighur Jihadist group in Syria Advertises Little Jihadists,' *Long War Journal*, September 24, 2015.

    Weiss, Caleb, 'Turkistan Islamic Party in Syria Shows More Little Jihadists,' *Long War Journal*, September 29, 2016.

46. 'A Buffer Zone For Erdogan's Turkic Settlements in Syria,' *Asia Times*, October 11, 2015.

47. 'Turkish embassies in Southeast Asia "gave fake travel documents to Uygurs fleeing China",' *South China Morning Post*, July 10, 2016.

    Abuza, Zachary, 'Uyghurs look to Indonesia for terror guidance,' *Asia Times*, October 10, 2014.

48. 'Turks Are Held in Plot to Help Uighurs Leave China,' *The New York Times*, January 14, 2015.

    Lin, Christina, 'Crossing Red Lines? Turkey's Assault of China's Sovereignty and Incitement of Xinjiang Insurgency,' *ISPSW Strategy Series*, no. 362, July 2015.

    Liu, Chang, 'Turks, Uyghurs held in smuggling, terrorism scheme,' *Global Times*, January 14, 2015.

49. Clarke, Michael, 'Uyghur Militants in Syria: The Turkish Connection,' *Jamestown Foundation*, February 4, 2016.

    'China "breaks Turkish-Uighur passport plot",' *BBC News*, January 14, 2015.

50. Lin, Christina, 'Chinese Uyghur Colonies in Syria a Challenge for Beijing,' *Asia Times*, May 21, 2017.

51. 'Turkish F-16 Downed Syrian Mi-17 Helicopter Over Idlib – Reports,' *Military Watch Magazine*, February 12, 2020.

52. 'Turkish and Syrian Forces Clash as Damascus Moves to Recapture Idlib: Artillery and F-16s Provide Cover for Jihadist Militants,' *Military Watch Magazine*, February 3, 2020.

53. al-Aswad, Harun and Soylu, Ragip, 'Two Turkish soldiers killed as Syrian rebels stage assault on Idlib's Neirab,' *Middle East Eye*, February 20, 2020.

    'Syria war: Alarm after 33 Turkish soldiers killed in attack in Idlib,' *BBC News*, February 28, 2020.

54. 'Syrian Pilot Killed As Turkey Downs Warplane: Monitor,' *International Business Times*, March 3, 2020.

55. McKernan, Bethan and Sabbagh, Dan, 'NATO expresses "full solidarity" with Turkey over Syria airstrikes,' *The Guardian*, February 28, 2020.
56. 'US Intends to Support Turkey's Actions in Syria's Idlib by Supplying Ammunition – Report,' *Sputnik News*, March 3, 2020.
57. Rabil, Robert G., 'Defeating the Islamic State of Idlib,' *National Interest,* June 13, 2019.
58. Clarke, Michael, 'Uyghur Militants in Syria: The Turkish Connection,' *Jamestown Foundation,* February 4, 2016.
59. Bhadrakumar, MK, 'US needs Turkey for its al-Qaeda and ISIS links,' *Asia Times,* April 10, 2021.
60. 'The Rise of Uyghur Militancy in and Beyond Southeast Asia: An Assessment,' *Centre for Security Studies – ETH Zurich,* February 15, 2017.

    '4 ISIS suspects arrested by Indonesia are Uighurs from China: Police,' *The Straits Times,* September 15, 2014.

    Vonow, Brittany, 'Who did it? Thailand bombings: Who are the likely suspects behind Phuket and Hua Hin bomb attacks?,' *The Sun*, Aug. 12, 2016.

    Zenn, Jacob, 'Beijing, Kunming, Urumqi and Guangzhou: The Changing Landscape of Anti-Chinese Jihadists,' *Jamestown Foundation*, May 23, 2014.

    Sangadji, Ruslan, 'Last Uighur member of MIT shot dead,' *The Jakarta Post*, August 18, 2016.

    'Indonesian Police Foil Rocket Attack Plot on Marina Bay; Singapore Steps up Security,' *The Straits Times*, August 5, 2016.
61. Lefevre, Amy Sawitta and Niyomyat, Aukkarapon, 'Thai police look into Turkish connection in Bangkok blast,' *Reuters*, August 27, 2015.

    'Sa Kaeo immigration chief transferred in bomb case,' *Bangkok Post*, September 1, 2019.
62. Clarke, Colin P. and Rexton Kan, Paul, 'Uighur Foreign Fighters: An Underexamined Jihadist Challenge,' International Centre for Counter-Terrorism, November 2017.
63. Trofimov, Yaroslava and Shah, Saeed and Amiri, Ehsanullah, 'Afghanistan Mosque Bombing Kills Dozens of Worshipers,' *Wall Street Journal,* October 8, 2021.

64. Cunningham, Susan, 'Thailand's Shrine Bombing - The Case for Turkey's Grey Wolves,' *Forbes*, August 24, 2015.
65. 'Indonesian terror group planning attacks on Chinese ships,' *Splash274*, July 4, 2019.
    Chew, Amy, 'Indonesian terrorists planned to attack shop owners in areas with Chinese communities,' *South China Morning Post*, August 27, 2020.
66. Dzyubenko, Olga, 'Chinese embassy in Kyrgyzstan hit by suspected suicide car bomb,' *Reuters*, August 30, 2016.
67. 'China Embassy attack: Suspect is 21yo Tajikistan national,' *AKI Press*, September 6, 2016.
68. Millward, James, 'Violent Separatism in Xinjiang: A Critical Assessment,' *Foreign Studies 6*, East West Centre, 2004.
69. Ibid.
70. Ibid.
71. Blanchard, Ben, 'China foils attempted terror attack on flight,' *Reuters*, March 9, 2008.
    York, Geoffrey, 'Olympic terror plot foiled, Beijing says,' *The Globe and Mail*, March 10, 2008.
72. 'Terrorist plot suspected in violent attack on police in west China's Xinjiang,' *Xinhua*, August 4, 2008.
73. Parry, Richard Lloyd, 'China's Uighur rebels switch to suicide bombs,' *The Sunday Times*, August 11, 2008.
74. 'Three dead as unrest flares in China's restive Xinjiang,' *The Daily Star*, August 12, 2008.
75. 'China calls Xinjiang riot a plot against its rule,' *Reuters*, July 5, 2009.
    Macartney, Jane, 'China in deadly crackdown after Uighurs go on rampage,' *The Times* (London), July 5, 2009.
76. Tanner, Murray Scot and Bellacqua, James, 'China's Response to Terrorism,' U.S.-China Economic and Security Review Commission, June 2016.
77. 'At least 50 reported to have died in attack on coalmine in Xinjiang in September,' *Reuters*, October 1, 2015.
78. Tiezzi, Shannon, 'Is the Kunming Knife Attack China's 9-11?,' *The Diplomat*,

March 4, 2014.

79. Kang Lim, Benjamin and Blanchard, Ben, 'China suspects Tiananmen crash a suicide attack- sources,' *Reuters*, October 29, 2013.
80. Kaiman, Jonathan, 'Islamist group claims responsibility for attack on China's Tiananmen Square,' *The Guardian*, November 25, 2013.
81. 'Things to Know about All the Lies on Xinjiang: How Have They Come About?,' *China Daily*, April 30, 2021.
82. Allen-Ebrahimiam, Bethany, 'Report: More Than 100 Chinese Muslims Have Joined the Islamic State,' *Foreign Policy*, July 20, 2016.
83. Cao, Siqi, 'Vocational centers in Xinjiang will disappear when society no longer needs them: official,' *Global Times*, March 12, 2019.
84. Hali, Sultan M, 'Xinjiang and the Uighur question,' *Pakistan Today*, January 24, 2019.
85. 'This Indonesian School Is Deradicalizing the Children of Convicted Terrorists (HBO),' *Vice News* (Youtube Channel), January 24, 2018.
86. Sage, Adam, 'Inside France's pioneering deradicalisation programme,' *The Times* (London), January 27, 2021.
87. 'This Indonesian School Is Deradicalizing the Children of Convicted Terrorists (HBO),' *Vice News* (Youtube Channel), January 24, 2018.
88. Blum, William, *Rogue State: A Guide to the World's Only Superpower*, London, Zed Books, 2006 (Chapter 19: Trojan Horse: The National Endowment for Democracy).

    Norton, Ben and Singh, Ajit, 'No, the UN did not report China has "massive internment camps" for Uighur Muslims,' *The Grey Zone*, August 23, 2018.
89. 'Human Rights Watch is Roundly Criticized By… Human Rights Activists,' World Summit of Nobel Peace Laureates (http://www.nobelpeacesummit.com/human-rights-watch-is-roundly-criticized-by-human-rights-activists/).

    'Human Rights Watch's Revolving Door,' *Jacobin*, June 8, 2014.

    'Debate: Is Human Rights Watch Too Close to U.S. Gov't to Criticize Its Foreign Policy?,' *Democracy Now*, June 11, 2014.
90. 'Worldwide Propaganda Network Built by the C.I.A.,' *The New York Times*, December 26, 1977.

91. Nebehay, Stephanie, '1.5 million Muslims could be detained in China's Xinjiang: academic,' *Reuters,* March 13, 2019.
92. 'Who is Adrian Zenz? The Christian Fundamentalist Leading the Global Xinjiang Narrative,' *Chollima,* June 29, 2020.
93. Chemin, Ariane, 'Les divisions d'une équipe d'historiens du communisme' [Divisions among the team of historians of Communism], *Le Monde*, October 30, 1997.

    Margolin, Jean-Louis and Werth, Nicolas, 'Communisme : retour à l'histoire' [Communism: Return to the History], *Le Monde,* November 14, 1997.

    Hoffman, Stanley, 'Le Livre noir du communisme: Crimes, terreur, répression' [The Black Book of Communism: Crimes, Terror, and Repression], *Foreign Policy*, Spring 1998.

    Ghodsee, Kristen, 'A Tale of "Two Totalitarianisms": The Crisis of Capitalism and the Historical Memory of Communism,' *History of the Present*, vol. 4, no. 2., 2014 (pp. 115–142).

    Chomsky, Noam, 'Counting the Bodies,' *Spectrezine* (http://www.spectrezine.org/global/chomsky.html).

    Ghodsee, Kristen, *Red Hangover: Legacies of Twentieth-Century Communism*, Durham, Duke University Press, 2017 (p. 140).
94. Chin, Josh, 'The German Data Diver Who Exposed China's Muslim Crackdown,' *Wall Street Journal,* May 21, 2019.
95. Sias, Marlon L. and Zenz, Adrian, *Worthy to Escape: Why All Believers Will Not Be Raptured Before the Tribulation,* Bloomingon, WestBow Press, 2012 (p. 46).
96. Ibid. (p. 47).
97. Hill, Matthew and Campanale, David and Gunter, Joel, '"Their goal is to destroy everyone": Uighur camp detainees allege systematic rape,' *BBC News,* February 2, 2021.
98. 'Without evidence, allegations against China are only allegations,' *The Concordian,* February 25, 2021.

    'She Escaped the Nightmare Of China's Brutal Internment Camps. Now She Could Be Sent Back.,' *Buzzfeed News,* February 15, 2020.
99. Daniel Dumbrill on Twitter, 'And thank you China for renewing her passport

while she was apparently under house arrest and thank you @CNN for not running her original testimony from last year, because it's far less dramatic and interesting.' (images attached), February 19, 2021.

100. 'Speaking With a Uyghur Activist About Xinjiang Abuse,' *Daniel Dumbrill* (Youtube Channel), August 17, 2020.
Daniel Dumbrill on Twitter, '13 tons of hair (which would equal 220,000 heads of hair) are being sold for $8,000 US each (based on $1.8b). Uyghur hair is very valuable! They also have to put their heads through holes to get a haircut because there's a barber chair shortage crisis currently in China.' (video attached), September 17, 2020.

101. 'A short video user expressed her frustration when she found a video of her had been manipulated,' *China Daily* (Youtube Channel), January 28, 2021.

102. 'Speaking With a Uyghur Activist About Xinjiang Abuse,' *Daniel Dumbrill* (Youtube Channel), August 17, 2020.
Daniel Dumbrill on Twitter, 'The overseas Uyghur community creates fake news and leaves it online with its false captions, supported by no evidence, just in case one day it turns out to be true. In the meantime, their audience accepts it as the truth and are convinced of a genocide by this same community.' (video attached), September 17, 2020.

103. Matthew Kroenig on Twitter, 'The Chinese Communist Party's selling the hair of Muslims detained in prison camps,' July 2, 2020.

104. 'Speaking With a Uyghur Activist About Xinjiang Abuse,' *Daniel Dumbrill* (Youtube Channel), August 17, 2020.
Daniel Dumbrill on Twitter, 'In Xinjiang, the local population is being taught to read, write and speak in their local banned language just in case tourists show up.' (video attached), September 17, 2020.

105. Anderson, David, 'Useful Idiots: Tourism In North Korea,' *Forbes,* March 6, 2017.
Fifield, Anna, 'From the skies, the North Korean capital looks just like the Potemkin village the Kim regime wants it to be,' *jacksonville.com,* October 19, 2017.
Gray, Noah, 'The Improbable High-Rises of Pyongyang, North Korea,' *Bloomberg,* October 16, 2018.

'North Korea "all make-believe", says travel blogger,' *ABC News*, April 1, 2016.

106. Kuo, Lily, 'China footage reveals hundreds of blindfolded and shackled prisoners,' *The Guardian*, September 23, 2019.

107. Steger, Isabella, 'On Xinjiang, even those wary of Holocaust comparisons are reaching for the word "genocide",' *Quartz*, August 20, 2020.

108. Nury Vittachi on Facebook, 'The truth behind the world's most mis-used photo' (video and transcript attached), February 3, 2021.

109. Philips, Tom, 'China "holding at least 120,000 Uighurs in re-education camps",' *The Guardian*, January 25, 2018.

110. Jiang, Steven, 'Thousands of Uyghur Muslims detained in Chinese "political education" camps,' *CNN*, February 3, 2018.

111. 'Eastern Turkestan Islamic Movement,' official website of the United Nations Security Council (https://www.un.org/securitycouncil/sanctions/1267/aq_sanctions_list/summaries/entity/eastern-turkistan-islamic-movement).

112. Farooq, Umar, 'Uighur dissident in Turkey fights effort to extradite him to China,' *Los Angeles Times*, March 29, 2019.

113. 'Survey: Three Million, Mostly Uyghurs, in Some Form of Political "Re-Education" in Xinjiang,' *Radio Free Asia*, May 8, 2018.

114. Nebehay, Stephanie, '1.5 million Muslims could be detained in China's Xinjiang: academic,' *Reuters*, March 13, 2019.

115. Lipes, Joshua, 'Expert Says 1.8 Million Uyghurs, Muslim Minorities Held in Xinjiang's Internment Camps,' *Radio Free Asia*, November 24, 2019.

116. Stewart, Phil, 'China putting minority Muslims in "concentration camps," U.S. says,' *Reuters*, May 4, 2019.

117. CJ Werleman on Twitter, 'Nothing to see here: just Chinese soldiers doing bayonet training where upwards of 5 million Uyghur Muslims are being detained, tortured and killed.,' October 12, 2020.

118. CJ Werleman on Twitter, 'Upwards of 6 million Uyghur Muslims are currently being detained in China's network of concentration camps, with women subjected to this heinous and vicious sexual abuse.,' November 30, 2020.

119. 'China cuts Uighur births with IUDs, abortion, sterilization,' *AP News*, June 28, 2020.

120. Ibid.
121. Ibid.
122. 'Fact Check: Lies on Xinjiang-related issues vs. the truth,' *CGTN*, February 6, 2021.
123. 'China Focus: Xinjiang sees higher growth of Uygur population,' *Xinhua*, September 4, 2020.

    China Statistical Yearbook 2019, Xinjiang Uyghur Autonomous Region,1990/2005/2019, Statistical Yearbooks, tables 3-2/4-8/3-8.

    Zenz, Adrian, 'Sterilizations, IUDs, and Mandatory Birth Control: The CCP's Campaign to Suppress Uyghur Birthrates in Xinjiang,' *Victims of Communism Memorial Foundation,* June 2020.
124. Aarssen, Lonnie W., 'Why Is Fertility Lower in Wealthier Countries? The Role of Relaxed Fertility-Selection,' *Population and Development Review* vol. 31, no. 1, March 2005 (pp. 113–126).
125. Vittachi, Nury, 'Statistician demolishes genocide claim,' *Friday Everyday,* June 26, 2021.
126. Milmo, Cahal, 'MPs compare China to Nazi Germany as Beijing is accused of "systematic ethnic cleansing" of Uighurs,' *inews,* September 9, 2020.
127. 'UK parliament declares genocide in China's Xinjiang; Beijing condemns move,' *Reuters*, April 22, 2021.
128. Diane Abbott MP on Twitter, 'On Saturday I took part in an online meeting entitled "Uniting against racism and the new cold war". I had no idea that there were people on the call who denied Chinese harassment and massacres of Muslims in Uyghur. The treatment of these communities is a human rights violation.,' November 15, 2020.
129. Liu, Zhen, 'China accuses US of double standards as it drops ETIM from terrorism list,' *South China Morning Post*, November 6, 2020.
130. Chew, Amy, 'How Syria's civil war drew Uygur fighters and shaped the separatist group TIP in China's crosshairs,' *South China Morning Post*, November 29, 2020.
131. Liu, Xin, 'Whitewashing terror groups on Xinjiang "will backfire on US",' *Global Times*, May 17, 2021.

132. Hansler, Jennifer and Rahim, Zamira and Westcott, Ben, 'US accuses China of "genocide" of Uyghurs and minority groups in Xinjiang,' *CNN*, January 20, 2021.
133. 'US official says UN has "lack of curiosity" on Xinjiang,' *AP News*, October 29, 2020.
134. 'Pompeo calls report of forced sterilisation of Uighurs "shocking",' *Al Jazeera*, June 29, 2020.
135. 'The Rapture and the Real World: Mike Pompeo Blends Beliefs and Policy,' *The New York Times*, March 30, 2019.
136. Keating, Joshua, 'The God Doctrine,' *Slate*, June 11, 2019.
137. 'Mike Pompeo's evangelical zeal could complicate his new diplomatic life,' *The Economist*, March 20, 2018.
    Jenkins, Jack, '5 faith facts about Mike Pompeo: A divisive devotion,' *Religion News*, April 19, 2018.
    'Mike Pompeo Has Extreme Views on Muslims – and Liberals Don't Seem to Care,' *The Intercept*, August 20, 2019.
    God and Country Rally with U.S. Congressman Mike Pompeo, July 9, 2015.
    Pullella, Philip and Brunnstrom, David, 'Pompeo blasts China over Uighur Muslims during Vatican visit,' *Reuters*, October 2, 2019.
138. Lynch, Colum, 'State Department Lawyers Concluded Insufficient Evidence to Prove Genocide in China,' *Foreign Policy*, February 19, 2021.
139. 'Canada's parliament declares China's treatment of Uighurs "genocide",' *BBC News*, February 23, 2021.
    'Dutch parliament becomes second in a week to accuse China of genocide in Xinjiang,' *CNN*, February 26, 2021.
140. Power, Samantha, *"A Problem from Hell": America and the Age of Genocide*, New York, Basic Books, 2002.
141. Samantha Power on Twitter, 'The 1948 Genocide Convention, the UN's first human rights treaty, defines genocide as attempted destruction of a group. This report shows how this is precisely what China is doing with the Uighurs. Examine the evidence for yourself,' March 11, 2021.
142. 'Press Release: Authoritative legal opinion concludes that treatment of Uyghurs amounts to crimes against humanity and genocide,' World Uyghur

Congress, February 8, 2021.
143. Redden, Elizabeth, 'Inside the Oversight of a Questionable Institution,' *Inside Highered*, May 4, 2018.
Mattingly, Justin, 'Virginia moves to shutter Virginia International University,' *Richmond Times*, May 27, 2019.
Redden, Elizabeth, '"Rampant Plagiarism" and "Patently Deficient" Online Education,' *Inside Highered*, March 18, 2019.
Singh, Ajit, '"Independent" report claiming Uyghur genocide brought to you by sham university, neocon ideologues lobbying to "punish" China,' *The Gray Zone*, March 17, 2021.
144. Asat, Rayhan and Diamond, Yonah, 'U.S. China Policy Must Confront the Genocide in Xinjiang First,' *Foreign Policy*, January 21, 2021.
145. Asat, Rayhan and Diamond, Yonah, 'The World's Most Technologically Sophisticated Genocide Is Happening in Xinjiang,' *Foreign Policy*, July 15, 2020.
146. Asat, Rayhan and Diamond, Yonah, 'U.S. China Policy Must Confront the Genocide in Xinjiang First,' *Foreign Policy*, January 21, 2021.
147. Nebehay, Stephanie, 'U.N. says it has credible reports that China holds million Uighurs in secret camps,' *Reuters*, August 10, 2018.
'U.N. Panel Confronts China Over Reports That It Holds a Million Uighurs in Camps,' *The New York Times*, August 10, 2018.
'China Uighurs: One million held in political camps, UN told,' *BBC News*, August 10, 2018.
148. Norton, Ben and Singh, Ajit, 'No, the UN did not report China has "massive internment camps" for Uighur Muslims,' *The Grey Zone*, August 23, 2018.
149. Nebehay, Stephanie, 'U.N. says it has credible reports that China holds million Uighurs in secret camps,' *Reuters*, August 10, 2018.
150. Committee on the Elimination of Racial Discrimination, website of the United Nations Office of the High Commissioner for Human Rights (https://www.ohchr.org/en/hrbodies/cerd/pages/cerdindex.aspx).
151. 'UN panel concerned at reported Chinese detention of Uighurs,' *The Grey Zone*, August 10, 2018.
152. Norton, Ben and Singh, Ajit, 'No, the UN did not report China has "massive

internment camps" for Uighur Muslims,' *The Grey Zone,* August 23, 2018.

153. Graham-Harrison, Emma, 'China has built 380 internment camps in Xinjiang, study finds,' *The Guardian,* September 24, 2020.

154. Hua Chunying 华春莹 on Twitter, 'Already forgotten? Last time the so-called "camp" was actually a "five-star" apartment complex. Better not fall in the same hole twice,' September 25, 2020.

155. 'Xinjiang offers real-site photos to debunk satellite images 'evidence' of "detention centers",' *Global Times,* November 27, 2020.

156. 'What's behind extremist Adrian Zenz's report, "genocide" lies?,' *CGTN,* March 3, 2021.

157. Chung, Frank, '"They sing and dance": Aussie retiree trashes claims of Uighur repression in Chinese propaganda,' *News.au,* September 2, 2020.

158. Ibid.

159. Ibid.

160. 'American/Canadian Propaganda - a Xinjiang "Genocide" Panel,' *Daniel Dumbrill* (Youtube Channel), March 23, 2021.

161. Allen, Kerry and Williams, Sophie, 'The foreigners in China's disinformation drive,' *BBC News,* July 11, 2021.

162. Baptsta, Eduardo, 'Human rights in China: activists say sensationalist reports on Xinjiang do more harm than good,' *South China Morning Post,* May 24, 2021.

163. Ibid.

164. Cunningham, Philip J., 'In the West, China the villain is a narrative few dare to challenge,' *South China Morning Post,* April 27, 2021.

165. Ibid.

166. 'American/Canadian Propaganda - a Xinjiang "Genocide" Panel,' *Daniel Dumbrill* (Youtube Channel), March 23, 2021.

167. Mitchell, Greg, *So Wrong For So Long: How the Press, the Pundits – and the President – Failed on Iraq,* New York, Sinclair Books, 2013 (Section 1: January 2003, Part 1: On the War Path).

168. Tompkins, Al, 'Thursday Edition: Lead's Toxic Toll,' *Poynter,* January 29, 2003

169. 'American/Canadian Propaganda - a Xinjiang "Genocide" Panel,' *Daniel Dumbrill* (Youtube Channel), March 23, 2021.

170. Hippensteel, Chris, 'A Military Tech Giant Is Using Prison Labor To Make Electronics,' *Vice News,* January 13, 2021.

'Prisoners Help Build Patriot Missiles,' *Wired,* August 3, 2011.

'Prison Labor Fuels American War Machine,' *Prison Legal News,* January 15, 2004.

Benns, Whitney, 'American Slavery, Reinvented,' *The Atlantic,* September 21, 2015.

Johnson, Kevin Rashid, 'Prison labor is modern slavery. I've been sent to solitary for speaking out,' *The Guardian,* August 23, 2018.

Browne, Jaron, 'Rooted in Slavery: Prison Labor Exploitation,' *Race, Poverty & the Environment*, vol. 14, no. 1, Spring 2007 (pp. 42–44).

Love, David A. and Das, Vijay, 'Slavery in the US prison system,' *Al Jazeera,* September 9, 2017.

'Prison labour is a billion-dollar industry, with uncertain returns for inmates,' *The Economist*, March 16, 2017.

171. 'American/Canadian Propaganda - a Xinjiang "Genocide" Panel,' *Daniel Dumbrill* (Youtube Channel), March 23, 2021.

172. 'What's behind extremist Adrian Zenz's report, "genocide" lies?,' *CGTN,* March 3, 2021.

173. Steger, Isabella, 'On Xinjiang, even those wary of Holocaust comparisons are reaching for the word "genocide",' *Quartz,* August 20, 2020.

174. Lyons, Kate, 'Uighur leaders warn China's actions could be "precursors to genocide",' *The Guardian,* December 7, 2018.

175. 'Sanctioned UK politician compares Beijing's Xinjiang policies to Nazis,' *CNN,* March 26, 2020.

Milmo, Cahal, 'MPs compare China to Nazi Germany as Beijing is accused of "systematic ethnic cleansing" of Uighurs,' *inews,* September 9, 2020.

176. Eve, Francis, 'China is committing ethnic cleansing in Xinjiang – it's time for the world to stand up,' *The Guardian,* November 3, 2018.

177. Roul, Animesh, 'Al-Qaeda and Islamic State Reinvigorating East Turkistan Jihad,' *Jamestown Foundation*, May 17, 2019.

178. 'Muslim nations are defending China as it cracks down on Muslims, shattering

any myths of Islamic solidarity,' *CNN,* July 17, 2019.
179. 'Chinese president meets Saudi crown prince,' *China Daily,* February 22, 2019.
180. Xu, Keyue, 'Mideast states back China's Xinjiang stance,' *Global Times,* March 25, 2021.
181. Ma, Alexandra, 'Saudi crown prince defended China's imprisonment of a million Muslims in internment camps, giving Xi Jinping a reason to continue his "precursors to genocide",' *Business Insider,* February 23, 2019.
182. 'Why do some Muslim-majority countries support China's crackdown on Muslims?,' *Washington Post,* May 4, 2021.
183. Ward, Alex, 'China is buying Muslim leaders' silence on the Uyghurs,' *Vox,* June 23, 2021.
184. 'Speaking With a Uyghur Activist About Xinjiang Abuse,' *Daniel Dumbrill* (Youtube Channel), August 17, 2020.
185. 'China Takes Diplomats to Tour "Re-Education Camps" as Pressure Builds Over Mass Detention of Uighurs,' *Time,* January 7, 2019.
'China takes 12 envoys on tour to Muslim Xinjiang,' *Deccan Chronicle,* January 10, 2019.
186. Blanchard, Ben, 'Wary of Xinjiang backlash, China invites waves of diplomats to visit,' *Reuters,* February 21, 2019.
187. 'Foreign media praise Xinjiang's development, stability,' *Xinhua,* January 16, 2019.
188. 'Senior diplomats from 8 countries to UN Geneva office visit Xinjiang,' *CGTN* (Youtube Channel), February 25, 2019.
'Senior diplomats from 8 countries to UN Geneva office visits China,' *China Daily,* February 16, 2019.
189. Blanchard, Ben, 'Wary of Xinjiang backlash, China invites waves of diplomats to visit,' *Reuters,* February 21, 2019.
190. Ibid.
191. Resolutions on Muslim Communities and Minorities in the Non-OIC Member States, Adopted by the 46th Session of the Council of Foreign Ministers, Organisation of Islamic Cooperation, Abu Dhabi, United Arab Emirates, 1–2 March, 2019 (https://www.oic-oci.org/docdown/?docID=4447&refID=1250).

192. Li, Ruohan, 'Senior UN official visits Xinjiang,' *Global Times*, June 17, 2019.
193. 'China says reached 'broad consensus' with U.N. after Xinjiang visit,' *Reuters*, June 16, 2019.
194. 'Diplomats from 7 countries visit Xinjiang,' *Xinhua*, August 23, 2019
195. 'Diplomats from African countries, African Union visit Xinjiang,' *CGTN*, September 19, 2019.
196. '20 Arab countries and Arab League envoys and diplomats in China visit Xinjiang,' *Teller Report*, October 26, 2020.
197. 'Western hype about Xinjiang an unprovoked attack on China: African ambassadors,' *Xinhua*, March 16, 2021.
198. 'Why African countries back China on human rights,' *BBC News*, May 2, 2021.
199. Pamuk, Humeyra and Martina, Michael, 'U.S. slams China, U.N. rights chief, ahead of Xinjiang visit,' *Reuters*, May 20, 2022.
200. 'Dozens of NGOs urge UN rights chief to resign after China visit,' *CAN*, June 9, 2022.

    '230 Rights groups demand resignation of UN High Commissioner for Human Rights,' *International Tibet Network*, June 8, 2022.
201. 'The Guardian view on the UN in Xinjiang: a grave error,' *The Guardian*, May 31, 2022.

    'Truth emerges about Chinese repression of Uyghurs – no thanks to the U.N.,' *The Washington Post*, May 29, 2022.

    Rogers, Benedict, 'Michelle Bachelet's Failed Xinjiang Trip Has Tainted Her Whole Legacy,' *Foreign Policy*, June 13, 2022.
202. 'OHCHR Assessment of human rights concerns in the Xinjiang Uyghur Autonomous Region, People's Republic of China,' United Nations Officer of the High Commissioner on Human Rights, August 31, 2022.
203. 'Report of the Special Rapporteur on extreme poverty and human rights on his mission to China: comments by the State,' United Nations Human Rights Council, Thirty-fifth session, 6–23 June 2017, Agenda Item 3.

    'Report of the Independent Export on the enjoyment of all human rights by older persons on her visit to China,' United Nations Human Rights Council, Forty-fifth session, 14 September-2 October 2020, Agenda Item 1.

204. Peterson, Scott, 'In war, some facts less factual,' *Christian Science Monitor*, September 6, 2002.

205. Lynch, Colum and Gramer, Robbie, 'Xinjiang Visit by U.N. Counterterrorism Official Provokes Outcry,' *Time*, June 13, 2019.

206. Putz, Catherine, 'Which Countries Are For or Against China's Xinjiang Policies?,' *The Diplomat*, July 15, 2019.

207. Yellinek, Roie and Chen, Elizabeth, 'The "22 vs. 50" Diplomatic Split Between the West and China Over Xinjiang and Human Rights,' *Jamestown Foundation*, December 31, 2019.
'Ambassadors from 50 countries voice support to China's position on issues related to Xinjiang,' *Xinhua*, July 27, 2019.
Putz, Catherine, 'Which Countries Are For or Against China's Xinjiang Policies?,' *The Diplomat*, July 15, 2019.

208. Berlinger, Joshua, 'North Korea, Syria and Myanmar among countries defending China's actions in Xinjiang,' *CNN*, July 15, 2019.

209. Westcott, Ben and Roth, Richard, 'China's treatment of Uyghurs in Xinjiang divides UN members,' *CNN*, October 30, 2019.

210. 'US official says UN has "lack of curiosity" on Xinjiang,' *AP News*, October 29, 2020.

211. Roth, Kenneth, 'Why the U.N. chief's silence on human rights is deeply troubling,' *Washington Post*, April 24, 2019.

212. 'Nearly 70 countries voice support for China on human rights issues,' *CGTN*, October 8, 2020.

213. Ibid.

214. Liu, Xin, 'More than 90 countries express support to China amid rampant anti-China campaign at UN human rights body,' *Global Times*, June 22, 2021.

215. Fan, Anqi, 'UN envoys attend event highlighting ethnic group solidarity in Xinjiang, condemn West for fabricating lies,' *Global Times*, July 8, 2021.

216. 'Belarus represents 70 countries to call for non-interference in China's internal affairs,' *Xinhua*, March 6, 2021.

217. 'Muslim nations are defending China as it cracks down on Muslims, shattering any myths of Islamic solidarity,' *CNN*, July 17, 2019.

218. 'A tale of torture in a Chinese internment camp for Uighurs,' U.S. Virtual Embassy Iran (https://ir.usembassy.gov/a-tale-of-torture-in-a-chinese-internment-camp-for-uighurs/).

219. Vittachi, Nury, 'Uyghur story podcast traced back to CIA man,' *Friday Everyday*, February 3, 2022.

220. 'No, this is not a video of a Chinese soldier beating a Uighur Muslim for having a copy of the Koran,' *factcheck.afp,* January 9, 2019.

221. 'Chinese Police Strangling Uyghur Muslim Woman?,' *factcheck.afp,* January 1, 2020.

222. Kelly, Jack, 'China Moves Uyghur Muslims into "Forced Labour" Factories,' *Forbes,* March 5, 2020. (For original Forbes and Brazilian pictures see: https://i.redd.it/20mzu89zo1d51.jpg)

223. 'Protestor's Tortured Past,' *BBC News,* May 27, 2003.
(For examples of misuse see: https://i.redd.it/9zixb3ukmad51.png)

224. 'UNHEARD VOICE: Evaluating five years of pro-Western covert influence operations,' *Graphika* and the *Stanford Internet Observatory Cyber Policy Centre*, August 24, 2022.

225. Roul, Animesh, 'Al-Qaeda and Islamic State Reinvigorating East Turkistan Jihad,' *Jamestown Foundation*, May 17, 2019.

226. Ibid.

227. Gurcan, Metin, 'How the Islamic State is exploiting Asian unrest to recruit fighters,' *Al-Monitor,* September 8, 2015.

228. Shakil, FM, 'Meet the militants chasing China out of Pakistan,' *Asia Times*, January 11, 2021.
Basit, Abdul, 'Female suicide bomber adds to China, Pakistan woes in volatile Balochistan conflict,' *South China Morning Post*, April 29, 2022.

229. Chew, Amy, 'Indonesian terrorists planned to attack shop owners in areas with Chinese communities,' *South China Morning Post,* August 27, 2020.
Siyech, Mohammed Sinan, 'Why China is becoming a target of jihadist hatred, like the US,' *South China Morning Post,* September 14, 2020.

230. Arslan Hidayat on Twitter, 'My New Year's resolution is to be a better extremist and separatist,' January 1, 2021.

231. Arslan Hidayat on Twitter, 'There is nothing wrong with this video, he is warnig the people of China who have illegally settled/ occupied East Turkistan to leave or face the consequences. Unfortunately, thee reality of the situation is, Uyghurs currently don't have the capacity to physical defend or take back their land, so whilst I support the message, we are a long way away from doing so. Freedom loving nations should be funding Uyghurs militarily to turn the message in the video into reality. The CCP along with every single occupier have to leave East Turkistan.' May 27, 2021.

232. 'Speaking With a Uyghur Activist About Xinjiang Abuse,' *Daniel Dumbrill* (Youtube Channel), August 17, 2020.

233. Blumenthal, Max and Hedges, Thomas, 'Inside America's meddling machine: NED, the US-funded org interfering in elections around the globe,' *The Grey Zone,* August 20, 2018.

234. Abrams, A. B., *China and America's Tech War from AI to 5G: The Struggle to Shape the Future of World Order*, Lanham, Lexington Books, 2022 (Chapter 9: The World Economy Split in Two: America's Response to Competitive Disadvantage).

235. Baschuk, Bryce, 'U.S. Violated Trade Rules with Tariffs on China, WTO Says,' *Bloomberg,* September 15, 2020.

236. Liptak, Kevin, 'Trump signs Uyghur human rights bill on same day Bolton alleges he told Xi to proceed with detention camps,' *CNN,* June 17, 2020.
Suliman, Adela, 'Beijing says it will retaliate after Trump approves Uighur Muslims sanctions law,' *NBC News,* June 18, 2020.

237. Fromer, Jacob, 'US sanctions 23 more Chinese companies for suspected Xinjiang abuses, military and business ties,' *South China Morning Post,* July 9, 2020.

238. Bermingham, Finbarr and Delaney, Robert and Fromer, Jacob, 'US issues restrictions on import of Xinjiang cotton and apparel products, citing forced labour,' *South China Morning Post,* September 15, 2020.

239. Churchill, Owen, 'US House passes forced labour bill that would bar Xinjiang imports,' *South China Morning Post,* September 23, 2020.

240. Churchill, Owen and Fromer, Jacob, 'US bill banning Xinjiang imports over

forced labour concerns fails to become law,' *South China Morning Post*, December 23, 2020.

241. Martina, Michael, 'U.S. Senate passes bill to ban all products from China's Xinjiang,' *Reuters*, July 15, 2021.

242. Fromer, Jacob, 'US sanctions 23 more Chinese companies for suspected Xinjiang abuses, military and business ties,' *South China Morning Post*, July 9, 2021.

243. Angel, Rebecca, 'US bans target Chinese solar panel industry over Xinjiang forced labour concerns,' *The Guardian,* June 25, 2021.

  Zhang, Dan, 'News analysis: "Forced labour" lies won't beat down Xinjiang solar firms,' *Global Times,* May 16, 2021.

  Fromer, Jacob, 'US sanctions Chinese AI firm SenseTime, Xinjiang officials, citing human rights abuses,' *South China Morning Post*, December 11, 2021.

244. Palmer, Doug, 'U.S. sets steep final duties on Chinese solar panels,' *Reuters,* October 10, 2012.

  'U.S. sets anti-dumping duties on solar imports from China, Taiwan,' *Reuters,* July 25, 2014.

245. Pan, Che, 'US chip maker Intel triggers Chinese media backlash after telling suppliers to avoid Xinjiang labour,' *South China Morning Post*, December 22, 2021.

246. Ng, Abigail, 'China's electric vehicle battery supply chain shows signs of forced labour, report says,' *The West Australian*, June 22, 2022.

247. Zhang, Dan, 'Xinjiang solar firm debunks "forced labour" lies by hosting Western media, analysts,' *Global Times,* May 12, 2021.

  Masterson, Pete, 'Xinjiang Solar Firm Debunks "Forced Labour" Lies By Hosting Western Media, Analysts,' *Heating News Journal*, May 12, 2021.

248. 'HKers file lawsuit against US on Xinjiang,' *Friday Everyday,* July 7, 2021.

249. Ibid.

  Churchill, Owen, 'Esquel Group sues US over unit's inclusion on "entity list" as company's chief says it faces "devastating harm",' *South China Morning Post*, July 7, 2021.

250. 'Statement of Sketchers USA, INC. on Uyghurs,' Sketchers, March 2021

(https://about.skechers.com/wp-content/uploads/2021/03/SKECHERS-USA-STATEMENT-UYGHURS-March-2021.pdf).

251. Sudworth, John, 'Volkswagen says "no forced labour" at Xinjiang plant,' *BBC News*, November 12, 2020.
252. Zhang, Dan, 'Xinjiang solar firm debunks "forced labour" lies by hosting Western media, analysts,' *Global Times*, May 12, 2021.
253. Batha, Emma, 'China accused of forcing 570,000 people to pick cotton in Xinjiang,' *Reuters*, December 15, 2020.
254. Ng, David, 'Hong Kong commentator: Xinjiang's cotton production figures debunk the myth of forced labour,' *Think China*, April 8, 2021.
  Mao, Weihua, 'Mechanization of Xinjiang's cotton sector approaches 90%,' *China Daily*, April 2, 2021.
  'Xinjiang Human Rights: Uygur cotton grower responds to allegations of forced labour,' *CGTN*, March 28, 2021.
255. Ilham, Jewher, 'There's a good chance your cotton T-shirt was made with Uyghur slave labour,' *The Guardian*, April 9, 2021.
256. 'UK business must "wake up" to China's Uighur cotton slaves," *BBC News*, December 16, 2020.
257. Westcott, Ben and He, Laura, 'H&M and Nike are facing a boycott in China over Xinjiang cotton statements,' *CNN*, March 26, 2021.
  Leary, Alex and Mauldin, William, 'U.S. Condemns Chinese Boycotts of Companies Shunning Xinjiang Cotton,' *Wall Street Journal*, March 26, 2021.
258. 'Uighurs: Western countries sanction China over rights abuses,' *BBC News*, March 22, 2021.
259. Emmott, Robin, 'EU, China impose tit-for-tat sanctions over Xinjiang abuses,' *Reuters*, March 22, 2021.
260. Ni, Vincent, 'EU parliament "freezes" China trade deal over sanctions,' *The Guardian*, May 20, 2021.
  Ni, Vincent, 'EU efforts to ratify China investment deal "suspended" after sanctions,' *The Guardian*, May 4, 2021.
261. 'China's Embrace of Sanctions Costs It an Investment Deal With EU,' *Bloomberg*, May 21, 2021.

Fallon, Theresa, 'China shoots itself in the foot on EU-US relations,' *Orf Online*, May 24, 2021.

262. Mears, Eleanor and Leali, Giorgio, 'EU-China investment deal hits a snag as US exerts pressure,' *Politico*, December 22, 2020.

Tharoor, Ishaan, 'The awkward timing of Europe's deal with China,' *Washington Post*, January 5, 2021.

'Will the Sudden E.U.-China Deal Damage Relations With Biden?,' *The New York Times*, January 6, 2021.

Kluth, Andreas, 'The China-EU Investment Deal Is a Mistake,' *Bloomberg*, December 30, 2020.

Baschuk, Bryce and Nardelli, Alberto, 'Biden Lines Up EU Help to Toughen Terms of Trade for China,' *Bloomberg*, June 9, 2021.

263. Newsnight, *BBC*, April 14, 2021.

264. Charlie Kirk Speaks at the Young Latino Leadership Summit at Phoenix Arizona, April 18, 2021.

265. 'Who is CJ Werleman?,' *DFRAC*, November 25, 2021.

266. Brunnstrom, David and Martina, Michael, 'Pelosi calls for U.S. and world leaders to boycott China's 2022 Olympics,' *Reuters*, May 18, 2021.

267. Big Tech and China: What Do We Need from Silicon Valley?, The Nixon Seminar on Conservative Realism and National Security, April 6, 2021.

268. 'Here's How to Handle the "Genocide Olympics" in Beijing,' *The New York Times*, April 7, 2011.

269. Wintour, Patrick, 'Raab says UK boycott of Beijing Winter Olympics possible over Uighur abuses,' *The Guardian*, October 6, 2020.

270. Delaney, Robert, 'More than half of Canadians support Beijing Olympics boycott, survey shows,' *South China Morning Post*, April 2, 2021.

271. O'Sullivan, Catriona, 'European Parliament votes to boycott Beijing Winter Olympics,' *Euronews*, July 9, 2021.

Bermingham, Finbarr, 'European Parliament to call for Beijing Winter Olympic boycott and sanctions on Hong Kong leaders over Apple Daily closure,' *South China Morning Post*, July 7, 2021.

272. 'Moving Sochi Olympics to Vancouver not "practical," councillor says,' *CBC*

News, August 8, 2013.

Eveleth, Rose, 'Is It Possible to Move the Winter Olympics Away From Russia?,' *Smithsonian Magazine,* August 8, 2013.

'Olympics-EU Commissioner joins German president in Sochi snub,' *Yahoo Sports,* December 1, 2013.

'Send Athletes to the Sochi Olympics, but Boycott the Games,' *The New York Times,* February 8, 2014.

Berkes, Howard, 'Talk Of Boycotting Russian Olympics Stirs Emotions,' *NPR,* July 17, 2013.

273. Hervey, Ginger, 'Labour MPs: Tell FIFA to move World Cup from Russia,' *Politico,* March 16, 2018.

Cohen, George, 'I think it's all over for the World Cup in Russia after spy attack – so let England host it instead,' *The Sun,* March 15, 2018.

274. Lang, Sean, 'Why Boris Johnson was right to compare Vladimir Putin's World Cup with Hitler's Olympics,' *The Conversation,* March 26, 2018.

275. Kopel, Chesky, 'Between Berlin 1936 and Beijing 2022,' *Lehrhaus,* February 4, 2021.

Ingle, Sean, 'Boycott questions over Beijing Winter Olympics raise eerie echoes of 1936,' *The Guardian,* March 1, 2021.

'The 2022 Beijing Olympics will be yet another Games tarnished by genocide,' *Washington Post,* February 4, 2021.

Da Silva, Michael, 'Beijing 2022 Olympics: "If genocide isn't our red line for a full boycott, then I really don't know what is",' *Deutsche Welle,* June 25, 2021.

Timsit, Annabelle, 'What can a boycott of the Beijing 2022 Winter Olympics achieve?,' *Quartz,* April 13, 2021.

276. Edwards, Richard, 'Tibet protests disrupt Olympic torch parade,' *The Telegraph* April 6, 2008.

Ward Anderson, John and Moore, Molly, 'Paris Protests Disrupt Torch Relay,' *Washington Post,* April 8, 2008.

277. Koshikawa, Noriaki, 'China passes US as world's top researcher, showing its R&D might,' *Nikkei,* August 8, 2020.

278. Mitt Romney on Twitter, 'China matches US spending on military procurement,

which is tremendously dangerous given that China doesn't believe in human rights or democracy. My #FY21NDAA amendment directs the @DeptOfDefense compare our spending with that of China and Russia to provide us with a lay of land," July 20, 2020.

'Schieffer Series: A Conversation with Senator Mitt Romney on U.S.-China Relations and Great Power Competition,' *Centre for Strategic and International Studies*, July 22, 2020.

279. 'China continues to dominate worldwide patent applications,' *E and T*, December 4, 2018.

280. Schoen, Douglas E., *The Nixon Effect: How Richard Nixon's Presidency Fundamentally Changed American Politics*, New York, Encounter Books, 2016 (p. 292).

Corn, David, '"Hubris": New Documentary Re-examines the Iraq War "Hoax",' *Mother Jones*, February 16, 2013.

281. Bricmont, Jean, *Humanitarian Imperialism: Using Human Rights to Sell War*, New York, Monthly Review Press, 2006 (Chapter 7: Prospects, Dangers and Hopes, Section 2: The Crimes of Saddam Hussein).

Beaumont, Peter, 'PM admits graves claim "untrue,"' *Observer*, July 18, 2004.

282. Cobain, Ian, 'British army permitted shooting of civilians in Iraq and Afghanistan,' *Middle East Eye*, February 4, 2019.

'"Killing spree": UK soldiers told to kill unarmed citizens in Iraq and Afghanistan – report,' *RT*, February 15, 2019.

假新聞：
解密戰爭暴行捏造與假新聞如何操盤世界秩序

作者	亞波汗・艾布斯　A.B. Abrams
譯者	徐昀融
主編	林正文
行銷企劃	鄭家謙
封面設計	沈家音
內文設計	江麗姿
董事長	趙政岷
出版者	時報文化出版企業股份有限公司
	108019 臺北市和平西路三段二四〇號七樓
	發行專線　02-2306-6842
	讀者服務專線　0800-231-705・02-2304-7103
	讀者服務傳真　02-2304-6858
	郵撥 19344724　時報文化出版公司
	信箱 10899　臺北華江橋郵局第 99 信箱
時報悅讀網	www.readingtimes.com.tw
法律顧問	理律法律事務所　陳長文律師、李念祖律師
印刷	紘億印刷有限公司
一版一刷	2025 年 3 月 21 日
定價	680 元

（缺頁或破損的書，請寄回更換）

時報文化出版公司成立於一九七五年，並於一九九九年股票上櫃公開發行，於二〇〇八年脫離中時集團非屬旺中，以「尊重智慧與創意的文化事業」為信念。

假新聞 : 解密戰爭暴行捏造與假新聞如何操盤世界秩序 / 亞波汗 . 艾布斯 (Abraham Abrams) 著；徐昀融譯 . -- 一版 . -- 臺北市 : 時報文化出版企業股份有限公司 , 2025.03

面；　公分 . -- (大人國；12)

譯自 : Atrocity fabrication and its consequences : how fake news shapes world order

ISBN 978-626-419-261-3(平裝)

1.CST: 新聞 2.CST: 新聞報導 3.CST: 戰爭 4.CST: 暴力行為

895.3　　　　　　　　　　　　　　　　　　　　　　　　114001419

Atrocity Fabrication and Its Consequences: How Fake News Shapes World Order
written by A. B. Abrams
© 2023 A. B. Abrams
The traditional Chinese translation rights arranged through Rightol Media（本書中文繁體版權經由銳拓傳媒取得
Email:copyright@rightol.com com）
Complex Chinese edition copyright © 2025 by China Times Publishing Company
All rights reserved.

ISBN 978-626-419-261-3

Printed in Taiwan